Die Königin von Saba

TESSA
KORBER

DIE KÖNIGIN VON SABA

ROMAN

Eichborn

»Ich bin keine Frau, ich bin eine Welt.«
FLAUBERT: Versuchung des heiligen Antonius

2 3 4 06 05

Umschlaggestaltung: Christina Hucke
Lektorat: Matthias Bischoff
Layout: Susanne Reeh
Gesamtherstellung: Fuldaer Verlagsanstalt, Fulda
ISBN 3-8218-5748-X

Verlagsverzeichnis schickt gern:
Eichborn Verlag, Kaiserstraße 66, D-60329 Frankfurt am Main
www.eichborn.de

BUCH I

DAS DSCHINNEN-KIND

»… Da versammelte Sulaiman seine Heerscharen:
die Dschinn, die Menschen und die Vögel,
und stellte sie auf in Reih und Glied. …
Er musterte die Vögel und sprach:
Wie kommt es, daß ich den Wiedehopf nicht sehe,
ist er unter den Abwesenden? …
Doch nicht lange mehr verweilte der Wiedehopf fern,
kehrte zurück und sprach:
Ich habe etwas erfaßt, was du nicht erfaßt hast!
Gekommen bin ich dir aus Saba mit sicherer Kunde!
Wahrlich, ich fand eine Frau über sie herrschen.
Alles ist ihr gewährt worden. Einen mächtigen Thron besitzt sie.
Ich fand sie und ihr Volk sich anbetend neigen vor der Sonne …«

Koran, Sure 27

»Sie war grazil wie eine Gazelle und schlau wie ein Wüstenfuchs.
Sie hatte die sanften braunen Augen des Rehs,
aber manchmal glitzerten sie auch golden
wie die eines Leoparden.«

Al-Kisai, nach Clapp: Die Königin von Saba

Die Botschaft des Wiedehopfs

Der alte Arik ließ sich seufzend auf einem Stein im Schatten der Akazie nieder. Einsam stand der Baum am Fuße der schwarz zerklüfteten Felsen, die an dieser Stelle in die Wüste ausliefen, sich verloren zwischen Geröllfeldern und Sandhügeln, über denen der weiße Himmel zerfloß wie geschmolzenes Metall.

Der Weg hierher war weit gewesen, doch er hatte sich gelohnt. Drüben am Hang der Düne weideten seine Ziegen, weiße Flecken in einem fremdartigen, leuchtend grünen Wogen, das der Wind erzittern ließ wie die Flanke eines Tieres. Vor einigen Nächten hatte es geregnet am Rand der Wüste und damit diese seltene, rasch aufschießende Pracht hervorgebracht. Arik hatte es sofort gespürt, als er an jenem Abend aus dem Zelt getreten war, am Duft der Luft, am Sirren der Insekten. Er hatte sogar den dunklen Vorhang des niedergehenden Wassers in der Ferne gesehen, schwarz wie der Bart des Regendämons Afrit, den andere nur für eine seltsame Wolke in der Dämmerung gehalten hatten.

Das gleichmäßige Rupfen der Tiermäuler drang bis zu dem alten Mann herüber und ließ ihn befriedigt nicken. Die törichten jungen Mädchen des Stammes, denen zumeist die Obhut über die Herden oblag und die so sorglos mit ihren Hirtenstöcken umhersprangen, sie wußten nichts vom Wüstenregen. Der letzte war gefallen, als sie noch nicht geboren waren, und der nächste würde sie als Mütter sehen. Doch der alte Arik kannte ihn, und er würde sein Geheimnis mit niemandem teilen. Für wenige Tage nur würden Gras und Blumen blühen, würden die Ziegen fressen und ihre Milch reicher und süßer fließen. Sollten sie doch lachen im Dorf über ihn, der stur und stumm seine eigenen Wege ging.

Für einen Moment glaubte Arik, Gelächter zu hören und hellen Glokkenklang, der vom Wind herangetragen wurde, und er hob den Kopf.

Doch er hatte sich getäuscht. Ächzend legte Arik sich wieder auf dem flachen Felsen nieder, den Arm als Kissen unter dem Kopf, die harten, von der Sonne schwarzgebrannten Füße unter den Saum seines langen

Gewandes gezogen wie unter den Schutz eines Zeltes. Umständlich zog er ein blaues Tuch heraus und legte es sich übers Gesicht. Ein letztes Fuchteln des Hirtenstockes vertrieb eine der großen Echsen, die eben noch den Platz mit ihm geteilt hatte. Ihr Maul öffnete sich lautlos, als er nach ihr stach, ihr kobaltblauer Schwanz färbte sich über der Wurzel rot vor Zorn, dann verschwand sie raschelnd im Dornengestrüpp. Recht so, dachte der alte Arik, meine Wut ist größer als deine.

Still lag er unter seinem Tuch, die Wärme auf seinen Gliedern wie ein Gewicht, und lauschte in die Stille. Er hörte jeden Tritt seiner Tiere. Er war nicht wie die jungen Dinger, die sich zur Mittagszeit trafen, um in selbstgebauten kleinen Zelten selbstvergessen zu schwatzen und zu dösen, von ihren Liebsten zu träumen oder sie gar dort zu verschwiegenen Schäferstündchen zu empfangen, während draußen die Luft unter der Hitze erzitterte und die Ziegen in die Irre streunten.

Der alte Arik hob das Tuch und spuckte aus. Mürrisch kratzte er sich am Schenkel und legte sich wieder zurecht. Er würde niemals ein Mädchen seine Herde hüten lassen, mochten die anderen noch so sehr spotten.

»Alter Arik«, hänselten sie ihn, wenn er an ihnen vorbeihumpelte, den Blick zu Boden gerichtet, »bitterer Arik. Leer ist dein Zelt wie ein ausgetrockneter Wadi, einsam bist du, allein wie der Wanderer in der Wüste, mürrisch bist du und stachelig wie eine Akazie.« Dann kicherten sie und zogen los mit ihren springenden Böckchen. Ihre Haare flatterten und ihre Fußreife klirrten.

Geht nur, höhnte er dann im stillen, geht und häuft Schande über euch und eure Eltern. Als ob er es je vergessen könnte, daß seine eigene Tochter geradeso aufgebrochen war an jenem Morgen, hüpfend wie der Schlag eines fröhlichen Herzens. Und der Abend brachte sie nicht wieder. Unwillkürlich stieß der Alte ein lautes Ächzen aus, als die Erinnerung ihn übermannte.

Tagelang hatte Arik sie gesucht, hatte ihren Namen in die Wadis gerufen, sich über den Sand in die Wüste geschleppt, bis fast an die Grenzen der sagenhaften Totenstadt. Er war auch die schwarzen Hänge des Berges hinaufgeklettert, dorthin, wo der Steinbock ihm entgegentrat, Almaqh selbst, den göttlichen Mond zwischen den Hörnern. Es hatte keine Hoffnung in seinem uralten Blick gelegen, also hatte Arik seinen Stab fester gepackt, war umgekehrt und hatte sein Zelt aufgesucht, um dort zu bleiben.

Es war leer gewesen, das schwarze Zelt aus Ziegenhaar. Und alles Vertraute nun gleichgültig. Die silberne Kanne hatte rußig und kalt neben der erloschenen Feuerstelle gestanden. Kein Duft nach Tee war davon aufgestiegen, zubereitet von ihrer Hand und gewürzt mit Ingwer und Kardamom, geradeso, wie er es gerne hatte. Vierzig Atemzüge lang hatte sie den Tee stets ziehen lassen, genau vierzig jedesmal, ehe sie einschenkte in hohem Strahl und ihm die Tasse reichte. Keine konnte die Kanne so hoch halten, keine den dünnen Strahl so treffsicher in die Tasse schießen lassen wie seine Tochter. Auf der heißen, süßen Flüssigkeit hatte danach stets ein knisternder Schaum gestanden, den er genußvoll zu schlürfen pflegte. Sie hatte ihm lächelnd dabei zugesehen. Nun war er allein.

Mit gesenktem Kopf hatte Arik sich damals auf den sandigen Teppichen niedergelassen. Da war die Stimme an sein Ohr gedrungen. »Väterchen?«

Sein Herz hatte nur einen Schlag lang ausgesetzt. Es war nicht seine Tochter gewesen, die da sprach, nur irgend so ein apfelwangiges, schwarzäugiges, törichtes Ding, das hereinkam, um ihn in seiner Trauer zu stören, schüchtern auf den Ballen zu balancieren und lange zu zögern, ehe es Unsinn schwatzte. Er hatte den Kopf nicht gehoben zu dem, was das Mädchen ihm mitzuteilen wünschte.

Daß sie und ihre Freundinnen an dem Tag, als sein Augenstern verschwand, Dschinne gesehen hätten, dort, wo Sand und Felsen sich trafen. Auf prächtigen Kamelen seien sie geritten, mit goldenem Zaumzeug und einer Sänfte darauf mit Vorhängen, leuchtender als Granat, einem Palast der Morgenröte. Musik sei erklungen aus jenem Zug, die Seide hätte im Winde geknattert, silberne Glöckchen hätten geläutet und wunderbare Geister seien dabeigewesen. Arik hatte es sich mit zusammengepreßten Lippen angehört, Wort für Wort, und bei jedem dieser dummen Worte war er ein wenig mehr gestorben.

Groß und schön seien diese »Geister« gewesen, wie keine sterblichen Männer es waren, mit funkelnden, kajalumrandeten Augen und Juwelen in den Bärten. Einfach unvorstellbar sei es gewesen, Arik hätte es nur sehen müssen. Arik hatte geschwiegen, um nicht zu schreien und auf das alberne Ding einzuschlagen. Oh, er konnte es sich nur zu gut vorstellen, jede Einzelheit der Szene.

Das Mädchen war unbekümmert fortgefahren. Einer hätte mit dem Finger auf sie gezeigt und etwas zu seinen Gefährten gesagt, da hätte ihr Herz gepocht wie noch nie zuvor, und sie sei rasch in ein Tamariskenwäldchen geflohen, aber seine Tochter, die sei wie verzaubert auf den prächtigen Zug zugegangen, ganz langsam, und verzaubert sei sie auch ganz bestimmt worden und mitgereist in ein fernes Feenreich. Sie selbst könne den Blick des Dschinns, der nach ihr gewinkt habe, nicht mehr vergessen, er sei eingebrannt in ihr Herz, und Arik solle es bitte ihrem Vater nicht erzählen, sie bete auch zu Almaqh deswegen jeden Abend und jede Nacht.

Arik hatte ihr seinen Segen gegeben und sie hinausgeworfen.

Erzählt hatte die Kleine ihre Geschichte dann trotzdem, jedem, der sie hören wollte. Und seither galt es im Stamm als ausgemacht, daß Ariks Tochter bei den Dschinnen weilte. Der Alte war nicht unfroh deshalb. Es war besser, die Dummheit zu erdulden, als der Schande zu erliegen. Doch den Namen seiner Tochter brachte er seitdem nicht mehr über die Lippen. Und die Geschichten der Märchenerzähler erfüllten ihn mit Ekel. Er hielt sich abseits seither, ging zum Brunnen, wenn die anderen noch nicht aufgestanden waren, mied den Dorfplatz und suchte sich für seine Geschäfte alte Männer, wie er selbst einer war, die niemals etwas fragten und wenig Worte machten.

Nur einmal war der Älteste bei ihm vorstellig geworden. Mit ungeschickten, steifen Fingern hatte Arik ihm den Tee serviert. Der Älteste hatte dazu geschwiegen. So saßen sie lange und sprachen nichts. Schließlich setzte der Gast die Tasse ab.

»Meine Tochter«, begann er, »Hamyim, die Göttin der Sonne, steh ihr bei, denn sie taugt nichts.«

Arik wartete ab, was kommen sollte, denn die Einleitung entsprach nur den Sitten und verriet nichts. Es galt nicht als schicklich, laut die Tugenden einer unverheirateten Frau zu rühmen.

»Aber sie hat doch einigermaßen flinke Beine und versteht sich ein wenig auf das Vieh.« Der Älteste räusperte sich unbehaglich. »Jeden Morgen geht sie aus mit meinen Herden und bringt sie abends in voller Zahl zurück, gesund und wohlgenährt, Almaqh sei Dank.«

Arik hatte sich bei dieser Rede nicht gerührt. Der Älteste wandte sich ihm zu und schaute ihn mit seinen schillernden Augen an, in denen die

Iris blaß und das Weiße gelb geworden war wie Bernstein. »Sie könnte auch deine Tiere versorgen, für einen kleinen Anteil nur an der Milch. Was denkst du? Wir würden uns einigen.«

Statt einer Antwort hatte er zu Boden gestarrt. »Ich will es mir überlegen«, hatte er schließlich hervorgebracht. Mehr hatte er nicht gesagt. Mehr war auch nicht vonnöten. Sie hatten schweigend nebeneinander gesessen, auf den heißen Spiegel ihres Tees geblasen und behutsam die Tassen geleert. Dann hatte der Älteste ihm die Hand auf die Schulter gelegt. »Es muß ihr nicht schlecht gehen«, er zögerte, »wo sie jetzt ist.«

Arik hatte nicht einmal genickt.

Da war der Älteste gegangen und nicht wieder gekommen.

Arik hustete, rauh und unfroh. Seine Kehle war trocken geworden in der Hitze. Keuchend richtete er sich auf. Dschinne, dachte er. Als ob er es nicht besser wüßte. Die da mit ihren Kamelen durch die Wüste zogen, waren alles andere als Geistererscheinungen, sie waren Menschen wie er und die Leute seines Stammes auch. Aber wundersam waren sie, hochmütig und böse. Er hatte viel davon gehört. In seiner Jugend hatte er mit Weihrauch gehandelt unter den Stämmen und war ein wenig herumgekommen, weiter als die meisten, die er kannte. Dabei war er nicht bis in die Gegenden der Seßhaften selbst vorgedrungen, aber an den Lagerfeuern der Händler, die er besuchte, war so manche Geschichte über sie erzählt worden.

Arik kannte die Stätten, wo sie Häuser bauten aus Stein und wo sie das Wasser stauten, damit es ihnen Gärten aus der Wüste zauberte. Sie fürchteten den Wasserdämon Afrit nicht mehr, sondern sperrten ihn ein, ohne ihm gehörige Opfer zu bringen. Sie zogen Linien in den Wüstensand, die keines Menschen Auge sehen konnte, und vergossen darum Blut. Sie gingen bunt gekleidet einher und horteten Schätze, wie sie kein Nomade jemals sehen würde.

Vielleicht Marib, dachte er, vielleicht Sirwah. Oder auch Timna, das weit im Osten lag. Er kannte die Namen aus dem Mund der Reisenden. Aber was hatte es für einen Sinn, über Namen nachzudenken? Namen bedeuteten nichts, Orte bedeuteten nichts. Mühsam richtete er sich auf; seine Knochen taten ihm weh. Nur die Zeit entschied über alles. Er war nicht mehr jung genug, stundenlang auf dem Stein zu liegen. Er würde in diesem Leben keinen Fuß mehr aus diesen Bergen heraussetzen. Das blaue Tuch zerknüllte in seinen dürren Händen. Dann schwirrte es über ihm, und Arik schaute auf.

»Pu-pu-pu!« rief der Vogel und setzte sich auf einen Ast direkt über seinem Kopf. Ein zweiter kam dazu, faltete artig seine Flügel und stimmte in den Ruf mit ein. »Pu-pu-pu!«

Erstaunt betrachtete Arik die beiden Wiedehopfe. Mit ihren langen, eleganten Schnäbeln und den spitzen Hauben, dem schwarzweiß gestreiften Gefieder, das wie ein um die Schultern gelegter Mantel aussah, erinnerten sie ihn an geputzte Mädchen. Ja, sie erschienen ihm wie die geheimnisvollen Frauen, die in jenen fernen Orten leben mochten, an die er eben gedacht hatte, Geschöpfe des Luxus und der Schönheit.

»Pu-pu-pu«, erklang es wieder.

Arik hob seinen Stock, um die Störenfriede zu vertreiben. Da sah er sie.

Sie hatte ihren Umhang um sich geschlungen wie die Vögel, doch der ihre war blau und aus einem Stoff, den Arik nicht kannte. Er leuchtete azurner als der Himmel selbst, geradeso, als wäre er aus dem Horizont geschnitten. Sogar das frische Grün der Wiese wirkte stumpf dagegen. Wahrhaftig, so konnte man sie für eine Dschinnenfrau halten. Arik senkte den Kopf. Ihre schamlose Pracht entfachte seine Wut.

Die Füße seiner Tochter steckten in kleinen, bestickten Pantoffeln, funkelnden Kunstwerken, die nichts mit dem staubigen Boden gemein hatten, den sie berührten. Arik sah ihre Arme, geschmückt mit Bändern aus Silber, Perlen und Edelsteinen, er sah ihre Ringe, ihre hennagefärbten Hände. Ihr Gesicht betrachtete er nicht. Dann bemerkte er das Kind, das sie fest an sich gedrückt hielt. Der Schal, den sie darum gewickelt hatte, flatterte im Wind, rot wie der Zorn der Echse.

Schweigend ließ sie sich neben ihm nieder. Er erkannte die Art wieder, wie sie mit einer Hand den Rock über die Fersen zog. Sie sagte nicht »Vater«; und er nickte grimmig. Hätte sie es getan, er hätte sie geschlagen. So schwiegen sie eine Weile. Wenn sie sich bewegte, erzitterten ihre Schläfengehänge, Silberschauer, die das Kind zu entzücken schienen, dessen Händchen aus dem Stoff danach griffen. Arik bemerkte es aus den Augenwinkeln. Ohne daß er es wollte, fesselte ihn das Schauspiel.

»Es geht dir also gut«, brachte er nach einer Weile heraus. Sein Hals fühlte sich wund an bei diesen Worten, als hätte der Wind Sand hineingeweht.

Er bekam keine Antwort, doch schien ihm, als ob sie die Ringe an ihren Fingern wohlgefällig betrachtete. Die Hände des Kindes versuchten ungeschickt, den begehrten Schmuck zu erreichen. Die Mutter kam ihm nicht dabei entgegen.

Arik öffnete schon den Mund, um sie darauf aufmerksam zu machen. Dann schloß er ihn wieder. Er würde zu der Sache nichts mehr sagen. Wenn sie sich entschuldigte, nun gut, man würde sehen. Arik mußte sich eingestehen, daß er nicht nur einmal davon geträumt hatte, wie es sein würde, wenn sie zurückkehrte, abgerissen, elend, eine Verlorene. Er hatte sich dann vorgestellt, wie er sie aufnehmen und pflegen würde und wie sie mit letzter Kraft seine Hand in ihre nähme, ihre Lippen darauf drückte und ihn um Verzeihung bäte für all die Schande, die sie über ihn gebracht hatte. Ja, er gab zu, er hatte ihr jedesmal vergeben, tränenreich, und ihr mit vor Rührung zitternder Hand die sterbenden Augen zugedrückt.

Aber diese hier, geschmückt wie ein Götterbild und ungerührt – nein, er würde nichts mehr dazu sagen. Das Kind gluckste leise.

»Ich bringe dir eine Tochter«, sagte sie. War das wirklich ihre Stimme?

Arik wandte den Kopf ab. »Ich habe keine Tochter mehr«, krächzte er mühsam. »Sie hütete das Vieh und ging in die Irre.«

»Jetzt ist sie zurück«, war die Antwort. Dann beugte sie sich vor und legte ihm das Kind in seinen Schoß. Ehe er sie zurückstoßen konnte, spürte er das kleine Gewicht auf seinen Beinen. Unwillkürlich erstarrte er, als könnte jede Bewegung die Kleine zerbrechen.

Arik konnte nicht anders, als sie zu betrachten. Augen wie Tauben, dachte er und verfolgte den unruhigen Flügelschlag der langen Wimpern. Zähnchen wie Perlen.

»Wie …«, setzte er an. Wie heißt sie, hatte er fragen wollen. Eine Bewegung an seiner Seite ließ ihn aufschauen. Seine Tochter hatte sich ohne Gruß erhoben und war zu einem Felsen gegangen, hinter dem er erst jetzt ein Reitkamel bemerkte. Ehe er etwas sagen konnte, saß sie schon im Sattel. »Hathathat«, rief sie und mied seinen Blick. Ihre Bewegungen waren entschlossen, ihre Stimme ungeduldig, der Tritt ihres Tieres lautlos. Ihr flirrendes Bild weit draußen über dem Sand war bald schon nicht mehr als ein Schemen.

Tränen stiegen in Ariks Augen. »Wird sie mir auch davonlaufen, wie du?« schrie er ihr verzweifelt hinterher.

»Pu-pu-pu«, antwortete der Wiedehopf.

Jeder Schatten im Flimmern über der Wüste war verschwunden. Arik senkte geblendet den Blick.

Das Kind in seinem Schoß drehte suchend den Kopf hin und her, brabbelte und weinte sacht. Als Arik ihm einen Finger hinhielt, umklammerte es ihn, führte ihn zum Mund und saugte daran. Mühsam, mit der freien Hand auf den Stock gestützt, stemmte Arik sich hoch. Die Kleine hatte offenbar Hunger; der Gedanke beflügelte ihn; er hätte nicht zu sagen vermocht, warum.

So rasch er konnte, humpelte er aus dem Schatten, den kleinen Hügel hinab und zu seinen Ziegen hinüber. In seiner Hirtentasche war ein wenig Brot, das wollte er der Kleinen in frische Milch einbrocken. Unter Schnalzen und Schmeicheln trieb er die Herde auseinander, als er unter sie trat, um das Muttertier zu suchen, das er im Sinn hatte. Behutsam legte er sein kostbares Bündel ins hohe Gras, um melken zu können.

»Hoh, halt still, Alte!« An den Hörnern zog er die widerstrebende Ziege in die richtige Position und begann das Euter zu bearbeiten. Schäumend spritzte die weiße Milch in die Holzschale. Wenn er nur einen Schemel hätte und einen Eimer. Sein gekrümmter Rücken schmerzte bei dieser Arbeit, doch Arik war froh. Ohne es zu merken, summte er vor sich hin und leckte, als er fertig war, einige süße Tropfen von seinen Lippen.

Dann wandte er sich nach dem Kind um. Mit gutmütigen Scheltworten vertrieb er die neugierigen Ziegen, die begonnen hatten, an dem roten Tuch zu knabbern.

»Mein Zicklein«, begann er, »mein Stern, so leuchtend wie Almaqhs Scheibe, hier ist ...« Dann verstummte er. Die Milchschale rutschte aus seiner Hand. Laut meckernd stürzten die Ziegen sich auf das weiße Naß, das von den Halmen tropfte. Sie umdrängten Arik, stießen ihn beinahe um, der nur wie erstarrt dastand und das Kind ansah. In ihrer Neugier hatten sie das Tuch, in das die Kleine gewickelt gewesen war, zerwühlt und beiseite gezogen. Nun lag sie nackt da und streckte Arik die Arme entgegen.

Der aber konnte seinen Blick nicht von ihrem linken Fuß wenden. Die Zehen waren zusammengewachsen, zwei zur Rechten und drei zur Linken, was ihn aussehen ließ wie einen gespaltenen Ziegenhuf. Ein Dämonenfuß, durchfuhr es ihn, und er erschrak. Rasch ging er einige Schritte weg und schaute sich um. Da lag das Kind rosig im Grünen und greinte leise. Ariks erster Impuls war, es dort liegen zu lassen. Seine Tochter hatte es nicht haben wollen, das begriff er nun. Niemand würde es haben wollen, es war, als läge ein Fluch auf seiner Existenz. Arik packte seinen Stock fester und rief nach den Ziegen. In diesem Moment schrie das Kind zum ersten Mal, laut und schrill. Als hätte es verstanden, daß man es alleine lassen wollte.

Arik blieb stehen. Er biß die Zähne zusammen, so fest er konnte. Laufen mußte er, so rasch er konnte, nur fort von hier. Das Kind schrie wieder. Zornig hieb Arik ins Gras, mähte Blumen nieder, wütete gegen Halme. Doch er ging keinen Schritt. Ein weiterer Schrei. Arik keuchte. Dann drehte er sich um. Schweiß und Tränen rannen ihm über das Gesicht. Die Kleine verstummte sofort, als ihr Blick den seinen fand. Almaqh, betete Arik stumm, diese Bürde ist zu groß für mich, ich bin nur ein alter Mann, mein Leben war schon zu Ende. Doch sein Herz klopfte vor Erwartung bis zum Hals. Das Kind schaute ihn noch immer mit großen Augen an. Taubenaugen, dachte Arik, und in der Stille schloß sich ein Bündnis.

Arik nahm sein blaues Tuch und wischte sich übers Gesicht. Mit neuer Kraft humpelte er dann zu der Kleinen zurück, nahm sie hoch, wickelte sie sorgsam wieder in ihre Hülle ein und drückte sie an seine Brust. Dort, im Schatten seines Umhangs, ruhte sie den ganzen Heimweg. Er kannte ihr Gewicht nun schon, sie lag dort, als wäre der Platz die ganze Zeit für sie bereit gewesen. Arik rief seine Ziegen. Dann begann er zu pfeifen.

»Habt ihr das gesehen?« rief jemand, als Arik sich dem Dorf näherte. Und in der Tat war es ein ungewohnter Anblick. Seit Jahren hatten die Bewohner der Zelte ihn nicht so beschwingt ausschreiten und so gut gelaunt den Stock schwingen sehen. Seine Ziegen umspielten ihn wie eine fröhliche Flut, und die Kinder umdrängten ihn und zogen an seinen Kleidern. Er verjagte sie nicht, wie er es sonst tat, mit Schelten und Räuspern und drohenden Gebärden, sondern schien sich gutmütig mit ihnen zu unterhalten.

»Was zeigt er ihnen da?« wollte eine junge Frau mit gerunzelter Stirn wissen und trat näher. Ihre Gefährtinnen folgten ihr. »Hat er ein Zicklein dabei?«

Halb darauf gefaßt, mit einem Schimpfwort empfangen zu werden, kamen sie zögernd näher. Einige der Kinder liefen fort zu ihren Müttern, zupften sie an den Röcken – man hörte ihre eifrigen hohen Stimmen – und zogen sie ebenfalls hin zu Arik inmitten seiner Herde, der stolz aufgerichtet dastand. »Väterchen«, schmeichelten sie vorsorglich, »Alter, Herr der milchweißen Ziegen, was hast du da?«

Bald sahen sie alle das Bündel in seiner Armbeuge.

»Ein Kind?«

»Er hat tatsächlich ein Kind.«

Der Ruf machte die Runde. Nach den Kindern und Frauen ließen nun auch die Männer ihre Würde beiseite. Die Neugier trieb sie von ihren Plätzen vor den Zelten hinaus auf den staubigen Platz, wo sie den Alten umringten. Arik hüllte seinen Schatz sorgsam in seine purpurfarbene Hülle und umschloß die zappelnden kleinen Füße in ihrem Versteck mit seiner Hand. »Ein Kind der Dschinne«, verkündete er seinem Stamm.

Der Älteste kam und beugte sich stirnrunzelnd über das Mädchen. Er wagte nicht, seine Zweifel laut zu äußern, doch Arik las sie in seinen Augen.

»Ich ging in die Wüste, dorthin, wo Afrit letzte Nacht seinen Segen ausgeschüttet hat, und da fand ich sie.« Arik blickte in die Runde. Watar, der Geschichtenerzähler, stand neben dem Ältesten und kratzte sich am Bart. Arik mußte lächeln, als er ihn sah.

»Ich fand sie inmitten einer grünen Wiese. Dort war ein Zelt aufgeschlagen, blau wie der Himmel und weit wie der Horizont. Zwei Vögel, groß wie Menschen, saßen an seinem Eingang. Als ich fliehen wollte, riefen sie meinen Namen. Da nahm ich all meinen Mut zusammen und trat ein.«

Ein Raunen ging durch die Menge. Watar wiegte zögerlich den Kopf. Er wußte, die Dschinne verstanden sich darauf, Zelte von großer Schönheit und sagenhafter Geräumigkeit zu erstellen. Sie konnten ganze Täler, Wüsten, ja Städte überspannen und doch so fein zusammengelegt werden, daß sie in den Kokon einer Seidenraupe paßten. Er hatte oft selbst davon erzählt.

Auch Arik wußte das. Und er fuhr beflügelt fort: »Im Inneren wartete eine wunderschöne Frau auf mich. Ich fiel auf die Knie und wollte den Saum ihres Gewandes küssen, das ganz von Gold und Edelsteinen war, denn ich hielt sie für eine Königin. Doch sie sagte, sie wäre nur eine bescheidene Dienerin des Dschinns, der im Palast der Morgenröte herrsche und der meine Tochter zu seiner Lieblingsfrau genommen hätte.«

Ein kleiner Schrei unterbrach ihn. Arik bemerkte die Gefährtin seiner Tochter, die ihn damals in seinem Zelt aufgesucht hatte. Sie hielt ihr Gesicht, dessen Wangen vor Aufregung glühten, mit beiden Händen und wiegte sich wie in Trance. »Ich hab' s gewußt«, flüsterte sie aufgeregt, immer wieder. »Ich hab' s gewußt. Habe ich es nicht gewußt?« Aufgekratzt hüpfte sie umher und rüttelte ihre Freundinnen an den Schultern, ehe sie sich mit leuchtenden Augen wieder Arik zuwandte. »Oh, es ist so wunderbar.«

»In der Tat«, brummelte der Älteste, noch nicht überzeugt. »Und diese Dienerin hat dir dein Enkelkind übergeben, wie?« Die anderen rückten atemlos näher.

Arik hüstelte. »Ja«, antwortete er dann mit fester Stimme. Seine Hand legte sich beschützend auf die Brust des Kindes. Es war eingeschlafen, bemerkte er, der kleine Kopf zur Seite gesunken. In der Beuge seines zarten Halses konnte er nun erstmals etwas ertasten. Es war ein Anhänger; die Kette spannte sich, als Arik ihn hochhob. Er blitzte in der Sonne wie nichts, was die Stammesleute je gesehen hatten. Heller als die bronzenen Fußreifen der Mädchen, leuchtender als die bestpolierte

Feiertagsteekanne, der Stolz jedes Zeltes, funkelnder als die Oberfläche einer Quelle in der Sonne, über die der Wind haucht.

Das mußte Gold sein, überlegte Arik. Er erkannte die Hörner des Almaqh und dankte dem Gott in einem stillen Gebet, daß seine Tochter nicht unter Ungläubige gefallen war. Doch die Zeichen darunter konnte er nicht deuten. Und etwas wie den Stein, der zwischen diesen Hörnern strahlte, durchsichtig wie Wasser, aber rot wie Blut, hatte er noch nie zuvor mit eigenen Augen gesehen.

»Das ist ein Rubin«, stellte der Älteste fest und versuchte, sich sein leises Erschrecken nicht anmerken zu lassen. »Rubin«, schnarrte er noch einmal, und wie ein Echo wurde das Wort von den anderen hier und dort wiederholt. Es war wie ein Kreis, der sich im Wasser ausbreitete und in dessen Mitte Arik stand, stolz und still. Ich habe den Stein geworfen, dachte er. Nun werden wir sehen, wohin er fliegt.

»Er symbolisiert den Palast der Morgenröte, aus dem sie stammt«, erklärte er. Er wunderte sich dabei selbst über die Sicherheit in seiner Stimme. »Und in den sie eines Tages zurückkehren wird.« Sorgsam rückte er dann die Kette um den Hals des Kindes zurecht und senkte dabei den Blick auf die kleine Brust. Er war dankbar, so die unerwartete Beklommenheit verbergen zu können, die bei seinen letzten Worten in ihm aufgestiegen war. Er hatte gesagt, was ihm als erstes in den Sinn gekommen war, ohne darüber nachzudenken. Konnte es sein, daß er in einem hellsichtigen Moment die Wahrheit prophezeit hatte? Würde sie ihn wieder verlassen?

Ein plötzlicher Schmerz wallte in Arik auf, und er hielt fest an sich gedrückt, was zu halten die Götter ihm geschenkt hatten. Sie wird mir das Herz zerfleischen, dachte er.

»Watar?« Der Älteste wandte sich an den Geschichtenerzähler, der zugleich der Hüter ihrer Überlieferungen war. Was er nicht in seinem Gedächtnis bewahrte, das war niemals geschehen.

Watar neigte sich über das Kind. Sein langer Bart berührte beinahe die weiße Haut. Unwillkürlich wich Arik ein wenig zurück. »Ich habe schon von solchen Dingen gehört«, murmelte Watar. Seine Hand mit den gelben, gesprungenen Nägeln streckte sich aus, um die schlafende Kleine vorsichtig anzutippen, verharrte aber in der Luft. Zögernd sagte er: »Es gibt Geschichten über derartige Dschinnenkinder in der Überlieferung.« Aber keine war so gut wie die des törichten Alten, und Watar grollte Arik ein wenig dafür, daß diese Geschichte nicht ihm selbst gehörte. Dann fiel ihm ein, daß niemand ihn daran hinderte, sie weiterzuerzählen, sie umzuformen, auszuschmücken, erst perfekt zu machen und in die Form zu bringen, in der sie schließlich wahr werden würde. Für ihn, für den Stamm, für die Nachbarn und selbst für die Götter. Er richtete sich auf und blickte Arik streng an.

»Diese Dienerin der Dschinne, sie verschwand wie ein Nichts?« fragte er in strengem Ton.

Arik beeilte sich zu nicken. Wie ein Nichts, dachte er. War es nicht so gewesen?

»Und es blieb nichts zurück als ein betörender Wohlgeruch?« In Watars Frage schwang schon der Triumph desjenigen mit, der recht behält.

Arik dachte an den Duft des Grases, über dessen Blütenrispen die Bienen summten. Er dachte an das Aroma der Milch und den Geruch der gesunden Ziegen. »Ja«, bestätigte er erneut und mit Überzeugung.

Watar richtete sich auf und nickte dem Ältesten zu. Der wiederholte die Geste gegenüber den wartenden Stammesmitgliedern. Die bisherige Stille wich mit einem Schlag aufgeregtem Geplauder. Jeder wollte sich zu den unglaublichen Ereignissen äußern. Arik fühlte sich wie in der Mitte eines Sandsturmes, so prasselte der Lärm auf ihn ein und benahm ihm den Atem. Da hob Watar die Hände. Er war noch nicht fertig.

Die Menschen wurden wieder still.

»Offensichtlich«, begann er, »und höchst bemerkenswert ist, daß das Mädchen zu uns kam, nachdem Afrit, der Regendämon, sich uns gezeigt hat.« Er schaute Arik in die Augen, der plötzlich bleich geworden war unter seiner Sonnenbräune. Warum nur hatte er nicht für sich behalten können, was er doch niemandem hatte erzählen wollen? An die Ziegen, an das Wohl der Ziegen hatte er gedacht und war morgens schweigend zu seinem grünenden Geheimnis aufgebrochen. Warum nur war er nicht auch schweigend heimgekehrt und hatte das Wohl des Mädchens ebenso gehütet? Was hatte ihn plötzlich so stolz gemacht? Arik senkte den Blick.

Die anderen nickten, noch erregter, vorfreudig jetzt. Es leuchtete ihnen ein. Die Kleine konnte niemand anderes sein als die Braut des Dämons. Was für ein Segen für ihre Zelte. Die Mütter drückten ihre Töchter enger an sich.

Arik hielt das Kind nun so fest, daß es erwachte und zu zappeln begann. Große, glänzende Augen öffneten sich seinem Blick. Unwillkürlich schossen ihm die Tränen in die Augen. Es mußte nicht sein, dachte er. Es war gut möglich, daß es niemals geschah.

»Wie soll sie heißen?« fragte jemand.

Watar öffnete den Mund.

Arik, der wußte, was er sagen würde, kam ihm zuvor. »Südwind«, sagte er, hastig und entschieden. »Ihr Name ist Südwind.« Er blinzelte und schaute trotzig auf. »Die Dschinnenfrau hat es mir gesagt.«

Watar holte tief Luft, dann schloß er den Mund wieder. Der Älteste stieß bekräftigend seinen Stock auf den Boden. »Südwind«, wiederholte er. »So soll es sein.«

Kinderspiele

»Ksss«, machte das Mädchen und stocherte mit einem dürren Zweig nach der Eidechse, die abwehrend ihren Kopf hob. Das dreieckige Maul des Tieres öffnete sich zu einer lautlosen Drohung. Das Mädchen strich seine glänzenden Zöpfe zurück und rückte noch ein Stückchen näher. »Komm, kleiner Drache, ich verzaubere dich.«

Konzentriert verharrte sie in ihrer Kauerhaltung, beugte sich erneut über das Tier und berührte sacht mit der Stockspitze seinen Schuppenpanzer, dicht neben der pulsierenden Halsader. Sie war sich sicher, daß ihr Zauber wirkte, daß er mit jedem Schlag des kleinen Herzens dort durch die Adern der Echse wanderte. Bald würde sie ein Drache sein, das Reittier einer Dschinnenprinzessin – das war natürlich sie selbst –, und sie würde aufsteigen und davonfliegen, um ihr Reich zu inspizieren: dort den Kiesel, der ihr Gebirge war, den Wald der Gräser hinter der trockenen Wasserrinne, in dem das Spinnenvolk hauste, und den Ginsterpalast, in dessen Blüten die Dschinnenfürsten lebten.

Vorsichtig streckte sie den Finger aus. Die Haut der Eidechse war trocken und kühl. »Trag mich«, flüsterte sie.

Südwind war gerne in der Gesellschaft von Tieren. Sie waren zutraulich und ließen zu, daß sie sich ihnen anschloß, um ihre kindlichen Spiele mit ihnen zu spielen. Menschen waren da viel schwieriger, abweisend und unverständlich. Sie kamen nicht einmal in ihren Phantasien vor. Mit Ausnahme ihres Großvaters natürlich. Der lebte dicht beim Ginsterpalast. Auf der Bank eines knorrigen, silbrig vertrockneten Astes saß er meist, als alter Vertrauter des Feengeschlechts, um dessen Reich er als einziger Mensch wußte. Neben ihm ließ Südwind sich manchmal nieder, hieß ihr Reittier die grünen Schwingen falten und machte Rast, um von ihren letzten haarsträubenden Abenteuern zu berichten.

Doch zunächst entdeckte Südwind den glänzendschwarzen Panzer des Käferritters. Sie riß an den goldenen Zügeln ihres Drachens, um tiefer zu gleiten, und zückte noch im Flug ihren magischen Krummdolch.

Die Kleine war so in ihr Spiel versunken, daß sie die Horde Kinder, die neugierig näher kam, gar nicht bemerkte. Sie forderte gerade den schwarzen Ritter mit einer kühnen Rede zum Zweikampf heraus. Ihre Wangen röteten sich vor Aufregung, ihre Lippen bewegten sich in stummer Zwiesprache.

Ein Junge legte den Finger an die Lippen, um den anderen zu bedeuten, still zu sein. Dann schlich er sich an die kauernde Südwind heran. Er machte seine Sache gut; es gelang ihm, unbemerkt nahe genug zu kommen, um den Saum ihrer weiten Tunika zu fassen. Blitzschnell packte er zu und riß ihn, so weit er konnte, nach oben.

»Südwind, blas mir den Rock hoch!« Laut und fröhlich trompetete er es hinaus, sichtlich entzückt von seinem Erfolg. Ein lachender Chor von Zuschauern antwortete ihm.

Südwind fuhr auf. Sie ließ den Zweig fallen, mit dem sie gerade versucht hatte, die Eidechse zu zähmen. Das smaragdgrüne Tier verharrte einen Moment auf dem staubigen Boden, inmitten des Durcheinanders zappelnder brauner Füße. Sein Puls am hochgereckten Hals pochte aufgeregt und heftig. Dann flüchtete es wimpernschlagschnell unter einen Stein. Die Rangelei wurde immer heftiger.

»Laß los, oder du bereust es!« Südwinds Drohung war ebenso hilflos wie ihre Befreiungsversuche. Noch immer hielt ihr Angreifer sie am Kleid fest, so sehr sie auch mit ihren Fäusten auf ihn einzuschlagen suchte. Er duckte sich nur lachend und riß den Stoff noch einmal hinauf, so hoch, daß sie schon glaubte, ihn reißen zu hören. »Südwind, blas mir den Rock hoch.«

Der Gedanke, daß ihre nackten Beine den Augen der anderen schutzlos ausgeliefert waren, machte Südwind fast rasend. Tränen der Wut rannen ihr über das Gesicht, während der Junge begann, sich schneller und immer schneller um sich selbst zu drehen wie ein Kreisel und sie dabei herumzuschleudern. Die Fliehkraft brachte ihn außerhalb ihrer Reichweite. Gezwungen, im Kreis herumzutaumeln, blieb ihr nichts, als zu versuchen, sich auf den Beinen zu halten. Die schwarzen Zöpfe schlugen ihr ins Gesicht; die bunten Bänder daran flatterten fröhlich, wie Südwind zum Spott. Ihr wurde schwindelig.

Endlich stolperte und stürzte sie und riß ihren Quälgeist mit sich. In einer Staubwolke fielen die beiden Kinder übereinander. Südwind spürte den heißen Schmerz, als ihre Knie auf den Boden schlugen. Aber sie nutzte die Gelegenheit, dem anderen, so fest sie konnte, in den Bauch zu treten. Befriedigt sah sie, wie er von ihr abließ, nach Luft schnappte und sich auf dem Boden krümmte. Dann raffte sie ihren Rock zusammen und zog ihn sich hastig über die Beine.

»Hast du den Fuß gesehen? Iiiiih!« Behaglicher Grusel klang mit in den Stimmen der Kinder, die sie umstanden und mit den Fingern auf Südwind wiesen.

»Einen Ziegenhuf hat sie!«

»Da sind Haare drauf!« ließ sich jemand vernehmen.

»Gar nicht wahr«, wollte Südwind rufen, aber es kam nur ein Kieksen. Ein dicker Kloß in ihrem Hals hinderte sie am Sprechen. Er war so groß, daß er weh tat. Und wie sie auch schluckte, sie bekam ihn nicht hinunter. Sie duckte sich noch etwas weiter zusammen, bemüht, so wenig wie möglich von sich preiszugeben.

»Zeig doch noch mal«, verlangte ein großes Mädchen mit verfilzten Haaren und fordernder Stimme, das seinen kleinen Bruder auf der Hüfte trug. Das Kleinkind starrte Südwind mit riesigen schwarzen Augen verständnislos an und nuckelte an seinem Daumen. Niemand vertrieb die Fliegen in seinen Augenwinkeln. Südwind hörte sie in einem Moment der Stille summen.

Ein Scherzbold aus der letzten Reihe wiederholte wenig originell: »Südwind, blas mir den Rock hoch.«

Doch niemand ging auf seine Anregung ein. Dafür machte sich einer von den größeren Jungen aus der Gruppe los. Südwind wußte, daß er Tubba hieß. Er trat vor und winkte seinem Bruder, es ihm nachzutun. Unternehmungslustig schoben die beiden die Ärmel ihrer Tuniken nach oben. Südwind sah die Muskeln unter ihrer braunen Haut; sie waren ohne Zweifel stärker als sie, viel stärker. Ihr Herz begann zu klopfen. Unwillkürlich robbte sie ein wenig zurück, die Füße noch immer unter dem Rock verborgen wie unter einem Zelt. Ihr erster Angreifer, der noch immer neben ihr auf dem Boden lag, versuchte, sie an der Hand festzuhalten, doch sie entzog sich ihm. Hastig sprang sie auf.

»Du zeigst uns das jetzt«, verkündete Tubba mit ernster Miene. Sein Ton duldete keinen Widerspruch. Die anderen nickten. Sein Gefährte verzog den Mund zu einem Grinsen. Südwind sah die strahlendweißen Zähne in seinem sonnenverbrannten Gesicht. An ihren Wimpern hingen noch Tränen, als sie den beiden entgegensah, aber ihr Mund war fest zusammengepreßt. Noch ehe die Jungen sie erreichten, wirbelte sie herum und rannte los, so schnell sie konnte.

»Haltet sie!« kreischten die Kinder begeistert und machten sich an die Verfolgung.

Die Jagd ging durch das ganze Lager, zwischen den Zelten hindurch, und sorgte für einiges Durcheinander. Aufgeregt meckernde Ziegen sprangen zur Seite und schlugen aus, als die lautstarke Meute ohne Rücksicht auf sie zustürmte.

»Kinder! Kinder!« Die Frauen vor dem Zelt, die beim Brotbacken zusammensaßen, hoben abwehrend die weiß bemehlten Hände. Sie husteten und wedelten herum, um den Staub zu vertreiben, der ihnen ins Gesicht stob. Sie bliesen über ihre Teigfladen, die sie vorsichtig reinigten, aber sie lachten dabei. Dann nahmen sie ihre Arbeit und ihr Gespräch wieder auf, ihre langen braunen Finger kneteten den Teig und tätschelten die Fladen, rasch und geschickt, ohne daß sie auch nur hinzusehen brauchten. Angeregt zitterten ihre Schläfengehänge, und die kajalumrandeten Augen blitzten, während sie miteinander plauderten. Keine sandte Südwind auch nur einen Blick hinterher.

Das tat allein Watar. Stirnrunzelnd verfolgte er das Geschehen über die Schulter einiger Männer, die sich bei ihm versammelt hatten. Er sah, wie gazellenflink Südwind um die Zelte hetzte. Doch so schnell sie auch war, sie verlor das Rennen. Ihre Verfolger teilten sich und schnitten ihr den Weg zu ihrem Zuhause ab. Einen Moment in die Enge getrieben, zögerte Südwind, dann rannte sie in die Schotteröde hinaus, auf den Fuß der nahen Berge zu.

Die Kinder des Stammes liefen ihr nach, die größten vorneweg, die kleineren hinterher. Das Schlußlicht bildete das Mädchen mit dem

Säugling auf der Hüfte, die ärgerlich hinter den anderen herrief, daß sie doch auf sie warten sollten.

Watar klopfte seinem Gesprächspartner entschuldigend auf die Schulter und ging in die Richtung, in die der Zug verschwand.

Südwind erreichte unterdessen das Ziel ihrer Flucht, die ersten Felsen. In dicken schwarzen Säulen türmten sie sich an dieser Stelle jäh einige Meter auf. Die Wände waren porös, weichgeschliffen vom Wind und heiß von der Sonne. Südwind war nicht zum ersten Mal hier und wußte, in welche Spalten und Mulden sie ihre nackten Füße klemmen mußte, um an den steilen Wänden emporzukommen. Entschlossen griff sie nach einem Vorsprung und machte sich an den Aufstieg. Mit wenigen geübten Bewegungen war sie oben. Dort befand sich ein Absatz zwischen den Säulen, eine Mulde, gut verborgen vor den Blicken der unten Stehenden, bewachsen mit zitternden gelben Blüten und gefüllt mit einer Reihe scharfkantiger Steine. Die Erfahrung hatte Südwind gelehrt, einen Vorrat für schlechte Zeiten anzulegen.

Sie nahm den ersten in die Hand, spürte beruhigend seine harte, staubige Wärme, sein Gewicht, das ihre Faust schwer machte, und beugte sich neugierig vor. Die ersten Verfolger hatten sich bereits am Fuß ihres Refugiums versammelt. Tubba trat gerade an den Felsen, musterte ihn fachmännisch und suchte nach einem Weg hinauf. Großspurig erklärte er den anderen, wie er es machen würde. Südwind neigte sich vor, zielte und traf ihn schmerzhaft am Kopf.

Er begriff nicht gleich, was ihn da verletzt hatte, rieb sich die Stirn und schaute sich um mit einem Gesichtsausdruck, der Südwind laut auflachen ließ. »Du bist viel zu plump und zu dämlich, um hier heraufzukommen.«

Tubba schüttelte die Faust in ihre Richtung. »Was du Mißgeburt fertigbringst, kann ich schon lange.« Er versuchte, seine Drohung wahr zu machen, aber ein niederprasselnder Steinregen hinderte ihn daran.

Unten bückten sich die ersten nach passenden Steinen, um die Kanonade zu erwidern. Aber sie fanden zunächst nur Brocken getrockneten Schlamms aus dem nahegelegenen Wadi, von der Sonne hartgebacken, aber leicht und bröselig. Sie flogen nicht hoch genug und zerbarsten am schwarzen Basalt zu kleinen Wölkchen aus Staub. Boten wurden zurückgeschickt, von dem Schotter zu holen, kleine Hölzer flogen, eilig aus trockenem Gestrüpp gerupft. Tubba und seine Freunde kommandierten die anderen wie zu einer Belagerung, und die beteiligten sich gerne an dem spannenden Spiel. Sie waren vollkommen damit beschäftigt, sich Südwinds zu bemächtigen.

Die hockte oben und duckte sich in ihre Mulde, um den ersten anfliegenden Steinen zu entgehen. Sie zeigte sich, wenn wieder alle Würfe gefehlt hatten, und lachte, so laut und so böse sie konnte. Sollten sie sich doch schwarz ärgern. Dabei war ihr eher zum Weinen zumute. Ihre aufgeschlagenen Knie pochten schmerzhaft, und wann immer ein Stein sie streifte, zuckte sie zusammen, selbst wenn der Treffer harmlos war. Gerne hätte sie sich eingerollt wie ein kleines Tier und geweint, aber sie mußte Tubba im Auge behalten, der unter dem Schutz des Steinhagels, den seine Truppen losließen, immer wieder versuchte, die Höhe zu erklimmen.

Da, es ging wieder los. Mit klopfendem Herzen drückte Südwind sich enger an die Innenwand der Mulde. Eins, zwei, drei, vier, fünf ... Noch immer prasselten die Steine gegen den Felsen. Wie weit Tubba wohl schon gekommen war? Ob sie es wagen konnte, den Kopf über den Rand zu schieben?

Da traf sie ein Stein, so daß sie zurücktaumelte. Südwind wurde es schwindlig.

»Treffer!« rief jemand. »Jetzt haben wir sie!«

Der Ruf des Wiedehopfs

Auf einmal hörte sie eine Stimme. »Kinder, was treibt ihr da?«

»Wir fangen die Mißgeburt«, krähte es fröhlich.

»Aber, aber.« Watar, der Geschichtenerzähler, schüttelte den Kopf. Er winkte Tubba, der auf halber Höhe in den Felsen hing, nicht vor- und nicht rückwärts kam und ganz froh zu sein schien über die Gelegenheit, sich mit einem Plumps auf die Erde fallen zu lassen. Ohne eine Spur von Scham trabte er heran.

Südwind reckte in der plötzlichen Stille den Hals. Vorsichtig, ohne sich zu zeigen, lugte sie über den Rand. Sie sah den Geschichtenerzähler, der die Kinder des Lagers um sich versammelt hatte und mit ihnen sprach. Was er ihnen wohl sagte?

Mir doch egal, dachte Südwind bei sich. Sollen sie doch alle verschwinden, soll der Boden sich auftun und sie samt und sonders verschlucken. Ich hasse sie.

Tatsächlich zogen die Kinder bald darauf ab, in kleinen, fröhlich plaudernden Grüppchen. Das wird euch noch leid tun, wollte Südwind hinter ihnen her brüllen, doch sie schwieg und blieb in ihrem Versteck. Watar stand da herum, als wollte er anwachsen. Würde er denn gar nicht gehen?

Als der Geschichtenerzähler nach einer Weile immer noch nicht verschwunden war, richtete Südwind sich ärgerlich auf. Ohne ihn eines Blickes zu würdigen, machte sie sich an den Abstieg. Geschickt hangelte sie sich von Griff zu Griff und machte sich die engen Spalten im Fels zunutze, in die ihre kleinen Füße gut hineinpaßten. Aber sie spürte Watars Blicke dabei auf sich ruhen, das ärgerte sie und machte sie zugleich unsicher, so daß sie einmal fehlgriff, sich schmerzhaft in den Fuß schnitt und beinahe abgerutscht wäre.

Als sie endlich unten war, merkte sie, daß sie nicht richtig auftreten konnte. Jetzt bewege ich mich tatsächlich wie eine Mißgeburt, durch seine Schuld, dachte sie, na wunderbar. Sie war weit davon entfernt, Watar für ihre Rettung dankbar zu sein. In meiner Burg hätte ich es ewig ausgehalten! Diesen Satz in Gedanken immer wieder wiederholend, humpelte sie mit zusammengepreßten Lippen an dem Geschichtenerzähler vorbei. Oh, wie sie es haßte, ein Schauspiel zu bieten.

Watar betrachtete sie lange. Was er sah, war nichts als ein kleines Mädchen, knochig, dürr und ungelenk, wie Kinder es eben sind. Aber ihre Glieder verrieten, daß sie einst groß und schlank sein würde, mit schönen Proportionen, langen Beinen, schmalen Fesseln.

Ihre Haut war samtig, als könnte die Sonne sie nicht verbrennen. Der Staub lag auf ihr wie Goldpuder. Ihr überaus schmales Gesicht mit der geraden Nase war stolz, und so blickten auch die Augen. Groß, schwarz, von den Wimpern schwer beschattet, doch ohne eine Spur von Trägheit. Aufmerksamkeit stand darin, ein gut verborgener Schmerz – und glühender Zorn.

Südwind warf ihre Flechten zurück, als sie an Watar vorbeiging, sieben nachtschwarze Zöpfe, für jedes ihrer sieben Jahre einen. Arik in seinem Stolz auf die Enkelin hatte rote und blaue Bänder hineingeflochten.

Watar mußte lächeln. Ja, auch der Alte wußte es; dieses Mädchen war für etwas Besonderes bestimmt. Er hob die Hand, um ihr über den Scheitel zu fahren. »Na, meine kleine Wasila?«

Blitzschnell duckte Südwind sich unter seiner Berührung weg. »So heiß ich nicht«, blaffte sie. Das war alles, was sie sagte. Und so schnell sie konnte, lief sie davon.

Unwillkürlich schloß Watar die Finger zur Faust. Kein Dankeschön, dachte er, na warte. Er schaute ihrem eiligen Humpeln nach und mußte wieder lächeln. Wasila bist du doch, dachte er, rasch fließendes, flüchtiges Wasser. Und in meiner Hand bist du ebenso. Er hob die Faust, um sie sofort wieder zu öffnen. Mit ehrerbietig ausgestreckten Händen senkte er den Kopf. »Und natürlich in der deinen, Afrit, groß an Macht und Gebieter der Dunkelheit.« Gebete murmelnd, stand er da, den Bergen zugewandt.

»Großvater?« Südwind war so erleichtert, wieder im schützenden Dämmer des Zeltes zu stehen, die gewohnten Gegenstände zu sehen, den Teppich, die verbeulte Kanne, die vertrauten Düfte zu riechen, nach Holz, Ziege und Weihrauch, vermischt mit einem Hauch von Kardamom, daß ihr die Tränen kamen, noch ehe sie den alten Mann selbst erblickte.

Er schaute auf, als sie hereinkam. Als er lächelte, stürzte Südwind sich mit dem Gesicht in seinen Schoß, umschlang seine Hüften und begann, heiß und heftig zu schluchzen.

Statt eines Grußes hob Arik nur hilflos die Hände. »Na, na, was ist denn ...«, murmelte er verwirrt und verstummte vor ihrem Kummer. Unsicher begann er, über ihren bebenden Rücken zu streichen, langsam, mit trockenen, knisternden Altmännerhänden.

Wie mager sie war, wie deutlich sich die einzelnen Wirbel unter dem Stoff abzeichneten. Und doch war sie zäh, seine Kleine. »Es ist ja gut«, murmelte er begütigend, wieder und wieder. Obwohl eine Stimme ihm sagte, daß das nicht stimmte. »Es ist ja alles wieder gut.«

Ein protestierendes Schniefen antwortete ihm.

Arik erfuhr die Geschichte zwischen erstickten Schluchzern; er hörte gar nicht genau hin, es war immer dasselbe. Anfangs hatte er nach solchen Vorfällen seinen Stock in die Linke genommen, Südwinds kleine Hand in die Rechte, und war zu den Eltern der Kinder gegangen, wo er zornige Reden führte. Es war nichts dabei herausgekommen. Man war ihm freundlich begegnet, hatte auf die wilde Natur von Jungen verwiesen, auf die natürliche Grausamkeit von Kindern dieses Alters, auf ihre Neugierde, die nicht böse gemeint sei. Nichts war je böse gemeint. Und es sei ja auch nichts geschehen.

Man schob Südwind getrocknete Datteln in den Mund und strich ihr über den Scheitel, rasch, fast hastig. Und Arik sah es an dem nervösen Lächeln der Leute: Im Grunde ihres Herzens teilten sie die Vorbehalte ihrer Kinder. Der Alte wußte, was sie im stillen dachten: War die Kleine etwa nicht mißgestaltet? War sie nicht monströs? Konnte sie nicht dankbar sein, daß sie so unbehelligt unter ihnen lebte? Arik seufzte. Er konnte die Stimmen beinahe hören. Wer die Stirn besaß, so einen Makel zu besitzen wie Südwind, der hatte gefälligst nicht zimperlich zu sein. So sahen es die Leute wohl.

Arik hörte nicht auf, Südwind zu streicheln, die monotone Bewegung beruhigte sie beide und versetzte sie beinahe in eine Art Trance. Das Schluchzen in seinem Schoß wurde leiser. Wenn es nur das wäre, spann der Alte seine Überlegungen fort. Er konnte es nicht deutlich formulieren, doch er fühlte, daß Südwinds Leben einfacher wäre, wenn sie sich mit ihrem Platz am Ende der Reihe als armer Krüppel begnügen würde. Aber so war sein Mädchen nicht gemacht. Arik fühlte es, und es schnitt ihm ins Herz. Unwillkürlich drückte er sie fester an sich. Sie war schön, seine Südwind, kein Mädchen, das dem Stamm je geboren worden war, war schöner gewesen. Und Arik hatte viele von ihnen gesehen in ihren Sommern.

Ich bin voreingenommen, sagte er sich und strich ihr doch mit glücklichem Lächeln die wirren Haare aus dem Gesicht, die sich aus ihren Zöpfen gelöst hatten und nun auf ihrer heißen, feuchten Haut klebten. Südwind wehrte ihn ab und versteckte ihr verweintes Gesicht. Störrisch war sie auch, eigensinnig und stolz. Ein richtiger Wildfang, dachte er, halb traurig, halb triumphierend. Nichts nahm sie hin, ohne Fragen dazu gestellt zu haben, alles mußte man ihr erklären. Südwind war fordernd. Stets wollte sie Antworten, Aufmerksamkeit, Zuneigung. Wie heftig ihre Zärtlichkeiten manchmal waren. Wie ein mutwilliges Zicklein stieß sie ihm manchmal den Kopf in die Seite, so daß er seinen

Stock fester packen mußte, und drückte sich heftig an ihn. Als ob sie wüßte, daß ihr die entscheidende Liebe, die ihrer Mutter, vorenthalten worden war. Als ob sie ahnte, daß in ihrem Leben ... Hier brach Arik ab und drückte seine Enkelin nun seinerseits so fest an sich, daß sie erstaunt nach Luft schnappte und sich zappelnd befreite.

»Heh, du erstickst mich ja!« protestierte sie und schaute ihn schmollend an. Arik wischte ihr Tränen und Schmutz aus dem Gesicht. Wenn es nach ihm ginge, sollte sie alles bekommen, was sie sich wünschte. Er würde ihr Rosengärten und Paläste schenken, ganze Königreiche und einen Prinzen dazu. Weiße Tauben sollten sie umflattern und der Mond ihr zulächeln. Unwillkürlich lächelte er selbst, während er sie betrachtete. Aber er hatte nichts als seine Liebe. Arme Südwind.

Arm? Nein! Heftig wallte es in Arik auf. Er würde sie einhüllen in diese Liebe, würde sie vor ihr aufpflanzen wie einen Schild, ein Schutz gegen die ganze Welt. Ariks Herz klopfte, daß er glaubte, die Brust zerspränge ihm, und für einen Moment glaubte er, alles zu vermögen. Zärtlich nötigte Arik sie, den Kopf auf seinen Schenkel zu legen. Und während er mit ungeschickten Fingern ihre Zöpfe löste und neu flocht, begann er das alte Märchen zu erzählen von dem Dschinnenkind, das er einst fand und das eines Tages zurückkehren würde in sein Zauberreich. Er malte die Wunder der anderen Welt, ihre goldenen Treppen und silbernen Glocken, ihre Truhen voll Edelsteine und kostbaren Wohlgerüchen so inbrünstig aus, daß er beinahe glaubte, sein Zelt verwandele sich unter seinen Worten. »Und der Herrscher, dein Vater, reitet auf einem weißen Elefanten mit goldenen Zähnen.«

»Was ist ein Elefant?« hatte Südwind früher an dieser Stelle immer wissen wollen. Heute fragte sie. »Wann, Großvater, wann kommt er?«

Der Zauber zerstob; Arik saß wieder in seinem schäbigen Zelt, ein alter Mann mit gichtigen Fingern, der nichts mehr vermochte. Er murmelte etwas Undeutliches.

»Und wird er Tubba verprügeln?« Südwind richtete sich auf und schaute ihn an.

Arik machte eine abwehrende Geste. Es ekelte ihn vor der eigenen Schwäche. »Ach, laß doch Tubba«, knurrte er. »Er ist ein Dummkopf, ein Nichts.« Er wandte sich ab und stocherte mit seinem Stock in der Asche. »Sie sind nur neidisch, weil du etwas Besseres bist als sie«, stieß er mit einem Mal heftig hervor. »Etwas ganz Besonderes.«

Zum ersten Mal ließ Südwind den Kopf hängen. »Ich will aber nicht Besonderes sein«, sagte sie leise. »Ich will, daß sie mit mir spielen.«

Arik starrte vor sich hin und schüttelte den Kopf. Es dauerte einen Moment, bis Südwind ihn verstand. »Da kann man nichts machen«, brachte der Alte hervor. »Ein jeder ist, was er ist.«

Lange saßen sie schweigend nebeneinander. »Ich hasse sie«, sagte Südwind irgendwann.

Arik machte eine Bewegung, antwortete aber nichts.

Draußen stieg die Mittagshitze, alle Geräusche wurden leiser. Es waren keine Stimmen mehr zu hören, nur von ferne der Schrei eines Vogels. Südwind fragte sich, ob es ein Wiedehopf war, der sie rief.

Kamelrennen

Das Geschrei der Zuschauer war ohrenbetäubend. Selbst die Kamele, aufgereiht fern der Menge am Rand des dürren Tamarisken-Wäldchens, dem Startpunkt ihrer Rennbahn, wurden von der Aufregung berührt. Sie vernahmen den fernen Lärm wie das Rauschen eines unbekannten Meeres, witterten den Geruch der Erregung, die Furcht und die Hoffnung darin und wurden unruhig wie Reisende vor einer Fahrt. Sie verdrehten die Augen, blähten ihre Nüstern, stießen klagende Schreie aus und bereiteten mit ihren ungebärdigen Bewegungen ihren kleinen Reitern alle Mühe.

Jungen von etwa zehn Jahren saßen in den Sätteln, mit ernsten Gesichtern, ganz benommen vom Bewußtsein der eigenen Bedeutung an diesem Tag. In ihrer Erregung nahmen sie das aufgewühlte Geschehen um sie herum nur wie durch einen Schleier wahr. In ihren Ohren rauschte der Lärm, und das Herz schlug ihnen bis zum Halse. Schaum stand vor den Mäulern ihrer Tiere, spritzte auf das reich bestickte Zaumzeug und ihre nackten Schenkel. Die Troddeln an den Satteldecken flogen. Kamelleiber rieben sich aneinander. Die Jungen zogen die braunen Beine hoch und saßen fest wie die Zecken. Ihre Augen in den tätowierten Gesichtern glühten, die Haare unter den bunten Turbanen glänzten vor Schweiß. Kleine Könige waren sie, und doch Fliegengewichte auf Tieren, die noch prächtiger herausgeputzt waren als sie selbst.

Sie zogen mit aller Kraft an den Zügeln und ignorierten die letzten Instruktionen ihrer Väter, Oheime, Mentoren, die selbst nicht weniger aufgeregt als die Kinder durcheinanderriefen und herumfuchtelten. Jeder von ihnen hatte noch ein Geheimrezept, das sein Tier schneller machen sollte. Der eine rieb seinem Kamel die Fesseln mit einem besonderen Öl ein, der andere hielt seinem Wunder wirkende Kräuter vor die Nase. Tubba schob seinem kleinen Bruder, der heute reiten sollte, wie er selbst vor zwei Jahren geritten war, mit verstohlener Geste einen Talisman unter den Sattel.

»Was ist das?« wollte Muchzen wissen.

»Pst«, machte Tubba und zog den Kopf seines Bruders dicht an seinen Mund, um es ihm zuzuflüstern. »Du wirst siegen«, verkündete er zum Abschluß etwas lauter, »so wie ich zu meiner Zeit gewonnen habe.«

Muchzen nickte, ein wenig vage vielleicht, aber die Stärke und Zuversicht seines großen Bruders machte ihm wie immer Mut. Er packte die Zügel seines Kamels fester und klopfte ihm den Hals, um sich und das Tier zu beruhigen.

»He, Walid, viel Glück!«

»Fall nicht runter, Muchzen!« Die Rufe kreuzten sich über dem Chaos.

Nur um Südwind war es ruhiger. Sie saß etwas abseits auf ihrem Tier und starrte stumm geradeaus. Das Treiben ringsum ignorierte sie. All der Lärm und die Fröhlichkeit bedeuteten doch nichts, redete sie sich ein. Ihr eigenes, geheimnisvolles Schweigen war doch viel bedeutungsvoller. Und überhaupt, sie war nicht alleine. Sie kniff die Augen zusammen. Dort drüben, wo die Baumreihe eben noch zu erkennen war, dort wartete das Ziel, dort würde Arik sie empfangen. Auch sie hatte jemanden, der ihre Aufregung und ihre Hoffnungen teilte. Ihr Großvater war nur zu gebrechlich, um sich in das Gewühl des Startes zu wagen, das war alles. Vor allem war er zu langsam, um den loslaufenden Tieren rennend am Rand der Ebene zu folgen, wie es die anderen tun würden, die dann atemlos bald nach den Reitern ins Ziel kommen würden, um ihre Siegesfreude und den Triumph zu teilen. Aber im Ziel, da würde auch ihr jemand zujubeln. Dort endlich würden die Blicke der anderen leicht auf ihr liegen, würden sie keine Last mehr sein, die ihr den Atem zu nehmen drohte. Alle würden sie dort bewundern, starr vor Staunen, denn sie würde die Siegerin sein!

Südwind stemmte den Fuß gegen den Hals ihres Tieres und sprach beruhigend auf es ein. Das Kamel war nicht ihr Eigentum, es war nicht mit ihr aufgewachsen, wie das bei den meisten anderen der Fall war. Arik konnte sich kein Kamel leisten. Als sie ihn bestürmt hatte, daß sie am Rennen teilnehmen wollte, da hatte er nach langer Gegenwehr schließlich bei einem Nachbarn einen Gefallen eingefordert, eine alte Dankesschuld. Es war die letzte, über die er verfügen konnte. Südwind fand sie nicht verschwendet. Das Kamel war eine Schönheit, cremefarben, beinahe weiß; Südwind hatte es an diesem Morgen noch mit Milch gewaschen. Sein Fell war lockig und seine dunklen Augen groß und klar, von langen Wimpern beschattet wie die eines Mädchens. Und wenn die Zügel auch nicht golden waren, so hatte sie sie doch an zahllosen Nachmittagen so über und über mit gelber Wolle bestickt, daß sie nun strahlten wie die Sonne selbst.

Südwind trug keine Bänder mehr im Haar. Aber an den Sattel ihres Kameles hatte sie so viele gebunden, daß sie beim Ritt hinter ihr herwehen würden.

Der Ritt! Südwind glaubte schon, den Wind auf ihrem Gesicht zu fühlen und das Wogen des Tieres unter sich. Sie hörte schon das harte Getrappel der Füße, das sich in Flug verwandelte, in pure Geschwindigkeit, die ihr den Atem benahm. Es war wie ein Rausch, der sie wegriß aus der Gegenwart, schöner als alle Flüge, die sie in ihrer Phantasie je unternommen hatte. An so vielen Abenden hatte sie, abseits von den anderen, allein am Rand des Schotterfeldes geübt. Das Zwielicht hatte alles unbestimmt gemacht und der Wind ihr die Tränen in die Augen getrieben, so daß sie nur noch unscharf sah. Sie war sich vorgekommen, als ritte sie durch eine fremde, unbekannte, traumhafte Welt, zusammengehalten vom Klopfen ihres Pulses und dem Keuchen ihres Atems, das ihr in den Ohren dröhnte. Nie war sie so bei sich selbst gewesen. Alles schien so gesteigert, so überwältigend. Alles war gut. Südwind dachte, eines Tages würde sie die Zügel ergreifen, losreiten und nie wieder anhalten.

»Brrr, heee!« bremste sie ihr Tier, das kein hilfreicher Oheim am Zügel hielt. Noch war es nicht soweit. Mit einer letzten, energischen Bewegung zog sie den roten Schal fester, der ihre Haare zurückhalten sollte. Südwind spürte seinen Druck auf ihrer Stirn wie eine Mahnung, wie den Reif einer heimlichen Krone.

Mit neuem Selbstbewußtsein wagte sie einen Blick zu ihren Konkurrenten. Die brauchen gar nicht so zu glotzen, sagte sie sich und warf stolz den Kopf auf. Es stand nirgendwo geschrieben, daß Mädchen nicht bei den Rennen mitreiten durften. Nur weil es noch niemand getan hatte, hieß das nicht, daß es verboten war. Ihr Großvater hatte das schließlich eingesehen und seinen Widerstand aufgegeben. Er hatte ihr das Kamel besorgt. Niemand hatte etwas dazu gesagt. Und niemand kümmerte sich nun um sie.

Langsam begannen die Tiere, eine Startreihe zu bilden. Angefeuert von ihren Reitern und von zahlreichen Helfern gezerrt und gezogen, brachten sie sich widerwillig in Position. Südwind sah zu, daß sie aus eigener Kraft zu der Gruppe aufschloß, die sie auch weiterhin ignorierte. Nur einer schaute zu ihr hinüber.

Südwind hatte es sofort bemerkt. Sie sah, wie Muchzen und Tubba die Köpfe zusammensteckten und tuschelten, wie der Jüngere lächelte und den Kopf hob. Jetzt schaute er ihr in die Augen. Südwind sah die weißen Zähne in seinem dunklen Gesicht und wandte rasch den Kopf. Da kam der Startruf.

Ein gellender Schrei stieg auf, dann war es, als bräche eine Gewitterflut los. Wie der Sturzbach in einem Wadi, so stürmte die Schar der Reiter auf die Ebene. Staub verhüllte den voranstürmenden Trupp gleich einer Wolke aus Gischt.

»Yiiiiiiih!« Der Schrei entrang sich Südwinds Brust, fast ohne daß sie es bemerkte. Wind zerrte an ihren Haaren, ihren Kleidern, es war ein wunderbares Gefühl. »Ich fliege!« jubilierte sie. Ich fliege euch allen davon. Die Bewegungen des Tieres rollten unter ihr dahin wie die Wogen jenes Ozeans, von dem der Großvater ihr schon einmal erzählt und den sie beide nie gesehen hatten. Es war eine Kraft, größer als ihre eigene. Südwind fühlte, wie sie sie aufhob und davontrug, schneller, schneller. Schneller!

Aber sie durfte ihr Ziel nicht aus den Augen verlieren. Die Augen zusammengekniffen gegen den Staub, den Kopf geduckt, suchte sie ihrer Euphorie Herr zu werden und sich im Gedränge zurechtzufinden. Dort vorne wuchsen ihr die Bäume vom Horizont entgegen. Dort war die bunte Menge der Wartenden, die sie als erste erreichen mußte. Wenn sie ihnen wirklich davonfliegen wollte, dann mußte sie siegen.

Südwind wandte den Blick. Rechts und links von ihr waren Reiter, ein dichtes Knäuel, das sich mit Peitschen und Tritten, Hieben und Püffen laut schreiend gegenseitig bekämpfte. Südwind sah ihre aufgerissenen Münder, doch sie hörte die Rufe nicht im allgemeinen Lärm. Da war nichts als das Sausen des Windes, das Trappeln der Kamelfüße. Sie mußte diesem Hexenkessel entkommen. Südwind hob ihre Peitsche und hieb ihrem Tier rechts und links über die Flanken. Sofort bemerkte sie, wie es den Hals streckte und beschleunigte. Langsam, mit jedem Schritt mehr, löste sie sich aus dem Pulk. Da kreuzte jemand ihren Kurs.

Südwind zerrte an den Zügeln, um einen Zusammenstoß zu vermeiden, drückte ihrem Tier aber zugleich die Ferse auf den Hals. Schneller, hieß das, lauf schneller. Einen Moment sah es so aus, als würden die beiden Fellberge auf ihren Bahnen zusammenstoßen. Südwind hieb noch einmal mit der Peitsche zu. Aus den Augenwinkeln sah sie, wie ihr Gegner die Beine hochzog, damit sie nicht zwischen die schweren Leiber gerieten und zerquetscht würden. Er riß die Zügel hoch und schrie etwas. Südwind hörte nicht hin. Ein Schritt und noch einer; rauhes Fell schabte über ihre Wade, sie spürte, wie ihr Schal sich löste, der Druck gegen ihre Stirn nachließ, dann war sie vorne.

Triumphierend schrie Südwind auf. Sie hatte nicht verlangsamt, war nicht ausgewichen; der andere war es, dessen Tier aus dem Tritt geraten war. Mit zurückgewandtem Kopf sah Südwind, wie er zurückblieb und von neuem zum Galopp ansetzen mußte. Dann wandte sie sich wieder nach vorne; ihr befreites Haar flatterte wie eine Fahne. Noch waren Reiter mit ihr gleichauf. Doch sie war schneller; im Auf und Ab ihres Galopps sah sie ihre Konkurrenten zurückfallen, zäh, aber stetig. Mit jedem Schritt kämpfte ihr Kamel sich nach vorne, schob sich an den anderen vorbei, als teilten sie nicht dieselbe Gegenwart. Eine Nüsternlänge, eine Kopflänge, eine Halslänge, geschafft. Dort wartete das Offene, der Staub ließ nach, Südwind atmete klare, blaue Luft.

Nur ein Tier lief noch vor ihr, leicht nach links versetzt. Südwind erkannte den Reiter; es war Muchzen. Wie er im Sattel sitzt, dachte sie und betrachtete die kleine Figur, deren Kopf im Takt des unruhigen Galopps heftig nickte. Wie er die Zügel hielt, so krampfhaft und mit hochgezogenen Schultern. Als hätte er Angst vor der Geschwindigkeit. Ein

Lächeln entblößte Südwinds kleine Raubtierzähne. Sollte er doch nicht seine Schwingen entfalten, wenn er Angst hatte zu fliegen.

Südwind hieb auf ihr Kamel ein und spürte voller Befriedigung, wie es gehorchte. Stück für Stück kam sie der Flanke von Muchzens Kamel näher. Sie konnte sehen, wie die Muskeln des Tieres unter dem Fell arbeiteten. Noch ein Stück näher. Ohne Rücksicht auf ihre Verfolger, denen sie den Weg versperrte, trieb Südwind ihr Tier nach links, näher an das von Muchzen heran. Der mußte etwas gespürt haben, denn er wandte sich um.

Südwind sah seine aufgerissenen Augen, die dunkelblauen Punkte der Tätowierung auf seiner Stirn. Was tat er da? Rief er etwas, lachte er sie aus? Südwind sah nur seine blendendweißen Zähne, dann hob sie die Peitsche und schlug zu.

»Heh!« Diesmal hörte sie Muchzens Protestgeschrei, aber sie achtete nicht darauf. Muchzens Tier spürte den nachlassenden Druck der Zügel, es geriet aus dem Tritt. Der Reiter schwankte irritierend in seinem Sattel. Das Kamel schrie. Südwind stieß ihm den Griff der Peitsche in die Flanken, stieß sich mit einem Fußtritt von seinem schweren Leib ab und war vorbei. Da vorne, da wuchsen die Tamarisken in die Höhe. Dort wartete ihr Sieg.

Arik betete. Zusammen mit den Frauen und Kindern erwartete er die wilde Horde, die nun heranstob. Hier und da sah er einen nackten Arm, einen Stock, der auf die Flanke des eigenen Tieres oder einen Gegner einhieb. Alles war ein riesiges, staubumhülltes Knäuel, aus dem sich nur langsam einzelne Reiter lösten. Sie waren zunächst nicht mehr als dunkle Punkte auf dem Rücken ihrer Tiere, aber wie die anderen kannte Arik jedes einzelne Kamel, die Linie seines Halses und den Rhythmus seines Ganges, und konnte sie voneinander unterscheiden, selbst wenn sie nicht mehr als ein ferner Scherenschnitt am Horizont der Wüste gewesen wären.

Das dort war Yida, dort Watars Sohn auf dem großen Roten. Und vorneweg Muchzen, wie es sich für Tubbas Bruder gehörte. Hinter ihm aber flatterte ein roter Schal. Wie von einer wütenden Faust emporgerissen, flog er in den Himmel und sank in weichen Wirbeln wieder herab. »Südwind«, murmelte Arik und sprach ein Gebet, ehe er den Blick wieder hob. Der Schal war fort, verschwunden im Staub. Nichts als trommelnde Kamelfüße auf dem Weg zum Ziel.

»Aaaaaah!« rief es um ihn herum. Einer war gestürzt, verschwunden wie der rote Schal. Aber es war nicht Südwind. Der alte Arik wischte sich den Schweiß von der Stirn und dankte Almaqh. So rasch er konnte, hinkte er zur Ziellinie. Wimpernschläge hintereinander kamen dort die Sieger an. Ihre wilde Ankunft ließ die Menge auseinanderstieben und sich sofort wieder sammeln und die kaum gebremsten Kamele umringen wie ein aufgescheuchter Bienenschwarm, der umgehend zum Angriff übergeht. Arik benötigte seinen Stock, um sich Platz zu verschaffen.

»Weg da! Laßt mich durch, habe ich gesagt!« Als er endlich neben Südwind stand, war er so kurzatmig, als hätte er selbst das Rennen bestritten.

»Großvater, ich habe gewonnen!« Mit heißen Wangen neigte Südwind sich von ihrem Sattel ihm entgegen. Arik wäre am liebsten hingestürzt und hätte sie wiederaufgerichtet, um zu verhindern, daß sie eintauchte in diese Wolke aus Stimmen, die so bösartig surrte.

»Was ist denn los?« fragte er in die Runde, mit aller Würde, die er aufbringen konnte. Es galt vor allem, die Ruhe wiederherzustellen. Ich bin alt, dachte er. Schon die vielen Stimmen und das Gewoge machen mir Angst.

»Ich habe gewonnen!« wiederholte Südwind. Doch niemand antwortete ihr.

Die Menge teilte sich für Muchzen, der zusammengekauert auf seinem Kamel saß. Sein Vater führte es am Zügel, und Tubba, ausgepumpt vom Rennen, kam hinter ihnen her.

»Sie hat ihn geschlagen«, rief er schon von weitem, keuchend und atemlos. Und er wies auf seinen kleinen Bruder, dessen Haar voller Staub war und der Blutspritzer im Gesicht hatte.

»Nun, nun«, suchte Arik ihn zu beruhigen. Er betrachtete Muchzen, der, wie jeder sehen konnte, selbst für einen Kamelreiter noch recht zierlich war und in seiner Haltung nun gar nichts mehr von der von seinem Bruder geborgten Zuversicht verriet. »Er ist nicht der einzige, der heute gestürzt ist, nicht wahr?«

Doch die Leute schüttelten den Kopf. Es war wahr, was der Alte gesagt hatte, sie wußten es, aber es gefiel ihnen nicht und drückte nicht aus, was sie empfanden.

Anklagend hob Muchzen den Finger. »Sie hat mich mitten ins Gesicht geschlagen, mit ihrer Peitsche.«

Arik hob begütigend die Hände. Beim Rennen war jedes Mittel erlaubt, das wußten alle. Warum also sollte es Südwind verwehrt sein?

Die warf den Kopf zurück und lachte zu den Vorwürfen. Spielerisch ließ sie ihre Gerte schnalzen und zeigte dabei den Arm, auf dem sie selbst einen ziemlichen Striemen abbekommen hatte. »Wenn du so ein Kind bist, dann bleib doch zu Hause.«

Einige Frauen schüttelten mißbilligend den Kopf. Murren stieg auf und wurde lauter. Arik sah die feindseligen Gesichter der Menschen und auch, worauf sich ihr Augenmerk richtete. Er trat an Südwind heran; mit einer schnellen Bewegung nahm er ihren Rock und zog ihn über den verunstalteten Fuß, der nackt und gut sichtbar auf den Flanken des Kamels ruhte.

Das Tier scheute so heftig, daß Südwind es nur mit Mühe zügeln konnte. Erschrocken funkelte sie ihren Großvater an. Früher waren sie doch so scharf darauf, es zu sehen, schien ihr Blick zu sagen. Als ich noch züchtig meine Beine verbarg wie jede beliebige Zwölfjährige, wollten alle sie sehen. Warum sie also jetzt verstecken? Nun, wo sie gewonnen hatte?

Herausfordernd schaute sie Tubba an, der starrte zurück, drauf und dran, zu ihr hinüberzustürzen. Und Südwind schien mehr als bereit, sich mit ihm zu prügeln wie in den alten Zeiten. Sie reckte ihr Kinn, so hoch sie nur konnte.

Da packte Tubbas Vater ihn an der Schulter. Er wies auf Muchzen und redete auf den Jungen ein, der aber den Kopf schüttelte und sich wehrte. Doch den Widerstand ignorierend, umfaßte der Vater sein Gesicht mit beiden Händen, zwang ihn, den Mund zu öffnen, und zeigte Tubba, was er dort entdeckt hatte.

»Dem Jungen fehlt ein Zahn.« Er rief es voller Empörung, einmal, zweimal, jedesmal lauter. Er verkündete es dem ganzen Stamm. »Sie hat meinem Jungen einen Zahn ausgeschlagen.«

Der Schreck schnürte Arik die Kehle zu. Unwillkürlich fuhr er sich mit der Zunge über die eigenen gelbschwarzen Stümpfe. Ein Zahn war eine Kostbarkeit, das heile Gebiß der Stolz eines Mannes, Ausweis seiner Jugend und Kraft. Wenn einer fehlte, war das schlimm für den Betroffenen, er wurde gehänselt, und die Frauen machten einen Bogen um ihn. Muchzen würde einen hohen Brautpreis zahlen müssen, wenn er noch eine finden wollte, die ihn mit diesem Makel nahm. Das alles schoß ihm mit großer Geschwindigkeit durch den Kopf, während die Unruhe um ihn herum stieg. Abrupt wandte er sich von Muchzens Vater und seinem vorwurfsvollen Blick ab. Er humpelte zu Südwind hinüber und griff nach den Zügeln.

»Du reitest zum Zelt«, befahl er, »und bleibst dort.« Er hoffte, daß sie nicht bemerken würde, wie sehr er sich fürchtete.

Südwind wollte protestieren. »Ich habe nur gemacht, was alle tun«, rief sie empört, nicht ganz sicher, wer der Adressat ihrer Klagen war: die anderen oder das Schicksal, das es gefügt hatte, daß etwas, was doch alle ständig taten, von ihrer Hand zur besonderen Katastrophe geraten war. Das war einfach nicht gerecht. Trotzig wiederholte sie: »Und ich habe gewonnen.«

Um so schlimmer, dachte Arik, aber er sprach es nicht laut aus.

Doch etwas davon mußte in seinem Gesicht zu lesen gewesen sein. Denn Südwind beugte sich zu ihm hinunter. »Hab ich etwa nicht recht?« fragte sie, nun mit einem Hauch von Unsicherheit. »Bei den Rennen ist doch alles erlaubt?«

Arik nickte. Er verstand ihre Empörung nur zu gut. »Bei den Rennen ist alles erlaubt«, bestätigte er traurig. »Aber Muchzen fehlt ein Zahn. Und du bist du.«

Auf ihrem Gesicht malten sich Zweifel und Trotz. In einer Aufwallung drückte Arik das Mädchen an sich. Über den Hals des Kamels hinweg sah er, wie die anderen in Grüppchen dastanden und redeten. Muchzens Familie hatte sich um ihn geschart und schaute böse herüber. Unwillkürlich umarmte Arik seine Enkelin fester.

»Ich bin sehr stolz darauf, daß du gewonnen hast«, flüsterte er in ihr Ohr und hoffte, daß sie sein ängstliches Herzklopfen nicht spürte. »Es war nichts als ein dummer Unfall. Und nun geh.« Er schaute ihr nach.

»Laß dich nicht von ihnen aufwiegeln«, rief Südwind noch über ihre Schulter zurück und grüßte mit der Peitsche. Dann war sie hinter der Menge verschwunden.

Arik wandte sich ab und sah den Ältesten des Clans auf sich zukommen, Watar und den Vater von Muchzen an seiner Seite. Unwillkürlich faßte er seinen Stock fester.

»Das muß aufhören, Arik.« Der Älteste hielt sich diesmal nicht mit Vorreden auf. Er hatte Arik in sein Zelt gebeten, die Frauen hinausgescheucht und bewirtete ihn nun selbst mit Tee.

»Sie hat doch nichts Böses getan«, hielt Arik dagegen. Er war bereit, seine Enkelin zu verteidigen, so lange er konnte. »Was kann sie dafür, daß sie die bessere Reiterin ist?«

Der Älteste setzte sich ächzend und wandte sich ihm dann zu. »Sie hätte gar nicht erst mitreiten dürfen, das weißt du genau.«

Arik wehrte sich noch immer. »Keiner hat dagegen gesprochen«, wandte er ein, »aber jetzt, da sie gewonnen hat, wollen die Neider es nicht zugeben.«

»Dann höre hin«, erwiderte der Älteste. Vielsagend ließ er seinen Blick zur Seite wandern, als wollte er Arik auffordern, dorthin zu sehen. Sie waren allein in dem Zelt. Und doch waren sie umgeben von Geräuschen und Stimmen. Sie drangen von draußen herein, von den Herdfeuern zwischen den Zelten, wo die Menschen sich unter dem Sternenhimmel versammelt hatten, um miteinander zu reden. Und Arik hörte hin.

Er verstand die einzelnen Worte nicht immer, doch er spürte die Aufregung heraus, den Unwillen, die Erregung und – er bemerkte es mit Erstaunen – die Angst. Furcht lag in den Stimmen der Menschen, die er kannte.

Arik senkte den Kopf. Er konnte nicht vorgeben, das nicht zu verstehen. Er begriff es ja selbst nicht. Aber alles, was die anderen fürchteten, das liebte er gerade: daß Südwind ein Mädchen war, das seine Stimme nicht senkte, wenn es redete, das ritt und jagte wie ein Mann und das jeden, der es ansprach, mit seinem nachdenklichen Blick zu durchbohren schien. Daß ein Dschinn sie ihnen allen geschenkt hatte. Aber er wußte, man begann sich unter den Leuten zu erinnern, daß es auch böse Dschinne gab.

Nachdenklich schaute er durch die Zeltöffnung, wo die Frau des Ältesten mit ihren Töchtern und Schwiegertöchtern saß. Kinder umsprangen die Gruppe, wurden gerufen, gefüttert und gemaßregelt. Die Kleineren kuschelten sich in die Schöße ihrer Mütter und lauschten den Reden über ihren Köpfen. Südwind hatte nie zu so einer Gruppe gehört, fiel

Arik auf. Ihr fehlte die eigene Mutter, und sie hatte nie Anschluß an die anderen Frauen gesucht. Schon als kleines Kind hatte sie sich lieber bei den Jungen herumgetrieben, mit dem Ergebnis, daß sie gut reiten, sich prügeln und die Schleuder bedienen konnte. Südwind interessierte sich nicht für die endlosen Frauenfeuer-Geschichten darüber, was jeder im Dorf so trieb, wer wen liebte und wer mit wem unglücklich war. Das hatte sie ihm selbst einmal gesagt. Und er hatte es gutgeheißen. War er mitschuldig an ihrer Vereinsamung? Ihm schien, daß jeder dort draußen heute abend in irgendeiner Gemeinschaft saß, selbst er. Nur Südwind in ihrem Zelt war alleine und wußte nicht, was sie erwartete.

Arik straffte sich. Sehr aufrecht saß er da und schlürfte seinen Tee, doch sein Kiefer zitterte. Ich werde alt, dachte er. Alt und schwach. Was soll aus ihr werden, wenn ich nicht mehr bin und sie diesen da gegenübersteht?

Die Stimme des Ältesten klang versöhnlich, als er ihm die Hand auf die Schulter legte. »Die Sache mit Muchzen ist gut geregelt, sage ich dir. Du hast das Richtige getan.«

Arik nickte, aber ein Schauder überlief ihn, als er daran dachte. Muchzens Vater hatte wie erwartet einen Preis für die Verunstaltung seines Sohnes gefordert, Schmuck und Vieh, das er später dem erhöhten Brautpreis beifügen konnte, den sein Sohn würde zahlen müssen. Arik hatte von beidem nicht genug gehabt. Da hatte er die einzige Lösung ergriffen, die ihm zur Verfügung stand: Er hatte Muchzen eine Braut geboten. Unwillkürlich schüttelte er wieder den Kopf, wenn er daran dachte. Er spreizte seine alten, gichtigen Hände, mit denen er den Handel besiegelt hatte, und starrte sie an. Er würde es nicht übers Herz bringen, Südwind auch nur ein Wort davon zu sagen.

Der Älteste legte ihm die Hand auf die Schulter. »Halte sie nun eine Weile verborgen, deine Enkelin. Lehre sie Demut, das steht einer künftigen Ehefrau gut an.« Er nickte. »Um ihretwillen«, fügte er hinzu und klopfte Arik abschließend ein paarmal aufmunternd auf die Schulter. »Um unser aller willen.«

»Großvater?« Hundert unausgesprochene Fragen und ein Vorwurf lagen in dem einen Wort, mit dem Südwind ihn begrüßte.

Er winkte ab, er war müde. Arik sank auf sein Lager und ließ es widerstandslos zu, daß seine Enkelin um ihn herumsprang, ihm den Stock abnahm und ihm einen Becher in die Hand drückte. Heißer Teedunst schlug ihm entgegen, geschwängert mit dem Aroma von Kardamom, das er sonst so liebte. Tief sog er den Duft ein, der ihn an glückliche Zeiten erinnerte, und fühlte sich alt. Dann schüttelte er den Kopf und stellte den Becher beiseite. Genug des Tees für heute.

Er sah die abgenutzten Stellen im Muster des Teppichs, wo er beim Sitzen seine Füße zu kreuzen pflegte. Er sah die blinden Flecken auf der Teekanne und die verschossenen Stellen in der Zeltbahn. Und es überkam ihn das Gefühl, daß etwas zu Ende sei.

»Großvater, wie ist es, habe ich gewonnen?«

Ihn schmerzten der Eifer und die leise Verzagtheit in ihrer Stimme. Und noch mehr die hoffnungsvolle Erwartung, die mitklang, er mit seinen schwachen Kräften könnte alles wieder in Ordnung bringen. Lieber hätte er sie heftig und stolz gesehen, mit blitzenden Augen, wie er sie kannte. Wo war ihr Trotz von vorhin? Was hatte ihn inzwischen verrauchen lassen? Wahrhaftig, er hätte all ihren Zorn verdient. Aber verdächtig willig streifte seine Enkelin ihm die Sandalen ab, wusch seine Füße und drängte ihm erneut das heiße Getränk auf, während sie sich einschmeichelnd an ihn schmiegte. »Nun sag schon.«

Ariks Niedergeschlagenheit wich nicht. Er schaute auf ihren nachtschwarzen Scheitel, und während er an die bösen Blicke dachte, die ihn auf seinem Heimweg begleitet hatten, stiegen ihm die Tränen in die Augen. »Du wirst nie wieder ...«, setzte er an.

Rasch legte sie ihm den Finger auf den Mund. Er schüttelte den Kopf und ließ ihn dann sinken, unfähig, zu sagen, was er sagen mußte. Eine Weile waren sie beide still und lauschten auf die Stimmen draußen. Das Mädchen hatte sich aufgesetzt und den Kopf schief gelegt. Hier und da wurden ein paar Stimmen schriller, lauter als die anderen, schienen sich gegenseitig aufzuschaukeln.

»Du hast immer gesagt, ich wäre schöner und klüger als sie alle.« Ihr Ton war anklagend, aber auch traurig.

»Das bist du«, flüsterte Arik. Seine alten, trockenen Hände knisterten, als er über ihre Zöpfe strich. »Und nichts davon können sie dir verzeihen, solange du um sie bist. Sie müssen dich erst zerreißen, um ein Märchen aus dir machen zu können.« Ihm ging erst auf, was er da sagte, als er es aussprach. Und im selben Moment lief ihm ein Schauer über den Rücken. Er dachte an Watar, dessen Blicke Südwind noch immer überallhin verfolgten. Zweifellos hatte er ihnen auch heute zugesehen, hatte beobachtet, wie sie alleine standen gegen die anderen, abgesondert, bedroht. Es mußte ihm gefallen haben.

In seine düsteren Überlegungen hinein sagte Südwind: »Ich werde weggehen, wie Mutter.« Es klang noch unbestimmt.

»Wo willst du hin?« Arik spürte, wie sein Magen sich zusammenzog. Er hatte so etwas befürchtet. »Du hast kein Ziel, du bist noch zu jung, du ...« Wie Heuschrecken nach der Regenzeit fielen die Gründe über ihn her, sie aufzuhalten. Niemand, kein Mensch in dieser Welt wartete auf sie, das verkrüppelte Kind eines Kebsweibes. Er öffnete den Mund, um etwas zu sagen, und schloß ihn wieder. Röte schoß in sein Gesicht; es schnitt ihm ins Herz, dies auch nur gedacht zu haben.

Als hätte sie seine Gedanken erraten, setzte sie sich noch ein wenig gerader hin. Sie starrte auf die dünne Zeltwand, die sie wie eine Kapsel umschloß und doch zugleich der Welt aussetzte. Wie seine Liebe war sie nur scheinbar ein Schutz gewesen. Alles, alles war eine Täuschung gewesen, und es wartete nur Verzweiflung auf sie. »Du bist ...«, setzte er an. Doch schon wieder fiel Südwind ihm ins Wort. Sie starrte auf den schwarzen Wollfilz, als zeichne sich dort ein Weg ab. »Ich bin eine Dschinn-Frau«, sagte sie.

Arik starrte sie mit offenem Mund an. Tatsächlich, sie lächelte, wie ein Schimmer lag es über ihren Zügen und ließ ihre dunklen Augen leuchten. Ungläubig schüttelte Arik den Kopf. Ja, aber ... glaubte sie das denn wirklich? Dachte sie wahrhaftig, die Gesetze dieser Welt gälten für sie nicht? Hatten die alten Kindermärchen ihr den Kopf verwirrt? Angst kroch hoch in dem alten Hirten. Was habe ich nur getan, dachte er entsetzt. Almaqh, vergib mir. Sah sie nicht aus wie eine Wahnsinnige? Noch nie war sie ihm so schön erschienen wie in diesem Moment, beinahe überirdisch, und dabei, dabei ... Noch ehe Arik begriff, was er da tat, hatte er die Hand gehoben und ihr eine kräftige Ohrfeige versetzt. Dann schlug er die Hände vors Gesicht.

Südwind saß da wie erstarrt. Sie regte sich nicht und sagte kein Wort. Ihr war, als wäre das Klatschen des Schlages im ganzen Lager zu hören gewesen, hätte alles zum Verstummen gebracht und selbst das Weltall angehalten. Nur langsam verstand sie, was Arik durch seine Finger hindurch keuchte und wimmerte. Im Rhythmus seiner Klage schaukelte der alte Mann hin und her: »Verlaß mich nicht«, sagte er. »Verlaß mich nicht.«

Die Zelte der Mädchen

Südwind blieb bei den Zelten ihres Stammes. Zwischen ihr und der Welt lag das Gebirge, lagen die Wüste und ihr Mangel an Vorstellungsvermögen. Sie hatte kein Bild von dem, was sie außerhalb ihres Alltags erwarten könnte. Ariks Ohrfeige hatte die weißen Kamele der Dschinne verschreckt auseinanderstieben lassen. Sie waren niemals zurückgekehrt. Märchen wurden im Zelt der beiden keine mehr erzählt. Ariks alte Wortkargheit kehrte zurück, und Südwind paßte sich ihr an. Sie ging frühmorgens mit den Ziegen fort und kehrte mit der Dämmerung wieder.

Tausendmal am Tag dachte Arik: mein Täubchen, mein Augenlicht. Und er hob die Hand, wie um die Abwesende zu streicheln. Doch er sagte nichts davon, wenn sie anwesend war, und erstickte langsam daran. Was Südwind dachte, konnte niemand erraten.

Sie hatte erwartet, daß ihr Leben schwerer werden würde nach dem Zwischenfall beim Rennen. Aber tatsächlich wurde es leichter. Sie wußte nicht, warum, aber die Leute schienen sich mit ihrer Gegenwart auf einmal abgefunden zu haben. Es war ihr, als hätte man ihr nun einen Platz im Stamm zugewiesen, keinen Platz im Zentrum, einen am Rand, in der Zone der stummen Duldung. Aber Südwind war nun bereit, ihn einzunehmen. Sie hatte auf nichts anderes zu hoffen.

So kam es, daß alle zufrieden mit den Köpfen nickten, wenn sie vorbeiging. Daß sie Grüße vor den Zelteingängen erhielt und sie erwiderte. Niemand rief ihr mehr Spottverse nach oder hob den Saum ihrer Tunika. Sie war auch aus dem Alter heraus, da dies schicklich gewesen wäre. Die Jungen, die früher die Mädchen geärgert hatten, hielten sich nun sittsam von ihnen fern und warfen ihnen nur hier und da neue, glühende Blicke zu. Daß keiner davon Südwind traf, empfand diese eher als Segen.

Die heißen Mittage mit der Herde verbrachte sie nun nicht mehr alleine, sondern mit den anderen Mädchen gemeinsam unter einem Sonnensegel, das sie sich spannten.

Sie suchten dazu einen gemeinsamen Weideplatz auf und räkelten sich dort im warmen Schatten, umspielt vom Gebimmel der Glöckchen ihrer Herden. Südwind liebte diese trägen Stunden, in denen die Zeit stillzustehen schien. Gerne lag sie auf dem Rücken und folgte mit ihrem Blick den steilen Felswänden des Tales, die ihren Blick hinaufschleuderten in das endlose Blau des Himmels. Beim Anblick dieser Bläue kribbelte es in ihrem Schoß. Sie sog gern den Duft ihrer Haut ein, die warm und feucht war und ein Aroma entfaltete wie seltene Früchte, dunkel und golden, das der Wind mit sich fortnahm. Und sie lauschte dem Puls des Blutes, das darunter rauschte. Nie kam sie sich lebendiger vor als in diesen stillen Momenten, in denen doch alles ruhte.

Was sie weniger liebte, war das Gespräch mit den anderen Mädchen, ein ewiger Reigen, in dem jeder seinen Takt abwartete, um dann mit ein paar Schrittchen und einer Drehung teilzunehmen, ein ewiges, vorhersehbares Sichwiegen und Wogen von ewig gleichen Sorgen und Meinungen, hier und da überträllert von der schrillen Flöte einer Neuigkeit. Auch hier hatte Südwind nur einen Platz am Rande des Kreises. Man duldete sie als Lauscherin, man akzeptierte ihre Zustimmung, ihr Erstaunen, eine Frage von ihr. Ihre Ansichten hingegen interessierten wenig. Südwind hatte die Erfahrung gemacht, daß alles, was sie erzählte, auf ein befremdetes Staunen, ein Zögern stieß, das das Gespräch ins Stocken brachte. Offenbar wußte niemand auf das, was sie sagte, etwas zu antworten, weil es zu fremdartig gedacht war. Es war, als füge sie mit ihrem Part dem Lied falsche Töne hinzu, und die anderen hatten eine Weile Mühe, Melodie und Takt wiederzufinden.

Südwinds Enttäuschung war jedoch nicht allzu groß. Von klein auf war sie es ja gewohnt, alleine zu sein und ihre Erlebnisse mit niemandem zu teilen als mit Arik. Nun, da auch er ihr fremd geworden war und sie ihre Übereinstimmung gegen die räumliche Gemeinschaft mit den anderen getauscht hatte, die sie in der Herde mitlaufen ließen, zog sie sich meist tief in ihre Traumwelt zurück.

»Na, Hamyim, bald trägst du dein eigenes mit dir herum.«

Kichern antwortete dieser Bemerkung, und alle wandten sich der Angesprochenen zu. Hamyim errötete lächelnd und zupfte sich an den Haaren. Sie waren nicht mehr so zerzaust wie einst, als sie mit der Kinderhorde herumzog, sondern züchtig geflochten und unter einem gemusterten rosa Tuch verborgen. Auf ihrer Stirn prangte schon das komplizierte Punktmuster der Tätowierung, die die verheirateten Frauen auszeichnete. Das Kind, das sie einst auf der Hüfte getragen hatte, ihr kleiner Bruder, war nun vier Jahre alt und spielte etwas abseits zwischen großen Steinen am Fuß einer Akazie. Unwillkürlich wanderte ihr Blick immer wieder dorthin, der Baum hatte lange, gefährliche Dornen. Doch das Kind war friedlich und völlig versunken.

»Ja«, erwiderte sie verträumt. »Dann trage ich meine.«

»Willst du nicht erst einmal eine Weile die Hände frei haben?« Es war Südwind, die sich aufgesetzt hatte, um die Frage zu stellen. Irritiertes Schweigen antwortete ihr. Alle jungverheirateten Frauen bekamen Kinder, das war wichtig, das wurde erwartet. Alle hätten sich Sorgen gemacht, wenn es anders gewesen wäre. Und überhaupt, was hätten sie auch dagegen tun sollen? Niemand verstand die Frage.

Hamyim und ihre Freundinnen schauten einander eine Weile an, wechselten die Sitzposition, spielten mit ihren Armreifen, und schließlich fuhr die erste Sprecherin fort: »Aber erst einmal muß er dich mit dem weißen Lammfell besuchen.«

Diese Anspielung auf die Hochzeitsnacht ließ alle erneut kichern und aufkreischen. Das weiße Fell würde auf dem Brautlager ausgebreitet werden, während draußen die Frauen im Kreis saßen und die Männer den traditionellen Tanz aufführten, bei dem sie sich wie wild umeinander drehten, um sich plötzlich hinzuhocken und dann aufzuspringen, so hoch sie es vermochten. Die Frauen schlugen die Trommeln und stießen hohe, trillernde Rufe dazu aus. Und die Augen der jungen Mädchen verfolgten, wer die höchsten und kühnsten Sprünge zu zeigen vermochte. Irgendwann im Laufe der Nacht dann würde das blutbefleckte Fell herausgebracht, an einer langen Stange herumgetragen und schließlich funkensprühend verbrannt werden, Symbol eines Zustandes, der nicht mehr war, Nahrung für etwas Neues.

Aufgeregt ergingen die Mädchen sich in Andeutungen darüber, was sich während der orgiastischen Feier wohl hinter den Zeltwänden abspielte. Und unvermeidlich kam eine auf das Thema von dem Mädchen im Nachbardorf – es war immer im Nachbardorf –, das seine Unschuld schon beim Ziegenhüten verloren hatte und allerlei Ränke unternahm, um sein weißes Fell doch noch rot zu färben. Unwillkürlich wurden die Stimmen leiser und eifriger, während sie von Beerensaft, Selbstverstümmelung und aufgehobenem Monatsblut fabulierten. Und war da nicht auch die Geschichte von dem Verführer, der sein Mädchen dennoch geheiratet und in der Hochzeitsnacht ihre Ehre mit seinem eigenen Blut gedeckt hatte? Auch das soll sich in einem Nachbardorf zugetragen haben. Hamyim und ihre Freundinnen seufzten.

Südwind hingegen hörte nicht mehr zu. Sie hatte sich zurückgelegt und den Anhänger aus ihrem Kleid gezogen, um damit zu spielen. An seiner Kette ließ sie ihn vor ihrem Gesicht baumeln und verfolgte die roten Lichtreflexe, die der Rubin auf ihre Haut warf. Der Stein war von seltsamen Zeichen umgeben, die immer wieder ihre Aufmerksamkeit fesselten. Das dort waren die Hörner Almaqhs, des Steinbocks. Aber was hatten die Figuren zu bedeuten, die hier in das Gold gegraben worden waren? Sie erkannte die Sichel des Viertelmondes, aber darunter, diese seltsame Blume mit dem geschwungenen Stiel war ihr unvertraut. Sie barg einige Zeichen, von denen Arik ihr einmal erklärt hatte, es wären Buchstaben.

»Was sind Buchstaben?« hatte sie gefragt und zur Antwort erhalten, es wären Symbole, die die Worte einfingen, die man sagte. Seither war ihr manchmal, als spräche ihre Mutter zu ihr aus diesen Zeichen. Sacht fuhr sie mit dem Finger darüber.

»Iiih, seht mal!« Mahdab wies mit dem Finger zum Eingang des Tales. Ihre Nachbarin sprang auf und stieß dabei Südwind an, die rasch das Amulett unter ihrem roten Schal verschwinden ließ und ebenfalls nach den Neuankömmlingen schaute. Ihre Miene verdüsterte sich, als sie erkannte, wer da kam. Tubba und Muchzen stakten über den trockenen Wasserlauf des Talgrundes zu ihnen herauf.

»Hier ist nur für Mädchen«, rief Hamyim fröhlich, »verschwindet, ihr beiden.« Aber schon hatte sie den jungen Männern im Schatten Platz gemacht. Alle rückten ihre Tücher und Schals zurecht, die Gespräche verstummten für eine Weile, lebten aber bald wieder auf.

Tubba setzte sich ohne große Umstände im Schneidersitz hin, kratzte sich am Gemächt, griff nach den Datteln, die in einer Holzschale in der

Mitte des Mädchenkreises lagen, und wies dann kauend mit dem Kinn auf Hamyims Tätowierung.

»Na, schon die Lasten des Ehestandes gespürt?« fragte er kauend, spuckte den Kern aus und grinste.

Hamyim klopfte ihm auf die Finger, als er ihre Stirn berühren wollte, und lachte.

»Keine Angst«, fuhr Tubba ungerührt fort. »Man sagt von deinem Liebsten, er sei ein guter Reiter.« Aufgeregtes Kreischen antwortete auf sein vielsagendes Augenrollen, und er mußte sich einige Klapse gefallen lassen. »Aua, aua«, rief er und zog den Kopf ein. Dann schnappte er sich unvermittelt eine der braunen Hände, die auf seine Locken einschlugen, zog die verdutzte Besitzerin zu sich hin und gab ihr einen schallenden Kuß.

Muchzen schaute sich ein wenig unbehaglich um in der Runde, doch außer ihm schien niemand die Anspielung auf Reitkünste auf ihn selbst und sein Versagen bezogen zu haben. Das Rennen war nun auch schon vier Jahre her. Aber er trug die Erinnerung daran in seinem Gesicht. Schüchtern bemühte er sich, in die Runde zu lächeln. Doch jede, die seinen Blick auffing, zog verschämt ihr Tuch übers Gesicht und senkte die Lider. Sie mögen mich nicht, dachte Muchzen, und das ist ihre Schuld. Und er warf Südwind einen bitterbösen Blick zu. Die zuckte mit den Schultern und wandte den Kopf.

»Heh, Muchzen, was meinst du, wer von uns wird beim Tanzen höher springen?« Tubba klopfte ihm freundschaftlich auf die Schulter.

Muchzen senkte den Kopf. Er ergriff die Chance zu einer kleinen Prahlerei, die sein Bruder ihm da kameradschaftlich anbot, nicht. »Du natürlich, das weißt du doch genau.«

Die S-Laute zischten seltsam, während er sprach, das kam von dem fehlenden Schneidezahn. Normalerweise bemühte Muchzen sich, sie zu vermeiden, aber ihm fehlte die Geistesgegenwart, und die Nähe der Mädchen machte ihn nervös.

Mahdab verdeckte die untere Hälfte ihres Gesichts mit ihrem rosa Schal und warf Hamyim einen Blick zu, der diese unwillkürlich losprusten ließ.

»Er spricht so süße Poesie«, lispelte jemand leise. Muchzen hörte es und biß die Zähne fest zusammen. Unwillkürlich spielte er mit der Zunge an der Lücke herum, dann fiel ihm ein, das könnte jemand sehen, und er sog auch noch die Lippen ein. Alles verstummte.

»Also, Hamyim, wie ist das nun ...«, setzte Tubba an. Ein Schrei von Hamyims kleinem Bruder unterbrach ihn.

Der goldene Drache

Das Mädchen warf einen entschuldigenden Blick in die Runde und stand auf. Ohne große Eile ging sie hinüber, wobei sie schon von weitem nörgelte: »Ich habe dir doch schon hundertmal gesagt, du sollst die Finger von den Dornen lassen, ich ...« Das Wort blieb ihr im Halse stecken, als sie näher kam. Wie erstarrt blieb sie stehen, wenige Schritte von dem Buben entfernt. »Beweg dich nicht«, flüsterte sie. Aber er kam schon auf sie zugerannt und klammerte sich weinend an ihr Bein.

Der Schlange, die sie aufgestört hatten, gefiel das gar nicht. Sie richtete den dicken Hals hoch auf und ließ ihren Kopf drohend vor dem Geschwisterpaar hin und her pendeln. Ihre lange schwarze Zunge fuhr zischelnd aus und ein. Hamyim wagte es nicht, in die Knie zu gehen und ihren Bruder in die Arme zu nehmen. Hilflos legte sie ihm die Hände um den Kopf. Sie konnte keinen Blick von dem Tier wenden.

»Tubba?« rief sie mit zitternder Stimme. Der junge Mann stürzte auf ihren Ruf hin los und griff noch im Laufen nach der Waffe in seinem Gürtel. Dann, noch ehe er sie erreichte, verharrte er abrupt. Der Dolch in seiner Hand war kläglich kurz. Und die Schlange größer als alle, die er bisher gesehen hatte. Tubba überlegte.

»Ich habe meine Schleuder nicht dabei«, rief er der zitternden Hamyim zu. »Warte ...« Er schaute sich fieberhaft um, dann bückte er sich und ergriff einen Stein, den er probeweise hochwarf und fing, um ein Gespür für sein Gewicht zu bekommen. Die restlichen Mädchen hatten sich hinter seinem Rücken zusammengedrängt. »Rühr dich nicht. Ich werde versuchen ...« Noch während er sprach, zielte er und warf.

Doch der Stein verfehlte sein Ziel. Er prallte vom Boden ab und kollerte dann harmlos gegen den Schwanz des Tieres. Aufgeregt zischend schoß die Schlange vor. Hamyim schrie. Da sauste ein Stock durch die

Luft. Alle hörten den trockenen Schlag von Holz auf Fleisch und sahen den langen Körper der Schlange durch die Luft fliegen. Hart kam sie auf dem Boden auf, einige Schritte von der Akazie entfernt. Aber sie war noch am Leben. In endlosen, hektischen Schlingen wand sie sich um sich selbst, als wollte sie den Schmerz abstreifen, den Südwinds Schlag ihr verursacht hatte.

Starr vor Ekel starrten die Mädchen sie an. »Wie groß sie ist!«

»Und schwarz wie ein Dämon!«

»Bestimmt ist sie ein böser Geist«, rief Mahdab und küsste hastig den Knöchel ihres Daumens zur Abwehr von schlimmen Flüchen.

»Erschlage sie, Südwind.« Das war Tubba, der die Mädchen zurückdrängte, die über seine Schultern und seine zum Schutz ausgebreiteten Arme lugten. Hamyim hatte ihren kleinen Bruder wieder auf die Hüfte genommen, der sich mit großen, vor Tränen spiegelnden Augen an sie drückte.

Südwind, den Stock noch in den Händen, ging die paar Schritte zu der Schlange hinüber. Es war, als erkannte das Tier seine Angreiferin, denn kaum daß das Mädchen sich näherte, hörte sie mit ihrem Geschlinge auf, entrollte sich zu einer Länge, die allen erneut den Atem raubte, und machte sich davon.

»Bei Almaqh«, flüsterte Tubba, ohne Rücksicht darauf, daß die Mädchen ihn hörten, »sie ist so dick wie mein Unterarm.« Dann wiederholte er laut: »Erschlag sie endlich.«

»Erschlag du sie doch mit deinem Stein«, gab Südwind zurück und fügte spöttisch hinzu: »Aber du hast ja noch nie viel getroffen.« Die Abwehr der anderen weckte ihren Trotz. Ihre Angst war verflogen, und voller Neugier betrachtete sie das Tier. Seine Schuppen glänzten schwarz und hart wie ein Panzer. An den Seiten des Kopfes dagegen waren sie heller und schimmerten beinahe in einer Art Goldton. Ja, wenn man genauer hinsah, schien ein feines goldenes Netz über ihren ganzen Körper zu laufen. Und mit welcher Geschmeidigkeit sie sich bewegte.

»Wie schön sie ist«, rief Südwind unwillkürlich. Wie gebannt verfolgte sie dabei die Bewegungen der Schlange. Noch nie hatte sie dieses gespenstisch leichte Gleiten so aus der Nähe gesehen, diese Eleganz, diese unfaßbare Kraft. Es trieb ihr eine Gänsehaut über den Rücken, dennoch folgte sie dem Reptil mit erhobenen Stock, aber ohne einzugreifen.

Die Schlange bewegte sich zunächst auf die Akazie zu, zwischen deren langen Dornen sie verschwand, ohne auch nur im geringsten zu stocken. Südwind beugte sich hinunter und sah gerade noch eine der glänzendschwarzen Windungen sich um die gefährlichen Spitzen schlingen. Sie stocherte mit dem Stock hinterher. Da kam das Tier, aufgestöbert, an der Seite wieder hervor und glitt mit hoher Geschwindigkeit über die staubige Ebene davon. Sie hielt jetzt auf das verlassene Sonnensegel zu. Muchzen, der als einziger zurückgeblieben war, sah sie kommen.

»Sie will Muchzen fressen!« Mahdabs Schrei klang schrill.

»Nun schlag schon endlich zu.« Die Wut ließ Tubbas Stimme zittern. Er stieß die Mädchen zurück und wandte sich zu der Akazie, um selbst einen Stock zu finden.

»Gleich«, rief Südwind zurück. »Ich will nur noch sehen ...« Sie sprach den Satz nicht zu Ende.

Der arme Muchzen war wie erstarrt. Er brachte es lediglich fertig, die Beine enger an den Körper heranzuziehen und dem Tier entgegenzustarren. Aber die Schlange mied die unbekannte Ziegenhaardecke, auf der er saß. Sie verschonte den Jungen und glitt weiter.

»Seht ihr, sie tut doch nichts.« Südwind warf Muchzen nur einen kurzen Blick zu und hastete dann gebückt weiter hinter dem Gegenstand ihrer Neugierde her. Die Stimmen der anderen blieben zurück. Bald war sie hinter einer Biegung des engen Tales verschwunden.

Fassungslos schauten Tubba und die anderen ihr hinterher.

»Südwind! Bist du irre?« Hamyim war die erste, die ihren Namen rief. Sie machte Anstalten, hinter Südwind herzugehen. Tubba hielt sie zurück.

»Also ich helfe ihr nicht«, verkündete er und ging demonstrativ zu dem Sonnensegel zurück, um sich dort niederzulassen. »Soll sie doch in der Wüste verrecken«, brummelte er, nicht zu laut. Der Schreck und die Scham saßen ihm noch immer in den Gliedern. Die Mädchen schauten eine Weile dorthin, wo Südwind verschwunden war, und warfen einander ratlose Blicke zu, bis Hamyim die Schultern zuckte. Langsam gingen sie alle zu Tubba hinüber.

In Muchzen kam wieder Leben. »Scheußlich«, verkündete er und rieb sich die Arme.

Das Lachen, das ihm antwortete, war hysterisch vor Erleichterung.

Als Südwind wiederkam, war der Schatten der westlichen Bergwand bereits über das trockene Bachbett gewandert.

»Ah, da bist du ja!« Die Begrüßung klang höhnisch.

Südwind traf es wie ein Schlag. Sie war voller Erlebnisse, die danach drängten, mitgeteilt zu werden. Zu gerne hätte sie jemandem erzählt, wie wunderschön sie das Tier gefunden hatte und wie geschickt es vor ihr geflüchtet war bis zu seinem Zuhause in einem Felsenloch. Wie seine Schuppen geglänzt und wie majestätisch sich der einsame Himmel dort hinten über das Tal gespannt hatte. Doch hier würde niemand etwas davon hören wollen. Wenigstens danken könnten sie mir, dachte Südwind verbittert und biß sich auf die Lippen. Habe etwa nicht ich Hamyim und ihren Bruder gerettet? Aber wen betrachten sie als ihren Helden? Tubba, der danebengestanden und alles nur schlimmer gemacht hatte. Es ist, als würden sie mich alle hassen.

Südwind schluckte, zuckte aber nur mit den Schultern. »Helft ihr uns jetzt beim Ziegenhüten?« fragte sie Tubba und ging an ihm vorbei, um nach ihrer Herde zu sehen. »Oder wieso seid ihr immer noch da?«

Tubba stemmte die Hände in die Hüften, aber es war Hamyim, die antwortete. »Er beschützt uns vor den Schlangen, wenn du es genau wissen willst. Dank dir kriechen sie ja immer noch hier herum.«

Muchzen sekundierte ihr. »Oder hasst du sie inzwisschen ersschlagen?«

»Wassss«, gab Südwind spöttisch zurück und lachte, »die ssschöne Sschlange?« Sie schaute in die Runde, aber niemand stimmte in ihre Heiterkeit ein. Achselzuckend ging sie zu ihren Ziegen, zählte sie, kraulte ihnen das Fell und kam dann unter das Sonnensegel zurück, das jetzt bereits im Schatten stand.

Keiner schaute auf, als sie sich setzte. Alle waren angelegentlich miteinander beschäftigt.

Südwind schob den Unterkiefer vor. Aber noch ehe sie etwas sagen konnte, fing Hamyim an. »Du hast uns alle in Gefahr gebracht«, hielt sie ihr vor. »Du hast Muchzen in Gefahr gebracht ...«

»Genau«, warf Tubba ein und legte seinem kleinen Bruder die Hand auf die Schulter, der sie mit einem ärgerlichen Zucken abschüttelte.

»Und dann einfach so zu verschwinden, was denkst du dir eigentlich dabei?«

Südwind ärgerte sich über die Vorwürfe und den Undank, der ihr entgegenschlug.

»Da wäre ich schön dumm gewesen«, verkündete sie daher, ein wenig lauter als nötig, »wenn ich mein Glück erschlagen hätte.«

»Wie meinst du das?« Tubbas Stimme klang mißtrauisch.

Südwind gönnte ihm einen Seitenblick. »Wie ich es sagte. Ich werde mein Glück machen mit dieser Schlange, sie hat es mir versprochen.«

»Die Schlange hat mit dir gesprochen?« Mahdab starrte Südwind mit offenem Mund an. Die hob die Hände. »Natürlich. Es war keine gewöhnliche Schlange, habt ihr das nicht bemerkt?«

Tubba schnaubte. »Na, mir sah sie ganz nach einer aus.«

»Ja«, wandte ein Mädchen ein, »aber größer, als ich je eine gesehen habe.«

Eine andere stimmte ihr zu. »Wenn das eine Schlange war, dann war sie die Königin aller Schlangen.«

»Und habt ihr je eine gekannt, die so schwarz war?«

»Und die Augen, habt ihr ihre Augen gesehen?« Die Mädchen überboten einander. Selbst Hamyim stimmte in den Chor ein. »Sie hatte rote Augen, ganz sonderbar. Mir liefen Schauer über den Rücken.«

»Wie hat sie zu dir gesprochen?« fragte Mahdab und wandte sich Südwind zu. Auch andere verlangten: »Erzähl.« Tubba machte zwar eine wegwerfende Handbewegung, als hielte er nichts von der Sache, doch auch er blieb sitzen.

»Also, ich kletterte ihr hinterher«, begann Südwind. »Es war ganz schön schwierig, sie im Auge zu behalten, denn sie war schneller als rinnendes Wasser und ebenso still.«

»Wasser, das bergauf fließt«, warf Tubba ein und klopfte sich mit dem Finger an die Schläfe. Aber niemand achtete auf ihn.

»Nach einer Weile kam es mir so vor, als ob sie ein Ziel hätte. Und richtig, als wir die Felsnadeln hinter uns hatten – ihr kennt doch die roten Nadeln? –, da wand sie sich den östlichen Hügel hinauf, wo auf einem Vorsprung der einsame Weihrauchbaum steht, und verschwand in einem Loch zwischen seinen Wurzeln.«

Ein wilder Weihrauchbaum! Die Mädchen schauten einander vielsagend an. Wenn etwas Wunderbares geschah, dann in der Nähe dieser kostbaren Pflanzen. Das wußten sie aus Watars Geschichten. Ihr Widerstreben ließ nach. Mit immer größerer Spannung verfolgten sie Südwinds Geschichte.

»Ich stocherte mit meinem Stock hinterher, aber das Loch war tief, tiefer, als ich je eines sah. Als ich mich gerade hingekniet hatte, um so weit wie möglich hineinzuschauen, kam aus der Dunkelheit dort drinnen eine Stimme zu mir. ›Laß mich‹, sagte sie, ›und ich werde dich reich belohnen.‹ Ihr könnt euch vorstellen, wie ich erschrocken bin. Ich sprang auf und schaute mich um, ob irgend jemand einen Scherz mit mir treiben wollte.« Dabei streifte ihr Blick wie zufällig Muchzen, der wütend die Schultern straffte. Südwind fuhr fort. »Aber da waren nur zwei Milane, die in großer Höhe kreisten. Die Stimme aber kam aus der Erde, sie war klar und fein und wiederholte: ›Ich werde dein Glück machen, wenn du mir hilfst.‹«

Südwind schaute träumerisch in die Ferne, aus den Augenwinkeln aber beobachtete sie ihren Zuschauerkreis. Sie konnte mit der Aufmerksamkeit zufrieden sein. »Also kniete ich mich hin und rief in das Loch: ›Wer bist du? Was soll ich für dich tun?‹ Ich kam mir ein bißchen dumm dabei vor ...«

»Hah!« stieß Tubba an dieser Stelle aus.

Südwind überging das. »... und dachte schon, ich hätte mir das alles vielleicht nur eingebildet, da schob sich der Kopf der Schlange ein wenig aus der Öffnung heraus. Sie hat tatsächlich ganz rot leuchtende Augen, wie du gesagt hast, Hamyim.« Sie nickte dem Mädchen bestätigend zu. »Und als sie mich damit anschaute, wurde mir ganz seltsam zumute.« Zum ersten Mal schaute sie den anderen in die Augen, und die fanden, daß etwas Seltsames in diesem Blick läge, ganz so, als blickten purpurne Geisteraugen sie an.

»Was hat die Schlange gesagt?« Mahdab war die erste, die ihre Sprache wiederfand.

Südwind lächelte wissend. »Sie verlangte, ich solle ihr Milch bringen. ›Stell mir ein Schüsselchen hin am ersten Tag‹, sagte sie. ›Dann wird mein schwarzer Leib sich in Bronze verwandeln. Gib mir ein weiteres Schüsselchen am zweiten Tag. Und mein rotschimmernder Körper wird Silber werden. Am dritten Tag dann gib mir noch eine letzte Schüssel, dann wird mein silberner Leib zu reinem Gold.‹«

»Und?« fragte Hamyim atemlos, als Südwind innehielt.

Diese schaute sie an. »Dann soll ich sie ausgraben, unter dem Weihrauchbaum. Die Wurzeln bergen einen Schatz, sagt sie, der mir gehören soll.« Sie zuckte mit den Schultern, als käme es ihr darauf nicht an.

»Ja, aber die Schlange, was wird aus der?« setzte Hamyim nach.

Südwind schüttelte den Kopf. »Das darf ich nicht verraten«, erklärte sie.

Die Mädchen bestürmten sie, und sogar Tubba runzelte die Stirn vor Ärger, als überlegte er, wie er sie zwingen könnte, ihnen alles zu verraten. Südwind zierte sich eine Weile. Dann meinte sie: »Na, es wird wohl nichts schaden. Aber ihr müßt mir versprechen, daß ihr mir nicht nachsteigt, wenn es soweit ist und ich zu ihr gehe.« Sie neigte sich vor in den Kreis und flüsterte: »Die Schlange ist ein Mädchen, eine verzauberte Dschinna. Und wenn sie ihre goldene Haut abgestreift haben wird, ist sie wieder frei.« Befriedigt lehnte sie sich nach diesen Worten zurück und überließ die anderen ihren gemurmelten Mutmaßungen.

Tubba war der erste, der sich faßte. »Und das willst du mir jetzt im Ernst erzählen«, sagte er.

Südwind schaute ihm direkt in die Augen. »Nein«, antwortete sie zur allgemeinen Überraschung. Achselzuckend lehnte sie sich dann zurück und spielte wie zufällig mit ihrem Anhänger. »Will ich nicht. Dir erzähle ich gar nichts. Weil du nämlich nicht das Geringste davon verstehst.«

»Ach nein«, fauchte Tubba zurück und wechselte mit seinem kleinen Bruder einen raschen Blick. Muchzen verfolgte den Wortwechsel mit angespanntem Gesicht. »Aber du verstehst so viel davon, ja?« Er breitete die Arme aus, als wollte er Südwind der Welt präsentieren. »Du bist genau so eine, die sich mit verzauberten Prinzessinnen auskennt und von Schlangen angesprochen wird. Hah.« Sein Lachen klang abfällig.

Hamyim und ihre Freundinnen blieben stumm. In ihren Augen war Südwind durchaus so eine, ja. Mit Schaudern dachten sie an ihre Herkunft und den Fuß, den schon lange keiner mehr zu Gesicht bekommen hatte. Aber sie sprachen es nicht laut aus.

Südwind dagegen antwortete klar und deutlich. »Ja, wenn du es wissen willst.«

»Ach, und wieso?« Tubba grinste böse. »Weil du ein Krüppel bist?« Muchzen sog scharf die Luft ein. Sein Blick sprang zwischen Tubba und Südwind hin und her.

Südwind richtete sich stolz auf. »Weil ich eine Dschinnen-Frau bin.« Sie ließ das eine Weile nachklingen. »Das Schlangenmädchen hat meinem Vater gedient. Er hat sie verhext, ich kann sie erlösen.« All dies sagte sie, als sei es das Selbstverständlichste von der Welt. Dabei ließ sie ihren Anhänger baumeln, so daß die Sonne auf den Rubinsplitter fiel und ihn rot aufleuchten ließ. Sofort wies Mahdab mit dem Finger darauf und rief etwas. Südwind bestätigte es nickend. »Dies ist ihr Auge, ja. Und da unten, seht ihr, die gewundene Linie: Das ist das Zeichen der Schlange. Sie hat das gesehen, als ich nach ihr schlug. Deshalb sprach sie mich an.« Damit sprang sie auf und tat, als wolle sie gehen.

»Was machst du?« verlangte Tubba argwöhnisch zu wissen.

Südwind hob ein Holzschüsselchen auf. »Ich bringe ihr Milch. Habe ich das nicht schon gesagt?« Damit wandte sie sich dem Tal zu, dessen steiniger Grund nunmehr ganz im Schatten lag. Tubba warf einen prüfenden Blick zum tiefblauen Himmel hinauf. Im Westen war ein rosenfarbener Dunstschleier zu sehen, über dem der Horizont sich grün färbte. Die Dämmerung kam rasch in dieser Gegend, ehe sie es sich versahen, würde es dunkel sein. Einige der Mädchen begannen bereits, nach ihren Ziegen zu rufen. Wollte Südwind tatsächlich nachts alleine in dieser Einöde herumkrauchen?

»Das traust du dich nicht«, sagte er und schaute sie herausfordernd an.

Südwind wiegte sich in den Hüften, als sie ein paar Schritte ging. »Das sagst du nur, weil du dich selbst nicht traust.«

Ihr kleines, wissendes Lachen machte Tubba wütend. Er sprang auf und riß ihr die Schüssel aus der Hand. »Wenn es hier eine Prinzessin zu befreien gibt, dann werde ich ...« Weiter kam er nicht. Sein Bruder Muchzen war ebenfalls aufgeschnellt. Er schnappte sich die Holzschüssel.

»Ich mache es«, verkündete er; die Aufregung nahm ihm fast den Atem. »Ich ...« – er schnappte nach Luft – »... allein. Ich ...« Was immer er sagen wollte, er brachte es nicht hervor. Statt dessen schaute er Südwind und seinen Bruder mit einem Blick an, halb Flehen und halb Haß. Dann war er davongesprungen.

Tubba starrte ihm sprachlos nach. Schließlich schnaufte er tief durch und wandte sich an Südwind. »Wenn ihm irgend etwas zustößt, dann kommst du diesmal nicht so billig davon. Ist das klar?« Damit ließ er sie stehen.

Die Mädchen machten sich beklommen daran, ihr Lager abzubrechen. Südwind gesellte sich zu denen, die das Sonnensegel abbauten. Während sie die Stoffbahnen falteten und die Stöcke einsammelten, fragte Mahdab sie: »Ist das wirklich wahr, was du von dem Schlangenmädchen erzählt hast?«

»Aber ja«, sagte Südwind gelangweilt. Sie mußte grinsen, wenn sie an Muchzen dachte. Der brachte es in seiner Dummheit fertig, eine Nacht allein in den Bergen verbringen; sie sah ihn schon vor einem Loch hocken und mit der schwarzen Luft sprechen. Sie gönnte es ihm.

Mahdab zog sich mit zweifelndem Gesichtsausdruck von ihr zurück und beriet sich flüsternd mit den Freundinnen. Ohne auf Südwind zu warten, brachen sie auf. Nur eine kam rasch zu ihr gelaufen, als die anderen es nicht merkten. Schams war ihr Name, Mahdabs kleine Schwester. Sie war nicht so viel jünger als die anderen, aber fast erschreckend zart. Ihre Haut war blaß, beinahe durchsichtig, was einen seltsamen Kontrast zu ihren riesigen Augen gab, die in warmem Braun schimmerten. Im großen Mittagskreis sagte sie wenig. »Ich finde, du kannst toll erzählen«, wisperte sie hastig und schaute sich über die Schulter, als sollte niemand sie dabei ertappen.

Südwind war so überrumpelt, daß ihr nichts einfiel.

Schams nickte nur. Sie war schon dabei, wieder davonzuhuschen, da wandte sie sich noch einmal um. »Und das mit der Schlange war sehr mutig von dir.«

Verblüfft starrte Südwind ihr nach. Ein warmes Gefühl stieg in ihr auf, aber für Freude tat es zu weh. In ihrem Hals bildete sich ein schmerzhafter Knoten, und sie mußte schlucken, um die Tränen zurückzuhalten. Danke, wollte sie hervorbringen, aber sie schaffte es nur, grüßend die Hand zu heben, eine Geste, die Schams verstohlen und rot vor Glück erwiderte, ehe sie zu den anderen zurückeilte.

Auch Hamyim kam noch einmal zurück. Sie wandte sich in vorwurfsvollem Ton an Südwind: »Du hättest Muchzen nicht so harsch behandeln dürfen«, sagte sie.

Südwind wischte sich trotzig über das Gesicht und pfiff nach ihren Ziegen. »Warum?« fragte sie spröde. Ihre Stimme wollte ihr noch immer nicht ganz gehorchen. »Weil er ein Krüppel ist?« Das bin ich auch, dachte sie. Und hat es je einen von euch zartfühlend gemacht? »Ihr habt ihn doch selbst ausgelacht«, fügte sie hinzu und wollte sich abwenden, um ihren Tieren zu folgen.

Hamyim hielt sie am Ärmel fest. »Aber wir«, sagte sie, »sind nicht mit ihm verlobt.« Damit raffte sie sehr würdevoll ihr Tuch und ging.

Bei den Zelten war die Unruhe groß, als Muchzen nach Einbruch der Dunkelheit nicht zurückgekehrt war. Die Ältesten ließen Hamyim kommen und hörten sich aus ihrem Mund an, daß der Junge aufgebrochen sei, um einer Schlange, die unter einem heiligen Weihrauchbaum lebte, ein Schälchen Milch zu bringen, damit sie sich in ein Dschinnenmädchen verwandeln konnte.

Hamyim trug ihre Geschichte sehr laut und sicher vor. Befragt, woher sie das alles wisse, verwies sie auf Südwind und vermerkte nicht ohne Befriedigung das Mißtrauen und die Wut in den Gesichtern der Männer. Das Mädchen wurde mit einer Handbewegung hinausgeschickt und ging. Noch ehe die Stoffplanen des Eingangs sich hinter ihr geschlossen hatten, hob das Stimmengewirr auch schon an.

Es waren nicht wenige, die ihre Amulette an die Lippen führten und erklärten, an der Sache könne wohl etwas dran sein. Im Grunde war es das, worauf sie gewartet hatten, seit Arik das mißgestaltete Kind in den Stamm gebracht hatte. Andere, unter ihnen Muchzens Vater, spuckten verärgert in den Sand. Geschichten waren das, nichts als Theater. Man hätte das Mädchen schon vor Jahren nach dem Rennen in die Wüste jagen sollen. Seine Gefährten schauten ihn stumm an, und er entdeckte in ihren Augen die Ratlosigkeit und die Furcht, die sie immer befiel, wenn es um Südwind ging. Einer sprach es aus: »Wenn wir sie verjagen, und sie ist eine Dschinna, was dann ...?«

Angst war es, was Südwinds Gegenwart ihnen eingeflößt hatte all die Jahre, aber Angst hielt sie auch davor zurück, etwas gegen sie zu unternehmen.

»Märchen, sage ich«, ließ eine krächzende Stimme sich vernehmen.

»Aber der Schwager meines Neffen im Steinbock-Clan jenseits der Kuppen hat einmal erzählt, daß einer ihrer Krieger ganz genauso ...« Der Sprecher trug seine Geschichte vor, eine, wie Watar sie an den Feuern erzählte, eine, wie sie alle sie kannten. »... und er fand einen Klumpen Silber an der Stelle«, beendete er seine Erzählung.

War das, was bei ihnen geschah, von derselben Art? Eine der Legenden, an deren Wahrheit sie immer geglaubt hatten? Würden Muchzen und sein Bruder mit einem Schatz heimkehren? Watar, verlangten sie,

Watar sollte kommen, um es ihnen zu deuten. Sein Auge würde alles durchdringen.

Der Älteste versuchte, vernünftig mit ihnen zu reden. »Dschinne oder nicht. Es ist ein Junge allein dort draußen in der Dunkelheit«, erklärte er. »Damit müssen wir uns befassen.«

Die Alten verstummten. Niemand verließ das Lager bei Nacht, denn in der Schwärze lauerten Raubtiere und böse Geister. Man blieb am Feuer, in der sicheren Geborgenheit der Glut, und betete zu Almaqh, dessen Hörner am Himmel leuchteten, daß er am Morgen der lebenspendenden Sonne wieder weichen möge. Denn das Dunkel der Nacht war mit dem Unheil verwoben, und was es sich nahm, das war verloren. Bei ihren Vorfahren war es vorgekommen, daß man Verirrte, die über Nacht ausgeblieben und am Morgen zurückgekehrt waren, umgehend erschlagen hatte. Das geschah zum Schutz des Stammes, da man nicht wußte, welchen Mächten sie begegnet waren und was sie vielleicht an Unheil mit sich gebracht hatten. Lange war das schon her, aber dennoch ...

»Der Schäfer sucht sein verirrtes Schaf«, sagte er Alte. Niemand antwortete ihm.

Muchzens Vater scharrte mit den Füßen über den Teppich. »Muchzen ist ein tapferer Junge«, verkündete er. Doch sein Blick irrte herum und fand den seiner Nachbarn nicht. Die senkten die Köpfe. Und in seinem Inneren dachte er: Warum konnte es nicht Tubba sein, Tubba, dem alles gelang. Tubba käme gewiß nach Hause.

Als hätte er seinen Namen gehört, trat der Junge in diesem Moment in das Zelt. Stürmisch kam er herein, ohne sich um die stille Runde zu kümmern. »Vater, wir müssen ...«, begann er, wurde aber mit einer zornigen Geste zum Schweigen gebracht.

»Was hast du bei den Beratungen verloren, Junge?« herrschte ihn sein Vater an. »Habe ich dich so erzogen? Sollen die anderen denken, mein Sohn hat keine Ehrfurcht, er gehorcht mir nicht?« Er wollte fortfahren in seiner Litanei, doch der Älteste winkte ab. Er wandte sich selbst an Tubba.

»Was müssen wir?« fragte er sanft.

Der Junge senkte verlegen den Kopf und antwortete zunächst nicht. Doch dann reckte er plötzlich das Kinn. »Wir müssen ihn suchen«, verlangte er. »Er ...« Tubba biß sich auf die Lippen. »Er kommt doch alleine nicht zurecht.«

Sein Vater stieß einen protestierenden Laut aus. Schweigend schauten die beiden einander in die Augen. Es war Tubba, der als erster wieder sprach. »Er hat das doch nur gemacht, weil Südwind ihn gehänselt hat. Er ist losgelaufen wie ein trotziges Kind. Ich glaube, er wollte etwas beweisen.« Tubba verstummte. Er wußte nicht, wie er es genauer ausdrücken sollte. Er dachte an seine Hand auf Muchzens magerer Schulter und wie sein Bruder sie abgeschüttelt hatte, an die Unsicherheit in des Bruders Augen, wann immer er ihn zu etwas antrieb. Dann hörte er wieder Südwinds spöttische Stimme, und die Bilder verschwanden. »Sie ist überhaupt an allem schuld«, verkündete er. Er war selbst erschrocken, wie laut seine Stimme klang. »Sie ist schuld«, wiederholte er dennoch trotzig. »Sie hat ihn mit ihrem Unfug verhext.«

Die Diskussion brandete erneut auf, wurde aber bald von einem weiteren Neuankömmling unterbrochen.

»Watar!« Erleichterte Rufe begrüßten den Geschichtenerzähler. Man machte ihm Platz und lud ihn mit Gesten ein, sich in den Kreis zu setzen. Jeder wollte der erste sein, der ihm von Muchzen und der Zauberschlange berichtete. »Watar, sag uns, was du von der Geschichte hältst.«

Der Geschichtenerzähler stand mitten unter ihnen und strich seinen langen Bart, der das längliche Gesicht mit der vorspringenden Nase vollends wie eine schmale Maske aussehen ließ. Schließlich schüttelte er den Kopf.

»Schlangen, Schätze. Was sitzt ihr hier und schwatzt!« Er streckte die Arme aus, als wollte er die ganze Runde umfassen. Die Alten wurden stumm. »Brüder«, verkündete Watar, »er ist da, ich habe unseren Herren gesehen. Afrit.« Der Name tönte wie eine dunkle Trommel durch das Zelt. »Kommt mit mir und seht. Kommt und betet.«

Verstört folgten sie ihm aus dem Zelt und starrten an den Himmel. Dort, über dem Gebirge, wo die schwarzen Massen des Steins sich vor den sternflimmernden Nachthimmel schoben, dort wuchs etwas. Ein schwarzes Band, schwärzer noch als die Nacht, schwärzer als die Berge, dunkel und drohend wuchs es heran und fraß die Lichter der Sterne auf.

»Afrit«, murmelte Watar und hob die Hände. »Er kommt noch diese Nacht.«

Die Männer starrten auf die quellenden Wolken, die sich vor ihnen auftürmten, höher und höher. Ein Unwetter würde über den Bergen niedergehen, wie ihre Großväter es nicht gesehen hatten; sie ahnten es. Wie ein Raubtier würde es über die Steine springen, plötzlich und unerwartet, und brüllend verschlingen, was auf seinem Weg lag. Das Land würde ertrinken und doch nach wenigen Tagen schon wieder dürstend unter der Sonne liegen. Was dort wuchs, würde ihr Segen sein. Was es wachsen ließ, ihr Tod. Wenn sie es nicht bändigten und ihm Ehrfurcht erwiesen.

Die Männer gingen in die Knie und hoben die Hände wie Watar, mit den Handflächen zum Himmel. Sie beteten zu Afrit, dem mächtigen Dämon des Wassers. Um Feuchtigkeit baten sie und reiche Ernten, um Futter für das Vieh und Wasser für die Brunnen. Und um Schonung baten sie, für sich und ihre Tiere. Furchterregend war Afrit, so grausam wie sein mächtiges Antlitz, das am Horizont über ihnen wuchs.

Der Älteste hatte sich aufgerichtet. »Treibt das Vieh zusammen«, rief er. Er wollte nicht riskieren, daß verirrte Ziegen ertranken oder der Stamm eines der kostbaren Kamele verlor. Schon manch eines war durch ein Gewitter in Panik geraten und hatte dann nicht mehr gewußt, wohin es lief. »Bringt sie in die Schlucht und verrammelt den Eingang.«

Alle gingen auseinander, um sich an die Arbeit zu machen. Tubba faßte seinen Vater an der Schulter. »Ja, aber Muchzen ...«, stammelte er erneut und wies auf die Berge, in denen sein Bruder verschwunden war. Ihre Gipfel waren unter der tiefhängenden Wolkendecke bereits nicht mehr zu erkennen. Ein kühler Windstoß kam und blies ihnen ins Gesicht. Unwillkürlich blähten sie ihre Nüstern. Sie rochen es, genau wie die Tiere in ihren Koppeln, die nun erregt zu schreien begannen. Da war es, fremd, bedrohlich und verheißungsvoll zugleich: Feuchtigkeit.

Die Hand des alten Mannes legte sich schwer auf Tubbas Schulter. Der schüttelte den Kopf, langsam zuerst, dann immer heftiger, schließlich riß er sich los. »Ich hole ihn zurück«, rief er. Seine Stimme ging in einem tiefen, fernen Grollen unter. Sein Vater bebte. Schnell streckte er die Hand aus, um Tubba festzuhalten, doch der lief schon fort. Schnell verschwand seine Gestalt zwischen den Steinen.

»Tubba!« Es war ein Laut der Klage. Als er sich abwandte, fiel sein Blick auf ein Zelt, das einzige, in dem es nicht rumorte. Still und friedlich fiel der Feuerschein durch den Eingangsspalt. Drohend schüttelte er die Faust in diese Richtung. Sie dort, sie war an allem schuld. Dann ging er, um sein Vieh zu retten.

Südwind und ihr Großvater saßen schweigend am Feuer. Es war alles gesagt worden. Sie hatte gefragt, ob es wahr sei, daß er sie Muchzen verlobt hatte. Arik hatte es bestätigt. Die Entschädigung, die Muchzens Vater gefordert hatte, war zu hoch gewesen.

»Das oder verhungern«, sagte er.

Südwind hatte, ohne zu zögern, das Verhungern gewählt. »Das ist doch kein Mann«, rief sie empört. »Er zittert doch vor mir, wenn er mich nur sieht.« Muchzen und sein Lispeln, Muchzen und sein ewig beleidigtes Gesicht. Sie faßte es nicht, je länger sie es sich vorzustellen versuchte. Dann kam ihr ein neuer Gedanke: Muchzen und das weiße Ziegenfell! Mit einem Mal bekamen die Mittagserzählungen der Mädchen einen ganz neuen Sinn. Sie sah die Tänzer, Schweiß auf der Stirn, und die glühenden Blicke der Zuschauer. Sie sah Muchzen, wie er das Zelt betrat, vor ihr stand. Muchzen, wie er ... Hier versagte ihre Phantasie. Statt dessen fiel Tubba ihr ein, Tubba, der seinem Bruder auf die Schulter klopfte und ihm Ratschläge ins Ohr flüsterte. »Mein Bruder ist ein guter Reiter«, hörte sie ihn verkünden. Südwind schüttelte den Kopf. »Niemals«, erklärte sie.

Arik wiegte den Kopf, als hätte er gar nicht zugehört. »Du wirst ihn achten und ehren und ihm eine gute Frau sein«, sagte er, so ruhig und schlicht, als stellte er das Offensichtliche fest.

Südwind faßte es nicht. Wovon redete er da nur? Mit Nachdruck wiederholte der Alte noch einmal seinen Satz. Südwind hörte es, doch sie begriff es nicht. Begriff nicht, daß dieses Bild ihres künftigen Lebens eine Hoffnung war, an die Arik sich klammerte, eine schwache Hoffnung allerdings, die schwand wie die Glut eines erlöschenden Feuers und die er anfachte mit dem Atemhauch dieses einen Satzes.

Arik war nicht taub, er hatte die Tiere rufen hören, er war nicht blind, und die Verdunkelung der Sterne über dem Rauchloch war ihm nicht entgangen. Selbst in seinem Zelt noch roch er, was auch die anderen rochen und was Südwind nicht kannte: den fernen Hauch des Regens. Er wußte, der Tag war da, und doch klammerte er sich an diese Vorstellung: Südwind als eine erwachsene Frau, nicht glücklich vielleicht, aber doch versöhnt mit dem Schicksal, schön und aufrecht, ein Kind auf der Hüfte, sein Urenkelkind ... Arik stöhnte. Ein Donner übertönte seine Stimme. Zum ersten Mal schaute Südwind vom Feuer auf, in das sie trotzig so lange gestarrt hatte.

»Was war das?« fragte sie.

Arik antwortete nicht. Jemand stand am Zelteingang. Der Alte hatte ihn schon bemerkt, Südwind sah ihn erst, als er in den Feuerschein trat. Es war Watar.

»Es ist soweit«, sagte der Geschichtenerzähler.

»Was ist soweit?« fragte Südwind sofort und warf den Kopf auf. Sie konnte den Geschichtenerzähler und seine lautlose Art, die Zelte anderer Leute zu betreten, nicht leiden. Konnte er nicht draußen warten und rufen, wie es die anderen auch taten, wenn sie einander besuchen wollten? Er benahm sich, als gehörte ihm das Lager und die Menschen darin. Watar streckte eine Hand aus, um ihr über den Scheitel zu streichen, doch sie wich gewohnheitsmäßig aus. »Was ist soweit?« insistierte sie laut. Ihr Blick wanderte von dem Geschichtenerzähler zu ihrem Großvater und wieder zurück. Aber sie erhielt von keinem der beiden eine Antwort.

Watar wies mit der Hand zum Ausgang. »Die Zeit ist da«, sagte er. »Du weißt es.«

Arik gab durch nichts zu erkennen, daß er auch nur ein Wort gehört hatte. Noch immer starrte er ins Feuer. Watar trat näher an ihn heran und neigte sich über ihn. »Gib sie mir jetzt«, forderte er.

Da stand Arik so plötzlich auf, daß Watar zurückprallte. Mit einem leisen Schrei stolperte der Geschichtenerzähler einige Schritte nach hinten. Verärgert kniff er die kleinen Augen zusammen. Arik stand da, seinen Stock in der Hand. Er sagte noch immer nichts, sein Gesicht war hart wie Stein.

Watar zupfte an seinem Gewand herum und schüttelte sich den Sand von den Schuhen. Er überlegte. Draußen wurde nach ihm gerufen. Noch einmal wanderte sein Blick über den Alten und das Mädchen. »Na gut«, sagte er dann wie einer, der sich für den Moment zufriedengibt, »ich hole sie morgen. Hast du mich gehört, Alter? Morgen!« Seine Stimme klang laut und drohend. Instinktiv erhob Südwind sich ebenfalls, bereit, ihren Großvater zu beschützen. Doch der Geschichtenerzähler ging ohne ein weiteres Wort.

Arik folgte ihm hinaus und sah ihm nach, auch Südwind trat ins Freie. Um sie herum das Dorf war in hellem Aufruhr. Aus den offenen Zelten fiel das Licht der Kochfeuer und beleuchtete unruhig flackernd die Szenerie. Wer nicht mit dem Vieh beschäftigt war, der betete oder stand am Rand der Zelte und beobachtete angstvoll die Wolkenwand, erging sich in Mutmaßungen, Prahlereien oder Befürchtungen.

Südwind wurde von der allgemeinen Unruhe angesteckt und wippte ungeduldig auf den Zehen. »Großvater, soll ich unsere Ziegen ebenfalls in den höheren Pferch bringen?« fragte sie schließlich, begierig, etwas zu tun. Sie wartete lange auf eine Antwort.

Statt etwas zu sagen, bückte Arik sich, nachdem er lange den Himmel und das Tal darunter betrachtet hatte. Er griff nach einer Handvoll Erde und zerrieb sie zwischen seinen Fingern. Es war, wie er gedacht hatte: Der Staub war fein, wie trockener Schlamm. Der Wind blies ihn aus seinen Fingern fort ohne Spuren. Arik lächelte. Ja, an dieser Stelle war einst Wasser gewesen. Er betrachtete den Talausgang, die Ebene vor dem Lager und die Hügel hinter den Zelten. »Und hier wird wieder Wasser sein«, murmelte er. Als er sich zu Südwind umwandte, stand grimmige Zufriedenheit in seinem Gesicht.

»Es wird kein Morgen geben«, verkündete er. Dann humpelte er an ihr vorbei zurück ins Zelt.

Südwind stand wie vor den Kopf geschlagen. War ihr Großvater verrückt geworden? Was meinte er damit, es gäbe kein Morgen? Und was hatte Watar im Gegenzug mit seinem drohenden »Morgen« sagen wollen? Ratlos ging sie in die Knie und tat, was Arik getan hatte: Sie prüfte den Boden. Er war in der Tat sehr fein. Als dünne Schicht lag er über einer Lage von Kieseln und kleinen runden Steinen, wie man sie in Flußbetten fand. Als wäre er dorthin geschwemmt worden und hätte sich beim Verdunsten abgesetzt. War es das, was ihr Großvater bemerkt hatte?

»Und hier wird wieder Wasser sein«, murmelte Südwind. Sie richtete sich auf und schaute sich um, soweit das Licht der Lagerfeuer es erlaubte. Die Beschaffenheit des Bodens war überall im Lager gleich. Erst hinten, bei den letzten Zelten, änderte sie sich. Die Steinschicht lief dort in Bögen aus. Südwind erkannte ihre weiten Kreise unter dem Staub. Grober Schotter begann dort, durchsetzt mit aufragendem Gestein. Und hier wird wieder Wasser sein, wiederholte sie im Geiste. Blitze zuckten über den Himmel, ein trockener, weit entfernter Donner folgte. Und mit einem Schlag begriff Südwind, was all dies bedeutete: Die Flut würde kommen. Ein Sturzbach von Wasser würde sich aus dem Wadi ergießen, unaufhaltsam. Und er würde sie hier erreichen. Sie lauschte dem fernen Grollen, und ihr war, als bebte der Boden unter ihren Füßen. Wie gehetzt rannte sie zurück ins Zelt und rüttelte Arik, der sich wieder am Feuer niedergelassen hatte, an der Schulter.

»Großvater, Großvater! Wir müssen das Zelt abbrechen. Die Flut kann bis hierher kommen. Das Lager liegt nicht hoch genug.« Die Aufregung ließ sie um Atem ringen. »Hast du nicht gehört? Wir müssen alle warnen. Wir lagern auf Überschwemmungsgebiet, du hast es doch selbst gesehen, du ...« Mit einem Mal brach sie ab und starrte ihren Großvater an, der, noch im Sitzen seinen Stock umklammernd, nichts tat, als in die Flammen zu starren, so als ob die Welt ihn nichts mehr anginge. Seine Lippen bewegten sich zu den lautlosen Worten eines Gebetes, und sein Leib wiegte sich sacht in ihrem Rhythmus hin und her. Und sie begriff nun auch dieses: Es würde für ihren Großvater kein Morgen geben. Arik hatte sich niedergelassen, um hier zu sterben.

»Aber ...«, brachte sie nur heraus. Die Gedanken in ihrem Kopf überschlugen sich. Warum nur wollte er nicht mehr leben? Der verrückte Alte! Ratlos richtete sie sich auf. Aber sie wollte nicht sterben! Und die Menschen des Stammes ebensowenig. Sie würde es nicht zulassen. Vergessen war jeder kindische Gedanke daran, lieber in den Tod zu gehen, als Muchzens Braut zu werden. Südwind spürte ihren Puls heftig pochen vor Lebensverlangen. »Wenn du mir nicht helfen willst ...«, rief sie. Noch einmal hielt sie inne, doch als wieder keine Antwort kam, rannte sie hinaus. Dann werde ich es alleine tun, dachte sie. Die Furcht vor der Gefahr, die Erregung der Erkenntnis und das Herzklopfen, das ihr der Gedanke an das bevorstehende Rettungswerk verursachte, verdrängten die Frage nach dem Warum.

Hastig schaute sie sich um. Sie mußte den Ältesten finden und es ihm erklären. Ihn oder Tubbas Vater oder Watar. Selbst ihm war sie bereit entgegenzutreten. Sie durften nicht hierbleiben und warten, daß das Wasser sie verschlang. Doch Südwind sah nichts als Frauen und Kinder durch die Dunkelheit hetzen, die damit beschäftigt waren, Rauchlöcher abzudecken, Hausrat in die Zelte zu schaffen, widerspenstige Hunde zu bändigen oder unternehmungslustige Kinder zusammenzutreiben. Die umliegenden Zelte waren weit offen, und sie sah die flackernden Kochfeuer und die Schlaflager darum herum, die unordentlichen Decken und die Kleinsten, die mit großen Augen dort zurückgeblieben waren unter der Aufsicht ihrer selbst kaum dem Kleinkindalter entwachsenen Geschwister.

Wir alle müssen hier fort, dachte Südwind in Panik. Wo nur steckten die Männer? Sie streckte die Hand aus und hielt eine vorbeihastende Gestalt an. Es war Hamyim. »Wo sind die Männer?« fragte sie.

Hamyim machte sich los und starrte sie gehässig an. »Sie suchen Tubba und Muchzen«, sagte sie und fügte hinzu: »Das ist alles deine Schuld.«

»Sie suchen sie?« stammelte Südwind überrascht und ließ Hamyims Ärmel los. »Ja, aber die Flut?« Hilflos schaute sie sich um. Wie sollten sie es ohne die Männer schaffen? Die Zelte mußten abgebaut, die Stangen verschnürt, ihr Hab und Gut auf Kamele geladen werden. So viel Arbeit, es war zum Verzweifeln. Und wer sollte ihr zuhören?

Hamyim achtete nicht auf Südwinds besorgtes Gesicht; sie ließ ihrer lang aufgestauten Empörung freien Lauf. »Der Älteste hat sie dazu überredet. Alle haben sie aus den Zelten geholt, Vater und sogar meinen Bräutigam.« Sie holte tief Luft und versuchte, die Bilder zu vertreiben, die die Angst in ihrem Kopf formte. Ihre Furcht trieb sie an. Andere Mädchen hörten ihre laute, erregte Stimme und gesellten sich dazu. Hamyim, froh über die Zuhörerschaft, deren Gegenwart ihr den Rücken stärkte, hörte nicht auf, Südwind mit Vorwürfen zu überhäufen.

»Und wenn sie jetzt alle von den Nachtgeistern geraubt werden, dann nur wegen dir«, verkündete sie. »Was mußtest du auch diesen Unfug erzählen und Muchzen in die Einöde locken!«

Zustimmendes Murmeln erhob sich. In einem der Zelte weinte laut ein Kind.

»Das war kein Unsinn«, verteidigte sich Südwind, doch mit schlechtem Gewissen, und sie merkte selbst, daß es lahm klang. »Und Muchzen hat ganz alleine beschlossen, in die Berge zu gehen. Erinnert ihr euch nicht?« Sie wandte sich zustimmungsheischend an ihre Zuhörerinnen. »Er hat mir die Schüssel regelrecht aus der Hand gerissen und ist damit losgelaufen. Hätte er das nicht getan, dann wäre ich jetzt dort draußen.«

»Das wäre jedenfalls besser für uns«, sagte jemand in der Dunkelheit.

»Ja, genau, deinetwegen wären die Männer nicht in die Nacht marschiert«, erklärte Hamyim ungerührt. »Und sie könnten uns jetzt bei den Ziegen helfen.«

Südwind schnappte nach Luft. Die offene Feindseligkeit tat ihr weh. Aber sie durfte jetzt nicht an sich denken. »Ach, vergeßt doch die blöden Ziegen«, rief sie. »Und die Geschichten und Muchzen. Das Wasser wird kommen, begreift ihr das nicht? Es wird hierher kommen. Wir müssen sofort hier verschwinden.«

»Fängst du schon wieder an«, zischte Hamyim. Sie drückte ihren kleinen Bruder an sich, der wie immer auf ihrer Hüfte saß. Der Kleine begann zu wimmern. Hamyim wandte sich von Südwind ab, um ihn zu trösten. »Ist ja gut, ist ja alles gut«, flüsterte sie, doch er ließ sich nicht beruhigen.

»Ich hab Angst vor dem Wasser«, greinte er.

Hamyim drückte seinen Kopf an ihre Brust und fuhr zu Südwind herum. »Da siehst du, was du angerichtet hast mit deinen Lügengeschichten. Sumhu fürchtet sich. Ständig mußt du den anderen Angst einjagen, ständig dich großtun.« Sie wiegte ihren Bruder, der noch immer leise weinte.

»Ohne mich wäre Sumhu doch schon tot«, rief Südwind. Sie spürte, wie die anderen vor ihr zurückwichen. »Die Schlange heute nachmittag hätte ihn gebissen.« Sie hob die Hände. »Ja, ich gebe zu, es war keine Zauberschlange, und sie hütet auch keinen Schatz, zufrieden? Aber ihre Zähne waren echt, und ich habe sie verjagt.«

Südwind rang nach Luft. So lange hatte sie noch nie mit einem Mitglied des Stammes gesprochen. Es kostete sie Mühe, ihre Gedanken für die anderen zu formulieren. Deren kalte Feindseligkeit lähmte sie beinahe. Aber die Angst trieb sie fortzufahren, und ihre Rede sprudelte ebenso lebhaft wie die Hamyims.

»Ich habe vorhin zu eurem Wohl gehandelt. Und jetzt sage ich, das Wasser kommt hierher. Und es wird uns alle wegspülen, wenn wir nicht weiter nach oben gehen.« Wieder hielt sie inne.

Die Mädchen schauten sie an, zögernd, voller Mißtrauen. »Woher willst du das wissen?« fragte Mahdab spitz. »Hat dir das wieder deine Wunderschlange geflüstert?« Niemand kicherte. Alle hielten angespannt den Atem an.

Südwind rang die Hände. »Der Boden hat es mir gesagt«, rief sie, »und die Tiere haben es mir gesagt.« Sie wies auf einen Hund, der, neben dem Zelt angebunden, erbärmlich jaulte und so heftig an seinem Strick zerrte, daß er ihm tief in das Fleisch schnitt. Verzweifelt versuchte er, den Lederriemen mit den Krallen abzustreifen, und schabte sich blutig dabei. Unsicher schauten die Mädchen erst das tobende Tier und dann einander an.

»Und Großvater hat es gesagt.« Südwind spielte ihren letzten Trumpf aus. Es fiel ihr schwer, sich auf den Ruf des Mannes zu stützen, der sie verkauft hatte und dessen Verhalten sie überhaupt nicht mehr verstand. Aber sie wußte, der ganze Stamm wußte es: Der alte Arik spürte immer, wo es Wasser gab.

Schams sprach es in diesem Moment laut aus: »Er hat seine Ziegen immer dahin geführt, wo es regnete.« Sie hob die Hände und wandte sich an alle: »Vielleicht weiß er auch, wenn es eine Flut gibt.«

Dankbar nickte Südwind zu diesen Worten, wieder und wieder. Hamyim biß sich auf die Lippen und überlegte.

»Wir werden ihn fragen«, erklärte sie dann. »Wir gehen zum alten Arik. Dann spreche ich mit meiner Mutter und mit Tante, und wehe, wenn du ...«

Südwind unterbrach sie. »Aber wir müssen uns beeilen, wir ....«

Ein dumpfes Dröhnen erklang, das Erde und Himmel erzittern ließ. Die Mädchen hoben die Köpfe. Wieder glaubte Südwind, der Boden unter ihren Füßen bebe. Doch diesmal las sie es aus den Gesichtern der anderen: Es war keine Einbildung.

Schams' Stimme erklang kläglich in der nachfolgenden Stille: »Was war das?« fragte sie.

Im Wadi

»Muchzen?« Tubbas Rufe klangen immer beklommener, je tiefer er in das Tal vorstieß. Die Dunkelheit um ihn war beinahe vollkommen, und nur klein war der Kreis, den seine Fackel erhellte. Sie zeigte ihm ein phantastisches, unbekanntes Land, voller nie gesehener, bizarrer Steinformationen und skurriler Baumgestalten, voller tanzender Schatten und nie gehörter Geräusche. Jeder Umriß schien einem Geist zu gehören, jeder Laut von einem heimlichen Verfolger zu stammen. Furcht durchsickerte seinen Körper bis in die Fingerspitzen, machte seine Knie weich, ließ seine Hände zittern und seinen Atem keuchen, noch ehe er müde war. Der Junge bebte vor Erregung; er wunderte sich selbst, daß er vorwärts kam. Er taumelte mehr, als daß er ging, durch ein fremdes Reich. Davon, wo er war, hatte er nicht die geringste Vorstellung.

Er hätte schon lange bei der vertrauten Stelle angekommen sein müssen, an der die Mädchen immer ihr Mittagslager aufzuschlagen pflegten. Aber er konnte den Platz, den er bei Tag in- und auswendig kannte, einfach nicht wiederfinden.

»Muchzen, verflucht noch mal.« In dem Fluch lag mehr Angst als Wut. Verzweifelt versuchte Tubba, sich an der Silhouette der Talwand zu orientieren, soweit die Wolken sie noch freigaben. Doch auch ihr Zakkengrat glich nurmehr einem fürchterlichen Maul und keinem Anblick, den er kannte.

Da stieß sein Fuß gegen einen Stein, er stolperte, rutschte ab und konnte sich nur mühsam auf dem Schotter halten. Verdammt steil war es hier. War er schon so weit in das Wadi vorgedrungen oder einfach nur höher in die Wand geraten, als er gedacht hatte? Tubba hob die Fackel an, um ein wenig nach vorne zu sehen. Dort, das Wacholdergestrüpp, er sah es sicher zum ersten Mal in seinem Leben. Und was war das Dunkle dahinter? Tubba ging vorwärts, einen Moment in der Hoffung, den Weihrauchbaum gefunden zu haben, den er suchte. Da hörte er aus den Büschen ein lautes Knacken und Krachen. Etwas sprang auf ihn zu, so plötzlich und nah, daß es ihn beinahe umgeworfen hätte.

Tubba schrie. Nur mühsam hielt er mit rudernden Armen sein Gleichgewicht auf dem rutschigen Grund. Dabei fiel die Fackel zu Boden, wo sie sofort schwächer blakte. Der Junge griff zu seiner Waffe und starrte dem riesigen Schatten nach. Es war eine Antilope, er sah deutlich ihre langen Hörner. Und sie mußte sich mindestens so erschrocken haben wie er selbst, denn sie floh in Panik. Tubba atmete tief durch. Doch dann stieg ein neuer, beunruhigender Gedanke in ihm auf: Wenn die Antilope sich vor ihm fürchtete, warum lief sie dann nicht, so schnell sie konnte, hangabwärts? Warum quälte sie sich den Hügel hinauf, wo sie kaum vorankam? Verständnislos starrte er das grazile Tier an, das sich vergebens abmühte, einen Vorsprung hinaufzukommen, und mit den Hufen über den nackten Fels rutschte. Im dritten Versuch schließlich erreichte es das Plateau und verschwand in der Dunkelheit. Tubba schüttelte den Kopf und bückte sich nach seiner Fackel. Da fuhr er zurück. Eine Schlange wand sich zwischen ihm und dem Feuer hindurch. Sie war dünn und braun, Tubba kannte die Sorte, sie war harmlos. Dennoch pochte sein Herz.

»Mistvieh.« Er gab ihr einen verächtlichen Tritt und nahm seine Fackel auf. In ihrem Licht sah er eine weitere Schlange und noch eine. Auch sie hatten es eilig, hangaufwärts voranzukommen.

»Was ist hier nur los«, murmelte er vor sich hin. »Sind alle verrückt geworden?« Aber er hatte keine Zeit, sich damit aufzuhalten. Er mußte seinen Bruder finden. Vorsichtig setzte er seine Füße zwischen die gleitenden Leiber. Noch einmal füllte Tubba seine Lungen. »Muchzen!« Er glaubte im Grunde nicht mehr, eine Antwort zu erhalten. Da vernahm er sie.

Eine dünne Stimme rief Tubbas Namen. Er bog um einen Felsen und sah dort seinen Bruder, auf dem Boden kauernd, die Arme um die Knie geschlungen. Muchzen begrüßte ihn nicht, sondern starrte nur auf den Boden. »Ich habe mich verlaufen«, sagte er kleinlaut.

Tubba ließ sich schwer neben ihm auf die Knie fallen, er packte seinen Bruder bei den Schultern, schüttelte und umarmte ihn. »Das macht doch nichts«, murmelte er immer wieder.

»Ich hab nicht einmal den Weihrauchbaum gefunden.«

Tubba biß sich auf die Lippen. Er entdeckte die hölzerne Schüssel neben seinem Bruder auf dem Boden und gab ihr einen Tritt, so daß sie scheppernd in die Dunkelheit flog. Sie hörten ihren dumpfen Aufschlag irgendwo unter sich in der Schwärze. »Und jetzt auf.« Tubba zog Muchzen am Arm hoch und stellte ihn auf die Beine. »Es wird Zeit, daß wir hier herauskommen. Die Flut wird bald da sein, sagt Watar.«

»Darum also ziehen die Tiere nach oben.« Muchzen wies mit dem Kinn auf eine hastig vorbeikrabbelnde Spinne. »Ich hatte mich schon gewundert.« Er wagte nicht zuzugeben, daß er in den langen, einsamen Stunden schon begonnen hatte zu glauben, die Karawane der Lebewesen, die an ihm vorbeizog, sei extra aufgebrochen, um ihn zu verspotten und einzuschüchtern.

Tubba hob erneut die Fackel. Die Felswand über ihnen sah nicht gerade einladend aus. Große, überhängende Brocken versperrten den Weg, zum Teil nur lose in Kiessand gebettet. Dorngestrüppe versperrten die Ritzen. »Das schaffen wir«, sagte er ohne viel Überzeugung.

Muchzen schüttelte den Kopf.

Aufmunternd klopfte Tubba ihm auf die Schulter. »Doch, bestimmt, du kannst das.«

»Das sagst du jedesmal. Und nie schaffe ich es.« Muchzen wandte den Kopf ab. Da bemerkte er zwei leuchtende Punkte in der Dunkelheit. Sie gehörten einem Fuchs, der sie lange argwöhnisch betrachtete, ehe er sich an ihnen vorbei auf seinen Weg machte. Muchzen hob den Finger und zeigte ihm hinterher.

»Das ist es!« Der anerkennende Schlag Tubbas auf Muchzens Rücken ließ den Jüngeren beinahe das Gleichgewicht verlieren. »Hinterher. Wo er es schafft, schaffen wir es auch.«

Muchzen hatte noch immer seine Zweifel, aber gehorsam folgte er seinem Bruder und dem Fuchs hinauf in die Wand.

»Schneller, schneller!« schrie Südwind. Eine Böe riß ihr die Worte vom Mund. Um sie herum hasteten die Frauen mit ihren Kindern der rettenden Felskante entgegen. »Schneller, wir müssen auf steinigen Grund.«

Sie warf einen Blick hinüber zu Mahdab und ihrer Mutter, die Arik untergefaßt hatten. Das dünne Haar wehte dem Alten ins Gesicht, so daß Südwind seine Züge nicht erkennen konnte. Schließlich war auch diese Gruppe auf dem kleinen Plateau weiter oben am Hang angekommen, von dem Südwind hoffte, es würde ihnen ausreichend Schutz bieten. Kaum hatte sie das Kind auf ihrer Hüfte abgesetzt und seiner Mutter übergeben, das Bündel vom Rücken geworfen und sich aufgerichtet, da machte sie sich schon wieder auf den Rückweg. Wer die Hände frei hatte, kam mit ihr. Auf halbem Weg begegneten sie Hamyims Familie, die Schwierigkeiten hatte, die vielen Kleinkinder und die alte Mutter bergauf zu tragen. Mahdab blieb bei ihnen. Südwind machte ein Zeichen des Einverständnisses und rannte weiter. So viel wartete noch darauf, in Sicherheit gebracht zu werden. Sie wischte sich die Haare aus dem Gesicht. Da waren die Zelte. Sie zückte das Messer und befreite mit einem Schnitt durch das Leder den verzweifelten Hund, der hinkend aufsprang und in der Nacht verschwand.

»Laßt doch den Hausrat!« rief sie, als sie die Gestalten sah, die sich in den Zelten zu schaffen machten, deren Bahnen bereits vom Wind abgedeckt wurden. Verzweifelt versuchten Frauen, Teekannen, Lampen und

Messer in Teppiche zu schnüren und hinter sich herzuzerren. »Denkt lieber an das Vieh!« Südwind wußte nicht, ob jemand sie hörte. Sie rannte weiter. Beinahe stieß sie ein Mädchen um, das sich die Fäuste auf die Augen gedrückt hatte und gellend schrie. Mit Schwung hob sie die Kleine hoch, drückte sie der ersten Frau in die Arme, die vorbeikam, und lief weiter. »Schams! Schams!«

Das zierliche Mädchen schleppte an einer viel zu schweren Last aus ineinandergestapelten Körben, die sie ziellos umhertaumeln ließ. Südwind riß sie ihr aus der Hand und schmiß sie zu Boden. Schams weinte verzweifelt, als sie auseinanderkollerten und ihre Habe verstreuten. Südwind drückte sie kurz tröstend an sich. »Bring dich in Sicherheit«, sagte sie.

»Ja«, sagte Schams kläglich, »entschuldige.« Sie wandte sich dem Plateau zu, drehte sich aber wieder um, als sie bemerkte, daß Südwind nicht mitkam. »Wo willst du hin?« rief sie.

»Sehen, ob jemand zurückgeblieben ist.«

»Ich komme mit dir.«

Der Wind machte sie atemlos und stumm; Sand prasselte auf ihre Haut. Hand in Hand liefen sie die Zelte ab, doch sie waren leer.

»Dann zum Pferch«, kommandierte Südwind und zog Schams mit sich. Dort waren bereits einige Frauen damit beschäftigt, die widerspenstigen, in Panik schreienden Kamele zu bändigen. Eine Herde Ziegen überrannte sie beinahe, als sie sich der Öffnung im Zaun näherten, und preschte hinaus in die Dunkelheit.

»Das sind unsere!« rief Schams und machte kehrt, um ihnen zu folgen. »Oh nein.«

»Schams!« Verzweifelt sah Südwind die Freundin hügelabwärts rennen, wo sie in der Dunkelheit verschwand. Eine erneute Böe voller Sand zwang sie, sich ein Tuch um Mund und Nase zu binden. Jemand drückte ihr einen Stecken in die Hand, und laut schreiend und fuchtelnd machte sie sich daran, die nächste Herde in Richtung Plateau zu treiben. Es kostete ihre gesamte Aufmerksamkeit. Als sie völlig außer Atem angekommen war und mitten im dichtesten Gewühl aus Mensch und Tier stand, nahm sie das Tuch ab und schaute sich um. Erst jetzt fiel ihr auf, daß der Sturm ausgesetzt hatte.

Sie trat an den Rand der Felsstufe und schaute hinunter. Noch immer zeigten letzte Lichter, wo ihr Lager gestanden hatte. Sie brannten ruhig in einer nunmehr stillen Nacht. Die Glöckchen verirrter Ziegen bimmelten vertraut herauf; alles schien fast wie immer zu sein. Südwind hob den Kopf zum Himmel. Die Sterne, sah sie, waren wieder da, die düsteren Wolken vorbeigezogen. Das Blau des Himmels war so leuchtend wie Glas, durchsichtig beinahe, wie stets vor der Morgendämmerung. Nur über dem Gebirge zuckte noch hier und da ein schwacher Blitz. Sie konnte die Stimmen der ersten Vögel hören. Sollte es vorbei sein?

Doch das Unwetter hatte seine Regenlast in den fernen Bergen abgeladen. Dort rauschte sie über die Hänge, sammelte sich in den Schluchten, konnte nicht versickern, suchte in brodelnden Bächen und Wirbeln einen Ausweg und folgte ihm durch die Täler, Erde, Steine, Bäume mit sich reißend und jedes Lebewesen, das sie fand.

Als Südwind schon aufatmen wollte, erhob sich erneut ein Brüllen, lauter und dröhnender als jedes vorher. Die Erde schien sich aufzutun. Südwind riß unwillkürlich die Arme hoch, als müßte sie verhindern, umgeworfen zu werden. Entsetzt starrte sie hinunter zum Eingang des Wadis, der Kehle, der sich dieser Ton entrang. Dann öffnete sie den Mund und schrie aus Leibeskräften: »Schams!«

»Ich passe nicht durch!« Tubbas Stimme klang verzweifelt. Er stand unterhalb Muchzens, in einer Spalte zwischen zwei großen, runden Felsbrocken, die meterhoch über ihnen aufragten. Muchzen konnte, wenn er sich vorbeugte, das Gesicht seines Bruders unter sich erkennen und sogar seine Hand ergreifen. Er hob die Fackel ein bißchen höher, doch alles, was er sah, gab Tubba recht. Der Durchlaß war zu schmal für seinen kräftig gebauten Bruder. Er selbst hatte sich beinahe mühelos durchschlängeln können. Tubba jedoch war der Weg versperrt.

»Vielleicht außen herum«, sagte er vage. Doch er wußte selbst, das war zwecklos. Zur Rechten die Felswand stieg steil auf, zur Linken war ein Geröllfeld, das nicht einmal eine Schlange gefahrlos hätte passieren können. Tubba saß in der Falle. »Du schaffst das«, rief Muchzen verzweifelt.

Tubba griente, als er den vertrauten Spruch hörte. Dann schüttelte er den Kopf. »Nein«, sagte er, »diesmal nicht, kleiner Bruder.« Hinter ihm wurde ein Dröhnen laut. Es übertönte alles, was er danach sagte.

»Was?« rief Muchzen und bückte sich weiter nach unten.

»... zurück ...«, vernahm er gerade noch. Tubba brüllte aus Leibeskräften, dennoch war er kaum zu verstehen. »... aber du ... höher ... mußt!«

Muchzen schüttelte den Kopf. Ein böses Zischen ließ ihn aufschrekken. Es klang, als verkünde eine Riesenschlange ihren Zorn. Muchzen hob den Kopf und sah das Geröllfeld neben sich in Bewegung geraten. Wie angesogen von etwas Riesenhaftem machte es sich in einem Rutsch auf den Weg in die Tiefe. Die Felswände bebten.

»Nein«, schrie Muchzen. Der Anblick seines Bruders dort unten, der noch immer lächelte, trieb ihm die Tränen in die Augen. »Du schaffst das. Du mußt nur ...« Sein Blick irrte herum, er ließ die fauchende Fakkel wandern. Da sah er es. »Du mußt nur höher«, rief er. »Hörst du mich?« Er hob die Fackel, um Tubba zu zeigen, was er meinte. Der Spalt erweiterte sich ein wenig, etwa einen halben Meter über Tubbas Kopf, ehe die Felswände unerbittlich aufeinander zuliefen. An dieser Stelle könnte Tubba sich hindurchdrücken, wenn es ihm nur gelänge, hinauf zu kommen.

Tubba schien verstanden zu haben, denn er suchte mit den Händen nach einem Griff auf den glatten Oberflächen, um sich hinaufzuziehen.

»Ja«, feuerte Muchzen ihn an, »ja, du ...« Ein neues Brüllen riß seinen Kopf hoch. Das Wasser war da. Es schoß um die Windung der Schlucht und rammte wie eine Faust die gegenüberliegende Wand, schäumte gischtend an den Felsen entlang, leckte an den Graten und riß mit sich, was es erreichen konnte. Muchzen sah einen Weihrauchbaum auf seiner Klippe langsam sich neigen und schließlich in den Strudeln verschwinden. Er sah einen Steinbock samt dem unter ihm zerbröckelnden Felsen sich auflösen in einer Wolke aus Staub und Gischt. Er glaubte seinen Schrei zu hören.

Unter ihm stöhnte Tubba. »Ich kann nicht.«

»Schams!« Noch ehe jemand sie zurückhalten konnte, war Südwind von dem Plateau herunter und rannte zurück zu den Zelten. Sie glaubte, noch immer die Glöckchen von Schams' Tieren zu hören, die hilfloser und verzagter klangen mit jedem Schritt. »Wo bist du?«

Die Feuer des Dorfes vor ihr erloschen plötzlich. Südwind brauchte eine Weile, bis sie begriff: Das Wasser war da. Sie bog um die Felsnadeln, die ihr als Kind immer Schutz gewährt hatten. Dann war sie angekommen, vor ihr das Dorf und links davon der Eingang des Wadi, der vertraute, begrünte Zugang zu ihren Weiden.

Doch wie hatte er sich verwandelt. Ein brüllendes Maul war er, aus dem braun und schmutzig Fontänen schossen. Das Wasser lief über den Boden wie ein schnelles Tier, leckte und langte nach allem, streckte seine Pranken aus und schlug um, was sich ihm in den Weg stellte. Dabei wurde es stiller, tückischer, ein brodelnder, sich aufblähender See, der stieg und stieg und stieg. Südwind mußte an die endlosen Windungen der Schlange denken, als sie die Strudel sah, an die glatte Geschwindigkeit, rascher, als das Auge es auffaßte. Dieses Wasser war schneller. Ehe sie auch nur begriffen hatte, wie groß die Gefahr war, war es auf sie zugekommen, hatte sie erreicht, sie umschlungen und in ihren Rachen geworfen.

»Schams!« rief Südwind noch einmal, doch sie schluckte bereits Wasser und paddelte um ihr eigenes Leben.

Etwas schlug an ihren Kopf, der Schmerz ließ sie nach Luft schnappen, einen Moment ging sie unter. Doch ihre in Panik um sich schlagenden Hände erfaßten den Gegenstand, mit dem sie zusammengestoßen war. Es waren Zeltstangen, gebündelt und dann liegengelassen von einem ihrer flüchtenden Stammesgenossen. Südwind krallte sich fest und zog sich daran hoch. Schließlich lag sie mit dem Oberkörper auf dem improvisierten Floß, das ihr der Zufall geschenkt hatte. Aber sie war nicht in Sicherheit. Nicht weit von sich sah sie einen wirbelnden Trichter, der hinunterzog, was immer er erreichen konnte. Ein Tamariskenast, schmutziger Schaum, ein Fetzen Stoff, der Kadaver einer Ziege, alles verschwand gleichermaßen lautlos.

Südwind ruderte um ihr Leben, aber die Richtung ihrer Fahrt ließ sich nicht bestimmen. Sie wurde umhergeworfen und -gewirbelt, untergetaucht und überspült. Es war schlimmer als der Ritt auf einem durchgegangenen Kamel. Schließlich ging ein heftiger Ruck durch ihr Floß. Sie wurden von irgend etwas gerammt. Die Stangen verloren den Zusammenhalt, lösten sich voneinander und trieben ab. Südwind, ihres Haltes beraubt, glitt ins Wasser. Dem Versinken nahe, griff sie in ihrer Panik nach dem Ding, das ihr Floß zerstört hatte. Sie ertastete einen Baumstamm, halb unter Wasser. Aber er wich nicht zurück und drehte sich nicht um sich selbst, als sie ihn umklammerte. Südwind begriff, daß er irgendwo verklemmt oder verankert sein mußte. Das Wasser konnte hier nicht tief sein, einen, höchstens eineinhalb Meter. Doch es war reißend, und alle ihre Versuche, sich hineingleiten zu lassen und zu waten, endeten damit, daß sie sich mit Händen und Füßen an das Holz klammerte. Schließlich kroch sie so weit an dem Stamm entlang, bis sie zur Wurzel kam. Der Baum war noch im Boden verankert. Und hier hatte sich so viel Holz angesammelt, daß sie darüber kriechen konnte bis in knöcheltiefes Wasser. Auf allen vieren rettete sie sich hinauf, kroch durch Pfützen wie ein Tier, bis sie zum ersten Mal trockenen Sand unter den Händen spürte. Dort brach sie keuchend zusammen. Aber nicht für lange, denn das Wasser folgte ihr. Südwind raffte sich noch einmal auf. Sie schaute sich um. Die Morgendämmerung ließ alle Umrisse deutlicher werden. Erstaunt stellte sie fest, daß sie gar nicht so weit vom Eingang des Wadis entfernt war, wie sie gedacht hatte, die Orientierung fiel ihr nicht schwer im aufkommenden Tageslicht. Dort war die östliche Felswand mit ihrer charakteristischen Nase, dort die Schlucht, aus der sie die Tiere geholt hatten, es war alles noch da, nur das Dorf ... Südwind starrte auf die Stelle, bis ihr die Augen brannten. Das Dorf war verschwunden.

Mit Tränen in den Augen machte sie sich auf den Weg zu den Viehpferchen. »Wir hätten die blöden Biester einfach lassen können, wo sie waren«, murmelte sie. Voller Wut stieß sie mit dem Fuß an einen Stein und kickte ihn in den Schlamm. »Und Schams wäre dann noch am Leben.« Da hörte sie ihren Namen. Der Ruf war so schwach, daß sie zunächst glaubte, sich geirrt zu haben. Doch als sie den Kopf hob, sich die nassen Haare aus dem Gesicht strich und sich umschaute, sah sie tatsächlich eine zusammengekauerte Gestalt auf dem Boden sitzen. Es war Schams.

Südwind stürzte zu ihr hin und kauerte sich neben sie. Schams hob den Kopf und schaute sie mit trüben Augen an. »Südwind?« fragte sie erneut.

Besorgt legte diese der Freundin den Arm um die Schulter. Sie wirkte so kraftlos und abwesend, als wäre sie gar nicht ganz bei sich. Und warum saß sie so tatenlos mitten auf der Ebene, wo die Flut doch noch immer unaufhaltsam stieg? Ein rascher Blick verriet Südwind, daß der gefräßige Saum des Wassers sich ihnen immer noch stumm, aber stetig näherte. Sie mußten hier fort, und das so schnell wie möglich.

»Etwas hat mich am Kopf gestoßen«, sagte Schams. Sie lallte beinahe. »Und ich bin so müde.« Südwind betrachtete ihren Kopf, nahm ihn in die Hände und drehte ihn sanft nach allen Seiten. Sie konnte keine Verwundung erkennen, oder doch, dort. Sie ertastete eine Beule unter Schams' Haaren, die staubig und verklebt waren. Als sie ihre Finger zurückzog, haftete Blut daran.

»Kannst du laufen, Schams?« Ohne eine Antwort auf die Frage abzuwarten, zog Südwind das Mädchen hoch und legte sich ihren Arm um die Schultern. Schams hing an ihr wie ein nasser Sack. Sie ging einige Schritte, dann knickte sie ein und warf mit ihrem Gewicht Südwind, die ins Taumeln geriet, beinahe um. Die biß die Zähne zusammen. »Na gut«, murmelte sie, »machen wir es anders.« Und sie richtete Schams auf und stellte sie hinter sich. Dann nahm sie die schlaffen Arme des Mädchens, legte sie sich wie einen Schal um den Hals, ging leicht in die Knie und hievte sich die Last auf den Rücken.

Es war nicht einfach: Schams, so zart sie aussah, war weit schwerer als gedacht. Ihre Füße baumelten nur knapp über dem Boden und gerieten immer wieder zwischen Südwinds Beine. Ihre Arme würgten die weit vorgebeugte, ohnehin keuchende Südwind, die schnell merkte, daß sie ihre Bürde nicht allzuweit würde tragen können. Das Wasser stieg unaufhaltsam. Südwind, die es hinter sich wähnte, schlug zunächst den Weg zum Plateau ein, auch wenn sie noch nicht wußte, wie sie den langen Weg und den Anstieg mit Schams bewältigen sollte. Doch bald mußte sie feststellen, daß die Flut sie überholte. Zwischen ihr und der rettenden Felsstufe lag eine Ebene, ein Kessel, der stellenweise niedriger lag als das Stück Land, auf dem sie sich eben befand. Und mit Entsetzen bemerkte sie, daß er sich schnell und lautlos in einen großen, spiegelnden, trügerisch glatten See verwandelte, der ihnen den Weg versperrte.

Zuerst wollte Südwind stur hindurchwaten. Aber das Wasser stieg schnell von ihren Knöcheln zu ihren Waden und erreichte bald darauf ihre Knie. Außerdem war der Grund uneben, uneinsehbar durch die braune, aufgewühlte Brühe und voller tückischer Fallen. Treibendes Holz schlug gegen ihre Beine, und ein Ast, der sich unter dem Wasserspiegel verhakt hatte, ließ sie einmal gefährlich stolpern. Als Südwind ihren Fuß zurückziehen wollte, hing er fest.

»Du mußt, Tubba!« Verzweifelt beugte Muchzen sich vor, so weit er konnte, und reichte seinem Bruder eine Hand. Der griff danach, mit aufgerissenen Fingern. Muchzen zog mit aller Kraft. Das Blut machte Tubbas Finger schlüpfrig, sie drohten ihm zu entgleiten. Das Wasser hatte Tubba nun erreicht, sog an seinen Waden, drückte ihn gegen die Felswand und drohte ihn mit seinen Wirbeln von den Beinen zu reißen. Ein letztes Mal sprang der Junge hoch, voller Verzweiflung. Seine freie Hand griff nach dem blanken Fels, seine Füße scharrten an der Wand. Muchzen packte noch einmal zu, Augen und Zähne zusammengepreßt in äußerster Anstrengung. Dann spürte er, wie etwas seinem Zug nachgab. Wie ein Pfropfen aus dem Krug löste Tubba sich aus seinem Gefängnis. Als Muchzen die Augen öffnete, sah er ihn mit dem Oberkörper in dem Durchlaß klemmen. Seine Beine baumelten zwar hilflos in der Luft, aber er war oben. Sie hatten es geschafft.

Muchzen rappelte sich auf. »Gleich«, rief er voller Eifer, »warte.« Er griff nach den Hüften seines Bruders, der sich mit letzter Kraft gegen die Felsen stemmte, und hob sie an. Mit vereinten Kräften hievten sie Tubba durch die Spalte. Das Wasser, als wollte es nach ihm greifen, warf sich in den frei gewordenen Raum und klatschte Muchzen ins Gesicht. Triefend und keuchend krochen beide höher, weg von der brodelnden Gischt, die nun aus der Spalte quoll. Das Wasser stieg, erreichte ihre Zehen, erreichte ihre Fesseln und schwappte dann zurück, als hätte es seine Kraft verloren. Laut gurgelnd verschwand es zwischen den Steinen.

Die beiden Jungen lagen da, keuchend, mit nassen Haaren und durchtränkten Kleidern. Tubbas Lungen pumpten. Muchzen schaute als erster auf. Ihre Fackel hatte die Flut gelöscht. Aber ein heller werdender Himmel, der den nahen Morgen verriet, zeigte ihm die ersten Umrisse seiner Umgebung, trennte die Gegenstände und die Schatten. Nicht weit von ihnen, unter einem Strauch, saß der Fuchs und leckte sich die Pfoten. Muchzen lächelte ihm zu. Er mußte sich bewegt haben, denn das Tier hob den Kopf und schnürte eilig davon.

Muchzen ließ sich wieder zurücksinken. Ihre Notgemeinschaft war vorbei, Mensch war wieder Mensch und Tier wieder Tier. Und sie waren am Leben. Eine Woge der Freude durchflutete ihn, die ihn schüttelte, aufrichtete und sich Bahn brach in einem Schrei.

Erschrocken schaute Tubba ihn an. »Alles in Ordnung, kleiner Bruder?« fragte er und legte ihm die Hand auf den Arm. Auch er ließ seinen Blick in die Runde schweifen. »Siehst du wohl«, sagte er, »du hast es geschafft.«

Muchzen konnte nicht anders, er mußte lachen.

In Panik schrie Südwind gellend auf, als sie die Fessel um ihren Fuß spürte. Im ersten Moment glaubte sie, etwas Lebendiges habe nach ihr gegriffen. Sie stolperte. Mit Schams auf dem Rücken hatte sie keine Möglichkeiten, ihr Gleichgewicht zu halten; wie ein gefällter Baum stürzte sie ins Wasser. Schmerzhaft wurde ihr festsitzender Knöchel verdreht. »Weg, weg, weg!« Keuchend trat sie mit dem freien Fuß nach ihrem Gelenk, ungezielt und voller Angst, wie ein eingesperrtes Tier. Aber durch ihr panisches Gezappel kam sie ebenso unvermutet wieder frei, wie sie sich gefangen hatte. Ein toter Hund mit aufgetriebenem Bauch tauchte halb aus den Fluten auf und trudelte dicht an ihnen vorbei. Südwind zitterte vor Ekel. Dann machte sie kehrt.

Das Wasser trieb die beiden Mädchen auf die Felshänge zu. Südwind gehorchte, schleppte sich mit Schams bis zum Hang und stand bald vor den vertrauten schwarzen Felssäulen. Mißtrauisch blickte sie hinauf. Die Felsen reichten gut drei Meter in die Höhe bis zu der Mulde, in die sie sich als Kind immer zu retten pflegte. Würde das reichen?

»Du mußt klettern«, beschied sie Schams, die von ihrem Rücken zu Boden glitt und dort sitzen blieb. Schams nickte folgsam, aber sie machte keine Anstalten, auch nur aufzustehen.

»Schams«, Südwind rüttelte sie an der Schulter. »Wir müssen dort hinauf, verstehst du?«

Ihre Gefährtin hob den Kopf und blinzelte in die aufgehende Sonne. Sie nickte wieder, ohne eine weitere Regung.

Südwind seufzte und zog sie hoch. Ihnen blieb keine Zeit; der Flutpegel hatte die Felsgruppe beinahe erreicht. Sie schob Schams vor sich an die Steinwand, zeigte ihr die Ansätze für Hände und Füße, die diese auch brav, aber kraftlos ergriff, und stemmte sie in die Höhe.

»Mir ist schlecht«, klagte Schams. Südwind unter ihr hörte, wie sie sich würgend in eine Felsspalte übergab.

»Du mußt höher, Schams«, rief sie von unten. Verzweifelt fühlte sie das Wasser an ihren eigenen Füßen und zog sich hoch, so weit der Körper ihrer Freundin, der ihr den Weg versperrte, es zuließ. »Du mußt, hörst du, sonst ertrinken wir.«

Schams antwortete nicht, doch erleichtert bemerkte Südwind, daß sie sich bewegte. Es entstand Platz, sie konnte sich selbst auf den ersten Absatz hieven und Schams anweisen, die Finger um die nächsten Griffe zu schließen. »Den Fuß in diese Spalte, ja, so.« Sie ergriff die Ferse des

Mädchens und schob sie an den richtigen Platz. Dann stemmte sie die Schulter gegen ihren Po. Und Schams gehorchte.

Jedem ihrer Schritte folgte unerbittlich das Wasser. Es schäumte um den Felsen, gluckerte in die Spalten und ertränkte die gelbblütigen Kräuter, die darin wuchsen. Eidechsen flüchteten über Südwinds klamme Finger die Wand hinauf. Doch als die Mädchen sich in die Mulde rollen ließen, waren sie ihm entkommen.

Schwer atmend lag Südwind eine Weile da, ehe sie sich aufrichtete. Sie nahm etwas in die Hand und hielt es hoch. »Schau dir das an, Schams. Mit diesen Dingern habe ich nach Tubba und den anderen geworfen, vor vielen Jahren, als sie mich Mißgeburt nannten und mir den Rock hochzogen.« Sie warf den Stein in die Höhe und fing ihn wieder auf. »Sie sind immer noch da.« Schams lächelte mit geschlossenen Augen, nahm ihre Hand und drückte sie.

Schade, daß sie damals nicht bei mir war, dachte Südwind, zu zweit hätten wir allen getrotzt. Sie mußte lachen, wenn sie es sich vorstellte. Den Stein in der Faust, beugte sie sich über den Rand wie damals, bereit, ihr Geschoß gegen feindliche Angreifer zu richten. Doch unter ihr war nicht wie sonst der warme Aufwind über dem Abgrund. Erschrocken starrte sie auf ihr eigenes, zitterndes Spiegelbild, nur eine halbe Armlänge vom Rand ihrer Zuflucht entfernt.

»Es sinkt.« Tubba und Muchzen knieten auf einer Felsplatte und starrten über den Rand. Tubbas Stimme war voller Triumph. »Es versickert draußen in der Wüste.«

Muchzen betrachtete die Verwüstung, die das Wasser zurückließ, mit schiefgelegtem Kopf. »Afrit kommt und geht«, murmelte er. Es war eine übliche Gebetsformel. Er hatte sie schon Hunderte Male gesprochen. Aber erst heute verstand er ihren Sinn. Unter ihm, in wirren Haufen, lagen Holz und Steine. Schlamm floß träge den Abhang hinab. Muchzen sah, wie er den Leichnam eines Vogels freigab, der sich langsam um sich selbst drehte und dann weiter mit hinabrutschte. »Wir sollten uns trotzdem noch eine Weile hier oben halten«, sagte er.

Tubba stand auf und nickte. Gemeinsam machten sie sich auf den schwierigen Heimweg entlang der Höhe.

Die Männer des Stammes trafen sie erst nach Stunden. Sie hatten sich in eine der Jagdunterkünfte gerettet, die sie benutzten, wenn sie traditionell dem Steinbock nachstellten. Es handelte sich um eine steinerne Galerie unter einem großen Überhang, dicht beim Höhengrat. Sie war schmal, aber langgezogen und bot vielen Männern Platz und Schutz. Es gab Werkzeuge, Planen. Sogar Feuerholz war dort aufgestapelt; der Rauch des damit entzündeten Lagerfeuers hatte Tubba und Muchzen angezogen. Die Flammen selbst waren nun, um die Mittagszeit, nur blaß und durchsichtig. Einige der Männer trockneten ihre nassen Kleider daran. Die anderen standen auf und gingen den beiden Jungen entgegen. Der Älteste schloß sie in die Arme und drückte sie stumm an sich. Mit gesenkten Köpfen ließen sie es geschehen. Eine Menge ging ihnen in diesen Augenblikken durch den Sinn. Schließlich machte Tubba sich los.

»Vater?« fragte er.

Niemand antwortete ihm. Schließlich räusperte sich der Älteste.

»Afrit hat uns seine ganze Macht gezeigt«, kam Watar ihm zuvor.

»Nein!« schrie Tubba und sprang zurück. Hektisch begann er, sich umzuschauen, als müßte sein Vater noch irgendwo auftauchen, wenn er nur lange und gründlich genug nachsah. Er lief hin und her, reckte den Hals, schob Männer aus dem Weg, drückte Zweige beiseite. Muchzen stand mit gesenktem Kopf da. An ihn wandte sich der Älteste.

»Er ließ sich nicht aufhalten. Selbst als ich sagte, wir müßten vorerst hier oben bleiben.« Er streckte die Hand aus, um Muchzen zu berühren, doch der wich aus.

»Er hat Tubba gesucht«, sagte er leise.

Der Alte schüttelte den Kopf. »Er hat euch beide gesucht.«

Muchzen blieb störrisch. »Um so schlimmer«, murmelte er.

Da kam Tubba zurück. In seinen Augen standen Tränen, und sein Gesicht war wutverzerrt. »An all dem ist sie schuld«, rief er, noch ehe der Älteste ihm etwas sagen konnte. »Nur sie, sie. Mit ihren dummen Geschichten.« Er hieb mit der Faust in seine offene Hand, daß es klatschte. »Immer muß sie Unheil stiften.«

Watar trat vor und legte ihm begütigend die Hand auf die Schulter. Muchzen sah die gelben, gesprungenen Nägel, die sich in das Hemd seines Bruders gruben. Der Geschichtenerzähler nickte ihm zu. Konnte es sein, daß er lächelte?

»All dies wird eine Lösung finden«, sagte er.

Südwind, mit Schams an ihrer Seite, watete auf das Plateau zu. Es ging der Freundin besser, nach dem Rückzug des Wassers hatte sie den Abstieg beinahe allein bewältigt, doch sie stützte sich noch immer auf Südwinds Arm, und der schlammige Grund hing schwer an ihren Füßen. Ihre Kleider, ihre Haare, alles war vollgesogen mit Wasser und klebte ihnen am Leib. Taumelnd erreichten sie schließlich festen Grund, sahen Hände, die sich nach ihnen ausstreckten, vertraute Gesichter.

Südwind ließ Schams in die Arme ihrer Verwandten sinken und ging dann selbst in die Knie. Sie ließ sich fallen, dort, wo sie war, erschöpft, ausgepumpt, aber zufrieden. Die Menschen hier oben waren alle in Sicherheit. Es war nicht umsonst gewesen. Glücklich hörte sie das Mekkern von Ziegen, die klagenden Rufe eines Kamels, das vertraute Gemurmel der anderen. Alles war gut.

Dann verspürte sie Durst. Unwillkürlich mußte Südwind lachen. Es war nicht zu fassen. Da kam sie eben aus der größten Menge Wasser, die sie je gesehen hatte, auf das Trockene gekrochen, und da war sie ausgerechnet durstig. Das mußte sie Schams erzählen.

Sie hob den Kopf. »Könnte ich bitte ...«, begann sie. Dann erblickte sie die Gesichter ihrer Stammesgenossen. Sie umstanden sie in einem weiten, stummen Kreis. Erstaunt öffnete Südwind den Mund.

»Du Unglücksbotin!« rief da jemand.

Südwind wandte den Kopf nach der Stimme, doch da erhob sich schon eine nächste: »Na, bist du jetzt zufrieden?«

Fassungslos wanderte ihr Blick von einem zum anderen. »Ja ... aber ... was?« Sie begriff es nicht.

Eine alte Frau, auf einen Stock gestützt, machte sich Platz und hinkte bis dicht an sie heran. Mit krummem Rücken beugte sie sich vor und funkelte Südwind an. »Alles haben wir verloren: die Zelte, den Hausrat, das Vieh.«

»Bettler sind wir«, bestätigte eine neue Stimme.

Eine dralle Frau hinter ihr rief: »Mir hat sie verboten, den Hausrat mitzunehmen.«

»Mir auch.«

»Sie hat Schams' Ziegen davongejagt.«

Jemand kreischte: »Ich mußte ihr ein Kind entreißen. Wer weiß, was sie sonst mit ihm getan hätte.«

»Aber das ist doch alles gar nicht wahr.« Südwind hörte ihre eigene Stimme, einen Schrei, der wie aus einem Alptraum zu ihr herüberhallte. »Ich habe euch doch nur helfen wollen. Schams!« Sie rappelte sich hoch, um nach ihrer Freundin Ausschau zu halten; die mußte doch für sie sprechen.

Aber Schams, schwach und entkräftet, wurde von ihren Eltern aus der verderblichen Nähe Südwinds getragen, ohne Widerstand zu leisten.

»Deinetwegen sind unsere Männer tot«, ertönte es hinter ihr.

»Nein ... ich ...« Südwind fuhr herum. Tränen schossen ihr in die Augen. Sie rieb sich trotzig mit der Faust darüber. Niemand hier würde sie weinen sehen. Zornig warf sie den Kopf auf und stellte sich der Menge. »Das ist alles nicht wahr«, rief sie. »Ihr wärt ertrunken, wenn ich euch nicht gewarnt hätte. Und jetzt wollt ihr es an mir auslassen, daß euch ein paar Töpfe weggeschwommen sind.« Sie lachte bitter.

»Seht, sie freut sich auch noch«, kreischte Hamyims Mutter.

»Unsere Töpfe kannst du behalten«, rief jemand. »Aber gib uns unsere Männer zurück.«

»Ja, wo sind sie, Mißgeburt?«

»Hat deine Schlange sie gefressen?«

»Hat dein Dschinnenvater sie verhext?«

Hohn und Furcht mischten sich in den Zurufen, die einen lachten, die anderen schauderten, doch allen gemeinsam war eine ungeheure Wut, angefacht durch die aufgestauten Ängste der Nacht, die sich nun gegen Südwind ihre Bahn brach.

»Du hast sie verzaubert!«

»Du bist an allem schuld!«

Der erste Stein, der Südwind traf, prallte harmlos gegen ihren Bauch. Er war weder besonders groß, noch tat er besonders weh. Dennoch starrte sie die Stelle an, als wäre dort ein tödlicher Pfeil eingedrungen. Der zweite traf sie empfindlicher, er schlug so schmerzhaft gegen ihren Kopf, daß es ihr schwarz vor Augen wurde und sie unwillkürlich die Hände hob. Da, als wäre die Geste eine Einladung gewesen, ging ein prasselnder Regen auf Südwind nieder. Sie wollte rufen, sich verteidigen, doch die Panik nahm ihr den Atem. Wie blind schaute sie um sich, unfähig auszumachen, woher der Schmerz kam. Noch ehe sie wußte, was sie tat, hatte sie schon angefangen zu rennen. Sie rempelte an

Schultern, stolperte von der Felsstufe hinunter, spürte Püffe, Stöße, hielt die Hände schützend über den Kopf und lief weiter. Bald patschten ihre Füße in Wasser, sie spürte glitschigen Schlamm, rutschte aus, fiel ins Wasser und kam wieder hoch. Doch ihre Peinigerinnen hatten sie bereits eingeholt. Sie rissen sie hoch und stießen sie zwischen sich hin und her, noch unschlüssig, was sie mit ihrem Opfer tun sollten.

Südwind sah Hamyim, dicht vor ihrem Gesicht, die die Zähne bleckte. Sie sah aus wie eine völlig Fremde. Als sie Südwind ins Gesicht spuckte, ballte diese die Faust und schlug zu. Geschrei erhob sich, als Hamyim mit blutendem Mund zurücktaumelte. Südwind strampelte sich frei, bereit, sich zu verteidigen. Da riß jemand sie von hinten an den Haaren zurück. Südwind glaubte, ihr Genick müsse brechen. Ihre Kehle, hart überspannt, war jedem Angreifer preisgegeben. Dann kam der Schlag.

Südwind ging zu Boden und verlor das Bewußtsein. Nur undeutlich, wie in einem Traum, sah sie die Beine derjenigen, die sie umstanden und nun zurücktraten, sah den Kreis sich öffnen und die Männer herantreten. In ihrer Benommenheit war ihr, als müßte sie froh sein. Sie wollte den Mund öffnen und den Ältesten rufen. Aber sie hörte nur sich selbst als Kind, eine helle Stimme, die irgend etwas sagte. Ihr Großvater antwortete, aber von so fern, daß sie es nicht verstand. Beglückt lauschte sie seiner vertrauten Stimme. Südwind war, als stünde sie mit ihm auf der Weide, der Wind strich über das Gras, und ein Vogel rief: »Dein Glück, dein Glück!« Dann fiel ein Schatten über sie. Noch einmal öffnete sie mühsam blinzelnd die Augen in dem schlammverschmierten Gesicht.

Watar musterte sie eingehend und untersuchte mit raschen Fingern ihre Verletzungen. Dann richtete er sich auf.

»So doch nicht«, sagte er und schüttelte den Kopf. Mit ernster Miene wandte er sich an die Stammesmitglieder, die sich nun in einiger Entfernung aneinanderdrängten. »Wir werden Afrit übergeben, was ihm gehört. Aber in der geziemenden Form und Weise.« Er berührte Südwinds Stirn und schrieb ein Zeichen darüber in die Luft. »Oh Afrit«, rief er. »Nimm unser Geschenk wie seit alter Zeit. Und gib uns dafür, was uns gebührt.«

»Reiche Ernte«, murmelte dumpf der Chor.

Watar lächelte. Die Sonne schien nun und ließ die Verwüstungen ringsum noch trauriger aussehen. Müde und schlammbedeckt standen die Menschen des Stammes vor ihm. Der Bart des Geschichtenerzählers leuchtete im Licht. »Ja«, sagte er leiser und wandte sich zum Ältesten und den anderen Männern um, die abwartend hinter ihm standen. »Reiche Ernte.«

Auch ihre Gesichter erhellten sich langsam. Von Südwind, zu ihren Füßen reglos im Wasser liegend, kam nicht ein Laut.

Der Dämon und das Mädchen

Als Südwind wieder zu sich kam, fand sie sich zu ihrem Erstaunen in einem Zelt wieder. Es war niedriger als die gewöhnlichen Wohnstätten des Clans, eine Improvisation, Decken, die über die niedrige Krone eines Myrtenbaumes gelegt und festgepflockt worden waren. Aber das interessierte Südwind nicht, denn sie spürte den Stamm des Bäumchens in ihrem Rücken und ihre Hände, die darum gelegt und gefesselt worden waren.

Sie mußte schon lange so dagesessen haben, an den Stamm gelehnt und mit zurückgebundenen Armen, denn ihre Gelenke schmerzten, und in ihren ausgestreckten Beinen war kaum noch Gefühl.

»Durst«, murmelte Südwind. Ich habe immer noch Durst. Sie öffnete schon den Mund, um nach jemandem zu rufen, da hielt sie inne. Die Erinnerung an die letzten Minuten, ehe sie in Bewußtlosigkeit versank, stellte sich wieder ein. Watar war bei ihr gewesen und hatte sich über sie gebeugt. Hatte er sie so gefesselt? Sie hatte nicht genau verstanden, was er gesagt hatte. Aber ein anderes Bild schob sich vor dieses: Watar, wie er ins Zelt ihres Großvaters trat und forderte: Gib sie mir. Damals hatte sie nicht begriffen, nun schien es ihr klar wie das Sonnenlicht, daß Watar von ihr gesprochen hatte. Sie fühlte noch seine besitzergreifenden Gesten, als wäre sie sein Eigentum. War es nicht schon immer so gewesen? Hatte Watar sie nicht schon als Kind stets angesehen, als kenne er ein Geheimnis, das sie betraf, nur er allein? Wasila, hatte er sie immer genannt. Südwind mußte voll Bitterkeit lächeln, als es ihr klar wurde. Wasila: Wasser, das über die Ebene fließt. Nun, das Wasser war gekommen, Watar hatte recht gehabt, der Tag war da. Wasila, so hieß in allen alten Geschichten das Mädchen, das dem Wasserdämon geopfert wurde, damit er seine bösen Kräfte zügelte und die guten zum Vorschein kamen. Reiche Ernte. Das Murmeln klang Südwind noch im Ohr. Und mit einem Male schauderte sie.

Närrin, schalt sie sich selbst. Bist du nicht immer die erste gewesen, die an die Wahrheit der Märchen glaubte? Du hättest es wissen müssen. Es hatte die ganze Zeit so klar zutage gelegen. Ihr Großvater hatte sie nicht erst an Muchzen verschachert. Er hatte sie schon als Säugling an Watar verkauft. Ihr Tod war von Geburt an die Bedingung ihrer Existenz in diesem Stamm gewesen. Alle hatten das gewußt. Alle außer ihr.

Wütend starrte Südwind auf ihre Füße. Nackt ragten sie über den Boden. Da war sie, die Mißbildung. Wie oft hatte sie nicht als kleines Kind in einer dunklen Ecke an diesem unsäglichen Stück Fleisch herumgeknetet, als könnte sie auf diese Weise die fehlenden Zehenzwischenräume schaffen. Wenn man genau hinsah, deuteten sich die Trennungslinien ja als kleine Furchen an. Eine Weile hatte sie jede Nacht eine Schnürung vorgenommen, in der Hoffnung, durch den Druck der Riemen die Furchen zu vertiefen, bis sie schließlich größer und größer würden und die im Fleisch vorgezeichneten Zehen sich voneinander lösten. Aber nach wenigen Tagen konnte sie nur noch humpeln, rote Stellen zeigten eine beginnende Entzündung, und schließlich zwang der Schmerz Südwind, das Unternehmen aufzugeben. Verzweifelt hatte sie danach ein Messer genommen. Schon nach dem ersten Schnitt hatte ihr Großvater sie gefunden. Erschrocken über das viele Blut hatte er ihr die Waffe entrissen, sie hochgehoben, ins Zelt geschleppt und verbunden. Danach hatte er sie in seinen Armen gewiegt und ihr ein Märchen erzählt. Südwind biß die Zähne aufeinander; Märchen konnten tödlich sein.

Niemand, dachte sie, wird mich damit jemals lieben. Niemand wird mich akzeptieren, wie ich bin. Zugleich mit der bitteren Erkenntnis bäumte sich etwas in ihr auf. Nein, schrie es in ihr, ich will nicht sterben. Sie würde sich nicht ergeben in das, was die anderen für sie bestimmt hatten. Sie wollte sich nicht mit dem Tod bescheiden, mit gar nichts. Auf nichts wollte sie verzichten.

Mit aller Kraft zerrte sie an ihren Fesseln, so daß der junge Baum erschüttert wurde. Das Beben seiner Zweige mußte draußen zu sehen sein. Südwind war es egal. Sie rieb und scheuerte, bis der Schmerz an ihren Handgelenken unerträglich wurde. »Wasser!« schrie sie dann. Später: »Ihr Schweine!« Niemand kam.

Die Dunkelheit war so tief in Südwinds Gefängnis, daß sie sofort bemerkte, als die Decke vor dem Eingang leicht beiseite geschoben wurde. Es war nur ein schmaler Spalt, aber die Sterne dieses kleinen Ausschnitts Himmel funkelten voller Lebendigkeit herein, wie zornige Augen. Sofort war Südwind hellwach.

»Nachts anschleichen«, rief sie, »das traut ihr euch.« Sie wollte fortfahren, da legte sich eine Hand auf ihren Mund, klein und heiß.

»Pst«, machte es an ihrem Ohr, »ich bin es.«

»Schams?« stieß Südwind hervor. Dann senkte sie ihre Stimme zu einem heiseren Flüstern. »Was willst du hier, du ...« Sie suchte nach einem Schimpfwort, das ausreichte, ihre Enttäuschung über die treulose Freundin zu fassen, die nicht mit einem Wort für sie eingestanden hatte.

»Ich habe ein Messer«, unterbrach Schams sie. Südwind konnte nur wenig sehen, aber sie hörte, wie die Gestalt neben ihr in ihren Gewändern wühlte, und fühlte schließlich die Klinge einer Waffe auf ihrem Arm. Sie war warm; Schams mußte sie auf ihrer Haut getragen haben.

»Es ist nicht groß«, entschuldigte sich Schams, »und nicht sehr gut, fürchte ich, aber ...« Die Anstrengung, an den Lederriemen von Südwinds Fesseln zu sägen, ließ sie verstummen.

Südwind saß da ohne ein Wort. All ihre Muskeln waren angespannt, ihr Geist vibrierte. Es gab so vieles, was sie Schams sagen, ihr entgegenschleudern wollte. Doch sie schwieg. Der Knoten in ihrem Hals – aus Wut und Stolz – war so dick, daß kein Wort herauskam.

Schams allerdings schien trotzdem zu wissen, was in ihr vorging. Als hätte sie all die Vorwürfe angehört, sagte sie plötzlich in die schwarze Stille:

»Du mußt das verstehen. Mich vor alle hinstellen und ihnen widersprechen, so wie du, das kann ich nicht.« Sie schwieg und sägte weiter. »Ich habe Angst, wenn alle gegen mich stehen. Wenn sie mich nur ansehen.« Ihre Stimme wurde leiser.

Südwind spürte, wie sie erschauerte.

Sie schluckte. »Ich habe auch Angst«, sagte sie.

Schams hob den Kopf. Das Sternenlicht im Zelt reichte aus, ihre Augen ein wenig glänzen zu lassen. Die beiden Mädchen lächelten einander an. Dann machte Schams sich wieder an die Arbeit. Aber ihre Bewegungen wurden zunehmend hektischer und hilfloser. »Ich schaffe es nicht«, flüsterte sie. »Das Ding taugt wirklich gar nichts.«

Südwind warf verzweifelt den Kopf zurück und schlug ihn mehrfach gegen den Stamm. Doch es wollte sich keine rettende Idee einstellen. »Mach weiter«, forderte sie schließlich. »Oh, bei Almaqh, bitte ... still!« Draußen waren Schritte zu hören und ließen die beiden Mädchen innehalten. Wie erstarrt kauerten sie nebeneinander. Der draußen ging, blieb stehen, dicht neben dem Zelt. Südwind fluchte lautlos. Sie konnte das Knirschen des Sandes unter seinen Sohlen hören, als er sich umwandte. Was machte er da?

»Sieh!« quiekte Schams. Es war ein unterdrückter Laut, kaum ein Ächzen. Sie preßte Südwinds Arm und starrte zum Eingang, wo sich nun die Decke bewegte. Warum nur hatte sie sie nicht wieder genau an ihren Platz gezogen? Die Herzen der Mädchen klopften bis zum Hals. Da war eine Hand, die dunkle Masse eines Kopfes, der die Sterne verdeckte, eine rasche Bewegung, dann vollkommene Schwärze. Der Unbekannte hatte das Zelt wieder fest verschlossen. Doch er selbst stand im Inneren; sie konnten ihn atmen hören.

Schams' Nägel gruben sich in Südwinds Fleisch. Die räusperte sich schon, um dem Fremden eine Schmähung zuzurufen. Da glomm ein Funke auf, ein zitterndes Licht warf plötzlich seinen Schein und enthüllte ein Lämpchen, eine Hand, die es hielt, und das Gesicht, das sich sorgsam darüber neigte. Helle floß über die Wangen und die Stirn, die Nase warf tiefe Schatten, die Augen glänzten aus dunklen, geheimnisvollen Höhlen. Es war Muchzen.

»Der Schein wird nicht nach außen dringen«, sagte er und hob den Kopf.

Schams konnte einen Aufschrei nicht unterdrücken. Muchzen zuckte zusammen. »Was tust du hier?« fragte er scharf.

»Laß sie in Ruhe«, entgegnete Südwind, die ihn nicht aus den Augen ließ. Sie musterte ihr Gegenüber voller Argwohn. Was wollte Muchzen von ihr? Wollte er seine kleine, persönliche Rache, ehe es dafür zu spät war? Verächtlich kniff sie den Mund zusammen. Muchzens Schluchzen, der Spottvers fiel ihr wieder ein, mit dem er als Kleinkind gerufen worden war. Er hatte nie Tubbas Format gehabt, war immer zaghaft, immer ein wenig beleidigt mit dem Leben. Südwind zweifelte nicht daran, daß er sie haßte für den Verlust seines Zahnes. Und daß sie selbst deswegen ein schlechtes Gewissen hatte, machte die Sache nicht besser. Einem schlechten Gewissen ging man lieber aus dem Weg. Sie konnte ihn nicht ausstehen. Und sie würde sich nicht vor ihm erniedrigen. Südwind setzte sich so aufrecht hin, wie sie konnte.

»Hat Tubba dich also aus dem Wadi herausgeholt«, sagte sie im Ton einer Feststellung.

Muchzen zuckte zusammen, dann lächelte er. »Ja«, meinte er nur. Daß es in Wirklichkeit umgekehrt gewesen war, würde für immer sein köstliches Geheimnis bleiben. Dann runzelte er die Brauen.

»Sie werden dich morgen töten«, sagte er. Seine Stimme zischte bei dem S-Laut. Aber Südwind war nicht zum Lachen zumute.

»Sie haben mich dazu bestimmt, es zu tun.«

Südwind versteifte sich. Angespannt starrte sie an ihm vorbei und versuchte, die aufkommende Furcht nicht sichtbar werden zu lassen. Nur Schams schrie auf und griff erneut nach ihrem Arm.

»Tubba sagt, ich schaffe das.« Muchzen schnaubte. Sein Gewand raschelte, als er sich wand unter der Erinnerung. Dann richtete er sich kerzengerade auf. »Aber ich schaffe es nicht, das weiß ich.« Er blickte Südwind direkt in die Augen, vielleicht zum ersten Mal. Erstaunt erwiderte das Mädchen seinen Blick.

»Du«, schnaubte er, »immer du. Ich muß schon mit der Entstellung leben, die du mir zugefügt hast. Und jetzt soll ich noch mein ganzes Leben lang die Erinnerung daran herumschleppen, wie ich dir den Dolch über die Kehle ziehe.«

Schams schlug die Hände vor das Gesicht, aber er schüttelte den Kopf. »Ich gebe zu, ich habe darüber nachgedacht«, fuhr Muchzen fort. »Dich einfach auslöschen. Endlich wärst du weg, nicht mehr da.« Er räusperte sich. »Aber es wäre doch so: Ich läge jede Nacht da und spürte wieder, wie dein Blut mir ins Gesicht sprüht. Und immer, immer« – er schlug sich mit der Faust auf den Schenkel – »würde ich deine verfluchten Augen sehen, wie sie mich anstarren in Todesangst, so wie jetzt.«

»Ich habe keine Angst vor dir«, schnappte Südwind.

»Solltest du aber«, fauchte Muchzen und starrte sie wütend an. Dann jedoch winkte er ab und sah beiseite. »Ich habe einfach nicht den Mut dazu«, sagte er leise.

Schams kroch zu ihm. »Es ist aber sehr mutig, was du da tun willst«, flüsterte sie und legte die Hand auf seine. Wissend berührte sie das Messer, das darin lag.

Da kam Leben in Muchzen. Er entwand Schams die Klinge wieder und richtete sich auf, um auf Knien näher an Südwind heranzurobben. Das, was er sich vorgenommen hatte, wollte er schon lieber selber tun.

Es stellte sich heraus, daß er besser ausgerüstet war als das Mädchen. Mit wenigen Schnitten hatte er die Fesseln zerteilt, die Lederbänder fielen ab, und Südwind rieb sich mit Schams' Hilfe so lange die Gelenke, bis wieder Leben in ihren Fingern war.

Nun, da die Entscheidung gefallen war, wurde Muchzen nervös; er trieb die Mädchen an. »Draußen wartet ein Kamel«, flüsterte er. Südwind nickte. Sie versuchte aufzustehen, knickte aber wieder ein. Muchzen kaute sich die Lippen blutig, während er den beiden zusah, wie sie Südwinds Beine massierten. »So«, sagte er, als sie vor ihm stand. Sie öffnete die Hand, und er drückte ihr nach kurzem Zögern das Messer hinein. »Ein Wasserschlauch hängt am Sattel.« Er schluckte. Dann fügte er hinzu: »Und jetzt verschwinde aus meinem Leben.«

Südwind, außerstande, etwas zu sagen, reichte ihm die Hand. Schams hob die Decke am Eingang, um hinauszuspähen. Als sie sich sicher fühlten, schlüpften alle drei ins Freie und schlichen geduckt hinter Dornensträuchern zu dem Kamel, zu dem Muchzen sie führte. Dankbar fühlte Südwind die Stärke und Wärme des Tieres. Sie schmiegte ihre Wange an seine Flanke, genoß das weiche Fell und sog tief den starken, lebendigen Duft ein.

Dann wandte sie sich mit einer heftigen Bewegung um und öffnete den Mund. Danke, wollte sie sagen. Aber beim Anblick von Muchzens Gesicht brachte sie kein Wort heraus. Sie trat vor, umarmte Schams lange und stumm und blieb dann vor dem Jungen stehen. »Ich werde dich nie vergessen.« Ihre Stimme klang spröde, als sie es sagte.

»Aber ich dich hoffentlich«, blaffte Muchzen. Auch seine Stimme schwankte.

Südwind zuckte mit den Schultern, lächelte schwach und war mit einem Satz auf dem Tier. Mit kundigen Bewegungen brachte sie es dazu, aufzustehen. Unten am Boden blieben Schams' liebes Gesicht, das blaß in der Dunkelheit leuchtete, und Muchzens düsterer Blick zurück.

Sie zögerte nur kurz, dann trieb sie das Kamel an.

»Ich hasse dich!« schrie Muchzen ihr hinterher.

Schams nahm ihn am Arm. »Nein, das tust du nicht«, sagte sie sanft.

Muchzen seufzte. Erstaunt nahm er nach einer Weile wahr, daß das Mädchen sich sacht an ihn drückte. Er spürte die Wärme ihres Körpers durch den Stoff seiner Kleider. Es war angenehm in der kühlen Nacht. Und Südwind war endlich fort aus seinem Leben. »Bei Almaqh, hoffentlich vergesse ich sie wirklich«, stöhnte er.

Schams lehnte den Kopf an seine Schulter und lächelte in der Dunkelheit. »Ich bin so stolz auf dich«, sagte sie.

Etwas in Muchzens Brust spreizte zum ersten Mal seine Schwingen. Eine neue Welt tat sich soeben vor ihm auf. An ihrem Horizont erblickte er gerade noch die wirbelnden Füße von Südwinds Kamel. Sie reitet nicht, dachte er bewundernd, sie fliegt.

BUCH II

DIE STADT DER ZWEI PARADIESE

Diese schwarze, dunkle Welt,
mit der die Schönheit doch vermählt ist,
dieser Ort, der so anmutig ist,
hat als Königin, als Beherrscherin
Saba.

Pedro Calderón de la Barca: Die Sibylle des Orients

Sie hatte in Marib geschaffen zwei Paradiese,
Eines zur Linken und zur Rechten das zweite.
Labsal war es ihr, wenn ihr der Vogel
Die Weise sang vom süßen Duft des Jasmin.

Muhammad 'Abduh Ghanim

In der Wüste

Südwind ritt, bis der Morgen dämmerte, blaß wie eine schöne Tote. Dann hielt sie das erste Mal inne und schaute sich um. Sie war allein, inmitten einer kargen Landschaft voll schwarzen Gerölls. Kaum ein Strauch wollte sich zeigen, und kein einziger Vogelruf erklang. Die Berge waren nur noch ferne Grate, so gerade und leer wie der Himmel, die Ebenen davor flache Schüsseln voller Staub, fast endlos ausgespannt. Es schien Südwind, als wäre diese Einsamkeit extra für sie erschaffen worden, ein Spiegelbild ihres Inneren. Sie lauschte dem Wind, der um ihre Ohren strich, dem einzig lebendigen Gefährten. Aber sie konnte sein Raunen nicht enträtseln.

Südwind kannte nichts als die engste Umgebung ihres Dorfes, seine Winter- und Sommerweiden und die schmalen Pfade des Tales, die dorthin führten. All dies lag jedoch nun schon weit hinter ihr. Und die weiten Reiche ihrer Phantasie hatten in der Wirklichkeit nie mehr umfaßt als einen Busch, einen Stein und ein Eidechsenloch. Die wirkliche Welt war so groß, daß sie schauderte. Ihr war, als müßte die Leere ringsum sie erdrücken. Südwind klammerte sich an ihr Kamel und hatte Mühe, nach Atem zu ringen. Dennoch zwang sie sich dazu, all dies zu betrachten.

Die Sonne ging nun zu ihrer Linken auf, und sie begriff, daß sie unwillkürlich nach Süden geritten war. Sie bemerkte es mit Erleichterung. Im Norden, das wußte jedes Kind, lauerte der aufgesperrte Rachen der Wüste, dort war die Sandhölle des Leeren Viertels, das Nichts, das alles auslöschte.

Im Süden dagegen – Südwind runzelte die Stirn. Sie erinnerte sich noch an die Erzählungen ihres Großvaters, der in seiner Jugend weit gewandert war. Auch er war nie aus den heimatlichen Bergen herausgekommen, aber er hatte doch viele Menschen getroffen und ihren Erzählungen gelauscht. Im Süden also, so hatte er einmal gesagt, da läge das Meer. Südwind ließ sich das Wort auf der Zunge zergehen, diesen langgezogenen Hauch, hinter dem eine drängende Kraft stand. Sie wußte nicht, was es bedeutete. Ein großes Wasser, das man nicht trinken kann, hatte ihr Großvater getreulich wiedergegeben, was man ihm selbst berichtet hatte. Nicht trinkbar – was sollte das für ein Wasser sein? War es denn nicht naß und kühl? Ein Spiegelbild des Himmels, so hatte eine andere Beschreibung gelautet, genauso blau und endlos. Aber der Himmel konnte einem doch nicht zu Füßen liegen! Wo fände man denn dann noch Halt? Südwind schwindelte bei dem bloßen Gedanken.

Im Osten lag ein fremdes Reich, das Hadramaut hieß und seine heiligen Weihrauchbäume von bluttrinkenden Geistern bewachen ließ. Vom Westen dagegen hatte ihr Großvater nie gesprochen. Ich weiß nicht, hatte er immer nur geantwortet und war all ihren Nachfragen ausgewichen. Später, als sie nicht mehr an Dschinne glaubte, hatte sie zu begreifen gemeint, woher seine Abneigung kam. Daß nämlich Westen die Richtung bezeichnete, in der ihre Mutter zweimal verschwunden war.

Mutter – das Wort wollte in Südwinds Geist ebensowenig Gestalt gewinnen wie das Wort Meer. Doch wie dieses barg es ein raunendes, schwindelerregendes Geheimnis. Südwind zögerte lange. Die Sonne hingegen verlor keine Zeit und brannte bereits heiß auf ihren Scheitel. Das Mädchen griff nach dem Wasserschlauch und nahm einen kleinen Schluck, den es langsam im Mund herumgehen ließ. Dieser Muchzen, dachte sie ärgerlich. Warum hatte er nicht zwei Schläuche genommen, wo er schon einmal dabei war? Aber so war es eben: Jede Güte besaß ihre engen, schmerzlich spürbaren Grenzen. Ihr Blick löste sich bei alldem nicht vom Horizont. Wasser versprach er in keiner Richtung für sie bereitzuhalten.

Schließlich richtete sie sich auf und stieß ihrem Tier die Fersen in die Seiten. Südwind hatte gewählt. Sie ritt nach Westen.

Sie ritt drei Tage und drei Nächte. Die langen Mittage verbrachte sie zusammengekauert im Schatten ihres Kamels, den Umhang über den Kopf gezogen. Die Minuten vergingen wie Jahrhunderte. Südwind glaubte zu hören, wie der Wind an den Bergen sägte und diese ihr Sterbelied sangen. Der fliegende Sand erzählte ihr von der Zeit, als noch Meere über ihn hinweggerauscht waren.

Jeder Fetzen Haut, den die Sonne berührte, brannte, als läge er im Feuer. Südwind übte sich darin, einen Schluck Wasser so lange im Mund zu behalten, bis er dort von selbst verging. Das Wasser war so warm wie Blut; es schmeckte nach Leder und Ziege, aber es war feucht, es war Leben. Und sie spürte, wie es weniger wurde.

Zu essen hatte Südwind nichts bei sich, und sie fand auch keine Nahrung. Ihr Magen wurde so klein und hart wie ein Stein. Doch das machte nichts. Ein Stein zu werden war vielleicht die einzige Möglichkeit, in dieser Öde zu überleben. Sie spreizte ihre schlanken Finger und betrachtete sie. Die Haut war so braun wie Holz geworden. Zog sie sich bereits zusammen, trocknete sie langsam aus? Würde sie sich bald eng um die weißen Knochen legen, die Südwind darunter ertasten konnte? Nur das lange Haar, das ihr über die Schulter fiel, glänzte noch immer, schwärzer als das Gefieder jedes Vogels. Es wird bleiben, dachte Südwind, bleiben, auch wenn ich vergehe. Sie ließ es wehen wie ein trotziges Banner, wenn sie ritt.

Ihre einzige Gesellschaft in den langen Pausen waren die Tiere. Stumm schaute sie den großen schwarzen Käfern zu, verfolgte ihre umständlichen Bemühungen, all die Hindernisse und Umwege, die sie krabbelnd in Angriff nahmen, mit zähem, unbeirrbarem Willen. Wie ich, dachte Südwind und räumte ihnen einen Stein auf die Seite. Ich gebe auch nicht auf. Das sollen sie zu Hause nicht hoffen. Ich werde an mein Ziel gelangen, ein großes, besonderes Ziel. Was das war, wußte sie jedoch ebensowenig wie die armen Käfer, die sich ziellos im Chaos abstrampelten.

Eidechsen wagten sich sorglos nahe an die reglose Gestalt heran. Südwind ließ sie gewähren. Es waren die Reittiere ihrer Kindheit, die Begleiter all ihrer Phantasiereisen. Manchmal nahm sie ein Stöckchen und schaffte es wie damals, die Tiere sacht am schuppigen Leib zu beruhren. »Ich verzaubere dich«, flüsterte sie mit aufgesprungenen Lippen. Sie lachte leise und mußte husten. Langsam verwirrte sich für sie das Damals und Heute, die Realität und der Traum, und ihr war, als wüchse der kleine Kreis ihres zusammengekauerten Reiches in die Weite hinaus, die Sonne verlor ihre Kraft, sie selbst die Schwere, die sie an den Boden fesselte. Und in glitzernde Helle flog sie auf dem Rücken ihres Drachens hinaus, hinauf, schmerzlos, endlos.

Der kobaltblaue Schwanz der Echse peitschte den Himmel. Da, mit einem Pulsschlag, färbte er sich blutig rot. Südwind schwindelte. Sie schloß die Augen. Dennoch spürte sie die Erde wieder, und tief in ihr ein heimliches Knirschen und Knistern: Sand, der dem Druck fremder Schritte nachgab. Sie konnte es mehr fühlen, als sie es hörte. Mühsam hob Südwind den Kopf, um über den Rücken ihres Kamels zu blicken. Auch das Tier war unruhig; begütigend tätschelte sie seinen Hals.

Und dort, inmitten der trudelnden Hitzeschlieren, die sich über der planen Ebene drehten, war etwas Neues erschienen: eine Bewegung, ein Schweben, ein Gleiten, völlig lautlos, losgelöst und fern. Unwirklich, wenn nicht das unterirdische Rumoren gewesen wäre. Südwind blinzelte. Da war ein Blitzen, Reflex von Sonne auf glänzenden Flächen, so stark, daß es sie beinahe blendete. Aber dazwischen, unverkennbar, reckten sich vertraut die Köpfe von Kamelen. Sie gingen in einer langen Linie hintereinander. Und nun sah Südwind auch die Farben inmitten des Weißen, Goldenen: Purpur und Grün sah sie, kühles Blau, sattes Gelb und die zarten Rosatöne von Blüten. Waren das Gewänder? Waren es Decken oder Schleier? Nichts in Südwinds Dorf hatte solche Farben besessen. Sie zitterten inmitten des Hitzeflimmerns wie die Blätter der Blumen, die nach dem Regen ihre Köpfe hinaus in den Wüstenwind schoben. Und nun drang auch ein zarter Klang zu ihr.

Südwind lauschte. Das waren Glocken, hoch und hell, aber feiner als die ihrer Ziegen. Dazwischen Rufe und der Schrei eines Kamels, den ihr Tier überraschend laut und sehnsüchtig beantwortete. Sein Röhren brachte das Mädchen endgültig zu sich. Die Karawane dort drüben hielt nicht auf sie zu, sie bewegte sich vor ihren Augen von Nord nach Süd und würde, wenn sie nichts unternahm, bald am linken Rand der Ebene verschwunden sein. Südwind stand auf, sie taumelte. Der Griff zum Wasserschlauch zeigte ihr, daß er beinahe leer war. Entschlossen nahm sie den letzten Schluck, hob das Leder hoch und ließ die letzten Tropfen aus der Öffnung auf ihre Zunge tropfen. So oder so: Nach diesem Trunk würde sie keinen weiteren benötigen.

Dann stieg sie auf ihr Tier und trieb es hoch. Auch sein Gang war unsicher. Oder war es der Schwindel, der Südwind glauben ließ, sie stürze mehr, als daß sie ritte, auf die fremden Menschen zu? Die kamen näher, wurden größer, wahrer, unfaßbarer. Es war dem Mädchen beinahe, als ritte sie noch immer in ihrem Traum. Männer schauten sie an, so großgewachsen, wie sie noch keine gesehen hatte. Das Leben in ihrem Dorf, es hielt die Menschen klein. Diese hier mußten ein anderes Leben führen. Ihre dunklen Augen waren schwarz umrandet wie sonst nur die von Frauen, ihre Bärte glänzten, und goldene Ringe baumelten an ihren Ohren. Ihre langen Gewänder blähten sich im Wind und leuchteten dabei in allen Farben. Die Glöckchen, die Südwind gehört hatte, waren am Zaumzeug ihrer Kamele befestigt. Auch die neigten ihre Köpfe zu Südwind hinunter. Das Mädchen starrte zurück. Sie war gestürzt, sie spürte es kaum.

Eines der Zauberwesen stieg ab und näherte sich ihr, um sie näher zu betrachten. Südwind sah, wie es seine glänzenden Locken hinter die Ohren strich und den Kopf schief legte. Der Ring an seinem Finger leuchtete dabei rot auf.

Rubin, dachte Südwind. Das Auge der Schlange. Und sie griff unwillkürlich an ihren Hals, um ihr Amulett herauszuziehen. Der Mann mißdeutete ihre Geste.

»Nur keine Angst«, sagte er und lachte. Er zog sie am Arm hoch. Dann wandte er sich zu seinen Gefährten und sagte etwas, das Südwind nicht verstand. Auch die anderen lachten nun. Ihre Schönheit kam dem Mädchen noch immer unwirklich vor. Als wären sie Dschinne. Vielleicht waren die Märchen ihres Großvaters ja doch wahr gewesen. Erst jetzt bemerkte sie, daß jeder eine Waffe trug.

»Bist du taub?«

»Was?« Nur langsam fand Südwind aus ihrer Betäubung. Die Blicke der vielen Augen verwirrten sie.

»Ich habe gefragt, wo du herkommst?«

Südwind wies vage nach Osten, was wieder Gelächter hervorrief.

»Ein Nomadenmädchen«, rief einer.

»Sie ist wohl verlorengegangen.«

»Na, wir haben sie ja gefunden.«

Südwind wandte den Kopf von einem zum anderen. Sie alle lächelten, doch der Ton, in dem sie sprachen, verwirrte sie.

»Augen wie eine Taube«, sagte einer, der eben abstieg und näher kam.

»Und einen Leib wie eine Dattelpalme so schlank.« Der zuerst an sie herangetreten war, schlang ihr den Arm um die Taille und versuchte, sie an sich zu ziehen. Südwind machte sich los und stieß ihn zurück. Mit Schrecken bemerkte sie, daß nun alle aus ihren Sätteln geglitten waren und einen Kreis um sie bildeten, der enger und enger wurde.

»Sie will nicht erlauben, daß du von ihren Früchten naschst«, stellte eine Stimme hinter ihr fest. »Vielleicht sollte ich es versuchen.« Südwind spürte eine Hand auf ihrem Hintern. Wütend fuhr sie herum, den Dolch bereits in der Hand, doch ihr Angreifer war zurückgesprungen und hob lachend beide Hände. Die Waffe schnitt sinnlos durch die Luft. Dafür regte sich hinter ihr etwas Neues. Wieder drehte sie sich um, so rasch sie konnte. Drohend hob sie den Dolch. Da waren Schultern, Gesichter, aufgerissene Münder und Hände, die nach ihr griffen. Es gab keine Lücke. Sie konnte sich im Kreis drehen, so lange sie wollte.

Plötzlich stürzte sie, jemand hatte ihr ein Bein gestellt. Ehe sie sich aufrappeln konnte, war der erste über ihr.

Sie hob verteidigungsbereit die Waffe. Da streckte sich ihr statt des erwarteten Angriffs nur ruhig eine breite braune Hand entgegen. Südwind zögerte zuzustoßen. Der Fremde packte zu, half ihr auf. Er zog die Verwirrte zu sich, zog sie näher an sich heran. Er roch betäubend nach Weihrauch und Rosen. Noch immer wehrte Südwind sich nicht.

»Schahrar hat sie gezähmt«, johlte einer der Männer. Erst als Lippen sich auf die ihren preßten und eine fremde Zunge den Weg in ihren Mund suchte, scheute Südwind wieder zurück. Zitternd packte sie ihren Dolch fester und richtete ihn drohend auf den Mann.

Da griffen Arme von hinten zu. Sie preßten ihr die Ellenbogen an den Leib und machten ihre Waffe wirkungslos. Südwind wand sich wie eine Schlange, sie warf den Kopf hin und her, daß ihre Haare flogen. Sie schrie. Als Finger sich auf ihren Mund legen wollten, biß sie aus Leibeskräften hinein. Blut sickerte in ihren Mund, doch Südwind ließ nicht los. Erst ein schmerzhafter Stoß schleuderte sie zu Boden und trennte sie von ihrem Angreifer. Diesmal bot sich ihr keine Hand dar; das Spiel war zu Ende.

Der, den sie gebissen hatte, ohrfeigte sie zweimal so heftig, daß sie glaubte, der Schmerz müsse ihr den Kopf sprengen. Sie hörte den Stoff ihres Gewandes reißen, ehe sie es sah. Noch einmal kämpfte Südwind darum, hochzukommen, sie schlug und trat um sich und suchte den vielen Händen zu entgehen, die nach ihren nackten Schultern griffen, ihren Brüsten. Sie krümmte ihre Finger wie Krallen und spürte, daß sie blutige Striemen rissen.

»Was haben wir denn hier?« Triumphierend hielt der Sprecher etwas in die Höhe. Es war Südwinds Amulett. Der Rubin darin fing das Sonnenlicht ein und schimmerte.

»Das nehme ich!« Blutige Finger streckten sich danach aus.

Aber der Finder hob rasch seine Hand höher. »Wer's entdeckt hat, dem gehört's«, rief er und reckte sich.

»Streitet ihr euch nur um den Plunder«, rief einer, dessen Bart mit Golddraht umwickelt war. Er packte Südwind um die Hüften und riß sie hoch. Die anderen zögerten.

Da wurde das Trappeln von Kamelbeinen laut. Ein Reiter kam heran. Er neigte sich aus dem Sattel, pflückte das Amulett aus der hochgereckten Hand, ehe sein Besitzer protestieren konnte, und betrachtete es sorgfältig.

Er war älter als die Männer, die ihn begleiteten, und es bestand kein Zweifel, daß er sie anführte. Seine sorgsam geölten Locken waren silbrig gesträhnt, sein Schmuck war reicher, und die übrigen Reiter erwiesen ihm ihren Respekt, indem sie verstummten und zurücktraten. Südwind, auf einmal losgelassen, stürzte in der Mitte des Kreises zu Boden. Gegen die Sonne blinzelnd, starrte sie zu dem Neuankömmling hinauf, dessen weiter, rostfarben und blau gestreifter Mantel über die Flanken seines Kamels fiel.

Der Mann stieg ab und trat auf sie zu. Sein Gesicht wirkte trotz der grauen Haare noch jung, die Brauen und der Bart, der sorgsam den Mund umrahmte und spitz auslief, waren schwarz, ebenso wie die Augen, die glänzten wie Obsidian. Seine Haut zog sich straff über das Gesicht mit den hohen Wangenknochen. Nur rund um die Augen zeigten sich Falten. Und zwei tiefe Furchen rechts und links der scharf nach unten gebogenen Nase zogen Linien der Bitterkeit bis hin zu seinem Mund. Sein Blick jedoch strafte diese Strenge Lügen.

Südwind fühlte ihn prüfend auf sich ruhen. Peinlich wurde sie sich der eigenen Nacktheit bewußt. Was von ihrem Kleid übrig war, hing in Fetzen um ihre Knöchel, daher suchte sie sich in ihrem langen Haar zu verstecken.

Der Fremde jedoch löste seinen Blick nicht von ihrem Gesicht. Noch nie war Südwind so genau betrachtet worden. Noch nicht einmal die Inspektionen Watars, mit denen der Geschichtenerzähler sich von Zeit zu Zeit seiner Beute versichert hatte, waren so intensiv gewesen. Dabei hob er sich immer wieder wie prüfend das Amulett vors Gesicht, als wäre dort eine Karte verzeichnet, deren einzelne Wegmarken er in Südwinds Zügen wiederzufinden hoffte. Seine Augen wanderten über die Sichellinie ihrer Brauen, über ihre glatte Stirn und die Wangen, die unter hohen Jochbögen abfielen. Er betrachtete den Schwung ihres Mundes, so daß Südwind ihn unwillkürlich mit der Zunge befeuchtete. Sie mußte schlucken, Tränen traten ihr in die Augen, das Bild ihres Gegenübers verschwamm. Ihr Herz schlug flatternd und schnell. Vielleicht war er ja wahrhaft ein Zauberer, ein Dschinn, der sie aus diesem in ein anderes Leben bannte. Vielleicht starb sie gerade.

Der Fremde streckte die Hand aus und strich ihr ein paar Haare aus der Stirn. Südwind war zu erschöpft, um noch zu kämpfen; sie ließ es geschehen. Dann richtete er sich auf. Seine Finger schlossen sich fest um das Amulett, das er noch immer hielt. »Du bist das Ebenbild deiner Mutter«, sagte er.

Er nahm sich den Mantel von der Schulter und wickelte sie hinein. Südwind stolperte unbeholfen an seiner Seite, als er sie aus dem Kreis herausführte. Der Satz hallte noch immer in ihrem Kopf, und sie mühte sich, ihn zu verstehen. Flüchtig spürte sie, wie die Kette wieder um ihren Hals befestigt wurde, wie warme Hände den Mantel um sie enger zogen, so wie ihr Großvater in den kühlen Nächten die Decke um sie herum festzustopfen pflegte. Zaghaftes Wohlbefinden breitete sich in ihr aus, noch ehe sie ganz begriff.

Dann kniete ein Kamel vor ihr, mit einem Ding auf dem Rücken wie ein kleines Zelt. Seine Bahnen öffneten sich für sie wie leuchtende Rosenblüten. Eine Stimme sprach zu ihr; Südwind nickte und stolperte hinein. Weichheit war dort, Schatten war dort. Jemand setzte ihr einen Becher an die Lippen, und in ihre Kehle rann ein unbekanntes Etwas, sauer und süß zugleich, Gewürze blühten scharf auf ihrer Zunge auf, so daß sie noch einen Schluck nahm, und noch einen, um das Feuer zu löschen, das sich selbst entzündet hatte.

Südwind fühlte ihre Beine schwer und ihren Kopf leicht werden. Ihr Leib sank und sank, entglitt ihrem Geist, und sie sah sich liegen und schlafen, so wie man hinabsah auf ein zitterndes Spiegelbild im Wasser. Eine Stimme sprach zu ihr wie zu einem Kind. Dann verging alles in zärtlichen dunklen Fluten.

Vater, warum?

Stärker als der Wein brannten nach dem Erwachen auf Südwinds Zunge die Fragen: Warum hast du mich ausgesetzt? Warum in all den Jahren nie nach mir gesehen? Wieso finde ich dich nun hier wieder? Und warum nur bist du so freundlich zu mir?

Die ersten Fragen beantwortete Südwind sich im stillen selbst. Das war einfach, sie hatte die Antwort seit ihrer frühesten Kindheit gekannt. Sie lautete: Er hatte sie verstoßen wegen ihres Fußes. War es nun die ungewohnt luxuriöse Umgebung der Sänfte, in der sie fortan reiste, oder die Gegenwart des Menschen, der sie mit ihrem Makel hatte auf die Welt kommen sehen: Südwind fühlte sich verunstalteter denn je. Anfangs versteckte sie ihren Fuß unwillkürlich unter der Fülle weicher Kissen, auf denen sie saß. Später dann sagte sie sich, daß ja wohl niemand ihn besser kannte als ihr Vater. Also zeigte sie ihn wieder, nicht ohne einen gewissen Trotz, den Yita, ihr Vater, ebenso kommentarlos überging wie alles andere.

Die dritte Frage ließ sich schwerer beantworten. Südwind war geneigt, an eine Antwort der Götter auf ihre Gebete zu glauben. Tief in ihrem Inneren, vergraben unter Zweifel und Selbsthaß, hatte all die Jahre der Glaube ihrer Kinderzeit überdauert, daß sie etwas ganz Besonderes sei, etwas Außerordentliches und für ein Schicksal bestimmt, anders als das übliche. Sie war ein Dschinnenkind. Mochten die Märchen auch Lüge gewesen und ihr auf brutale Weise entrissen worden sein. Irgendein Sinn hatte sich in ihnen verborgen. Und in Südwind keimte die Hoffnung, daß er sich ihr am Ende dieser Reise enthüllen würde, auf eine beglückende, triumphale Weise.

Andererseits war da, unausrottbar, auch das Mißtrauen in ihr, die Angst, daß ihr Bleiberecht an diesem neuen Ort wiederum verknüpft sein könnte mit einem Opfer, das zu bringen war. Wer weiß, vielleicht betrachtete ihr Vater sie ja ebenfalls als ein Unterpfand, das er irgend jemandem schuldete. Sie wußte nicht, welchen Göttern er verpflichtet war. Daher betrachtete sie ihn mit äußerster Zurückhaltung und erwiderte die Zärtlichkeiten, die er ihr erwies, nur mit aufmerksamer Beobachtung.

Sie fragte ihm Löcher in den Bauch nach der Stadt, aus der er kam, nach ihren Sitten, ihrem Handel, ihrer Religion. Sie nahm alles, was er ihr schenkte, und hielt es fest, hungrig nach mehr. Ihre Augen glänzten, aber ihr Mund verzog sich kaum zu einem Lächeln.

Yita betrachtete es mit einem nachsichtigen Kopfschütteln. Er begriff seine Tochter nicht ganz. Aber er war zu glücklich, sie wiedergefunden zu haben, und er empfand seine Schuld ihr gegenüber zu sehr, um nicht langmütig zu sein.

Welch ein Glück war ihm da geschenkt worden. Noch immer klopfte sein Herz, wenn er an den Moment dachte, in dem er ihr Amulett erkannte. Er selbst hatte es dem Säugling umgelegt, kaum daß er geboren und ihm in die Arme gelegt worden war. Fünfzehn Jahre hatte er es nicht wiedergesehen. Yitas Blick wanderte über die Dünen, wenn er daran dachte. Fünfzehn leere Jahre waren das gewesen. Und nun war sie wieder da.

Wie schön sie war! Er sagte es laut, mehr als einmal: »Wie schön du bist!« Und er meinte es so. Was für Augen sie hatte. Und einen Mund wie Granatäpfel, ein Band aus Rubinen. Er rezitierte ein Gedicht für sie. Südwind neigte den Kopf, als lausche sie. Aber er bemerkte, wie sie dabei ihren Fuß unter das Kleid zog, und die Geste schnitt ihm ins Herz. Er wollte ihr über die Wange streichen.

Seine Tochter wehrte die Liebkosung ab, nur um im nächsten Moment in seine Arme zu stürzen und ihren Kopf fast schmerzhaft an seiner Schulter zu reiben. Gleich darauf setzte sie sich wieder kerzengerade hin und starrte aus der Fensteröffnung der Sänfte hinaus. »Hat dein Volk einen Herrscher?« fragte sie mit neutraler Stimme und setzte damit ein früher begonnenes Gespräch fort.

Yita antwortete freundlich: »Saba wird regiert von einem Mukarrib. Er residiert in Marib, wohin wir reisen. Du wirst ihn bald sehen.« Er hielt einen Moment inne und überlegte, ob diese Begegnung tatsächlich so klug wäre. Dann schüttelte er den Kopf. Künftige Sorgen auf morgen verschieben, entschied er. Dann fuhr er fort. »Er ist der Erste unter Gleichen. Die Stämme haben ihre Führer, und ihr Rat zählt viel. Der König muß sie gewinnen für alles, was er tut. Aber der neue Mukarrib ist ein jähzorniger Mann, den viele fürchten.« Wieder machte er eine Pause, um über seinen König nachzudenken. »Er hat Kriege geführt und gewonnen. Viel Reichtum ist so verteilt worden. Das hat Männer an ihn gebunden.«

»Solche wie die dort draußen?« fragte Südwind und betrachtete einen der Reiter, der gerade ihr Kamel überholte. Er hatte die Spuren ihrer Kratzer noch im Gesicht. Als er sie sah, neigte er grüßend den Kopf. Südwind sah es mit tiefer Befriedigung. Sie war kein herrenloses Nomadenmädchen mehr, sie war die Tochter Yitas, der über viele Arme gebot.

»Solche wie mich«, beantwortete ihr Vater ihre Frage. »Ich habe, wie andere, die Zelte meines Stammes verlassen, um in Marib für uns zu sprechen. Und um Schamr zu dienen. Er schätzt meinen Rat und meine Klinge.« Lächelnd legte er die Hand auf den Griff des Krummdolches, dessen silberne Scheide an seinem Gürtel hing. »Wir leben nicht weit vom Palast. Du wirst sehen.« Er brach ab, um ihr ein paar Weintrauben auf den Teller zu legen. Amüsiert betrachtete er, wie sie sie aß: hastig, wie eine Verhungernde, die sie doch seit Tagen nicht mehr war. Auch die Süßigkeiten, die er ihr vorlegte, schlang sie so hinunter, heftig kauend, ohne sich Zeit zu nehmen für den Genuß. Sie ist wie ein Kind, dachte er, das nicht genug bekommen hat. Und er nahm ein Tuch und wischte ihr über die zuckrigen, glänzenden Lippen, ehe er ihr die nächsten kleinen Kuchen aus Pistazien, Mandeln und Dattelhonig hinschob.

Südwind hatte Mühe damit, sich den Wohnort ihrer Familie vorzustellen: ein Palast. Yita hatte ihr erklärt, er wäre aus Stein. Aber wer wollte schon auf hartem Stein leben, wenn er den weichen Sandboden haben konnte, den Flor der Ziegenhaarteppiche und das stete Wehen des Windes durch die Zelte? Sie schüttelte den Kopf und beschloß, in diesem Punkt abzuwarten, bis sie Marib sah.

Dort würde sich alles klären. Dort lebte ihre Mutter. Yita in seinem zärtlichen Überschwang hatte Tränen vergossen, als er ihr erzählte, sie wäre es gewesen, die wenige Monate nach der Geburt das Kleinkind weggebracht hätte, das Südwind war. »Sie war verschwunden«, hatte Yita gerufen und sich an die Stirn geschlagen. »Ohne ein Wort. Und ebenso kehrte sie nach sieben Tagen wieder. Sie hat mir nie gesagt, wo sie gewesen war. Nur du warst fort.« Mit feuchten Augen hatte er sie angesehen. Augen, die um Verständnis bettelten. Südwind hatte sich eine Traube gegriffen, sich zurückgelehnt und heftig darauf herumgekaut, während sie ihn aus ihrer sicheren Deckung heraus betrachtete.

Yita hatte sich mit seinem Taschentuch über die Stirn gewischt. Schließlich hatte er gelächelt und gesagt: »Aber nun habe ich dich ja wieder.«

Südwind hatte nicht geantwortet. Vielleicht log er ja. Vielleicht hatte sich auch alles so abgespielt. Wenn es so war, lag die Antwort auf alle Fragen dort in Marib.

»Erzähl mir von den Priestern«, forderte Südwind ihn auf. Und Yita gehorchte.

Auf steinerner Strasse

Die Oase von Marib war bereits von weitem gut zu sehen. Es hielt Südwind nicht länger in ihrer Sänfte, als sich das grüne Wogen der Dattelpalmen zum ersten Mal zeigte. Sie kletterte heraus und lief auf eine Hügelkuppe, um alles in Ruhe bewundern zu können. Wie weich die Wipfel aussahen, als wäre es ein Teppich, hingebreitet in den Sand. Wie satt die Farben leuchteten, das Auge hing daran wie die Lippen eines Durstigen am Becherrand.

»Es sind zwei Oasen, wenn man genauer hinsieht«, sagte ihr Vater, der neben sie getreten war, und zeigte es ihr mit dem Finger. »Eine im Norden, eine im Süden. Die zwei Paradiese von Marib.«

»Das muß wahrhaftig ein Paradies sein«, hauchte Südwind. Sie sehnte sich schon jetzt danach, unter diesen Bäumen spazierenzugehen, in ihrem Schatten zu stehen, den das Sonnenlicht streifte, das Aroma ihrer Blätter zu atmen und den kühleren Wind dort über ihre Haut streicheln zu lassen.

»Und dort liegt die Burg.« Yita zeigte darauf. Doch es war überflüssig. Die Königsburg von Marib, der Salhin, thronte auf einem Hügel, der sie deutlich über das Gewoge der Oase erhob. Für Südwind sah es so aus, als wäre der Gipfel eines Berges in saubere Vierecke behauen worden, die Schnitzarbeit eines Riesen, leuchtend weiß wie Salz. Die Stadt darunter war rötlich wie der Staub der Ebene, die sie umgab, Linien, so verwinkelt und verwirrend wie Käferspuren, als hätten Tiere sie in den Grund gewühlt, einen Ameisenbau. Die weißen Steine der Feste stammten aus den Brüchen des Jabal Balaq, der sich im Südwesten erhob. An seinen Hängen waren auch die Salz- und die Achatminen.

»Was ist das Dunkle dort hinten?« fragte sie.

Yita beschattete die Augen. »Das ist der Damm«, erklärte er. »Er hält die Wasser des Wadis zurück. Aus dem See, der sich dahinter staut, bewässern wir das ganze Jahr unser Land.« Seine Stimme klang stolz. »Er ist die Grundlage unseres Reichtums.«

Südwind war sprachlos. »Ihr sperrt das Wasser ein?«

»Wie sonst sollte all dies entstehen?« fragte ihr Vater zurück und umfaßte mit seiner Geste noch einmal das ausgedehnte Grün zu ihren Füßen.

»Ihr habt Afrit gezähmt«, murmelte Südwind. Noch immer starrte sie zu dem Bauwerk hinüber, das ein ganzes Tal abriegelte.

»Afrit«, sagte Yita im Ton eines Erwachsenen, der sich nicht länger vor den Spukgestalten seiner Kindheit fürchtet. »Eine nette Geschichte.« Er lachte. »Wir haben jedes Jahr ein Fest, da wird der Mann, der ihn spielt, von den Bauern mit fauligen Zwiebeln beworfen.«

Tief holte Südwind Luft. Afrit hatte hier keine Macht. Von ihm drohte ihr keine Gefahr mehr. Sie dachte an die Menschen ihres Dorfes. Wie würden sie sich fürchten bei dem Gedanken, daß jemand dem Regendämon in den Weg träte, ihn herausforderte, nur die Stimme gegen ihn erhob. Er bestimmte ihr Leben, im Guten wie im Schlechten. Diese Menschen hier hatten ihn herausgefordert, nein mehr, sie hatten ihn besiegt, ihm Fesseln angelegt, sich selbst zu Herren ihres Schicksals gemacht. Südwind erschreckte dies keinen Moment. Was für eine Tat; sie wünschte, sie selbst hätte sie vollbracht. Stolz blähten sich ihre Nüstern, und sie schaute ihren Vater mit mehr Zuneigung an als jemals im Verlauf ihrer Reise.

Der legte ihr gerührt die Hand auf die Schulter. Südwind ließ ihn gewähren.

»Komm in die Sänfte«, sagte er.

Südwind warf den Kopf auf. Wollte er sie verstecken?

»Ich will noch vor dem Abend bei deiner Mutter sein.«

Sie gehorchte. Durch ein Spalier von Reitern folgte sie ihm zurück. Die Männer flößten ihr nun keine Furcht mehr ein. Im Gegenteil, es schien, als betrachteten sie sie nun umgekehrt mit einer gewissen Scheu.

»Was haben sie?« wollte Südwind wissen.

Ihr Vater lächelte. Was sollten Männer schon haben, die einer solchen Schönheit gegenüberstanden? Die wenigen Tage der Pflege hatten Südwind gutgetan. Aus dem Fundus der kleinen Karawane, die mit Handelswaren nach Marib zurückkehrte, hatte er ihr ein rotes Kleid besorgt, dessen offener Halsschlitz kunstvoll mit Blumen umstickt war. An ihre Schläfen hatte er Silberketten gehängt, Achate an ihre Ohren und klingende Reifen über ihre Arme gestreift. Ihre Augen benötigten keinen Kajal und kein zerstoßenes Pulver, sie schimmerten groß und dunkel wie schwarze Perlen. Und ihre Wangen hatte die Aufregung mit einem Hauch belegt, der jedes Pulver überflüssig machte. Yita sah Schahrar einen feurigen Blick nach seiner Tochter senden und schaute streng drein. Doch innerlich lächelte er.

Er neigte sich etwas zu ihr hinab. »Ich habe ihnen erzählt, du hättest bei Dschinnen gelebt all die Jahre. Und selbst Alhan schwört nun, du habest dich aus einer Gazelle in ein Mädchen verwandelt, als sie dich trafen.«

Südwind lächelte bitter. »Das kommt mir bekannt vor«, sagte sie. Nur zu bekannt. Ihr Vater hätte das nicht tun sollen. Als sie wieder auf ihren Kissen saß und die Vorhänge der Sänfte zurückschlug, um gute Sicht zu haben, flog etwas durch die Öffnung auf ihren Schoß. Es war eine Rose. Südwind nahm sie und zerdrückte sie in ihrer Hand.

Südwind lernte viel in den nächsten Stunden ihres Lebens. Sie lernte, daß man Steine aufeinanderfügen konnte, so glatt, daß die Hand vergeblich nach einer Ritze darin tastete und das Auge keinen Halt auf der Fläche fand. Daß Mauern die Höhe eines Mannes weit überragen konnten und man mit in den Nacken gelegten Kopf staunend davorstand. Daß Menschen so dicht aufeinander leben konnten wie die Heuschrekken, die sich manchmal in verderblichen Schwärmen auf den Feldern niederließen.

Maribs Tore lagen im Nordosten und Südwesten, sie wurden durch eine breite Straße miteinander verbunden und teilten die Stadt in einen größeren und einen kleineren Teil. Der kleinere war ebenso wie die Straße selbst mit Häusern aus leuchtendweißem Muschelkalk bebaut. Dort lebten die Priester, erklärte ihr der Vater, dort standen die Tempel, zu denen nur die Vornehmen Zutritt hatten, wenn es eine der Zeremonien auszuführen galt. »Uns gehört eine Steinbank, gleich unter den Säulen des Vorbaus«, sagte er nicht ohne Stolz. Das Innere durfte nur der König alleine betreten.

Auf der anderen Seite schloß sich an die Prachtstraße ein dichtes Gewirr roter Lehmmauern an, ein Labyrinth enger Gassen, teils mit Palmenholz überdacht, in dem die Bauern und Handwerker Maribs lebten. Waren sie auch nicht aus Stein, so waren ihre Häuser doch alles andere als bescheiden. Erstaunt sah Südwind, wie sich mehrere Stockwerke übereinanderstapelten, Türme ragten zwischen flacheren Bauten auf. Und einmal sah sie voller Staunen über eine gemauerte Außentreppe Ziegen hinauf in den ersten Stock steigen.

Am meisten aber beeindruckten Südwind die Säulen. Weiß und viereckig, gerade und glatt. So ragten sie vor den Tempeln und Palästen auf. Eine andere lag über ihnen, und wieder andere lagerten auf dieser und trugen das Dach, alle gleichermaßen scharfkantig und schnörkellos. Wie sehr unterschied sich das von den runden Steinhütten, die die Hirten sich an manchen Stellen aus losen Steinen aufhäuften. Dies hier war streng geformt ohne Zufall, ohne Rücksichten auf den Stein. Dies war das Werk von Menschen, die der Wüste trotzten, schlicht wie diese, streng wie sie. Am liebsten wäre sie ausgestiegen und hätte die Hände auf die scharfen Kanten gelegt. Willensstärke sprach daraus, Kraft. Und Härte.

All das, was Südwind im Gesicht ihrer Mutter fand.

Sie war nicht mehr erstaunt, daß das Innere der Häuser so eckig war wie ihr Äußeres. Gespannt folgte sie ihrem Vater hinein, durch einen Vorraum, der Helligkeit über ein Oberlicht aus Alabaster erhielt, das alles in matten Schimmer tauchte, über einen säulenumstandenen Innenhof in die inneren Gemächer. Ihre Mutter war von ihrem Kommen bereits unterrichtet worden, so wie die halbe Stadt. Yita hatte sich auf die Lippen gebissen, als er sah, wie seine Reiter den Neugierigen von dem Gazellenmädchen erzählten.

Auch Dhahab hatte sie vernommen. »Wie passend«, hatte sie gesagt, während sie in den Spiegel starrte, um die Bemühungen ihrer Mägde zu verfolgen, die sie schminkten und schmückten. »Wo sie doch einen Huf statt eines Fußes hat.« Die Mädchen kicherten, ein wenig ungläubig; die Jüngeren warfen sich erschrockene Blicke zu. Aber sie hielten nur kurz in ihrer Arbeit inne.

Dhahab trat ihrem Mann entgegen wie eine Königin. Und wie immer pochte dessen Herz schneller, als er sie sah. Als sie damals zurückgekehrt war ohne ihr Kind, da hatte sie gedroht, sie würde ihn verlassen, wenn er sie weiter mit Fragen bestürmte. Er hatte damals nachgegeben, und er bereute es nicht. Noch immer war sie schön, die schönste Frau, die er je gesehen hatte, mit Brauen wie Neumonden und strahlenden Augen, einem Teint wie Alabaster und Lippen, so dunkelrot wie Wein. Südwind war wahrhaftig ihr Ebenbild, bis auf den wiegenden, Moschus verströmenden Gang. Den besaß nur Dhahab.

Die starrte ihre Tochter an.

Südwind erwiderte den Blick. Yita hatte recht gehabt: Sie hatte in ihrem ganzen Leben noch keine so schöne Frau gesehen. Dhahabs Anmut, üppiger nun und am Rande der Reife, war noch immer vollkommen und schlug jeden in seinen Bann, der sie sah. Auch Südwind fühlte sich sofort zu ihr hingezogen. Von diesem Wunderwesen sollte sie ein Teil sein, ihm sollte sie gar ähnlich sehen? Was für ein Genuß mußte es sein, von diesen weichen Armen festgehalten zu werden.

Aber sie schaute in Augen mit dem harten Glanz edler Steine. Kein Gefühl drückte sich darin aus, keine Regung. Keinerlei Wiedersehensfreude. Am ehesten noch Wut, wenn das denn denkbar war. Dhahab sagte kein Wort.

Es war Yita, der vortrat, die Arme öffnete und sie beide an sich drückte. »Ist sie nicht genau dein Ebenbild?« fragte er und küßte beiden Frauen den Scheitel.

Dhahab dachte an ihren Namen, der fruchtbare Erde bedeutete, und wie sehr sie von ihm getäuscht worden war. Scharen von Söhnen hatte sie dem Mann schenken wollen, dem sie damals bedingungslos gefolgt war. Das hätte ihren Wert gezeigt und ihn an sie, die herkunftslose Nomadin, gebunden mit mehr als der kindischen, vergänglichen Leidenschaft, die er für sie empfand. Söhne wie er selbst, groß und schön und bald auch mächtig. Söhne, auf die sie gemeinsam stolz sein konnten. An Töchter hatte sie nie gedacht. Schon gar nicht an einen Krüppel.

»Schau sie dir nur an«, forderte Yita seine Frau überschwenglich auf.

Und Dhahab schaute. Ihr Blick wanderte an Südwind vorbei, über deren Gestalt und hinab bis zu ihren Füßen. Als sie die kaum wahrnehmbare Bewegung sah, mit der diese ihren linken Fuß ein wenig hinter den rechten zurückzog, mußte sie lächeln.

Erleichtert strahlte auch Yita. »Bringt das Essen«, rief er den Mägden zu und klatschte in die Hände.

Bei Tisch sprach wiederum nur er, was ihm nicht weiter auffiel. Er war es gewohnt, vor Dhahab mit seinen Abenteuern zu prunken. Sie selbst verließ ja kaum einmal das Haus, aus Angst vor der Sonne und dem, was sie mit ihrer Haut anstellen konnte. Er pflegte nachsichtig lächelnd den Kopf zu schütteln, wenn er so etwas hörte. Als ob irgend etwas ihrer Schönheit etwas anhaben könnte. »Die Sonne würde erblassen vor Neid«, sagte er dann und fügte sich doch ihrem Willen.

Dhahab hörte ihm höflich zu, mit schräg geneigtem Kopf. Aufmerksam sorgte sie dafür, daß die Mägde ihrem Mann stets nachschenkten und ihm die besten Stücke auf den Teller legten. Jedesmal nahm sie den Alabasterpokal mit dem Wein und prüfte mit einem Schluck, ob das Mischungsverhältnis stimmte und er so gewürzt war, wie ihr Gatte es liebte, mit Moschus, ein wenig Pfeffer und Myrrhe. Sie selbst aß wenig, zupfte das Fleisch mit spitzen Fingern von den Knochen und nahm nach jedem Bissen einen großen Schluck Wasser. Ihre Augen ließ sie dabei nicht von Südwind.

Die sog den ganzen Reichtum ihrer Umgebung in sich auf: das Tafelgeschirr aus Alabaster, die großen kupfernen Schalen, reich verziert, die Stoffe an den Wänden und das bemalte Schnitzwerk der Decken. Das Essen selbst war mehr als üppig. Südwind konnte nicht genug bekommen von dem gebratenen Fleisch, bislang ein seltenes Vergnügen, da Großvater zu alt für die Jagd gewesen war und sie ihre Ziegen nur geschlachtet hatten, wenn diese keine Milch mehr gaben, alt waren und zäh. Junge Böcke hatten sie meist eingetauscht gegen dringend benötigte Waren.

Genußvoll leckte sie sich die fettigen Finger. Eine junge Dienerin schob ihr eine Schale hin und stellte sich erwartungsvoll mit einer Kanne hinter sie. Südwind zögerte verwirrt. Schließlich machte ihr Vater es ihr vor, daß sie die Finger über die Schale halten und sie von der Magd begießen lassen sollte. Diese kniete sich danach vor ihr hin und rieb ihr die Finger mit einem warmen Tuch trocken, das leicht nach Zitronen duftete. Südwind ließ es errötend geschehen.

Dann kam eine Kupferkaraffe mit einer Flüssigkeit, deren Geruch Südwind abstieß. Erleichtert stellte sie fest, daß auch ihre Mutter nichts von dem Getränk nahm.

»Ah«, seufzte Yita und ließ sich kräftig einschenken. »Rosinenschnaps. Es gibt nichts Köstlicheres. Damit wollen wir feiern bis zum

Morgen. Darauf, daß Marib nun erst wahrhaftig zwei Paradiese besitzt. Jashiriyya!« Mit diesem Trinkspruch beschwor er den süßen Rausch, der noch das Morgenrot erblickt.

Dhahab nippte gepflegt an ihrem Wasser. Ein Moment der Stille entstand. Dann sagte sie, mit einem Blick auf Südwind, die sich bereits den zweiten der zu dem Schnaps gereichten Kuchen nahm: »Na, wenn sie so weiterißt, ist es mit der Schönheit bald vorbei«, meinte sie kritisch.

Südwind erstarrte, die Krümel noch in den Mundwinkeln. Sie schluckte schwer und öffnete den Mund.

Yita schaute verwirrt von einer zur anderen. »Wie, die paar Süßigkeiten?« fragte er leutselig. Dann kniff er Südwind in die Wange. »Ach was, mein Schatz, du sollst dir etwas gönnen. Schau deine Mutter an, ihre Schönheit hat in all den Jahren auch nicht an Glanz verloren.«

Dhahab lächelte verbindlich. »Du hast recht«, sagte sie. »Es kommt wohl nicht darauf an. In ihrem Fall.«

Südwind legte den restlichen Kuchen auf ihren Teller. Sie suchte den Blick ihres Vaters, doch der hob bereits wieder den Becher an den Mund. »Genau«, murmelte er.

»Hast du sie übrigens schon dem Mukarrib vorgestellt?« fragte Dhahab.

Da ließ Yita den Becher sinken. »Dhahab«, rief er empört. Zum ersten Mal schaute er seine Frau mit einer gewissen Verunsicherung an.

Die zuckte mit den Schultern. »Ich meine nur, wo doch die ganze Stadt schon über sie spricht, dank deinem Lob.« Sie hob die sorgsam gezupften Brauen.

Yita runzelte die Stirn. Seine Finger klopften nervös auf die Platte des niedrigen Tisches, um den herum sie alle mit unterschlagenen Beinen saßen. Erstaunt bemerkte Südwind seine Nervosität. »Noch nicht«, murmelte er schließlich. »Ich hatte gehofft ...« Er brachte den Satz nicht zu Ende. Mit einer Handbewegung wischte er weitere Erwägungen vom Tisch. »Egal«, verkündete er. »Künftige Sorgen ...« Damit hob er den Becher und prostete seinen beiden Frauen zu.

»Auf doppeltes Glück.«

Dhahab nahm wiederum einen Schluck Wasser und lächelte vor sich hin.

Südwind erhob die Stimme in der aufkommenden Stille. »Was«, fragte sie, »ist mit dem Mukarrib?«

Die Augen des Mukarrib

Die Augen des Mukarrib wanderten über die Dächer von Marib, die flach waren, rot und weiß, ein Spielbrett für seine Strategien. Ihn interessierten die winkenden Palmen nicht.

»Er hat also eine Tochter?« sagte er und wandte sich um.

Den Mann hinter ihm traf sein Blick unerwartet; er senkte den Kopf. »Man spricht auf dem Markt von nichts anderem«, bestätigte er.

Der Mukarrib nickte. Sein Kopf war schwer, der lange schwarze Bart schabte über den Gewandstoff, der seine gewölbte Brust bedeckte. Er lächelte; er war es gewohnt, daß man seinen Blick mied. Er selbst schaute niemals in einen Spiegel. Das war nicht nötig, er war selbst ein Spiegel, er spiegelte seine Stadt und sein Reich und die ganze Welt wider. Selbst die Götter, als deren Mittler er fungierte, spiegelten sich in ihm. Er war alles und eins, sein Wille war wie die Natur: unausweichlich. Die Stämme begannen bereits, das zu begreifen.

Nein, Schamr, der Mukarrib, machte sich keine Sorgen darum, daß man seine Gelüste aus seinen Augen lesen könnte. Er ließ sie ungehemmt daraus hervorleuchten, sie waren wie die Sonne, wie Regen und Flut. Er freute sich der Angst, die sie hervorriefen. »Und er sperrt sie ein, ja?« fragte er dann.

Der Mann schaute weiter zu Boden und rieb sich die Hand. Noch immer war ein Schorf zurückgeblieben, dort, wo Südwinds Zähne sich hineingesenkt hatten. Er zuckte zusammen, als er spürte, wie der Mukarrib näher trat. Die Sandalen seines Herren schoben sich in sein Blickfeld. Darin steckten Füße, nicht groß, aber kräftig gewölbt, mit steifen schwarzen Haaren, die auf den Rücken der großen Zehen sprossen.

»Und woher weiß ich dann«, hörte er fragen, »ob sie schön ist?«

Der Mann schluckte. Langsam hob er die Augen: von den braunen Falten der bodenlangen Tunika über den goldbeschlagenen Gürtel mit dem Messer darin bis zu dem Bart, der den breiten Gewandausschnitt und die blumenbestickte Borte, die ihn einfaßte, beinahe verdeckte. Ihm war, als verflochten sich Barthaar und Blumen zu einem wuchernden Dickicht, das wuchs und wuchs, sich weiterwob und aus dessen Nacht die Krallen des Löwen nach seiner Kehle fuhren, dessen Fell über Schamrs Rücken lag. Der Mann rieb seine verletzte Hand kräftiger. Endlich hob er mit einem Ruck den Kopf und suchte Schamrs Augen.

»Ich habe sie gesehen«, stieß er hervor. »Ich habe sie« – er mußte keuchen – »nackt gesehen.« Dann erbebte er und klappte zu einer tiefen Verbeugung zusammen, so plötzlich, als wäre er in den Leib getreten worden.

Schamr schritt an ihm vorbei. Wieder wandte er sich dem Ausblick am Fenster zu; er suchte diesmal ein bestimmtes Haus. Es sah abweisend aus, wie alle Bauten in Marib, zeigte dem gnadenlosen Himmel eine fensterlose Front und verbarg sein Inneres hinter Alabasterscheiben, geschnitzten Laubengittern und unter den flüsternden Kronen der Palmen, die die versteckten Höfe bewachten. Er fand dennoch stets, was er suchte. Er konnte es sich auch diesmal vorstellen: ein kühles Gemach aus weißem Stein, bunte Wollteppiche an den Wänden, eine Truhe aus duftendem Sandelholz für die Gewänder, darauf eine Vase voll Rosenwasser, das seinen Duft verströmte bis hin zu den Kissen des Lagers, auf dem sie ruhte. Seine Beute.

Abrupt wandte er sich um. Er übersah den Mann, der sich noch immer verneigte. An der Wand hinter ihm stand eine weitere Gestalt, leicht zu übersehen im Dämmerlicht des Raumes. Er war dunkler noch als das Holz des Schreines, neben dem er lehnte, sein Gewand so weiß und leuchtend wie der Muschelkalk der Wände. Manche dachten, der Mukarrib hätte ihn deshalb ausgesucht: wegen des Kontrastes der Haut zu den hellen Priestergewändern. Darüber konnte der Herrscher nur lächeln. Er kannte seine Gründe besser. Er hatte Bayyin in der Tat seiner schwarzen Haut wegen gewählt, aber nicht wegen oberflächlicher Wirkungen. Sondern weil sie ihn fremd machte, zu einer Randfigur. Niemand, schon gar kein Priester, würde zwischen den Mukarrib und seine Stämme treten. Wie niemand zwischen ihm und den Göttern stand. Er allein war der Mittler von allem.

Bayyin lehnte so reglos an der Wand, als wäre er tatsächlich aus Ebenholz geschnitzt. Als der Mukarrib ihn ansprach, bewegte sich nur das Weiße in seinen Augen; die großen schwarzen Pupillen rollten herum.

»Wir werden eine Feier ansetzen«, erklärte Schamr und nickte ihm zu. »Lade alle in den Tempel.«

Bayyin senkte in einer Geste der Zustimmung den Kopf. Er hatte zugehört. Er hatte verstanden. In welchem Umfang, das würde er seinen Herren nie wissen lassen.

Schamr stand bereits wieder am Fenster und schaute hinaus. Seine fleischigen Nüstern blähten sich. Er roch sie schon, die Rosen; er schob raschelnde Kissen beiseite, streifte den Saum des Gewandes hoch über gazellenschlanke Beine ...

Südwind schrak auf.

Benommen blickte sie sich im Zimmer um. Noch immer konnte sie sich nicht daran gewöhnen, daß sie beim Aufwachen nicht die tanzenden Sonnenstrahlen empfingen, die durch die Lücken zwischen den Zeltbahnen fielen, sondern dieses statische, milchige Licht. Daß nicht der Morgenwind in den lauen Schlafdunst fuhr, der sich unter den Wolldekken angesammelt hatte, und der Lärm der Nachbarn bis zu ihr drang, sondern völlige Ruhe sie so vollkommen umfing wie der betäubende Duft des Rosenwassers, der in jeden Winkel drang. War er es, der wie ein Alb auf ihr gelegen hatte?

Müde wischte sie sich die feucht gewordenen Strähnen aus dem Gesicht. Diese Fülle von Kissen ließ sie schwitzen. Sie fühlte sich schwer wie ein Stein. Doch, sie hatte geschlafen, aber viel zu tief. Und geträumt hatte sie auch nicht, so wie sonst, leichte, bewegliche Träume wie die Füße der Gazellen über dem Sand. Und doch hatte sie etwas gesehen. Südwind stand auf und streifte das lockere Gewand ab, das sie zur Nacht trug und von dem ihr Vater gesagt hatte, es sei aus einem Stoff gefertigt, der von jenseits des Meeres aus einem Land namens Ägypten komme. Südwind verstand nun mehr von diesen Dingen, sie wußte um die Meere und die Länder an seinen Rändern. Und daß Ägypten ein Käufer für den Weihrauch war, der aus Hadramaut kam und den mit Handelssteuern zu belegen Saba so reich machte.

Sie dachte an das Gelernte, während das Nachthemd an ihr hinabglitt und sich um ihre Füße bauschte. Mit einem Schritt stieg sie darüber hinweg. Dann tapste sie mit nackten Füßen über den Steinboden. Dessen Kühle tat ihr gut. Sie ging hinüber zu der Wandnische, in der das kupferne Waschgeschirr stand, hob die Kanne und kippte sie probeweise. Es war nur noch wenig Wasser darin. Südwind hob das Gitter von der

Waschschüssel. Darunter schwappte eine träge Brühe, auf deren Oberfläche sich ölige Schlieren bildeten. Nein, sie konnte das Wasser von gestern nicht wieder verwenden.

Zweifelnd warf sie einen Blick zur Tür, wo auf einer Matte, unter einer leichten Decke, ihre Dienerin schlief. Noch eine der Veränderungen, an die sich Südwind jeden Tag erneut gewöhnen mußte. Auch im Zelt hatte sie nicht alleine geschlafen, aber dieses Mädchen verfolgte sie mit ihren Augen.

»Damit sie dir jeden Wunsch davon ablesen kann«, hatte ihr Vater gesagt und ihr lächelnd in die Wange gekniffen, als sie sich bei ihm deswegen beklagt hatte.

Südwind hatte sein Lächeln erwidert, doch sie zweifelte. Das Mädchen war vorher eine der Mägde ihrer Mutter gewesen, und sie war sicher, daß Dhahab aus ihrem Munde alles erfuhr, was in Südwinds Räumen vorging.

Was kann sie daran schon interessieren, dachte Südwind trotzig. Ich tue ohnehin fast nichts, eingesperrt wie ich bin, nichts als lernen, lernen. Es gibt bald nichts mehr, was ich über diese Stadt nicht weiß. Dabei habe ich noch kaum etwas von ihr gesehen.

Ihr Blick wanderte hoffnungsvoll zu dem Oberlicht, durch dessen undurchsichtige Fläche aber nichts zu erkennen war, als daß draußen Tageslicht herrschte. Nicht einen Schritt habe ich bisher in die Stadt oder die Oase gesetzt. Und warum sollte *sie* das auch interessieren? Sie dachte »sie«, nicht Mutter. Nicht einmal in ihren geheimsten Gedanken redete sie Dhahab so an. Sie ignoriert mich doch auch sonst. Aber es war ja kein Wunder. Sie hat mich als Kind schon weggegeben, weil ich häßlich bin. Und sie ist nicht erbaut, mich jetzt wieder um sich zu haben, eine stete Erinnerung daran, daß etwas so Mangelhaftes aus ihrem perfekten Leib hervorgegangen sein kann.

Südwind schaute zu dem Mädchen hinüber, das noch im Schlaf zu liegen schien und sich unter seiner Decke nicht rührte. Sein nackter Arm ragte ausgestreckt über den Rand der Schilfmatte. Südwind wandte sich ab. Sie nahm einen Lappen, tränkte ihn mit dem restlichen Wasser aus der Kanne und erfrischte sich damit, so gut sie konnte, das Gesicht und den Körper. Dann schlüpfte sie in ein Kleid mit weiten, tütenförmigen Ärmeln, das breit in verschiedenen milden Rottönen gestreift war. Als sie sacht die Tür öffnete und über ihre Dienerin hinwegstieg, hörte sie deren Atem und hielt einen Moment inne. Das Mädchen war wach, sie konnte es an den Atemzügen hören. Als Südwind einen Blick in ihr Gesicht warf, konnte sie sehen, daß ihre Augenlider vor Anspannung zuckten.

So viel zu den Wünschen und dem Augenablesen, dachte sie. Erzähl du nur brav alles, was du an diesem Morgen erlauscht hast. Sie ließ die Tür unnötig laut hinter sich zufallen.

»Ah, meine Taube. Möge Jasmin all deine Morgen umblühen.« Ihr Vater erhob sich, als sie eintrat, und küßte sie auf beide Wangen. Er konnte nicht anders, immer wieder griff ihre Schönheit ihm ans Herz, besonders, wenn sie wie an diesem Morgen lose Gewänder trug und ihr Haar, ein blauschwarzes Vlies, ihr offen über den Rücken floß und in tändelnden Locken ihre Hüften umsprang.

Eine Dienerin kam und hüllte sie beide formell in eine Wolke aus Weihrauch, indem sie ein Kupfergefäß an einer Kette um sie schwenkte. Geduldig ließ Südwind es zu, daß die Frau den Saum ihres Kleides hob, um das Gefäß darunter pendeln zu lassen, damit es jede Stelle ihres Körpers mit seinem Rauch parfümierte. Dann erwiderte sie die Umarmung ihres Vaters und seinen Morgengruß.

»Laß uns das Frühstück draußen nehmen, am Teich«, schlug sie vor. »Ich möchte wenigstens ein Stück freien Himmels sehen.«

Yita runzelte die Stirn, doch er erfüllte ihr den Wunsch. Der Freiheitsdrang seiner Tochter machte ihm Sorgen. Er schob ihn auf die lange Gewohnheit des Lebens in der Wüste und tröstete sich damit, daß er schon vergehen werde. Sie würde sich bald an das »steinerne Leben«, wie sie es manchmal anklagend nannte, gewöhnen. Und er wollte sie hüten wie die Lilien an seinem Teich im Hof, die ihre weißen Kelche zwischen den roten Rosen reckten. Er pflückte eine für Südwind, als sie sich setzten.

Die nahm sie lächelnd entgegen und steckte ihre Nase hinein, um den schweren Duft zu atmen. Wie sie diesen Hof liebte, er war ein Paradies mit seinem spiegelnden, stillen Wasser, dem Schattenspiel der Palmwedel, die ihre Kronen zwischen den Holzbalken hindurch in den blauen Himmel streckten. Mit dem wilden Wuchern der Kapuzinerkresse, die ihre Ranken voll leuchtend orangefarbener Blüten die Steinsäulen hinaufzuschicken suchten und ihnen so einiges von ihrer Strenge nahmen. Mit seinen Rosen, den Mädchengesichtern der Passionsblumen und den purpurnen Kelchen des Hibiskus, umsummt von zahllosen Insekten, die sich an seinem goldenen Blütenstaub sättigten.

Yita und Südwind ließen sich auf einer steinernen Bank voller Kissen nieder und betrachteten die schillernden Bahnen, die die Flügel der Libellen über dem Wasser zogen. Diener brachten einen Holztisch, gewürzte Fladen, Früchte, warme Zimtmilch für Südwind und einen leichten Honigwein für ihren Vater, mit dem er den summenden Bienen zuprostete.

»Sabuk«, sagte er und schloß befriedigt die Augen, als der erste Schluck in seine Kehle rann. »Nichts geht über den sanften Rausch am Morgen, hell wie das Sonnenlicht und leicht wie der Frühwind.«

»Vater, ich möchte mir die Stadt anschauen.«

Resigniert öffnete Yita die Augen wieder und schaute seine Tochter an. Er hob seine langfingrigen Hände, um etwas zu unterstreichen, was schon oft und oft gesagt worden war. »Es geht nicht«, meinte er nur. »Almaqh weiß, daß ich es bedauere, aber es geschieht nur zu deinem Schutz.«

»Aber wovor schützt ihr mich?« empörte sich Südwind. »Vor Schamrs Zudringlichkeiten? Über die keiner reden will?« Sie schnaubte. Noch immer hatte ihr niemand erklären wollen, was an Schamr, dem Mukarrib, so furchterregend sein sollte. Die Mädchen im Haus machten nur schadensabwehrende Gesten, wenn sie sie darauf ansprach. Und Südwind war zu stolz, sie hinter dem Rücken ihres Vaters weiter auszuforschen.

»Bitte, Südwind, wir haben das Thema oft genug ...«

Sie unterbrach ihren Vater, indem sie ihren Fuß auf die Bank hob. »Würde es nicht genügen, ihm das hier zu zeigen?« rief sie.

Yita umfaßte ihren Fuß fest, aber liebevoll mit beiden Händen und erlaubte nicht, daß Südwind ihn ihm entzog. Rasch, ehe Südwind reagieren konnte, drückte er einen leichten Kuß darauf und schob ihn wieder unter den Tisch. »Versündige dich nicht gegenüber deiner Mutter«, sagte er dann langsam, »die immer nur dein Bestes wollte.«

In Südwinds Gesicht mußte der Zweifel unübersehbar gewesen sein, denn er fuhr fort: »In ihrer Klugheit hat sie dich von hier fortgebracht. Hat nicht an ihre eigenen Gefühle gedacht, sondern nur an deine Sicherheit. Ich erkenne das jetzt, nun, da die Last der Verantwortung für dich auf meinen Schultern ruht, da ich in meiner Eigenliebe so töricht war, dich hierher zu bringen, und ich mich manchmal frage ...«

»Vater, bitte!« rief Südwind, die dies schon oft gehört hatte, sich aber immer noch quälte bei dem Gedanken, ihr Vater mache sich ihretwegen Vorwürfe.

Yita spürte ihr Nachgeben und setzte sich auf. Mit veränderter, zuversichtlicherer Stimme fuhr er fort: »Aber ich weiß schon. Und ich habe mir etwas ausgedacht. Wir werden einen Ausflug zum Staudamm unternehmen.« Der Staudamm, dachte er, war weit genug fort von der Stadt und all ihrem Geflüster.

Südwinds Augen leuchteten auf, als sie das hörte. Yita badete in ihrem Glanz. Beschwingt begann er, ihr wie schon so oft von diesem Wunderwerk zu erzählen. »Sechshundert Männer, die einander die Hände geben, reichen nicht aus, um seine Länge von einem Befestigungswerk zum anderen abzumessen«, erklärte er und schilderte, angesteckt von ihrer Begeisterung, wie diese Seitenwerke aus Stein ausgeführt waren, der Damm selbst dagegen aus Erde und Geröll aufgeschüttet, aber mit Steinplatten bedeckt. »Du wirst auf seiner Krone stehen«, versprach er. »Ich zeige dir auch die Becken dahinter, die eingerichtet sind, damit das heranströmende Wasser nicht zu sehr strudelt. Es ist alles sehr kunstvoll gemacht, du sollst es sehen.«

Südwind lauschte allen Erläuterungen mit neuem Vergnügen. Sie riß sich große Stücke von dem Fladen ab, tunkte sie in die Milch und biß in die tropfende Masse. »Besuchen wir auch die Oase?« fragte sie mit vollem Mund.

Yita bejahte. »Ich muß sowieso dorthin. Wir haben Streit mit dem Nachbarn um die Instandhaltung der Schleuse, von der die Kanäle zu seinen und meinen Gärten abzweigen. Er sagt, sie stehe auf meinem Grund. Aber ich sage, sie versorgt uns beide, also muß er sich an der Reparatur beteiligen, sonst fließt auch für ihn kein Wasser mehr.«

Südwind nickte und lauschte. Schließlich versiegte Yitas Redestrom. »Bist du glücklich?« fragte er in die entstandene Stille. Als Südwind nickte, hob er den Finger. »Das dachte ich mir. Und deshalb habe ich für diesen besonderen Tag ein Geschenk für dich besorgt.« Er strahlte bereits vor Vorfreude.

Südwind richtete sich auf. »Ein Geschenk?«

Yita hatte bereits in die Hände geklatscht. Eine Dienerin kam eilig herangetrippelt und überreichte ihm ein in Stoff gewickeltes Bündel, das er Südwind in den Schoß legte. Neugierig öffnete sie es.

»Du wirst wunderhübsch damit aussehen.« Angeregt nahm Yita sich einen neuen Becher. »Niemand soll sagen, daß meine Tochter mir nicht alles wert sei.«

Südwind hielt das Geschenk an seinen Riemen hoch. Es waren ein paar Sandalen, von ungewöhnlicher Form, was sie durch ihre Schönheit allerdings wettmachten. Sie waren mit einer Goldplatte verziert, die die Form einer Mondsichel hatte und reich mit Achaten besetzt war. Es war ein Paar Schuhe, würdig einer Königin, und Südwind begriff sofort, daß sie die Verunstaltung ihres Fußes perfekt verdecken würden. Versteck dich, flüsterten sie ihr zu, versteck dich immerfort.

»Nun, was hältst du davon?« fragte Yita.

Südwind öffnete den Mund.

In diesem Moment kam Dhahab herein. Sie sah die kostbaren Schuhe in Südwinds Hand und runzelte die Stirn. »Du hast es also schon erfahren«, sagte sie.

Yita schaute überrascht auf. Dhahab hob den kleinen, federbesetzten Stab, den der Bote des Tempels vor wenigen Momenten überbracht hatte. In sein Holz war eine kurze Nachricht geritzt. »Schamr hat eine Zeremonie angesetzt. Der zweite Regen läßt auf sich warten, sagt er. Die Stammesgötter sollen erscheinen und ihn unterstützen. Wir werden hingehen müssen.«

Yita setzte seinen Becher ab. »Auf sich warten?« protestierte er. »Aber es ist erst der Mond der Bienen. Wir haben noch gut und gerne Zeit bis ...«

Er verstummte, als er das Gesicht seiner Frau sah, das keinen Zweifel und keine Ausflucht zuließ. Er schlug sich die Hände vors Gesicht. Klagend rief er: »Mein Stolz hat uns soweit gebracht.«

Dhahab ignorierte ihn. Sie nahm Südwind mit spitzen Fingern die Schuhe aus der Hand. »Du hättest ihr besser das Gesicht verhüllt«, sagte sie, nachdem sie sie gründlich inspiziert hatte, und ließ die zierlichen Dinger fallen.

Yita stöhnte hinter seinen Fingern.

Südwind schaute von einem zum anderen. »Wollt ihr mir jetzt endlich sagen, was es mit Schamr auf sich hat?«

Südwind saß wie eine Statue, während ihr Mädchen sie ankleidete. In ihr arbeitete das eben Gehörte. Hatte sie doch gewußt, hatte sie es doch von Anfang an befürchtet, daß sie Afrit nicht entkommen war. Sicher, die Männer von Marib hatten einen Damm gebaut, eine Mauer, die seinen Fluten wehrte und seiner Macht trotzte. Dafür aber hatten sie dem Dämon erlaubt, unter ihnen zu wohnen und ihnen die Töchter zu rauben, ohne daß es einer Opferzeremonie bedurfte.

Südwind bebte, daß ihre silbernen Ohrgehänge zitterten, doch es geschah nicht aus Angst, es geschah aus Wut. Wie konnten die Menschen das nur zulassen? Sie begriff es nicht, um so weniger, als die Mariber für sie gesichtslos waren, Schemen nur, vage Existenzen jenseits der Mauern ihres Heimes. Sie hatte noch keinen von ihnen zu Gesicht bekommen. Aber Yita, und Dhahab, und die Männer der Karawane – wie hatte der noch geheißen, der ihr am Ende so glühende Blicke zugeworfen hatte, Schahrar? Wie konnten sie alle es zulassen, da doch Blut in ihren Adern floß, also Leben, Stolz, Mitgefühl? Wie konnten sie sich nur damit abfinden?

Jedesmal, hatte man ihr erklärt, wenn Schamr ein Mädchen erblickte, das ihm gefiel, dann befahl er es zu sich in den Palast, damit es ihn heirate. Anfangs waren die Familien der Vornehmen sehr stolz darauf gewesen, wenn die Wahl auf ihr Haus fiel. Beim ersten Mal, beim zweiten Mal. Aber dann keimte Mißtrauen auf, und dahinter Furcht. Denn jedesmal, wenn die Hochzeit vollzogen war, starb die junge Braut. Manchmal schon nach der ersten Nacht, manchmal nach wenigen Wochen. Man hatte an Zufälle glauben wollen, an Krankheiten, an einen Fluch. Bis man schließlich, schon gelähmt von Furcht, erkannte, daß Schamr selbst der Fluch war.

Niemand kannte genau seine Leidenschaften, denn die Leichen der Mädchen wurden den Familien stets schon fertig für die Beerdigung übergeben. Sie lagen fest bandagiert in harzbestrichenen Stoffhüllen, die man nicht mehr öffnen konnte, ohne die darin befestigten Amulette zu beschädigen, die der Seele der Toten im Jenseits unentbehrlich waren. Jede hatte eine reiche Mitgift aus kleinen kupfernen Gegenständen erhalten, Miniaturen ihres Haushaltes: Kessel, Schmuckstücke, Altäre, um damit ihr Leben im Jenseits komfortabel zu gestalten. Die Familien hatten sie gesenkten Hauptes entgegengenommen und mit dem Körper zusammen beigesetzt in einem der großen Mausoleen am Rand der Stadt.

Dort lagen sie nun, Seite an Seite, eine Tonscherbe um den Hals, die ihren Namen bewahrte. Ihre Alabastergesichter blickten von den Außenmauern, von kleinen Altären der Erinnerung, blaß und verwirrt wie die Hinterbliebenen, die für sie dort räucherten.

Die Mägde flochten Südwinds Haar und legten es kunstvoll um ihren Kopf. Darüber kam ein Tuch, ein beinahe durchsichtiger Schleier, so dünn wie die Hoffnung im Lächeln ihres Vaters, der nun eintrat.

»Bist du fertig?« fragte er.

Südwind stand auf. Da trat er plötzlich einen Schritt auf sie zu und umarmte sie so heftig, daß ihre Ohrgehänge schaukelnd klirrten.

»Es ist meine Schuld«, flüsterte er. »Ich hätte dich besser verbergen sollen. Ich hätte dich entstellen sollen mit diesen meinen eigenen Händen.« Er ließ sie los und starrte in seine Handflächen. »Ich hätte dich wegschicken sollen, wie deine Mutter es tat. Sie war soviel klüger als ich, soviel stärker ...« Seine Stimme brach.

Südwind nahm seine Hände und umfaßte sie warm mit ihren. So vieles ging in ihrem Kopf vor, so vieles hätte sie zu seinem Kummer anmerken können, aber sie brachte es nicht über die Lippen. »Ich bin fertig«, sagte sie nur, »gehen wir.«

Erstaunt schaute er auf. Ihre Stimme klang so ruhig, und ihr Gesicht sah so still und gefaßt aus, daß auch Yita sich beruhigte. Die scharfen Falten, die zu seinen Mundwinkeln führten, wurden noch ein wenig tiefer, sein Blick strenger. Er nickte. Die Hand auf dem Dolch in seinem Gürtel, trat er hinter Südwind hinaus.

Die halbe Stadt war an diesem Morgen unterwegs zum Tempel. Die Sänfte der Frauen aus Yitas Haus kam nur langsam und schwankend voran, bis sie die Stadttore passiert hatte. Der Weg führte zunächst über eine Schotterebene und wand sich dann durch die Gärten von Marib. Hatte in den Straßen die Hitze auf dem Stoffdach gelegen wie eine Faust, so wehte hier unter den Palmen ein sanfter Wind. Licht und Schatten spielten mit den Vorhängen, Sonnenflecken tanzten über die

Gewänder und blitzten mit den Schmuckstücken der Frauen um die Wette. Südwind hörte das Murmeln des Wassers in den Kanälen und roch die feuchte, satte Erde und den Duft der Blumen. Sie wollte sich hinauslehnen, aber Dhahab zog sie zurück.

Noch immer waren sie Teil eines langen, bunten Zuges, der sich durch das Grün auf den Tempel zuschlängelte. Musik stieg auf, Trommeln und Flöten, von dort, wo die Götter in ihrer Karawane reisten. Jeder der Stämme, die in der Umgegend ansässig waren, hatte seinen besonderen Schutzpatron mitgebracht. Aus uraltem Holz, die großen, gemalten Augen aufgerissen, reisten die Göttlichen so mit den Menschen. Sie trugen Schmuck wie diese, waren geschminkt, parfümiert, in Stoffe gewickelt und in Sänften gesetzt, deren Vorhänge sie vor profanen Blikken schützten. Schwankend auf den Rücken ihrer Kamele, näherten sie sich den viereckigen Säulen des Tempels von Baran, dessen Macht auch sie ihre Ehre erweisen sollten.

Wie Vorhänge, die zurückgezogen wurden, traten die Bäume nach und nach zur Seite und gaben den Blick frei auf den Tempel. Die Menschenmenge sammelte sich, stetig um sich selbst quirlend, noch diesseits des säulenumstandenen Vorhofes. Südwind setzte den Fuß aus der Sänfte in ein zertrampeltes Zwiebelbeet und wurde von ihrer Mutter zwischen Feuerstellen und Essensverkäufern hindurch zu dem Prozessionsweg geschoben, der ins Innere der Anlage führte.

»Die meisten bleiben hier draußen zurück«, flüsterte Dhahab an ihrem Ohr. Und sie gab den Dienerinnen Anweisung, am Rand einer gestampften Lehmfläche, zwischen Bauern und Vieh, auf sie zu warten. Staunend betrat Südwind den Hof. Sie hielt sich mit Dhahab im Schatten des Umgangs, schlenderte vorbei an Altären und Weihinschriften, die die Mauer schmückten, streifte hier und da mit flüchtigen Fingern über die Bronze einer Statue, erwiderte den stummen Blick der steinernen Steinböcke auf den Friesen und betrachtete die im Sonnenlicht gleißenden Alabasterbänke, auf denen sich langsam die Menschen versammelten.

»Wo ist unser Platz?« fragte sie.

»Ganz vorne.« Dhahab versuchte, es beiläufig zu sagen, doch in ihrer Stimme war unüberhörbar, wie geschmeichelt sie war. »Dein Vater ist bei denen, die hineindürfen. Sie tragen die Götter ins Heiligtum hinein, damit sie Zwiesprache halten können.« Sie lehnte sich dichter an Südwind. »Er hat mir anvertraut, daß sie dort auf Bänken Platz nehmen, ganz ähnlich den unseren. Und Antilopen schauen von der Wand auf sie herunter.« Sie schien sehr stolz auf dieses Wissen zu sein. Angestrengt starrte Südwind auf die dunkle Öffnung, die ins Innere des Tempels führte, das ihr und den meisten Sterblichen verboten war, doch sie konnte beim besten Willen nichts erkennen.

»Was ist da drinnen?« fragte sie, während sie Dhahab gehorsam folgte und in der zugewiesenen Bank Platz nahm. Auch aus der Nähe gab die Tempeltür nichts von ihrem Geheimnis preis. Südwind nahm Weihrauchgeruch wahr und einen Hauch von Kühle, der sie schaudern ließ.

»Das wissen nur die Priester«, flüsterte Dhahab. »Und der Mukarrib. Er allein darf das Allerheiligste betreten.«

Südwind mußte einen Aufschrei unterdrücken. Aus dem schwarzen Viereck der Türöffnung hatte sich ein weiterer Schatten gelöst. Sie erkannte einen Mann, so schwarz wie die Nacht. Wie lange hatte er schon dort gestanden, ohne daß sie ihn bemerkt hatte? Nun, da er seinen Umhang abnahm, strahlte das weiße Priestergewand, das er trug, mit dem Sonnenlicht um die Wette.

»Bayyin«, erklärte Dhahab nicht ohne Befriedigung. »Er ist beeindruckend, nicht wahr?« Sie mußte ihre Stimme senken, denn der Oberpriester ging in diesem Moment an ihnen vorbei, der Prozession seiner göttlichen Besucher entgegen. Südwind sah ihren Vater, eine von vier würdevollen Gestalten, die die Sänfte des Almaqh auf ihren Schultern über den Hof trugen und sie schwankend im Inneren des Tempels verschwinden ließen. »Schamr hat ihn aus dem Land jenseits des Meeres mitgebracht, hinter dem Ägypten liegt. Sie nennen es das Rote, obwohl dein Vater mir versichert hat, es sei so blau wie jedes Meer.«

»Vielleicht wurde es rot vom Blut ihrer Kämpfe«, gab Südwind ebenso geflüstert zurück.

Dhahab blähte freudig die Nüstern. »Gekämpft haben sie. Und der Weihrauch dort gehört jetzt uns.« Südwind nickte vage. In Lederbooten kam einmal jährlich der Tribut, Sabäer schickten ihn, die dort in einer Festung hausten und den Ruhm Schamrs mit ihren Waffen verteidigten. Doch die Boote waren klein, das Meer, über das sie kamen, war weit und das schwarze Land des Weihrauchs fern. Dennoch waren es Reichtümer, die diese dünnen Fäden zum Reich von Saba knüpften. All dies wußte sie, aber das Geschehen vorne nahm sie im Augenblick stärker gefangen.

Bayyin hatte die Arme ausgebreitet und ein Lied angestimmt. Eine Prozession von Knaben marschierte daraufhin in Zweierreihen auf ihn zu. Manche waren schwarz wie der Priester, andere hatten die hellere Haut und die gekrümmten Nasen der Menschen von Marib.

»Schamr hat sie alle mitgebracht«, flüsterte Dhahab weiter. Ihr Blick wanderte nicht ohne Wohlbehagen über die jungen Körper. »Früher haben nur Söhne der ersten Familien dieses Amt versehen. Aber es verträgt sich nicht sehr gut mit den Würden eines Kriegers, es ist viel Schreibarbeit damit verbunden, auch der Totendienst, und wir haben es gerne den Sklaven überlassen. Sehen die kupfernen Mondsicheln auf ihren Stirnen nicht prächtig aus?«

Südwind wandte den Kopf. Das »wir« in den Reden ihrer Mutter irritierte sie, bis sie begriff, daß Dhahab damit den Adel von Saba meinte, dessen Vertreter in der Hauptstadt Marib versammelt waren. Sie öffnete schon den Mund, um anzumerken, daß weder Dhahab noch sie selbst zu diesem erlauchten Kreise zählten. Aber eine Unruhe unter den Zuschauern lenkte sie ab.

Bayyin war nun auf die Schwelle des Tempels getreten, dessen Dunkel auch seine jungen Gehilfen geschluckt hatte. Sein in die Ferne gerichteter Blick schlug die Zuschauer in seinen Bann. Südwind fand, er sah nicht aus wie einer, der jemandem gehört, auch wenn Dhahab ihn einen Sklaven nannte. Sie hörte die Menge seufzen, als Bayyin wieder die Stimme erhob. Alle Aufmerksamkeit war bei ihm. Und dies sollten die Sabäer tatsächlich aufgegeben haben, um ihrer Existenz als Krieger willen?

»Willkommen«, dröhnte da die Stimme des Hohepriesters. »Willkommen, Mächtiger. Willkommen, Segenspender. Der du den Drachen besiegst. Der du die Himmel befreist. Willkommen, du, der du die Leere füllst dieses Ortes. Was Stein war, wird lebendig.«

Südwind konnte hören, wie die Zuschauer den Atem anhielten, als erwarteten sie, die Köpfe all der Statuen würden zu sprechen beginnen. Sie neigte sich zu Dhahab. »Was meint er mit dem Drachen?« fragte sie leise.

»So nennen sie hier Afrit, pst, sei still.«

Der Hohepriester segnete den König und die Menge. Südwind reckte den Hals, um Schamr besser in den Blick zu bekommen. Er stand so nahe bei ihr, daß sie den scharfen Geruch wahrnehmen konnte, den das Löwenfell auf seinem Rücken ausströmte. Sie hörte, wie dessen Krallen auf dem Boden klackten, wenn der Mukarrib sich der Zeremonie gehorchend bewegte. Aber sie sah nur seinen breiten Rücken und das drahtige schwarze Haar, das rund um den Kopf in Locken gelegt war und aus dem der Balsam tropfte.

Bayyin sprach mit dumpfer Stimme seine Segensformeln. Dann ging ein Rascheln durch den ganzen Hof. Dhahab zog an Südwinds Arm, bis diese begriff, daß sie aufstehen sollte. Leicht schwankend vor Unsicherheit erhob sie sich. »Vorsicht«, zischte Dhahab, »mein Armband hat sich verhakt.« Südwind spürte ein Zerren und einen leichten Stoß. »Paß doch auf«, hörte sie Dhahab noch sagen. Da glitt der Schleier von ihrem Kopf.

In diesem Moment drehte Schamr sich um.

Südwind hatte schon Raubtieren gegenübergestanden, wenn sie mit ihrer Herde in den Bergen unterwegs gewesen war. Hätte sie ihren Hirtenstab dabeigehabt, sie hätte ihn fester gepackt. So schlossen sich nur ihre leeren Fäuste. Schamrs Augen waren groß und feucht; sein Blick beleckte sie wie eine Zunge. Doch Südwind wandte den Kopf nicht ab. Er hatte blendendweiße Zähne, der Mukarrib, groß und viereckig, kräftige Zähne, gemacht, um Knochen zu knacken. Und Südwind begriff, daß er sie gerne in lebendiges Fleisch schlug. Daß er Blut witterte und Schweiß. Daß er Sehnen sah, die er zerfetzen konnte, und warme Höhlen, sie mit seinen Händen aufzubrechen. Er hatte große Hände, mit kurzen, dicken Fingern. Schwarze Haare wuchsen auf ihren Rücken, Südwind sah es, als er sie hob. Der Mukarrib machte eine unbestimmte Geste in ihre Richtung.

Südwind rührte sich nicht. Wie in Stein gemeißelt stand sie da und erwiderte seinen Blick. Sie wehrte Dhahab ab, die hastig versuchte, ihr den Schleier wieder überzustreifen.

Schamr schnarrte etwas, dann war er im Inneren des Tempels verschwunden.

Südwind blinzelte. Es war Dhahab, die sie schließlich zurück auf die Bank zog. »Was hat er gesagt?« fragte sie aufgeregt und atemlos.

Südwind schüttelte den Kopf. »Ich habe es nicht verstanden«, antwortete sie und schaute Dhahab an. Im Gesicht ihrer Mutter kämpften gegensätzliche Empfindungen miteinander. Südwind sah Triumph in den aufgerissenen, geschminkten Augen, daneben aber auch Furcht. Ihre Mutter sah aus wie ein Kind, das vom Honig genascht hatte und nun den Eltern gegenübertrat, nicht sicher, ob seine Ausrede Bestand haben würde.

Dhahabs Hände zitterten so sehr, als sie sich nach der Aufregung wieder zurechtzumachen suchte, daß sie es nicht schaffte, den Armreif, der sich im Kampf mit Südwinds Schleier geöffnet hatte, wieder um ihr Handgelenk zu schließen. Schließlich griff Südwind hinüber, nahm ihr den kleinen silbernen Stift ab, der sich bereits verbogen hatte, und steckte ihn wieder durch die Ösen des breiten Silberreifens.

»Keine Angst«, sagte sie dabei ruhig, fast tröstend.

Alarmiert hob Dhahab den Kopf. Sie forschte im Gesicht ihrer Tochter, abwehrbereit, jedoch ohne Erröten.

Südwind lächelte bitter. Um ihre Mundwinkel bildeten sich zart genau die Falten, die das Gesicht ihres Vaters so streng und königlich aussehen ließen. Dhahab erkannte es und biß unwillkürlich die Zähne zusammen.

»Keine Angst«, wiederholte Südwind. »Du weißt vielleicht nicht genau, was du da eben getan hast. Aber ich weiß es.«

Aufbruch aus den Zelten

Schams riß das Fladenbrot in kleine Stücke und warf sie in eine Schale mit warmer Milch. Dann schob sie alles zu Arik hinüber, der still am Feuer saß. »Iß, ehrwürdiger Vater«, sagte sie und neigte leicht den Kopf.

Zögernd hob der Alte einen Holzlöffel und senkte ihn in die Suppe. Alles ging so quälend langsam, das Eintauchen, das Fischen nach einem Stück Brot, das wackelige Hochheben, Zum-Munde-Führen, das Tropfen und Verlieren. Es machte Schams beinahe wahnsinnig vor Ungeduld, dem zittrigen Prozeß zusehen zu müssen, dennoch verfolgte sie ihn mit den Augen, ohne etwas auszulassen. Ihre Gedanken liefen derweil davon, in vielfacher Geschwindigkeit. Jetzt mußte Muchzen ins Zelt ihres Vaters getreten sein. Nun hatten sie sich begrüßt und gesetzt. Ihre große Schwester würde den Tee bereiten, zweifellos.

Arik ächzte. Er hatte kurz vor dem Mund das Brot verloren. Platschend war es in die Milchsuppe gefallen und hatte sein Gewand bespritzt. Erneut machte sich der Löffel auf den langen Weg zur Schale.

Geistesabwesend wischte Schams ihn ab. Muchzen würde das Gespräch eröffnen mit den Worten, die sie abgesprochen hatten. Er würde ihren Vater »Herr vieler Kamele« nennen, das mußte ihm gefallen. Dann würden die Verhandlungen beginnen. Die Aufregung drohte Schams schier zu überwältigen, sie preßte ihre Daumen zwischen den Fingern und schloß die Augen. Angespannt saß sie da und hörte Arik schlürfen. Als sie wieder schaute, rannen Milchtropfen von seinem dünnen Bart.

Seufzend hob sie das Tuch, wischte sie fort und zwang sich zu einem Lächeln. »Na bitte, es geht doch, Herr vieler Ziegen. Schmeckt die Milch denn?«

Arik brummte etwas, ohne sie anzusehen. Die Fliegen surrten über ihren Köpfen.

Ewigkeiten später näherten sich Schritte dem Zelt. Schams sprang auf, so heftig, daß sie beinahe die Schüssel umwarf. Sie breitete die Arme aus. Dann ließ sie sie wieder sinken. Muchzens Gesicht sagte ihr genug, sie brauchte ihn nicht nach dem Ausgang des Gesprächs zu fragen.

Äußerlich ruhig nahm Schams wieder Platz; Muchzen setzte sich neben sie. Er schaute zu, wie sie Arik sanft den Löffel entwand und mit methodischen Bewegungen begann, ihn zu füttern. Er tat es mit schlechtem Gewissen, denn eigentlich hatte er nun kein Recht mehr, sie anzusehen. Er hatte versagt, er hatte es wieder einmal nicht geschafft. Dennoch konnte er den Blick nicht von ihr wenden. Wie sanft sie war, wie freundlich und geduldig. Tubba und sein Vater konnten reden, was sie wollten, daß sie zu dünn wäre und zu zerbrechlich. Für ihn war sie das schönste Mädchen des Stammes. Er liebte ihre helle Haut und die dunklen Stellen unter ihren Augen, die beinahe bläulich schimmerten. Wie das Innere von Muscheln schienen sie ihm zu sein und ihre Augen die Perlen darin, rund und freundlich schimmernd wie der Mond. Er liebte es, daß ihr Haar sich in der Sonne aufhellte und einen rötlichen Ton annahm, Reflexe wie von Kupfer, die ihm kostbar erschienen.

Muchzen konnte nicht anders, er streckte die Finger aus und strich ihr sanft damit das Haar aus dem Gesicht. Schams hielt in ihrer Tätigkeit nicht inne. Aber aus ihren Augen sprangen plötzlich Tränen.

»Schams!« Verwirrt rief Muchzen ihren Namen.

Das Mädchen schüttelte den Kopf und wischte sich energisch übers Gesicht. »Was hat er gesagt?« fragte sie. Wieder hob sie den Löffel an Ariks Lippen, die sich schmatzend darum schlossen.

Muchzen warf einen raschen, scheuen Blick auf den alten Mann. »Der Brautpreis schien ihm nicht hoch genug.« Er zuckte mit den Achseln.

Schams schluckte ihre Enttäuschung hinunter. Mit fast wütender Konzentration fütterte sie den Alten weiter. »Auch nicht mit Ariks Ziegen?« fragte sie. Beinahe mußte sie lächeln bei der Erinnerung daran, wie Südwinds Großvater ihr dieses Angebot gemacht hatte. Seit Südwind fort war, hatte Schams ihre Rolle übernommen, dem Alten morgens Tee gebracht, seine Herden auf die Weide geführt und ihm an den Abenden ein wenig Gesellschaft geleistet. Ihre Familie sah es nicht gern, doch es war ein Akt der Barmherzigkeit, den Göttern wohlgefällig, gegen den sich wenig sagen ließ. Und Schams ließ sich nicht darin beirren. Immer öfter hatte Muchzen ihnen abends am Feuer Gesellschaft geleistet, als Ariks Gast, und so war das Zelt des Alten zum Ort ihrer heimlichen Beratungen geworden. Schams hätte nicht gedacht, daß er noch so viel von seiner Umgebung wahrnahm. Er war nach Südwinds Verschwinden endgültig zum Greis geworden, zittrig, gebrechlich, ganz in sich selbst und seine Erinnerungen verstrickt. Schams suchte seine Gesellschaft hauptsächlich, weil sie darin eine letzte Verbindung zu der verlorenen Freundin sah, der gegenüber sie ihre Pflicht so unvollkommen erfüllt hatte. An Arik nun wollte sie es wiedergutmachen.

Aber eines Abends hatte der ihnen mit seiner brüchigen Stimme angeboten, seine Herde zum Brautpreis für Schams dazuzuzählen. Die beiden jungen Leute hatten ihn umarmt, glücklich und beschämt. Schams hatte ihren Eifer verdoppelt, ihn zu pflegen. Schwatzte ihm beim Teeaufbrühen von den Ereignissen im Dorf, brachte ihm Süßigkeiten von zu Hause mit und hielt sein Zelt so peinlich sauber, als wäre es bereits ihr eigenes Heim, in dem sie mit Muchzen lebte. Sie und ihr Geliebter waren sich einig darin, den alten Arik bei sich aufzunehmen.

Aber nun hatte ihr Vater nein gesagt. Muchzen schüttelte den Kopf auf ihre letzte Frage. Er senkte die Stimme, ehe er sagte: »Ariks Ziegen, meinte er, das bedeute auch Arik selbst.« Er nickte mit dem Kopf zu dem Alten hin. »Er meinte, die Last wöge den Nutzen auf.«

Schams legte ihm erschrocken den Finger auf den Mund. Muchzen blickte schuldbewußt. Er hatte doch nur ihre Frage beantwortet. Dann aber nahm er ihre Finger in die seinen und begann, sie einzeln und vorsichtig zu küssen. Schams schaute ihn mit großen Augen an. Die Milch floß von dem Löffel, den ihre Rechte noch immer hielt.

»Muchzen!« Sie brachte kaum seinen Namen hervor.

Als wäre das ein Signal gewesen, umschlang sie der Junge heftig. Sein Mund suchte den ihren. Noch immer erinnerte er sich seiner Bedenken beim ersten Mal, als er glaubte, sein fehlender Zahn müßte sie ekeln oder erschrecken. Die Angst hatte seine Küsse sanft gemacht und Schams den Mut gegeben, sie zu erwidern. Heute jedoch hingen sie mit einer verzweifelten Wildheit aneinander.

Als sie sich voneinander lösten, sagte Muchzen: »Wir werden fortgehen.« Er atmete schwer. Was sein Herz schlagen ließ, war gleichermaßen die Leidenschaft wie die Furcht. Es war ein großer Vorsatz, den er da gefaßt hatte, nicht größer als seine Liebe, aber größer als seine Kraft möglicherweise. Die Ausführung, an die er kaum zu denken wagte, überstieg sein Vorstellungsvermögen bei weitem. Nur ein Mensch hatte so etwas bisher gewagt. Das war Südwind gewesen. Und Südwind war schon immer etwas Besonderes gewesen. Er hingegen war nur Muchzen.

Zu seinem Erstaunen nickte Schams nur und legte ihm ihre Hand auf das Herz. »Ja«, stimmte sie zu. »Das werden wir.« Zum ersten Mal sah er ihr stilles Gesicht in Flammen stehen.

Nun, da es ausgesprochen war, wurden sie sich rasch einig. Muchzen wußte, welche Kamele er für sie wählen würde. Wenn er auch kein guter Reiter war, so kannte er sich doch aus mit den Tieren seines Vaters wie kein zweiter. Die, die er im Sinn hatte, würden sie sicher durch die Wüste tragen.

Gemeinsam besprachen sie, wie sie heimlich die Vorräte zusammenbekommen wollten und wann der beste Zeitpunkt wäre, um aufzubrechen. Nur eine Frage sparten sie auf bis zuletzt.

»Wohin wollen wir gehen?« Es war Schams, die sie stellte.

Muchzen preßte die Lippen zusammen. Hier war der wunde Punkt ihrer Pläne. Hier würde sich alles entscheiden. Aber er kannte die Lösung nicht.

»Nach dort, wohin Südwind gegangen ist«, gab Schams sich selbst die Antwort. Sie lachte mit einem Male. »Natürlich, wir gehen, wohin sie ging.« Und sie faßte Muchzen bei den Händen.

Der schüttelte den Kopf. »Südwind ist tot«, wehrte er ab. Er wiederholte es noch einmal, lauter. »Sie ist tot.« Wie sollte es auch anders sein. Sie waren tapfer gewesen damals, aber leichtgläubige Narren. Es war Zeit, sich das einzugestehen. Und den Wahnsinn all ihrer Pläne dazu.

»Nein, das ist sie nicht.« Die Stimme war leise, röchelnd, aber unverkennbar. Sie hatten sie schon lange nicht mehr gehört.

»Arik!« Erschrocken wandte Schams sich dem Alten zu. Sie hatte ihn ganz vergessen. Mit roten Wangen suchte sie nach dem Löffel und hielt ihn hoch.

Aber Südwinds Großvater schob ihn beiseite. »Sie lebt«, brachte er mühsam hervor und mußte bellend husten.

»Woher willst du das wissen?« fragte Muchzen mißtrauisch.

Der Alte verzog sein faltiges Gesicht zu einem Lächeln. Ganz langsam ging das, wie wenn Wolken an einem windstillen Tag vorüberziehen und mit ihren Schatten die Landschaft verändern. »Weil ich sonst gestorben wäre«, sagte er.

Schams packte Muchzen am Arm. »Er hat recht!« keuchte sie. Warum, das wußte sie nicht, aber sie fühlte es mit jeder Faser ihres Herzens, daß der Alte die Wahrheit sagte. Flehend schaute sie Muchzen an.

Der raunzte abwehrend: »Und weißt du zufällig auch, wo sie jetzt ist, Alter?«

Das Lächeln auf Ariks Zügen vertiefte sich. Er schloß die Augen. Wieder sah er die Nacht vor sich, in der Südwind floh. Er hatte in der Nähe ihres Zeltes gestanden, damals, ein Messer in der Faust und bereit, sie und sich selbst zu töten, ehe Watar Hand an sie legen konnte. Stumm vor Beschämung hatte er mit angesehen, daß andere mehr Mut, mehr Hoffnung für Südwind gehabt hatten. Er belauschte ihren Abschied. Er hörte die Füße ihres Kamels auf den Boden trommeln.

Und er war ihren Spuren gefolgt, langsam, bußfertig, so weit seine Beine ihn trugen. Bis zu dem Punkt, an dem sie nach Westen abbogen.

Wieder lächelte Arik. Marib, dachte er. Oder Sirwah. Ich habe nie davon zu ihr gesprochen, und sie hat es dennoch gewußt. Hat meinem

Schweigen gelauscht und alles erraten. Laut sagte er: »Marib.« Und dann nahm er den Löffel aus Schams' Hand, drehte ihn herum und begann, mit dem Stiel Linien in den Sand zu zeichnen.

Mit wachsender Aufmerksamkeit neigte Muchzen sich darüber und lauschte den Erläuterungen, die der Alte dazu gab.

Als sie fertig waren, herrschte einen Moment Stille.

»Komm mit uns«, sagte Schams da und ergriff Ariks alte Hand.

Er entzog sie ihr. Sacht schüttelte er den Kopf. Er mußte husten. »Ich bleibe«, sagte er, als er wieder Atem hatte. »Ich warte auf Nachricht.« Warten, dachte er, das war es, wozu die Alten noch taugten. Niemand übertraf ihre Geduld. »Der Wiedehopf wird sie mir bringen.«

Irritiert schauten Schams und Muchzen erst einander und dann den Alten an. Aber Arik hatte die Augen geschlossen.

Wiederkehr der Dämonen

»Vater, Vater, nun hör schon auf.« Südwind mußte beinahe schreien, um sich Gehör zu verschaffen im allgemeinen Streit. Aufgebracht liefen ihre Eltern umeinander herum, gestikulierten wild und klagten einander an.

»Es ist doch nicht zu ändern«, fügte Südwind hinzu. Sie hatte nicht den Eindruck, daß jemand ihr zuhörte. Schließlich umarmte sie ihren Vater von hinten und zog ihn zu einer Bank, wo sie ihn nötigte, sich auf die Kissen zu setzen. Dort sackte er in sich zusammen und raufte sich die Haare.

Dhahab stand schwer atmend vor ihnen. So hatte ihr Mann noch niemals mit ihr gesprochen. Nie war er ihr anders als im Tone liebender Verehrung gegenübergetreten. Daran war nur sie schuld, dieses kleine Luder, wie konnte sie es wagen. Seit sie im Hause war, war alles anders geworden. Sie stahl ihr die Liebe ihres Mannes. Fehlte nur noch, daß sie Yita Lügen über die Vorgänge im Tempel erzählte. Behauptete, sie hätte ihr den Schleier absichtlich heruntergezogen. Aber das würde sie leugnen bis zu ihrem Tode! Dhahab stemmte die Hände in die Hüften und holte tief

Luft. Alles Lüge! Sie war bereit, ihren Kriegsruf auszustoßen. Herausfordernd baute sie sich vor Südwind auf. Aber die wandte sich nur ab.

»Es war zu keinem Zeitpunkt zu ändern.« Das war Südwinds tiefe Überzeugung. Dhahab und ihre Intrigen spielten dabei keine Rolle.

Die zischte: »Ach, sei nicht so wehleidig.« Dann fuhr sie zu ihrem Mann herum. »Ich habe es schließlich nicht mit Absicht getan«, fauchte sie. »Du behandelst mich wie eine Verbrecherin.«

Hastig griff Yita nach ihrer Hand. »Ich habe nur gesagt, es sei ein großes Unglück.«

Dhahab entzog sich ihm. »Du hast mir vorgeworfen, ich hätte nicht gut aufgepaßt.« Sie stieß ein schrilles Lachen aus. »Du, der du nicht da warst, um uns zu beschützen. Du, der sie in seiner Eitelkeit überhaupt erst hierher gebracht hat und ausstaffiert und umschmeichelt, bis sie nicht mehr wußte, wo ihr der Kopf stand. Und jetzt ist sie verrückt geworden.«

Angewidert wandte Südwind sich von dem Streit ab. Ihre Mutter verzichtete nicht darauf, ihrem Vater das Messer ins Herz zu stoßen und es herumzudrehen. »Wenn überhaupt einer schuld hat, dann bist du es«, verkündete sie kategorisch.

»Hört doch endlich auf«, rief sie, »bitte.« Sie hob die Arme und ließ sie resigniert wieder sinken. Dann ging sie zu dem Tisch hinüber, auf dem die Reste eines kaum angerührten Mittagessens standen. Sie nahm den Becher ihres Vaters und kostete von dem Rosinenschnaps. Der Moschus widerte sie an, und der Kampfergeschmack zog ihr den Mund zusammen, doch der Alkohol rann warm durch ihre Glieder. Vielleicht war an der Vorliebe ihres Vaters für den Rausch doch etwas dran.

Sie wandte sich abrupt um. »Der Bote hat mich gerufen. Ich werde kommen.« Sie hob die leeren Hände. »Das ist alles.«

»Aber er wird dich töten.« Der Aufschrei ihres Vaters klang gequält.

Dhahab trat neben ihn und umarmte ihn. »Wenigstens bekommen wir so keine weiteren Schwierigkeiten.«

Südwind lächelte. »Da wir davon sprechen, Vater: Wäre es dir möglich, die anderen Stammesherren zusammenzurufen?«

Sofort schoß das Mißtrauen zurück in Dhahabs Gesicht. Der Griff um den Arm ihres Mannes wurde fester. Der fragte verwirrt: »Den Rat? Ja, sicher ...« Er machte eine Pause und überlegte. »Aber sie werden dir nicht helfen, Südwind. Sie haben ja nicht einmal ihre eigenen Töchter gerettet.« Die Erinnerung daran machte seine Stimme bitter. Wut wolkte plötzlich schwarz in ihm auf. Seine Hand fuhr zu dem Griff des Dolches in seinem Gürtel.

Dhahab sah es und schloß sofort ihre Finger um die seinen. »Sei kein Narr«, zischte sie.

Yita senkte den Kopf. Ein klagender Schrei brach aus ihm heraus: »Oh Almaqh! Wie soll ich ohne sie leben.«

Dhahab an seiner Seite schwieg beharrlich.

Unter ihren Blicken ging Südwind zur Tür. »Sorge nur dafür, daß der Rat zu meiner Hochzeit kommt«, wiederholte sie. »Vielleicht kann ich ja ihnen helfen.«

Ihr Vater nickte, ratlos und verzagt, ohne sie anzusehen. Die Tür schloß sich hinter ihr.

Südwind war noch nicht in ihrem Gemach, als sie die Schritte hinter sich hörte. Dhahab zog sie heftig am Arm herum. Argwöhnisch durchforschte sie Südwinds Gesicht.

Die riß sich los. Mißmutig fragte sie. »Was ist? Gefällt dir nicht, was du siehst?«

»Es hat mir noch nie gefallen.« Dhahab zügelte nun, da sie allein waren, ihre Antipathie nicht länger. »Vom ersten Moment an hat es wie ein Fluch über mir gelegen.« Doch plötzlich besann sie sich. »Du hast etwas vor«, sagte sie und trat noch einen Schritt näher an Südwind heran. »Ich weiß es«, zischte sie. »Du ergibst dich nicht so schnell, ich kenne dich. Was ist es?«

Südwind starrte zurück, ohne zu blinzeln. Du kennst mich nicht, dachte sie wütend, du weißt überhaupt nichts von mir. Außer meinem Fuß hast du nie etwas von mir gesehen. Aber du hast recht. Ich werde keineswegs kampflos aufgeben. Mich opfert man keinem Dämon mehr, niemals wieder. »Heiraten, Mutter«, sagte sie. Das letzte Wort sprach sie besonders sorgfältig aus. »Oder was dachtest du?«

Fest der Freude

Mit zitternden Knien kehrte Yita am Abend aus dem Salhin zurück und sank auf seine Ruhebank im Garten. Er verlangte Wein und lauschte dem Summen der Insekten, während sein Atem sich langsam beruhigte und sein Gesicht die Farbe wiedererlangte.

Südwind persönlich reichte ihm den Becher. »Hast du es erreicht?« fragte sie.

Yita nickte, dann hielt er inne und starrte in eine nur ihm sichtbare Ferne. »Was habe ich getan?« flüsterte er entsetzt.

»Das Richtige, Vater«, beruhigte Südwind ihn und streichelte seine Hand. Aber die Gedanken in ihrem Kopf rasten. Der König hatte also zugestimmt: Es würde eine Hochzeitsfeier in der Tradition der Stämme geben. Südwind hatte ihren Vater gebeten, darauf zu bestehen. Denn die Angehörigen von Bräuten Schamrs waren dazu übergegangen, die Hochzeiten wie Beerdigungen zu begehen, nein, heimlicher noch: Von Trauer gelähmt hatte man den Wachen des Palastes die Mädchen umstandslos überlassen. Südwind aber wollte, daß alle sie an Schamrs Seite und vor allem als seine Frau sähen und anerkannten. Deshalb würde ihr Vater in der Ebene das Hochzeitszelt aufschlagen lassen und das große Feuer entzünden, um das die Männer tanzten. Und was noch wichtiger war: Die Vertreter der Stämme würden kommen, sie und ihre Familien.

»Er wird nur am Ende erscheinen, um dich abzuholen.« Yita starrte noch immer blicklos in den Garten.

Südwind nickte, auch das war ihr recht. Sollte er allen seine Verachtung bezeigen, das würde ihre Pläne nur befördern. »Danach versammelst du den Rat, wie besprochen, Vater«, sagte sie, und als er nickte, streichelte sie sein Haar und verließ ihn.

Drei Wochen später war das Fest bereitet.

Geschmückt wie ein Götterbild, in einem roten Kleid mit goldenen Schleiern, saß Südwind im Eingang des Zeltes und nahm die Geschenke entgegen, die die Stämme ihr darbrachten. Teilnahmslos glitt ihr Blick über die Gaben, aber sie merkte sich jedes Gesicht, jeden Namen, den ihr Vater ihr zuflüsterte, während er hinter ihrem Schemel stand und ihr hin und wieder beruhigend seine zitternde Hand auf die Schulter zu legen versuchte.

Er war angespannt, wie es auch die Besucher waren. Mit düsteren Mienen erwiesen die Stammesoberhäupter ihnen die Ehre, und die Frauen, die sich in ihrem Rücken drängten, um einen Blick auf die Braut zu erhaschen, wirkten bedrückt. Man war gekommen, weil die Sitte es verlangte, aber man kam nicht gerne. So wenig, wie man gerne bei Nacht in der offenen Savanne zeltete, wo es Raubtiere gab und tausend Gefahren. Die jüngeren Mädchen waren verhüllter, als die guten Sitten es erforderten, und sie zögerten lange, der einsetzenden Musik zu gehorchen und sich zum Reigen für die Braut zu formieren.

Es war nicht gut, wie ein Alter murmelte, der dem Tanz zusah, Blut unter die Löwen zu gießen, und sein Blick wanderte hinauf zum Salhin.

Als die Mittagszeit gekommen war, erhob Südwind sich aus dem Kreis der Mädchen, die ihr Gesellschaft zu leisten hatten, sie aber vorwiegend nur anstarrten wie ein Wunder: die Frau, die freiwillig Schamr heiratete. Sie nahm die große Bronzeschüssel mit der Grütze entgegen, die in Hammelfett schwamm, und trug sie hinüber zu dem Kreis, in dem die Ältesten sich unter einem Sonnensegel zurückgezogen hatten, und bot den Männern davon an, wie der Ritus es verlangte.

»Dank für die guten Wünsche zu meinem Tag«, murmelte sie und erhielt dafür Segensprüche im Namen von Schams und Athtar. Mit einem hölzernen Löffel tat sie jedem einzelnen auf, fischte nach den gekochten Hammelaugen, die in der fettigen Brühe schwammen, und achtete darauf, sie gerecht zu verteilen.

Als sie fertig war, stand sie mit gesenktem Kopf da. Die toten Tieraugen glotzten zu ihr auf, und als sie den Kopf hob, bemerkte sie, daß die Augen der Männer sie ganz ähnlich anstarrten. Diese Männer hatten den Tod gesehen, und er machte ihnen Angst. Und nun wurden sie unruhig, denn die Braut stand immer noch da, statt sich mit einem leisen Gruß und niedergeschlagenem Blick zurückzuziehen. Lange musterte Südwind ihre Gesichter. Da war ein Alter mit vollen, geröteten Wangen, der schnell aufbrausen würde, genau wie Tubbas Vater. Einer war da mit dem Ziegenbart und dem verschlagenen Blick Watars. Ein anderer hatte die schweren Lider und den müden, trägen Echsenblick, den sie vom Vorsteher ihres Dorfes kannte. Wie sie einander ähnelten. Aber nie wieder würden solche Männer über ihr Leben bestimmen.

Südwind wartete, ehe sie sprach. »Ihr liebt eure Töchter?« fragte sie.

Überraschtes, empörtes Zischen antwortete ihr. Einige versuchten sie zu ignorieren, andere musterten sie mit einer Mischung aus Abneigung und Neugier. Einer griff sogar beleidigt mit der Hand an seinen Dolch.

Südwind nickte langsam, während sie einem nach dem anderen in das faltige, braunverbrannte Gesicht schaute. »Was wäre, wenn euch jemand von der Sorge um sie befreite?«

Verblüfftes Schweigen antwortete ihr, das sie nicht unterbrach. Sie wollte sich zurückziehen, um die Frage in ihren Köpfen arbeiten zu lassen. Zu diesem Zeitpunkt zu viel zu verraten würde nur die Gefahr von Verrat heraufbeschwören. Da wurde in ihrem Rücken das Trappeln von Kamelfüßen laut. Nacheinander erhoben die Männer sich langsam von ihren Kissen und zogen sich die Kleider und die Gürtel mit den Dolchen zurecht. Da wandte Südwind sich um.

Denn Schamr war erschienen, um seine Braut abzuholen. Begleitet von seinen Wachen, kam er an, eine leere Sänfte mit wehenden roten Vorhängen in seinem Gefolge. Die Musik aus den Zelten verstummte.

Schamr setzte seinen Fuß in den Sand. Der Wind blies in die Mähne des Löwenfells um seine Schultern und ließ es beinahe lebendig erscheinen. Eilig kam Yita heran und bot ihm Wein an und eine Platte mit Fleisch. »Nehmt Platz«, bat er, »feiert mit uns. Die besten Teile sind noch nicht soweit.« Er wies hinüber zu den Grillfeuern, über denen sich Ziegen, Schafe und ein junges Kamel drehten, zischend und tropfend und scharfe Aromen verbreitend. Die Ältesten standen noch immer da, ohne sich von ihren Plätzen zu rühren.

Aber Schamr wies Essen und Trinken zurück. Er verneigte sich nicht einmal in Richtung des Rates. Statt dessen wandte er sich dem Zelt zu, wo die Frauen sich verschreckt aneinanderdrängten.

»Wo ist sie?« fragte er und machte einen Schritt hinüber.

Südwind betrachtete ihn, ohne sich zu rühren. Ein junger Bursche, bemerkte sie, begann nervös von einem Fuß auf den anderen zu treten, als er den Mukarrib kommen sah. Er schwitzte und warf unruhige Blicke zu seinem Vater hinüber, der neben ihr im Kreis bei den Ältesten stand. Gehetzt wandte der Junge den Kopf hin und her zwischen dem Alten und dem Zelt, wo unter all den Frauen, wie Südwind wußte, auch seine Schwester zwischen den anderen saß. Seine braune Hand spielte unablässig mit dem Dolchgriff, und seine Füße wippten.

Nicht!, signalisierte der Alte neben ihr stumm mit den Lippen und runzelte mahnend die Stirn. Mit beiden Händen stemmte er seinen geschnitzten Stab in den Sand und neigte sich angespannt vor. Doch die Warnung fruchtete nicht. Wie von einer höheren Macht dorthin gezogen, schob der junge Mann sich ein Stück näher an den Eingang des Zeltes. Schweißtropfen erschienen auf seiner Stirn.

Schamr hätte ihm mit nur einem einzigen Schritt aus dem Weg gehen können, doch er zog es vor, sich geradewegs vor dem Jungen aufzubauen, der kaum vierzehn Jahre alt sein mochte. Er reichte dem Mukarrib nicht einmal bis zum Kinn. Ein paar Augenblicke lang starrte Schamr auf seinen Widersacher hinunter, der sich auf die Lippen biß, damit sie nicht zitterten, aber tapfer stehenblieb, wo er war, während ihm die Röte des gerechten Zorns in die Wangen stieg. Wenn niemand sonst die Ehre seines Stammes zu verteidigen bereit war, er würde es tun. Südwind konnte die Worte förmlich hinter seiner Stirn lesen, Gedanken, stolz und temperamentvoll wie die von Tubba, der glaubte, mit seinem Dolch und seinem Hirtenstab sich allem in den Weg stellen zu können. Aber so fing man gefährliche Schlangen nicht.

Aus Schamrs Kehle kam etwas wie ein Grollen und wuchs an. Dann hob er die Hand. Der Schlag kam so rasch und heftig, daß der Junge zur Seite flog und im Sand landete. Verdutzt rappelte er sich auf die Knie, hielt sich die schmerzende Gesichtshälfte und starrte Schamr entgeistert an.

Bleib liegen, dachte Südwind und schloß die Augen, um die Kraft ihrer Gedanken zu intensivieren. Bleib, wo du bist. Sie hoffte inständig, die Botschaft würde den Jungen erreichen. Doch der stieß einen Schrei aus, sprang auf und zog mit einer heftigen Bewegung seinen Dolch. So stand er da, erstarrt in der Kämpferpose, erschrocken über seinen eigenen Impuls und zögernd, was als nächstes zu tun sei, als Schamr erneut den Arm hob. Es war ein Zeichen an seine Wächter.

Mit acht Speeren im Leib sackte der Junge zusammen, ehe er nur einen einzigen Schritt getan hatte. Eine Frau schrie, vom Rest der Hochzeitsgesellschaft kam kein Laut.

Schamr wandte sich ab und schritt zu seinem Reittier; seine Wächter folgten ihm. Nur zwei Sklaven blieben zurück, die das Dromedar mit der Sänfte am Zügel hielten und sich die Tücher vors Gesicht hielten, um den Staub abzuhalten, den die galoppierenden Füße von Schamrs Kamel aufwirbelten.

Südwind zog ihr Kleid um sich, damit der Saum sich nicht mit dem Blut vollsaugte, das aus dem Körper des Jungen in den Sand floß. Und doch leuchtete es so rot wie sein Blut.

Während die Festgäste zu dem Toten stürzten, ging sie langsam hinüber zu der Sänfte.

»Was«, fragte sie und wandte sich noch einmal um, »wenn euch einer tatsächlich davon befreite?« Statt einer Antwort hörte sie die Mutter schreien und die Verwünschungen, die der Vater des Jungen ausstieß. Und sie wußte, daß sie zufrieden sein sollte.

Brautnacht

»Ist es noch weit, Muchzen?«

Der Junge wandte sich um und sah das Mädchen auf seinem Kamel schwanken. Er hatte ein großes schwarzes für sie ausgesucht, stark, aber fügsam, kraftvoll und ausdauernd. Nun allerdings war sein Höcker geschrumpft, seine Füße wund – er erkannte es am Gang –, und der Kopf des Tieres pendelte mehr als nötig hin und her. Muchzen wußte, bald würde es zusammenbrechen. Wie Schams aussah, darüber dachte er lieber nicht nach.

Er zügelte sein Dromedar, ließ sie aufschließen und reichte ihr seinen Wasserschlauch, während er mit den Augen den Horizont absuchte. Es war alles seine Schuld, weil er nach der letzten Wasserstelle falsch abgebogen war. Er hatte den Irrtum zu korrigieren versucht, und lange schien es, als bewegten sie sich auf der richtigen Route. Muchzen kniff die Augen zusammen und betrachtete die Bergkuppe, von der Arik gesagt hatte, daß sie direkt vor ihnen liegen müßte, als könnte sie all seine Fragen beantworten. Wütend klatschte er den Griff der kurzen Peitsche gegen seinen Oberschenkel. Der verdammte Berg war da und direkt über ihm der Tagmond, genau wie Arik es ihm im Sand aufgezeichnet hatte. Nur die verfluchte Oase war nirgendwo zu sehen. Muchzen biß sich auf die Lippen.

»Wir reiten weiter bis zu dem Knick dort vorne«, sagte er und wies voraus auf einen Bergrücken. Wenn wir dann nichts sehen ...« Er vollendete den Satz nicht und trieb sein Tier an. Erleichtert hörte er, daß Schams ihm folgte.

»Weißt du«, sagte sie. Das Wasser hatte ihr gut getan. »Weißt du, an jeder Biegung suche ich den Boden ab und habe Angst, wir könnten Südwinds Knochen finden.«

Erstaunt schaute Muchzen sie an. Das Lächeln, das sie ihm schenkte, war so verzagt, daß es ihn traurig stimmte. »Sie lebt«, sagte er bestimmt und neigte sich hinüber, um ihr die Hand zu reichen. »Ich weiß es. Und darum werden auch wir leben.«

Südwind erklomm die große Freitreppe zum Salhin, dem Palast von Marib. Wer von den Wachen sie mit den Augen verfolgen wollte, der mußte den Kopf in den Nacken legen und die Augen zusammenkneifen, denn die weiße Fläche schimmerte grell in der Sonne. Die junge Frau stieg hinauf wie über Wolken. Erst als sie in der Vorhalle stand, umgaben sie wieder Farben. Bunte Teppiche verhüllten die Wände und dämpften den Hall ihrer Schritte zwischen den großen Säulen. Gazellenköpfe starrten sie von den Wänden an, und zwei große bronzene Löwen flankierten den Eingang zu den inneren Gemächern. Über alles floß das Licht durch Alabasterscheiben, die zwischen die Deckenbalken aus Palmholz eingelassen waren, warm und dunstig wie Milch. Aus kupfernen Ampeln schlängelte sich weißer Weihrauch, drehte sich träge und verflocht sich mit dem trüben Licht.

Eine Hand tippte Südwind auf die Schulter und wies auf die Tür, die zu ihrem Ziel führte. Die hohen Flügel waren aus Ebenholz, mit Elfenbeinintarsien, einem verwirrenden Würfelmuster, das vor Südwinds Augen flirrte. Sie drehten sich lautlos in den Lederangeln, als sie sich öffneten. Vor ihr lag die ganze Stadt. Das Zimmer öffnete sich auf eine Terrasse, die hoch über Marib lag, im obersten Geschoß des Palastes. Südwind war viele Treppen gestiegen, aber sie hatte nicht geahnt, daß sie bereits so hoch gelangt war. Mit schnellen Schritten durchquerte sie den Raum und stand an der Brüstung. Zu ihren Füßen war ein steiler Abgrund aus nacktem Fels. An seinem Fuß sah Südwind kleine Gestalten über ein Geröllfeld wuseln und wußte, sie blickte auf die Müllhalde des Palasthügels.

Ein Geräusch hinter ihr ließ sie herumfahren.

Schamr lächelte mit allen Zähnen. Sie schimmerten so weiß wie das Elfenbein in der Tür hinter ihm. Tatsächlich war er in seinem weißen und dunklen Gewand vom Hintergrund nur schwer zu unterscheiden. Mit einladender Geste wies er auf eine Nische in der linken Wand, die mit einer purpurnen Decke und Kissen üppig ausgestattet war.

Südwind biß die Zähne zusammen, senkte grüßend den Kopf und glitt hinüber zu dem Lager, um sich dort mit größtmöglicher Anmut niederzulassen. Sie schlug die Augen nieder, wie er das wohl von ihr erwartete. Unter ihren langen Wimpern hervor jedoch beobachtete sie jede seiner Bewegungen. Schamr kam nur langsam näher. Er hielt an einem Tisch, schenkte dort etwas in ein Gefäß, das auf Silberfüßen stand, nahm es in seine große Hand und ließ sich erst dann an ihrer Seite nieder.

Unwillkürlich rückte Südwind von ihm fort. Schamr rückte nach. Er faßte nach ihrem Kinn, als sie den Kopf abwandte, und zwang sie, ihm einen Moment ins Gesicht zu sehen.

Dämon!, dachte Südwind und schloß die Augen. Ihre Lippen, rot geschminkt für diesen Abend, öffneten sich bebend in Erwartung einer Berührung. Sie spürte seine Hitze, als er sich über sie neigte, die rauhe, trockene Haut seiner Lippen, die die ihren liebkosten, in seinen Mund einsogen, die Feuchtigkeit seiner Zunge, die tastete und forschte.

»Ah«, entfuhr es ihr unwillkürlich, als er so herrisch ihren Mund in Besitz nahm. Dann schrie sie auf.

Mit einem befriedigten Lächeln lehnte Schamr sich zurück und betrachtete das Mädchen, das entgeistert nach dem dünnen Blutfaden tastete, der aus seinem Mundwinkel lief, dort, wo Schamr zugebissen hatte. Er neigte den Kopf, langte hinüber und wischte mit dem Finger die rote Spur auf, um ihn sich anschließend genüßlich in den Mund zu schieben. Jetzt, dachte er, beginnt sie zu begreifen, wer ich bin. In diesem Augenblick begreifen es alle. Und ergeben sich im selben Moment. Wie ihre Hände zittern. Vielleicht weint sie ja. Ihre Augen sähen noch schöner aus, wenn sie in Tränen schwömmen.

Zufrieden lehnte Schamr sich zurück und betrachtete Südwind. Er nahm den Becher auf und kostete vom Wein. Genießerisch schnalzte er mit der Zunge. Dann, nachdem er sie noch einmal von Kopf bis Fuß gemustert hatte, schlug er ohne Vorwarnung ihr Gewand zurück. Wieder schrie Südwind auf und wehrte sich. Unwillkürlich suchte sie ihren Gewandsaum herunterzuziehen, trat und schlug um sich. »Südwind, blas mir den Rock hoch«, hörte sie es in ihrer Erinnerung. Aber dann überwand sie ihre Panik; sie durfte ihn nicht gegen sich aufbringen. Schwer atmend und angespannt hielt sie still.

Schamr hielt ihre Handgelenke umfaßt, bis er sicher war, daß sie sich nicht länger wehren würde. Hörbar sog Südwind die Luft ein, als er sich bückte und nach ihren Beinen griff. Aber es war das gesunde Bein, das er sich auf den Schoß legte. Langsam fuhr er mit der Hand ihre Wade hinauf. Südwind spürte seine trockene Haut über die ihre kratzen und bekam eine Gänsehaut.

»Vollendet«, murmelte er und schloß seine Finger um ihren Schenkel. »Wie aus Elfenbein gedrechselt.« Plötzlich begann er, eine kleine Melodie zu summen, eine Improvisation, als suche er die Töne, dann rezitierte er die Zeile eines Gedichtes. »Gefällt es dir?« fragte er und wartete ihr Nicken nicht ab. »Das ist von mir. Ich bin nämlich ein Kenner der Schönheit.« Er lächelte voll seliger Erinnerung. »Schon manche meiner Bräute hat mich zu einem Gedicht verleitet. Denn an jeder ist etwas, das schlicht vollendet ist.« Er nahm einen Schluck Wein. »Bei einer waren es die Knie. Sie waren perfekt, wie aus Silber getriebene kleine Vollmondscheiben.« Schamr geriet ins Schwärmen. »So zart und rund und schimmernd wie Alabaster.«

Südwinds Blick wanderte von seinem Gesicht, das er nun der Terrasse zugewandt hatte, die im Licht der untergehenden Sonne sich rosenfarben färbte, hin zu dem Becher, den er in seinen Fingern drehte. Und sie erstarrte. Er hatte silberne Füße, die eine eingefaßte kleine Schale trugen aus einem weißen Material, von dem Südwind zunächst dachte, es wäre Alabaster oder Elfenbein. Aber die Art, in der Schamr sprach, und die Weise, in der seine Finger beim Sprechen liebkosend über diese weiße Schale fuhren, ließen sie erschauern. Sie war sich sicher, das weiße Ding war ein Menschenknochen, die zierliche Kniescheibe eines toten Mädchens.

Schamr begegnete ihrem Blick, las darin und grinste. »Ich behalte von allen das Schönste – in Erinnerung«, schloß er seine Rede.

Südwind bemühte sich verzweifelt um ein Lächeln. Um seinen forschenden Augen zu entgehen, setzte sie sich auf und schenkte ihm Wein ein. Schamr akzeptierte es mit einem anerkennenden Grunzlaut und trank. »Bei dir bin ich mir noch nicht sicher«, sagte er. Seine Finger malten den Umriß ihrer Gestalt in die Luft. »Die Haare vielleicht.« Er packte ihre Zöpfe und zog daran, bis ihr Gesicht sich gegen seine Schulter drückte. Südwind spürte, wie er sein Gesicht in ihr Haar presste und seinen Duft einsog. Sie unterdrückte ein Zittern. Womit, überlegte sie, waren die weichen Kissen wohl gefüttert, auf denen sie ruhten? Sie fühlte sich mit einem Mal umgeben von toten Mädchen. Fast wäre sie aufgesprungen und schreiend zur Tür gerannt. Aber sie wußte, die war verschlossen. Und sie war nicht hier, um zu fliehen. Nein, weggerannt vor Afrit war sie das letzte Mal. Dieses Mal würde sie bleiben.

»Oder doch die Schenkel.« Schamr schob ohne Umstände ihr Kleid noch ein wenig höher und entblößte ihre Oberschenkel. Seine Finger fuhren knetend daran auf und ab und hinterließen rote Spuren. »Diese Haut«, murmelte er, »diese Weichheit.« Und er senkte den Kopf in ihren Schoß.

Südwind wandte den Kopf ab und schloß vor Ekel die Augen, als sein heißer Atem auf ihr Fleisch traf. Seine Finger liebkosten sie, doch sie wußte, gleich würde er ihr wieder weh tun. Ihre Finger umklammerten fest den Griff des Messers, das sie in ihrem Gewand versteckt hatte. Es war ihre ganze Hoffnung. War dies der Moment? Sein Nacken, den sie mit der anderen Hand mechanisch liebkoste, lag ungeschützt in ihrem Schoß. Südwind packte die Waffe fester und holte langsam aus. Schamr spürte ihre Bewegung. Mit dem Instinkt des Raubtiers hob er den Kopf.

»Was ...?« fragte er wütend.

Südwind schrie.

»Was war das?« fragte Schams und zügelte ihr Kamel.

»Nichts«, suchte Muchzen sie zu beruhigen, obwohl ihm selbst mulmig zumute war in der rasch fallenden Dämmerung. »Nur ein Nachtvogel, Liebes.«

»Nein, ich meine das da«, sagte Schams und wies nach vorne. »Das Licht?«

»Licht?« wiederholte Muchzen ungläubig. In dem Moment, in dem er es aussprach, bemerkte er selbst das schwache Blinzeln in der Dunkelheit vor ihnen. Und er begriff, was es bedeutete. Fackeln, Lichter, die Anwesenheit von Menschen! Sie waren am Ziel ihrer Reise.

»Licht«, flüsterte Schams noch einmal glücklich. Stumm ritten sie Seite an Seite und ließen das Blinken des nächtlichen Marib aus der Dunkelheit wachsen. Bald hörten sie auch das Rauschen der Palmen, deren Wipfel sie für Nachtschatten gehalten hatten. Und sie glaubten, den Duft der Gärten zu riechen. Die Dromedare nahmen ihn ebenfalls wahr, hoben die Köpfe und brüllten.

Auch Muchzen und Schams konnten nicht mehr an sich halten; sie schrien ihre Freude hinaus. Sie segneten Arik, segneten Almaqh, führten sich auf wie die Verrückten.

Dann gaben sie wie auf Verabredung ihren Tieren die Peitsche und galoppierten auf die nächtliche Stadt zu.

»Ich werde zuerst da sein«, rief Schams lachend über ihre Schulter.

Muchzen schlug das Herz bis zum Hals bei ihrem Anblick. Da war sie, sie lebte, sie lachte. Er hatte sie nicht in den Tod geführt. Er hatte sie gerettet. Zum ersten Mal begriff er, daß sie nun ganz ihm gehörte, daß eine gemeinsame Zukunft vor ihnen lag, und eine Woge des Glücks schlug über ihm zusammen.

»Nein«, brüllte er selig mit sich überschlagender Stimme. »Ich werde zuerst dort sein.« Und er trieb sein Tier an, um an ihre Seite zu gelangen. Wie wunderbar ihr Haar doch im Wind flog.

Schams legte den Kopf in den Nacken und stieß einen trillernden Schrei aus. »Südwind«, rief sie dann übermütig, »wir kommen!«

Südwind preßte sich in die Ecke des Raumes, den Dolch vor der Brust, während Schamr langsam näher kam. Fassungslos stierte er sie an. Er war stärker als sie, er war so viel stärker als sie. Das kalte Holz drückte gegen ihre Rippen.

Dicht vor ihr hielt Schamr inne und öffnete den Mund. »Was ...?« fragte er noch einmal und hob die Hände an ihren Hals. Plötzlich verdrehten sich seine Augen. Der Mukarrib wankte. Dann schlug er hin wie ein gefällter Baum.

Südwind keuchte. Sie ließ die Waffe sinken. Ihre Hände und die Klinge waren rot vom Blut. Gleich ihr erster Stoß hatte seine Kehle getroffen. Aber einige Momente lang hatte sie geglaubt, das genüge nicht. Es steckte zu viel verdammte Kraft in diesem Dämon von einem Mann.

Südwind neigte sich über ihn und packte ihn am Bart. »Afrit«, murmelte sie, als sie das im Tode verzerrte Gesicht betrachtete, »du bekommst mich nicht.« Dann machte sie sich daran, seinen Hals durchzuschneiden. Als der Kopf endlich vor ihr lag, keuchte sie vor Anstrengung. Der Saum ihres Gewandes hatte große Mengen von Schamrs Blut aufgesaugt, rot und feucht klatschte er ihr um die Fesseln. Dennoch packte sie den Leichnam bei den Füßen und schleifte ihn zur Terrasse. Mit letzter Kraft hievte sie ihn über die Balustrade, rollte ihn herum und ließ ihn in die nunmehr schwarze Tiefe stürzen. Dann wandte sie sich dem Gemach zu. Sie mußte das Blut auf dem Boden entfernen, sie mußte etwas anderes zum Anziehen finden. Sie mußte sich ihre Ansprache überlegen; es gab noch so vieles zu tun. Vater, dachte sie, ich hoffe, du hast das Deine beigetragen. Sonst sind wir verloren. Schwer atmend wischte sie sich mit dem Unterarm über die Stirn. Dann machte sie sich an die Arbeit.

Eine halbe Stunde später klopfte sie an die verschlossene Tür. Ein verängstigter Diener öffnete und starrte sie an. Südwind lächelte grimmig, als sie seine verwirrte Miene sah und die raschen Blicke, mit der er über ihre Schulter hinweg das Gemach absuchte. Ob er in dem Umhang, den sie trug, die Decke wiedererkannte, die ihr Brautlager geschmückt hatte? »Wo ist der Mukarrib?« fragte der Diener stirnrunzelnd.

Südwind wischte die Frage mit einer Geste beiseite. »Er ist nicht da. Der Stammesrat soll kommen. Sofort.« Sie stampfte mit dem Fuß auf, als er zögerte.

»Der Stammesrat?«

»Ja, er wartet unter der Führung Yitas unten.« Sie betete, daß es so sein möge.

Der Mann war immer noch mißtrauisch. »Hat der Mukarrib ihn einberufen?« wollte er wissen.

»Zweifellos«, entgegnete Südwind. »Oder wer könnte es sonst?« Damit schob sie den lästigen Frager hinaus.

Langsam ging sie zurück zu der Nische, arrangierte die Kissen neu und ließ sich sehr aufrecht darauf nieder. Zu ihrer Rechten stand der kleine Tisch, nun mit einem Tuch bedeckt, unter dem ein runder Gegenstand ruhte. Südwind straffte den Rücken und legte ihre rechte Hand darauf wie auf ein Herrschaftszeichen. Sollten sie also kommen, sie war bereit dazu. Sie saß da wie ein Standbild, es war vollkommen still im Raum. Nur hier und da fiel ein letzter Tropfen von Schamrs Blut unter dem Tischchen pochend zu Boden und skandierte so die Zeit bis zu dem Moment, in dem die Schritte auf der Treppe hörbar wurden.

Als Schams und Muchzen zwischen den stillen Hütten der Vorstadt hindurch zum Stadttor ritten, wunderten sie sich, dieses offen zu finden. Sie hatten erwartet, hier draußen für die Nacht ein Obdach zu erbitten, um Marib am folgenden Tag zu betreten. Aber die Wachen waren nicht an ihrem Platz, Fackeln leuchteten längs der Straße, und es waren mehr neugierige Menschen unterwegs, als sie zählen konnten.

»Glaubst du, die Städte sind so, machen die Nacht zum Tag?« fragte Schams, und die Tritte ihres Dromedars hallten unter dem Torbogen. Ihre Blicke glitten halb ängstlich, halb bewundernd über die mächtigen Mauern.

Muchzen schüttelte den Kopf. Er wollte etwas sagen, aber der Anblick von Maribs Hauptstraße nahm ihm den Atem. Zu seiner Linken ragten die weißen Tempelfassaden auf, zur Rechten Lehmhäuser mit drei, vier, fünf Stockwerken übereinander. Sie hatten kleine Fenster, und aus allen hingen Menschen. Ja, wohnten die Leute hier denn einander auf dem Kopf? »Ich glaube«, brachte er schließlich heraus, »es ist etwas passiert. Hör doch, wie sie rufen.«

In der Tat stiegen hier und da Schreie auf. Man sah Männer an den Ecken stehen, die auf ihre Mitbürger einredeten und gestikulierten. Aber was sie sagten, war in dem allgemeinen Trubel nicht zu verstehen. Immer mehr Türen öffneten sich und ließen die Bewohner auf die Straße. Ein Zug formierte sich, hin zum Palasthügel, dem Schams und Muchzen sich unwillkürlich anschlossen. Eingesperrt in eine immer dichter werdende Menge starrten sie voraus auf ihr unbekanntes Ziel.

Schließlich beugte Muchzen sich hinunter. »Was ist denn los?« fragte er einen Mann, der neben ihm eingekeilt stand. Er hoffte, daß man seiner Stimme den Fremden nicht anmerkte. Die Antwort kam prompt. »Der Mukarrib soll tot sein.«

»Nein, wahrhaftig?« erklang es von hinten, und der Gefragte wandte sich um, um dem neuen Interessenten alles haarklein zu berichten. Beklommen blickten Schams und Muchzen einander an. Der Mukarrib tot, das war kein gutes Zeichen für ihre Ankunft. Gewiß war so ein Mukarrib ein wichtiger Mann, und am Ende machte man die beiden Fremden noch für alles verantwortlich. Aber zum Umkehren war es jetzt zu spät. Schon hatte der Zug, der in seinem Sog auch sie mit sich nahm, die große Freitreppe erreicht. Mit offenem Mund starrten die beiden Beduinen das Bauwerk an, das größer war als alles, was sie in dieser Art je gesehen hatten. Sie hatten nicht viel Zeit, es sich einzuprägen, denn in diesem Moment öffnete sich oben das Eingangstor. Eine Gruppe Männer trat heraus, von denen sich einer zum Sprecher machte. Er hob die Arme, damit Stille eintrat. Es war ein vergebliches Bemühen, doch immerhin dämpfte es die besorgten Stimmen der Bürger von Marib ein wenig.

Muchzen gelang es, sich auf das breite steinerne Treppengeländer zu schwingen. Er lauschte, so gut er konnte, und berichtete Schams, die die Kamele hielt und mit vielen Klapsen und Beschwichtigungen zu beruhigen suchte, was er vernahm.

»Sie sagen«, rief er hinunter, »der Mukarrib ist wirklich tot.«

Schams hob den Kopf und schaute sich um. »Sie scheinen darüber nicht traurig zu sein«, sagte sie, als sie die Gesichter der Menge betrachtete, in denen sich zunächst Erstaunen, Unglauben und Furcht mischte, bis ein befreiender Schrei aus Tausenden von Kehlen brach. Die Menschen packten einander bei den Schultern, schüttelten sich, schrien und sprangen. Schams wurde umhergestoßen und hatte Mühe, die beiden Dromedare an der Flucht zu hindern.

»Du hast recht«, rief Muchzen, der die feiernde Menge von oben betrachtete, deren Euphorie ihn unwillkürlich ansteckte. »Sie feiern, sie ...« Er hob den Kopf und lauschte weiter. Um ihn herum wurde es mit einem Mal still. Ungläubig wandte Muchzen sich an Schams. »Sie sagen, der neue Mukarrib ist eine Frau.« Seine Stimme klang fragend, als wollte er sich versichern, daß er richtig gehört hatte. Und als wäre das zweifelnde Raunen um ihn herum nicht Bestätigung genug, trat in diesem Moment eine neue Gestalt auf die Treppe. Zweifellos war es eine Frau, zierlich und schlank. Mit jedem Schritt, den sie herunterkam, konnte Muchzen sie besser erkennen. Ihre Zöpfe wehten im Nachtwind. Um ihre Schultern flatterte ein roter Umhang, wie seinerzeit beim Rennen der Schal. Sie hatte ein Löwenfell übergeworfen, so groß, daß es hinter ihr her auf dem Boden schleifte. Und in der rechten Hand hielt sie etwas Rundes, Schweres, Zottiges, das sie hochhob, um es wenige Augenblicke darauf mit aller Kraft fortzuschleudern.

Muchzen hielt wie die anderen den Atem an. Er hörte das dumpfe »Pock«, mit dem der Gegenstand auf den Stufen aufschlug, wieder und wieder, bis er beinahe zu Muchzens Füßen zu liegen kam. Mit schwarzen Augen starrte Schamr ein letztes Mal auf die Menschen von Marib. Niemand sprach.

Da war die Frau auch schon da, hob den Schädel erneut an den Haaren hoch. »Ich habe den Dämon besiegt«, rief sie in die Stille. »Im Namen von Athtar und Almaqh.«

Schams schrie auf, als sie die Frau erkannte. »Südwind!« Ihr Schrei ging unter im Brausen von tausend Stimmen, die denselben Namen riefen.

Guter Rat

Yita wanderte im großen Saal des Palastes auf und ab und wischte sich den Schweiß von der Stirn. Südwind saß auf dem mit Elfenbein ausgelegten Thron und schaute ihm dabei zu. Ein Diener bewegte einen Fächer mit Straußenfedern über ihr. Seine Armbänder klirrten dabei sacht. Südwind winkte ihn hinaus.

»Puh«, Yita knüllte sein Taschentuch, um noch eine trockene Stelle zu finden. »Das war knapp.«

Südwind gähnte; die Nacht war lang gewesen. »Ich finde, es ging spielend einfach.« Sie nickte ihrem Vater aufmunternd zu. So nachgiebig er zu Hause auch seiner Frau Dhahab gegenüber war, im Rat war er ein Mann von großer Strenge und Überzeugungskraft. Dennoch hätten seine Argumente und sein Ansehen allein kaum gereicht, sie als neue Regentin durchzusetzen. Zwar war sie Schamrs Gemahlin, das konnte keiner leugnen, und damit nach seinem Tod die Erbin seiner Würde. Aber eine Frau auf dem Thron? Was nach dem Gesetz möglich war, war es noch lange nicht in der Wirklichkeit.

Südwind erinnerte sich mit Schaudern der endlosen Debatten, in denen der Vertreter jedes Stammes seine Bedenken vortrug und dabei bemüht war, seine Würde möglichst deutlich herauszustreichen und mißtrauisch darüber zu wachen, daß nicht womöglich die Interessen seiner Leute verletzt würden. Bis ein Schlaukopf darauf kam, daß eine Frau ja schließlich einen Mann bräuchte.

Mit einem Mal erschien Südwind allen als eine goldene Gelegenheit. Ernst war es geworden, als der Dicke mit dem glatten Gesicht aufgestanden war und sich als Bräutigam erboten hatte, die Fäuste zuversichtlich auf den Griffen der beiden riesigen Krummdolche ruhend, die über Kreuz in seinem Gürtel steckten. Südwind hatte ihn eisig angelächelt, ihn nach seinem Stammesnamen gefragt, den er stolz verkündete. Daraufhin hatte sie sich an die übrige Runde gewandt und gefragt, ob es dort nicht noch mehr berühmte Namen gebe, die denselben Anspruch erhöben.

Der eine oder andere war wohl versucht, aufzuspringen und »hier« zu rufen, wurde aber von Klügeren zurückgehalten. Schließlich hatten sie es begriffen: Es war vielleicht keine so dumme Idee, dieser Frau aus dem Nirgendwo den Titel zu überlassen, bis auf weiteres. Sie hatte keine eigene Macht, konnte niemanden bevorzugen. Und irgendwann würde man ihr einen Bräutigam diktieren. Über die Vorherrschaft unter den Stämmen wäre damit das letzte Wort noch lange nicht gesprochen.

Und dennoch wären sie möglicherweise nicht davongekommen, wenn Bayyin nicht für sie gesprochen hätte. Noch jetzt, am hellen Morgen, war es Südwind unheimlich, wenn sie daran dachte, wie der schwarze Priester auf einmal aufgetaucht war. Obwohl sie ihm einen Boten gesandt hatte, war sie sich seines Erscheinens nicht sicher gewesen. War die Nachricht nicht zu vage formuliert? War, was sie anzubieten hatte, nicht zu wenig? Eine Entschädigung, so hatte sie es formuliert, für den Verlust seiner Heimat, eine Position, die der Bedeutung seines Amtes angemessen wäre. Eine neue Zukunft, deren Gestalt von ihren Verhandlungen abhängen würde. Aber was wußte sie schon von den Ambitionen dieses Mannes, deren Vorhandensein hinter der reglosen Maske sie gleichzeitig erahnte? Er war wie das Wadi, das sich in einen rauschenden Sturzbach verwandeln konnte über Nacht. Aber sie war bereit gewesen, das Risiko einzugehen. Und Bayyin war erschienen.

Er hatte seine dunkle Stimme erhoben und Athtar gehuldigt als ihrer aller Herrn. Athtar, das war sein Gott, war Almaqh, der Mond, als Krieger, der einmal im Jahr die rettende, alles Leben spendende Heldentat vollbrachte: Er rettete die junge Sonne, Schams genannt, vor dem dunklen Drachen. Südwind hatte das schon längst gelernt. Sie hatte lächeln müssen, als sie den Namen der Freundin hörte. Ja, ein Sonnenmädchen war Schams wahrhaftig, ihr hatte sie warm und freundlich geleuchtet. Und daß Almaqh hier Athtar hieß und Afrit persönlich besiegte – sie zuckte mit den Schultern. Daran würde sie sich gewöhnen. Nicht nur die Götter hatten viele Gesichter. Das brachte ihr die Erinnerung an Schamr zurück, und sie fröstelte.

Athtar war der Grund allen Lebens, Athtar hatte den Damm gebaut, Athtar war auch Schamr gewesen, auf eine komplizierte, schwer zu fassende Weise. Bei seinen Besuchen im Tempel waren Schamr und Athtar verschmolzen. So hatte Yita es ihr jedenfalls erklärt. Und als Bayyin so unerwartet vor ihr stand, mit seinem undeutbaren Blick und im vollen Ornat seines Amtes, da hatte sie einen Moment lang nicht gewußt, was er tun würde. Hatte sie seinen Gott getötet?

Äußerlich ungerührt, doch mit angehaltenem Atem hatte sie dagesessen. Aber Bayyin war auf die Knie gegangen, hatte die Hände vor ihr erhoben und mit der Stirn den Boden vor ihren Füßen berührt. Über seinen Kopf hinweg hatten sie und ihr Vater einen erleichterten, triumphierenden Blick getauscht. Und die Stammesführer waren nach und nach in seine Gebete eingefallen.

Auch Yita dachte daran.

»Sie werden nicht lange Ruhe geben«, meinte er und hielt in seiner Wanderung inne, um zu seiner Tochter zu treten.

Die schaute zu ihm hoch. »Sie werden sich nie einigen können«, entgegnete sie. »Oder zumindest so lange nicht, bis es zu spät ist.« Sie nahm seine Hand und tätschelte sie. »Du wirst sehen, wie sie sich an mich gewöhnen.«

Yita schnaubte. »Sie werden sich nie an eine Frau gewöhnen, die den Kopf eines Königs in ihrem Schoß trug.« Nicht ohne Schaudern gedachte er des bleichen, blutbespritzten Hauptes seines ehemaligen Herrn. Die Ältesten hatte der Anblick zu Anfang regelrecht gelähmt.

Südwind mußte lachen. »Die wußten nicht, wovor sie mehr Angst haben sollten«, stellte sie zufrieden fest, »vor dem Kopf oder vor dem Anblick einer Frau, die weiß, was sie will.«

»Du kommst nach deiner Mutter«, stellte Yita fest, nahm ihr Handgelenk und küßte zärtlich ihren Puls. »Vielleicht liebe ich euch beide deshalb so sehr.«

Südwind lächelte bittersüß.

Ein Diener kam herein und verkündete, zwei fremde Bittsteller wünschten den Mukarrib zu sprechen. Auf Yitas Nachfrage hin erklärte er, es wären abgerissene Gestalten. Der winkte ab, die Herrin habe keine Zeit.

Südwind ließ ihn gewähren. Sie war müde nach den Ereignissen der Nacht. Es verlangte sie nicht danach, schon wieder fremden Menschen gegenüberzustehen. Sie mußte sich zunächst sammeln, ihre weiteren Schritte überlegen.

Langsam stand sie auf und räkelte sich. Liebevoll schaute Yita sie an. »Was hast du jetzt vor, willst du schlafen gehen?«

Südwind schüttelte den Kopf. Dann hakte sie sich bei ihm unter. »Jetzt tun wir, was du mir versprochen hast, Vater, ja?« Als er erstaunt die Stirn runzelte, fügte sie hinzu: »Wir besuchen den Damm.«

Es war wie ein Traum, als Südwind auf der Mauerkrone stand und über den See dahinter blickte. In ihrem Rücken erhob sich die Stadt wie eine Insel inmitten des grünen Meeres ihrer Gärten. Und vor ihr die glatte Fläche verdoppelte den Himmel und spiegelte die schnell ziehenden Wolken wider. Eine Tamariske hängte ihre gefiederten Zweige über das Wasser und erreichte es doch nicht. Schilf wiegte sich längs der Ufer, umklammert von den Ranken eines Schmarotzers mit leuchtend rosafarbenen Blüten. Sie sah Wasservögel sich in den dunklen Wellen wiegen. Leicht sahen sie aus, so federleicht, wie sie selbst in diesem Moment sich fühlte. Sie legte beide Hände auf die sonnenwarmen Steine der Brüstung. Zu ihren Füßen raschelte etwas.

Südwind runzelte die Stirn. »Ratten«, sagte sie und verfolgte das Tier, das ohne Angst die Rillen zwischen den Steinplatten entlanglief, bis es ein neues Schlupfloch ins Innere des Dammes gefunden hatte und verschwand. Sie mußte an das denken, was ihr Vater ihr über das Bauwerk gesagt hatte: daß nur die seitlichen Bastionen aus massivem Stein waren, der eigentliche Damm jedoch eine Aufschüttung aus Erde und Geröll war, nur mit Steinplatten verkleidet. Und sie fragte sich, wie viele der Tiere wohl in seinem Inneren hausen mochten. Etwas an dem Gedanken ließ sie die Stirn runzeln.

»Ratten?« fragte ihr Vater zerstreut. »Wo?«

Südwind schaute sich um, aber es war nichts mehr zu sehen. Sie zuckte mit den Schultern. »Ach nichts«, sagte sie und verstummte nachdenklich. »Vater?« setzte sie schließlich wieder an.

»Mmhhm?« Auch Yita genoß die frische Brise hier am See. Mit geschlossenen Augen lehnte er neben ihr.

»Was muß ich tun, wenn ich Arbeiten am Damm durchführen lassen will?«

»Oh«, Yita sog die Luft zwischen den Zähnen ein, »das wird schwierig. Die Sklaven reichen dazu nicht aus. Und die Bauern können sich in der Regel nicht einigen. Der Damm steht auf dem Gebiet keines Stammes, und du weißt, da ist es schwierig, jemanden zu finden, der sich verantwortlich fühlt.« Er mußte schmunzeln, wenn er an die Torheiten seiner Sabäer dachte. »Zum Glück wird das ja so schnell nicht nötig sein.« Beruhigend klopfte er mit der Hand auf den massiven Stein. »Wirklich, du solltest dir als erste Aufgabe etwas anderes suchen. Etwas Leichteres.« Er schwieg. Dann, als hätte er nachgedacht, fragte er: »Was hast du nun eigentlich vor, Mädchen?«

Südwind lachte. »Du meinst, außer Mutter ein paar exklusive Gemächer im Palast einzuräumen und dich zum Anführer unserer Krieger zu machen?«

Ihr Vater, ernst geworden, legte die rechte Faust auf sein Herz und verneigte sich vor ihr.

Sie wandte sich um zu der Stadt, deren Königin sie geworden war. »Leben«, sagte sie. »Leben, ohne jemanden um Erlaubnis zu fragen.«

Im heiligen Hain

Der seltsam grüne, zähe Nebel lichtete sich nur langsam. Die Sonne schien keine Macht über seine Schleier zu haben, sondern schwamm, blaß nur, ein Auge aus hellem Stoff, trüb in der allgemeinen Trübe. Ganz langsam erst zeichneten sich die Umrisse geduckter Gestalten ab. Gequält wanden sie sich, wie unter großen Schmerzen, reckten die Arme flehentlich, aber all dies bewegungslos, all dies stumm. Der Wind, der den Nebel zerfaserte, schien ihre Haare nach Nordwesten zu verwehen. Die Sonnenstrahlen, die sich durch die dichte Decke kämpften, ließen sie schimmernd aufleuchten.

Es waren Bäume, doch sie sahen wie Tote aus, wie Korallen, deren jahrtausendealte Äste ein längst vergessenes Meer zurückgelassen hat, dem Vertrocknen und Versteinern anheimgegeben, prächtig und tot zugleich, mit dem erbarmungslosen Himmel hadernd. Doch sie lebten.

Die Sonne durchdrang nun alles, stählte den Himmel in tiefdunklem Blau und versilberte die Stämme der Bäume, ließ sie glänzen, setzte weiße Lichter auf die Rinde und blendenden Glanz auf das weiße Geröll, das um die Stämme herumlag, bleiche Steine, schädelgroß. Sie gaben diesem kargen Garten seinen Namen: Schädelstätte, Hadramaut. Das schüchterne Grün der Blätter verschwand in diesem Licht.

Es brannte auch auf der Haut der Menschen, die, schwärzlich und geduckt, nicht weniger verwittert als ihre Bäume, zwischen den Stämmen warteten. Lautlos und starr. Nur der Wind zerrte an den Tüchern, die sie um ihre Köpfe gewunden hatten. In ihren Händen, an die Hüften gepreßt, trugen sie Schalen. Ihr Blick wanderte über den Hang, hinüber zu dem Baum, den heute weiße Tücher schmückten, schlaffe Bänder zunächst, jetzt knatternde, triumphierende Flaggen, die das Nahen ihres Herrschers ankündigten.

Selbst ganz in Weiß, gemessenen Schrittes, näherte sich der König von Hadramaut dem heiligen Baum. Er löste sich aus einer Prozession dichtgedrängter Menschen, die unten zurückblieben. Priester, Handwerker, Kaufleute, Kameltreiber und Soldaten, alle standen da in festen Blöcken, ein jeder Stand mit dem Mantel seiner Farbe gekleidet, ein bunter Zug, ein fest umrissenes Muster. Die Weihrauchsammler auf dem Hügel waren weniger farbenfroh. Lose verteilt standen sie, wie Dschinne, durch einen Fluch aus dem Boden gewachsen, ein jeder neben dem Baum, der dem Geist ihres Clans verbunden war. Sie allein hatten die Erlaubnis, für sich zu stehen, verwurzelt im kargen Boden, mehr Baumgeister als Menschen, den eigenen Leuten ein Rätsel. Aber wie alle verehrten sie das eine, von dem sie lebten: das Harz des Weihrauchbaumes.

Zwei Diener trugen dem König seine Insignien hinterher: eine Schale, jedoch kein grobes, verkrustetes Arbeitsgerät aus Holz, wie es die anderen hielten, sondern aus Alabaster geschliffen, so ebenmäßig und rund wie die Sonne oben. Quer darüber lag ein Messer mit Horngriff.

Der Herrscher hob die Arme, als er an dem geschmückten Baum angekommen war. Alle konnten sehen, wie er die Ärmel zurückstreifte und den Stamm umarmte. Sie blieben in diesem Moment so stumm wie zuvor. Erst als dem Herrscher das Messer gereicht wurde, ging ein Stöhnen durch die Menge, ein Schauer, halb angstvoll, halb wohlig. Würde doch die Tat des Mannes selber gewalttätig und segenspendend zugleich sein. Sie öffneten den Mund zu Heilsrufen. Gleich, gleich würde es soweit sein.

Ausun, der Herrscher, zögerte. Fast zärtlich strich er mit den Fingern über die Rinde, die an dieser Stelle nach allen Richtungen aufsprang und einen sich kräuselnden Saum bildete, der ihn jedesmal wieder an die geheimen Lippen einer Frau erinnerte. Ausun mußte lächeln. Es war jedesmal wieder wie eine Entjungferung. Er blickte sich um, ob nicht irgendwo ein eifersüchtiges Mitglied der Familie wachte. Doch der Baum, vor dem er stand, war allein; die Weihrauchsammler hatten sich zurückgezogen und ihm das Gewächs überlassen für das Ritual. Ausun streckte die Hand nach hinten aus. Man reichte ihm das Messer, drückte es ihm in die wartenden Finger. Ausun sprach den Segen. Dann schnitt er die Rinde an. Wie bei jeder Entjungferung, so floß auch hier Blut, milchweißes Blut, perlfarbene Tropfen, die Alabastertränen seiner Braut.

Und wie jeder geöffnete Schoß, dachte Ausun, wird auch dieser reichen Segen bringen. Er nahm die Schale, hielt sie unter die Stelle und fing die ersten spärlichen Harztränen darin auf. Die richtige Ernte würde erst in einigen Tagen beginnen, wenn genügend Saft sich um die Einschnitte versammelt hatte. Triumphierend reckte er sie dem wartenden Volk entgegen, das jubelte. Es war nicht viel, was er in seinen Händen hielt. Doch wenn die Ernte, die er so beginnen ließ, erst einmal fortgeschritten wäre, dann würde Karawane um Karawane in den Westen ziehen, die Kamelrücken dicht bepackt mit Säcken voller Weihrauch. Die Kamele würden so zahlreich sein, daß ihre Füße eine Bahn in den Sand trampelten, so fest und breit und tief, daß selbst der Wind sie in Jahrhunderten nicht mehr verwehen würde.

Er gab die Schale in die Hände der Priester, die den Zug zum Tempel anführten, in dessen Herz der Mondgott Sin darauf wartete, mit dem klebrigen Harz der heiligen Ernte gesalbt zu werden. Singend und tanzend marschierten sie am Kopf der Prozession, die ihnen feiernd folgte. Nur die Weihrauchernter blieben zurück; ihnen war der Tempelbezirk untersagt. Ausun warf einen Blick zurück und konnte sie schon kaum mehr erkennen zwischen ihren Bäumen. Ob sie andere Götter verehrten als diejenigen Hadramauts? Heute nacht würde eines ihrer Mädchen zu ihm kommen, wie jedes Jahr, und sie würden den Ritus mit ihren Leibern wiederholen. Der König würde sie mitnehmen in seine Hauptstadt Schabwa, würde öffnen, was geschlossen war, würde sie schwängern, sie reich beschenkt nach Hause senden und damit den Weihrauchmenschen sein Versprechen geben, sie auch in diesem Jahr zu nähren und zu erhalten. Seit er den Herrscherstab hielt, war das so gegangen. Er hatte noch nie mit einem der Mädchen ein Wort gewechselt.

Ausun schüttelte den Kopf. Das waren müßige Fragen. Sie gehörten zweifellos zu einem anderen Reich, aber das seine hielt sie in Knechtschaft und hatte Gewinn von ihnen. Es gab wirklich wichtigere Dinge, als sich zu überlegen, was im Kopf eines Rindenschneiders vor sich ging. Wenn eine Frau ihn derzeit beschäftigen sollte, dann dieses seltsame Geschöpf, das sich die Königin von Saba nannte. Seine Boten hatten ihm von ihr berichtet.

Ausun verfolgte die Tempelfeier ohne Anteilnahme und mit wachsender Ungeduld. Als endlich der Moment gekommen war, wo er das Heiligtum verlassen und seine Untertanen den Freuden des anschließenden Festmahles überlassen konnte, eilte er in sein Zelt. Schon beim Eintreten rief er nach seinem Berater. Karib trat wenig später bei ihm ein.

Ehrerbietig verneigte er sich, ehe er zu seinem König ging, sich über die Weihrauchschale beugte, die vor ihm stand, und sich mit dreimaliger Geste den Rauch zum Gesicht wedelte. Tief atmete er ein, ehe er sich wieder aufrichtete.

Ausun trommelte mit den Fingern auf die Lehne seines Sessels. »Es ist also wahr«, sagte er ohne Einleitung.

Karib wiegte den Kopf. Er wußte, was seinen Herren umtrieb. »Ja«, antwortete er daher unter Verzicht auf jedes weitere Zeremoniell. »Sie haben diese Frau tatsächlich als ihren Mukarrib anerkannt.«

Ausun lachte und schlug sich auf die Schenkel. »Ich wußte es«, rief er, »ich glaube es nicht. Wie können sie so töricht sein, hah!«

Mit schräg gelegtem Kopf wartete Karib die Bekundungen der königlichen Erheiterung ab.

»Haben die Sabäer zuviel Fasi getrunken?« fragte Ausun die Luft im Raume. »Haben sie dem süßen Rausch der Morgendämmerung ein paarmal zu oft gehuldigt? Jashiriyya!« ahmte er den bekannten Trinkruf nach. Als daraufhin die Tür sich öffnete und ein Diener mit einer Weinkaraffe erschien, winkte er ihn ungeduldig hinaus. Plötzlich ernst geworden, wandte er sich wieder Karib zu. »Wer ist diese Frau?« fragte er.

Karib zuckte mit den Schultern. »Sie kommt aus der Wüste, wie es aussieht«, begann er seinen Bericht. »Manche sagen, sie habe sich aus einer Gazelle in ein menschliches Wesen verwandelt, als eine sabäische Karawane sich ihr näherte. Und einige«, er senkte seine Stimme zu einem abergläubischen Flüstern, »einige sagen, sie hätte noch immer einen Gazellenhuf als Fuß.«

Ausun kaute auf seinen Lippen. Ein Dschinn, überlegte er, eine Verwandte meiner Weihrauchgeister vielleicht. Aber dann wischte er all diese Überlegungen mit einer Handbewegung beiseite. Unsinniges Geraune, er hatte sich von Karibs Märchenerzähler-Finten beeindrucken lassen. Er hatte jedes Jahr eine Dschinna wie diese im Bett, und sie hatten alle Schenkel wie ein gewöhnliches Weib und dazwischen ihren Thymianbusch mit nicht mehr als den üblichen Geheimnissen. »Abergläubisches Gerede«, schnitt er daher jede weitere Erläuterung Karibs ab. »Sie soll die Tochter Yitas sein, des Anführers der al-Hadhad-Sippe. Also ist sie einfach ein Mädchen der al-Hadhad.«

Karib schüttelte vorsichtig den Kopf. »Ihre Mutter ist keine Frau der Sippe, schon sie kam aus dem Nichts. Und da sie in Saba in die Häuser ihrer Weiber heiraten und ihre Familien nach der weiblichen Linie benennen, ist sie also ein Mädchen von Nirgendwo.« Er räusperte sich. »Ich vermute, das hat es dem Rat einfacher gemacht, sie zu akzeptieren. Sie vertritt keine Macht und hat wohl auch keine. Sie wird eine Spielfigur desjenigen sein, der sich als der Stärkste im Staat erweist.«

Ausun zwirbelte nachdenklich an seinem Bart. »Und wer ist das?« fragte er.

Karib hob die leeren Hände. »Wir wissen es noch nicht. Unsere Spione konnten nichts Verläßliches in Erfahrung bringen. Alles, was wir haben, ist das offizielle Schreiben, das mit dem Namen dieser angeblichen Königin gezeichnet ist.« Er suchte eine Lehmtafel heraus, die Ausun ihm ungeduldig aus der Hand riß.

»Südwind«, brummte er. »Was will sie?« Er überflog die Zeichen. Dann schmetterte er die Tafel in eine Ecke, wo sie krachend zerbarst. »Sie erhöht die Zölle.« Ausun war außer sich vor Zorn. Er zeigte mit bebendem Finger auf die Scherben. »Es ist mir egal, wer in Wahrheit hinter dieser Forderung steht: Diesem Südwind wird bald ein scharfer Ostwind ins Gesicht blasen, so wahr ich Ausun von Hadramaut bin.«

Er sprang auf und lief aufgeregt auf und ab. Seine Lippen formten lautlose Worte. »Eine Frau«, rief er hier und da empört noch einmal aus. Plötzlich blieb er stehen. Eine Frau, das war des Rätsels Lösung. Er, Ausun, wußte doch am besten, was man mit Frauen machte.

»Hol meinen Sohn«, rief er. »Er soll sein Siegel unter das Angebot setzen, das ich dieser Königin machen werde.«

»Welches Angebot, Herr?« fragte Karib besorgt.

Ausun lachte, als er sich wieder in seinen Sessel setzte. »Ein Heiratsangebot, Karib«, sagte er. Seine Finger trommelten einen gutgelaunten Rhythmus auf die Sessellehne. »Das ist es, was man mit den Weibern macht, man wirft sie auf den Rücken.« Er lachte auf. »Wir werfen Saba auf den Rücken. Nach dem Brautpreis, den ich ihr zahlen werde, wird nie mehr hadramautisches Gut nach Saba fließen. Wir behalten unseren Weihrauch; Marib wird seine Tore umsonst für uns öffnen, wird uns die Früchte seiner Gärten schenken und uns seine Dromedare für den langen Weg nach Norden zur Verfügung stellen.« Er grinste.

Karib wiegte zögerlich den Kopf. »Und wenn sie nicht darauf eingeht?« wagte er einzuwenden.

Ausun schlug ihm herzhaft auf die Schulter. »Dann fegen unsere Kamelreiter sie hinweg.« Er lachte wieder. »Krieg gegen eine Frau. Wozu man nicht alles gezwungen ist als Herrscher.« Er wandte sich dem Eingang zu. »Wo, bei allen Dschinnen, bleibt mein Tunichtgut von Sohn?«

»Nein, Herr, ich meine, wenn sie wirklich nicht darauf eingeht?«

Ausun tat erstaunt. Ganz dicht trat er an seinen Berater heran und legte ihm die Hand auf die Schulter. »Haben wir nicht Augen in Marib? Haben wir nicht Ohren? Haben wir dort nicht Stimmen, die für uns sprechen? Nein?«

Ein Diener kam herein und verkündete, bis zur Erde sich verneigend, das Mädchen von den Weihrauchleuten sei jetzt da. Ob er sie hineinführen solle.

Ausun wies ihn an, sie in sein mit Tüchern abgetrenntes Schlafgemach zu bringen. Noch einmal wandte er sich zu seinem Berater um. »Eine Frau heiratet«, verkündete er, »es ist der natürliche Gang der Welt. Oder ...«

»Oder?« nahm Karib den angebrochenen Satz auf.

Ausun winkte ab und legte sich den Finger auf den Mund. Er lächelte, und Karib lief es kalt den Rücken hinunter.

Vom Heiraten

»Zu wenig Kamele!« Wutentbrannt rannte Südwind aus dem Raum und knallte die Türen zu. Zurück blieb eine Runde Männer, die mit gesenkten Köpfen die Weinschalen zwischen ihren Händen drehten. »Ich fasse es nicht.«

»So beruhige dich doch.« Yita ging seiner Tochter nach, seinerseits die Türflügel weit sanfter schließend. Er ging zu ihr und legte ihr von hinten die Hände auf die Schultern.

Sie tätschelte kurz seine Finger, blieb aber von ihm abgewandt. »Sie wagen es nicht, Hadramaut die Stirn zu bieten, das ist alles.«

Yita schüttelte den Kopf. »Selbst wir von den al-Hadhad können nur knapp fünfhundert aufbringen. Dabei sind wir der größte Clan. Unsere Kräfte reichen nicht. Sei doch vernünftig.«

Mit einem Schulterzucken schüttelte sie seine Hände ab. »Hast du nicht gehört, wie vernünftig ich bin?« gab sie trotzig zurück. »Ich habe den Verhandlungen um einen höheren Brautpreis doch zugestimmt.« Sie wand sich, wenn sie daran dachte. »Woher«, brach es dann aus ihr heraus, »wissen wir denn so genau, wie viele Reiter Hadramaut aufbringen würde?«

Statt einer Antwort schnippte Yita mit den Fingern. Von der Wand gegenüber löste sich eine Gestalt, kam herüber und verneigte sich. Als sie sich wieder aufrichtete, mußte Südwind den Kopf beinahe in den

Nacken legen. Der Mann, der vor ihr stand, war ein Hüne. Er trug schwarze Locken, die ihm lang in die Stirn fielen, aber nicht verbergen konnten, daß eine lange Narbe sein Gesicht verunzierte. Sie führte von der linken Schläfe, dicht am Auge vorbei, dessen Form sie verschob, bis hin zu seiner fleischig vorspringenden Nase, deren grobporige Haut von ihr noch weiter zerstört wurde. Wie ein baufälliger Turm sah sie aus. Er hielt den Blick auf einen Punkt irgendwo über Südwinds linker Schulter gerichtet, trotzdem sah sie, daß sein verletztes Auge ein bläuliches Schillern überzog, welches verriet, daß es infolge der alten Wunde erblindet sein mußte.

»Wer ist das?« fragte Südwind.

Der Hüne antwortete nicht.

»Das ist Marub«, sagte Yita an seiner Stelle, als wäre es das Selbstverständlichste von der Welt.

»Marub, ja?« fragte Südwind und musterte den schweigenden Mann.

Ihr Vater nickte. »Marub. Mein Herz und mein Arm.«

Bei diesen Worten ballte der Hüne die Faust und schlug sich damit knapp erst gegen die Brust, dann gegen die Schulter. Noch immer blickte er sie nicht an. Südwind nickte langsam.

»Marub, sag der Herrin, was dein Mann in Hadramaut erfahren hat.«

Marub wandte den Blick nicht von dem imaginären Fleck in der Ferne. »Er hat gesagt, mit seinen eigenen Augen sah er es, daß Ausun von Hadramaut zweitausend Kamele in seinen Ställen hält.«

Erklärend fügte Yita hinzu: »Sie haben eine große Zucht dort in Hadramaut, für die Karawanen, die sie ausrichten.«

»Und warum haben wir dann nicht auch eine königliche Zucht?« fragte Südwind.

Yita hob die Hände. »Bedenke doch, wie lange das dauert. Und die Stämme ...«

Südwind winkte ab. »Ich danke dir«, sagte sie dann an Marub gewandt. »Du hast mir gut gedient.« Sie sah das Erstaunen in seinem Gesicht und das kurze Zögern, ehe er sich erneut vor ihr verbeugte, und neigte ihrerseits den Kopf. Zu ihrem Vater meinte sie: »Nun gut, ich habe zugestimmt. Wir werden Unterhändler schicken. Damit ist das Thema Vermählung wohl vorerst vom Tisch.«

Der Mann, der in diesem Augenblick eintrat, war so leise, daß sie ihn erst bemerkten, als er Südwind ansprach. Alle drei fuhren zu ihm herum, der sich hinkniete und mit seiner Stirn den Boden berührte. Er trug das weiße Gewand der Priester, und seine Haut war so schwarz wie Ebenholz. Südwind musterte ihn, um in ihm einen der Jungen wiederzuerkennen, die sie in der Prozession im Baran-Tempel gesehen hatte, doch sie erinnerte sich nicht.

»Große«, sprach er sie mit der zeremoniellen Formel an, »Mächtige. Feurig wie die Göttin Schams und milde wie Almaqh, Athtars Stärke in dir lebe ewig, du ...«

Südwind machte eine ungeduldige Handbewegung, die ihn verstummen ließ. Er räusperte sich. »Mein Herr, dein Diener, der Hohepriester Bayyin, bittet dich, zu ihm zu kommen.« Damit neigte er seine Stirn wieder gegen den Boden.

Yita schnaubte, als er es hörte. Er trat einen Schritt vor. »Der Priester kommt zum König, und nicht umgekehrt«, rief er herrisch.

Südwind faßte ihn am Arm und schüttelte unmerklich den Kopf. Sie warf einen vielsagenden Blick auf die verschlossene Tür zum Beratungssaal. Nein, suchte sie ihm zu signalisieren, lieber dem Rat keine Gelegenheit geben, sich heilige Unterstützung zu holen.

Sie zog es vor, daß der schwarze Priester nicht auch noch in die leidige Hochzeitsangelegenheit einbezogen wurde. Unvorhersehbar, wie er reagieren würde. Bayyin war ihr ein Rätsel. Zwar hatte er geholfen, ihr den Thron zu erobern. Doch seither hatte er sich in seinen Tempel zurückgezogen und kaum ein Lebenszeichen von sich gegeben. Über dem Gebirge sammelten sich die Regenwolken, bald würde der Stausee sich füllen, und die alljährliche Zeremonie des Wasserspendens stand an, bei der sie Seite an Seite vor dem Volk die Zeremonie durchführen würden, zum allerersten Mal. Und sie hatte nicht die geringste Ahnung, was sie dabei erwartete.

Südwinds Entschluß stand fest. Sie würde die Einladung annehmen. Es war eine gute Gelegenheit herauszufinden, wie der Hohepriester zu ihr stand, allein und ohne Zeugen.

Yita war noch immer nicht zufrieden. Er verlangte mitzukommen, und als Südwind ihm das abschlug, drängte er sie so lange, bis sie wenigstens Marub als Begleitung duldete. Als Südwind zugestimmt hatte, wandte er sich an den Hünen. »Sie ist die Sonne meiner Augen«, sagte er.

Marub neigte zustimmend den Kopf, erwiderte: »Es wird kein Schatten auf sie fallen«, und faßte den Gehilfen des Hohepriesters ins Auge, der aufstand und sich den Schurz ausklopfte. Südwind nickte nur und folgte den beiden. Vor der Tür warteten weitere Priester, fünf an der Zahl, die sich mit dem ersten zu einer Prozession formierten, die Südwind in ihre Mitte nahm. Marub bildete den Schluß. So traten sie vor den Palast, wo ein Kamel mit von Goldfäden schweren Troddeln auf Südwind wartete. Marub nahm es ungefragt am Zügel. Gemächlich schaukelte die kleine Karawane aus der Stadt.

Zu wenig Kamele, dachte Südwind und klopfte dem Tier die Flanken. Es war eine Schande. Und sie würde die Hadramauter nicht ewig mit Verhandlungen hinhalten können. Sie war so in Gedanken vertieft, daß sie erst wieder aufschaute, als sie vor dem Tor des Tempels anhielten. Zerstreut betrachtete Südwind die Umfassungsmauer aus Lehmziegeln, an der die Feuchtigkeit der Gärten fraß und die, braun und ungeschmückt, noch ganz zur Oase und ihren Hütten zu gehören schien. Dahinter erhob sich wie aus einer anderen Welt die weiße Säulenfront des Hofes und hinter ihr wiederum die Fassade des Tempels auf seinem steinernen Podium. Rasch war der Innenhof mit den schattigen Bänken durchquert, und sie standen vor jenem geheimnisvollen schwarzen Eingang, an dem sie Schamr zum ersten Mal begegnet war. Lag es an der Erinnerung oder an dem kühlen Hauch, der aus dem Inneren drang: Südwind fröstelte plötzlich inmitten des Sonnenscheins.

Die Priester formierten sich rechts und links der Tür; sie schienen nicht vorzuhaben, sie weiter zu begleiten. Als Marub vortreten wollte, versperrten sie ihm den Weg. Südwind zögerte. Ihr Blick glitt über die Wände der Vorhalle, an der zahllose Weihetafeln angebracht waren. »Almaqh, vergib«, las sie, »daß ich den Tempel nach Zwiebeln stinkend betreten habe. Ein Zicklein weihe ich dir.« Sie mußte lächeln. Ein Vergehen, dessen sie sich schon einmal nicht schuldig gemacht habe. »Almaqh, vergib«, dachte sie ihrerseits, »denn ich nähere mich dir mit einem Herz voller Zweifel. Wenn es dich denn gibt.«

Sie holte tief Luft und trat ein. Sofort umfing sie Dunkelheit. Das helle Viereck hinter ihr, zu dem sie sich noch einmal umwandte, war nichts als ein gleißender Quader, dessen Licht sie blendete. Ringe tanzten vor ihren Augen, braun auf schwarz, während sie sich langsam weiter vortastete. Ihre Hände stießen auf Stein, die Alabasterbänke, auf denen ihr Vater und die Würdenträger bei Zeremonien saßen. Gazellenköpfe blickten von Friesen darauf herab; sie ahnte sie mehr, als daß sie sie sah.

»Bayyin?« Ihre Stimme hallte nicht; sie wurde von der dumpfen Dunkelheit verschluckt. Dann wurde es noch einmal kühler. Sie spürte eine Wand, glatte Flächen zu beiden Seiten; sie mußte einen Durchlaß passiert haben. Ein Gefühl von Bedrückung sagte ihr, daß sie in einem engen Gemach stand. »Bayyin?« Hohl tönte das Echo über ihr. Der Raum schien hoch zu sein.

Plötzlich kam ein Flüstern aus der Stille. »Willkommen, Königin.«

»Bayyin, wo seid Ihr?« Südwind drehte sich im Dunkel hilflos einmal um sich selbst. Sie schwankte leicht und hob die Hände. Aber wie sie auch in die Luft tastete, da war nichts. Südwind wurde ärgerlich. »Laßt das Versteckspiel. Wo seid Ihr?«

»Ich bin an dem Ort, da man erfährt, was man ist.« Südwind glaubte zu spüren, wie er lächelte.

Trotzig hob sie das Kinn. »Ich weiß, wer ich bin«, rief sie, unnötig laut.

»Wirklich?« wisperte es. Dann wurde es still. Südwind lauschte, doch sie konnte nicht einmal ein verräterisches Atmen hören. Wie machte der Hurensohn das nur? Sie war wütend, daß er solche Spiele mit ihr spielte, doch hinter der Wut kroch eine leise Beklommenheit empor. War sie hier wirklich alleine?

»Ihr seid nichts!«

Südwind fuhr herum. Der unerwartete Ruf schien aus allen Richtungen zugleich zu kommen. Er hallte so laut, daß sie sich am liebsten die Ohren zugehalten hätte.

»Ihr seid ein Gott.« Dieser zweite Satz war leiser gesprochen, dicht bei ihr, so dicht, daß es ihr den Atem raubte. Aufs äußerste angespannt, wartete sie auf eine Berührung, doch nichts geschah.

Südwind stieß ein nervöses Schnauben aus. »Nun, die Wahrheit liegt wohl irgendwo dazwischen«, rief sie ihrem unsichtbaren Gesprächspartner zu. Sie versuchte, so ironisch wie möglich zu klingen.

Die Dunkelheit kicherte. »Dazwischen ist ein weites Feld, so groß wie die Wüste.«

Südwind wandte aufmerksam wie ein Jäger den Kopf von links nach rechts, um noch das kleinste verräterische Geräusch aufzufangen. Vorsichtig machte sie einen kleinen Schritt nach vorne. »Erzählt mir von der Wüste«, sagte sie. Da war es wieder, dieses gespenstische Kichern, das ihr wider Willen die Gänsehaut über die Arme kriechen ließ.

»Erzählt Ihr mir davon«, erwiderte die Stimme. »Wie war das in der Wüste«, sie hielt inne, »Eurer Einsamkeit?«

Südwind erstarrte. So vieles hatte die Stimme mit diesem Satz in ihr wachgerufen: die Verzweiflung ihres Todesrittes nach Marib, die leere Weite der öden Hochflächen um ihr Dorf herum, den trotzigen Kummer ihrer Kindheit und, immer wieder, sie wußte nicht, woher, das Bild einer Eidechse, mit erhobenem Kopf und offenem Maul. Sie hörte Kinderstimmen in der Ferne, sie mußten im Hof spielen, oder erklangen sie von noch weiter fort? So angestrengt sie auch lauschte, sie konnte nicht verstehen, was sie sagten. Nur eine hörte sie ganz deutlich flüstern: »Kleiner Drache, ich verzaubere dich.«

War sie selbst das gewesen? Oder war es Bayyin, der gesprochen hatte? Vergebens starrte Südwind mit aufgerissenen Augen in die Finsternis. Wie konnte er davon wissen? Wie konnte er alles, alles wissen? Schutzsuchend schlang sie die Arme um sich selbst.

»Ksch«, sagte die Stimme, wie man kleine Kinder beruhigt. »Ist ja gut, es ist ja alles gut.« Dann, schärfer mit einem Mal, fuhr sie fort: »Es ist schlimm, nicht wahr, wenn man von allen ausgestoßen wird aufgrund – eines Makels.« Das letzte Wort hatte sie in schneidendem Tonfall gesprochen. Unwillkürlich zog Südwind ihren entstellten Fuß an und rieb ihn an ihrer Wade.

Dröhnendes Gelächter umfing sie. »Hier kann man nichts verstekken!« rief es aus der Finsternis. Mit einem Mal wieder sanft, fuhr die Stimme fort. »Hab keine Angst, ich verrate dich nicht. Was Athtar sieht, bleibt den Menschen verborgen.«

»Danke«, quetschte Südwind hervor. Es sollte sich ironisch anhören, doch zu ihrem Entsetzten klang es kleinlaut und furchtsam.

»Ich weiß, wie es ist, verachtet zu werden.«

»Du hast ja keine Ahnung!« Überrascht begriff Südwind, daß sie es war, aus der dieser Schrei hervorbrach. Erschrocken schlug sie die Hand vor den Mund. Verachtet, ja, das hatte man sie. Die Erinnerung durchbohrte sie wie ein Geschoß. Hitze wallte in ihr auf und brach sich Bahn in heißen Tränen. Wütend versuchte Südwind, sie fortzuwischen, doch es gelang ihr nicht. Sie, die ihre Haltung niemals verlor, stand da und schluchzte laut wie ein trauriges Kind.

Da berührte etwas sie an der Wange. Mit einem erneuten Schrei fuhr sie zurück.

»Nein, keine Furcht mehr, jetzt ist alles vorbei.« Ein warmer Schimmer entzündete sich in der Dunkelheit vor ihr, schmolz die Schwärze zu einem dunklen Braun, in dem kaum sichtbar sich ein Gesicht abzeichnete. Südwind sah fast nicht mehr als das Weiß von Bayyins Augen und die glänzende Feuchtigkeit darin.

»Ich weiß, wie es ist«, sagte er und fuhr ihr mit der Hand erneut über die Wange. Dann hielt er sie ihr vor die Augen. »Nur daß ich meinen Makel nicht verbergen kann, ich trage ihn auf meiner Haut.« Seine Stimme klang traurig.

Südwind rang um Atem. »Ihr versteckt ihn unter einem Priestergewand«, erwiderte sie rauh. Ihre Stimme wollte ihr nicht ganz gehorchen. »Und Ihr hinter einem Königstitel«, sie konnte seine Antwort schon hören. Nun, da sie sehen konnte, schloß sie die Augen.

»Es tut weh, nicht wahr?« Bayyin sprach ganz ruhig. Südwind spürte seine Hand auf ihrem Scheitel. »Es ist wie ein Hunger, den ein ganzes Leben nicht zu stillen vermag.« Sie nickte, sie sank. Dann stand sie an ihn gelehnt, der sie sacht, wie ein trauriges Kind, liebkoste.

»Ich weiß«, flüsterte der Priester, »ich weiß.« Südwind wünschte, sie könnte die Augen für immer geschlossen halten.

»Man hat dich mit Märchen gefüttert, und du hast sie wahr gemacht. Aber du bist traurig geblieben.« Südwind nickte, wie in Trance.

»Weil du dabei allein geblieben bist, ich weiß.« Er machte eine leichte Bewegung, und Südwind, die blinzelte, sah, daß er die kleine Lampe in seiner Hand senkte, um ihre Sandalen zu beleuchten. Die Achate darauf antworteten mit einem milchigen Leuchten. Ja, dachte sie, ja, selbst mein Vater schämt sich meiner im tiefsten Grunde. Wieder verbarg sie ihren Kopf.

»Aber das schönste Märchen steht noch aus.« Die Stimme wurde samtig. Bayyin schnurrte wie eine Katze. Und Südwind blieb mucksmäuschenstill.

»Es ist das Ereignis der großen Vereinigung. Du weißt, das Sonnenmädchen soll dem großen Drachen Afrit vorgeworfen werden. Aber Athtar läßt das nicht zu. Er kämpft gegen den Drachen, besiegt ihn und führt sein Sonnenmädchen nach Hause.« Er drückte sie fester an sich. »Auch dieses Märchen kann wahr werden.«

Südwind hatte sich versteift, während er sprach. Wovon Bayyin da redete, war die Heilige Hochzeit. Einmal im Jahr fand sie in einem besonderen Tempel oben in den Bergen statt. Sie erzählte im Grunde die Geschichte der Gründung Maribs, die Zähmung des Wasserdämons durch den Staudamm und die Gründung eines Herrscherhauses. Ein Mythos, der seine traurige Realität erlangen sollte, wenn der Sohn des Königs von Hadramaut dieses Jahr nach dem Willen des Rates den Athtar spielte, um seine Südwind-Schams aufs Brautlager zu führen.

Sie seufzte. »Der Rat ...«

Bayyin legte ihr den Finger auf die Lippen. »Sie kennen dich nicht«, sagte er. »Ich kenne dich genau.« Er legte ihr den Finger unter das Kinn und hob ihren Kopf an, um ihr tief in die Augen zu sehen. Sein Blick war ein Teil der Finsternis ringsum.

»Ich bin nichts«, flüsterte Südwind automatisch.

Bayyin lächelte. »Du bist ein Gott«, erwiderte er. »Wir beide werden Götter sein.«

»Wir beide«, wiederholte sie flüsternd.

»Ja.« Ein Wort wie ein bronzener Gong. Er lächelte. »Was könnte sinnvoller sein, als daß der Priester des Athtar den Helden vertritt?« Bayyin sprach nun schneller und werbend. Sie konnte spüren, wie seine Brust an ihrer Wange sich hob und senkte. »Selbst der Rat würde es verstehen. Und sind wir erst einmal vermählt ...« Er hielt inne, um ihren Kopf an sich zu drücken. »Du wirst nie mehr alleine sein«, sagte er mit tiefer Stimme. »Du kannst nicht länger leben ohne Liebe.«

»Liebe«, echote Südwind, an Bayyins Schulter gelehnt. Der Laut klang falsch, und ihr war, als würde sie dabei zu Stein. Sie hatte all seinen Worten gelauscht, und sie waren wie Honigwein durch ihre Adern geflossen. Der Priester kannte sie wirklich, ihre Vergangenheit, ihre Träume, all ihre Gedanken. Ihr war beinahe schwindelig davon. Aber wenn sie eines sicher wußte, dann dies: daß dieser Mann sie nicht liebte. Die Gewißheit tat sich wie ein Abgrund vor ihr auf. Niemand liebte sie. Sie lauschte auf das geschwätzige Pochen seines Herzschlages. Es sprach zu ihr von vielerlei, von Liebe nicht.

Südwind lächelte traurig, ohne sich zu regen. Bayyin irrte sich. Sie konnte ohne Liebe leben.

Der Priester legte den Arm um ihren Kopf und drückte sie an sich. »Du wirst dich für mich bereithalten, nicht wahr?«

Südwind hob den Kopf, um ihn anzusehen. »Wenn du mich heiraten willst«, sagte sie mit klarer Stimme, »mußt du einen Brautpreis zahlen.«

Als sie wieder aus dem Tempel trat, blendete die Sonne sie so stark, daß sie zunächst bei jedem Schritt taumelte. Ihr war, als hätten Bayyins Dunkelheiten ihr jede Kraft aus den Beinen gesaugt. Dennoch wies sie Marub zurück, der sie besorgt stützen wollte, und stolperte, so rasch sie konnte, über den Hof, hinaus aus dem Heiligtum. Der Hüne schaute ihr ratlos nach. Es lag ihm auf der Zunge, zu fragen, was im Tempel vorgefallen war, doch er wußte, dies zählte zu den tiefsten Geheimnissen, und es zu erfahren stand ihm nicht zu. Er wollte Südwind schon hinterhergehen, da bemerkte er den Hohepriester, der, aufgetaucht aus dem Nichts, neben ihm am Türrahmen lehnte. Bayyins Aufmerksamkeit schien gänzlich von einer Eidechse gefangengenommen, die den hellen Stein der Mauer emporhuschte. Sorgsam überwand sie alle Windungen der gemeißelten Tierfriese, kroch höher und höher und gelangte immer näher zu Bayyin. Fasziniert beobachtete auch Marub ihr Treiben. Spürte das Tier denn nicht die Nähe des Menschen? Aber es schien, als störe Bayyins Anwesenheit die kleine Echse nicht im geringsten, ja, als zöge es sie im Gegenteil unaufhaltsam zu ihm hin. Staunend sah er, wie sie den Kopf hob, als suche sie die Aufmerksamkeit des reglosen Mannes.

Marubs Mund war trocken. Er wollte den Kopf schütteln, den Mund öffnen, um »seltsam« zu sagen oder irgendeine andere beliebige Äußerung zu tun. Da hob Bayyin die Hand. Marub erstarrte, als er sah, wie er die Eidechse, die sich nicht regte, sacht berührte, als wäre sie nur eine Skulptur, wie er sie in die Hand nahm und zerquetschte. Dünn hing ihr grüner Schwanz aus seiner Faust herab. Dabei lächelte der Hohepriester. »Alle Wesen«, sagte er leise, wie zu sich selbst, »streben so dem Lichtgott zu, um sich ihm hinzugeben.«

Marub löste sich von der Mauer und lief.

Er holte Südwind bei ihrem Kamel ein, das nahe der Lehmziegelmauer an eine Palme angebunden war. Schon von weitem sah er, daß zwei Priesterknaben sich an dem Tier zu schaffen machten. Von Priestern hatte Marub für heute genug.

»Heh, was soll das?« rief er und rannte die letzten Meter hinüber, um die Jungen zu vertreiben. Ratlos zupfte er dann an der Verschnürung der beiden Ledersäcke herum, die sie offenbar am Sattel festgebunden hatten. »Was bei allen Dschinnen ...« Er verstummte, als er den Inhalt sah.

Südwind nahm ihm die kleine goldene Figur ab, die er in Händen hielt, und legte sie zu den anderen Dingen zurück, die leise klirrten: Lampen, Ringe, Mischkrüge, Statuetten. Sie bildeten mit ihrem sattgelben Schimmer einen seltsamen Kontrast zu dem feuchten, von vielen Füßen aufgewühlten Lehmboden und dem staubigen Grün des Gestrüpps auf dem Vorplatz.

»Was ist das?« Marub flüsterte beinahe vor ehrfürchtigem Schrekken.

Südwind schnürte den Sack zu, nahm die Zügel des Lasttieres und legte sie dem Mann in die Hand. »Das, Marub«, sagte sie, »sind Kamele. Kauf sie für mich.«

Bettler vor der Tür

Als Muchzen und Schams das erste Mal von den Dienern des Palastes abgewiesen worden waren, hatte Schams darauf gedrängt, daß sie es noch einmal versuchten. »Wir müssen zu ihr gehen«, hatte sie gedrängt. »Sie wird uns helfen.«

»Und uns ihr zu Füßen werfen?« Muchzen hatte den Kopf geschüttelt. »Du siehst es doch«, hatte er ausgerufen und die Faust geballt in Richtung der großen Freitreppe, wo sie eben weggeschickt worden waren. »Wir sind nichts. Niemand. Wir werden fortgejagt.« Er schüttelte grimmig die Faust. »Ich werde mich nicht benehmen wie ein Bettler vor ihrer Tür.« Damit war er wütend die letzten Stufen hinuntergestapft, ignoriert von den Wächtern mit ihren Speeren, die dort zu beiden Seiten standen und gleichmütig die Straße hinunterschauten.

Schams war ihm hinterhergestolpert, die Augen angstvoll zu Boden gesenkt, um nicht irgendwo auf einen Fleck vom Blute Schamrs zu treten, das hier und da noch auf den Steinen trocknete. Ein paar Hunde suchten schnüffelnd danach, die Schnauze am Boden, die Ruten angstvoll unter die knochigen Flanken geklemmt. Aber auch ihnen schenkten die Wächter keinerlei Beachtung.

»Muchzen, warte.« Sie hatte Angst, ihn in dem Gewühl der Straßen zu verlieren, das ihr Furcht einflößte. Schams hatte niemals zählen gelernt, sie wußte nicht, wie viele Menschen in Marib lebten. Sie wußte auch nicht, wie viele es bei ihrem Stamm gewesen waren. Aber dort hatte sie jeden einzelnen mit Namen nennen können, hatte jedes Gesicht gekannt und jede Silhouette, die sich am flimmernden Horizont zeigte. Nichts hatte sich geregt, mit dem sie nicht etwas verbunden hätte, niemand war dort gewesen, der sie nichts anging.

Hier war es anders; es gab mehr Gesichter, als sie sich im ganzen Leben würde merken können. Anfangs folgte Schams ihrem Impuls, sie alle zu grüßen, einen jeden zu beachten, ihm zuzunicken, auszuweichen, auf ein Signal gegenseitigen Erkennens, einen Gruß, ein Heben der Augenbrauen wenigstens zu warten, das ihr sagte: »Ich sehe dich«, bis ihr davon schwindelig wurde. Die ausbleibende Reaktion ihrer Gegenüber gab ihr das Gefühl, unsichtbar zu sein, hohl und leicht wie ein Strohhalm, den der Wind über die Felder wehte. Überall lebten Menschen wie sie selbst, und doch war es mit Marib nicht anders als mit einem Ameisenhaufen: Es war ein namenloses, unübersichtliches Gewimmel, das sie nichts anging. Außer, daß es sie selbst zu einer namenlosen Ameise herabstufte.

Bald sollten Muchzen und Schams lernen, daß Marib so formlos nicht war. Auch hier existierten feste Strukturen, es gab Familien und Sippen, Nachbarschaften und Vereinigungen. Auch die Berufsgruppen, die sich in bestimmten Straßen zusammentaten, waren fest organisiert. Sie lebten dicht beieinander, zahlten ihre Steuern gemeinsam, opferten zusammen und begruben einander. Es gab die Schmiede und die Töpfer, die Gerber und Färber, die Steinmetze und die Gewürzhändler. Es gab die Bediensteten des Palastes, die Quartiere der fremden Kaufleute, die heiligen Bezirke der Priester. Und es gab die Bauern. Doch keiner von all diesen Gruppen gehörten sie beide an.

Da von ihrem Stamme keiner hier lebte, wollte niemand ihnen Obdach geben. Sie fanden keine Arbeit, denn sie beherrschten kein Handwerk, und hätten sie es getan, wäre doch kein Raum für sie gewesen, da sie nicht Sohn oder Tochter eines ansässigen Handwerkers waren. Sie konnten kein Land erwerben, denn sie gehörten keiner der Familien an, die ein Anrecht darauf besaßen. Man verkaufte ihnen Essen, interessierte sich aber nicht dafür, woher sie kamen oder wohin sie gingen, solange sie sich nur rasch wegscherten.

Als Muchzen auf dem Viehmarkt ein Kamel tätschelte und arglos zu dessen Besitzer über das Tier sagte, daß es lahme, aber zu heilen sei, und daß er etwas von Dromedaren verstünde, da jagte der Händler ihn fort und beschuldigte ihn lauthals, sein Tier verzaubert zu haben. Er bückte sich, hob Kameldung auf und warf damit laut schimpfend nach Muchzen, der unter dem Gelächter der anderen Händler floh.

An all diesen Demütigungen war in seinen Augen Südwind schuld, und jede von ihnen zementierte seinen Vorsatz, sie niemals, niemals um Hilfe zu bitten.

Muchzen und Schams fanden ihren Platz draußen vor dem Stadttor, in den bescheidenen Lehmsiedlungen, die die Heimatlosen beherbergten. Muchzen bewarb sich um Arbeit als Tagelöhner in den Gärten, wo er für eine Handvoll Zwiebeln, ein paar Datteln oder etwas Gemüse stundenlang zwischen den Beeten schuftete. Schams sammelte Stroh von den abgeernteten Feldern, wenn man es ihr erlaubte. Barfuß ging sie hinter den Erntearbeiterinnen her und hob die Halme auf, die sie fand. Mit einem kleinen Messer schnitt sie ab, was die Sicheln der anderen übersehen hatten, zähe Büschel, die ihr scharf in die Finger schnitten. Sie flocht kleine Körbe daraus, manchmal eine Puppe und bot beides auf dem Markt an, auf beiden Fersen kauernd, ihr schmales Angebot auf ihrem Schultertuch ausgebreitet. Manchmal kam ein Mann und stellte sich so dicht vor sie hin, daß sie nicht umhinkonnte, den Blick an seinen nackten Füßen und dem Gewand hinaufwandern zu lassen bis zu seinem Gesicht. Er grinste, wenn ihre Augen die seinen trafen, und warf ihr einen Bronzering hin. Schams schaute beiseite. Da lag das Ringlein und schimmerte arglos. Sie biß die Zähne zusammen, wenn von den Ständen der Garköche köstliche Gerüche herüberdrangen, Düfte von Fleisch und salzigen Brühen, und wenn sie vor ihrem geistigen Auge sich selbst sah, wie sie Muchzen eine kräftige Mahlzeit servierte aus Getreidegrütze, Minze und Hammelfleisch. Doch sie schüttelte jedesmal standhaft den Kopf und war froh, wenn Muchzen später kam, um sie abzuholen. Das abendliche Gewühl in den Gassen, das sich hervordrängte, sobald die Luft kühler wurde, kam ihr noch immer vor wie Afrits Flut.

»Es geht nicht länger«, sagte Muchzen eines Mittags, als sie auf dem nackten Boden unter ein paar Palmen saßen. Schams hatte ihm das karge Mittagessen hinaus in die Gärten gebracht. »Wir müssen die Kamele verkaufen.«

Schams schaute ihn erschrocken an. »Aber ...«, wandte sie ein, »sie drehen bei Sumhu die Mühlsteine, und er gibt uns Getreide dafür.« Was sie nicht sagte, war, daß die beiden Tiere ihre letzte Hoffnung darauf verkörperten, eines Tages aufzubrechen, anderswohin zu gehen, fort aus diesem Zustand lähmender Armseligkeit. Solange sie da waren, bestand auch der Traum weiter, sie eines Tages zu besteigen, um auf ihnen nach Hause zu reiten, zurück zu ihren Familien, die vielleicht vergeben hatten und vergessen. Irgendwohin zu reiten. Zweifelnd schaute sie sich um, in dem Paradies, das nicht das ihre war. Duftende Zitronen reiften in ihrem hartlaubigen Hain, und die Getreidefelder lagen abgeerntet und silbern gebleicht in der Sonne. Zwiebeln und Knoblauch ließen die schmalen Blätter mattgrün leuchten. Schlaff ragten sie aus der schwarzen Erde. Es würde Muchzens Aufgabe sein, die Beete heute nachmittag zu wässern.

»Vielleicht ...«, sagte sie und verstummte, während ihre Gedanken ziellos versickerten.

»Es gibt kein Vielleicht.« Muchzen strich sich die Krümel vom Schoß. »Die einzige andere Möglichkeit wäre, daß ich mich in den Salzminen verdinge.«

»Nein«, rief Schams erschrocken. Niemand, der dort arbeitete, lebte allzu lange. »Du kannst mich doch nicht alleine lassen, mich und ...« Schams biß sich auf die Lippen und sprach nicht weiter. Nur ihre Geste war unmißverständlich: Niemals würde sie zulassen, daß Muchzen sich in der heißen, gleißenden Hölle der Mine für sie opferte. Schließlich wagte sie es, die Frage zu stellen: »Und wenn wir Südwind bitten?«

Ihr Mann verzog das Gesicht. »Ich gehe dort nicht wieder hin«, sagte er. Als hätten ihre Worte ihn aufgescheucht, sprang er auf die Beine. »Und du auch nicht.« Einen Moment stand er da und schaute mit offenem Mund ins Leere. Zweifel und Trotz kämpften auf seinem Gesicht. Dann war sein Entschluß gefaßt. »Ich tue es am besten jetzt gleich.« Als er ihr trauriges Gesicht sah, drückte er ihr einen Abschiedskuß auf die Stirn.

Anstatt ihm nachzusehen, starrte Schams vor sich hin auf die Erde. Obwohl er nur kurze Zeit fortbleiben wollte, kam sie sich in diesem Moment verlassen vor, aller Hoffnung beraubt. Sein Kuß hatte sie nicht getröstet, sondern dieses Gefühl nur besiegelt. Instinktiv hielt sie mit der Linken ihren Leib umklammert. Noch war nichts zu spüren, nichts zu sehen, doch sie wußte sicher, daß dort etwas heranwuchs, schon seit einigen Tagen. Seufzend stand Schams auf, nachdem sie die Reste des Essens sorgsam in das Tuch gewickelt und es an den Zweig eines Baumes gehängt hatte. Dann ging sie hinüber, um für diesen Nachmittag Muchzens Arbeit zu tun.

Sie hatte es wieder nicht übers Herz gebracht, es ihm zu sagen. Und ihr schien, als wäre die letzte Möglichkeit dazu vorübergegangen. All ihre Gespräche handelten von Geld und Not, ein Kind paßte da nicht hinein. Schams schämte sich, wenn sie an ihr Zweifeln dachte, sie wußte, sie sollte sich freuen, aber es wollte ihr nicht gelingen. Und sie hatte Angst, auch in Muchzens Gesicht ein Zögern, ein Zurückzucken und den Ausdruck verzagter Hilflosigkeit zu sehen. Wenn er verzweifelte, könnte sie selbst es auch nicht länger ertragen.

Schams ging hinüber zu der Steinrinne, in der das Wasser floß. An einem Mäuerchen mit Durchlässen, die jetzt verschlossen waren, verzweigte es sich in drei kleinere Kanäle. Sie zog die hölzerne Sperre vor der mittleren Öffnung hoch und ließ das Wasser in den Kanal rinnen, der zu ihrem Beet führte. Es floß spärlich, doch sie brauchte nicht viel. Mit dem Stock ritzte sie dem kriechenden Wasser Wege zu den Pflanzen, damit es ihre Wurzeln netzte.

Schams beobachtete sein Vordringen und Versickern und dachte dabei an Muchzen, der ihre Kamele verkaufte. Was er dafür erhielte, würde ebenso verschwinden. Es würde weniger werden und immer weniger, unaufhaltsam, bis es fort wäre und auch ihre verzweifelten Hände es mit den Nageln nicht mehr aus dem Boden kratzen könnten. Was sollte dann aus ihnen werden? In diesem Moment fühlte sie sich beobachtet.

Dhiban, der Bauer, dem dieses Land gehörte, stand hinter ihr und schaute ihr zu. Dabei kaute er an einem Rettich. Er spuckte ein paar holzige Fasern aus, ehe er sprach.

»Schamsss«, sagte er und grinste. Er sprach ihren Namen so aus, wie Muchzen es tat, mit einem leisen Zischeln am Schluß, doch bei ihm klang es unheilvoll. »Ssso, ssso, sssso. Wo ist denn der schöne Gemahl?«

Schams richtete sich wütend auf und wollte ihm schon verbieten, sich über ihren Mann lustig zu machen, dann schüttelte sie den Kopf und neigte sich wieder über ihre Beete. Er hatte ihnen für den Abend ein Büschel Dattelrispen versprochen. Es hatte keinen Zweck, mit dem Mann Streit anzufangen. »Er ist bei Sumhu, die Kamele holen«, sagte sie daher nur. »Er will sie verkaufen.«

Dhiban kaute mit offenem Mund. »Die Mähren?« fragte er interessiert. »So wie Sumhu sie rangenommen hat, wird er nicht mehr viel dafür bekommen.«

Schams antwortete nicht. Was immer Muchzen dafür bekäme, es wäre zuwenig. Sie hatte das Gefühl, ihr Bauch würde zu Stein. Gebückt arbeitete sie weiter.

»Er hätte mir sagen sollen, daß er weggeht«, fuhr Dhiban nachdenklich fort. »Er hätte mich fragen sollen.«

Alarmiert hob Schams den Kopf. »Ich mache doch seine Arbeit. Ich bin bald fertig.« Sie hob den erdverschmierten Stock, um zu zeigen, wie eifrig sie bei der Sache war.

Dhiban lüftete das Tuch um seinen Kopf und betrachtete sie. »Ja, du bist fleißig«, bestätigte er. »Wenn du nicht wärst, würde ich dem häßlichen Taugenichts schon lange keine Arbeit mehr geben.«

Schams, die spürte, daß er näher kam, beugte sich wieder über das Beet und kratzte hektisch mit dem Stock in der Erde. Sie hörte, wie er dicht vor ihr den Schritt verhielt, aber sie spürte seine Nähe und seinen Blick, der ihr Gesäß liebkoste.

»Eigentlich«, murmelte Dhiban, »sollte ich ihn morgen schon fortjagen, oder besser heute noch.« Er bemerkte, wie sie zusammenzuckte, und grinste. »Nenn mir einen Grund, warum ich es nicht tun sollte«, sagte er und legte die Hand auf ihr bebendes Fleisch. »Nenn mir einen einzigen Grund.« Er flüsterte jetzt.

Schams schloß die Augen. Noch immer hielten ihre Finger den Stock umklammert. Südwind, dachte sie, Südwind würde ihn jetzt erschlagen und seinen Kopf auf einen Pfahl spießen.

»Eine Frau wie du sollte einen Garten haben«, wisperte Dhiban an ihrem Ohr, während seine Hände langsam, ganz beiläufig, den Stoff ihres Gewandes rafften. Schams fühlte ihn um ihre Waden steigen wie den Saum einer Flut.

»Ein eigenes Gärtchen, übervolle Beete. Sie sollte nicht hungern inmitten der Fülle.« Abrupt schloß sich sein Griff um ihre beiden Pobakken.

Schams öffnete den Mund, um zu schreien. Doch sie blieb stumm. Ergeben senkte sie den Kopf.

Nervös betrat Muchzen den Platz der Viehhändler, von dem er schon einmal so schmachvoll vertrieben worden war. Doch niemand schien sich seiner zu erinnern, und ohne auf Widerstand zu stoßen, fand er mit seinen beiden Tieren einen Platz inmitten des Gedränges. Das Areal lag nahe der Stadtmauer an einer Stelle, an der die dichte Bebauung zerfranste und Brachen voller Unkraut sich mit vereinzelten schäbigen Häusern abwechselten. Der Boden war festgestampft von Tausenden Kamelfüßen, Schaf- und Ziegenhufen, hart und gesprungen vor Trokkenheit. Staubwolken flogen auf, wenn eine Brise darüber hinwehte, und manchmal tanzte eine Windhose vorbei, die auf ihrem Weg einen Strohhalm oder ein Büschel Kamelhaarwolle mitnahm.

Muchzen, der mit untergeschlagenen Beinen dasaß, verfolgte ihren Weg so gewissenhaft, als hinge sein Leben davon ab. Es war besser, als in die mißtrauischen Gesichter seiner Nachbarn zu blicken. Als er es erstmals wagte, den Kopf zu heben, fiel sein Blick auf die armseligen Behausungen gegenüber, und er dachte, wie glücklich sie doch wären, dort zu leben, zwischen festen Lehmmauern und nahe bei einem Brunnen. Er ginge jeden Tag hierher zum Markt, um seine Geschäfte zu tätigen. Und die Gestalt dort, die mit dem Krug vom Brunnen kam, umringt von ihren Kindern, wäre Schams und winkte ihm bisweilen freundlich zu.

Schams. Als er ihren Namen dachte, kam ein wenig Leben in ihn. Er mußte sich überwinden und diese Tiere gut verkaufen. Das war er ihr schuldig. Muchzen sprang auf. Vorsichtig begann er, sich ein wenig umzusehen. Der Händler neben ihm hatte gerade einen Interessenten für sein Angebot gewonnen. Der Käufer war ein imponierender Mann mit einem weiten Mantel aus grüner Wolle, die von einer Spange mit Löwenkopf gehalten wurde, und einer gelben Schärpe, in der zwei gekreuzte Dolche steckten. Die langen schwarzen Haare fielen ihm ins Gesicht, während er sich vorbeugte, um die Füße des angepriesenen Kamels zu inspizieren. Als er sich wieder aufrichtete, sog Muchzen vor Schrecken laut die Luft ein: Der Mann war riesig, mehr als zwei Köpfe größer als er selbst, und sein Gesicht war von einer schrecklichen Narbe zerstört. Zwei Augen, ein funkelnd schwarzes und ein totes, richteten sich drohend auf ihn. Muchzen wich zurück. Doch als er bemerkte, daß der andere die kritische Musterung seiner Person gleich beendet haben und den Blick wieder abwenden würde, faßte er sich ein Herz.

»Nehmt es nicht, Herr«, rief er, »das Tier ist nicht gut.«

Erstaunt über die Kühnheit, wandte der Große sich ganz zu ihm um. »Wer will das beurteilen«, fragte er. »Etwa du mit deinen Schindmähren?«

Hastig verneigte Muchzen sich. »Oh großer Kriegsfürst, Herr der Kamele«, haspelte er. Schließlich fing er sich. »Meine Tiere sehen traurig aus«, gab er zu, »ihr Zustand ist schlecht, ihr Fell wundgescheuert und ihre Glieder abgemagert. Aber ihr Wesen ist gut, sie haben einen ebenmäßigen Knochenbau, Geduld und Kraft, so man sie nur wieder pflegt. Ihr Charakter ist willig und voller Mut. Ihr könnt das an ihrem ganzen Ausdruck sehen.« Muchzen hielt kurz inne. Aber dann fuhr er, vom Feuer seiner eigenen Rede mitgerissen, fort. »Dieses dort hingegen hat einen unruhigen Gang. Ja, Ihr seht es, wenn es sich bewegt. Nehmt es nur einmal am Zügel.« Eifrig trat er vor, um seine Worte in die Tat umzusetzen, nahm dem verblüfften Verkäufer die Zügel ab und führte das Dromedar selbst ein paar Schritte hin und her. Er war so in seinem Element, daß er völlig vergaß, sich zu fürchten. Der Riese sagte nichts, doch er hörte ihm zu.

»Seht Ihr die kleine Unregelmäßigkeit? Hier? Das kommt von der Hüfte. Die Knochen sind dort nicht in Ordnung, und das Tier wird immer schnell hinken. Es ist nicht belastbar und wird nie große Lasten tragen können, oh Herr der Karawanen.«

»Herr, er spricht Unfug. Bei allen Dschinnen, dies ist ein prachtvolles Tier, seht nur sein Fell, das wie Honig schimmert.«

Der Hüne wandte sich mit fragend gerunzelter Stirn an Muchzen. »Das Fell deutet auf gutes Futter«, gab der zu. Dabei griff er nach dem Maul des Dromedars, zog es zu sich herab und inspizierte gegen den Widerstand des Kamels dessen Zähne. »Aber sein Gebiß spricht dagegen, seht die tiefen Rillen.« Er ließ das widerstrebende Vieh los, das brüllend seinen Hals reckte. »Vermutlich hat er es mit Milch gewaschen diesen Morgen.« Zu diesen Worten drückte er seine Nase in die warme Wolle und sog tief den Duft ein. Und da war sie, neben der stechenden Ausdünstung des Tierleibes: die feine Note saurer Milch.

Der Fremde machte sich die Mühe, sie selbst zu erschnuppern, und runzelte die Stirn.

»Wie sind die Zähne bei deinen Tieren?« fragte er.

Muchzen senkte den Kopf. »Sie sind schlecht, Herr«, gab er zu. »Die beiden haben an Wert verloren das letzte halbe Jahr und werden ihn nie ganz wiedergewinnen.«

Der andere betrachtete ihn lange. Sein Blick wanderte zwischen den Kamelen und Muchzen hin und her. »Du bist ehrlich«, stellte er fest. »Und du verstehst etwas von der Sache.«

Er wischte die Einwände des ersten Händlers beiseite, der immer noch seine Aufmerksamkeit zu erregen versuchte, und wandte sich aufmerksam Muchzen zu. »Ich habe dich noch nie auf dem Markt gesehen. Wer bist du?«

»Ich bin nichts, Herr. Ein Tagelöhner.« Muchzen wagte es, den Kopf zu heben. »Ich bin aus der Wüste. Wie meine beiden hier.« Trotzig nahm er die Kamele am Zügel und zog sie zu sich heran, um seinen Kopf an sie zu schmiegen. Die beiden ließen sich die Liebkosung gern gefallen.

»Ein Beduine also. Wie ist dein Name?«

»Muchzen.«

»Muchzen.« Der andere wiederholte den Namen murmelnd, als schmecke er einem fremden Aroma nach, ob es genießbar sei. »Nun, Muchzen«, sagte er schließlich, »ich bin Marub vom Stamm der al-Hadhad. Meine Aufgabe ist es, Kamele zu kaufen, viele Kamele. Und ich könnte ein kundiges Auge brauchen.« Er tippte sich mit dem Finger leicht an sein zerstörtes Auge und grinste. »Möchtest du mir dabei helfen?«

»Schams! Schams!« Muchzens Stimme überschlug sich vor Aufregung. Er begann zu rufen, lange ehe er ihre Hütte erreichte. Die trägen Blicke der Nachbarn ignorierte er. Verfolgt von einer Schar von Kindern, die fassungslos jubelten, als er ihnen eine Handvoll Granatapfelkerne zuwarf, lief er, ohne innezuhalten, auf seine Haustüre zu.

»Schams?« rief er fragend in das Halbdunkel. Zuerst dachte er, sie sei gar nicht zu Hause, dann gewöhnten sich seine Augen an das Dämmerlicht, und er entdeckte ihre zusammengerollte Gestalt auf dem Deckenlager, das ihnen als Schlafstatt diente.

»Schams, mein Liebling, meine Einzige.« Er nahm sie in die Arme und übersäte ihr Gesicht mit Küssen. Oh Almaqh, wie lange hatte er sie schon nicht mehr so gehalten, wie lange nicht mehr dieses Gefühl verspürt. Wie sehr hatte das unerbittliche Marib ihnen die Freude aneinander vergällt. »Mein Tagmond«, flüsterte er in ihr Ohr, »mein Rosenbusch, von allen Bienen umsummt.« Zärtlich strich er über ihre Schulter. »Du bist voller Erde«, bemerkte er erstaunt.

Schams winkte nur ab. »Was hast du da?« fragte sie mühsam. Ihre Stimme klang klein, als hätte sie geschlafen oder geweint.

»Habe ich dich geweckt? Entschuldige«, entgegnete er fröhlich. Übersprudelnd vor guter Laune zog Muchzen sein Bündel hervor und schnürte es auf. Vor ihren erstaunten Blicken breitete er seinen Inhalt aus. Da war ein Stück Hammelfleisch, ein Laib Käse, ein Beutel Rosinen, Mandeln und, Krönung der Beute, ein Töpfchen mit Dattelhonig.«

»Muchzen, das, das ... Das ist zuviel.« Schams war vollkommen verwirrt. Ihr Blick wanderte von den Leckereien zum strahlenden Gesicht ihres Mannes und wieder zurück. Was sollte dies? Sie begriff es nicht. Hatte er alles, was er für die Tiere bekommen hatte, auf einen Schlag ausgegeben? In das hier umgetauscht? Mit zitternden Fingern strich sie ungläubig über die kostbaren Gaben. Sie spürte, sie hätte sich darüber aufregen müssen, aber ihr fehlte die Kraft dazu. Nur ganz tief drinnen in ihr regte sich die Wut. Sie, die alles, alles tat, um sie beide zu erhalten, und er, der Verschwender, kaufte sich dafür was: Süßigkeiten! Wie konnte er nur? Aber das schlechte Gewissen hieß diese Stimme rasch verstummen.

Muchzen bemerkte nichts von dem inneren Aufruhr, in dem seine Frau sich befand. »Aber das ist es ja gerade«, rief er mit überschnappender Stimme. »Das hier ist erst der Anfang.« Erneut zog er sie an sich. »Ab jetzt werden wir jeden Tag zu essen haben, Schams. Ich habe Arbeit gefunden, eine gute Arbeit.« Und er erzählte von seiner Begegnung mit Marub und daß er ihn von heute an beraten würde beim Kauf der Kamele und dem Aufbau seiner Zucht.

»Stell dir vor, der ganze Stall wird mir unterstellt sein. Alle Knechte müssen auf das hören, was ich sage.« Seine Stimme wurde beinahe ehrfürchtig. »Dreitausend Kamele.« Nicht ohne Stolz malte er ihr seine Position aus und den Wohlstand, den sie daraus gewinnen würden. Wie die Könige würden sie speisen ab jetzt, nun, jedenfalls fast. Sie würden sich besser kleiden, ein Heim in der Stadt beziehen. Marub erwartete, daß er nahe bei den Palastställen lebte. »Ich werde natürlich öfter fort müssen«, plauderte Muchzen angeregt weiter. »Wir wollen nach Qataban und Adana, neue Tiere kaufen. Eine Zucht alleine wäre zu mühsam, du weißt, eine Kamelkuh wirft nur alle drei Jahre ein Junges. Und Marub sagt, er will schnelle Ergebnisse. Du wirst also öfter einmal alleine sein, aber ...«

Erstaunt stellte er fest, daß Schams weinend in seinen Armen zusammensank. Sie schluchzte so laut, daß er nicht weitersprechen konnte. Sacht wiegte er sie in seinem Schoß und murmelte Trostworte wie für ein Kind, doch sie wollte nicht aufhören. »Ist ja gut«, sagte er schließlich hilflos. »Ich werden ja nie für lange weg sein, hörst du? Ich bin bald wieder da. Jetzt ist alles gut.« Er sagte es voll Inbrunst, das Glück weitete ihm die Brust, während er sprach, denn wahrhaftig, es war so.

Schams, in seinem Schoß, nickte nur mechanisch und verstummte. Mit heißen, trockenen Augen starrte sie ins Dunkle, während er ihr mit freudiger Stimme die Zukunft ausmalte. Es war zu spät, zu spät, um zu weinen.

Ostwärts nach Hadramaut

Südwind hob die Hand und hieß die Männer ihre Dromedare zügeln. Die Front ihres Heeres kam zum Stehen. In ganzer Breite zog sie sich über den Kamm der Hügelkette, Krieger an Krieger, Tier an Tier. Breiter als der Damm von Marib, fächerte sich die Reihe der Reiter zu ihren Seiten auf. Und wie eine Flutwelle würden sie über Ausun herfallen.

Dort unten im Tal lagerte der König. Sie sah die Bahnen seiner Zelte im Wind flattern, sein weißes Banner mit dem Weihrauchbaum allen voran. Der Ruf von Kriegstrompeten schallte zu ihnen herauf.

Südwind lächelte. Sie waren noch nicht einmal aufgesessen, die Reiter von Hadramaut. Ihre Tiere standen noch angepflockt neben den Zelten, und in dünnen Kringeln stieg der Rauch ihrer Kochfeuer in den Morgenhimmel.

»Wir werden sie hinwegfegen«, sprach sie aus, was sie dachte.

Ihr Vater ritt an ihrer Seite und parierte sein Tier. Langsam folgte er ihrem Blick und erfaßte das Panorama. »Es sind viele«, stellte er fest, »und sie haben uns gesehen.« Er wies mit der Hand auf die Gestalten dort unten, in die langsam Leben kam. Man sah Zelte sich öffnen und Männer zu ihren Tieren laufen. Der Ruf der Trompeten erscholl ein weiteres Mal, laut und durchdringend.

»Nicht alles von uns«, entgegnete Südwind und hob erneut die Hand. Auf dieses Zeichen hin drängte die zweite Reihe der Reiter nach. Jetzt waren die Hügelkuppen schwarz von wimmelnden Gestalten. Auf ein weiteres Signal hin antworteten ihre Trompeten denen dort unten im Tal. Dann brach das Trommeln der Kamelfüße los und ließ den Boden erbeben. Wie Regen und Donner kamen sie über das Tal, fegten die Hügel hinunter, rutschten über Geröll, hüllten sich in Staub wie in Gewitterwolken und rasten in breiter Front auf den Gegner zu.

Ausun trat aus seinem Zelt, als das schwarze Band näher kam. So weit er den Kopf auch wandte, es reichte von einer Seite des Horizonts zur anderen. Für einen Moment raubte der Anblick ihm den Atem. Dann packte er das Tuch, das er in Händen hielt, fester und wand es sich dreimal um die Stirn, ehe er die Enden entschlossen feststopfte. Er streckte die Hände aus; man reichte ihm Bogen, Köcher und den langen Krummdolch. Mit beiden Händen griff er nach der Lanze.

»Ist sie dabei?« fragte er knapp.

Sein Berater nickte. »Ihr Banner fliegt allen voran.«

»Zeigt es mir, und ich werde sie vernichten.« Ausun wartete, bis das Dromedar, das man ihm heranführte, sich hinkniete. Dann sprang er auf, riß die Zügel an sich und stemmte ihm den Fuß in den Hals. Klagend folgte das Tier dem Befehl und erhob sich. Ausun wurde nach vorne, dann nach hinten geworfen. Ungeduldig faßte er den Speer fester. Rüttelnd hob er den Schaft, noch während er anritt. Er wartete nicht auf seine Männer. Mit lautem Kriegsgeschrei stürzte er sich in die Schlacht und suchte das Banner mit der liegenden Mondsichel, die in einer blutroten Sonne schwamm.

Die Männer aus Hadramaut schafften es nicht mehr, ihrerseits eine langgezogene Angriffslinie zu bilden. Doch war das zweitrangig, denn die Taktik war ohnehin die: sich einen Gegner zu suchen, um sich im Zweikampf auf ihn zu werfen. Die weitgefächerte Front der Sabäer war herangaloppiert. Dort, wo sie auf das Lager Ausuns traf, kam ihr schneller Ritt ins Stocken. Die Flügel schnellten herum wie der Schwanz einer Schlange und drangen von den Seiten auf den Feind ein, lösten sich dann aber ebenso schnell wie das Zentrum auf in ein Gewühl erbittert ringender Zweikämpfer.

Einzelne Reiter sah man ihre Tiere antreiben und, rechts und links Hiebe austeilend, das Durcheinander queren. Andere rangen mit ihrem Gegenüber, verfolgten und bedrängten ihn mit aller Kraft und glitten schließlich, Mann in Mann verkrallt, in tödlicher Umarmung mit ihm zu Boden. Wieder andere hatten ihren Gegner besiegt. Brüllend und die Waffe reckend, galoppierten sie an, mit wehendem Umhang, ihren Triumph hinausbrüllend und den Nächsten damit anlockend, der sich ihnen stellen wollte. Immer mehr Kamele sah man herrenlos im Gewühl herumtraben. Immer mehr Körper blieben auf dem Boden zurück, während das vielfüßige Chaos der Kämpfe hierhin und dahin wogte. Staub wirbelte auf und hüllte alles ein wie ein Nebel.

Ausun, flankiert von seiner Garde, war einen kraftvollen Angriff geritten, der jedoch im Anprall der Sabäer, die sich um ihre Königin geschart hatten, steckengeblieben war. Mit zusammengebissenen Zähnen sah er ihr Banner sich entfernen, während er gezwungen war, sich gegen andere Gegner zu verteidigen. Wütend verteilte Ausun Hieb um Hieb, doch die Mauer der Männer aus Saba stand dicht; es war kein Durchkommen. Dann endlich fiel sein hartnäckigster Bedränger. Ausun konnte durchatmen. Er wischte sich mit dem Arm über die Stirn. Er blinzelte; Sand war unter seinen Lidern und ließ seine Augen brennen. Wo war sie, dieses größenwahnsinnige Weibsbild? Wo im Gewühl der Männer hatte sie sich versteckt? Er riß sein Tier an den Zügeln, so daß es in die Knie ging und eng auf den Hinterbeinen wendete.

Dann mußte Ausun lächeln. Er sah sie; er sah sie genau. »Karib, zu mir!« brüllte er. Seine Lanze holte weit, weit aus. Sie flog hoch aus dem Staubnebel heraus; am Scheitelpunkt ihrer Kurve lag Sonnenlicht auf der Klinge und ließ sie aufblitzen.

Südwind lag geduckt über dem Hals ihres Kamels, als sie angaloppierten. Sie verspürte keine Furcht, nur ihr Herz klopfte stark. Es war wie damals bei dem Rennen, als alle gegen sie waren und sie nur eines wollte: die Erste sein. »Lauf«, flüsterte sie ihrem Dromedar ins Ohr. »Lauf!« schrie sie; sie brüllte es; es war nur noch ein unartikulierter Laut, der um sie herum aus den Kehlen Tausender Männer aufstieg. Brausend entfaltete er seine Schwingen, und Südwind flog, flog dem Feind entgegen. Der Wind zerrte an ihrem Gesicht, trieb ihr die Tränen in die Augen und ließ verschwimmen, was da auf sie zukam.

Der Aufprall war wie ein Schlag. Südwind hörte das dumpfe Krachen, mit dem rings um sie Leiber auf Leiber trafen. Sie selbst wurde beinahe vom Rücken ihres Dromedars geschleudert und mußte sich mit beiden Händen festklammern, um nicht herunterzufallen. Ihr Vater, der sie wanken sah, preschte an ihre Seite. Mit einem Stoß beförderte er sie zurück in den Sattel. Südwind erhaschte einen Blick auf sein Gesicht, der Bruchteil eines Augenblicks.

»Bleib bei ihr!«

Sie hörte Yitas Befehl, wußte, daß er Marub galt, mußte aber schon den Blick einem Angreifer zuwenden, der mit erhobener Lanze auf sie zugeprescht kam, und verlor beide aus den Augen. Ihre ganze Konzentration galt ab da der Arbeit, am Leben zu bleiben. Südwind parierte den ersten Hieb, wich aus, galoppierte an, wurde abgedrängt, schlug um sich. Jeder Schlag ließ ihre Klinge vibrieren. Ihr Arm zitterte unter der Kraft der Hiebe, die sie abfing, ihre Zähne schlugen aufeinander. Dann plötzlich bekam sie Luft, konnte ausholen, zustoßen. Sie sah ein erstauntes Gesicht vornüberkippen, einen leeren Sattel. Sie warf den Kopf herum und begegnete kurz dem Blick Marubs, der seinen Bogen senkte. Doch es blieb keine Zeit.

Nein, dachte Südwind und keuchte, während sie Schlag um Schlag austeilte, sich duckte, sich wieder aufrichtete. Ich bereue es nicht. Es war wichtig, daß ich an der Spitze ritt. Und ich habe keine Furcht. Ihr Dolch fuhr zwischen krachende Rippen. Leuchtend rot kam er wieder zum Vorschein. Rot wie der Zorn der Echse. Sie schaute ihn an wie in einem bösen Traum. Ringsum Gesichter, verzerrt von der Anstrengung zu überleben, von der wütenden Lust, einem anderen das Leben zu rauben. Lautlos erschien ihr das Ganze mit einem Mal, als wäre der ohrenbetäubende Lärm nur in ihrem Kopf und sie alleine mit ihm eingeschlossen. Sie sah den Lanzenschaft im Hals ihres Kamels und streckte die Hand danach aus, spürte das klebrige Blut unter ihren Fingern, sah den Erdboden näher kommen.

»Ich fliege«, dachte sie.

Yita bemerkte den Tumult, in dem das Tier seiner Tochter zu Boden ging. Er sah ihren Bannerträger fallen, die Dromedare irre vor Panik um sich treten, stolpern und stürzen. Sie wird zerquetscht!, war sein erster Gedanke. Ehe er einen zweiten fassen konnte, war er bei ihr. Sein Tier prallte in vollem Lauf gegen ein anderes und katapultierte ihn in die Masse sich wälzender Leiber. Doch wie eine Katze kam Yita wieder auf die Beine. Er fand seine Tochter, riß sie auf die Füße. Er war sich nicht sicher, ob sie ihn erkannte. Er konnte sich nicht damit aufhalten. Es kamen Reiter auf sie zu.

»Marub!«

Südwind hörte den Schrei. Sie erkannte die Stimme ihres Vaters. Doch ihr Blick blieb wie hypnotisiert auf das Banner gerichtet, das vor ihr über den Himmel züngelte. Der Weihrauchbaum entfaltete und verbarg sich vor ihr, neckte und verlachte sie. Entschlossen hob sie ihre Klinge.

»Marub!«

Sie wandte sich nicht um. Marub würde kommen; er würde ihrem Vater helfen. Er war sein Arm und sein Herz.

Doch der hünenhafte Krieger hatte besser begriffen als sie, was Yitas Schrei bedeutete. Im letzten Augenblick trieb er sein Tier zwischen Südwind, Yita und die heranpreschenden Männer Ausuns, packte das Mädchen an der Schulter, riß sie zu sich hoch in den Sattel und war mit ihr davon, ehe die trommelnden Füße von Hadramauts Kamelen Yita unter sich begruben.

Südwind sah es, ohne es zu begreifen. »Vater!« gellte ihr Schrei, der unterging im Lärm des Kampfes. Marub ritt mit ihr zu einer Stelle jenseits des Getümmels. Als er anhielt, sie freigab und sie sich vor ihm aufrichten konnte, ballte sie die Faust und hieb sie ihm mit voller Kraft ins Gesicht. Im selben Moment glitt sie aus dem Sattel zu Boden. »Gebt mir ein Kamel«, brüllte sie. Sie wiederholte es mehrere Male, aus Leibeskräften, zitternd vor Wut, aber niemand rührte sich. Auch Marub saß nur reglos auf seinem Tier und tastete nach dem dünnen Blutfaden in seinem Mundwinkel.

Südwind stürmte auf einen verlegen dastehenden Sabäer zu, riß ihm die Zügel seines Reittieres aus der Hand, stieß ihn beiseite, schwang sich hinauf und neigte sich noch einmal hinunter. »Deinen Speer«, verlangte sie.

Der Soldat schaute unsicher zu Marub. Südwind folgte seinem Blick. Ihre Hand blieb ausgestreckt. »Deinen Speer«, wiederholte sie leiser. Sie sah, wie Marub nickte, fühlte das warme Holz des Schaftes in ihrer Hand, hob die Waffe und grüßte den Gefolgsmann ihres Vaters damit. Dann stieß sie einen Schrei aus und stürzte sich wieder ins Getümmel.

An diesem Abend flammten die Feuer Sabas hoch auf, um den Sieg zu feiern. Spieße drehten sich, mit Ochsen, Ziegen und Dromedaren, deren Fett in die Flammen tropfte. Die Trommeln verstummten bis weit nach Mitternacht nicht, und die Männer, immer noch nicht müde, ihre Waffen zu schwingen, wetteiferten in endlosen Tänzen voll waghalsiger Sprünge und Wendungen. Südwind schaute ihnen vom Eingang ihres Zeltes aus reglos zu.

Marub stand hinter ihr; er spürte ihr Zögern, sah, wie ihre Finger mit dem Zeltstoff spielten. »Ihr müßt nicht sofort hinübergehen«, sagte er, ganz gegen seine Natur, die schweigsam war. Aber das Mädchen tat ihm leid. »Sie verstehen, daß Ihr trauert.« Er räusperte sich, um die Brüchigkeit seiner eigenen Stimme zu überdecken, denn auch er konnte nicht ohne Gefühle an seinen toten Herrn denken.

Südwind schüttelte langsam den Kopf. »Sie erwarten, daß ihr Mukarrib ihren Sieg segnet«, erwiderte sie und schlug die Zeltbahn ganz beiseite. Der fröhliche Lärm von den Feuern drüben wurde lauter.

»Sollen sie Euch für einen Mann halten?« Der Vorwurf rutschte Marub fast gegen seinen Willen heraus. Er hatte seinen verstorbenen Herrn nie kritisiert, er war ihm in allem gefolgt, auch in der unsinnigen Liebe zu seinem Kind, das ein halsstarriges Wesen war, unheimlich fast in seiner Willenskraft, seinem Mut, ja, und in der Kälte, mit der es seinen Weg ging. Die Männer der al-Hadhad hatten geschrien, geweint und sich mit ihren Reitpeitschen gegeißelt, als sie vom Tod ihres Anführers erfuhren. Er selbst kämpfte noch immer mit seiner Trauer. Und seine Tochter? Die führte in vollkommener Selbstbeherrschung die Verhandlungen mit Ausuns Berater Karib.

Marub mußte zugeben, er war stolz auf sie gewesen, als sie zurück in die Schlacht ritt, stolz darauf, daß sie kämpfte wie nur irgendein Krieger, der den Tod seines Vaters rächen wollte. Er würde den Anblick nie vergessen, wie sie, den Dolch in beiden, hoch erhobenen Händen, auf

Ausun zugaloppiert war und ihm die Klinge durch und durch gejagt hatte. Wie sie mit ihm gemeinsam zu Boden gegangen und ihr Haar dabei um ihr Gesicht geflogen war, das einen seltsam friedlichen Ausdruck getragen hatte. Ihm war für einen Moment gewesen, als hielte die Schlacht den Atem an. Und dann war sie zu Ende.

Die Männer waren über das blutige Feld gelaufen und hatten ihre Verwandten gesucht. Und Südwind empfing den Feind, um ihm ihre Bedingungen zu diktieren. Sie hatte dagesessen wie eine Statue, als sie diesem Karib erklärt hatte, was Saba künftig von Hadramaut und seinem jungen König, Ausuns Sohn, erwartete: Gefolgschaft und – Weihrauch. Sie hatte nicht ein einziges Mal geweint. Sie war noch keine Minute alleine gewesen. Und jetzt wollte sie dort hinübergehen und mit den Männern den Becher leeren.

Südwind wandte sich zu ihm um. Sie versuchte, streng auszusehen, doch ihre Gesichtszüge drohten zu etwas zu entgleisen, das sie nicht mehr beherrschen könnte. Mühsam bekämpfte sie den Wunsch, ihren Kopf in beide Hände zu nehmen, um ihn gegen einen Zeltpfosten zu schlagen. Vater, dachte sie, oh Vater, Vater. Warum hast du mich wieder alleine gelassen? Dann hatte sie sich wieder im Griff. »Sollen sie mich denn für einen Schwächling halten?« Die Frage kam schärfer heraus, als sie beabsichtigt hatte.

Marub knirschte mit den Zähnen, als er den Blick sah, den sie ihm dabei zuwarf.

Unwillkürlich entfuhr es ihm: »Sie sollen Euch nur nicht für ein Monster halten.«

Zu seiner Überraschung lachte Südwind auf, als sie es hörte. Es klang grell und viel zu laut für das einsame Zelt. Abrupt wandte sie sich zu ihm um. »Aber ich bin ein Monster, Marub«, sagte sie. Mit einer raschen Bewegung streifte sie ihre Sandale ab und präsentierte ihm ihren Fuß. »Ich war es schon immer.«

Marub sackte in die Knie und starrte auf das verwachsene, verkrüppelte Glied. Fast glaubte er, im Dunkel des Zeltes einem Zauber aufzusitzen, einer Sinnestäuschung. Über ihm schwebte doch immer noch ihr schönes, beinahe unwirkliches Gesicht. Er hatte Geschichten gehört an den Karawanenfeuern, von Weibern, verführerisch schön, aber mit Fischschwänzen oder Vogelkrallen versehen und böse wie manche Dschinne. Aber er hatte noch nie etwas Derartiges mit eigenen Augen gesehen. Dann endlich riß er seinen Blick davon los und schaute zu ihr auf.

Südwind war blaß, ihre Augen wie im Fieber geweitet. Marub las lange darin. Ihr stummer Dialog schien endlos zu dauern.

»Mein Arm und mein Herz?« fragte Südwind schließlich. Ihre Stimme hatte etwas vom fordernden Trotz eines Kindes.

Statt einer Antwort hob Marub die Faust. Müde, schwer, aber mit Entschlossenheit hieb er sich damit einmal kurz gegen die Schulter und dann vor den Brustkorb. Dann nahm er die Sandale in seine großen Hände und streifte sie ihr demütig über.

Weine!

Das Reich von Saba feierte die Rückkehr seiner Kämpfer. Schon weit vor der Hauptstadt Marib kamen ihnen die ersten Bewohner entgegen. Familien hielten Ausschau nach ihren Männern, Stammesabordnungen begrüßten ihre Führer, Jugendliche auf Dromedaren preschten um sie herum und suchten die Soldaten zu Wettrennen aufzufordern. Bald löste sich der Heereszug auf in eine bunte Prozession lachender, singender und lauthals erzählender Menschen.

Einige der Reiter gaben eine Demonstration der geleisteten Heldentaten, preschten vor, lieferten sich ein Scheingefecht und wendeten, um mit hoher Geschwindigkeit auf ihre Zuschauer zuzuhalten, die ihnen, ohne mit der Wimper zu zucken, entgegensahen. Als die Reiter im letzten Moment bremsten und die Wartenden in eine Staubwolke hüllten, kreischte und schrie alles vor Begeisterung.

Südwind, auf den Schultern das Löwenfell des Mukarrib, ritt ungerührt voran. Sie nahm den Jubel entgegen und konnte nicht verhindern, daß etwas davon auch ihr Herz berührte. Gewonnen, dachte sie. Und es war mehr als der Sieg in irgendeinem Spiel. Es war der Erwerb ihrer Freiheit, den sie feiern konnte. Kein Ausun würde sie mehr verheiraten und versklaven. Sie hatte sich ihr Lebensrecht erneut erkämpft. Etwas wie Freude darüber regte sich in ihrer Brust. Doch hinter ihr trugen die

Männer der al-Hadhad Yita, in seinen Mantel gewickelt und von Weihrauchschwaden umwölkt. Mit dem ersten Tribut, den Hadramaut ihr gezahlt hatte, beging sie den Tod ihres Vaters.

Ruhe kam in die Menge, als sie sich dem Tempel von Awwam mit seiner ovalen Ringmauer näherten. Im Süden der Anlage erhoben sich die Grabtürme Maribs, zehn Meter hohe Quader aus Stein. Treppen führten auf ein Außenpodest mit einem Umgang viereckiger Säulen, auf denen eine steinerne Dachkonstruktion ruhte. Alle Friese zeigten dasselbe friedliche Band aus Quadraten. Kein Ornament, kein Schmuck als nur das symmetrische Spiel von Licht und Schatten im Wechsel der monumentalen rechteckigen Formen. Nur am Fuß der Bauten, dort, wo Menschenmaß herrschte, wich man von der Leere ab: Altäre waren dort in die Wand eingelassen; Alabastergesichter blickten mit großen, geschminkten Augen aus dem Stein und gaben dem Erinnern ein Antlitz. Drinnen, auf hölzernen Stockwerkböden lag, was Südwind sich noch nie vorgestellt hatte und wohin sie sich Yita nun denken mußte: die Gemeinschaft der Toten, einbalsamiert, in Reih und Glied.

Musik riß Südwind aus ihren Gedanken. Sie hob den Kopf und sah, daß ein feierlicher Zug sich aus der Tempelanlage aufgemacht hatte, ihnen zu begegnen. Auch die Priester Awwams trugen Weiß, ihre Schädel waren rasiert, und ihr Anführer, ein alter Mann, dessen ehemalige Leibesfülle faltig um seinen Leib schlackerte, hielt ein Leopardenfell mit gichtigen Fingern unter seinem Kinn zusammen. Seine gelben, gebogenen Fingernägel waren länger als die Krallen an den Pfoten des Tieres.

Ehrerbietig verneigte Südwind sich. Sie hieß die Träger mit dem Leichnam Yitas vortreten und ihn den Priestern übergeben, zusammen mit einem Gefäß voller Weihrauch, einem Geschenk an die Tempelgemeinschaft. Der Alte fragte mit rauher Stimme nach Beigaben und hustete. Südwind erschrak; sie hatte keine Zeit gehabt, ihre Vorbereitungen zu treffen, und versprach, bald einen Diener mit allem Nötigen zu schicken. Als sie den Mund des Priesters unter der vorspringenden Nase sich verziehen sah, zog sie sich hastig alle Ringe von den Fingern und streifte sich die Kette ab. Der Gedanke war ihr unerträglich, Yita so gehen zu lassen. Er sollte in den Augen der Priester nicht dastehen als einer, den seine Familie nicht genügend ehrte.

Die Gegengewichte der Goldplatte, die sie um den Hals getragen hatte, verhedderten sich in ihrem Haar, doch sie bekam sie frei und ließ alles in die Krallenfinger des Priesters gleiten. Dann nahm sie den Griffel, den man ihr reichte, und ritzte Yitas Namen in die Tonscherbe, die ein Assistent ihr hinhielt. Sie begriff, dies würde ihres Vaters Halsschmuck für die Ewigkeit werden, schlicht, weil der Tod alles gleich machte, zerbrechlich und vergänglich wie der Mensch.

Als sie damit fertig war, entdeckte sie einen weiteren Neuankömmling. Es war Bayyin, kritisch beäugt von denen aus Awwam. Aber da sie selbst ihn huldvoll begrüßte, hinderte niemand ihn, sich der Prozession derjenigen anzuschließen, die in das Innere der Rundmauer traten. Südwind war dankbar, daß er die weiteren Verhandlungen über die Herrichtung von Yitas Leichnam und die Beisetzung übernahm. So konnte sie selbst eine Weile im stillen Inneren des Tempels verbringen, nur begleitet von dem alten Priester, der reglos am Eingang des Allerheiligsten stand und eintönig betete. Von Zeit zu Zeit regte er sich, streckte die nackten, altersdürr gewordenen Arme mit den trockenen Falten aus und warf ein paar weitere Körnchen Weihrauch in die Glutschale.

An dem plötzlich aufglimmenden Unwillen in seinem bis dahin schläfrigen Blick bemerkte Südwind, daß sie nicht mehr alleine waren. Bayyin stellte sich an ihre Seite und murmelte ein Gebet. Südwind wappnete sich innerlich gegen das, was er als nächstes sagen würde. Sie wollte kein Mitleid und würde sich jedes Mitgefühl ebenso verbitten wie billigen geistlichen Trost wie: »Die Götter haben deinen Vater gerufen« oder: »Jedes Menschen Leben neigt sich einmal dem Ende«. Dabei hoffte ein Teil von ihr, daß Bayyin die richtigen Worte finden würde, die, von denen sie selbst nicht wußte, wie sie lauten mußten. Kerzengerade stellte sie sich hin und reckte das Kinn, doch auf das, was dann kam, war sie nicht gefaßt.

Bayyin, der bemerkt hatte, wie sie die Federn sträubte, lächelte. Lange schwieg er nur. Dann sagte er: »Er ist für dich gestorben.«

Südwind schnappte hörbar nach Luft. Ja, es war wahr. Er war für sie gestorben. In Bayyins Worten mochte über die trockene Feststellung hinaus kein Vorwurf gelegen haben. Aber sie selbst litt unter dem Wissen darüber so sehr, daß sie sich beinahe krümmte. Er hatte sich geopfert für sie, die zu schwach gewesen war, es alleine zu schaffen. Wäre sie nicht gestürzt, hätte sie nicht so lange gezögert, wäre sie aufmerksamer gewesen, schneller, entschlossener ... Die Selbstvorwürfe fielen mit der Wucht eines Reiterangriffes über sie her.

Es dauerte eine Weile, bis sie wieder zu sich kam. In ihrem Nacken spürte sie die Wärme von Bayyins Hand.

»Du darfst jetzt weinen«, sagte er. »Alles ist gut.«

Sie fragte nicht, woher er wußte, daß sie noch nicht um ihren Vater getrauert hatte. Die Tränen lauerten ja bereits in ihr und drängten sich in ihre Augen. Südwind mußte schlucken. Sie wollte nicken. Aber die Hand lag noch immer in ihrem Nacken, daher atmete sie zitternd aus und ein, bis sie sicher war, daß ihre Wangen trocken blieben.

Marib tanzte bereits auf den Straßen. Das schrille Spiel der Flöten stieg aus den Gassen auf, Trommler zogen umher, Rattenschwänze von Feiernden im Gefolge. Die Menschen drängten sich dicht an dicht, selbst die Treppen zum Palast hinauf, dessen Wächter, statt an ihrem Platz zu stehen, sich mit anderen an den Schultern gefaßt hatten, um sich in einem komplizierten Rundtanz zu erproben.

Südwind entdeckte ihre Mutter, die oben am Eingangstor wartete, lange ehe sie durch die Massen zu ihr gelangen konnte. Dhahab war geschmückt wie zu einer Hochzeit. Südwind hatte Zeit, jede Einzelheit am Kostüm ihrer Mutter, jedes Schmuckstück und jeden Schleier zu betrachten, bis es Marub endlich gelungen war, ihr eine Gasse zu bahnen. Er ließ die Trompeten ihren kriegerischen Schrei ausstoßen, so daß die Nahestehenden sich die Ohren zuhielten und geduckt den Weg freigaben. Er zog die tanzenden Wachen am Ohr, bis sie erschrocken nach ihren Lanzen griffen und in eiliger Verwirrung ihre Posten einnahmen im selben Moment, da Südwind bei ihnen anlangte. Sie hörte ihre gemurmelten Entschuldigungen, doch sie gönnte ihnen keinen Blick. Kein Auge wandte sie von Dhahab, und diese keines von ihr.

Sie weiß es, dachte Südwind, und mit jeder Stufe, die sie nahm, lastete die Schuld schwerer auf ihr. Sie weiß bereits alles. Was soll ich ihr noch sagen? Schließlich standen die beiden Frauen dicht voreinander.

»Mutter«, begann Südwind und verstummte. Das Wort schmeckte bitter. Lag es am Gedränge oder ließ diese Anrede ihre Mutter zurückweichen? Rechts und links an ihnen vorbei strömte das Gefolge ins Innere des Palastes. Südwind sah Marub über Dhahabs Schulter, der fragend die Stirn runzelte, warum sie verweilte. Sie machte ihm ein Zeichen, sie alleine zu lassen.

»Es tut mir ...«, begann Südwind schwerfällig. Ihre Augen wanderten ab, als sie den Satz begann. Ihr war bewußt, daß sie wie eine Lügnerin aussah. Oh, es tat ihr leid, mehr als sie auszudrücken vermochte. Aber nicht gegenüber dieser. Sie holte Luft, um fortzufahren.

Aber ein Schrei ihrer Mutter unterbrach sie. »Diebin!« kreischte Dhahab.

Verblüfft hielt Südwind inne. Sie öffnete den Mund noch einmal. »Warum?« wollte sie fragen, aber ihre Mutter ließ sie nicht zu Wort kommen.

»Bist du also endlich am Ziel?« geiferte Dhahab. Ihr schönes Gesicht war verzerrt. »Hast du es endlich geschafft, ihn mir ganz und gar wegzunehmen?«

Hilflos hob Südwind die Hände. Ihre Mutter schlug sie mit einer heftigen Bewegung beiseite. »Ach, tu nicht so scheinheilig. Oh, ich habe es sofort gespürt. Schon damals, an diesem Unglückstag, als du auf die Welt kamst. Was warst du für ein häßlicher, mißgestalteter Wurm. Und trotzdem hat er dich angesehen, als er dich im Arm hielt, wie er mich noch nie angesehen hatte. Er liebte dich! Diesen Wechselbalg!« Höhnischer Unglaube ließ ihre Stimme schrill werden. Dann fügte sie gehässig hinzu: »Du hattest es nicht verdient.«

»Mutter«, flüsterte Südwind ungläubig.

Dhahab wischte diesen Einwand beiseite. »Bis in die Wüste habe ich dich geschleppt, damit er dich vergißt. Aber du mußtest ja zurückkommen, mußtest ihn umgarnen und in deine Pläne einspannen, bis er sich für nichts anderes mehr interessierte. Und jetzt hat er mich endgültig verlassen. Für dich!« Sie stürzte sich auf Südwind und hätte sie geschlagen, wenn Marub nicht dazwischengegangen wäre. »Du«, keuchte Dhahab, die sich vergeblich gegen Marub wehrte. Schließlich spuckte sie heftig in Richtung ihrer Tochter.

Die ringende Gruppe erstarrte. Langsam hob Südwind die Hand, wischte sich über das Gesicht und starrte dann auf ihre Finger. Blut schoß in ihre Wangen.

»Laß«, sagte sie, als Marub die andere fester packte. »Laß.« Sie schüttelte den Kopf.

Triumph glomm auf in Dhahabs Augen, als sie ihre Tochter mit hängenden Schultern dastehen sah. Doch dann siegte erneut der Haß. Marub fühlte das Zucken, das durch ihren Körper ging, und machte sich bereit, einen neuen Angriff abzuwehren. Aber Dhahab ging rückwärts. »Bemüh dich nicht, Krüppel«, höhnte sie Marub ins Gesicht. Damit nahm sie ihren Schleier, der auf ihre Schultern herabgeglitten war, zog ihn über ihr wirres Haar, glättete ihre Miene und zog sich langsam, Schritt für Schritt zurück. »Ich tu ihr nichts mehr. Sie weiß jetzt« – mit diesen Worten griff sie nach der Tür –, »was sie ist.« Es folgte ein heftiges Türenknallen und das Leiserwerden von Dhahabs Schritten drinnen auf dem Flur.

Fragend wandte Marub sich zu Südwind um. Die zog ein schiefes Lächeln und wischte sich die Hand an ihrem Kleid ab. »Ein Nichts«, sagte sie in spöttischem Ton. »Ein Gott?« Marub antwortete nicht.

Hinter der Tür zu Dhahabs Gemächern war es still geworden. Sie sollte sich von selbst nicht wieder öffnen.

Dschinnas auf dem Markt

»Nein, nein danke, nein.« Südwind schüttelte lächelnd den Kopf und lehnte das Schmuckstück, das der Händler ihr aufdrängte, mit beiden Händen ab. »Almaqh schenke dir allzeit Glück und Wohlergehen.« Sie ließ den Stand hinter sich und schlenderte weiter durch die Gasse der Gold- und Silberschmiede. In zitternden Tupfen drang Sonnenlicht durch die Palmwedel, die den schmalen Weg deckten und beinahe ganz in geheimnisvolles Dämmer tauchten. An einer Kreuzung erfrischte sie sich an einem Brunnen. Ein Löwenmaul spie in dünnem Strahl Wasser in das Becken. Kichernde junge Frauen mit Tonkrügen auf den Schultern schauten ihr aus sicherem Abstand dabei zu, wiesen mit den Fingern auf sie und wisperten miteinander. Es war nicht böse gemeint. Als Südwind ihnen zuwinkte, erwiderten sie den Gruß mit pendelnden Ohrringen, rot bis zum Hals.

Die Händler, würdevoller, grüßten von ihren Holzhockern aus, mit denen sie neben ihrer Ware saßen, und führten ehrfürchtig die Hand an die tätowierte Stirn. Marub bedachte sie alle mit strengen Blicken, aber Südwind schritt lächelnd durch das Spalier. Sie genoß es, in den Gassen der Handwerker zu bummeln.

Die Unterwerfung Hadramauts hatte Geld nach Saba fließen lassen. Das machte die Menschen zufrieden und Südwind zufrieden mit sich selbst. Hatte sie nicht all dies bewirkt? Hier in Marib sah man den neuen Reichtum an allen Ecken. Aus den Werkstätten der Handwerker war ständig Lärm zu hören, weil eine wachsende Zahl von Menschen ihre Dienste beanspruchte. Die Händler waren gut gekleidet und saßen vor großen Auslagen; nie zuvor hatte es solche Mengen von Schmuck und Luxusgütern gegeben, nie so kostbare Stoffe und so teuren Hausrat, der die nach außen weiterhin unscheinbaren Häuser Maribs anzufüllen begann. Gegenstände aus fernen Ländern begannen ihren Weg nach Marib zu finden. Südwind entdeckte ein Spielbrett aus Ägypten, dessen Felder aus Elfenbein eingelegt waren, ein Armband mit Smaragden aus Indien, Glasflakons mit Parfüms aus Nordarabien und eine fremdartige Töpferware, die menschliche Figuren zeigte und weit aus dem Norden stammte, wie der Verkäufer verkündete, von einem Volk, das sonnengelbe Haare besaß. Südwind lachte, als sie es hörte, und fuhr mit den Fingern über das Bild eines Mannes, der unter Reben ruhte. »Ich weiß eine gute Geschichte zu schätzen«, meinte sie kopfschüttelnd und kaufte den Krug, weil er sie an ihren Vater erinnerte.

In der Nähe des Viehmarktes wurde das Gedränge in den Straßen größer. Flügel sirrten in engen Käfigen, Fliegen summten, und der stechende Geruch nach Schafen nahm ihnen kurzzeitig beinahe den Atem. Es meckerte und krächzte, röhrte, pfiff und schrie, überlagert vom Lärm der Menschen, die lauthals feilschten, anpriesen und Geschäfte machten.

Stumm wies Südwind mit dem Arm nach links, um Marub zu bedeuten, daß sie in die Gasse der Steinmetze abbiegen wollten. Der nickte und pflügte sich hinter ihr durch die Menge. Gerade, als sie es geschafft hatten und das Gedränge sich lichtete, prallte etwas so heftig gegen Südwind, daß sie taumelte. Es war ein junges Mädchen.

Sofort war Marub bei ihr, um die Kleine zu packen und durchzuschütteln, doch Südwind hielt ihn zurück. Das schmale Gesicht, das sich aus den Falten ihres Kleides zu ihr hob, rührte sie.

»Helft mir«, flüsterte das Mädchen noch. Da kam schon ein alter Mann winkend und wedelnd auf sie zu. Vor lauter Eifer, sich noch während er lief zu verbeugen, stolperte er beinahe, so daß Marub ihn schließlich unterhakte. Mehr am Arm des Riesen baumelnd als auf eigenen Füßen stehend, bekundete er Südwind sein großes Bedauern über den Zwischenfall.

»Ich bin untröstlich, Herrin, untröstlich. Es ist unentschuldbar, ich bin …« Er rang nach Luft und zog ein Taschentuch heraus, mit dem er sich den Schweiß von der Stirn wischte. Unter dem Tuch warf er Marub einen argwöhnischen Blick zu. Der grinste ihn mit seinem zerstörten Gesicht an, und der Alte wurde blaß. Er murmelte Unverständliches. Dabei griff er nach dem Mädchen, das sich aber nicht von Südwinds Knien lösen wollte.

»Wer seid Ihr?« fragte Südwind und warf einen Blick über seine Schulter, wo sich eine Kreuzung zu einem großen Platz öffnete, auf dem ein Holzpodest errichtet war, zu dem zwei Stufen hinaufführten, der Treffpunkt der Sklavenhändler. Viele kriegsgefangene Hadramauter bevölkerten das Podest dieser Tage. Doch immer wieder waren auch schwarzhäutige Menschen dabei, die aus Äthiopien herübergebracht worden waren, wie Bayyin. Großäugige Inderinnen fanden sich, die mit den Gewürzen und Edelsteinen ihres Landes an die Küste bei Adana verschifft worden waren. Doch zumeist waren es Beduinen, verkauft von den eigenen Familien, die Geld brauchten, oder von verfeindeten Sippen, denen sie bei Stammeskämpfen in die Hände gefallen waren.

Südwind prüfte das Gesicht des Mädchens zu ihren Füßen. Sie sah nicht anders aus als die Mädchen ihres Stammes, doch war ihre Haut ein wenig dunkler, und das Tuch, das sie um ihre Schultern und den Kopf geschlungen hatte, trug ein Muster, das sie nicht kannte. Sie lauschte den Erläuterungen des Mannes. »Du verkaufst dein eigen Fleisch und Blut?« erkundigte sie sich stirnrunzelnd.

Der Angesprochene zuckte mit den Schultern und tupfte erneut seinen Schweiß ab. »Was soll man tun?« fragte er zurück. »Viele Mäuler, viele Mäuler. Wo wir herkommen, kann keiner einen guten Brautpreis zahlen.« Er wackelte bedauernd mit dem Kopf. »Da dachte ich, ich sehe, ob ich sie in Marib in gute Hände geben kann.«

Südwind betrachtete mit zusammengekniffenen Augen den Markt. Keiner der Händler schaute zu ihnen herüber. Offenbar hatte der Alte das Mädchen noch keinem angeboten. Sie überlegte. »Woher seid Ihr?« fragte sie.

Der Alte zögerte. »Aus Hadramaut«, sagte die Kleine an seiner Statt. »Und er ist nicht mein Großvater.«

Der Alte protestierte wortreich, aber Südwind achtete nicht auf ihn. Sie zog das Mädchen zu sich hoch. Sie war nicht so klein, wie sie zunächst gedacht hatte. Sehr schmal und zierlich gebaut, dabei dunkel wie ein trockener Baum in der Wüste, war sie doch fast so groß wie Südwind selbst und wohl auch nicht viel jünger. Südwind zog ihr das Tuch vom Kopf, betrachtete nachdenklich die üppigen krausen Haare und fragte, wer dann ihre Eltern wären.

Stolz richtete sich das Mädchen auf. »Die Geister des Weihrauchbaums«, sagte sie. »Ich bin eine Dschinna.«

Der Satz traf Südwind ins Herz. Mit einem Mal sah sie sich selbst wieder im Wüstensand sitzen, spielend und singsangend. Bis ihr Großvater sie verraten hatte.

»Eine Dschinna, soso.« Sie sagte es tadelnd, doch mit einem Lächeln in der Stimme. »Auf Dschinne verstehe ich mich, weißt du«, fuhr sie fort und gab dem Mädchen sein Tuch zurück, »ich bin nämlich selber eine.«

Der Alte riß die Augen auf. Es dauerte eine Weile, bis Marub aus ihm herausgeschüttelt hatte, daß die junge Frau zu dem geheimnisvollen Volk gehörte, dem in Hadramaut die Pflege der Weihrauchbäume anvertraut war. Daß dieser Menschenschlag widerspenstig wäre und zu nichts anderem gut, wenn man sie erst einmal aus ihrer Erde gerissen, und daß er froh wäre, aus diesem nutzlosen Stück Beutegut, das sein Sohn nach Hause geschleppt hätte, wenigstens einen kleinen Gewinn zu ziehen.

Südwind winkte nach kurzer Zeit ab und wies Marub an, ihre Börse zu zücken. Der Krieger ließ den immer noch schwatzenden Alten los und runzelte die Stirn. »Eine Hadramauterin«, wagte er einzuwenden.

Der Alte schielte nach den Münzen, die er schon in Marubs Fingern glitzern sah. Südwind selbst nahm sie und zählte eine Summe ab, die sie dem Mann in die Hand drückte, der unter zahllosen Verbeugungen verschwand. »Eine Dschinna«, beantwortete Südwind alle unausgesprochenen Fragen.

Marub seufzte. Aber Südwind war guter Dinge. »Als Kind hat man mir erzählt, die Hadramauter ließen ihre Haine von bluttrinkenden Geistern bewachen. Jetzt lerne ich selbst so einen Geist kennen. Hier entlang«, fügte sie hinzu und winkte dem Mädchen, ihnen zu folgen.

Marub schnaubte. »Ein Märchen. Gut zur Abschreckung Neugieriger. Meine Männer haben berichtet, es gäbe dort nur einen jämmerlichen

Bauernstamm, halbe Sklaven, die dem König jedes Jahr eine ihrer Jungfrauen zuführen müssen.« Er wandte sich um. »Bist du jemals Ausun zugeführt worden?« fragte er grob.

»Marub!« rief Südwind tadelnd.

Das Mädchen schien nicht erschrocken. »Nein«, sagte sie und legte den Kopf schräg. In ihrer Stimme lag ein spröder Stolz. Ungerührt musterte sie den Krieger, der sie um mehr als zwei Köpfe überragte. Schließlich streckte sie die Hand aus und berührte mit ihren dünnen, überlangen Fingern sacht Marubs totes Auge.

Erschrocken zuckte er zurück. Ihm war, als sähe er sie erst jetzt deutlich: das magere Gesicht, die Doppelreihe der tätowierten Punkte auf ihren Jochbögen, die ihre Augen groß erscheinen ließen, die wie ein Krug gewölbte hohe Stirn und die Augen selbst, die länglich waren und schillernd und in manchen Momenten beinahe blau wirkten.

Südwind lachte.

Marub brummte etwas und rieb sich das Gesicht. »Wozu soll sie gut sein?« fragte er, um nicht klein beizugeben. Er ging wieder neben Südwind her, konnte aber nicht anders, als dem Mädchen immer wieder einen verstohlenen Blick zuzuwerfen.

»Ich werde sie zu meiner Dienerin machen«, erklärte Südwind bestimmt. »Du weißt, daß die Mädchen, die mich umgeben, alle meiner Mutter gehörten. Und ich vermute, sie sind ihr immer noch treu ergeben. Wenn sie mich anschauen, denke ich immer, Dhahab starrt mich durch ihre Augen an.« Sie schüttelte sich.

Marub nickte. Südwinds Mutter hatte sich zwar in ihre Gemächer zurückgezogen und war zu keiner Gelegenheit mehr erschienen, aber das hieß nicht, daß sie untätig war oder ohne Einfluß. Auch er dachte mit unguten Gefühlen an die Szene, die sich am Tag ihrer Rückkehr aus Hadramaut abgespielt hatte, und den Haß, der dabei zu spüren gewesen war. Daraus konnte nichts Gutes entstehen. Dhahab mochte die Tote spielen, er mißtraute ihr dennoch.

»Außerdem«, fuhr Südwind fort, »scheint sie nicht schreckhaft zu sein.«

Marub verstand, daß dies eine Anspielung auf ihr eigenes Gebrechen war, doch er konnte nicht verhindern, daß er rot wurde. Unwillkürlich fuhr er mit der Hand an sein Gesicht. Er konnte noch genau spüren, wo die Finger des Mädchens ihn berührt hatten.

»Ich werde sie Weihrauch nennen«, beschloß Südwind. »Das ist ein passender Name für die Dienerin eines Mukarrib, findest du nicht?«

Muchzen hatte den Arm um Schams gelegt, um sie vor dem Gedränge zu schützen. Mit der freien Hand spielte er an dem Silberanhänger, den er ihr gekauft hatte und der zwischen ihre Brüste herabhing, die groß und schwer geworden waren. Es war mit kleinen Stücken Koralle besetzt, ein kostbares Schmuckstück. Genau richtig für die schöne Frau eines erfolgreichen Mannes, fand Muchzen. Lobheischend hob er den Kopf und warf einen Blick in die Runde.

»Heh«, rief er plötzlich, »da ist Marub. Ich hab dir schon so viel von ihm erzählt, jetzt kannst du ihn einmal selbst kennenlernen.« Er hob den Arm, um zu winken. »Ich wollte ohnehin mit ihm sprechen.«

»Wo?« fragte Schams. Ihre Stimme klang bemüht, doch ihr Gesicht sah müde aus, und obwohl sie sich bemühte, seinem Herumfuchteln zu folgen, kam kaum Leben in ihre Züge.

»Da hinten, der Große, er ist wahrhaftig nicht zu übersehen.« Muchzen zog Schams hinter sich her, um das Gewühl der Straße zu überqueren. »Der mit den Locken, der neben der Frau da geht, die ...« Muchzen verstummte, sein winkender Arm sank herab.

Auch Schams sah nun den Hünen in Begleitung zweier Frauen. Die erste, die nun von ihm durch den Eingang einer Achatschleiferei geschoben wurde, war wohl eine Dienerin. Die zweite war Südwind. Sie hat sich kein bißchen verändert, dachte Schams. Ihre langen schwarzen Zöpfe glänzten wie eingeölt und hingen wie damals um ihr Gesicht, immer ein bißchen wirr, was ihrer Schönheit keinen Abbruch tat. Sie war noch immer schlank und hielt sich stolz aufgerichtet, nicht wie sie selbst, die aufgedunsen und plump daherwatschelte. Schams wußte, daß dies nur die Folge ihrer Schwangerschaft war, ein Teil der glücklichen Umstände, in denen sie sich befand. Doch sie konnte die Veränderung nur als Verunstaltung begreifen, als Strafe für das Vergehen, dessen sie sich schuldig gemacht hatte.

»Was meinst du ...« Muchzens Stimme war das Zögern anzuhören. Er überschlug, was er bisher alles erreicht hatte, und kam zu dem Schluß, daß er sich dessen nicht zu schämen brauchte. Er war Vorsteher großer Ställe, ein erfolgreicher Züchter, er bot Schams ein schönes Heim, und bald würde ein Kind ihr Glück krönen. Sein Abschiedsruf an Südwind klang ihm wieder in den Ohren: »Ich hasse dich«, und Schams' liebevolle Antwort: »Nein, das tust du nicht.« Nervös fuhr er sich mit der Zunge über das nackte Zahnfleisch. Zum ersten Mal erschien es ihm, als könnte Schams recht haben. Er brauchte nicht zu hassen. Erwartungsvoll rieb er sich die Hände, doch noch zögerte er. »Sollen wir rübergehen?«

Kaum ausgesprochen, kam der Entschluß ihm kühn vor. Aber er würde ihn ausführen, sobald Schams zustimmte. Mit klopfendem Herzen stand er da. Was konnte sie schon anderes sagen als »Ja«? Hatte nicht sie ihn immer wieder gebeten, Südwind aufzusuchen? Die beiden waren gute Freundinnen. Gerade jetzt hätten sie einander doch sicher viel zu erzählen? Als Schams nichts sagte, schaute er sie fragend an.

Seine Frau hatte die Augen geschlossen. Sie hörte Dhibans Stimme an ihrem Ohr flüstern: »Eine Frau wie du.« Den Garten hatte er ihr tatsächlich überlassen. Schams pflanzte Rettich und Lupinen dort an und hatte Muchzen erzählt, sie hätte ihn von dem ersten Paar Ohrringe erworben, die er ihr geschenkt hatte. Die Schmuckstücke hatte sie am Fuße einer Palme vergraben und nie wieder getragen.

Der überflüssige Garten; er stand in voller Blüte. Ebenso wie Schams' schlechtes Gewissen. Nun sah sie Südwind vor sich, die sie an den Händen faßte und mit ihren fordernden schwarzen Augen betrachtete. »Wie geht es dir?« würde sie fragen und in ihrem Gesicht nach der Wahrheit forschen. Niemand konnte Südwind belügen.

»Mir ist ein wenig schwindelig«, sagte sie leise und lehnte sich an Muchzen. »Bring mich bitte nach Hause.«

Der wandte sich noch einmal nach der Werkstatt um, in deren Tor die Gruppe um Südwind nun verschwunden war. »Aber sicher«, sagte er langsam. Noch zögerte er. Aber vielleicht war es auch besser, wenn er Marub unter vier Augen von seiner beunruhigenden Entdeckung erzählte. Er kramte in seinem Beutel und holte ein Bröckchen zusammengeklebter Weihrauchtränen heraus. »Hier, kau das«, sagte er und drängte es Schams auf. »Du weißt, in deinem Zustand tut das gut.« Sehr langsam und vorsichtig brachte er seine Frau nach Hause.

»Und deshalb hast du mich hierherkommen lassen?« Irritiert betrachtete Marub das Dromedar, das ruhig wiederkäuend im Hof stand und sich weder für seinen Ärger noch für Muchzens Aufregung interessierte. »Als ob wir davon in den letzten Wochen nicht genug gesehen hätten.«

Heftig nickte Muchzen mit dem Kopf. »Wir kennen diese Sorte, genau«, bestätigte er und ließ seinen Blick noch einmal über das Tier gleiten. Es war ein wenig kleiner, aber stämmiger als ihre heimische Rasse. Sein Fell hatte einen fuchsigen Ton, und seine Wimpern waren ungewöhnlich hell. »Es ist aus Hadramaut«, stellte er fest.

Marub gähnte. »Es wird eines von den vielen sein, die wir mitgebracht haben.«

Muchzen widersprach heftig. »Dann hätte es in unseren Ställen stehen müssen. Wir haben alle Reittiere für unsere Zucht beschlagnahmt, das weißt du gut. Dieses hier aber«, er klopfte dem Tier auf die Seite, daß es staubte, »dieses habe ich auf dem Markt bei einem kleinen Händler entdeckt, der sonst nur Geflügel verkauft.«

Zum ersten Mal hob Marub die Augenbrauen.

»Er hat es gefunden, sagt er.« Muchzens Ton war vielsagend.

»Unmöglich!« rief Marub, als er begriff, was das bedeutete. Er reckte sich und steckte die Daumen in den Gürtel. »Keiner meiner Männer ist unzuverlässig. Du arbeitest täglich mit ihnen, sag selber: Glaubst du, einer würde uns bestehlen und Kamele auf eigene Rechnung verkaufen?«

Als Muchzen nachdenklich schwieg, hakte er nach: »Bist du überhaupt sicher, daß das Tier wirklich aus Hadramaut stammt? Kamel ist doch verdammt noch mal Kamel.«

Statt einer Antwort wies Muchzen auf den Schwanz des Tieres. Die Hadramauter Krieger pflegten bunte Wollschnüre in die Haare zu flechten. Bei diesem hier fehlten die Bänder. Aber man sah noch deutlich, wie sich das lange Haar von der Flechtung krauste. Als Muchzen es streichelte, blieben ein paar blaue Wollflusen in seinen Fingern hängen. Er hob sie hoch und ließ sie mit dem Abendwind fliegen.

»Unmöglich«, wiederholte Marub starrsinnig. »Keiner meiner Männer würde so etwas tun.«

»Dann bleibt nur eine Möglichkeit«, gab Muchzen zurück. »Dies ist keines von unseren Tieren; der Händler hat die Wahrheit gesagt.« Als Marub fragend die Stirn runzelte, setzte er hinzu: »Und jemand ist gekommen.«

»Aus Hadramaut?« raunzte Marub.

Muchzen nickte. Besorgt schauten sie einander an.

Mühsam schleppte Weihrauch den aus Holz geschnitzten Windschutz auf die Terrasse. Als sie ihn abgestellt hatte, atmete sie erst ein paarmal durch, ehe sie ihn so aufklappte, daß er den Blick verstellte hinüber zum Balkon von Dhahabs Gemächern. Ein rascher Blick sagte ihr, daß die Holztür dort fest verschlossen war und sich hinter den Fenstergittern nichts regte. Dennoch rückte sie den Sichtschutz sorgsam zurecht. Dann breitete sie eine Decke aus, holte Kissen und verteilte sie auf der Lagerstatt.

Südwind kam heraus, ging aber weiter bis an die Brüstung der Terrasse und schaute in den Garten. Zwei Arbeiter waren gerade dabei, eine mannshohe Palme aufzurichten. Sie war aus der Oase heraufgebracht worden, mit Ochsenkarren, genau wie die dicke Schicht Schwemmerde, die Südwind in Körben vom Ufer des Stausees hatte herauftragen lassen. Sie mochte nicht Jahre warten, säen und pflegen; sie wollte ihren Garten jetzt, vor ihren Augen, erstehen sehen.

Ein Esel zog an, Seile spannten sich, ein Kommandoruf. Dann glitt der Wurzelballen in das vorbereitete Loch. Die Männer griffen zu den Schaufeln. Über ihnen entfalteten sich majestätisch die Wedel des Baumes und raschelten im Wind.

Südwind wies hinüber. »Macht er sich nicht prächtig zwischen den Säulen?«

Weihrauch zuckte mit den Schultern. Sie verstand nicht, warum man die schönen Steine der Innenhöfe des Salhin mit Schlamm beschmutzte. Wieso nur pfropfte man alles mit Grünzeug zu, wo man doch in einem sauberen, ordentlichen Haus leben könnte?

Südwind lachte, als sie sah, wie ihre Dienerin die Nase krauste. Die Arbeiter bemerkten sie, zogen die Lumpen vom Kopf, mit denen sie ihre Stirnen umwickelt hatten, verneigten sich und zogen sich zurück.

Südwind schritt die Stufen hinunter. Zwischen Rosenbüschen, die weiß blühten und betäubend dufteten, schritt sie zum Wasserteich in der Mitte ihres Gartens. Grell orangefarbene Kapuzinerkresse rankte sich am weißen Muschelkalk der Umrandung hoch, flankiert von blaßvioletten Lavendelbüschen. Passionsblumenranken milderten die viereckige Strenge der Säulen. Zu ihren Füßen hatte Südwind den Wacholder der heimischen Berghänge pflanzen lassen, aber die Sträucher sahen kränklich aus.

»Sie brauchen die Höhe«, sagte eine Männerstimme.

Südwind fuhr herum.

»Hier bei uns in der Ebene sterben sie.«

Südwind rang um ihre Fassung. Sie war barfuß hinausgegangen, da sie sich mit Weihrauch allein geglaubt hatte. Nun schob sie die Füße unter das kärgliche Gehölz des Strauches und wühlte nervös mit den Zehen in der Erde. Dieser von Almaqh verfluchte Gärtner!

»Du meinst, du kannst nichts dafür, ja?« erwiderte sie scharf, in der Erwartung, daß er den Blick senkte.

»Es ist die Wahrheit«, sagte er sanft und tat weiter seine Arbeit, als hätte sie ihn nicht gescholten. Mit einem Eimer in der Hand goß er die Passionsblumen. Wenn Südwind keine nassen Füße bekommen wollte, mußte sie sich nun zurückziehen, aber wie sollte sie das tun, ohne sich zu entblößen? Zum Glück bemerkte Weihrauch ihre hilfesuchenden Blicke und kam mit den Sandalen in der Hand die Treppe heruntergeeilt. Rasch kniete sie sich vor ihre Herrin hin und streifte ihr die Schuhe über, so daß diese zurücktreten und einen geziemenden Abstand zwischen sich, den Gärtner und seinen Eimer bringen konnte. Was für ein impertinenter Bursche das war!

Ihr Herz klopfte noch von der Aufregung, während sie ihn musterte. Er war beinahe so groß wie Marub, und wie dieser trug er sein Haar lang. Doch hatte er nichts unter seinen Locken zu verbergen. Sie rahmten ein Gesicht von stolzer Schönheit. Über seine Raubvogelnase hinweg schaute er sie mit Augen an, groß und langbewimpert wie die eines Mädchens. Seins Mund war breit und weich geschwungen, sein Lächeln strahlend.

»Was gibt es da zu lachen?« stieß Südwind trotzig aus, um den Bann zu brechen. Langgliedrig und schlank war der Gärtner, seine Schultern breit, doch seine Hüften schmal. Und er bewegte sich wie ein Tänzer. So wie jetzt, während er sich leicht verneigte.

»Lächelt nicht jeder, dem die Sonne Eurer Gegenwart scheint?« fragte er.

Südwind legte den Kopf schräg und suchte nach dem leisen Hauch von Unverschämtheit zu haschen, den sie in seiner Antwort zu spüren glaubte, doch es gelang ihr nicht. Wenn Ironie in seiner Stimme lag, dann war sie von allerfeinster Art.

Südwind schob den Unterkiefer vor, auf der Suche nach einer passenden Entgegnung. Dann kam ihr zu Bewußtsein, daß sie ihn noch immer anstarrte. Abrupt wandte sie sich ab.

»Wer ist das?« fragte Weihrauch flüsternd.

Südwind bemerkte das Interesse, mit dem ihre Dienerin den Mann musterte, und ärgerte sich. »Nur der Gärtner«, gab sie zurück, lauter als nötig.

Der Mann lächelte. »Ich bin Yada«, sagte er ruhig. Er schaute erst Weihrauch, dann Südwind an. Danach ging er zum Teich, um seinen Eimer erneut zu füllen.

Die beiden Frauen verfolgten ihn mit ihren Blicken. Wie stark seine Arme aussahen, wie hell und verletzlich die Achseln, die er bei seiner Arbeit entblößte, dieses blasse, geheime Stück Haut. Unwillkürlich hob Südwind die Fingerspitzen, als könnte sie es aus der Ferne liebkosen. Sie hörte einen Seufzer neben sich. Derb stupste sie Weihrauch an. »Schämst du dich nicht?« zischte sie und stieß das Mädchen in Richtung der Treppe. Auch sie selbst schickte sich an zu gehen, wandte sich aber wieder um. Sie konnte sich einfach nicht entschließen, den Garten zu verlassen. Verlegen räusperte sie sich. »Arbeitest du schon lange hier, Yada?« Es kam ihr wie eine verräterische Intimität vor, seinen Namen auszusprechen, beinahe wie eine körperliche Berührung; ihr ganzes Gesicht glühte, als sie es tat. Hoffentlich bemerkte er nichts davon.

»Vor zwei Tagen hat mich Euer Hofmeister eingestellt.«

»Und gefällt dir die Arbeit?« Sie schluckte. Was für eine dämliche Frage das war. Wen interessierte es schon, ob einem Diener seine Aufgaben behagten.

Yada richtete sich auf, Schweiß auf der Haut. Unwillkürlich bebten Südwinds Nüstern, als sie versuchte, seinen Duft einzufangen. Sie wußte es nicht, aber ihre Augen waren geweitet und glänzten. Südwind hielt sich für einen beherrschten Menschen, und sie war stolz darauf, daß niemand in ihrem Gesicht lesen konnte und keiner ihre Gefühle kannte. Schon als Kind hatte sie bei keiner Demütigung je eine Miene verzogen. Trauer, Angst, Einsamkeit, nichts davon sollte man ihr anmerken. Sie hatte es vorgezogen, ein Rätsel zu sein. Auf diese Weise hatte sie überlebt. Der Gedanke, für jemanden durchschaubar zu sein, hätte sie erschreckt, mehr als die Gefühle selbst.

Yada verkniff sich ein weiteres Lächeln. »Nirgendwo könnte ein Gärtner glücklicher sein«, sagte er schlicht. »Hier wachsen die schönsten Blumen der Welt.« Damit brach er eine Rose ab und überreichte sie ihr.

Rasch versteckte Südwind ihre Nase darin. Aber über die Blüte hinweg bemerkte sie, daß Yada sie aufmerksam betrachtete. Erneut errötete sie und ärgerte sich, daß er es bemerken mußte. Was stand er da herum? Erwartete er etwa eine Antwort auf sein dreistes Kompliment? Wer hatte ihm erlaubt, sie derart anzustarren? Nervös zerdrückte sie die Blume in ihren Händen.

»Es hat dir keiner erlaubt, hier etwas zu pflücken«, rief sie und warf die zerknitterten Blätter fort. Ihre Stimme klang gequetscht, was ihre Wut steigerte. Sie wollte lieber sterben, als diesen Kerl glauben zu lassen, daß sie Interesse für ihn entwickelte. Was grundfalsch war, ein Irrtum, jawohl, nein, sie machte sich nicht das Geringste aus ihm! Wohin sollte das auch führen; sie kannte doch genau den Punkt, an dem die Bewunderung, mit dem er seine Blicke über ihren Körper gleiten ließ, in Entsetzen und Ekel umschlagen würde. An diese Gewißheit klammerte sie sich in ihrer Verwirrung, obwohl sie sie schmerzte wie schon lange nichts mehr. Sein Lächeln würde verlöschen, wie sehr er ihr jetzt auch schöntat. Er würde seine Hand zurückziehen, mühsam die Abscheu verbergen. Das war, was feststand. Sollte der Heuchler es auch erst einmal leugnen. Sie glaubte ihm kein Wort. Und was tat es schon: Er war nur der Gärtner, ein unverschämter Diener, weiter nichts.

»Und was den Wacholder betrifft«, fuhr sie schrill fort, »so wirst du ihn gut pflegen. Wenn er eingeht, kostet es dich deinen Kopf.«

Der Gärtner verneigte sich ehrerbietig, jedoch ohne Furcht. »Wenn Ihr ihn Euch zu Füßen legen laßt, will ich ihn gerne entbehren.«

Südwind forschte argwöhnisch in seinem Gesicht. Machte er sich über sie lustig? Und was sollte die Anspielung auf ihre Füße? Aber Yada lächelte nicht. In seinen Augen war etwas, was sie süß erschauern ließ. Unwillkürlich machte sie einen Schritt rückwärts.

»Sie wird ihn den Löwen zum Fraß vorwerfen, du unverschämter Bengel!«

»Marub!« Südwind hatte ihren Leibwächter gar nicht näher kommen hören. Erschrocken sah sie, wie der Krieger sich mit gezücktem Krummdolch auf Yada stürzte. »Nicht!« Ihr Ruf war scharf wie eine Klinge, doch es vibrierte Angst darin.

Yada ließ seinen Angreifer ruhig herankommen. Er bewegte sich nicht. Beiläufig nur trat er, kurz bevor Marub ihn erreichte, gegen den Eimer, der am Boden lag. Er geriet Marub zwischen die Füße und brachte ihn ins Stolpern. Ein blitzschneller Griff Yadas sorgte dafür, daß das Stolpern sich verlängerte zu einem Sturz, der platschend im Wasserbecken endete. Das Ganze hatte nur einen Wimpernschlag gedauert.

Prustend und mit Seerosenblättern bedeckt, tauchte Marub wieder auf. Yada auf dem Gartenweg hielt seine Schaufel mit beiden Händen fest und erwartete ihn und seine Klinge. Aber der Leibwächter machte keine Miene, ihn noch einmal anzugreifen. Schwer atmend stieg er aus dem Becken. »Du bist gut«, stellte er fest und pflückte sich die Wasserpflanzen vom Gewand. Südwind mußte sich trotz des Schreckens die Hand vor den Mund halten, um ihr Lachen zu verbergen. Marubs Haare trieften, sein nasses Gewand klatschte ihm um die Beine und hinterließ Tropfspuren auf dem Steinpflaster. Seine Stimme war ruhig. Mit einer plötzlichen Bewegung aber drehte er sich um und hieb den Stiel von Yadas Schaufel durch. Die Spitze seines Dolches wies drohend auf die Kehle des Gärtners. Doch sie stieß nicht zu. »Eines Tages«, knurrte er, »wirst du eine ehrenvolle Waffe tragen. Dann werde ich dich töten.«

Yada schloß die Augen, als dächte er tief darüber nach, dann lächelte er, verneigte sich und ging.

»Wer war das?« verlangte Marub zu wissen.

»Der Gärtner.« Südwind seufzte wider Willen. »Ein unverschämter Bursche, nicht?«

»Soll ich ihn verhaften lassen?«

Südwind winkte ab, heftig, damit Marub nicht sah, wie ihre Hand zitterte. »Deshalb bist du wohl kaum hier heraufgekommen, oder?« fragte sie, um das Thema zu wechseln.

Marub begleitete Südwind zurück zur Terrasse und setzte ihr die Gründe für seinen Verdacht auseinander, daß sich ein Spion aus Hadramaut in den Mauern der Stadt befand.

Südwind zuckte mit den Schultern und ließ sich Honigwasser reichen. »Was kann er schon herausfinden?« fragte sie. »Wir haben Hadramaut fest in unserer Gewalt.« Sie kostete von dem Getränk.

»Er kann Wege suchen, dich zu töten«, gab Marub zu bedenken. Auch er nahm von Weihrauch eine Schale entgegen und lächelte sie zum Dank an. Das Schauspiel war so ungewöhnlich, daß Südwind kurz aufschaute. Marub lächelte nie, man merkte, daß die ungewohnte Handlung ihn anstrengte, er sah ein wenig aus, als treibe er eine schwierige Turnübung, bei der sich sein Mund vor Anstrengung verzog. Es machte ihn nicht hübscher. Armer Marub, dachte Südwind und schaute wie er Weihrauchs wiegendem Gang nach. Laut sagte sie: »Er wird keine finden. Weihrauch schläft auf meiner Schwelle; sie kann wie ich mit dem Dolch umgehen. Vor der Tür stehen Wachen. Was sollte geschehen?«

»Du könntest dein Essen vorkosten lassen.«

Südwind gestand ihrem Leibwächter mit einem Kopfnicken zu, daß sie das in Zukunft tun würde.

»Außerdem sollten wir bei der Hochzeitsfeier große Vorsicht walten lassen. Die Reise zum Heiligtum wäre eine gute Gelegenheit für einen Anschlag. Und dort nächtigst du nur in einem Zelt.«

»Ach, ich habe mein ganzes Leben in Zelten geschlafen«, entgegnete Südwind mit gespielter Gleichgültigkeit. Was sie innerlich erregte, war allerdings weniger der Gedanke an einen meuchelmörderischen Überfall als vielmehr der an die Zeremonie der himmlischen Hochzeit, die dicht bevorstand. Bald wäre der Zeitpunkt erreicht, bei dem der Tagmond am tiefsten Punkt seiner Bahn genau vor der untergehenden Sonnenscheibe stünde. Der Augenblick der scheinbaren Vereinigung beider Himmelskörper würde auch der Moment sein, an dem Athtar der Held sein Sonnenmädchen zur Frau nimmt. Die Fluten würden in das Staubecken von Marib strömen, der Regendämon wäre wieder einmal besiegt. In wenigen Wochen war es soweit.

Südwind nahm einen tiefen Schluck, um ihr Gesicht in der Schale zu verbergen. Sie hatte das alles von Anfang an gewußt, und nun war es an der Zeit, daß sie ihr Geschäft mit Bayyin besiegelte. Ihre Haut kribbelte, wenn sie an den dunkelhäutigen Priester dachte, der auf ihrer Seele spielen konnte wie auf einer Flöte.

Ich werde nicht nach seiner Melodie tanzen, dachte sie trotzig und war sich doch nicht sicher, wie weit sie gegen ihn würde bestehen können. Bayyin mochte stärker sein als sie, wenn sie ihn erst einmal an sich heranließ. Und er war ein schöner Mann. Noch floh sie seine Anziehungskraft, seine beinahe unheimliche Fähigkeit, in ihren Gedanken zu lesen. Aber mit leisem Grauen gestand sie sich ein, daß es nur ein schmaler Grat war von der Abscheu zur Hingabe. Sie mochte nach der Macht, die er über sie ausübte, ebensogut süchtig werden, nach dem Gefühl, nackt vor ihm zu stehen, ihres Panzers beraubt, und ihm ausgeliefert zu sein. Eines Tages würde sie vielleicht darum betteln, sich in ihm zu verlieren. Der Gedanke machte ihr Angst.

Dennoch, sie konnte nicht mehr zurück. Sie hatte die Leistung und den Preis dafür selbst bestimmt; die Hochzeit würde stattfinden. Ihr Ausbleiben würde auch die Grundfesten der Gemeinschaft erschüttern, über die sie herrschen wollte. Die armen Mariber hatten noch kein Jahr ohne die Zeremonie erlebt. Bliebe sie aus, würden sie daran zweifeln, daß der Regen jemals wieder fiele, daß die Pflanzen jemals wieder wüchsen und daß die Sonne am nächsten Morgen wieder scheinen würde, wie sie sollte. Gräßliches konnte geschehen, wenn die rettende Tat nicht immer wieder neu vollzogen wurde, und nichts würde ihre Überzeugung brechen, daß die Welt untergehen mußte, wenn sie jemals ausbliebe.

Südwind lauschte Marubs Erläuterungen und Plänen für die Zeremonie nur mit halbem Ohr. Ihr Blick schweifte ab in den Garten, dessen Umrisse langsam in der Dunkelheit versanken. Nur sein zarter Duft stieg noch zu ihnen auf die Terrasse empor. Südwind sog ihn ein, lauschte dem Wispern der Palme und verspürte weniger Freude an ihrem Brautstand denn je.

Die Götterhochzeit

»Deine Hilfe suchen wir, oh Segen. Denn alles, was geschieht, hast du gewirkt.

Hundert Opfer in der Jagdsaison nahmst du als Sühne an.

Die Stämme von Saba erhöhtest du, und die Brust der Männer erfülltest du mit Freude.

Den Armen gabst du Brot für ihre Mahlzeit.
Die Quelle von der Höhe des Wadis ließest du fließen.
In Krieg und Kampf gabest du Kraft.«

An dieser Stelle unterbrach der Zug der Priester seinen Singsang und gab den Jubelrufen Raum, die aus Südwinds Gefolge aufstiegen. Mit trillernden Rufen machten die Krieger Sabas ihrer immer neuen Freude Luft über den Sieg ihrer Waffen gegen Hadramaut und erfüllten die jahrhundertealten Worte auf diese Weise ganz selbstverständlich mit Leben und Sinn.

»Und wer voll Willkür herrscht, den vernichtest du.«

Ob auch die anderen bei dieser Zeile an Schamr dachten, überlegte Südwind. Es kam ihr vor, als wäre es in einem anderen Leben gewesen, daß sie mit dem Haupt des Tyrannen in der Hand die Treppe des Salhin hinabgestiegen war. Dabei lag die blutige Zeit des Mukarrib noch nicht lange zurück. Ihr Leben sah jetzt so anders aus.

Beinahe jeden Abend ging Südwind nun hinunter in die Gärten. Es war nichts dabei, hatte sie beschlossen, schließlich hatte sie sie ja zu ihrem Vergnügen anlegen lassen. Und daß der Gärtner seine Arbeit tat, konnte sie ihm nicht verwehren. Eine Königin durfte sich in ihrem Tun und ihrem Willen nicht von der Existenz eines Gärtners bestimmen lassen. Also überwand sie, wie sie dachte, ihren Widerwillen gegen seine Anwesenheit, ja, manchmal sprach sie sogar ein paar Worte mit ihm. Sie stellte ihm Fragen über die Pflanzen, und er antwortete ihr mit Geschichten.

So hatte er die kränkelnden Wacholder durch einen jungen Feigenbaum ersetzt. Südwind hatte ihm die Strafe dafür erlassen; und er erzählte ihr von der Herkunft des Baumes.

»Riecht Ihr den Duft seiner Blätter?« fragte Yada. Und seine Stimme war selbst wie ein milder Duft, wenn er sprach. »Er ist würzig und zart und doch überaus flüchtig. Im einen Moment glaubt man sich von ihm eingehüllt, dann wieder verliert man ihn und zweifelt, ob es nicht eine Illusion war.«

Südwind atmete tief ein.

»Es ist das Parfüm eines Mädchens«, fuhr Yada fort. Er arbeitete, während er erzählte, den Rücken ihr zugewandt. Und sie hatte Muße, das Spiel der Muskeln unter seiner Haut zu betrachten und sich von jedem seiner Worte in Träume wiegen zu lassen.

»Es erwartete einst seinen Liebsten. Lang hatte er um sie geworben, die sich zierte, bis sie ihm endlich dieses Stelldichein gewährte. Doch während sie im dämmrigen Garten auf ihn wartete, kamen ihr Zweifel. So stolz sie war, so ängstlich war sie auch, und sie fragte sich, ob sie recht daran getan hatte.«

»Es war ein anständiges Mädchen«, warf Südwind ein.

Yada widersprach. »Es war eher so, daß sie nicht wußte, was sie wollte. Sie hatte ihm schon schöne Augen gemacht. An diesem Abend trug sie ihren durchsichtigsten Schleier, und ihr Parfüm wetteiferte mit dem Duft des Jasmins an der Gartenmauer.«

Etwas beunruhigt zog Südwind ihren Kleiderausschnitt zurecht, der großzügig war, und verdeckte die üppige Halskette aus Silber und Korallen, die sie trug.

»Da wartete sie also und war sich nicht gewiß. Ihr Herz pochte bis zum Hals. Und als ihr Geliebter kam und sie sogleich feurig umarmen wollte, da wurde sie so verzweifelt, daß die Götter Mitleid bekamen und sie in einen Feigenbaum verwandelten. Er galt als so keuscher Baum, daß es von ihm heißt, unsere Vorfahren bedeckten einst ihre Scham mit seinen Blättern. Aber ich habe da meine Zweifel.« Yada richtet sich auf. »Man muß nur diesen Duft einatmen, um zu wissen, daß das Mädchen ihren Geliebten noch immer lockt, zögernd, schüchtern, aber sie tut es.« Er wandte sich zu ihr um und klopfte sich die Erde von den Händen. »Was meint Ihr, bedauert sie es nicht in manchen Momenten, daß ihr Leib für immer Holz und Rinde ist?«

Südwinds Herz klopfte, als sie ihn vor sich stehen sah. Einen Augenblick meinte sie, er käme auf sie zu und würde sie mit seinen schmutzigen, nach Erde duftenden Händen umfangen. Sie rappelte sich hoch. »Das ist eine dumme Geschichte«, erklärte sie würdevoll. »Amüsiert damit lieber die Bauernmädchen.«

Yada verneigte sich und ging; sie konnte seinen Gesichtsausdruck in der Dämmerung nicht richtig erkennen. Hoch aufgerichtet wartete sie, bis er fort war, dann trat sie zu dem Feigenbaum hinüber, der sie mit seinem milden Atem umfing. Sie schmiegte sich in das Laub und legte ihre heiße Hand auf das Holz. »Bist du da?« flüsterte sie und schloß die Augen für einen geträumten Kuß, der sie zerschmolz zu süßem Abendrot, das über alle Himmel floß. So verbrachte sie ihre Abende, die am Tag mit harter Hand regierte.

Südwind seufzte. Sie lüftete die Vorhänge ihrer Sänfte, um die Menschen zu betrachten, die mit ihr zogen. Sie sah nichts als fröhliche Gesichter. Es waren längst nicht nur Mitglieder ihres Gefolges. Alle Stämme hatten Abordnungen geschickt und begleiteten die Standbilder ihrer Götter, die Ehrengäste der Hochzeit werden sollten. Alle Vertreter von Handel und Handwerk der Stadt marschierten in geordneten Gruppen, und jeder, der es sich leisten konnte, seine Arbeit einen Tag ruhen zu lassen, war dabei, als die Karawane aufbrach, bunt vor Leben, um sich an den Ort zu begeben, an dem ihrer aller Zukunft für ein weiteres Jahr neu gegründet werden sollte.

Südwind sah Frauen sich in Sänften wiegen, ihre Kinder an sich gedrückt, denen sie mit ausgestrecktem Arm dies und jenes in der Menge zeigten. Ihre Männer führten die Tiere am Zügel und stimmten ein in den Gesang.

»Den Bach, wenn er fiel, ließest du wieder steigen.

Und Weihrauch ließest du stets reifen.

Und die Dunkelheit der späten Nacht, wenn sie alles bedeckte, hast du am Morgen aufgerissen.

Die Trauben wurden Wein, weil du deinen Schein auf sie strahlen ließest.

Und die Zuchtkamele, die vielen, machtest du noch zahlreicher.«

Das Raunen der Stimmen schwoll und sank im Rhythmus des Liedes, begleitet vom Trommeln der Priester, untermalt von schrillen Flöten. Den Text kannte ein jeder, er war seit Generationen festgesetzt, und doch schien er jedem exakt das jüngst vergangene Jahr zu beschreiben und sich unmittelbar auf ihn selbst zu beziehen.

Südwind sah Marub, der stolz neben dem Troß ritt. Ja, dachte sie, wahrlich, das Lob der Kamele gilt dir. Sie winkte ihm zu und erwiderte seinen Gruß. Sein angespannter Blick in die Runde kurz darauf erinnerte sie daran, daß Marub hier als ihr Wächter Dienst tat. Sie tat es ihm gleich und musterte die Menge. Marub hatte für den Tag seine Männer geheißen, sich unter das Volk zu mischen und die Augen offenzuhalten. Aber Südwind konnte im Gedränge keinen von ihnen erkennen. Das würde sich ändern, wenn sie erst am Heiligtum angekommen waren. Genau wie ein Tempel kannte es Zonen, die allen erlaubt waren, und solche, die nur Privilegierten Zutritt gewährten. Die Hochzeit zwischen Athtar und Schams würden nur die wenigsten mit eigenen Augen erleben. Ob der Spion aus Hadramaut dabei wäre, wie Marub befürchtete?

Die einfachen Leute von Marib und die aus dem Umland, die aus Sirwah und dem nahen Ma'in gekommen waren, würden entlang der steinernen Straße lagern, die in den Wadi hinaufführte. Dort gab es eine Reihe von Feuern, an denen dieser Tage ganze Ochsen am Spieß grillten, wo honigtriefende Sesamkuchen sich auf Holztabletts stapelten, lange Reihen von Tonkrügen mit Wein im Sand bereitstanden und wo jeder, der wollte, seine Schüssel und seinen Krug gefüllt bekam. Südwind schnupperte. Tatsächlich, sie konnte die Düfte des riesigen Festplatzes schon riechen; sie mußten bald am Ziel sein. Sie streckte den Kopf aus der Sänfte, und tatsächlich erhob sich unmittelbar vor ihr der Kegel des heiligen Berges. Steil, mit glatten Wänden überragte der stumme Vulkan die Hochebene, ruhig und unerschütterlich stand er im Hitzeflimmern des flachen Horizonts, der würdige Sitz eines Dämons.

Nicht mehr lange, dann erreichten sie an seinem Fuß den äußeren Kreis des Heiligtums. Hier, rechts und links der Straße, würden die Angehörigen des Hofes ihren Platz auf einer der zahlreichen Steinbänke finden und ihren Teil der Feier begehen. Südwind, Bayyin, die Götter der Stämme und die Priesterschar aber mußten absteigen und den letzten Teil des Weges, der sie zum geheimen Ort der heiligen Handlung brachte zu Fuß zurücklegen.

Südwind und Weihrauch stemmten sich gegen die Wand der Sänfte, die sich bedrohlich vor- und zurückneigte, als das Reittier in die Knie ging und sich schließlich hinlegte. Sie lachten, weil ihre Ohrgehänge schaukelten und die Fransen der Vorhänge ihnen in die Gesichter fielen.

Südwinds Schal verrutschte, verhedderte sich in ihren Schläfengehängen, und Weihrauch machte sich daran, alles wieder herzurichten.

»Warte, meine Sandale ist irgendwohin verschwunden.« Die beiden Mädchen stießen beinahe mit den Köpfen aneinander, als sie sich gleichzeitig bückten, um unter den Kissenbergen danach zu suchen. Es war noch immer derselbe Schuh, den Yita seiner Tochter geschenkt hatte, ein goldbeschlagenes, mit Achaten besetztes kleines Schmuckstück, das ihre verkrüppelten Zehen bedeckte. Südwind hatte einige neue Paare nach diesem Vorbild anfertigen lassen, und es war bekannt unter den Handwerkern, daß die Königin von Saba nichts anderes als

Gold an ihren Füßen trug. Für sie war die üppige Verwendung des Edelmetalls ein Zeichen von Machtentfaltung.

Kichernd schlüpfte Südwind in den Schuh. »Ich habe ja mit dem Gedanken gespielt, barfuß hinauszugehen und allen meinen Fuß zu zeigen. Ist mein Lidstrich auch nicht verschmiert?«

Stumm machte Weihrauch sich daran, den Schaden auszubessern.

»Ich würde ihnen sagen: ›Ich habe schon mit dem Dämon gerungen und ihn besiegt; hier meine Wunde aus der Schlacht. Der Held kann wieder heimgehen; er wird hier nicht gebraucht.‹« Weihrauch, die mit ihrem Gesicht dicht an Südwinds herangegangen war, um neuen Kajal unter den Augen ihrer Herrin aufzutragen, hielt erschrocken inne.

»Das würden sie niemals glauben!«

Südwind schüttelte den Kopf. »Oh, entschuldige.« Sie hielt wieder still, damit das Schminken seinen Fortgang nehmen konnte. »Vermutlich nicht. Aber vielleicht würde es Bayyin ja abschrecken.«

»Bayyin könnte nichts davon abhalten, sich zum heimlichen Herren von Saba aufzuschwingen«, gab Weihrauch zurück, »nur ein Wille, genauso hart wie seiner.«

Die beiden Frauen schauten einander an. »Wirst du mir helfen?« fragte Südwind.

Weihrauch nickte. »Wie wir es besprochen haben.«

»Es wird nicht ungefährlich sein.« Sie schauten einander an und kicherten erneut. Der Kitzel der Gefahr regte sie an wie ein starker Wein. Südwind faßte sich als erste. »Dann wollen wir mit der Zeremonie beginnen.« Sie griff nach Weihrauchs Hand, damit die sie beim Herausklettern stützte. Ihre eigenen Finger, bemerkte sie, waren kalt wie Eis.

Draußen verklangen die letzten Worte des Liedes:

»Dein Versprechen, das du gabst, hast du stets ganz erfüllt.
Du hast uns reich beschenkt, o Sonne, denn du gabst uns den Regen.
Inständig flehen wir zu dir, selbst wenn die Menschen du vernichtest.«

Brausender Jubel stieg auf, als sie die Sänfte verließ. Südwind schritt langsam zwischen den Steinbänken hindurch und hielt kurz inne, als sie die steinerne Straße sah, die vor ihr den Berg hinaufführte.

Bayyins Priester kamen mit einem goldenen Tragestuhl, auf dem sie Platz nahm. Bayyin selbst zeigte sich ihr nicht. Ihn, ihren Retter, sollte sie erst mit dem untergehenden Mond erblicken. Doch die lauten Rufe hinter ihr verrieten ihr, daß auch er seine Sänfte nun verlassen hatte.

»Schenk uns Fruchtbarkeit!«

»Gib uns Wasser, gib uns Licht!«

Unter Segensrufen und in einem Regen aus Blumen zog die kleine Karawane langsam den Berg hinauf, gefolgt von den Oberhäuptern der Stämme. Es war ein langer, steiler Weg, doch die glatte Straße machte ihn leichter. Nach gut einer Stunde erst tauchte auf einem Hügel an ihrer Seite der Tempel auf. Doch das eigentliche Heiligtum eröffnete sich direkt vor ihnen: ein weiter, beinahe runder Kessel, an dessen steiler Rückwand, wo das Geröll sich türmte, der Wadi seinen Ausgang nahm. Hier war die Quelle der Flut, hier wohnte der Regendämon persönlich. Heute war sein Reich trocken, kümmerliche Bäume säumten einen ausgetrockneten Bachlauf, dem man die Macht nicht ansah, mit der er zu anderen Zeiten überflutet wurde. Aber den ganzen Prozessionsweg bis ins Tal hinab hatte loses Gestein die Straße gesäumt. Afrit hatte es dort hingespült, und die Besen der Sklaven hatten es nur für diesen Tag beiseite geräumt.

Trockenes Gras zitterte im Wind und bewegte ein paar blasse Blüten. Dornbüsche krallten sich in die Felsspalten. Unscheinbare braune Eidechsen saßen auf den Steinen, hoben die Köpfe und verschwanden stumm in ihren Spalten, als die Musik der Hochzeitsgesellschaft sie erreichte. Südwind schaute sich um. Die Bühne war bereitet. Hier auf dem Plateau würde sie selbst stehen, gehüllt in gelbe und goldene Schleier, die mit den letzten Strahlen der Sonne um die Wette loderten. Dort hinten mußte Bayyin mit seinem Speer dreimal auf den Felsen schlagen, um den Regendämon zu fordern. Der würde nicht kommen. Dann würde Bayyin zu ihr hinaufsteigen und sie in das Zelt geleiten, in dem die Hochzeit vollzogen werden sollte. Draußen würden Lichter angezündet werden, Fackel um Fackel, Lampe um Lampe, um die Befreiung der Sonne und den Sieg des Lichts über die Dunkelheit zu feiern.

Das Zelt entstand bereits, seine noch losen Bahnen blähten sich im Wind. Südwind wandte sich ab.

Da setzten die Trommeln ein.

Stunden später erklangen sie noch immer. Die Dämmerung, die Luft, selbst der Boden unter Südwinds Füßen schienen von ihren ununterbrochenen Schlägen zu vibrieren. Südwind war, als wäre der Rhythmus in ihren Kopf gekrochen, hätte seinen Inhalt erweicht, ihr Bewußtsein zum Erbeben gebracht und ihr die Fähigkeit zum klaren Denken genommen. Selbst wenn sie aufrecht stand, war ihr, als würde sie taumeln. Es gab kein Ausweichen, keine Flucht. Irgendwann ergab man sich der Monotonie, kapitulierte, zitternd, wie der Hase vor der Schlange hockte. Nun endlich wußte Südwind, was er empfand: Er hatte eine religiöse Vision: das Öffnen eines riesigen Schlundes hin zu einer Anderwelt, die einen verschlang.

Ein Blick auf ihre Gefährten verriet ihr, daß es den anderen genauso ging. Mit glänzenden, wie hypnotisierten Augen gingen sie umher, berauscht von der Musik, vom Wein, der in Strömen floß, und vom Tanz. Die Musiker, glänzend von Schweiß, saßen da und arbeiteten, als wären sie nicht mehr von dieser Welt. Eine Gruppe von Marubs Kriegern hatte sich zum traditionellen Waffentanz formiert. Konzentriert, schwitzend vor Anstrengung, führten sie die Figuren aus. Einige von ihnen waren überströmt von Blut, wo die eigenen Klingen sie bei gefährlichen Übungen verletzt hatten. Sie trugen es stolz, ohne es sich abzuwischen. Es sollte den Boden düngen für die neue Saat. Von Zeit zu Zeit ging einer zu den wie im Delirium Tanzenden, wischte ihnen die Stirn und heftete den feuchten Lappen an die hölzernen Götter, die unter einem Baldachin, umhüllt von dichten Weihrauchschwaden, dem grausigen Schauspiel folgten.

»Herrin, es ist soweit.«

»Endlich«, seufzte Südwind und folgte dem Priesterjungen, der sie angesprochen hatte. Noch mehr von diesem Trommeldröhnen, und ihr wäre schwindelig geworden. Unsicher tapsend folgte sie seiner Fackel, die in der aufkommenden Dämmerung sichtbarer, umrissener, körperlicher wurde, nicht mehr nur ein geisterhafter Fleck war aus flimmernder Hitze und Rauch. Das Lichtmädchen, dachte sie, nahm Gestalt an. Sie erreichte ihre Position. Einsam stand sie vor dem Abendhimmel, einsam und ausgerollt wie eine Fahne. Sie konnte nicht anders, ihr Herz pochte heftig bis zum Hals. Vor ihr der Berg hockte da wie ein Mann, der die Knie angezogen und unter seinem Gewand verborgen hat. Ein stummer Riese mit hängenden Schultern, der alle bedrohlich überragte. Unwillkürlich suchte man im Dunkel unter seinem Gipfel nach dem Aufleuchten eines Paares glühender Augen.

Da setzten plötzlich die Trommeln aus.

Wider Erwarten bot die Stille keine Erlösung. Schwer wie eine Faust lag sie auf den Wartenden. In Südwinds Ohren surrte und summte es.

Sie atmete schwer. Bald war sie nicht mehr sicher, ob sie halluzinierte oder tatsächlich Geräusche wahrnahm, die mit dem Warten und dem Zweifel immer unbestimmter und bedrohlicher wurden. Blinzelnd versuchte sie, die rasch dichter werdende Dunkelheit zu durchdringen. Noch nie war Lautlosigkeit so erwartungsvoll gewesen.

»Schwarzer! Mächtiger!«

Südwind zuckte zusammen. Bayyin hatte sich für seinen Auftritt genau den richtigen Zeitpunkt ausgesucht. Seine Stimme dröhnte wie ein Gong und hallte in vielfachem Echo von der Steilwand wider. Doch wo war er? Angespannt schaute Südwind in die Richtung, in der der heilige Stein liegen mußte. Ein gut gemachter Trick, dachte sie und konnte doch nicht verhindern, daß sie davon gepackt wurde.

»Herr des Regens! Flutverschlinger!«

Dreimal forderte Bayyin die Macht des Regendämons heraus, der stumm blieb. Alle, die im Talkessel standen, lauschten mit angehaltenem Atem. Die Götter unter ihrem Baldachin starrten, ohne zu blinzeln, auf den Berg, die Menschen klammerten sich aneinander. Deutlich hörten sie das Klirren von Metall auf Stein.

Dann ertönte der Schrei.

Der Schrei in den Bergen

Es blieb Bayyins Geheimnis, wie er ihn erzeugte. Die Stimme schien aus der Tiefe des Felsens selbst zu kommen. Laut, brüllend, entfesselt schwoll sie an zu furchtbarer Intensität. Unwillkürlich duckte Südwind sich schutzsuchend an ihren Felsen, ihre Augen erwarteten, die weißen Schaumkämme der Flut zu sehen, die doch unweigerlich aus der engen Klamm des Wadi hervorbrechen mußte. Nichts sonst auf der Welt ließ so den Boden erzittern; sie hatte es erlebt. Sie alle hatten es schon erlebt.

»Athtar, hilf!« Die Rufe, leise und verzagt aus dem Kessel aufsteigend, wurden ganz spontan ausgestoßen.

Südwind hielt sich die Ohren zu; die Stimme erklang noch immer, hob sich von dumpfer Wut in schrille Höhen, zog sich klagend um die

Gipfel, dehnte sich in unerträglichem Schmerz und brach schließlich, als niemand mehr zu hoffen wagte, mit einem Wimmern ab. Für einen Moment war alles still. Dann brauste unbeschreiblicher Jubel los. Lebendig, menschlich und warm erklang er und steckte alle an, die sich begeistert in die Arme fielen, herumsprangen und sangen. Selbst Südwind auf ihrem Felsen, die sich wieder aufrichtete und sich die Erde von den Händen klopfte, mußte gegen ihren Willen erleichtert lachen. Sie schüttelte den Kopf, um den Bann zu brechen, in dem sie sich hatte fangen lassen. Aber ein Geräusch hinter ihr ließ sie erstarren. Sie hob den Kopf.

Die Rufe der Feiernden drangen zu ihr hinauf, aber sie konnten das verräterische Schaben nicht überdecken. Da war es, irgendwo in der Dunkelheit hinter ihr. Dort ging ein Mensch. Sie konnte das Rascheln seiner Kleidung hören und hier und da das Rieseln von Sand und Steinen, die sein vorsichtiger Schritt losgetreten hatte.

Wie hatte sie nur so dumm sein können! Sich gefangennehmen zu lassen von so einem Schauspiel und über der eingebildeten Gefahr eines Dämonenfürsten die reale Gefahr zu vergessen, die ihr drohte. Statt vor Afrit hätte sie sich vor Hadramaut fürchten sollen. Nun stand sie hier, fern von allen, und hinter ihr kam näher, der sie bedrohte. Wo war Marub?

Hektisch suchte sie den Talkessel nach ihm ab. Seine Männer tanzten wieder, befreit und glücklich, während sich ihr Hals beim Schlucken schmerzhaft zusammenzog. Sie hatte nicht einmal einen Dolch dabei.

Südwind duckte sich und tastete den Boden nach einem losen Stein ab, der groß genug wäre. Ihre blinden Finger fuhren über Hartgras, Steine und Staub. Dann berührten sie etwas Warmes. Mit einem Schrei sprang Südwind auf, geriet ins Straucheln und wurde am Handgelenk gepackt. Sie schlug ihrem Angreifer die Fingernägel in den Arm.

»Au verflucht«, stöhnte es.

»Marub!«

»Glaubt Ihr, ich lasse Euch hier alleine?« Südwind stand da und keuchte. Das Blut rauschte ihr in den Ohren, ihr war, als hörte sie noch immer die Trommeln. An den Hängen ringsum flammte ein Licht nach dem anderen auf. In ihrem Schein sah Südwind das lebendige Auge ihres Leibwächters schimmern. Er als einziger hatte sich der Zeremonie entzogen, hatte sich nicht von Bayyins Künsten blenden lassen. Er hatte auf die Teilhabe an der Erneuerung verzichtet, auf die Zusicherung eines weiteren Jahres. Er war durch die verfluchte Finsternis gekrochen, um sie zu beschützen.

Südwind holte tief Luft. Doch ehe sie etwas sagen konnte, spürte sie eine Berührung an ihren Fesseln. Sie wandte sich um. Bayyin stand auf dem Absatz unter ihr, begleitet von zwei Fackelträgern.

»Da ist ja meine Braut«, sagte er leise und zog sie zu sich hinunter. Laut rief er: »Licht kommt zu Licht. Die Sonne entflieht der Finsternis.«

Die Menge hinter ihm nahm die Heilsrufe auf: »So verschließe nicht die Feuchtigkeit im Himmel und auf Erden. Erlöse uns von Alter und Krankheit und hilf dem, der an Durst leidet.«

Südwind, von Bayyins Armen davongetragen, warf einen Blick über die Schulter zu Marub, der allein auf dem Felsen zurückblieb. Er wirkte zufrieden wie einer, der seine Aufgabe erfüllt hatte. Er würde sie nun nicht weiter beschützen können.

Bayyin lief mit seiner Beute, als flöge er. Durch ein Spalier von Licht trug er Südwind, durch züngelnde Helligkeit, die auf den Gesichtern der feiernden Menschen mit den Schatten tanzte. Dutzende von Händen streckten sich nach ihnen aus, um an ihren Kleidern zu zupfen, sie zu berühren, für einen Moment teilzuhaben am Mysterium des stets sich erneuernden Lebens, dessen Fortgang sie für diese Nacht symbolisierten. Die Musik hatte wieder eingesetzt und trieb alle in dem Talkessel in einen wirbelnden Rausch.

»Komm, trink einen Schluck.« Der Hohepriester hatte sie im Zelt auf einem Lager abgesetzt, dessen Deckenberg ein weißes Fell krönte. Südwind konnte ihren Blick lange nicht von seiner makellosen Oberfläche lösen. Ihre Finger drehten nervös an den weißen Flusen herum.

Bayyin, der ihre Angespanntheit bemerkte, bot ihr eine Schale von dem Wein an, der auf einem niedrigen runden Holztischchen zusammen mit einer Schale Süßigkeiten und einer Kanne voller Rosenwasser bereitstand. Südwind betrachtete das Arrangement, das Weihrauchs kundige Hand verriet, und schüttelte den Kopf. »Im Palast nehme ich nichts ohne Vorkoster zu mir«, erklärte sie ein wenig gespreizt und kniff die Lippen zusammen. Kein Tropfen dieses Weines durfte über ihre Lippen kommen.

Bayyin zog die Augenbrauen hoch, lächelte aber. »Eine Neuerung Marubs, ich weiß«, sagte er nachdenklich. »Dann laß mich für heute abend dein Vorkoster sein«, schlug er vor.

Südwind schnappte beinahe nach Luft, als er, ohne sie aus den Augen zu lassen, die Schale an seine vollen Lippen setzte und nippte. Sie hatte nicht zu hoffen gewagt, daß es so einfach sein würde.

Erneut hielt Bayyin ihr die Schale hin, doch als sie abermals den Kopf schüttelte, setzte er sie wieder an den Mund und leerte sie in einem Zug. Der lange Weg mit seiner Braut auf den Armen hatte ihn durstig gemacht. Seine Braut. Aufmerksam schaute er sie an. Wie verkrampft sie dort saß, beinahe, als fürchtete sie ihn. Bayyin lächelte. Natürlich tat sie das; sie war wehrlos ihm gegenüber, er kannte die geheimsten Winkel ihrer Seele. Für einen Moment war er versucht, sich auf sie zu stürzen und sie mit Gewalt zu nehmen, den Stolz zu zerstören, der diesen zerrissenen Charakter zusammenhielt, sie zu genießen und sie dann in ihre Gemächer zu schicken, um alleine zu herrschen. Endlich über dieses Saba zu herrschen, das ihn zum Sklaven gemacht hatte. Es würde sein, als bräche man einen Granatapfel auf und picke die süßen Kerne einzeln aus der harten Schale.

Aber er war nicht sicher, ob sie so zu brechen wäre. Nein, es war besser, bei der bewährten Methode zu bleiben, sie zu umgarnen, zu verblüffen, sie in der Schwebe zu halten zwischen Furcht und Sehnsucht, bis sie keinen Boden mehr unter den Füßen verspürte.

»Endlich sind alle Dämonen gebannt.« Mit einem breiten Lächeln ging er auf sie zu. Zu seiner eigenen Überraschung wurde ein Gähnen daraus. Bayyin tat einen weiteren Schritt. Die Luft wurde auf einmal zäh; es war mühsam, durch sie fortzukommen. Die Beine gehorchten nicht mehr, er mußte die Arme zu Hilfe nehmen und rudern. Wie die Fliege im Honig, so klebte der Hohepriester in der stickigen Atmosphäre des Zeltes fest. Den Blick hielt er auf sein Ziel gerichtet, Südwind. Noch immer saß sie reglos da und starrte zu ihm hoch. Mit einem Mal schien es, als säße sie am Ende eines langen Korridors.

»Du warst immer allein«, sagte Bayyin. Er hörte den Satz in seinen Ohren widerhallen. Der Gang mit Südwind am Ende wellte sich, ihr Bild verschwamm wie die Spiegelung auf einer Wasseroberfläche, die ein plötzlicher Windhauch kräuselt. Er mußte doch nun bald an diesem verfluchten Bett angekommen sein. Tastend streckte Bayyin die Arme aus.

Etwas zog ihn, sank, die Wirklichkeit dehnte sich und rann davon wie ein Honigfaden, in Spiralen, Spiralen ... Südwind lachte.

Sie rückte ein wenig ab von dem Hohepriester, der vornüber neben sie auf das Lager gekippt war. Seine Augen waren aufgerissen, und aus seinem offenstehenden Mund lief Speichel. Er sah aus wie tot, aber er atmete, und die junge Königin war sich sicher, daß er weit genug bei Bewußtsein war, um zu verstehen, was sie sagte.

Weihrauch teilte die Zeltbahnen und huschte herein. »Hat es gewirkt?« fragte sie atemlos. »Auf die Idee mit dem Wein hat mich der Vorkoster gebracht.« Noch einmal blickte sie über die Schulter, um sicherzugehen, daß die Wachen sie nicht bemerkt hatten. »Der gute Marub hat ganze Arbeit geleistet. Überall Augen. Ich glaube nicht, daß es uns gelingen wird, ihn von hier wegzuschaffen.«

Südwind wollte davon nichts hören. Es mußte sein. Wenn der Morgen graute, durfte das Volk von Saba Bayyin nicht an ihrer Seite sehen. Er würde der Bräutigam einer Nacht bleiben, Teil eines Rituals, das sich einmal im Jahr ereignete. Aber sie würde nicht erlauben, daß er ihr Schlafzimmer eroberte. Und sie würde ihren Thron nicht mit ihm teilen. Beides erwarteten die Menschen von Saba auch nicht mit Bestimmtheit; für sie zählte die Hochzeitsnacht. Über dieses Spektakel hinaus war es an Südwind, die Gestalt der Zukunft zu bestimmen. Sie beugte sich über den reglos daliegenden Mann.

»Armer Bayyin«, flüsterte sie ihm spöttisch ins Ohr. »Immer so allein.« Sie strich ihm über den glatten Schädel. Es war nicht so, daß sie ihn nicht verstand, den tiefen Groll, den Willen zur Unabhängigkeit; es war ihr nur zu vertraut. Noch einmal neigte sie sich hinunter. »Eines Tages werden wir uns verbünden. Aber zu meinen Bedingungen.« Dann wandte sie sich an Weihrauch. »Hilf mir, faß mit an.«

Sie schlugen den betäubten Hohepriester in eine Decke ein, bis von seiner Gestalt nichts mehr zu erkennen war. Dann hoben sie ihn gemeinsam an. Südwind ächzte; er war noch schwerer, als sie vermutet hatte. Die zierliche Weihrauch wankte schon auf dem kurzen Weg von der Lagerstatt zur Zeltwand. Weit würden sie mit ihrer Last nicht kommen. Und unauffällig bewegen würden sie sich auch kaum können.

Weihrauch steckte den Kopf hinaus. »Sie sind alle am Feiern«, flüsterte sie. »Es ist günstig.« Musik und Essensdünste umfingen sie, als sie ihr Paket hinauszerrten. Das Fackellicht, das den Tanzplatz erhellte, vertiefte zum Glück die Schatten ringsum. Niemand, der sich dort aufhielt, würde sie sehen, wenn sie Bayyin in seiner Verpackung durch die stachligen Zistrosen schleiften.

»Wo liegen die Unterkünfte der Priester?« Südwind richtete sich auf und kniff die Augen zusammen. Als Weihrauch sie ihr zeigte, schüttelte sie verzagt den Kopf. »Dann müßten wir einmal um die ganze Festversammlung herum, das geht nicht.« Sie hatte ursprünglich vorgehabt, Bayyin auf sein eigenes Lager zurückzutragen, damit er am Morgen in der Gesellschaft seiner Priestergehilfen erwachte und begriffe, daß er in ihrem Kreise bleiben sollte. Aber der Weg war zu weit, zu dicht die Menge der Feiernden. Wenn auch nur einer von ihnen den Lichtschein verließ, um sich zu erleichtern, oder ein Liebespaar sich in die Büsche schlug und auf sie stieß, dann waren sie verloren.

Südwind schaute sich um. Hinter ihnen war alles still und friedlich. Nur oberhalb, auf dem Felsrücken, züngelten ein paar einsame, stille Lichter. Der Tempel! Endlich hatte sie die rettende Idee. Sie berührte Weihrauch an der Schulter und wies hinauf. Das Mädchen stöhnte. »Das ist noch weiter. Und es geht bergauf.«

»Dafür wird uns dort keiner über den Weg laufen.« Südwinds Entschluß stand fest. Sie ignorierte Weihrauchs Einwände und machte sich daran, den schweren Körper bergan zu ziehen. Es war ein hartes Stück Arbeit, das sie geraume Zeit in Anspruch nahm. Die Decke verhakte sich immer wieder in dem dornigen Gestrüpp, das zwischen den Felsen wuchs. Und ihre Füße mußten auf dem verwitterten Lavagestein bei jedem Schritt neu nach Halt tasten.

»Hoffentlich stöbern wir keine Schlangen auf«, sagte Weihrauch, eine Bemerkung, die ignoriert wurde. Sie wischte sich den Schweiß von der Stirn und sah hoch. Der Tempel schien noch ebenso weit weg wie zuvor. »Das schaffen wir nie.«

Doch sie schafften es. Bald erreichten sie die lange Treppe, dann die Außenmauer. Mit vereinten Kräften zerrten sie Bayyin, dessen zerschrammte Füße inzwischen aus der Verpackung herausschauten, über den glatt gepflasterten Innenhof, vorbei am Opferaltar. Die letzte Herausforderung waren die Stufen vor dem Eingang des eigentlichen Tempels. Südwind wollte eben Luft holen, um ihre schwere Last ein letztes Mal anzuheben, da hörten sie Stimmen aus der Dunkelheit. Erschrocken starrten die Mädchen einander an. Dann gaben sie dem Paket zwischen sich einen Stoß, so daß es in den Schatten eines steinernen Stieres rollte, und duckten sich mit angehaltenem Atem dahinter. Die Stimmen kamen näher, es waren Männer, unbekümmert und fröhlich, in ein Gespräch vertieft, von dem nichts Näheres zu verstehen war.

»Die Priester«, zischte Südwind erstaunt. Was wollten die hier oben nach der Zeremonie? Undeutlich sah sie die weißen Gewänder der jungen Männer als helle Flecken in der fast völligen Dunkelheit, die nur der Mond und eine einsame Fackel ein wenig erhellte. Sie schienen etwas zu tragen und verschwanden damit kurz im Inneren des Tempels. Südwind hörte ihre Schritte auf der Treppe und das Knarren der Tür. Dann kamen sie zurück und veranlaßten die beiden Mädchen, sich noch tiefer in den Schatten zu schmiegen. Aber ihre Schritte waren beschwingt, hielten nicht an, ihre Stimmen verloren sich plaudernd in der Finsternis. Trotzdem wich die Spannung erst von Südwind und Weihrauch, als sie längst wieder alleine waren und das Zirpen der Zikaden als einziger Laut die Dunkelheit erfüllte. Südwind stand auf und klopfte sich den Staub vom Kleid. »Los jetzt«, kommandierte sie, »eins, zwei, drei.« Mit neuer Energie hoben sie Bayyin an. Als sie die Treppe erklommen hatten, lehnten sie den Betäubten in sitzender Haltung gegen die Holzflügel des Eingangs, der sich leise quietschend bewegte.

»Sie haben sie offengelassen«, stellte Südwind fest, und ihr Herz schlug schneller. Sie zögerte nur kurz, dann öffnete sie die Tür. Tiefe Dunkelheit gähnte ihr kühl entgegen. Dazu kam ein Geruch nach kaltem Rauch und nach Holz. Erkennen allerdings konnte sie nichts.

»Was wollten die hier?« flüsterte sie und wagte einen weiteren Schritt hinein, während hinter ihr Weihrauch Bayyin von dem Sack befreite.

»Was tut Ihr da?« fragte sie ihre Herrin angstvoll.

»Schsch«, beschied Südwind ihr und legte den Finger auf die Lippen. Erneut hob sie den Fuß. Da stieß sie gegen etwas Weiches. Ein leises Wimmern erklang, das unheimlich durch die Dunkelheit hallte.

»Was war das?« Weihrauch war aufgesprungen. Ihre Stimme bebte.

Südwind griff nach hinten und zog sie unwillkürlich an sich. Sie konnte spüren, daß die Freundin nicht weniger zitterte als sie selbst.

»Da liegt jemand«, flüsterte sie. Sie ging in die Knie und tastete vorsichtig mit den Händen, wobei sie sich lieber nicht vorstellte, was dort auf sie warten mochte. Aber das Wimmern hatte krank geklungen, verwundet, kläglich. »Oder etwas«, fügte sie dann mit nüchternerer Stimme hinzu. Ihre Finger hatten einen Holzgriff umklammert und zogen an. Etwas Schweres schien an dem Stock zu hängen, das zischend über den Steinboden schleifte, als sie es zum Eingang und ans Licht des Mondes zu schleppen suchte.

»Ein Tier«, quiekte Weihrauch. Und in der Tat wurde Fell sichtbar, braun und strohig, und die Umrisse eines Körpers.

»Ein Balg«, erklärte Südwind und untersuchte das Ding, »eine Tierhaut nur, zusammengenäht und aufgeblasen. Schau, nichts als Luft.« Erleichtert trat sie dagegen. Und sprang im nächsten Moment zurück. Die hohlen Holzstöcke, die an mehreren Stellen aus der häßlichen Haut ragten, hatten sich aufgerichtet, als besäßen sie ein Eigenleben. Und aus ihren Enden erklang ein gellender, alles durchdringender Laut.

»Dämonen«, schrie Weihrauch entsetzt.

Südwind dachte an etwas Ähnliches: die Stimme Afrits, die sie im Tal vorhin vernommen hatte. Doch sie mußte lächeln dabei. »In gewisser Weise«, murmelte sie und betrachtete das Gerät, Bayyins kleines Geheimnis, das Töne hervorzubringen vermochte wie kein lebendes Wesen. Noch einmal hob sie den Fuß, um es anzustoßen, dann hielt sie inne. Wenn sie weiter solchen Krach machten, waren sie bald nicht mehr alleine. Vorsichtig schob sie das Gerät daher mit der Fußspitze wieder hinter die Tür und schloß diese energisch. »Weg sind die Dämonen«, sagte sie betont munter und nahm die noch immer erstarrte Weihrauch am Arm. »Zeit, wieder an die Arbeit zu gehen. Hast du sein Gewand?«

Die Dienerin nickte hastig und zog es aus ihrer Umhängetasche. Sie zogen Bayyin aus und steckten ihn mehr schlecht als recht in das bodenlange weiße Priestergewand und den Umhang.

»Die perfekte Umgebung für einen Priester«, stellte Südwind befriedigt fest. »Alle werden glauben, er sei dem Ruf der Götter gefolgt, zurück zu seinem Amt.«

»Ein schöner Mann«, konnte sich Weihrauch nicht verkneifen zu bemerken, als er einen Moment nackt vor ihnen lag und das Mondlicht schimmernde Lichter auf seine Haut warf, trotz der Schürf- und Kratzwunden, die der Weg den Berg hinauf ihm zugefügt hatte. »Vielleicht verpaßt du ja etwas.«

Kichernd wandte Südwind sich ab. Dann erstarrte sie. Ein Augenpaar starrte sie aus der Dunkelheit an, groß und drohend. Das Weiße des Augapfels leuchtete in der Dunkelheit. Gleich darauf entdeckte sie ein weiteres Gesicht, dann noch eines.

»Weihrauch!« Sie wagte kaum zu flüstern. War ihr Spiel mit dem dämonischen Instrument doch nicht unbemerkt geblieben! Lange stand sie so da und blinzelte in die Finsternis zu der Gruppe hinüber, die stumm blieb und reglos. Sie hörte das leise Schaben des Dolches, den Weihrauch aus ihrem Gürtel zog. Und plötzlich erkannte sie, wem sie gegenüberstanden.

Sie langte nach hinten und hielt Weihrauchs Arm fest. »Es sind die Götter!« rief sie erleichtert aus. Tatsächlich war zwischen den Säulen des Hofes die gesamte Mannschaft der Stammesgötter versammelt. Ihre geschminkten Holzgesichter mit den erschrocken aufgerissenen Augen ragten schräg über ihren Sänften auf, die hier bei aller Ehrerbietung abgestellt worden waren, damit die Menschen zum Feiern unter sich bleiben konnten.

Dort stand Athiat, die im Wadi Harib verehrt wurde, Wadd, der Gott der Liebe, dessen Zeichen die Schlange war. Grob aus dem Holz geschnitzt, umwand sie seinen Arm. Gegen ihn lehnte sich, schlampig abgestellt, Nahrah, der Heilgott, dahinter ragte Narr, den Adler auf der Hand, die kriegerische Allath, Uzza und Manat. Den drei Göttinnen blickte Anbi über die Schulter, eng geschmiegt an Tabab. Und immer wieder Athtar, in vielen Gestalten, mit vielen Beinamen geschmückt. Eine stumme, mißbilligende Gesellschaft waren sie, gekleidet für ein Fest, von dem man sie in allen Ehren abgeschoben hatte. Sie wirkten nicht glücklich darüber und ließen kein Auge von den beiden Frauen, aber sie waren nichts weniger als bedrohlich.

Aufgekratzt klatschte Südwind in die Hände. Drüben regte sich noch immer nichts. Sie verneigte sich und wandte sich dann an Weihrauch. »Was für eine Gesellschaft für einen Priester.«

»Was für ein Unfug für eine Königin!«

Südwind fuhr herum. »Marub. Du legst es heute darauf an, mich zu erschrecken.« Sie legte eine Hand auf ihr Herz und faßte mit der anderen nach Weihrauch, wie ein Kind, das bei einem Streich ertappt wurde und nun nicht alleine die Schuld tragen will. Ihre Dienerin steckte den Dolch, den sie noch immer hielt, wieder zurück und musterte den Leibwächter auf ihre stumm herausfordernde Art, als sie neben Südwind trat.

Marub kratzte sich am Kopf, betrachtete nacheinander den wie leblosen Priester, die Göttergemeinschaft und die eng aneinandergeschmiegten Frauen.

»Ist er tot?« fragte er.

»Oh nein.« Südwind schüttelte heftig den Kopf. »Einen toten Athtar würden die anderen nie akzeptieren. Er wird morgen früh unbeschadet aufwachen.«

»Verstehe«, brummte Marub. Langsam setzten sich die Teile zu einem Bild zusammen. »Du wirst dann vermutlich schon abgereist sein.«

Südwind antwortete mit einem Achselzucken.

»Ich wünschte wirklich, du hättest mich eingeweiht.«

»In den Verlauf ihrer Hochzeitsnacht? Das wäre ein wenig zu intim gewesen.«

Marub warf Weihrauch einen raschen Blick zu und wurde rot, ob vor Verlegenheit oder Ärger, war nicht auszumachen. »Die Nacht ist noch nicht zu Ende«, raunzte er dann nur.

Südwind nickte. »Wir wollten eben aufbrechen.«

Gemeinsam machten sie sich auf den Weg hügelabwärts und erreichten ungesehen wieder das Hochzeitszelt. Marub ging die Wachen davor inspizieren, Weihrauch lief zur übrigen Dienerschaft, um alles für einen Aufbruch im Morgengrauen vorzubereiten. Südwind blieb alleine zurück mit dem leeren Lager und dem weißen Fell. Einmal kurz strich sie mit ihrer braunen Hand darüber. Dann griff sie zu dem Messer, das für alle Fälle unter den Kissen gelegen hatte.

Weihrauch hatte ihr nahegelegt, ein Huhn für diese Aufgabe zu wählen. Aber Südwind hatte darauf bestanden, daß ihr eigenes Blut fließen müsse. Sie setzte die silberne Klinge an, zögerte nur einen Augenblick und zog sie sich dann quer über die Handfläche. Mit einem scharfen Einsaugen der Luft schloß sie die Hand zur Faust, als zerquetsche sie darin den Schmerz. Blut tropfte heraus, granatapfelrot, und malte Flekken auf das makellose Fell. Südwind biß die Zähne zusammen und schloß die Augen. So war es gut. Man konnte mit den Göttern handeln, aber man mußte den Preis bezahlen.

»Südwind! Laß mich rein, verdammt!« Die Stimme Bayyins scholl über die Terrasse bis in die Gärten. Man hörte das Wummern seiner Fäuste gegen die Holztür. »Südwind.« Nur die Palme rauschte leise. Hinter den Türen von Dhahabs Balkon blieb alles still. Auch Südwind in ihrem Zimmer regte sich nicht. »Ich bin dein Mann.«

Nein, dachte Südwind. Athtar war der Mann von Schams, nicht mehr und nicht weniger. Mit ihnen beiden hatte das nichts mehr zu tun. Sie starrte die Tür an, die unter Bayyins Schlägen erzitterte, aber fest in ihrem Rahmen saß. Da ertönte ein Scheppern; sie zuckte zusammen. Bayyin hatte gegen die Türflügel getreten. Schließlich brach sie ihr Schweigen. »Du weckst noch das ganze Haus auf.«

»Genau das habe ich vor.« In Bayyins Stimme war ungezügelte Wut. »Laß mich sofort herein, oder ich erzähle allen, daß die heilige Hochzeit nicht vollzogen worden ist.«

»Nur zu!« Südwind lachte spöttisch. »Erzähl allen, daß die Riten nicht ausgeführt wurden. Sag ihnen, daß das Fell eine Fälschung ist. Daß die Sonne nie wieder aufgehen, der Regen nie wieder fallen und es für uns keine Zukunft geben wird. Entweder werden sie dich zerreißen, weil sie dich für einen Lügner halten. Oder weil sie dir glauben.« Sie lauschte einen Moment auf die Stille, die hinter der Tür eingetreten war. Langsam trat sie näher und legte ihr Gesicht an das Holz. »Willst du das wirklich?« fragte sie leiser. »Willst du alles in Chaos und Wahnsinn untergehen lassen?«

Sie zuckte zurück, als ein einziger, harter Schlag die Türe traf. Bayyin draußen lehnte mit der Stirn am Holz, die Faust schmerzhaft geballt.

»Geh in deinen Tempel, Bayyin«, flüsterte Südwind. »Ich verachte dich nicht, glaub mir. Eines Tages wirst auch du deine Aufgabe bekommen, eine große Aufgabe. Ich werde dich nicht vergessen, hörst du? Bayyin?« Sie unterbrach sich, als sie seine Schritte hörte, die sich auf dem Steinboden draußen rasch entfernten.

Aufatmend sank sie am Türrahmen zusammen. Sie hatte gewonnen.

Im Rat zog man nur kurz die Augenbrauen hoch, als Südwind dort alleine erschien. Es hatte sich bereits herumgesprochen, daß Bayyin noch in der Hochzeitsnacht in den Tempel zurückgekehrt war, um sich erneut den Göttern zu weihen. Man schätzte seine Hingabe und war erleichtert, den seltsamen Fremden wieder in den heiligen Bereichen verschwinden zu sehen, wo er Mysteriöses verwaltete. An Südwind war man bereits gewöhnt, und so verging die Sitzung rasch im vertrauten Ton des üblichen, langwierigen Palavers.

Man erwog, daß wohl an die fünftausend Mann nötig wären, um Renovierungsarbeiten am Damm vorzunehmen, und suchte zu errechnen, wieviel Gerste und wieviel Schlachtvieh gebraucht würden, um sie zu ernähren. Geduldig lauschte Südwind den vorgetragenen Zahlen und Schätzungen, zusammen mit den Bedenken, ob dies alles aufzubringen wäre und wie man die Last vor allem zu verteilen hätte. Sie errang immerhin den Erfolg, daß man zugab, die nötige Zahl Männer dank der hadramautischen Kriegsgefangenen zu besitzen. Auch die nächsten Schritte würden mit Almaqhs Willen noch getan werden. Der jährlich von den Fluten mitgetragene Schlamm, der sich in der Oase absetzte und ihre Felder so fruchtbar machte, hatte das Bodenniveau weiter angehoben. Es war unumgänglich, den Damm und die Bewässerungsanlagen darauf einzurichten; das Gefälle in den beiden Hauptkanälen, die nördlich und südlich von den Tosbecken in die Oasen führten, reichte bereits kaum noch aus und mußte korrigiert werden.

Am Abend endlich hatte sie Zeit für ihren Garten.

Es dauerte eine Weile, bis sie Yada entdeckte, der sich gerade über einen Eimer bückte. Als er sich aufrichtete, verrutschte das Tuch um seinen Kopf, und er hob die Arme, um es mit einigen energischen Bewegungen festzuwinden. Südwind schaute ihm zu, ohne sich zu rühren. Als er sie schließlich bemerkte und die Arme sinken ließ, mußte sie sich beherrschen, um ihm nicht entgegenzulaufen. Ungeduldig wartete sie, bis er seinen Eimer aufgenommen, die restliche Erde daraus verteilt, ihn ausgeklopft hatte und auf dem Weg zu ihr war. Als er sie erreichte, verneigte er sich. Sie erwiderte die Geste mit einem leichten Nicken des Kopfes.

»Die Lilien blühen«, sagte Yada statt einer Begrüßung.

»Ah«, antwortete Südwind vage. Er sprach zu ihr; es war, als lausche sie süßer Musik. Was er sagte, war zweitrangig. »Ja.«

»Ich hätte Euch gerne welche gebracht. Aber ein wütender Priester stapfte hier hindurch, ohne auf die Blumen achtzugeben, und hat sie alle zertreten.«

»Oh.« Südwind hielt sich die Hand vor den Mund, um ein Kichern zu unterdrücken.

Der Gärtner schüttelte den Kopf. »Ich möchte nur wissen, was ihn so zornig gemacht hat?« Was er sagte, klang beiläufig, seine Stimme war ruhig. Aber seine Augen schauten sie brennend an.

Südwind zuckte heftig die Schultern. »Weiß ich es«, antwortete sie rauh. »Vielleicht hat er nicht bekommen, was er wollte.« Sie wich seinem Blick aus.

Yada nickte, als erwöge er ihre Antwort. Südwind konnte den Ausdruck seines gesenkten Gesichts nicht erkennen. »Er sollte geduldiger sein«, sagte er schließlich nach langer Pause. Er schaute sich um, nahm den Eimer auf und wandte sich wieder seiner Arbeit zu. »Blumen brauchen Zeit, bis sie erblühen«, erklärte er. »Habe ich Euch einmal die Geschichte erzählt, wie die Lilien in die Welt kamen?«

»Ach, du mit deinen Geschichten«, sagte Südwind. Aber sie setzte sich auf die Umrandung des Wasserbeckens, zog die Knie an, umschlang sie, legte ihr Kinn darauf und lauschte dankbar dem sanften, dunklen Klang seiner Stimme.

Böse Träume

»Warst du eigentlich immer ein Gärtner?« fragte Südwind einige Tage später und fuhr mit der Hand durch das Wasser des Beckens.

Yada bestätigte es. »Und Ihr, wart Ihr nicht immer eine Königin?« fragte er zurück, während er Unkraut ausriß. Er kniete mit dem Rücken zu ihr auf dem Boden.

Südwind dachte nach. »Nein«, sagte sie nach einer Weile. »Ich war«, sie hielt inne. Es war schwer, zu erklären, was sie gewesen war, ohne ihren Fuß zu erwähnen. »Ein Waisenkind, das niemand haben wollte«, fuhr sie schließlich fort. Stolz reckte sie ihr Kinn. »Aber ich habe immer gewußt, daß etwas ganz Besonderes aus mir werden würde. Und das habe ich erreicht.« Sie kniff die Augen zusammen und betrachtete die Reflexe, die das Licht auf der Wasseroberfläche malte. Seit der Götterhochzeit hatte sich dieses Gefühl in ihr noch verstärkt. Sie hatte nicht einfach nur Bayyin genarrt und die Gläubigen betrogen. Nein, sie hatte für sich persönlich besondere Bedingungen mit den Göttern ausgehandelt, sie hatte sich jenseits des Rituals gestellt, dessen Regeln, die die Existenz aller übrigen begründeten, für sie keine Bedeutung mehr hatten. Sie allein kannte die Wahrheit, sie allein hatte frei gehandelt. Sie stand über allen anderen Menschen.

Südwind dachte darüber nach, daß sie den Mut dazu wohl nie gefunden hätte, wenn sie nicht ein Krüppel gewesen wäre, ausgestoßen von Anfang an und darauf angewiesen, alleine und nach den eigenen Regeln zu leben. Wäre sie ein beliebiges, behütetes Mädchen gewesen, umhegt und eingebunden, die Geschwister auf der Hüfte, den Bräutigam vor Augen und ohne Grund, sich über irgend etwas Gedanken zu machen, sie hätte mit den anderen zitternd im Zelt gesessen, hätte gebetet und sich vor der Dunkelheit gefürchtet. Statt dessen saß sie auf einem Thron und schmiedete Pläne.

Leider konnte sie von all diesen Überlegungen Yada nichts mitteilen. Nur ihre außerordentliche Zufriedenheit und ihren Stolz. »Ich weiß, daß ein ganz besonderes Schicksal auf mich wartet«, beendete sie die Pause.

Ihre Finger plätscherten im Wasser. »Und du?« fragte sie nach einer Weile. »Willst du immer ein Gärtner sein?«

»Was sollte ich sonst sein?« fragte er erstaunt und wandte den Kopf halb zu ihr um.

»Ich weiß nicht«, erwiderte Südwind betont naiv. »Möchtest du nicht ein stolzer Beduine sein, mit einem Stück Land, einem Dromedar und einem Krummdolch in deinem Gürtel?«

Yada lachte. »Ihr klingt wie Marub, der mich zum Krieger machen will, um mich fordern zu können.«

Südwind fragte spitz: »Ist es deshalb, hast du Angst vor ihm?«

Yada hob die erdverschmierten Hände. »Ich bin ein Gärtner«, sagte er. »Ich liebe die Pflanzen und mag es, sie zu pflegen und ihrem Wachstum zu lauschen.«

»Ja, aber hast du denn gar keinen weiteren Ehrgeiz?« Südwind hatte die Beine von der Umrandung geschwungen und saß jetzt kerzengerade da. Ihre Stimme klang entrüstet und ein wenig ratlos.

Yada stand ebenfalls auf. »Wozu?« fragte er.

»Um, um ...« Südwind hielt verlegen inne. Sie wurde plötzlich wütend. Was stand er da vor ihr herum, hatte er nichts Besseres zu tun? »Um gar nichts«, fauchte sie.

Yada schaute sie ungewohnt ernst an. »Ihr meint, weil eine Königin und ein Gärtner nicht zusammenpassen?«

Südwind sog die Luft ein. So hatte er noch nie geredet. »Wie kannst du es wagen?« schrie sie und sprang auf.

Yada blieb ruhig wie immer. »Ich spreche nur aus, was offensichtlich ist«, sagte er. »Oder seht Ihr es anders?«

»Selbstverständlich nicht!« zischte Südwind. Sie wand sich unter seinem Blick wie eine wütende Schlange. Am liebsten hätte sie ihn geohrfeigt. Aber sie war sich nicht sicher, was geschehen würde, wenn sie ihn berührte.

»Ich liebe dich«, sagte Yada da einfach. Er hätte sie nicht stärker verblüffen können. Die Stille nach seinen Worten erschien Südwind mit einem Mal wie die Ruhe nach einem brüllenden Sturm. Sie brachte kein einziges Wort heraus.

»Ich werde dich lieben, bis ich sterbe. Wann und wie immer das sein wird.«

Damit nahm er seinen Eimer und ging davon. Südwind hob den Arm. Doch ehe sie es schaffte, auch nur seinen Namen zu flüstern, war er schon zwischen den Büschen verschwunden.

Der Traum der roten Ratten

Südwind lief über eine weite Ebene voller Geröll, die aussah aus wie die Überreste von etwas vor langer Zeit Gestorbenem, ein Gesteinsfriedhof, die Ruine eines Gebirges, das Skelett einer längst vergangenen Landschaft. Ein Bild, das sich zu nichts zusammensetzen wollte als dem Eindruck, daß hier einmal etwas anderes, Schöneres, Eigentliches gewesen war. Endlos dehnte sich vor ihr das staubige Nichts. Über ihrem Kopf zogen dicke, schwarzviolette Wolken dahin, bewegten sich schneller als sie selbst und schoben sich über die Ebene wie ein Deckel über eine

Lade. Südwind fühlte sich gefangen. Sie blieb stehen und schaute sich nach einem Schlupfloch um. Da entdeckte sie im zunehmenden Dämmer Menschen, die sie in weitem Kreis umstanden. Reglos wie Holzpuppen ragten sie starr und in unwahrscheinlichen Winkeln auf. Ihre Kleider flatterten; ihre Gesichter waren ausdrucks- und absichtslos, doch ihr bloßes Dasein machte Südwind Angst. Einer trat vor und wurde Yada. Das weiße Tuch auf seiner Stirn leuchtete im Halbdunkel. Dann öffnete Yada den Mund. Heraus schlüpfte, wie eine überdimensionale Zunge, eine große rote Ratte. Aus den Mündern der anderen, die dazu lachten, ebenso.

Südwind schrie auf. Keuchend setzte sie sich aufrecht hin, mit aufgerissenen Augen. Sie entdeckte das Tier sofort, noch ehe sie den Arm heben und sich den Schweiß von der Stirn wischen konnte. Nicht einen Moment zweifelte sie daran, daß es sich bei dem sich windenden dunklen Band auf dem Boden um eine echte Schlange handelte. Die dräuenden Wolken ihres Traumes verschwanden noch rascher, als sie über die Ebene gezogen waren, ließen die Alabasterdecke und die Wände ihres Zimmers zurück, gaben den Blick auf die Holztruhe frei, den faltigen Wurf der leichten Baumwolldecke auf ihrem Bett, die bunten Bodenfliesen, auf die das ausgesperrte Mittagslicht, das durch die geschlossene Tür zur Terrasse fiel, nur einen schmalen Lichtstrahl warf, und eben jenes schwärzliche, bewegliche, schnelle und lautlose Ding, das dort nicht hingehörte, aber dennoch keinen Augenblick lang unwirklich wirkte. Es war so real wie die Angst, die Südwind in die Glieder kroch.

»Weihrauch?« flüsterte sie. Es war ihr, als ginge beim Klang ihrer Stimme ein Vibrieren durch den Körper des Tieres, das eben über den herabhängenden Zipfel ihrer Bettdecke glitt. Sie konnte das leichte Ziehen am Gewebe spüren.

»Weihrauch!« Die Angst machte ihre Stimme spröde. Sie räusperte sich und wiederholte den Ruf noch einmal lauter. Ihre Dienerin, die wie immer auf einer Matte vor der Tür zum Flur liegen sollte, war nicht da. Ein Windstoß erfaßte die leichte Terrassentür aus durchbrochenem Schnitzwerk und öffnete sie einen Spaltbreit. Licht drang herein, leuchtete von den Wänden und erlosch wieder, als der Türflügel wieder zuklappte. Südwind fiel zurück in von Schlafdunst getränktes braunes Halbdunkel. Wo war Weihrauch? Sie mußte nach draußen gegangen sein, vielleicht hatte sie nicht schlafen können und Erfrischung von der Mittagshitze im Garten gesucht. Sie hatte die Türe nur angelehnt; wenn sie nur lauter riefe ... Wieder klappte die Tür, hoffnungsvolles Sonnenlicht fiel herein. Da spürte Südwind die erste Berührung. Kalt und glatt glitt sie an ihrem Bein entlang.

»Weihrauch!« Diesmal schrie sie hemmungslos, mit aller Luft, die sie hatte.

Drei schwere Schläge fielen von außen gegen die Tür zum Flur, dann flog sie krachend und splitternd auf, und Marub stand mit gezücktem Dolch auf Weihrauchs Matte. Seine Füße verhedderten sich in ihren Decken, er schüttelte sie ungeduldig ab. »Was ...?« setzte er an zu fragen, verstummte aber, als er das Gesicht von Südwind sah, die ihn nur anstarrte, außerstande, sich zu rühren, und ohne den Mut, auch nur ein weiteres Wort hervorzubringen. Ihr Schrei hatte ihren Körper zum Beben gebracht und unter der Decke einen Aufruhr verursacht, der sie vor Angst erstarren ließ.

Weihrauch riß die Türflügel zur Terrasse auf und tauchte die Szenerie mit einem Schlag in warmes Licht. »Was ist?« fragte sie erschrocken und machte ein paar Schritte aufs Bett zu. »Ich war nur auf der Balustrade, Luft schnappen. Hast du schlecht geträumt?«

Südwinds verkrampfte Haltung und ihr verzerrtes Gesicht ließen sie innehalten. Ratlos schaute sie zu Marub hinüber. Dessen Blick glitt über die reglose Südwind und blieb schließlich an der Bettdecke hängen, die sich hier und da kaum merklich ausbeulte und bewegte. Er hob die Hand und machte Weihrauch, die immer noch nicht begriff, ein Zeichen zurückzubleiben. Dann ging er so lautlos wie möglich zum Bett hinüber, ging in die Knie, ohne die Bewegungen unter dem Stoff aus den Augen zu lassen, und ergriff einen Zipfel der Bettdecke. Langsam, ganz langsam begann er, sie von Südwind herunterzuziehen. Die biß sich auf die Lippen und hielt die Luft an. Mit aller Macht unterdrückte sie den Impuls, aufzuspringen und davonzulaufen, der noch stärker wurde, als der dunkle Leib des Tieres nun nach und nach zum Vorschein kam.

Er war nicht so groß wie bei der Schlange, die ihr zu Hause in den Bergen begegnet war. Ihre Augen waren auch nicht rubinfarben, sondern so unauffällig braun wie ihr Schuppenkleid, das eher stumpf wirkte. Es sah nicht aus, als wäre es ein Dschinnentier, und Südwind kam keinen Augenblick in Versuchung, mit ihm zu sprechen. Marub war es, der den Mund öffnete und den Namen der Schlange aussprach; er klang wie ein Zischen. Südwind kannte ihn gut: Ein Biß würde genügen, sie zu töten. Sie tat besser daran, sich nicht zu rühren.

Weihrauch, die seitlich stand, entdeckte das Tier, das aus ihrer Perspektive durch Südwinds Schenkel verdeckt wurde, erst einen Augenblick später. Als sie es jedoch sah, brach sie sofort und übergangslos in hysterisches Geschrei aus. Unartikulierte Laute drangen aus ihrem Mund, und sie faßte sich an den Hals, als würgte es sie.

»Schsch«, versuchte Marub sie zu beruhigen. Sein Blick wanderte besorgt zwischen dem Mädchen und der Schlange hin und her, die durch die Unruhe aufmerksam geworden war und sich zischend zusammenzog. Vorsichtig senkte er den Arm wieder, den er nach Weihrauch ausgestreckt hatte. Sie mußten jede überflüssige Bewegung vermeiden. Das Mädchen aber ließ sich nicht beruhigen. Ihr Kopf fuhr hektisch hin und her, als vermutete sie im Zimmer noch weitere Gefahren. Wie unter Zwang ging sie dabei rückwärts, stieß gegen die Tür, fuhr schreiend herum und rannte schließlich auf die Terrasse hinaus, wo sie auf die Balustrade kletterte, die Knie mit den Armen umschlang und auf ihrem rettenden Hochsitz hin und her wippte wie ein Kind, das sich in den Schlaf wiegen will. Südwind konnte ihre Gestalt in dem gleißenden Licht draußen sehen und wünschte sich, sie wäre an ihrer Stelle. Dann wandte sie sich wieder Marub zu.

Weihrauchs Geschluchze drang nur noch gedämpft zu ihnen herein, und die Miene des Leibwächters war wieder völlig konzentriert.

»Nicht bewegen«, zischte er, als er bemerkte, wie Südwind ihren zitternden Schenkel von dem Tier zu lösen suchte. Das Bein erschlaffte prompt. Die geringe Bewegung der Muskeln allerdings genügte, die Schlange erneut zu alarmieren. Ihre Schlingen glitten in wildem Tempo umeinander. Südwind konnte das leise Knistern hören, mit dem die Schuppen über das Gewebe glitten. Dann hob das Tier den häßlichen Kopf. Weihrauch, die es von draußen sah, schrie gellend.

Marubs Schwert aber war schnell. Noch ehe Südwind den Mund öffnen konnte, um in Weihrauchs Geschrei einzustimmen, flog der abgetrennte Schlangenkopf durch die Luft und blieb im Winkel hinter der Terrassentür liegen. Der Leib fiel herunter, in letzten Zuckungen Stöße roten Blutes aus dem Stumpf auf das Laken zwischen Südwinds Schenkeln ausstoßend. In wilder Panik sprang sie auf, stolperte aus dem Bett und wurde auch nicht ruhiger, als sie die kalten Fliesen unter ihren nackten Füßen spürte. Sie preßte die Beine aneinander und stellte einen Fuß auf den anderen. Am liebsten wäre sie wie Weihrauch auf irgend etwas hinaufgeklettert. Hektisch rieb sie sich mit den Händen die Oberarme ab, während sie zusah, wie ihre Lagerstatt besudelt wurde. Als der Schlangenleib nicht mehr zuckte, kam auch sie langsam zur Ruhe. Marub wischte sich den Schweiß von der Stirn und suchte nach etwas, woran er seinen langen Krummdolch abwischen konnte.

Südwind ging zum Bett zurück und zog mit einer heftigen Bewegung die Decke über das besudelte Laken. Es sah aus wie ein Hochzeitslager, ging es ihr durch den Sinn. Ob Marub es auch bemerkt hatte? Dann trat sie nach draußen in die Wärme des frühen Nachmittags und umarmte Weihrauch, die heftig schluchzend in ihre Arme sank.

»Ich ... kann ... Schlangen ... nicht«, brachte sie stoßweise atmend hervor und preßte ihren Kopf in die Falten von Südwinds schweißnassem Schlafgewand.

»Ist ja gut.« Südwind wandte sich zu Marub um, der ebenfalls heraustrat.

»Ich wußte nicht, daß du vor meiner Tür wachst«, sagte sie.

Marub antwortete nicht, statt dessen inspizierte er das Zimmer auf verborgene Behälter, in denen die Schlange hereingebracht und plaziert worden sein könnte, fand aber nichts.

»Sie muß aus dem Garten gekommen sein«, meinte er, als er schließlich neben Südwind nach draußen trat.

Schweigend musterten beide die Bäume und Büsche, die von einem Säulengang umgeben und von den dahinterliegenden Gebäuden an allen Seiten lückenlos umstellt waren. Der Garten füllte einen Innenhof aus, der sich darüber hinaus im dritten Stock befand. Er beherbergte nichts als die Fische im Teich, die Bienen, deren Korbhaus Yada in der Nähe des Hibiskus aufgestellt hatte, zugeflogene Insekten und ein paar scheue Vögel. Die Schlange hätte entweder die steilen Felsen überwinden müssen, um hereinzugelangen, oder die Freitreppe und eine Flucht von Räumen dazu. Beides war nicht möglich.

»Ich habe Geschichten gehört«, murmelte Südwind, »von Adlern, die Schlangen in ihren Klauen trugen und sie dann im Flug fallen ließen, die Beute aufgebend, weil sie sich zu heftig wehrte.« Ihr Blick glitt über den Himmel, als würde ein solcher Vogel zur Bestätigung ihrer Worte im selben Moment das Blau durchschneiden. Nichts regte sich.

»Ich wollte nur ein wenig Luft schnappen.« Weihrauch hatte sich etwas beruhigt, doch ihre Stimme klang kläglich. »Ich habe mich hier in den Schatten der Balustrade gehockt und den Kopf in den Nacken gelehnt, gegen den kühlen Stein.« Entsetzt hielt sie inne. »Glaubst du, sie ist an mir vorbeigekrochen?« Ein Schauer des Ekels schüttelte sie, während sie mit den Augen auf dem glatten Boden abmaß, wie gering die Distanz zwischen ihr und dem Tier gewesen sein mußte.

Marub trat hinaus auf die Stufen. »Wo ist der Gärtner?« fragte er und stieg hinunter.

Südwind lehnte sich über die Balustrade. »Nein, Marub«, rief sie hinter ihm her. Nein, das war unmöglich. Er hatte ihr doch gestern seine Liebe gestanden. Und sie hatte jedes Wort geglaubt. Nein, Yada konnte nicht hierfür verantwortlich sein. Tausend Erklärungen drängten auf ihre Lippen, doch sie konnte Marub keine davon mitteilen.

Der war bis zum Becken gegangen, wo einsam ein verlassener Eimer stand. Marub fuhr mit dem Finger über die Wasserspuren auf dem Stein daneben, die die Sonne noch nicht getrocknet hatte.

Ein Geräusch ließ Südwind herumfahren, ein leises Klacken von Holz auf Holz. Es kam von den Gemächern ihrer Mutter. Doch dort regte sich wie immer nichts, und die Türflügel waren, als sie hinschaute, so fest geschlossen wie eh und je. Südwind beugte sich weiter vor. »Er ist mittags niemals hier, Marub. Du selbst hast verboten, daß sich irgend jemand hier aufhält, während ich meinen Mittagsschlaf halte.«

Ihr Leibwächter, unbeeindruckt, beugte sich vor, um seinen Dolch im Wasser zu reinigen. Eine zähe rote Wolke löste sich von der Klinge und verschwand im trüben Grün der Wasserpflanzen. Neugierige Fische schwammen vorsichtig näher und klappten ihre Mäuler auf. Ein fernes Donnern ließ alle aufschauen.

»Afrit zeigt sein Haupt«, murmelte Südwind und drückte Weihrauch an sich, die immer noch zitterte. »Almaqh sei gepriesen. Das Wasser kommt bald.«

Marub schüttelte seine Waffe und sah zu, wie die Tropfen auf den Stein fielen, ihn dunkel färbten und sich unter der Gluthitze der Sonne rasch zu kleinen Punkten zusammenzogen und auflösten.

»Ich habe von roten Ratten geträumt«, fuhr Südwind übergangslos fort. »Komisch, nicht wahr?« Sie zog sich das lose Gewand über den Schultern zurecht und runzelte die Stirn. Die Ratten erinnerten sie an etwas. Aber ihr wollte nicht einfallen, was es war.

Anfang und Ende

»Wir gratulieren!« »Unseren Glückwunsch, Muchzen!« »Es ist ein gutes Zeichen, wenn das Kind am Tag des Wassers kommt.« »Möge Almaqh deinen Sohn segnen.«

Mit strahlendem Gesicht nahm Muchzen die guten Wünsche der Nachbarn entgegen. Er ging zwischen ihnen im Hof herum und schenkte Wein aus. Großzügig füllte er die Becher bis zum Rand, nötigte die Zögernden und hielt sich auch selbst nicht zurück. Über dem knisternden Feuer im Steinring tropfte ein ganzes Schaf auf dem Spieß, an dem sich zwei Helfer zu schaffen machten. Faseriges, fetttriefendes Fleisch wurde in Schalen herumgereicht. Eifrig nötigte Muchzen es seinen Gästen auf. Sie hatten recht, alle miteinander, dieser Tag krönte wahrhaftig sein Glück.

Als von drinnen das Schreien eines Säuglings lauter wurde, antworteten ihm von draußen Ah- und Jubelrufe. Muchzens Herz klopfte beinahe schmerzhaft gegen seine Brust, als die Hebamme endlich die Tür öffnete und mit seinem kleinen Sohn heraustrat, um ihn ihm in den Arm zu legen. Er war gewaschen, in Tücher gewickelt, mit Amuletten behängt und glückbringenden Zeichen bemalt worden. Ängstlich hielt Muchzen ihn, dieses kleine Wesen, so zart und schmal, mit Wimpern wie Mückenbeinen und der himmelwärts gerichteten Stupsnase, während die Hebamme ein viereckiges Räuchergefäß aus Alabaster in ihre Hände nahm und damit dreimal um ihn und das Kind herumschritt, sie in den duftenden Rauch einwölkend und Segenswünsche murmelnd. Nach dieser Taufe schritt Muchzen durch die laute Menge und zeigte den Jungen herum. Er nahm die Glückwünsche entgegen, nickte und lachte und wehrte mit der Hand die Sesamkörner ab, mit denen sie als Symbol der Fruchtbarkeit reichlich beworfen wurden. Irritiert von dem

Segen, öffnete der Kleine den Mund und zeigte mit einem Quäklaut seinen nackten, rosafarbenen Gaumen.

Allgemeines Säuseln und Schnalzen setzte ein, um die Klagelaute des Kindes zum Verstummen zu bringen. Nur eine Stimme sagte über den Chor der »Duzidus« hinweg, laut, deutlich und unüberhörbar: »Zahnlos. Ganz der Papa.«

Jemand kicherte. Muchzen fuhr herum und sah eine Gruppe von Bauern, die dem Wein bereits reichlich zugesprochen hatten. Der Sprecher wankte unter dem zustimmenden Schulterklopfen seiner beiden Gefährten und schlang schließlich haltsuchend den Arm um den Hals des einen. Er wich Muchzens Blick aus, grinste aber und nahm einen weiteren tiefen Schluck.

Muchzen legte das Kind in die Arme der alarmiert herbeigehuschten Amme und ging zu den Männern hinüber. Mehr als eine Hand legte sich begütigend auf seine Schulter; er streifte alle ab. Die drei Spötter neigten sich einander zu und kicherten noch immer über den vermeintlichen Scherz. Als Muchzen vor ihnen stand, versuchte einer, den Arm auch um ihn zu legen. »Was willst du denn«, nuschelte er und suchte ihm den halbvollen Becher aufzudrängen. »Sei friedlich.«

»Genau«, fiel ein anderer ein. »Kannst doch heilfroh sein, wenn das Kind dir ähnelt.«

Gelächter antwortete der Bemerkung, als wäre sie ein gelungener Scherz. Verärgert stieß Muchzen den Becher von seinem Mund.

»Was soll das heißen?« verlangte er zu wissen. In der Aufregung zischten die S-Laute in seiner Zahnlücke noch mehr als sonst.

Der Großteil der Gäste antwortete mit betretenem Schweigen. Einige Ahnungslose fragten flüsternd ihre Nachbarn und wurden aufgeklärt. Muchzen sah es mit gerunzelter Stirn. Offensichtlich gab es hier etwas zu wissen, was nur ihm allein nicht bekannt war. »Was soll das heißen?« wiederholte er lauter. Die ersten Besucher gingen in leiser Hast.

Nur die drei Betrunkenen hatten den Stimmungsumschwung noch nicht bemerkt; vielleicht war er ihnen auch gleichgültig. Wie bei einem Streich ertappte Jungen standen sie mit hängenden Köpfen herum, stießen einander an, kicherten, und einer, von seinen Gefährten nach vorne geschoben, sagte schließlich: »Na ja, er könnte doch auch Dhiban ähnlich sehen, oder nicht?« lallte er. »Wo der doch deiner Frau den Garten geschenkt hat.«

Prustendes Gelächter der anderen beiden antwortete ihm.

»Meine Frau hat den Garten gekauft.« Muchzens Stimme klang schrill. Vor seinen Augen drehte sich alles.

»Sicher hat sie das.« Die Stimme des Sprechers kippte, in Vorfreude auf die Pointe. »Und beim Bezahlen hat sie stillgehalten wie ein Lämmchen. Sagt Dhiban.« Krachend schlug er seinem Nebenmann auf die Schulter.

Ihr Lachen dröhnte in Muchzens Ohren. Kein Wort, kein Wort davon ist wahr, rief es in seinem Inneren. Doch eine andere Stimme flüsterte: Du hast es immer gewußt. Er schloß gequält die Augen. Die Unruhe um ihn herum stieg, er fühlte sich herumgestoßen, hörte die derben Scherze, er sah es: sah Schams in der Umarmung des anderen.

»Nein!« Alle verstummten erstaunt, als Muchzen den Dolch zog. Zitternd, allein inmitten eines Kreises aus Gesichtern, stand er da.

Einer der Spötter hob begütigend beide Arme und machte ein paar wankende Schritte auf ihn zu. »Ist ja gut«, lallte er dabei. »Man wird doch noch ...«

Eine drohende Bewegung Muchzens mit der Klinge ließ ihn verstummen. Die Hände seiner Freunde zogen ihn in den sicheren Kreis der Beobachter zurück. Langsam drehte Muchzen sich um sich selbst, auf der Suche nach einem Gegner. Doch wo er hinschaute, senkten sich die Blicke.

»Nein«, wiederholte er, leiser und gequält. Niemand sagte etwas.

Als der Reiter ankam, war sein Keuchen in der Stille gut zu hören. Er nahm sich nicht die Zeit, um abzusteigen. »Zum Damm«, rief er, »habt ihr die Hörner denn nicht gehört?«

»Hier wird gefeiert, Mann!«

Der Neuankömmling wischte die Bemerkung mit einer Handbewegung fort. Er ignorierte auch den Becher, den man ihm zu reichen versuchte.

»Er bricht«, verkündete er und atmete tief durch. »Alle Männer müssen sofort hin.« Damit trieb er sein Tier an und ritt weiter.

Die Zurückgebliebenen hörten ihn ans nächste Hoftor schlagen, lauschten seiner Botschaft noch einmal, leiser nun, ferner, untermalt von den Entsetzensrufen derer, die sie vernahmen. Nun hörten auch sie die Hörner. Sie erklangen aus allen Gassen. Und ihnen war, als hallten die Tore der ganzen Stadt wider vom Klopfen der reitenden Boten. Die Weinseligkeit war endgültig vorbei. Mit einem Schlag wurden alle nüchtern.

Dammbruch, das bedeutete nicht nur Überschwemmung, die Rückkehr von Afrits Gewalt und die Vernichtung ihrer Ernte. Es hieß auch Trockenheit. Das Wasser, das sie jetzt überflutete, würde unwiederbringlich verrauschen und verlorengehen. Maribs Oasen waren ein Produkt der kontinuierlichen Bewässerung aus dem Stausee. Fehlte sie, waren nur dünne Streifen Land dies- und jenseits des Wadis fruchtbar, die nicht einen Bruchteil der Stadtbewohner ernähren konnten und zudem rasch wieder austrocknen und sie der Dürre überlassen würden. Sie alle lebten nur dank des Dammes. Sein Versagen bedeutete ihr Ende. Und nun drohte er zu brechen.

Keiner begriff, wie das möglich war. Und doch setzten sich alle in Bewegung. Binnen weniger Minuten stand Muchzen allein im Hof seines Hauses. Eine Weile noch hielt er den Dolch umklammert. Trotz des Lärms von der Straße nahm er die kleinen Geräusche im Haus wahr. Und er dachte daran, hineinzugehen. Sah Schams' erschrockenes Gesicht vor sich, das Kind in seiner Wiege, war sich nicht sicher, was er dort wollte. Dann, wie im Traum, steckte er die Waffe zurück in den Gürtel, ging hinüber zur Scheune und holte seine Schaufel. Als er aus dem Tor trat, riß der Strom der Helfer ihn mit sich fort.

»Die Ratten«, keuchte Südwind. Sie hatte die Sänfte verschmäht und sich auf ein Kamel geworfen, als Marub mit der Botschaft gekommen war. Reitend lauschte sie seinem Bericht, daß die Arbeiter, die mit den Vorbereitungen dafür beschäftigt gewesen waren, die Dammauer zu erhöhen und das Niveau der Hauptkanäle anzuheben, mit ihren Schaufeln ins Leere gestoßen hatten. Daß vermeintlich festes Erdreich unter dem Spatenstich in sich zusammengebrochen war, sein löcheriges Innenleben präsentiert hatte und der Damm, statt zu wachsen, an einer Stelle zu einer Bresche eingestürzt war.

Nun wußte Südwind wieder, woran sie die Ratten ihres Traumes erinnerten. Sie hatte so eine an ihrem ersten Tag auf dem Damm von Marib gesehen, als ihr Vater an ihrer Seite gestanden und sie Pläne für ihr weiteres Leben geschmiedet hatten. Sie konnte nicht mehr sagen, ob sie rot gewesen war, aber groß war sie und unbekümmert, als gehöre ihr der Damm.

»Wahrscheinlich ist das Erdreich voll von ihnen«, mutmaßte Südwind. Der scharfe Ritt nahm ihr den Atem. »Alles voller Löcher. Und wir haben uns von den Steinplatten täuschen lassen, die es verdecken.«

»Du wolltest diese Reparaturarbeiten schon lange beginnen«, gab Marub zurück. Es war kein Trost.

»Ich habe zu lange debattiert; ich hätte handeln sollen.« Nun war es zu spät. Sie sah schon von weitem die Arbeiter, wie dünne schwarze Ameisenkolonnen, auf dem Abhang des Dammes. Dann bemerkte sie die Bresche.

Marub stockte beinahe der Atem, als sie die Stelle inspizierten. »Die Flutwelle wird alles mitreißen, wenn wir die Lücke nicht schließen.«

»Wenn es überall so aussieht wie hier, wird sie das ohnehin tun.« Südwind trat mit dem Fuß gegen eine lose liegende Platte, die sich verschob und den Blick auf große Gänge freigab, die unter ihr ins Erdreich führten. »Es ist alles durchlöchert.« Wütend stieß sie mit dem Fuß gegen einen der Tunneleingänge und brach prompt knöcheltief ein. Sie wies die Arbeiter an, schneller zu machen. In langen Reihen stehend, reichten sie einander Säcke voller Geröll und Erde zu, um sie an der Bruchstelle übereinander zu stapeln.

»Sie sind zu langsam«, stellte Südwind fest und ließ ihren Blick über den Ausgang des Wadi schweifen, wo Karawanen von Menschen sichtbar wurden, die dem Damm entgegenstrebten, um mitzuhelfen. »Schick ihnen Reiter entgegen«, befahl sie, »sie sollen sich beeilen.« Dann wies sie einzelne Abteilungen an, die ankommenden Helfer einzuteilen, sie zu den sandigen Streifen am Rande des Wadi zu geleiten und die Menschenketten einzurichten, die einander die Säcke zureichen sollten. Unruhig marschierte sie auf der Dammkrone auf und ab, gab ihre Befehle, brüllte Kommandos über den Hang, riß hier und da einem ungeschickten Mann das Werkzeug aus der Hand, um ihm zu zeigen, was er zu tun hatte, und ließ dabei keinen Moment das obere Tal aus den Augen. Wann würde das Wasser kommen? War es schon Abend, oder warum verdunkelte sich der Himmel so, daß man kaum mehr die Bäume der Oase unterscheiden konnte? Licht, sie brauchten hier Lichter. Schon öffnete sie den Mund, um einen entsprechenden Befehl zu geben. Da setzte feiner Nieselregen ein und machte jeden Gedanken daran, Fackeln einzusetzen, zunichte.

»Was hat das zu bedeuten?« Die Stimme war dunkel, tief und befehlsgewohnt. Im ersten Moment erstarrte Südwind, als sie sie vernahm. Aber als sie aufschaute, sah sie, daß das Gesicht des Sprechers voller Unruhe war. Sie bemerkte nichts von der geschmeidigen Selbstsicherheit, die er sonst zur Schau trug, nichts von Überlegenheit, keinen Haß. Sie überwand ihren Schreck, begrüßte den Hohepriester ohne großes Zeremoniell und erklärte ihm mit wenigen, raschen Sätzen die Lage. Er sagte kein Wort dazu.

»Athtar, steh uns bei«, beendete sie ihren Bericht. Es verbarg sich eine Bitte darin. Doch sie wagte kaum zu hoffen.

Noch immer sagte Bayyin nichts. Sein Blick schweifte über die in Dunkelheit versinkende Dammwand. Schon fürchtete Südwind, er könnte die Arme heben, um laut den Frevel anzuklagen, der zu diesem Unglück geführt hatte. Die Hochzeit der Götter war nicht vollzogen worden, Afrit nicht besiegt, und nun hob er sein Haupt, um Marib dafür zu vernichten. Südwind konnte die Worte bereits hören, jedes einzelne weit hallend, wie auf einem Bronzegong geschlagen: Du bist schuld, du bist schuld. Sie hätte ihm nicht einmal zu widersprechen vermocht.

Bayyin räusperte sich. »Wir sollten die Schleusen zu den Tosbecken öffnen«, sagte er rauh. »Es wird den ersten Anprall mindern helfen. Sind die Kanäle schon gesäubert und freigeräumt?«

Südwinds Herz raste vor Erleichterung. Sie wollte nach seiner Hand greifen, doch der Priester entzog sich ihr. Mit einem Ruck wandte er sich ab. »Du findest mich mit meinen Männern an der Nordschleuse«, rief er ihr über die Schulter zu.

»Ich danke dir, Bayyin!« Südwind mußte es beinahe brüllen. Der aufkommende Wind riß ihr die Worte vom Mund weg. Eine Regenböe nahm ihr vorübergehend die Sicht. Dann sah sie, daß der Priester stehengeblieben war und sich noch einmal umdrehte.

»Dies ist auch meine Stadt. Ich werde nicht zulassen, daß sie untergeht.«

Südwind war sich nicht sicher, ob sie ihn richtig verstanden hatte. Das Wetter tobte nun. Die Sandsäcke sogen sich noch auf den Schultern der Männer voll Feuchtigkeit und wurden schwer. Südwind sah die Träger taumeln. Es geht zu langsam, alles geht viel zu langsam, dachte sie verzweifelt. Sie rannte zurück zu der Bresche, die noch immer nicht geschlossen war.

»Wo wir auch graben, es gibt nach«, jammerte der Anführer der Arbeiter.

Wortlos riß Südwind ihm die Schaufel fort und hieb auf das Erdreich ein. Doch der Mann hatte die Wahrheit gesagt. Wo immer sie einstach, stieß sie auf Gänge, die Erde brach weg, fiel zusammen, bot keinen Halt. »Es ... muß ... doch ... irgendwo ... festen ... Grund ... geben.« Südwind skandierte jeden Spatenstich mit einem verbissen ausgestoßenen Wort.

Dann plötzlich verlor sie den Boden unter ihren Füßen. Noch ehe sie einen Schrei ausstoßen konnte, brach sie in das Erdreich ein und rutschte in die Tiefe. Lose Erde rieselte nach, drang ihr in den Mund und den Hals, so daß sie husten und würgen mußte. Sie suchte es beiseite zu wischen, fand aber in der in Bewegung befindlichen Masse keinen Halt. Es war wie in einem Sumpf.

Da packte etwas ihre Hand. Südwind schaute auf und erkannte Yada. Er hatte sich platt auf den Bauch gelegt, über das Loch geneigt und schaufelte mit beiden Händen die Erde fort von ihrem Gesicht. Wieder griff er nach ihrem Handgelenk und zog. Doch vergebens, das Loch gab Südwind nicht frei. Die Erde verwandelte sich unter dem stärker werdenden Regen rasch in Schlamm.

»Warte.« Yada richtete sich auf und schrie den Arbeitern etwas zu. Dann war er neben ihr. Mit bloßen Händen grub er sie aus. Südwind prustete und hustete und half ihm, so gut sie konnte. Doch als sie beinahe frei war und an seiner Hand hätte nach oben klettern sollen, da ging es nicht.

»Ich stecke mit dem Fuß fest.« Sie flüsterte es.

»Das Wasser kommt«, drang von oben wie eine Antwort ein Schrei herunter.

Yada stürzte sich ohne Kommentar auf ihre Beine und kratzte mit den Fingernägeln im Erdreich herum. Schließlich entdeckte er den Stein, unter dem Südwind mit dem Fuß in ein weiteres Rattenloch so unglücklich eingebrochen war, daß der Felsen sie nun festhielt. Die Beengtheit in der Grube erlaubte nicht, daß sie sich drehen und den Fuß befreien konnte.

»Eine Stange«, brüllte Yada nach oben. Es dauerte eine Weile, bis er sich unter den erschrockenen Männern Gehör verschaffte. Schließlich warf jemand eine Hacke hinunter. Yada fluchte, drehte sie um und stemmte den hölzernen Stiel unter den Felsbrocken. Mit seiner ganzen Kraft warf er sich dagegen. Der Stein bewegte sich in seinem Erdbett, doch auch das Holz ächzte. Endlich gab der Felsbrocken, Fingerbreit um

Fingerbreit, nach. Südwind zog ihren Fuß heraus und achtete nicht auf die aufgeschürfte Haut.

Sie und Yada griffen nach den Händen, die sich ihnen entgegenreckten, und kletterten aus dem Loch, das sich bereits glucksend mit Wasser füllte.

»Werft die Steine hinein«, schrie Südwind und suchte selbst eine der seitlich aufgestapelten Deckplatten anzuheben. Sie war zu schwer, aber jemand nahm sie ihr aus der Hand.

»Dort unten ist fester Grund«, erklärte Südwind. »Aber wir brauchen mehr Steine. Schneller.«

Sie und Yada arbeiteten mit den Männern Seite an Seite. Es war nun beinahe vollständig dunkel. Wasser schoß auf, wann immer sie eine der Platten in das Loch fallen ließen, das sich langsam, viel zu langsam schloß. Schlamm spritzte ihr ins Gesicht, auf die Kleider, bedeckte ihre ganze Gestalt und wurde auch vom Regen nicht abgewaschen. Ihre Arme schmerzten, und ihre Stimme war heiser. Um sie herum wuchs die Dammkrone unter der Arbeit ihrer unsichtbaren Helfer. Doch noch immer war die Bresche nicht gesichert. Eine Stimme in der Dunkelheit schrie, einer der Priester wäre von den Wassermassen am Kanal mitgerissen worden.

»Ist es Bayyin?« rief Südwind zurück und erhielt keine Antwort. Als ihnen die Steine ausgingen, schickte sie Männer mit Hacken zu dem kleinen Tempel neben dem südlichen Wehr und ließ ihn einreißen. Mit weißem Kalkstaub bedeckt, kehrten sie, so schnell sie konnten, zurück und ließen Steinbrocken, Friesteile, Inschriftenplatten und Votivtafeln in das nimmersatte Loch hinuntergleiten. Yada und Südwind schoben, auf dem Boden kriechend, an Geröll zusammen, was sie fanden, und versenkten es. Südwind werkte wütend, mit aller Kraft, ohne Sinne für ihre Umgebung. Es dauerte lange, bis zu ihr durchdrang, daß Yada sie an der Schulter rüttelte.

»Es ist gut«, hörte sie seine Stimme schließlich sagen. »Es ist gut. Wir haben es geschafft.«

Ungläubig hielt sie inne und schaute sich um. Rings um sie standen Männer mit vor Anstrengung verzerrten Gesichtern. Doch die Angst daraus war gewichen. Die Bresche zu ihren Füßen war gefüllt, ein wüster Verhau aus Erde und Steinen. Doch er hielt stand. Südwind fühlte und hörte mehr, als daß sie in der Finsternis sah, wie das Wasser vergebens gegen die breiten Schultern des Dammes tobte. Der Boden unter ihr bebte nicht, er sank nicht in sich zusammen, verwandelte sich nicht in eine Woge von Morast, die sie und alles Leben ringsum verschlang. Er blieb, wo er war, hart und fest und wirklich. Südwind warf sich auf den Rücken, spürte mit ihrem ganzen Körper den festen Grund, warf sich herum und lachte. Der Regen fiel auf ihr Gesicht und in ihren offenen Mund. Es machte ihr nicht das Geringste aus.

Nach einer Weile bemerkte sie Yadas ausgestreckte Hand, ergriff sie und ließ sich hochziehen. Sie wischte sich die schlammverschmierten Haare aus dem Gesicht, hustete und verkündete entschieden: »Wir werden uns in die Helferketten einreihen.«

Der Regen hörte auf, die dunkle Wolkendecke bekam Risse und ließ für kurze Momente das Licht eines fast schmerzhaft hellen Vollmondes durchscheinen. In seinem Schein zeichneten sich die Umrisse der Männer von Marib ab, deren rhythmische Rufe verrieten, daß sie noch immer an der Arbeit waren. Südwind gab ihre Anweisungen. Doch als sie die ersten Schritte machte, um selbst ihren Platz in einer der Reihen einzunehmen, geriet sie ins Taumeln. Jetzt erst bemerkte sie, wie sehr ihr Rücken schmerzte. Ihre Beine zitterten, und ihre Arme fühlten sich an, als fehlte ihnen jegliche Kraft. Sie schaffte es gerade noch, sie um Yadas Hals zu legen, als er sie hochhob, um sie stolpernd und rutschend den Damm hinabzutragen.

»Sie dürfen nicht nachlassen«, murmelte Südwind.

Yada drückte sie an sich. »Das werden sie nicht«, sagte er.

Über seine Schulter hinweg sah Südwind den Damm und die Männer verschwinden. Sie hörte das kalte Tosen des Wassers im Nordkanal und dachte an Bayyin. Das Mondlicht gleißte auf den Palmwipfeln wie auf Klingen. Dann schloß sie die Augen.

Als sie sie wieder öffnete, stieß Yada mit dem Fuß die Tür zu einer Hütte auf. Südwind fühlte sich auf etwas Weichem abgesetzt. Sie hörte Yada herumkramen, dann ging ein Licht an, warmer Schimmer fiel auf eine Decke aus Holzbalken und Palmenrispen. Die aus Lehmziegeln geformten Mauern waren leuchtendweiß gekalkt. Nun schimmerten sie gelb im Schein der Lampe. Südwind schaute Yadas großem Schatten zu, der hier und dort über das Mauerwerk glitt. Erschöpft, zufrieden bettete sie sich auf die Decken. Es war ihr in diesem Moment gleichgültig, wo sie sich befand. Sie war in Yadas Nähe, und das war gut so. »Wo kamst du auf einmal her?« fragte sie.

»Als ich die Hörner hörte, lief ich wie alle zum Deich.« Yada tauchte neben ihr auf und reichte ihr einen Becher mit Wein. Sie nahm ihn, trank in tiefen Zügen und schmeckte Honig, Myrrhe und scharfen Pfeffer auf der Zunge. Ihr wurde warm dabei.

»Und als ich dich dort sah, an der gefährlichsten Stelle, beschloß ich, dich im Auge zu behalten.«

Südwind spürte seine Hand, die über ihr wirres Haar strich, dann ihre Wange berührte. »Du beobachtest mich schon lange, nicht wahr?« fragte sie.

Die Hand auf ihrer Wange zögerte bei diesen Worten. Südwind packte sie rasch mit der ihren und hielt sie an ihrem Gesicht fest. Selbst überrascht von der Geste, hob sie den Kopf und schaute direkt in seine Augen. So nahe war sie ihm noch nie gewesen.

»Ich möchte nie im Leben mehr etwas anderes sehen«, sagte Yada. Dann neigte er sich vor und küßte sie.

Südwind schlang die Arme um seinen Hals und zog ihn zu sich auf das Lager. Mit hastigen Händen, noch bebend vor Angst und Erschöpfung, fuhr sie über seinen Körper, entledigte ihn seiner Kleider und stürzte sich regelrecht auf ihn, als wäre dies ein weiterer Kampf ums Überleben, in dem sie keinen Augenblick innehalten durfte, wollte sie nicht scheitern. Tatsächlich versuchte sie weniger ihn als vielmehr sich selbst zu überrumpeln. Eben hatte sie mit aller Kraft um den Erhalt eines Dammes gekämpft, hier wünschte sie, daß er bräche. Ihr einziges Heil lag in der Flut, und kopfüber stürzte Südwind sich hinein.

Der Augenblick war günstig: Verborgen im Nebel der Erschöpfung und beflügelt vom Wein, gelang es ihr, all ihren Ängsten und Hemmungen zu entkommen. Ihre Lippen saugten sich an Yadas Mund fest, ihre Hände waren überall auf seiner Haut. Fest preßte sie sich an ihn und bettelte förmlich darum, daß er diesem Taumel Nahrung gab, damit er sich fortsetzte, steigerte, sie vergessen ließ, was es alles zu bedenken gab.

Verblüfft betrachtete Yada die junge Frau, die in seinen Armen glühte. Er hatte das Temperament hinter ihrer Zurückhaltung geahnt, aber nie etwas anderes davon zu sehen bekommen als die Aufwallungen von Wut, mit denen sie ihn immer wieder von sich gestoßen hatte. Halb und halb erwartete er noch immer, sie werde ihm plötzlich eine Klinge an die Kehle setzen, doch zu seiner eigenen Verwunderung steigerte das nur seine Lust. Ihre Hingabe schmeichelte ihm, auch wenn er den

Hauch von Aggression spürte, der darunter verborgen war. Er ahnte, dies war nur ein weiterer ihrer Kämpfe, noch nicht deren Ende. Vergebens bemühte er sich, sie zu bremsen, zum Innehalten zu bewegen. Wie ihren Zorn wollte er auch ihre Leidenschaft zähmen, sie verblüffen und lenken. Aber Südwind wollte nicht innehalten, und sie riß ihn mit sich fort.

Sie weigerte sich, auch nur ihre Augen zu öffnen und ihn anzusehen. Nur ihre Lider konnte er küssen und mit seinen Lippen die zarten Bögen ihrer Brauen nachzeichnen. Ihre hungrigen Finger krallten sich in sein Haar, aus dem noch das Wasser tropfte. Ihre Zunge kostete von dem Schweiß an seinem Hals. Keiner von beiden hatte die Zeit gehabt, sich zu säubern; sie waren verschwitzt und schlammbespritzt. Keiner verschwendete mehr einen Gedanken daran. Südwinds nasse Haare, dünne, glänzendschwarze Schlangen, wanden sich um sie beide, als sie sich auf dem Lager wälzten, und fesselten die Verliebten aneinander. Die Welt verschwand hinter diesem Vorhang aus Haar. Als Yada ihr Kleid hochschob und ihre Schenkel spreizte, wölbte sie sich ihm entgegen und vereitelte jeden Ansatz zur Vorsicht, bis auch er sich vergaß.

Als er die Tränen sah, die auf ihren Wangen Spuren in den Schmutz zogen, leckte er sie mit heißer Zunge auf. Südwind wandte den Kopf ab, vergrub erst das Gesicht und dann ihre Zähne in seiner Halsbeuge und umschlang ihn mit Armen und Beinen so fest, daß ihre Bewegungen eins wurden. Als es vorüber war, rollten sie völlig ermattet auf die Seite und schliefen so ineinander verflochten ein.

Die Sphinx

Südwind erwachte am nächsten Morgen von einer zärtlichen Berührung und dem Gefühl von Wärme auf ihrer Haut.

Yada war lange vor ihr wach gewesen. Er hatte sich vor der Hütte an einem steinernen Bewässerungskanal gewaschen, sich umgezogen und war dann an das Lager getreten, wo Südwind noch immer mit wirren Haaren, halb nackt und völlig verschmutzt in tiefem Schlaf lag. Yada machte Wasser warm, zerrieb ein paar Orangenblüten zwischen den Fingern, die er frisch gepflückt hatte, und suchte sich ein weiches, sauberes Tuch. Mit ersten, vorsichtigen Bewegungen versuchte er, ihr Gesicht freizulegen, das fast völlig unter ihrem Haar verborgen lag, gab es aber auf, als sie im Schlaf abwehrende Bewegungen machte und murrte, und wandte sich, um sie nicht zu wecken, ihrem Körper zu.

Sanft rieb er mit seinem feuchten Lappen den Schmutz von ihren Schultern, in dessen angetrockneten Schlieren noch die Abdrücke seiner Finger zu sehen waren wie von einem Siegel. Feuchtglänzend, braun und jungfräulich kam die Haut darunter zum Vorschein. Er fuhr ihre Arme hinab, beobachtete das Glitzern der Tropfen an den feinen Härchen darauf und die Gänsehaut, die sich daraufhin einstellte.

»Mmmmh.« Unverständliches murmelnd bewegte Südwind sich im Schlaf, drehte sich auf die Seite und beraubte ihn des Anblicks ihrer kleinen runden Brüste. Yada widerstand der Versuchung, sie wieder herumzudrehen, um zu sehen, wie das Wasser über die braunen Brustwarzen perlte, die sich fest zusammengezogen hatten. Statt dessen deckte er sie zu und widmete sich ihren Beinen, die lang waren, schlank und dabei kräftig wie die einer Reiterin. Er setzte sich neben sie auf das Bett und legte sich einen ihrer Füße in den Schoß, der völlig schmutzverkrustet war, um am Oberschenkel mit der Waschung zu beginnen. Dabei summte er ein Lied. Langsam begann er, den Text leise mitzusingen. »Braunes Mädchen«, sang er, »schimmernd wie Bronze, falb wie das Fell meiner Ziegen. Braunes Mädchen, biegsam wie Korn, schlank wie der Stamm der Palme. Wieg dich für mich, braunes Kind, duftend wie Honig, süß wie der Dattelkern.«

Es war ein schlichtes, einfältiges Lied, zu dessen Rhythmus die Mädchen auf den Feldern das Getreide schnitten. Südwind kannte es gut. Die vertraute Melodie schlich sich in ihr Ohr und hob sie aus dem Schlaf höher ans Licht.

Yada ließ das feuchtwarme Tuch über ihre Waden gleiten, die tatsächlich so glatt und schimmernd waren wie gehämmerte Bronze. Er wiederholte selbstvergessen den ersten Teil des Liedes und beugte sich hinab, um die hellere Haut in ihrer Kniekehle zu küssen. Dann umschloß er ihren Fuß mit der Linken und hob ihn hoch.

In diesem Moment wachte Südwind auf. Sie sah ihn den Lappen eintauchen und hochheben. Sah das tropfende Stück Stoff und wie die lehmigen Krusten an ihrem Fuß sich voll Feuchtigkeit sogen und lösten. Sie sah, wie Yada sich vorbeugte, um den Lappen auszuwringen, unbekümmert summend, und dann Stück für Stück ihre Verkrüppelung freilegte.

Er erschrickt nicht, dachte Südwind, ohne sich zu rühren. Sie betrachtete ihn durch den Vorhang ihres Haares hindurch, der einen Schleier vor das helle Frühlicht legte. Draußen hörte sie einen Vogel schreien.

»Pu-pu-pu«, rief der Wiedehopf.

Er wunderte sich nicht einmal. Mit zusammengekniffenen Augen musterte sie jede Einzelheit in Yadas Miene, während er das Tuch über ihre Zehen führte und die letzten Reste Erde aus den schwachen Hautrillen holte, die sie mehr miteinander verband als voneinander trennte. In seinen Zügen war nichts als der Frieden dieses Morgens und die Konzentration auf seine Arbeit.

Er weiß es. Die Erkenntnis durchfuhr Südwind so heftig, daß sie zusammenzuckte. Er hatte es bereits gewußt, ehe er es sah. Wer? Wer hatte es ihm gesagt?

Yada schaute auf, als er bemerkte, daß sie wach war, und lächelte sie strahlend an. »Guten Morgen«, sagte er warm. »Möge Jasmin deinen Tag umblühen.« Und er machte Miene, ihren Fuß an seinen Mund zu führen und ihn zu küssen.

Südwind rappelte sich hoch, als hätte eine Kröte sie berührt. Mit einer Bewegung zog sie ihren Fuß an sich. Als sie Yadas überraschtes Gesicht sah und daß er versuchte, sich zu ihr zu beugen, zog sie die Beine an und stieß dann zu, so fest sie konnte. Sie traf ihren Geliebten mitten auf der Brust und schleuderte ihn nach hinten, wo er heftig mit dem Kopf gegen die Wand schlug. Die Wasserschale wurde umgestoßen und spritzte ihren Inhalt über den gestampften Boden der Hütte.

Ehe Yada reagieren konnte, sprang Südwind auf. Sie schaute sich nach dem Rest ihrer Gewänder um, fand sie aber zu verschmutzt und zerrissen und ließ sie fallen, kaum daß sie sie aufgehoben hatte. Hastig wickelte sie sich und den Rest ihres Kleides in die Decke, auf der sie geschlafen hatte, schnappte sich ihre Sandalen und rannte hinaus. Verblüfft hielt sie inne: Sie stand in einem Palmengarten. Sofort sah sie überall die Spuren der Hand Yadas: die Blumenranken, die an der Außenmauer der Hütte hochkletterten, von blühenden Büschen eingefaßte

Beete. Zwischen den Stämmen der Dattelpalmen hindurch sah sie die steinerne Umfassungsmauer des Hauptkanals, die ihr verriet, daß sie unweit des Dammes am nordwestlichen Ende der Nordoase stehen mußte. Der Heimweg würde lang werden.

Noch immer schaute Südwind sich um. Auch hier hatte Yada ein kleines Stück Schönheit geschaffen. Sie hatte gar nicht gewußt, daß der Gärtner hier eine eigene Hütte besaß. Nun, sie hatte ihn auch nie danach gefragt. Sie hatte ihm nie Fragen nach sich selbst gestellt. Er war eines Tages dagewesen. Er war immer dagewesen, wenn sie ihn gesucht hatte. Und sie hatte nie zu wissen verlangt, wer er war, woher er kam und was er eigentlich von ihr wollte. Aber jetzt würde sie das Versäumte nachholen.

Sie hörte die Tür der Hütte klappen und wandte sich um. Yada kam heraus und hielt sich den Kopf. Sein Gang war ein wenig taumelnd, als er auf sie zuging, aber er wirkte eher verblüfft als zornig. Südwind zog sich ein paar Schritte zurück und stemmte dann die Hände in die Hüften. »Woher wußtest du, daß ich ...«, begann sie.

Aber der Satz wollte nicht über ihre Lippen kommen. Nicht einmal aussprechen wollte sie ihm gegenüber, was er doch schon gesehen hatte. Der Gedanke daran war ihr eine Qual. Und noch etwas anderes geschah. Vielleicht ausgelöst durch das Schlagen der Hüttentür, hörte sie mit einem Mal wieder ein anderes Klappern. Sie sah die Tür zu den Gemächern ihrer Mutter vor sich, die immer so fest verschlossen waren. Aber an dem Tag, als die Schlange gekommen war, hatte sie von dort ein Geräusch gehört. Es mochte nur ein Lauscher gewesen sein, es konnte ihre Mutter selbst gewesen sein. Jemand konnte von dort ein Zeichen gegeben haben. Yada konnte dort verschwunden sein. Hunderte von Vermutungen blitzten auf und wechselten einander in atemberaubendem Tempo ab. Es ging schneller als ein Blinzeln. Aber noch ehe Südwind Luft holen konnte, um ihren Satz zu Ende zu führen, hatte sich in ihr der Verdacht, nein, die Gewißheit festgesetzt, daß die Schlange aus den Räumen ihrer Mutter gekommen war. Und das warf eine zweite Frage auf; sie sah den Eimer auf dem Beckenrand wieder deutlich vor sich.

»Hast du versucht, mich umzubringen?« Sie schrie es Yada entgegen. Mißtrauisch beobachtete sie, wie er, scheinbar verblüfft, innehielt. Als er eine neue Bewegung machte, wich sie sofort weiter zurück.

»Südwind.« Er rieb sich die Stirn, als würde er, aus dem Schlaf gerissen, mit einem völlig neuen Gedanken konfrontiert. »Das ist doch absurd.« Hilflos hob er die Hände. »Was soll denn das auf einmal? Komm wieder her.«

Aber sie tat einen weiteren Schritt rückwärts. Yada kratzte sich am Kopf. »Ich weiß nicht einmal, wovon du redest«, sagte er mit einer Spur Unwillen.

Das war eine Lüge, und sie wußte es. »Ich spreche von Schlangen, Yada. Erinnerst du dich? Schlangen.«

Er schüttelte den Kopf. Nun sah er unwillig aus. Seine Stimme wurde ein wenig lauter. »Nein, ich glaube nicht, daß wir von Schlangen sprechen, Südwind. Ich glaube, wir reden von Füß...«

Er brachte das Wort nicht zu Ende, denn sie hatte ihre Schuhe gepackt und mit aller Kraft nach ihm geworfen. Wirkungslos, aber mit lautem Klatschen prallten sie gegen seine Schulter. »Du Mistkerl«, kreischte sie. »Du wolltest mich töten. Mich erst einlullen mit deinen schönen Worten, und dann ....« Sie brach übergangslos in Tränen aus.

Yada hob beide Hände und trat langsam einen Schritt vor. »Das ist verrückt, Südwind, und das weißt du.« Er hielt inne, als sammelte er sich für den nächsten Satz. »Ich liebe dich doch.«

Er lügt, flüsterte es panisch in ihrem Inneren. Er lügt, er lügt, er lügt, er lügt. Südwind schaute nach rechts und links wie ein Tier auf der Suche nach einem Fluchtweg. Er kam auf sie zu, und sie konnte sich nicht entschließen, zu rennen.

»Wir sollten nur über eines sprechen, Südwind, über dich und über mich. Über uns beide.« Yadas Stimme wurde ruhig und beschwörend. »Was gestern nacht passiert ist ...«

»Halt den Mund!«

»Das werde ich nicht tun.«

»Keinen Schritt weiter.« Südwind keuchte vor Angst. »Es ist nichts passiert, hörst du, gar nichts.«

»Südwind!«

Er wollte nach ihr greifen, doch sie entwand sich ihm mit einem Schrei, warf sich herum und rannte wie besessen durch die Gärten davon.

Südwind spürte bald, daß er ihr nicht folgte. Dennoch wurde sie nicht langsamer. Nur einmal hielt sie kurz inne, als ihr bewußt wurde, daß ihre Sandalen in Yadas Garten zurückgeblieben waren. Sie zögerte. Ein Blick auf ihre Füße allerdings verriet ihr, daß es kaum jemandem auffallen würde. Die nächtliche Flutwelle, gemeinsam mit Bayyins Maßnahme, das Kanalsystem zu öffnen, hatte einen Teil der Gärten überschwemmt. Südwind war erneut bis zu den Waden hoch mit Schlamm und Erde verschmiert. Sie schaute sich um.

Die Sonne war noch nicht hoch über den Horizont gestiegen, und die Gärten lagen im frühmorgendlichen Licht verlassen da. Ihr Heimweg würde ohne viel Zeugen vonstatten gehen. Entschlossen raffte sie ihre Kleider.

Sie sprang über Kanäle, stieg über Umfassungsmauern, schlüpfte durch Schilfzäune und stolperte durch Beete, ohne sich darum zu scheren. Sie wollte nur zurück nach Hause, in den Salhin, in ihr Zimmer, um die Tür zum Garten fest zu verschließen. Sie würde sie verbarrikadieren lassen, vernageln, zumauern, noch die winzigste Ritze versperren. Es konnten gar nicht genug Steine zwischen ihr und dem Garten liegen. Oh, diese verfluchten Blumen; widerliches Grünzeug, wie es von allen Seiten auf sie zukroch, sie einfangen wollte! Als ob es die geringste Möglichkeit gäbe, daß er nicht log! Diese kleine, geringe Möglichkeit, der die abgründigsten Alternativen gegenüberstanden. Sie würde sich nicht von dieser Idee quälen lassen.

Rücksichtslos trabte Südwind durch ein weiteres Beet und strebte der Stadt entgegen, deren geometrische Silhouette sich nun schon zwischen den Stämmen abzuzeichnen begann. Die Frau, die alleine am Fuß einer Palme saß, bemerkte sie nicht.

»Schams?« Muchzen rief den Namen seiner Frau nur zögerlich, als er vom Damm zurückkehrte. Er war müde, er war zu Tode erschöpft, und er wußte nicht, was er als nächstes sagen würde. Allein der Gedanke an das bevorstehende Gespräch ließ ihn sich kraftlos fühlen bis ins Innerste, als ertaube seine Seele.

Die Räume lagen im Dunkeln, nur die erste Morgendämmerung ließ die Gegenstände ringsum sich ein wenig aus der Schwärze abheben. Er stieß die Fensterläden weit auf und schaute sich um. In eine Ecke gekauert, erkannte er nun die Hebamme, das Kind im Arm, das, als er näher kam, jämmerlich zu schreien begann.

Muchzen wußte nicht, was diese Frau noch hier suchte. Er streckte statt einer Begrüßung die Hand aus und berührte seinen Sohn mit dem Finger im Gesicht. Sofort hörte das Schreien auf, das Kleine wandte suchend den Kopf, fand seine Fingerkuppe und begann, heftig daran zu saugen. Muchzen schaute ihm eine Weile zu, ohne Zuneigung, aber auch ohne Ekel. Unter seiner Müdigkeit keimte schwaches Interesse. Er hatte jeden Mordgedanken verloren. Seine Wut hatte die ganze Nacht Zeit gehabt, sich an der harten Arbeit auszutoben.

Manchmal hatte er geglaubt, er würde zusammenbrechen und besinnungslos liegen bleiben. Dann, am Ende, waren sie zum Nordkanal gegangen und hatten die Leiche dieses Jungen geborgen. Es war einer der Priestergehilfen, ein Afrikaner, dessen dunkle Haut durch die Luftperlen, die sich unter Wasser daran festgesetzt hatten, für einen Moment seltsam grau geworden war. Groß und rund hatten seine Augen in den blassen Himmel gestarrt, als sie ihn mit Stangen herumgedreht und schließlich ihre Hände nach ihm ausgestreckt hatten, um ihn an Land zu heben. So viel Wasser war dabei aus seinen Kleidern geflossen, daß es schien, als würde das Element an ihm saugen und ihn nur zögerlich hergeben. Muchzen schüttelte den Kopf. Für heute hatte er wahrhaftig genug Tod gesehen.

Die Hebamme, die seine Züge angespannt studiert hatte, seufzte erleichtert. »Er hat Hunger«, sagte sie schüchtern und wagte ein Lächeln hinab auf das Gesicht des Kindes, das noch immer heftig am Finger seines Vaters lutschte.

Muchzen runzelte die Stirn. »Wo ist sie?« fragte er.

Die Hebamme verstand den Sinn der Frage, die der stillenden Mutter galt, doch sie konnte nur hilflos mit den Schultern zucken. Schams war nur wenige Augenblicke, nachdem man ihr von dem unschönen Auftritt im Hof berichtet hatte, verschwunden. »Sie ist schon vor Stunden fort.«

»Mitten in der Nacht?« Die Erschöpfung, die Muchzen eben noch verspürt hatte, verließ ihn mit einem Schlag. Er schaute sich alarmiert um, als könnte er seine Frau doch noch irgendwo in dem Raum entdecken Seine Augen glitten über ihre bescheidenen Besitztümer; nichts schien zu fehlen. Dann bemerkte er die Kette mit dem runden Silberanhänger und den Korallen, die er ihr geschenkt hatte, als sie ihm von der Schwangerschaft berichtete. Er hatte ihr gesagt, sie solle sie immer tragen. Nun lag sie dort auf dem niedrigen runden Holztisch, die Kette sorgsam zusammengerollt. Die roten Korallenstücke leuchteten im Licht der ersten Sonnenstrahlen auf wie Blut. Ohne ein Wort drehte Muchzen sich um und stürzte hinaus.

»Aber das Kind«, rief die Hebamme hinter ihm her. »Was soll ich denn ...?«

Muchzen hörte sie nicht mehr. Er rannte so schnell, daß ihm das Herz in der Brust hämmerte, passierte das offene Stadttor, ohne einen Blick an die in eine Decke gehüllte Frau zu verschwenden, die auf der anderen Seite mit den Wachen debattierte, lief durch die Vorstadtgassen, hinaus auf die Ebene, über das Geröll, das um diese Zeit noch nicht wie flüssiges Metall glühte, und unter die Bäume. Normalerweise hielt er hier nach den ersten Schritten stets inne, um tief einzuatmen. Doch heute nicht. Ohne sich eine Pause zu gönnen, lief er weiter. Er wußte, wo er seine Frau finden würde. Es war der einzige Ort.

»Schams«, wiederholte er leiser, als er sie endlich sah. Sie saß in ihrem Garten, an den Fuß der Palme gelehnt. Ganz still saß sie da, teilnahmslos, und starrte auf etwas, das sie im Teller ihrer geöffneten Hand hielt. Mehr noch als ihre unnatürliche Reglosigkeit allerdings erschreckte Muchzen der dunkle Fleck, der sich zwischen ihren Füßen ausgebreitet hatte. Eine glänzende rote Schlange schob sich langsam daraus hervor und leckte den Staub von der Erde, eine Schlange, die nicht weniger schimmerte als die verlassenen Korallen auf dem Tisch.

Noch einmal rief er ihren Namen, dann war er bei ihr, die nicht reagierte, und zog sie zu sich hoch. Sie fühlte sich wie eine Stoffpuppe an. Flüchtig erkannte er in den Gegenständen auf ihrer Hand die Ohrringe, die sie vermeintlich für den Kauf des Gartens eingesetzt hatte. Er sah auch das Loch, aus dem sie sie gegraben hatte, aber er kümmerte sich nicht darum, denn noch immer lief das Blut Schams an den Beinen hinunter, er spürte seine klebrige Feuchtigkeit an der Hand, als er sie hochhob; ihr Rock war ganz durchtränkt.

»Ich wollte sie verschlucken.« Die Stimme seiner Frau war kaum mehr als ein kraftloses Nuscheln. »Damit ich st...«

»Du stirbst nicht«, unterbrach Muchzen sie barsch und setzte sich in Bewegung. »Hörst du? Ich werde einen Arzt finden.« In seiner Stimme hielten Wut und Angst sich die Waage. Am liebsten hätte er sie geschüttelt. Statt dessen preßte er sie an sich, so fest er konnte. Und wieder rannte er. Auch diesmal wußte er genau, wohin er wollte.

»Sie war wohl angezogen worden von der Schlafwärme meiner kleinen Schwester.« Weihrauchs Stimme klang ruhig, während sie erzählte, und ein wenig tonlos. Marub reichte ihr seine Schale, damit sie sie noch einmal füllte, und zog ein mißtrauisches Gesicht. Er wußte nicht, warum Südwinds Dienerin an diesem Morgen zu ihm gekommen war und ihn gezwungen hatte, eine Pause einzulegen, um die Blasen an seiner Hand zu verbinden. Warum sie eine Salbe mitgebracht und die Weinschalen gesäubert hatte. Und er konnte nur raten, zu welchem Zweck sie ihm diese Geschichte erzählte. Nicht, daß sie vertraulich wirkte, sie tat alles still und distanziert und ohne ein Lächeln oder eine indiskrete Geste.

Er kam nicht dahinter und machte weiterhin eine finstere Miene, dabei wünschte er nichts anderes, als ihr weiterhin zuzusehen. Um ihr krauses Haar hatte sie bunte Tücher gewickelt, die aber ihre hohe Stirn freiließen, auf der schimmernd das Licht lag. Und ihre Augen waren von unbestimmbarer Farbe. Unwillkürlich tippte er sich mit dem Finger ans Auge, dort, wo sie ihn bei ihrer ersten Begegnung angefaßt hatte. Er bemerkte es und räusperte sich.

»Hier.«

»Danke.« Vorsichtig nahm er die Alabasterschale. Ihre Hände berührten einander nicht.

»Vater war irgendwie aufgewacht und sah sie, wie sie sich auf der Decke zusammengerollt hatte. Er wußte, sie war giftig, und würde meine Schwester sich auch nur einmal im Schlaf regen, würde sie sofort gebissen und wäre tot.« Sie hielt in ihren Verrichtungen inne und starrte auf den Boden. »Also stand er vorsichtig auf und kroch näher. Er wollte die Schlange hinter dem Kopf packen und fortschleudern. Er wußte, er würde schnell sein müssen. Er winkte uns Kindern alle, uns in der entgegengesetzten Ecke der Hütte zusammenzudrängen. Ich sehe immer noch sein Gesicht vor mir, den Schweiß auf seiner Stirn und die Angst in seinen Augen, während er die Hand hob, langsam, ganz langsam.« Unwillkürlich ahmte sie die Geste nach und verstummte. Die Pause dehnte sich so endlos wie die Augenblicke damals.

»Und dann?« brummte Marub, der sich vorgenommen hatte, nicht zu sprechen.

Weihrauch schaute auf, nahm die kupferne Kanne zur Hand und wischte sie sauber. »Er war nicht schnell genug«, sagte sie in beiläufigem Ton, als wäre die Geschichte bereits zu Ende und der Rest schnell erzählt. Sie hielt wieder inne und schaute ihn an.

»Du bist schnell gewesen«, sagte sie leise.

Keiner der beiden regte sich. Marub saß wie vom Donner gerührt. Er bemühte sich, den verborgenen Sinn dessen, was er da eben gehört hatte, zu erfassen, der sich jagen ließ wie eine Eidechse und sich ihm ebenso rasch entzog, wenn er glaubte, danach greifen zu können. Verwirrt tippte er sich an sein totes Auge; das würde eine schlechte Gewohnheit, wenn er nicht aufpaßte.

Ehe Marub etwas sagen konnte, wurden auf dem Flur draußen Schritte laut. Südwinds Stimme rief etwas. Eifriges Murmeln folgte. Verlegen stand der Hüne auf und stieß Weihrauch die halb geleerte Weinschale entgegen, die sie wortlos ergriff. Ein Teil des Weines schwappte auf ihr Kleid. Beide standen in verschiedenen Ecken des Zimmers, als Südwind eintrat.

Die Königin ging zwischen beiden hindurch und warf krachend die Türen zur Terrasse ins Schloß. Dann lehnte sie sich mit dem Rücken dagegen und atmete tief durch.

Marub musterte ihre Gestalt von oben bis unten: die fehlenden Kleider, die fremde Decke, den Schmutz, die nackten Füße. »Wo wart Ihr?« raunzte er. »Wie soll ich Euch beschützen, wenn Ihr einfach fortlauft?« Meine Männer durchkämmen die Stadt nach Euch, und der Palast ist in Aufruhr, wollte er hinzufügen. Und daß eine Ahnung ihn dazu bewogen hatte, seine schlimmsten Ängste zu zügeln und bislang diskret vorzugehen.

Südwind brachte ihn mit einer Handbewegung zum Schweigen. Noch immer stand sie da und biß sich auf die Lippen. Sie spürte das Vertraute der Situation, in die sie hereingeplatzt war, und es störte sie. Es machte sie eifersüchtig und erinnerte sie quälend an die Intimität, aus der sie sich eben herausgerissen hatte. Unausgesprochenes lag in der Luft, oh, sie haßte Unausgesprochenes. Ihr Blick wanderte umher auf der Suche nach etwas, das sie mißbilligen konnte.

»Was ist das?« fragte sie und wies auf eine kleine hölzerne Kiste, die vorher nicht auf der Truhe gestanden hatte.

»Das ist ein Geschenk des Ägypters, der mit der letzten Karawane gekommen war«, erklärte Weihrauch.

»Der Botschafter des Pharao«, ergänzte Marub.

Südwind winkte ab. Sie erinnerte sich gut. Sie hatte den Mann ein paar Tage warten lassen, um sich zu überlegen, wie sie ihm gegenüber auftreten sollte. Ägypten war ein wichtiger Handelspartner. Für ihre Niederlassungen an der schwarzen Küste war es sogar ein Nachbar. Und in letzter Zeit, genauer, seit der Weihrauchhandel sich in Sabas Hand zu konzentrieren begann, war Ägyptens Interesse an dem Land jenseits des Roten Meeres erwacht. Das konnte segensreich, es konnte gefährlich sein. Sie hatte in Ruhe darüber nachdenken wollen.

»Was wollte er damit?« fragte sie ungeduldig und trat vor. Sie hatte nicht die Kraft, sich jetzt mit Ägypten zu beschäftigen, aber mit dem, was jüngst vorgefallen war, wollte sie sich noch viel weniger auseinandersetzen. Also ging sie hinüber und öffnete das Kästchen, das mit Elfenbein eingelegt und an den Kanten vergoldet war.

Marub räusperte sich. »Der Pharao Necho wünscht eine eheliche Verbindung mit Saba.« Er gratulierte sich selbst im stillen zu der unpersönlichen Formulierung, mit der er allerdings nur die Worte des Gesandten selbst wiedergab. »Und sendet dieses Geschenk.«

Südwind hob inzwischen aus dem hölzernen Schrein einen goldenen, der schwer in ihrer Hand lag. Als sie ihn öffnete, starrten ihr goldumrandete Augen entgegen.

»Was ist das?« rief sie aus und setzte sich eine Statuette auf die Hand, die einen Frauenkopf mit dem Leib einer Katze darunter zeigte.

»Sie nennen es, glaube ich, Sphinx«, sagte Marub.

Südwind fuhr mit den Fingern die Linien der Arbeit nach, die ungemein elegant waren. Der Katzenleib wirkte schlank und kräftig, geduckt wie zum Sprung. Gold hob die Krallen und die Quaste des Schwanzes hervor. Die Augen des Frauengesichts waren mit Lapislazuli eingelegt, die Pupillen durch einen Bronzestift wiedergegeben, die Augäpfel aus Alabaster schimmerten milchig. Der Blick war fast beängstigend lebendig, rätselhaft, gefährlich. Die ganze Gestalt schien beinahe zu atmen und bestach durch ihre delikate Schönheit. Dennoch war es eine Mißgeburt. Wie sie selbst. Wie kam der Pharao dazu, ihr solch ein Bildnis zu schenken!

Südwind hob die Figur mit beiden Händen hoch, und noch ehe ihre Diener reagieren konnten, hatte sie sie auf den Boden geschleudert und zerschmettert. Die Scherben sprangen über die Fliesen und spritzten in alle Ecken des Raumes.

»Das halte ich vom Vorschlag des Pharao«, schrie sie und warf sich aufs Bett.

Ohne ein einziges Wort des Protestes machte Weihrauch sich daran, die Scherben aufzusammeln.

Marub schaute ihr dabei zu. Er wagte seine erste Frage nicht zu wiederholen. Wo war sie gewesen? Die ganze Nacht, seit ihrem Verschwinden war er voller Angst umhergelaufen. Als er hörte, sie sei mit einem Mann von der Baustelle verschwunden, hatte er befürchtet, es handele sich dabei um den Attentäter aus Hadramaut, der sein Ziel erreicht hätte, und sie wäre tot. Zugleich aber hatte eine innere Stimme ihm zugeflüstert, der Mann hätte eine gänzlich andere Bedeutung, und er sollte sich besser aus der Sache heraushalten. Wenn er ehrlich mit sich war, hatte er sogar eine Ahnung, um wen es sich handelte, und der Gedanke erfüllte ihn mit Erleichterung und stummer Wut zugleich. Als er seine Herrin nun so aufgewühlt und unberechenbar sah, begann er sich zu fragen, ob diese zweite Möglichkeit nicht noch mehr Grund zur Sorge barg als die erste.

Als ein Diener kam, um einen Bittsteller zu melden, wollte er ihn hinaus in den Flur schieben, damit er Südwind nicht so aufgelöst sah. Aber sie hob den Kopf, richtete sich das Haar, wischte alle Einwände beiseite und erklärte, sie wünsche ihrer Arbeit nachzugehen. »Ich bin nicht krank«, fauchte sie. »Und auch kein schwaches Weibchen, dem man sagen muß, was es zu tun und zu glauben hat.«

Marub verneigte sich und hieß den Mann vortreten.

»Nun, was gibt es?« fragte Südwind hoheitsvoll, in Gedanken noch ganz mit sich selbst beschäftigt.

Der Sklave senkte verlegen den Kopf. »Unten steht ein komischer Mann. Er sagt, die Herrin schulde ihm einen Zahn und ein Leben. Und das Leben käme er einfordern.«

BUCH III

DAS HOHELIED

Die Königin von Saba hörte vom Ruf Salomos und kam,
um ihn mit Rätselfragen auf die Probe zu stellen.
Sie kam nach Jerusalem mit sehr großem Gefolge,
mit Kamelen, die Balsam, eine gewaltige Menge Gold und Edelsteine trugen,
trat bei Salomo ein und redete mit ihm über alles,
was sie sich vorgenommen hatte.

Buch der Könige 10, 1–2

Schön bist du, meine Freundin, ja, du bist schön.
Hinter dem Schleier deine Augen wie Tauben.
Dein Haar gleicht einer Herde von Ziegen,
die herabzieht von Gileads Bergen.
Deine Zähne sind wie eine Herde frisch geschorener Schafe,
die aus der Schwemme steigen …
Rote Bänder sind deine Lippen, lieblich ist dein Mund.
Dem Riß eines Granatapfels gleicht deine Schläfe hinter dem Schleier …
Deine Brüste sind wie zwei Kitzlein,
wie die Zwillinge einer Gazelle, die in den Lilien weiden.
Wenn der Tag verweht und die Schatten wachsen,
will ich zum Myrrhenberg gehen, zum Weihrauchhügel.
Alles an dir ist schön, meine Freundin; kein Makel haftet an dir.

Das Hohelied 4, 1–7

Unteilbar

Das Sonnenlicht lag silbern auf den Palmen von Marib. Südwind fand Bayyin in den Gärten. Sein Leopardenfell, dessen Flecken mit den Sonnentupfen auf dem Boden um die Wette tanzten, leuchtete golden zwischen den Palmen. Er hatte die Hände verschränkt und hörte sich stumm, beinahe teilnahmslos die Klagen zweier Männer an, die um so lebhafter auftraten. Wild gestikulierend trugen sie ihren Fall vor.

»Ein Lügner ist er, wenn er das behauptet!« Der Ankläger steckte die Daumen in die Schärpe seines Gewandes und sorgte dafür, daß der große Krummdolch darin gut zur Geltung kam. »Der Kanal berührt unser Land überhaupt nicht. Erst das Wehr steht auf dem Grund der Dhu-Khawlan.« Er schien mit dieser Argumentation sehr zufrieden.

Doch sein Gegner schüttelte den Kopf. »Almaqh soll meine Nase abfaulen lassen, wenn ich nicht die Wahrheit sage. Der Kanal geht parallel zu unseren Feldern, ohne sie ein einziges Mal zu betreten. Die Ilsarch sind für ihn nicht verantwortlich.«

»Aber er berührt eure Grenze auf der vollen Länge. Und die Hälfte seines Wassers fließt euch durch unser Wehr zu«, fauchte sein Widersacher von den Dhu-Khawlan.

Der Mann von den Ilsarch hob die Hände. »Wie du selbst sagst, ist es euer Wehr. Und der Kanal gehört dazu.« Er grinste ob dieser Beweisführung.

Sein Gegner wandte sich an Bayyin. »Das Wehr ja, Hohepriester, und wir haben eine Stele errichtet, auf der alles nachzulesen steht. Aber der Kanal geht uns nichts an.«

Bayyin hatte sich noch immer nicht bewegt. Sein Blick wanderte über die Streitenden hinweg zu dem Objekt des Ärgers, einem steinernen Zubringerkanal, der diesem Teil der Oase, den sich die Stämme der Ilsarch und Dhu-Khawlan teilten, mit Wasser versorgte, für den sich aber niemand zuständig fühlte.

»Gut«, sagte er schließlich, als die Streithähne genügend Beschimpfungen ausgetauscht hatten. »Ich sehe, keinem von euch gehört der Kanal, da er auf niemandes Land steht, und er geht euch nichts an, solange er das nicht tut.« Die beiden nickten eifrig und lächelten.

»Aber jeder von euch bezieht sein Wasser von dort, und zwar jeweils die Hälfte der Menge«, fuhr Bayyin fort, was das Nicken ein wenig zaghafter werden ließ. Sie wußten nicht, wo das hinführen sollte, fanden aber noch keinen Grund, zu widersprechen.

Bayyin rieb sich das Kinn. »Dann werde ich dafür sorgen, daß künftig jeder eine Hälfte erhält, für die er verantwortlich sein kann, und das Problem ist gelöst.« Er hob die Hand und wies seine Priesterassistenten an, nach vorne zu treten. Sie hielten Hammer und Meißel in Händen. »Teilt diesen Kanal«, verlangte Bayyin. »Und übergebt jedem Stamm seinen Anteil.« Er lächelte und legte die Fingerspitzen aneinander. »Ihr dürft euch aussuchen, welche Stücke ihr gerne hättet.«

»Ja, aber ...« Dem Vertreter der Ilsarch verschlug es die Sprache. Sein Nachbar fand sie dafür um so eher wieder.

»Sie machen ihn ja kaputt!« Fassungslos marschierte er zwischen den jungen Priestern herum, die ungerührt die Meißel an der steinernen Rinne angesetzt hatten. Seine Hand zitterte, als er auf die schwer arbeitenden Priestergehilfen wies, denen schon nach wenigen Bewegungen der Schweiß auf die kahlen Schädel trat. »Das Wasser wird versickern!«

»Sie geben euch nur, was euer ist«, erwiderte Bayyin, über das Tocktock der Hämmer hinweg. Steinstaub stieg auf und flirrte glitzernd in der Sonne. Südwind unterdrückte ein Lächeln, als sie leise näher trat und mitverfolgte, wie die beiden Stammesvertreter Bayyin bestürmten, die Arbeiten doch einzustellen.

»Immerhin berührt er unsere Feldgrenzen«, flehte das Haupt der Ilsarch.

»Und er mündet in unser Wehr«, fügte der Führer der Dhu-Khawlan einsichtig hinzu. »Wie sollte uns nicht daran gelegen sein, ihn zu warten und zu pflegen.«

»Die Ilsarch werden die Hälfte der Männer stellen, die für die Bauarbeiten nötig sind«, bot der erstere an, und sein Nachbar beeilte sich, die andere Hälfte in Aussicht zu stellen.

Bayyin schaute von einem zum anderen. Dann nickte er zufrieden. Ein Wink, und die Steinmetzarbeiten endeten. »Dann werde ich an dieser Stelle eine Stele errichten und hineinmeißeln, daß eure Stämme gemeinsam für diesen Kanal verantwortlich sind, vom Verteiler weg hundert Schritte, bis dahin, wo das Grundstück der Dhu-Khalil beginnt.« Mit einem angespitzten Bronzestift ritzte er sich Notizen in ein Holzstäbchen, das er einem seiner Begleiter übergab, der sich damit sofort auf den Weg zum Steinmetz machte.

Die beiden Stammessprecher verneigten sich. »Unsere Ältesten werden kommen und ihre Namen daruntersetzen«, sagten sie ehrerbietig. »Dürfen wir erfahren, welche Opfer für diese Gelegenheit angemessen sind?«

Bayyin entließ sie mit der Auflage, dem Athtar ein weißes und ein schwarzes Schaf zu opfern, im Tempel von Baran zur dritten Morgenstunde des folgenden Tages. Bei dieser Gelegenheit würde die Stele übergeben, mit dem Blut der Opfertiere geweiht und im Rahmen eines Festes ihren feierlichen Ort in den Gärten finden.

Als die Streitparteien unter vielen Verneigungen abgezogen waren, trat Südwind aus dem Schatten, in dem sie sich bis dahin verborgen gehalten hatte, und applaudierte leise.

Erstaunt wandte sich Bayyin nach ihr um. »Ich gratuliere«, sagte sie. »Ich wußte, daß Ihr ein guter Diplomat seid, Bayyin. Aber diese Entscheidung war geradezu weise.«

Bayyin, der bei ihrem Anblick zunächst eine undurchsichtige Miene aufgesetzt hatte, lächelte bei diesen Worten nicht ohne Selbstgefälligkeit. »Ich denke, sie haben begriffen, daß es Dinge gibt, die unteilbar sind«, erwiderte er, »zum Besten aller.«

»So wie das Wohl von Saba.« Südwind nickte.

Bayyin atmete tief ein, als wollte er alle Wohlgerüche der Gärten in sich aufnehmen. Sein Blick schweifte über das Grün, das sie umgab, und wich dem ihren aus. »Ich habe diese Stadt immer geliebt«, sagte er.

Südwind legte ihm die Hand auf den Arm. »Das ist ein Satz«, meinte sie, »den ich Euch ohne Einschränkungen glaube.« Sie machte eine Pause und wußte, daß er begriff, was sie meinte: daß sie ihn glaubte, im Gegensatz zu jenem anderen, in dem er von Liebe zu ihr gesprochen hatte. »Und ich war stets fest überzeugt, daß Ihr im Grunde nie etwas anderes meintet als das.«

Sie war sich nicht ganz sicher, doch sie meinte, Bayyin unter seiner dunklen Haut erröten zu sehen. »Wollt Ihr mich begleiten?«

Südwind und Bayyin verzichteten auf die Sänften und gingen den langen Weg zu Fuß. Als sie sich Marib langsam näherten, wurde das Schreien vieler Kamele hörbar. Ehe die Gärten endeten, stach ihnen der Geruch der Tiere in die Nase, und als sie zwischen den Bäumen hervortraten, lag vor ihnen der freie Platz der Ebene, den das Trampeln von Hunderten von Füßen in eine riesige Staubschüssel verwandelt hatte. Südwinds Begleiter und Bayyins Priesterknaben setzten vergeblich ihre großen Wedel in Bewegung, um die Staubwolken, die überall aufstiegen, von ihnen fernzuhalten. Doch die Mühe war vergebens. Bayyin hielt sich seinen weiten Ärmel vor Mund und Nase. Südwind musterte die Ansammlung voller Stolz, aber sie hustete. Auch ihr Gespräch verstummte, während sie den Platz querten, und erst nachdem sie das Stadttor passiert hatten, die Luft wieder klarer und das Röhren leiser wurde, fragte Bayyin: »Ihr habt diese Expedition immer noch vor?«

Südwind nickte entschieden. Ja, sie wollte aufbrechen. Nachdem sie mit Hadramaut die Anbaugebiete des Weihrauchs in ihre Hand gebracht hatte, war es nun nur konsequent, auch die Handelswege Stück für Stück unter ihre Kontrolle zu bringen. Sie hatte mit vielen Kaufleuten gesprochen, Reisende zu sich an den Hof kommen lassen und lange mit den Stammesführern beraten. Die Route in den Norden war ein Flickenwerk, jedes Wegstück in der Hand eines anderen Machthabers, die das Geheimnis ihrer Wegstrecken hüteten, nach Belieben Steuern erhoben, Reisende überfielen oder in die Irre führten. Südwind wollte Sicherheit für ihre Kaufleute. Sie wünschte sich Karten und verläßliche Verbündete. Und sie wollte einen Partner am anderen Ende der Route, der ihre Waren verläßlich über das Meer brachte, an dessen Küsten die sagenhaften Abnehmer ihres Weihrauches saßen, jene, die das Harz brauchten, um mit ihren Göttern zu sprechen. Damit der Strom des Weihrauchs nicht nur als dünnes Rinnsal an den fernen Küsten anlangte und auch der Rückstrom des Goldes nicht im Sande versickerte, damit nicht jeder, der eine Lanze halten konnte, kam, um sich sein Stück abzuzweigen, sondern damit es wie in einem fest gefügten Kanal nach Saba zurückfloß.

Nichts davon konnte sie den Händen eines Stellvertreters überlassen. Außerdem zog es sie fort aus Marib. Sie wünschte sich brennend, den jüngsten Ereignissen und sich selbst zu entfliehen. Aber das war keines der Argumente, die sie Bayyin so wortreich darlegte.

»Ich habe mit den Salzhändlern gesprochen und mit den Kaufleuten aus Min, die bis in die Goldländer reisen. Sie sagen alle dasselbe: nicht in die Küstenregion hinunter, die von Fiebermücken verseucht ist, nicht über die Gebirge, das ist zu mühsam. Die besten Strecken führen am östlichen Rand der Berge entlang, dort, wo sie auf die Wüste treffen. Mal weichen sie vor dem heißen Sand in die Hänge aus, mal zwingt eine steile Wand sie in die Wüste hinaus. So geht es von Wadi zu Wadi, von Brunnen zu Brunnen.« Sie veranschaulichte es mit den Händen. »An jedem Halt werde ich verhandeln müssen.« Sie hustete erneut und schob ein Kamel beiseite, das ihr nervös und steifbeinig in den Weg trat. Der Besitzer eilte herbei und führte es unter vielen Verneigungen hinweg.

»Und die Gefahren?« fragte Bayyin.

»Was meinst du: Fieber, Skorpione, Beduinenpfeile?« Südwind lachte. »Nichts davon ist bedrohlicher als mein Aufenthalt hier, wenn ich Marub glaube.« Es klang leichthin gesprochen, doch glaubte Bayyin, einen Hauch von Unwillen zu spüren, der darin mitschwang. Sie sah seine hochgezogenen Augenbrauen und überlegte, ob sie ihm ihre Gedanken mitteilen sollte.

Marubs ständige Warnungen ärgerten Südwind, und trotz der Schlange in ihrem Bett war sie nicht willens, die Berechtigung seiner Sorgen anzuerkennen. Wieder und wieder horchte er seine Spitzel aus und brachte ihr Nachrichten aus Hadramaut, die nur verwirrend klangen und nichts klärten. Kürzlich hatte er berichtet, das Land werde unruhig, da Ausuns Sohn beinahe unsichtbar regiere, den Palast in Schabwa kaum je verlasse und alles in Karibs Händen läge, der sich zunehmend selbständig mache. »Marub meint, der Berater von Hadramauts König schmiede eigene Pläne und erwäge, seinen Herren zu verdrängen«, sagte sie schließlich. »Auch er soll mir einen Mörder geschickt haben.« Sie zuckte mit den Schultern. »Man kann nur hoffen, daß sie einander nicht über die Füße stolpern hier in Marib.«

»Es sind also zwei Attentäter?«

»Oder drei oder vier. Oder gar keiner.« Nein, dachte sie und sah wieder den abgeschnittenen Kopf der Schlange vor sich, die Marub nach dem Anschlag, begleitet von den angeekelten Grimassen Weihrauchs, mit der Spitze eines Pfeils am Boden aufgespießt und in eine Schale abgestreift hatte. Einen gab es. Sie hatte niemandem von ihrem Verdacht erzählt, daß ihre Mutter damit zu tun haben könnte. Ein unbestimmtes Geräusch allein genügte nicht für eine Anklage. Auch von Yada sprach sie nicht, weil Marub das sicher allzu begierig aufgegriffen hätte. Obwohl ein Teil von ihr sich dies wünschte, schreckte ein anderer Teil davor zurück. Was hatte sie auch schon gegen ihn in der Hand?, redete sie sich ein. Nichts als ein Gefühl, und selbst dem vertraute sie nicht. Außerdem wollte sie niemanden öffentlich anklagen, der hätte erzählen können, daß sie in seinen Armen gelegen hatte. Südwind errötete bei dem Gedanken. Bayyin war so taktvoll, darüber hinwegzusehen.

Um von dem Thema abzulenken, wies sie auf die Karawane von Lastträgern, die vor ihnen her die Hauptstraße entlangzog. »Das einzige, was uns sicher aus Hadramaut erreicht, ist der Weihrauch, und so soll es auch bleiben.« Sie blieben am Straßenrand stehen und verfolgten die Prozession der Träger, die vor dem Tor die Kamele abluden, um ihre Lasten zu Fuß durch das Tor bis zum Tempel des Almaqh am Fuß des Salhin zu bringen. Südwind hatte sich Hadramaut zum Vorbild genommen, wo der aus den Bergen ankommende Weihrauch bis auf das letzte Körnchen in die Stadt gebracht und in Tempelkammern gelagert wurde. Er durfte nur durch ein Tor in die Stadt hinein und nur durch dasselbe wieder hinaus, aber erst, nachdem die Priester alles gewogen, aufgezeichnet und den Anteil für die Steuern gewissenhaft abgezogen hatten. Auch nach Marib reiste das kostbare Gut nun so ein, um es, um einige Säcke erleichtert, wieder zu verlassen für den langen Weg nach Norden.

»Ich habe genaue Anweisungen hinterlassen, wieviel davon dem Tempel von Baran zusteht für die Arbeiten am Damm und dem Bewässerungssystem. Und du bist berechtigt, von den Stämmen Männer anzufordern und Lebensmittel für die Versorgung der Kriegesgefangenen, die du dort arbeiten läßt.«

Bayyin nickte. Er würde sich mit dem Rat darüber auseinandersetzen müssen. Doch seit dem Schock des gerade noch vermiedenen Dammbruches waren die Ältesten überaus zugänglich, was dieses Thema betraf. Bayyin konnte nicht anders, als sich ein wenig aufzuplustern. Mochte der Almaqh-Tempel den Weihrauch einlagern, ihm, Bayyin, war ein weitaus kostbarerer Stoff anvertraut, das Lebenselixier Sabas, sein Wasser. Endlich hielt er das Schicksal dieses Landes in seinen Händen, wie er es sich immer ersehnt hatte. Er besaß die Macht, die zu lenken, die über sein Leben bestimmten. Was ihn erstaunte, war, mit welchem

Frieden ihn diese Aussicht erfüllte. Nicht nur die streitenden Stämme, auch er hatte die Lektion gelernt, die er heute morgen erst wieder erteilt hatte: Es gab Dinge, die man nicht teilen konnte. Man konnte sie auch nicht an sich reißen. Es galt, sie gemeinsam zu tragen. Bayyin spürte, er war dazu bereit. Es verwunderte ihn, daß Südwind diese Tatsache noch vor ihm selbst begriffen hatte.

Unwillkürlich schaute er sie an. Vielleicht war es tatsächlich so, wie er es ihr hatte einreden wollen, als er sie noch zu beherrschen suchte: daß sie viel gemeinsam hatten. Und daß sie einander deswegen verstanden. Auch in diesem Moment taten sie es ohne Worte.

»Reise in Frieden«, sagte Bayyin zum Abschied. »Möge Athtars tapferer Geist dich überall begleiten.«

Der grosse Aufbruch

Frieden. Das Wort hallte lange in Südwinds Kopf nach, während sie die Stufen zum Palast hinaufstieg. Sie ging nicht in ihre alten Gemächer, die sie mied seit der Nacht der Flut. Sie waren ihr verleidet: Der Ausblick auf die Gärten quälte sie, ebenso die verschlossenen Türen, und ihr Unbehagen in dem alten Bett war sie seit dem Erscheinen der Schlange nie mehr losgeworden. Ohne auf Weihrauchs Klagen zu achten, die sich in den leeren Räumen einsam fühlte, war sie fortgeblieben.

»Wie geht es dir?«

Schams richtete sich auf und lächelte, als Südwind eintrat und sie so ansprach. Sie war noch immer blaß, ihre Haut durchsichtiger denn je und ihre Augen so groß, daß es beinahe gespenstisch wirkte. »Der Arzt sagt ...«

Sie stockte, wie immer, wenn die Rede auf den Ägypter kam, der sich ihrer angenommen hatte, seit Muchzen sie auf seinen Armen in den Palast getragen hatte. Südwind hatte den ägyptischen Gesandten gebeten, ihr seinen Heiler zu überlassen, da die Heilkundigen von Marib sich für außerstande erklärten, etwas für Schams zu tun. Der Mann mit dem seltsam spitzen Flechtbart und den kajalumrandeten Augen war gekommen und hatte alle hinausgescheucht, selbst Südwind und Muchzen, der, ohne es zu bemerken, ihre Hand fest umklammert gehalten hatte.

Südwind, die den Blick bis zum letzten Augenblick nicht von Schams wendete, hatte ihn zerstreut an sich gedrückt, seine Schulter getätschelt und ihn dann an Marub weitergereicht, der ohne viel Aufhebens dafür sorgte, daß Muchzen sich bis zur Besinnungslosigkeit betrank.

Drei Tage lang hatte der Ägypter niemanden in den Raum gelassen, aus dem seltsame Gerüche und Gesänge drangen. Dann hatte er mit großspuriger Geste beide Türflügel geöffnet, auf die Patientin gewiesen und etwas gesagt, das Südwind nicht verstand. Aber Schams' Gesicht mit dem müden Lächeln hatte ihr genug verraten. Die Freundin würde überleben.

Schams' erstes verständliches Wort war »Muchzen« gewesen. Südwind ließ nach ihm und dem Kind schicken. Aber er weigerte sich zu kommen. Schams hatte sich die Decke über den Kopf gezogen, als sie es hörte, und hatte eine Weile ganz still dagelegen.

»Schams?« hatte Südwind besorgt gefragt.

Aber Schams hatte den Kopf geschüttelt und in den Saum der Decke gebissen. Danach hatte sie sich aufgesetzt, nach Kamm und Schminke verlangt und verkündet, nicht noch einmal nach ihrer Familie rufen zu wollen. Südwind bot ihr an, das Kind in den Palast zu holen, doch sie weigerte sich zu ihrer Verwunderung.

»Es ist deines«, hatte Südwind gedrängt, »du hast ein Recht darauf, es zu dir zu nehmen.«

Aber Schams hatte nur mit dem Kopf geschüttelt. »Ich habe ohnehin keine Milch mehr«, hatte sie mit einer müden Geste zu ihren Brüsten hin gesagt. »Und ich bin dankbar, daß er es behält. Er ist doch gut zu ihm?«

Südwind gab alles weiter, was ihre Boten berichteten. Muchzen hatte eine Amme für das Kind gefunden und kümmerte sich rührend darum.

Schams lächelte, als sie es hörte. »Solange er das Kind liebt, gibt es vielleicht einen Weg«, sagte sie leise. »Wenn ich es ihm fortnehme, vergißt er uns alle beide.«

Südwind hatte den Kopf geschüttelt, aber nicht widersprochen. Sie hatte sich neben Schams ein Lager eingerichtet und genoß, was ihr bisher nur für wenige Momente in ihrem Leben vergönnt gewesen war: die Nähe einer vertrauten Freundin.

»Weißt du noch, wie wir nebeneinander auf dem Felsen lagen?« pflegte Südwind zu fragen, und Schams kicherte bei der Erinnerung. »Du hattest meine Hand ganz fest umklammert.«

»Ich hab dir beim Klettern auf den Kopf gekotzt.«

»Nein«, widersprach Südwind, »nur fast.« Und sie lachten wieder, hielten sich aneinander fest und verdrängten ihre traurigen Gedanken.

»Was hat der Arzt gesagt?« ermunterte Südwind ihre Freundin fortzufahren.

Schams errötete. »Daß ich viele Bohnen essen soll, weil das gut ist für mein Blut, und ...« Sie schlug die Hand vor den Mund. »Du mußt ihn doch jetzt nicht meinetwegen heiraten, oder?« fragte sie erschrocken.

»Wen?« erkundigte Südwind sich.

»Na, den Pharao.«

Südwind lachte und schüttelte den Kopf. »Nein, nein«, beruhigte sie Schams und nahm ihre Hand. »Das wird schon der Rat verhüten. Die Stammesführer halten gar nichts davon, den Ägyptern für ein bißchen Mitgift den Zugriff auf unseren Weihrauch zu erlauben, weißt du.«

Südwind mußte schmunzeln, als sie an die Sitzung dachte, in der das Angebot des fernen Pharao zur Sprache kam, dessen Macht ebenso groß wie verschwommen erschien. Entgegen ihren Befürchtungen mußte sie sich gar nicht erst gegen diesen Bräutigam stark machen. Sie hatte sich zurücklehnen und den langen Beratungen der Alten darüber lauschen können, wie diese unerwünschte Werbung zurückzuweisen sei, bei der ein Fremder sich in ihre Angelegenheiten zu mischen gedachte.

»Sie sind auf eine wunderbare Lösung verfallen«, erzählte sie Schams. »Hier heiraten die Männer nämlich ins Haus der Frau, mußt du wissen. Also haben sie den Pharao wissen lassen, wenn er mein Gemahl werden wolle, müsse er sich schon herbequemen und in Marib seinen Wohnsitz nehmen.«

Schams riß die Augen auf. »Und wird er das tun?« fragte sie besorgt.

»Nach allem, was ich von ihm weiß: nein«, erwiderte Südwind amüsiert. Schams sah erleichtert aus. Doch sofort verdüsterte sich ihr Gesicht wieder. »Es täte mir leid, wenn ich mit meinen Dummheiten noch jemanden unglücklich gemacht hätte.«

Südwind ging hinüber und nahm sie in den Arm. »Erzähl mir von zu Hause«, sagte sie, um die Freundin abzulenken, und wunderte sich, wie selbstverständlich ihr das Wort über die Lippen ging, obwohl es einen Ort bezeichnete, an dem man ihr nach dem Leben getrachtet hatte. »Hat Hamyim jetzt ihr eigenes Kind auf der Hüfte sitzen?«

»Sie erwartete das zweite, als wir aufbrachen«, erwiderte Schams. Das Wort »Aufbruch« ließ sie zusammenzucken, es erinnerte sie zu sehr an ihren Mann und das Glücksgefühl, das sie empfunden hatten, als sie noch Seite an Seite ritten.

»Und Tubba?« half Südwind nach.

»Ach der, der alte Angeber. Als er erfuhr, daß Muchzen und ich ...«, sie stockte wieder, überwand sich aber, »also, daß wir ... da hat er mir immer im Vorbeigehen auf den Po geklopft. Um zu sehen, ob ich ein gutes Becken für Kinder hätte, hat er gesagt.« Schams rümpfte die Nase, als sie wieder daran dachte. »Er hat doch tatsächlich Mahdab geheiratet, kannst du dir das vorstellen?«

Südwind lachte auf. Mahdabs Zunge war um nichts weniger spitz als die ihrer großen Schwester Hamyim. Tubba würde keinen leichten Stand bei ihr haben. »Und sie hat ihn genommen, obwohl er nicht einmal mit einem Stein eine Schlange trifft?« fragte sie neckend. Für eine Weile gelang es ihr, Schams mit ihrer Fröhlichkeit anzustecken. Sie plauderten über jeden, den sie gemeinsam gekannt hatten. Keine von beiden verbarg ihre Genugtuung über den Umstand, daß Watar bei der letzten Steinbockjagd zu Tode gestürzt war. In einer Pause fragte Schams schüchtern: »Hast du eigentlich jemanden gefunden, der ... du weißt schon.«

»Nein«, antwortete Südwind knapp und ein wenig schroff. Schams zuckte zusammen. Südwind griente und zeigte ihren Fuß vor. »Noch immer der alte Makel, wie du siehst.«

Schams blickte verlegen beiseite. »Das sagt doch nichts«, meinte sie. »Das macht einen Menschen doch nicht aus.«

In Südwind wallte Wut auf. »Stimmt«, schnappte sie zurück. »Hab ich vergessen, du selbst liebst ja einen Mann mit Zahnlücke.« Es tat ihr leid, kaum daß es ihr herausgerutscht war. Die schmerzliche Miene ihrer Freundin gab ihr einen Stich. Doch ehe sie den Mund aufmachen und etwas sagen konnte, antwortete Schams.

»Das stimmt«, sagte sie schlicht und setzte sich auf ihrem Lager zurück. Sie blickte auf die Decke, die sie mit beiden Händen sorgsam glattstrich. »Ich liebe ihn. Und ich liebe dich.« Sie zögerte einen Moment. »Und auch Muchzen hat dich sehr verehrt, weißt du.«

Südwind wehrte ab. »So sehr, daß er mich am liebsten ins Jenseits befördert hätte«, meinte sie abfällig, »nein danke. Die Sorte Liebe brauche ich nicht.« Sie dachte an Yada, Yada, der ihr vielleicht nach dem Leben trachtete, und in ihrem Mund war ein bitterer Geschmack.

»Er hat dich dennoch gerettet«, erwiderte Schams sehr würdevoll. »Was für eine Liebe verlangst du noch?«

Südwind starrte sie verdattert an. Schams blickte ein wenig beleidigt und sehr würdevoll zurück. Verwirrt senkte Südwind die Augen. »Ich weiß nicht«, murmelte sie. Dann kam ihr Stolz zurück: »Du findest also, daß ich für einen Krüppel zu anspruchsvoll bin, ja?«

Schams betrachtete ihre Fingernägel. Dann lächelte sie plötzlich. »Ich meine nur, du solltest dich vielleicht mehr auf das konzentrieren, was du geben willst, und nicht so sehr auf das, was du bekommst.«

Südwind schwieg und unterdrückte eine Bemerkung, die dahin zielte, daß Muchzen diesen guten Rat aus ihrem Mund sicher zu schätzen wüßte. Da fuhr Schams unerwartet fort:

»Du hast mich nie nach deinem Großvater gefragt.«

Südwinds Herzschlag setzte einen Moment aus. Sie räusperte sich. »Er lebt also noch?« fragte sie dann so beiläufig wie möglich.

Schams nickte. »Er hat uns den Weg zu dir gewiesen«, sagte sie und fügte, als Südwind überrascht aufschaute, hinzu: »Er hat gesagt, er kann spüren, daß es dich gibt.«

»Er weiß nichts von mir«, wehrte Südwind ab.

Schams überging das, beugte sich vor und legte ihr die Hand auf den Arm. »Er nimmt Anteil, glaub mir, Südwind. Er wird keinen Frieden finden, ehe du nicht zu Hause bist.« Sie machte eine Pause und schluckte hoffnungsvoll. »Wollen wir nicht nach Hause gehen?«

»Nach Hause?« rief Südwind abwehrend. »Ich bin zu Hause.« Sie hob die Arme und streckte sie aus in dem Zimmer, in dem sie wie eine Magd auf einer Bodenmatte hauste, im Zentrum eines Palastes, in dem sie, obwohl er der ihre war, schon zwei Zimmer nicht mehr betreten konnte: das Schamrs, in dem sein Kopf über den Boden gerollt war; sie hatte es verschließen und versiegeln lassen. Und das Zimmer zum Garten hin. Wie sollte das weitergehen?

Südwind schaute sich um. Langsam sanken Arme und Schultern herab. »Ich gehe fort«, sagte sie leise, aber fest. Sie brauchte sich nicht zu schämen, ermahnte sie sich. Was sie tat, war zum Besten von Saba, wohlüberlegt und gut geplant. Noch in Jahrzehnten würde man sie dafür rühmen. Sie würden es in die Kalksteinblöcke der Tempelmauern einritzen. Alle Märchen ihres Großvaters wären dann wahr geworden; sie wäre etwas ganz Besonderes. Langsam straffte sie ihre Gestalt wieder.

»Wenn du auch nicht hierbleiben willst, kannst du gerne mitkommen.«

Ferne Ufer

»Wir wissen«, sagte Südwind und schaute in die Runde, »daß die Ägypter Hadramauts Weihrauch über das Mittelmeer verkaufen, an seine Küsten im Osten und im Nordosten. Dort leben Menschen, die ihn in ihren Tempeln verbrennen. Aber sie schätzen ihn nicht seines Wohlgeruches wegen oder wegen seiner Heilkraft.«

Südwind schaute in die Runde. Sie dachte an das, was der ägyptische Arzt ihr erzählt hatte bei dem Gastmahl, das sie zu seinen Ehren gab. Als er noch glaubte, in ihr die Braut seines Pharao zu sehen, und sie beeindrucken wollte mit seinem Wissen um die Welt. »Nein«, trumpfte Südwind auf, »sie brauchen ihn, weil sie durch ihn mit ihren Göttern sprechen.« Sie ließ die Bedeutung dieser Worte langsam einsickern; sie hatte selbst lange gebraucht, um sie zu begreifen.

»Das bedeutet: kein Weihrauch, keine Rituale, keine Feiern und Gottesdienste, keine Erhörung ihrer Gebete.« Sie unterstrich jeden Punkt mit dem Finger.

Die Ältesten wiegten zweifelnd die Köpfe. »Hören ihre Götter denn mit der Nase?« warf ein Witzbold ein. Einige lachten. Die anderen dachten über die Konsequenzen des eben Gehörten nach.

»Ich weiß es nicht«, gab Südwind zurück. »Aber es ist nun einmal so, daß der duftende Rauch ihnen heilig ist und sie ohne ihn nicht in Kontakt mit ihren Göttern zu kommen glauben.«

»Und das heißt?« fragte der Alte mit den trägen Lidern.

»Daß sie niemals auf ihn verzichten und jeden Preis dafür bezahlen werden«, antwortete Südwind prompt.

Der Alte nickte, als hätte sie nur ausgesprochen, was er bereits vermutet hatte. Südwind fuhr fort und nannte den Preis für Weihrauch, der in den Tempelbezirken des ägyptischen Theben gezahlt wurde. Sie lächelte, wenn sie daran dachte, wie sehr der Arzt sich für diese Indiskretion verfluchen würde.

Der Ziegenbart, der eben eine Schale Wein an seine Lippen führen wollte, prustete heftig und verschluckte sich. Ungläubiges Gelächter erscholl von allen Seiten. Aber Südwind nickte nur.

»Und was haben wir bislang davon erhalten?« fragte sie und ließ ihnen Zeit, im Kopf zu überschlagen, wie hoch die sabäischen Zolleinnahmen auf Weihrauch bislang gewesen waren, und die Summen miteinander zu vergleichen.

»Und wir dachten, wir wären reich«, sagte jemand ungläubig.

Südwind neigte sich vor. »Wir werden es sein«, erklärte sie. »Nun, da uns Hadramauts Weihrauch gehört.« Sie richtete sich sehr gerade auf. »Wir werden uns nicht mehr mit den Zöllen begnügen«, erklärte sie. »Wir werden den Gewinn nicht mehr denen aus Ma'in und den Nabatäern und den anderen Stämmen überlassen, die sich im Norden die Ware von Hand zu Hand weiterreichen, bis sie in den Besitz Ägyptens kommt, das sie sich vergolden läßt.« Triumphierend schaute sie in die Runde. »Wir werden unseren eigenen Weg ans Mittelmeer finden.« Sie ließ die Botschaft sacken. »Wir werden künftig Zoll zahlen, dafür aber den Kaufpreis einstreichen.«

»Das ist umständlich«, warf jemand ein.

»Aber es lohnt sich«, erwiderte Südwind. Noch einmal nannte sie die Zahlen, die diesen Beduinen so unglaublich erschienen.

»Es ist gefährlich«, wandte ein anderer ein.

Südwind lächelte böse. »Wenn eine Frau es wagt ...«, sagte sie und ließ den Satz in der Schwebe.

»Das ist noch nie dagewesen.« Der Alte mit den schweren Echsenlidern betrachtete sie nachdenklich.

Südwind ergriff seine Hand. »Gebt mir die Kamele«, sagte sie, »und ich werde sie euch mit Gold beladen zurückbringen.«

Sie spürte die Unruhe, aber auch die frohe Erregung in dem allgemeinen Getuschel, Gerucke und Kleidergeraschel, als die Alten sich berieten.

»Wie willst du es machen?« fragte einer und hob den Kopf. Die anderen hielten inne.

Südwind hatte mit der Frage gerechnet. »Es soll einen König geben namens Salomon«, erklärte sie, »der hat die Macht über ein Gebiet, in dem auch der Hafen liegt, über den der Weihrauch verschifft werden kann. Tyrus heißt der Hafen, und eine große Flotte nennt er sein Eigentum. Diesen Salomon werde ich aufsuchen, der Ägypten wie Babylon getrotzt hat. Denn er ist der Mann, mit dem gemeinsam man über das Mittelmeer Handel treiben kann.«

Die Männer nickten. Ägypten wie auch Babylon waren Namen, die ihnen Angst machten, zu oft schon hatten diese Mächte ihre Arme über die Wüste hinweg nach ihnen ausgestreckt. Zwar wußten sie von beiden wenig, und die Gefahr war schemenhaft, aber die Angst schon alt, und in dem Klang der beiden Worte hallte nichts Gutes wie in den Namen boshafter Dschinne.

Salomon hingegen klang neu, klang stark und hoffnungsvoll. Die Händler der Goldroute hatten schon von ihm berichtet, wenn ihre Erzählungen auch durch viele Hände gegangen waren und eher Märchen glichen als Nachrichten aus der realen Welt.

»Er soll die Dschinne regieren«, sagte einer ehrfürchtig. Und mit einem Mal sahen sie Südwind mit anderen Augen an. Hieß es nicht auch von ihr, sie sei in Wahrheit ein Kind der Dschinne, halb Weib, halb Antilope? Die Gerüchte waren so plötzlich in der Stadt aufgetaucht wie sie selbst und niemals ganz verstummt. War es da nicht folgerichtig, daß sie sich mit dem Dschinnenfürsten verband?

Südwind klopfte ungeduldig mit den Fingernägeln auf den Tisch. »Er wird für die Sicherheit unserer Weihrauchtransporte sorgen«, erklärte sie trocken und versuchte, ihre eigene Erregung beim Gedanken an den fernen König zu verbergen.

»Ich werde euch reich und mächtig machen«, versprach sie und hielt zurück, was sie mit klopfendem Herzen dachte. Ich werde mein Leben zu einem Märchen machen.

Die Ältesten erhoben sich. Ihr Anführer neigte vor ihr den Kopf.

»Komm zurück und lebe noch lange«, sagte er. Es war der traditionelle Gruß der Reisenden.

Die Karawane zog in schmaler Linie dahin, ein Wurm, der sich auf langen Beinen wiegte. Je zehn bis fünfzehn Tiere waren durch Seile miteinander verbunden und bildeten eine Einheit; das Leittier trug Glocken, die mit ihrem Gebimmel den Zug in jedem Augenblick begleiteten. Hier und da stieg ein kläglicher Ruf auf, wenn einer der Knechte, die neben den Tieren herliefen, sein lautes »Hathathat« mit einem Peitschenschlag unterstrich. Die meisten Kamele waren mit Säcken beladen, die sorgsam rechts und links an ihren Sätteln festgemacht waren. Die Knechte übten sich jeden Morgen in der langwierigen Kunst, sie so gleichgewichtig anzubringen und zu lagern, daß ihre kostbaren Kamele nicht wundgescheuert wurden.

Südwind hatte sich für die kleineren Inlandkamele entschieden, die nicht so stämmig waren wie die Küstentiere, die jedes das Gewicht von drei bis vier Männern tragen konnten. Sie waren nicht so stark, aber zäh und kamen mit der Wegstrecke besser zurecht. Je drei von ihnen hütete ein Knecht, Männer aus den Wüsten, die sie durchqueren würden, und der Karawanenführer samt seinen Männern hatte ein wachsames Auge auf sie, waren es doch Beduinen, nicht vertrauenswürdig wie die Bauern der Dörfer und die Bewohner der Oasen, dafür genügsam wie die Tiere, die sie betreuten. Ihre Gesichter waren verbrannt von der Sonne, ihre Haut rissig wie die eines ausgetrockneten Bachbettes, ihr staubiges Haar stachelig wie ein Dornbusch. Als ihr Sprecher Südwind nahe Ma'in vorgestellt worden war, damit er sich vor ihr verneigte, war sie erschrocken über seine Dürrheit, die gelbe Wut in seinen Augen und über seine zerknüllte, ausgetrocknete Gestalt. Ein Greis hatte sie angestarrt, von dem sie wußte, daß er nicht älter als fünfunddreißig sein konnte. Er küßte den Dolch, den sie ihm hinhielt, wandte sich ab und ging davon, barfuß über das Lavagestein, das unter der Sonne glühte. Südwind erinnerte sich, dies als Kind auch getan zu haben.

Je drei dieser Knechte wiederum teilten sich ein Reitkamel, das auch ihren Hausrat und die Decken trug, die sie bei jeder Lagerrast aufschlugen. Meist also gingen sie zu Fuß neben der langen Linie der Tiere her, trieben sie an, sangen und plauderten, bis die höher steigende Sonne jeden menschlichen Laut zum Verstummen brachte und nur das Schreien der Tiere und das Bimmeln der Glocken noch mit dem Staub in der Luft hing.

Schams neigte sich aus der Sänfte, um nach Südwind zu schauen, die von Zeit zu Zeit auf ein Reittier wechselte, wenn sie das Eingesperrtsein nicht aushielt. Wie immer gab es ihr einen kleinen Stich, die lange Reihe der Tiere zu sehen, die alle von Muchzen persönlich ausgewählt worden waren. Und die bissigen Kommentare der Karawanenleute taten ihr weh, wenn sie sich über den Schurken beklagten, der ihnen diese minderwertigen, schnell ermüdeten Kamele angedreht hätte. »Was erwartest du«, hatte der Führer eines Tages gesagt und in den Sand gespuckt, »ein Bedu, wie die anderen Schurken auch.« Und er hatte sich von einem Dromedar abgewandt, das mit wundgescheuerten Flanken zitternd auf den Beinen stand.

Marub aber hatte sich umgewandt und die beiden Knechte zur Verantwortung gezogen, die die Last schief am Sattel des Kamels befestigt hatten, so daß sie beim Gehen ständig nach der einen Seite verrutscht war und das Tier verletzt hatte. Schams war ihm dankbar dafür gewesen.

»Südwind!« rief sie und winkte mit der Hand. Ihre Freundin kam herangeritten. »Die Männer aus Ma'in sagen, der nächste Brunnen ist nicht mehr weit«, erklärte sie und wischte sich den Schweiß von der Stirn. Staub hinterließ dort schmutzige Streifen. »Siehst du?« Sie wies in den Himmel, wo Geier und Gabelweihen ihre Kreise drehten. »Wir werden schon erwartet.«

Mit raschelnden Flügeln und nur träge räumten die Aasvögel den Rastplatz, der sich langsam mit Kamelen füllte. Langsame Flügelschläge brachten sie auf die nächstgelegenen Bäume, wo sie auf ihre Chance warteten, sich mit dem Abfall der Karawanenleute, die hier haltzumachen pflegten, den Wanst vollzuschlagen. Eines nach dem anderen wurden die Dromedare unter lautem Rufen genötigt, sich hinzulegen, damit sie von ihren Lasten befreit werden konnten. Danach stellten sie sich wieder auf ihre langen Beine und drängten zur Tränke, von wo sie, wenn sie sich vollgesoffen hatten, hinauszogen in die Umgegend, um so viel vom Bartgras und dem harten Laub der Büsche zu rupfen, wie sie während des Abends vermochten.

Südwind schaute ihnen nach. »Haltet sie von den Gärten fern«, rief sie den Knechten hinterher. »Ich will nicht wieder über Schäden verhandeln müssen.« Die Oasendörfer legten die Rastplätze für die Karawanen zwar weit weg von ihren Häusern an und suchten mit den Fremden so wenig wie möglich in Kontakt zu kommen. Dennoch war man vor Streitigkeiten niemals sicher.

»Wir können von Glück sagen, wenn die Strolche morgen früh nicht wieder behaupten, die Hälfte der Tiere gehöre ihnen und habe schon immer in ihren Höfen gestanden«, brummte Marub.

Südwind blieb gut gelaunt. »Dann laß uns etwas dagegen unternehmen«, erwiderte sie munter. Sie hatte sich in ein prächtiges Gewand geworfen, das mit Goldfäden durchwirkt war und auf dem gestampften Lehmgrund inmitten der staubigen Herde so deplaziert wirkte wie der reiche Schmuck, der von ihren Schläfen baumelte. Schams hatte ihr geholfen, die Gehänge in ihr Haar zu flechten, und ihr die Armbänder eines nach dem anderen übergestreift, ihr dann die Augen umrahmt, Wangen und Lippen mit roter Farbe geschminkt, bis sie so unwirklich wie ein Götterstandbild aussah. »Gerade recht«, hatte Südwind nach einem kurzen Blick in den polierten Bronzespiegel gemurmelt und war zu Marub hinausgetreten, der mit seinen Männern bereitstand, sie zu eskortieren. Vor sich im Sattel hielt er eine silberverzierte Kiste, in der Südwind ihre schlagendsten Argumente aufbewahrte: Gold, Silber, Weihrauch und die hölzernen Stäbe, auf denen der Wortlaut der Verträge festgehalten wurde. Manchmal genügte sogar ein Sack voller Salz, um ihre Partner für sich zu gewinnen. Marub pflegte gegen den Unfug zu wettern, diesem Raubvolk Geschenke in den Rachen zu stopfen, doch Südwind erwiderte stets, daß sie plane, ihnen das Maul ein für allemal zu stopfen. Und da sie damit Erfolg zu haben schien, protestierte Marub nicht allzu laut.

Südwind warf einen letzten Blick die Hänge hinauf, ehe sie sich auf den Weg machte. Der Brunnen, aus dem sie das Wasser für ihre Tiere schöpften, war ein notdürftig mit Palmholzbrettern abgedecktes, ummauertes Wasserloch am Ausgang eines Wadis. Nicht weit von ihnen begann schon der wie die Trümmer eines gestorbenen Gebirges aussehende Schotter, der sich über einen breiten Streifen hinzog, an dessen anderem Ende die Wüste des Leeren Viertels lag. Hier und da konnten sie am Horizont die samtigen Linien einer Düne ausmachen. Und der

Wind, wenn er von Osten wehte, brachte mit dem mitgeführten Sand die Luft zum Zischen. Hier und da wölbten sich auf der grauen Erde kleine, perfekt gerundete gelbe Buckel aus Sand, vom Wind geformt, Ableger der großen Dünen, die aussahen wie verirrte fremdartige Tiere.

Zu ihrer Linken, im Westen dagegen erhoben sich die Gebirgshänge, über und über bedeckt vom grünen Mosaik der Terrassenfelder, die die Bauern dort oben angelegt hatten. Das strenge Muster reichte bis in Höhen, wo die Wolken es verhängten. Dort oben schien alles zu strotzen und zu tropfen. Und auf einem Vorsprung inmitten der grünen Linien erhob sich ein nackter Fels mit einem abweisenden Bauwerk. Auf den ersten Blick sah es aus wie eine Burg. Im Näherkommen konnte man erkennen, daß die vermeintlich trutzigen Mauern aus Häusern gebildet waren, die sich, mehrere Stockwerke in die Höhe ragend, dicht an dicht über dem Abgrund aneinanderschmiegten und dem Neuankömmling ihre abweisende Fassade präsentierten.

Das Tor, das erschien, als sie um die letzte Biegung des steilen, gewundenen Weges ritten, stand offen. Es spuckte eine Schar Reiter aus, die auf dem Vorplatz in wilden Kreisen um Südwind und ihre Männer herumritten, johlende Rufe ausstießen und dabei ihre Krummdolche reckten, die allerdings in den Scheiden steckten. Das Ganze war ein Ritual, halb Einschüchterungsversuch, halb Willkommensgruß, das die Königin an Marubs Seite, ohne mit der Wimper zu zucken, über sich ergehen ließ. Hörner erklangen über ihnen, riefen die Reiter zurück und gaben auch ihnen das Signal, das befestigte Dorf zu betreten.

Südwind ritt zwischen Häusern hindurch, die höher waren als manche in Marib. Grob aus Lehmziegeln errichtet, im Bereich der Fenster mit grellweißer Kalkpaste umschmiert, um die bösen Geister abzuhalten, ragten sie wie schiefe Zähne in den verhangenen Himmel. Die untersten Stockwerke, die nach außen hin keine Fenster hatten, beherbergten Vorratsräume oder Vieh; sie hörte das Muhen und Meckern aus den dunklen Öffnungen. In die menschlichen Behausungen darüber führten in den seltensten Fällen Stufen; meist waren es Planken oder Hühnerleitern, über die hier und da eine Frau balancierte, einen Tonkrug auf dem Kopf, oder eine Schar Kinder. Sie alle wurden zurückgescheucht von der Reiterschar, die Südwind noch immer eskortierte, mit dem Lärm ihres Imponiergehabes die Gassen füllte und alle anderen Bewohner verscheuchte.

Marub neigte sich zu ihr hinüber. »Ich denke, hier wird es ein wenig Salz tun.«

»Ein paar Krüge Rosenöl wären auch nicht verkehrt«, gab sie zurück und hielt sich dezent den Ärmelsaum vor die Nase, als sie durch eine besonders schmutzige Gasse ritten.

Wie sich zeigte, waren die Interessen des Dorfanführers gänzlich anders gelagert. Nachdem sie durch ein Labyrinth höhlenartiger Lehmziegelräume geführt worden waren und sich auf schmutzigen Kissen niedergelassen hatten, kam nach langem Warten ein wild aussehender Bursche mit gelbbraun schillernden Augen auf sie zu, der stehenblieb, schnüffelnd die Luft einsog, Südwind ungeniert anstarrte und dann Bemerkungen über sie zu seinen Gefährten machte in einer Sprache, die sie nicht verstand und die sie höflich überging. Die Männer, die den Raum stehend ausfüllten, beruhigten sich nur langsam, aber schließlich hockten alle einander mit gekreuzten Beinen gegenüber, ein Räuchergefäß wurde hereingetragen und alle gründlich in Weihrauchqualm gehüllt, der ihre Haut parfümierte, dann konnte das Palaver beginnen.

Der Anführer, in seiner seltsam abgehackten Sprechweise, die einer der Reitknechte ihnen übersetzte, nannte seinen Namen, dazu den seines Vaters, seines Vorvaters und begann dann, die lange Reihe seiner Ahnen aufzuzählen. Sein Tonfall wurde dabei zu einem Singsang, und er wiegte sich beim Sprechen vor und zurück.

»Was macht er da?« flüsterte Südwind und neigte sich fast unmerklich zu Marub.

»Er trägt uns seinen Stammbaum vor«, gab der Krieger zurück. »Damit markiert er seinen Stellenwert als Verhandlungspartner.«

Südwind nickte. Sie wartete, bis der Mann zu einem Ende kam, dann stieß sie ihren Leibwächter an, der aufstand und begann, seinerseits die Vorfahren seiner Herrin aufzuzählen. Er bediente sich dabei einer eigens für diese Reise ausgearbeiteten Genealogie, die einige der berühmteren Herrscher des alten Marib einschloß, sich sodann auf die Könige des fernen Assyrien berief, die ihre Hände immer wieder aus dem Zweistromland nach den Wüsten Arabiens ausstreckten und jedem Kind hier ein Begriff waren, so, wie man die Figuren der Märchen kannte. Und es endete mit der Nennung der ersten Frau, die die Götter erschaffen hatten, der Urmutter und Einzigen. So stellte Marub sie auch vor, wenn er schließlich auf sie wies: die Einzige. Das wurde im Verlauf der Reise ihr Name.

Ihre Zuhörer neigten sich murmelnd zueinander, sichtlich beeindruckt von dem, was sie gehört hatten. Dennoch wirkten sie keineswegs freundlich. Marub versuchte mit Hilfe des Dolmetschers, sich an ihr Anliegen heranzutasten, und fragte nach Proviant, den sie zu kaufen wünschten. Der Anführer winkte ab, die Ernte sei schlecht gewesen, die Vorräte seien knapp, sie könnten nichts geben. Dabei wanderte sein Blick immer wieder begehrlich zu der Kiste vor Südwinds gekreuzten Füßen.

»Er will den Preis hochtreiben, der Mistkerl«, knurrte Marub Südwind zu, die ihrer Rolle entsprechend gelassen sitzen blieb und den Blickkontakt mit den Männern mied. Nur mühsam konnte sie ein Gähnen unterdrücken. Es war immer dasselbe, und es konnte Stunden dauern.

»Verdammt!«

Der plötzliche Ärger in Marubs Stimme ließ sie den Kopf heben. »Was ist los?«

»Er sagt, alle Kamele, die hier herumlaufen, sind seine.« Sie konnte sehen, wie Marubs Kiefer mahlten. »Der Bursche ist mir ein bißchen zu schlau.«

Südwind blieb ruhig. »Dann sag ihm, daß alle tauglichen Waffen in diesem Raum unser sind«, erklärte sie. »Los, sag es ihm«, als Marub zögerte und der Dolmetscher sie entsetzt anschaute, und fügte leise hinzu: »Wir sind eindeutig in der Überzahl.«

Sie hob das Gesicht, als der Mann seinen Satz vorbrachte, und schaute dem Dorfhäuptling ins Gesicht. Der starrte zurück, als könnte er den eigentlichen Sinn der Botschaft in ihren Augen lesen. Vermutlich ging ihm in diesem Moment durch den Kopf, was seine Späher ihm zweifellos berichtet hatten: daß diese Karawane sich von anderen unterschied durch die große Zahl bewaffneter Krieger, die mit ihr ritt. Und er fragte sich, was diese Frau von ihm wollte, die es wagte, ihn im Kreis seiner Gefolgsleute zu beleidigen. Plötzlich, ohne jede Vorwarnung, zog er seinen Dolch.

Marub hatte die Finger schon am Griff seiner Waffe, aber Südwinds Hand fuhr hoch und hielt seinen Arm zurück. Noch immer wich sie dem Blick ihres Gegenübers nicht aus. Der lächelte tückisch und hielt seine Klinge probeweise erst an ihr Gesicht, dann an ihren Hals, als erwäge er, wo sie am meisten Schaden anrichten könnte. Noch immer stieß er nicht zu. Die Männer hinter der Königin wagten kaum zu atmen.

Südwind ließ ihren Angreifer nicht aus den Augen. Sie sah das Grinsen, aber auch die wachsende Unschlüssigkeit in seinem Blick. Seine Bewegungen verloren ihre tödliche Geschmeidigkeit und wurden fahrig, während er sie noch bedrohte. Schließlich schien er einen Entschluß gefaßt zu haben. Er hob die Hand. Zischend sog Marub die Luft ein. Südwind spürte das Beben, das durch seinen ganzen Körper ging, doch sie hielt seinen Arm weiter eisern fest. Der Anführer stieß mit dem Dolch nach ihrem Herzen. Sie konnte nicht verhindern, daß sie zusammenzuckte und diese Bewegung sich Marub mitteilte. Dann jedoch entspannte sie sich wieder.

Sie hatte lediglich einen leichten Stich gespürt und fühlte eine Feuchtigkeit, die klebrig wurde und kühl, da, wo ein wenig von ihrem Blut in den Stoff sickerte. Ihr Angreifer hatte nur eine schlaffe, halbherzige Attacke gewagt, die in den ersten Kleiderschichten dicht an ihrer Haut endete. Südwind verzog keine Miene.

Der Mann ihr gegenüber bemerkte den roten Fleck ebenfalls. Sein Blick flog zwischen der roten Stelle und ihrem Gesicht hin und her, halb angstvoll, halb neugierig, als erwarte und fürchte er ihre Reaktion. Schließlich lachte er laut, steckte seine Waffe ein und rief laut etwas über die Schulter. Wein wurde gebracht, und er schenkte ihnen reichlich ein.

Südwinds Griff um Marubs Hand löste sich. »Er hat mir gezeigt, daß er sich traut«, flüsterte sie ihrem Begleiter zu. »Ich habe ihn bedroht; er mußte seine Ehre wahren, das war alles.«

Marub nickte, langsam und grimmig. Es war ihm anzusehen, daß er am liebsten aufgesprungen wäre, um dem anderen an die Gurgel zu gehen. »Das ist ja ein ganz Mutiger«, zischte er abfällig.

»Seien wir Athtar dankbar, daß er es nicht ist«, gab Südwind leise zurück, erwiderte das Lachen ihres Gastgebers und trank ihm zu. Erstaunt nahm sie dann eine Handvoll dunkelgrüner Blätter an, die man ihr aufdrängte, wobei sie mit Gesten angewiesen wurde, sich die Dinger in den Mund zu stecken und zu kauen.

»Qat«, erklärte der Dolmetscher, und seine Augen leuchteten, als er die ihm zugedachte Portion entgegennahm und sie sich in die Backe schob. »Es entspannt und macht glücklich.«

»Aha.« Südwind roch mißtrauisch daran. Mit einem unmerklichen Nicken erlaubte sie ihren Männern, davon zu kosten, als sie sah, daß auch alle anderen im Raum es sich begeistert in den Mund stopften. Gift konnte es nicht sein. Und ein wenig Entspannung konnte die Situation zweifellos verkraften. Ihr eigenes Blatt schob sie unzerkaut zwischen Kiefer und Wange und täuschte dabei Kaubewegungen vor. Sie wünschte wach zu bleiben.

Zu ihrem Erstaunen machte der Anführer des Dorfes aber keine weiteren Schwierigkeiten mehr. Die Demonstration seines Mannesmutes und seiner Überlegenheit schien seinen Ehrgeiz vollauf befriedigt zu haben, und er unternahm keinen weiteren Verstoß mehr gegen das Gastrecht. Südwind erhandelte Proviant für ihre Karawane, tauschte Wasser gegen Salz, kam dann auf die regelmäßige Nutzung des Handelsplatzes zu sprechen und wollte schon ihr Kästchen öffnen, um den Mann das Angebot im Licht des milden Glanzes einiger Goldringe betrachten zu lassen, als sie innehielt und der Richtung seines Blickes folgte, der zu Marubs Taille ging.

»Marub«, sagte sie mahnend, während sie ihrem Begleiter langsam den reichgeschmückten Dolch aus dem Gürtel zog. Der Riese grunzte, protestierte aber nicht, als sie die Waffe vor ihrem Gastgeber auf den Boden legte. Der fuhr verzückt über die silberne Scheide mit den ziselierten Buckeln, schloß dann andächtig die Finger um den Griff, der aus dem afrikanischen Horn eines Nashorns geschnitzt war, und genoß mit zitternden Lidern das feine Zischen der Klinge, als sie herausfuhr.

»Geht das wieder los«, murrte Marub, als der andere erneut mit dem Dolch die Luft durchschnitt. Doch diesmal fuhr die Waffe in die Scheide zurück, ohne Schaden anzurichten. Der Beschenkte sprang eifrig auf und rief etwas. Ein alter Mann trat ein und konnte sich gar nicht schnell genug bewegen. Großspurig hielt der Anführer ihm seinen Daumen hin, damit er mit einer primitiven Steinklinge, die dunkel war vor Schmutz, einen Schnitt hineinmachen konnte. Mit Händen und Worten forderte er Südwind auf, sich zu erheben und es ihm gleichzutun.

Sie gab ihren Daumen, der Alte verletzte auch sie. Dann trat er an sie heran, was ihr Gelegenheit gab, das atemberaubende Aroma von Ziegenmist, Urin und vergorener Milch einzuatmen, das seiner welken Haut entströmte, und zog einen Faden aus ihrem Umhang. Dasselbe tat er bei dem Mann. Daraufhin befeuchtete er beide Fäden wechselseitig mit dem Blut der vertragschließenden Parteien, anschließend kniete er sich vor fünf weiße Steine hin, die Südwind erst jetzt bemerkte. Andächtig, mit zitternden Fingern, brachte er jedem dieser Steine der Reihe nach blutige Striche mit Hilfe der vollgesogenen Wollfäden bei, dazu murmelte er Gebete, deren Wortlaut und Sinn sich Südwind entzog.

»Er ruft ihre Götter an«, erklärte der Dolmetscher und lächelte verklärt.

Verächtlich betrachtete Marub den Klumpen Qat, der seine Wange wölbte. »Wollen wir hoffen, daß sie verläßlicher sind als er«, schnauzte er.

Doch es gab keine weiteren Schwierigkeiten. Als sie nach einer langen Feier zum Lagerplatz zurückkehrten, wurde der Himmel bereits fahl, und die Knechte schwärmten aus, um die umherschweifenden Kamele einzufangen. Keiner von ihnen wurde belästigt, und das langwierige Beladen der störrischen Tiere vollzog sich ohne weitere Störung. Schams, die erwacht war, nahm sich Südwinds Verletzung an.

»Ich bin froh, daß ich nicht dabeisein mußte«, seufzte Schams und drückte ein feuchtes Tuch auf Südwinds nackte Haut, um die Kruste abzuwaschen, während sie der Erzählung vom Verlauf der Nacht lauschte.

»Es war besser so«, stimmte Südwind zu. »Sonst hätte am Ende wieder jemand verlangt, daß wir dich als Preis dalassen.« Sie kicherten, als sie an den Vorfall weiter im Süden dachten.

»Allerdings hast du das Beste verpaßt«, fuhr Südwind fort. Sie zog ein paar zerknitterte Blätter Qat hervor, die schon ein wenig welk aussahen, und stopfte sie der verdutzten Schams in den Mund.

»Das macht glücklich«, erklärte sie und nötigte die Freundin zu kauen.

»Ich bin glücklich«, entgegnete Schams mit vollem Mund.

»Auch, wenn ich dir sage, daß wir heute den ganzen Tag und die Nacht durchmarschieren werden?« fragte Südwind. Ehe Schams protestieren konnte, fügte sie hinzu: »Der nächste Brunnen ist zwei Tage entfernt, und wir werden in die Wüste hinaus müssen.« Sie zog ihr Gewand zurecht und kletterte aus der Sänfte. Marub ritt herbei, ihr eigenes Tier am Zügel, und unterrichtete sie, während sie aufstieg, über die Vorratslieferungen, die das Dorf vereinbarungsgemäß überbracht hatte.

Südwind hob die Hand. »Aufbruch!« Der Ruf hallte über den Platz, vielstimmig beantwortet aus Menschenkehlen und vom Klagen der Tiere.

Mit einem Jammerlaut sank Schams in die Kissen zurück, als das Kamel sich unter ihr aufrichtete. Mit jedem Schritt, den ihre Sänfte nach Osten getragen wurde, der aufgehenden Sonne und der Wüste entgegen, spürte sie, wie die Ofenhitze der Sandflächen stärker nach ihr griff. Schweiß klebte auf ihrer Haut; in dem kleinen Stück Himmel, das sie durch die Vorhänge sah, kreisten erwartungsfroh die Gabelweihen, um sich auf ihre Abfälle zu stürzen. Der grobe Umriß des Schotters wich den weich geschwungenen Linien der Dünen, die ihre Leiber mit der Eleganz von Raubkatzen vor den Horizont spannten. Ich bin glücklich, dachte Schams und kaute tapfer, glücklich, glücklich. Sie bemerkte nicht, daß tatsächlich ein Lächeln auf ihren Zügen lag, während sie den Blick nicht von den Sandflächen draußen lassen konnte, die sie nun von allen Seiten umschlossen. Dies ist das Nichts, dachte sie. Der Tod schaut mich an. Aber Gott: wie schön er ist. Wie schön, wie schön. So schön. Wiegend zog die Karawane ihren Weg.

Reise durch den Sand

Marub hielt an, um auf Südwind zu warten, die eine Weile neben Schams' Sänfte geritten war. Er hob die Hand vor die Augen und blinzelte in die Richtung, in der der westliche Gebirgszug hinter Dünen verschwunden war und mit ihm der Gipfelsporn, der ihnen die letzten Stunden als Wegzeichen gedient hatte. Am nächsten Morgen sollte er wieder auftauchen und ihnen das Signal zum Schwenk nach Westen geben. So hatte es der Karawanenführer erklärt. Woran er sich bis dahin orientierte, war Marub schleierhaft. Er schaute sich um: Sandhügel hinter Sandhügel und kein Baum, kein Strauch, kein Stein, der einem einen Anhaltspunkt gegeben hätte. Südwind gegenüber verriet er allerdings nichts von diesen Gedanken. Als sie heran war, sagte er nur: »Du hättest sie nicht mitnehmen sollen.«

»Schams ist wieder stark genug«, widersprach Südwind.

Marub schüttelte den Kopf. »Sie hängt nicht genug am Leben.«

»Tun wir das denn?« fragte Südwind zurück und lachte, als er sie mißtrauisch ansah. Doch statt diesem Gedanken weiter nachzuhängen, fuhr sie fort: »Dir wäre es lieber gewesen, ich hätte Weihrauch mitgenommen, nicht wahr?« Sie mußte lächeln, als sie seine mißmutige Miene sah. »Weihrauch ist stark und zielbewußt, findest du nicht?«

»Ich weiß nichts von Weihrauch«, brummte Marub und dachte an das, was sie ihm vom Tod ihres Vaters erzählt hatte. Mürrisch ignorierte er Südwinds Gelächter. Als sie einen Hustenanfall bekam, reichte er ihr wortlos seinen Wassersack.

»Zu heiß zum Lachen, entschuldige.« Sie lehnte ab und griff nach ihrem eigenen Trinkbehälter, mußte aber feststellen, daß er bereits zur Hälfte geleert war. Dabei lagen die Nacht und der morgige Tag noch vor ihnen. Bedauernd befühlte sie das lauwarme, leise glucksende Stück Leder; ihr Mund war trockener denn je. Dann steckte sie es entschlossen weg. »Wir müssen sparsam sein«, erklärte sie.

Um sie herum war es still geworden. Mensch und Tier waren verstummt unter der Hitze eines glühenden Himmels, der sein metallenes Blau über das monotone Gelbrot der Wüste spannte, als gäbe es auf der ganzen Welt nichts anderes mehr als diese beiden Farben. Alle, Männer und Kamele, hielten die Köpfe gesenkt und konzentrierten sich darauf, einen Fuß vor den anderen zu setzen. Es gelang ihnen wie in einem Traum. Die Karawane zog inmitten dieser Weite eine Spur, dünn wie die einer Ameise.

Marub allein blieb in Bewegung, ritt die Linien ab von der Spitze zum Ende, trieb Nachzügler an, hielt nach Tieren Ausschau und wehrte sich mit aller Macht gegen die gefährliche Lethargie. Gegen Mittag bemerkte er, daß er nicht der einzige war, der aus der langen Reihe ausscherte. Spuren zweigten von den übrigen ab und liefen in einen kleinen Dünenkessel. Eilig ritt er ihnen nach. Er achtete nicht auf Südwinds Rufen in seinem Rücken.

»Heh, ihr beiden, was treibt ihr da?« Wütend trieb Marub sein Tier an und galoppierte zu einer Gruppe, die vergeblich versuchte, sich hinter einer Hügelflanke zu verbergen. Es waren zwei Männer. Sie hatten das Kamel, das sie mit sich führten, genötigt, sich niederzulegen, und ihm dann einen Stock in den Rachen gestoßen. Ruckweise übergab es sich nun, wobei sprudelnd schaumiges Wasser aus seinem Hals drang, das die zwei hastig in einem Lederbeutel auffingen. Aber sie kamen nicht mehr dazu, ihn sich an den Mund zu setzen und zu trinken. Marub schlug den ersten nieder und setzte ihm den Fuß auf den Hals. »Das Tier ist wichtiger als ihr«, schrie er.

Ehe Südwind, die ihm nachgeritten war, ganz herankommen konnte, verfolgte er den zweiten, der sich mit dem Ledersack in der Hand rückwärts zu einem Felsen bewegte und ihn angstvoll und störrisch fixierte. Marub reckte die Hand mit der Reitpeitsche. »Du tränkst das Tier wieder damit«, befahl er, »oder ich werde dich ...« Weiter kam er nicht. Er spürte einen kleinen Stich im Fuß, dem ein brennender Schmerz folgte. Erstaunt schaute er nach unten. Der Skorpion, der eilig wegkrabbelte, um sich wieder unter seinem Stein zu verbergen, war so klein und unscheinbar, daß er es gar nicht fassen konnte. Das war alles? Das sollte der Anlaß dieses flammenden Schmerzes sein, der sich sein Bein hinauffraß? Das war vielleicht die Ursache seines Todes?

Der Missetäter, der Marubs Innehalten und den erstaunten Gesichtsausdruck bemerkte, nutzte die Gelegenheit, um zu entkommen. Er warf den Sack von sich und rannte, so schnell es seine Kräfte erlaubten, der Karawane hinterher. Sein Gefährte rappelte sich hoch und tat es ihm nach. Südwind hielt sich nicht mit ihnen auf. Sie ignorierte auch den sich ausbreitenden dunklen Fleck im Sand, wo das Wasser sinnlos versickerte, und ging zu Marub, der noch aufrecht stand, aber bedenklich dabei schwankte. Seine Augen waren noch immer verblüfft aufgerissen, dabei durchwühlte der Schmerz bereits seine Züge.

»Stütz dich auf mich«, verlangte Südwind. Sie ging beinahe in die Knie, als sie das Gewicht des Mannes auf ihrer Schulter lasten fühlte. Mit äußerster Anstrengung brachte sie ihn die paar Schritte zu seinem Kamel und half ihm in den Sattel. Marub hockte da, zusammengesackt wie ein Bündel Kleider.

»Wir müssen rasten«, entschied Südwind, »du kannst nicht reiten.«

»Wir können nicht rasten.« Marub brachte die Worte nur mit Mühe heraus. Er wollte nicht sprechen, er wollte nicht hören, nichts sehen. Er war ganz konzentriert auf den Schmerz, der ihn folterte und ihm all seine Aufmerksamkeit abverlangte.

Südwind spürte die sengende Hitze auf ihrem Scheitel, die ihr Haar zu schmelzen schien, und wußte, daß er recht hatte. Sie konnten keine Stunde länger als nötig hier bleiben. Der Kessel, in dem sie standen, kochte auf seinem Grund wie heißes Wasser. Ihre Haut, auf der der

Schweiß trocknete in dem Moment, in dem er entstand, spannte schon schmerzhaft, und jeder Atemzug versengte ihren Mund. Noch hörte sie die Glocken der Karawane unwirklich hinter der nächsten Düne. Doch voll Schrecken wurde ihr bewußt, daß sie niemanden mehr sah und die leere Einsamkeit der Wüste bereits nach ihnen griff.

»Bind mich am Sattel fest«, verlangte Marub. Es war das letzte, was er sagte.

Südwind befolgte seinen Befehl mit zusammengebissenen Zähnen. Wie die Knechte jeden Morgen die Weihrauchsäcke festzurrten, so sorgsam schnürte sie Marub jetzt auf sein Kamel, achtete auf das Gewicht, verband den Höcker und den rutschigen Polstersattel mit neuen Riemen und erreichte so, daß ihr Begleiter, halb sitzend, halb liegend, eine groteske Gestalt, von dem Dromedar in die Höhe gehoben wurde. Sie sah, wie Marubs Hände die Zügel ergriffen, auch wenn sein Kopf haltlos hin und her pendelte, und nickte. Dann gab sie beiden Tieren das Signal zum Losgehen.

Eine Weile folgten sie den frischen Spuren, dann, zu Südwinds unsäglicher Erleichterung, kamen die ersten Tiere wieder in Sicht, und sie schlossen rasch auf. Der Karawanenführer ritt an ihre Seite. Mit dem Kinn wies er auf Marub, der mehr tot als lebendig auf seinem Kamel hing.

»Was hat er?« fragte er und spuckte aus.

Südwind ging nicht auf die Frage ein. Sie schilderte den Vorfall mit den beiden Knechten, die sich am Wasservorrat im Magen ihres Dromedars vergriffen hatten, normalerweise eine Maßnahme, die in letzter Not ergriffen wurde, und verlangte ihre Bestrafung.

Der Karawanenführer nickte. »Wir werden noch mehr Ärger kriegen«, meinte er und schob sich das Tuch um seinen Kopf zurecht, dessen Zipfel an seiner Schläfe herabhingen, »wenn er seine Wachen nicht mehr im Griff hat.« Er sah Marub nicht an.

»Wir werden keinerlei Ärger bekommen«, widersprach Südwind scharf, »solange die Leute das Vertrauen in deine Fähigkeiten nicht verlieren.« Sie sah ihn streng an. »Wie lange wird es noch dauern, bis wir am Brunnen sind?«

Der Karawanenführer lächelte, und Südwind wurde unangenehm bewußt, wie vollkommen sie von ihm abhängig war. Nicht einmal Drohungen würden ihn abhalten können, wenn er vorhatte, sie in die Irre zu führen. Er konnte tun, was immer er wollte, und sie dann heimlich nachts verlassen. Sie überlegte, ob sie ihn in Fesseln legen lassen sollte, aber das hätte keinen guten Eindruck auf die Männer gemacht. Und überhaupt, suchte sie sich zu beruhigen, war mit nichts bewiesen, daß er untreu war. Es waren vielleicht nur die Hitze und die Angst, die sie in Panik geraten ließen.

»Wir reiten die Nacht mit dem Stern des Athtar im Rücken«, erklärte er schließlich. »Und in der dritten Stunde werden wir den Berg sehen, an dessen Fuß wir rasten dürfen.«

Südwind zuckte mit den Schultern. »Ich hoffe, du hängst am Leben«, beschied sie den Karawanenführer. Sie schaute Marub nach, der es trotz seiner Schlaffheit geschafft haben mußte, sein Tier anzutreiben. Er ritt an seinen Männern vorbei und hob unter Mühen die Hand zum Gruß. Danach sackte er wieder in sich zusammen. Er schien leblos. Jeder Schritt seines Dromedars warf ihn herum wie ein Stück Holz auf den Wogen. Nur seine Hände hatten sich krampfhaft um die Zügel geschlossen und zeigten an, daß sein starker Wille ungebrochen war. Marub blieb im Sattel.

Die Nacht kam, und noch immer war alles stumm, Mensch und Tier. Die Stille war so mächtig, daß selbst die Sterne davon erzitterten. Flimmernd hingen sie in üppiger Fülle am Himmel, doch kaum einer hob den Kopf, sie zu betrachten. So berauschend schön waren sie, daß sie nicht von dieser Welt zu sein schienen, und alle, die sie sahen, begannen zu beben und fürchteten den Tod.

Die Zeit verrann wie Sand aus einer Hand, während sie ritten, und ihre Kraft verrann mit. Es wurde so kalt, daß Südwind Schams um eine Decke bat, die sie um Marubs Schultern hängte. Er glühte dermaßen vor Fieber, daß sie erschrak.

Gegen Morgen, der rasch kam, ohne Dämmerung und Übergänge, als die Nachtkühle und die Ahnung der Tageshitze sich in lauen Schlieren unter dem Frühlicht vermengten, kam von der Spitze ihres Zuges der Ruf, der Südwind aufrüttelte. Sie folgte dem ausgestreckten Arm des Karawanenführers mit dem Blick; und tatsächlich, dort, zwischen zwei Dünenrücken, in einer schmalen Spalte, zeichnete sich etwas in der Ferne ab, was kein Sand sein mochte. Man sah es nur, wenn man wußte, wonach man suchte. Und selbst dann war es nicht mehr als ein Schemen. Verblüfft starrte Südwind es an. Dieses kleine Ding würde also ihr Leben retten?

Der Karawanenführer lachte; diesmal störte Südwind sich nicht an dem Spott, der darin mitschwang. »Dort werden wir heute abend trinken«, erklärte er. Und mit einem Blick auf Marub fügte er hinzu. »Jedenfalls alle, die am Leben hängen.«

Als Marub erwachte, lag er in einem Zelt.

»Hast du Durst?« fragte Südwind und hielt ihm eine Schale mit Wasser an die Lippen, die er gierig leerte. Sie betrachtete ihn aufmerksam, das tote Auge in seiner zerstörten Höhle und das lebendige, sonst so funkelnde, das nun matt war vom Fieber. Seine Nase war von der Sonne rot verbrannt, die Haut seiner Lippen war aufgesprungen und hing in weißen Fetzen herab. »Du hast schon besser ausgesehen«, stellte sie fest.

»Südwind«, tadelte Schams sie erschrocken, warf einen entschuldigenden Blick auf Marub und schlug dann die Augen nieder.

Der Krieger grinste schwach. »Und ich dachte immer, es könnte nicht übler werden.«

Jetzt kicherte sogar Schams. Gemeinsam nötigten sie Marub, ein wenig zu essen, und zwangen ihm einen Schluck Wein auf, damit er ruhig schlief. Dann gingen sie hinaus.

»Er betet dich an«, stellte Schams fest, als sie unter dem Sternenhimmel, der hier wieder viel vertrauter schien, menschlicher und begrenzter, zu ihrem eigenen Zelt gingen, eingehüllt von den Geräuschen des Lagers wie von einer wärmenden Decke.

»Marub? Ich bitte dich.« Südwinds Stimme klang so ehrlich erstaunt und dabei so leichthin, daß Schams darauf verzichtete, auf ihrer Bemerkung zu bestehen. Offensichtlich lag der Gedanke jenseits von Südwinds Vorstellungsvermögen. Oder zumindest jenseits dessen, was sie interessierte.

»Aber er hat nach dir gefragt«, fügte Südwind nach einer Weile hinzu.

»Nach mir?« Nun war es an Schams, ungläubig zu klingen.

»Ja!« Südwind nahm die Freundin beim Arm. »Er hat sehr gelobt, wie gut du dich auf der Reise hältst.«

Schams lächelte traurig im Dunkeln. »Sicher«, sagte sie. Und nach einer Weile fügte sie trocken hinzu: »Danke.« Die Erinnerung an Muchzen kam mit einer Schärfe wieder, die ihr den Atem nahm. Für einen

Moment fühlte sie sich so einsam und verloren, wie man nur sein konnte.

»Hast du eigentlich keine Angst?« fragte sie und blieb stehen. »Ich meine, davor, wohin das alles führt? Was noch kommt?«

»Oh nein.« Südwind schüttelte energisch den Kopf. Das Gefühl des Ausgeliefertseins, das sie in der Wüste überfallen hatte, verblaßte bereits inmitten der Geschäftigkeit des Lagers. Sie verhielt ebenfalls den Schritt, schaute sich um und stellte befriedigt fest, daß jedermann seiner Arbeit nachging. »Ich habe all dies geplant, um den Ruhm und den Reichtum von Saba zu vermehren, weißt du. Und genau das werde ich auch tun.« Sie machte einen Tanzschritt voran. »Schritt für Schritt.«

Schams dachte an die Gebirgspassage, die sie vor über einem Mond durchquert hatten. Sie war steil gewesen, die Tiere waren auf den Hängen ins Rutschen gekommen. Ein Kamel hatte seine Ladung abgeworfen, und der Knecht, der versucht hatte, sie zu retten, hatte sich ein Bein dabei gebrochen. Gereizt und verbissen waren alle gewesen. Südwind hatte abseits gestanden, lange nur stumm die Bergwand angestarrt und auf einmal gefragt: »Wie breit muß eine Stufe sein, damit ein Kamelfuß bequem darauf paßt?«

Inzwischen war die Treppe am Entstehen. Sie hatten Männer zurückgelassen, um die Dorfbewohner zu überwachen, die sie mit ihren Hakken anlegten. Noch in Jahrhunderten würde man dort auf die Stufen im Berg deuten und sich sagen können: Dieses Wunder hat die Königin von Saba vollbracht. War es das, was Südwind meinte?

»Der Ruhm von Saba«, gab Schams zögernd zurück. »Saba, schön und gut. Ja, aber du?«

»Wo ist der Unterschied?« fragte Südwind munter zurück.

Der Karawanenführer kam und unterbrach ihr Gespräch. »Das Volk, dem dieser Brunnen gehört«, erklärte er, »ist seit kurzem verbündet mit den Nabatäern. Der Stamm lebt weiter im Norden und kontrolliert alle Handelswege zu dem mittelländischen Meer, das ihr erreichen wollt.«

Südwind nickte, sie verstand. »Dann sollten wir also einen guten Eindruck machen«, bemerkte sie und beschleunigte ihre Schritte, um in ihrem Zelt, so rasch es ging, in die übliche offizielle Maske zu schlüpfen.

Der Karawanenführer hielt sie noch einmal auf. »Wir haben noch mehr Glück«, sagte er. »Einer ihrer Prinzen ist hier; wir können mit ihm verhandeln.«

Südwind lächelte schon, da fügte er hinzu: »Sein Name ist Yata.«
Die Königin von Saba stand sehr aufrecht da, während das Mädchen Südwind versuchte, ihre Fassung zu bewahren.

Nachtvögel in den Gärten

Muchzen irrte durch den Palast, wie er es manchmal tat, seit Südwind ihm den Zutritt zu ihren Gemächern erlaubt hatte. Es war eine ihrer letzten Verordnungen vor der Abreise gewesen und hatte Muchzen in den Rang eines Beraters der Königin erhoben. Allerdings war er dankbar dafür, daß dieses Amt vorerst rein formale Züge trug und niemand in ihrer Abwesenheit etwas von ihm verlangte. Denn zu keiner Zeit war Muchzen sich ratloser vorgekommen als gerade jetzt.

Er teilte seine Zeit zwischen seinem Heim und den Ställen, die er mit einer Strenge verwaltete, die gutmütig hingenommen wurde. Wußte man doch, daß er viel von seiner Arbeit verstand und ein guter Kerl war. Manchmal reizte Muchzen die träge Freundlichkeit, mit der man auf seine Schärfe reagierte, bis zur Weißglut. Wie schön wäre es, wenn einmal, nur einmal, sich jemand vor ihm fürchten würde, dachte er. Bis ihm einfiel, daß Schams sich nun vermutlich vor ihm fürchtete. Und da kehrte sein ganzes Elend zurück.

Weggelaufen war sie vor ihm, quer durch ganz Arabien, bis in dieses Jerusalem, oder wie die Stadt hieß, die er sich nicht vorzustellen vermochte. Manchmal stand er an der Tür des Raumes, in dem sie gewohnt hatte, wie eine Dienerin mit krausem Haar und seltsam hellen Augen ihm widerwillig verriet, als er danach fragte. Da stand ihr Lager. Dort die Falten auf der Decke hatte ihr Körper vielleicht noch geprägt. Sie war hier gewesen, und er war hier, aber zwischen ihren beiden Gegenwarten erstreckte die Zeit sich wie ein Meer. Behutsam streckte er die Hand aus, um zu fühlen, ob noch etwas von ihrer Wärme in den Laken wäre. Unfug, er wußte es. Natürlich war der Stoff kühl. Aber er roch nach ihr, hatte an ihrer Haut gelegen, sich um ihre Hüften geschlungen.

Zugleich mit den vertrauten Bildern seiner Frau kam die Erinnerung an ihre Untreue zurück. Dhiban grinste ihm aus den Falten entgegen. Mit einem Ruck stand Muchzen auf und rannte hinaus. Er lief und lief die Korridore entlang, bog mehrfach ab und erkannte doch nichts wieder. Als er eine offene Tür sah, hinter der Tageslicht schimmerte, ging er hindurch und stand plötzlich in einem Garten. Palmen rauschten über seinem Kopf, Wasser plätscherte, und er hörte das Pfeifen eines Menschen bei der Arbeit. Neugierig bog er die Äste eines Jasminbusches beiseite und stand vor einem Mann, der ihn gar nicht zu bemerken schien, so angestrengt war er damit beschäftigt, ein Loch in der Erde auszuheben. Sein nackter Oberkörper glänzte von Schweiß, und aus seinen langen Locken flogen die Tropfen, wenn er herumschnellte, um die Erde hinter sich auf einen Haufen zu werfen.

»Verzeihung!«

Der fremde Mann, der ihn nicht bemerkt hatte, fuhr herum. In seinem Gesicht malten sich stumm die verschiedensten Empfindungen.

»Du hast jemand anders erwartet«, entfuhr es Muchzen. Er wußte selbst nicht, warum er das sagte.

Der andere zuckte mit den Schultern und setzte wieder den Spaten an. »Ich bin nur der Gärtner«, sagte er. »Yada«, fügte er knapp hinzu, als er merkte, daß Muchzen keine Anstalten machte wegzugehen.

»Ich bin Muchzen.« Er richtete sich ein wenig auf. »Vorsteher der königlichen Ställe und Berater der Königin.«

Der Gärtner nickte vage und wollte schon weiterarbeiten, dann schien er es sich anders zu überlegen und hielt inne. Er stützte sich auf den Griff seiner Schaufel, wischte sich mit dem Unterarm über die verschwitzte Stirn und schaute Muchzen in die Augen. »Dann kennst du sie gut?« fragte er.

Muchzen wuchs um noch ein paar Zentimeter. »Ich habe ihr einst das Leben gerettet«, verkündete er.

Yada legte den Kopf mit den langen Locken ein wenig schief.

»Na ja, das war damals, in der Wüste.« Muchzen stotterte.

Yada blickte ihn noch immer aufmerksam an.

Noch einmal versuchte Muchzen aufzutrumpfen. »Eigentlich«, verkündete er, »hätte ich sie ja Afrit opfern sollen. Das war es nämlich, was ich ...« Er verstummte, suchte nach Worten.

Dann ließ er sich am Rand des Wasserbeckens nieder und starrte auf seine Knie. »Sie hat mir den Zahn ausgeschlagen«, sagte er leise und wies mit dem Finger auf seinen Mund. »Und sie hat sich nie dafür entschuldigt.«

Er zuckte zusammen, als Yadas Hand ihm begütigend auf die Schulter schlug. Nimm's leicht, schien die Geste zu besagen. Muchzen lächelte bitter.

»Sie ist nicht einfach«, sagte Yada.

Muchzen schaute auf. »Hat sie dich auch ...«, begann er und ließ die Frage im Ungewissen.

Yada lächelte nur und deutete auf seine Nase.

Neugierig betrachtete Muchzen das Gesicht seines Gegenübers in allen Einzelheiten; dieser Yada war ein ausnehmend schöner Mann. Er schüttelte enttäuscht den Kopf. »Bei dir scheint es keine bleibenden Schäden hinterlassen zu haben. Du hast Glück.«

»Glück«, echote Yada nachdenklich. »Ich weiß nicht, wirklich, ich ...«

Er wurde vom Klappen einer Tür unterbrochen. Eine Frau trat heraus, gefolgt von zwei Dienerinnen. Sie war von einer gemeißelten Schönheit, der jedoch mit etwas zuviel Schminke nachgeholfen worden war, das konnte Muchzen selbst auf diese Entfernung erkennen. Ihre fast übergroßen, ausdrucksvollen Augen waren von dicken Strichen Kajal umrahmt, die Lider schillerten eidechsengrün. Die Granatapfelwangen leuchteten mit ihren Lippen um die Wette. An ihren Ohren baumelten lange Gehänge mit Smaragden, die sich an den anderen Farben zu entzünden schienen. Die kostbare Pracht verdeckte jedoch nicht die Bitterkeit in ihren Zügen.

Abrupt hatte Yada sich abgewandt, als die schöne Fremde erschienen war. Als Muchzen sich zu ihm umdrehte, um zu fragen, wer die Frau sei, war er völlig damit beschäftigt, Setzlinge in die ausgehobene Rinne zu pflanzen. Mit beiden Händen griff er in die fette Erde und beschmutzte sich bis zu den Ellenbogen.

»Das ist ihre Mutter, Dhahab«, beantwortete er Muchzens Frage über die Schulter.

»Die man nie zu sehen kriegt?« Muchzens Neugier war geweckt; er stand auf und ging um den Brunnen herum, um besser zu der Terrasse herüberschauen zu können.

»Hier kriegt man sie zu sehen«, war die Antwort. »Seit Südwind fort ist, kommt sie öfter heraus.«

»Aha.« Muchzen stellte sich hinter einen Jasminbusch, um die Szene dort oben ungestört betrachten zu können. Es dauerte einen Moment, bis er bemerkte, daß sich schon jemand in dem Busch verbarg. Er pfiff leise und anzüglich, als er die Gestalt eines Mädchens erkannte.

»Heh, Yada«, rief er. »Du hast Besuch.«

Erstaunt richtete Yada sich auf und warf einen Blick über die Schulter, als das Mädchen sich notgedrungen aus seinem Versteck befreite.

»Das ist Weihrauch«, sagte er in wenig romantischem Ton und machte sich wieder an die Arbeit.

Weihrauch zog sich eine welke Jasminblüte aus den krausen Haaren. »Ich habe mich vor ihr versteckt«, erklärte sie und reckte ein wenig trotzig das Kinn, während sie mit der Hand auf die Terrasse wies, wo die Dienerinnen für Dhahab ein Kissenlager bereiteten. »Dauernd will sie mich herumschicken.«

Muchzen hob abwehrend die Hände. »Bitte, meinetwegen mußt du dich nicht rechtfertigen.«

Er betrachtete die Frau, an der etwas Seltsames war. Lag es an dem Gegensatz zwischen der dunklen Haut und den überraschend hellen Augen? Oder an ihrer übergroßen Schlankheit? Alles an ihr wirkte langgezogen und leicht, und obwohl sie weder ausgemergelt noch vertrocknet aussah, war sie doch wie eines jener silbrigen, in der Sonne gebleichten Stücke Holz. Muchzen dachte an die seltenen wilden Weihrauchbüsche, die er in den Hochtälern gesehen hatte. Ja, dachte er, der Name paßte.

»Weihrauch«, begrüßte er sie. »Du bist ihre Dienerin, nicht wahr? Marub hat manchmal von dir gesprochen.«

Etwas in ihren Augen entzündete sich, als er den Leibwächter erwähnte. Sie betrachtete ihn mit neu erwachtem Interesse. »Sprich seinen Namen hier lieber nicht aus«, sagte sie, und ihre leise Stimme klang spöttisch. Sie wies mit ihrem kleinen, ein wenig spitzen Kinn auf Yada. »Sonst fürchtet er sich noch.«

Muchzen sagte sich, daß er mit seinem romantischen Verdacht, was den Gärtner und die Dienerin Südwinds betraf, wohl falsch gelegen hatte. Überrascht schaute er Yada an.

Der klopfte sich die Erde von den Händen und griff nach der nächsten Pflanze. »Marub will erst mit mir kämpfen, wenn ich eine Waffe in die Hand nehme«, sagte er sachlich.

»Was ja wohl nie der Fall sein wird«, zischte Weihrauch böse.

»Wozu«, gab Yada zurück und grinste. »Wenn ich ihn auch mit einer Schaufel besiegen kann?«

»Moment mal!« Muchzen mochte diesen Gärtner, aber eine Schmähung von Marubs Kampfesruhm konnte er ihm nicht durchgehen lassen.

Yada winkte begütigend ab. »Marub ist ein ehrenwerter Mann«, sagte er.

Muchzen nickte eifrig zu jedem seiner Worte. »Er ist der größte Krieger Sabas«, fügte er hinzu. »Und Südwind könnte keinen besseren Mann an ihrer Seite haben.«

Das allgemeine Schweigen nach diesen Worten lastete schwer. Muchzen erschrak. »Ich meine, ach je ...«, stammelte er und betrachtete Weihrauch verlegen aus den Augenwinkeln. Rasch haspelnd fuhr er fort: »Das war ja schon immer so, daß alle in sie verliebt waren, sogar Tubba im Grunde. Obwohl ... Aber keine Sorge ... sie hat nie, keinen ... ehrlich ... sie ist da ein wenig schwierig«, stotterte er und hatte das Gefühl, sich in Teufels Küche zu bringen. »Ich schätze, das liegt an ihrem Gebrechen, äh, diesem ...« Er wies nach unten und verstummte, dankbar, daß der Redefluß endlich unterbrochen war.

»Fuß«, erklärte Yada an seiner Statt und zu Muchzens großem Erstaunen. »Fuß, Fuß, Fuß.« Er wiederholte das Wort so heftig, daß Muchzen zusammenzuckte. Und jedesmal stieß er dazu seine Schaufel mit aller Kraft in den Boden.

»Äh«, sagte Muchzen.

»Gärtner? Gärtner!« Der Ruf kam von der Terrasse, laut und bestimmt.

Muchzen, noch immer verdutzt über Yadas Wutausbruch, sah, wie der sich aufrichtete, ein paarmal tief durchatmete und dann mit verschlossenem Gesicht durch den Garten stapfte und die Stufen hinaufging. Auf der Terrasse wurde er ins Innere gewinkt; das Dunkel der Türen verschlang ihn.

»Tja!« Weihrauchs Stimme klang gehässig. »Nicht jedem macht es etwas aus, ihr zu dienen.«

Erstaunt schaute Muchzen noch immer dorthin, wo der Gärtner verschwunden war. Wenn es stimmte, was er dachte, was er glaubte ... Aber seine Gedanken waren wirr.

»Der Herrin würde das nicht gefallen.«

»Aber ich meine … er … mir scheint …« Muchzen brach ab und schüttelte den Kopf. Er hatte sie bei ihrem Namen genannt, fiel ihm auf. Nicht Herrin oder Königin, sondern einfach Südwind. »Also …«, setzte er an, brach aber wieder ab.

Weihrauch trat so nahe an ihn heran, daß er den Duft von Sandelholz auf ihrer Haut riechen konnte. Oder wuchs das hier im Garten? Unsicher schaute er sich um.

»Hat Marub dir erzählt, daß eine giftige Schlange in ihre Gemächer gelangt ist?«

Muchzen schüttelte den Kopf. Davon hatte er noch nie etwas gehört.

Weihrauch nickte vielsagend. »Sie kam aus dem Garten. Bis in ihr Bett.«

»Tatsächlich?« Muchzen lachte verlegen. Die Erwähnung der Schlange erinnerte ihn an die peinlichsten Momente seiner Jugend. »Südwind hat keine Angst vor Schlangen«, sagte er. »Keine Sorge.«

Weihrauch lächelte – lag Verachtung darin? – und trat einen Schritt zurück. Erleichtert atmete Muchzen durch und wollte sich auf den Heimweg machen. Je eher er diesen seltsamen Garten hinter sich ließ, desto besser.

»Marub sagt, er schätzt dich.«

Die letzte Bemerkung Weihrauchs veranlaßte ihn, sich noch einmal umzudrehen.

»Ein guter Mann und der Herrin treu ergeben.« Sie lächelte. »Wie er selbst.«

»Ich bemühe mich.« Muchzen schluckte trocken.

Weihrauch nickte. »Marub ist entstellt«, fuhr sie fort, wie zu sich selbst. Ihre Finger führten die Geste aus, die Muchzen von seinem Vorbild so gut kannte: ein leichtes Tippen mit dem Finger an den Augenwinkel. Sie schaute ihn an und hob stolz das Kinn. »Aber es gibt Frauen, denen macht das nichts aus.«

Muchzen nickte mangels einer Antwort auf dieses Bekenntnis, wandte sich um und setzte seinen Weg fort. Erst nachdem er ein paar Schritte gegangen war, begann ihm der Doppelsinn ihrer Bemerkung aufzugehen. Hatte sie wirklich von sich gesprochen, oder meinte sie – und die Haare auf seinen Armen stellten sich ihm auf bei dem Gedanken – meinte sie etwa Schams? Jäh brannte die Eifersucht in seinen Eingeweiden, und er ging schneller. Dann, abrupt, blieb er stehen. Weihrauchs Augen fielen ihm ein, diese seltsam schillernden, und brachten ihn auf eine neue Idee. Hatte sie es vielleicht ganz anders gemeint, als er es zunächst aufgefaßt hatte: Hatte sie möglicherweise wohl von sich gesprochen, und von entstellten Männern – wie ihm selbst?

Er wollte sich schon umdrehen; er wußte plötzlich mit schwindelerregender Gewißheit, ihre schmale Gestalt würde noch hinter ihm auf dem Weg stehen. Da ertönte ein hoher Laut: das Lachen einer Frau. Muchzen zuckte zusammen, als hätte er einen Schlag erhalten. Er konnte nicht sagen, woher es kam: von der Terrasse oben oder von Weihrauch, die ihm nachsah. Wieder erklang es, laut und böse. Nur ein Nachtvogel, murmelte Muchzen bebend. Die Dämmerung hat ihn aufgeweckt. Er wagte nicht, sich noch einmal umzusehen. So rasch er nur konnte, rennend beinahe, verließ er den Garten.

Opfer

Mißtrauisch starrte Südwind auf den engen Eingang in die Schlucht. Sie wandte sich im Sattel zu ihrem nabatäischen Führer um, den Prinz Yata ihnen nach langen Verhandlungen mitgegeben hatte. »Müssen wir wirklich hier hindurch?«

Er legte die Hand aufs Herz und verneigte sich tief. »Habe ich euch jemals falsch geleitet?«

Südwind schnaubte, eine böse Antwort lag ihr auf der Zunge. Seit sie in Hedschra auf die Nabatäer gestoßen waren und sich von ihnen hatten führen lassen, waren sie seltsame Wege gegangen, obskure Schleifen hinaus in die Wüste, obwohl das Gebirge flach und flacher wurde und gut passierbar schien. Abstiege zur Küste, gefolgt von einer Abkehr vom Meer, um nach drei Tagen an einer Stelle wieder aufs Wasser zu schauen, die der ersten zum Verwechseln ähnlich sah. Unmotivierte Nachtmärsche, die sie am anderen Morgen schon zu Oasen mit Brunnen führten.

Sie hatte mehr als einmal mit Marub und dem Karawanenführer darüber diskutiert, daß sie glaube, der Stamm suche seine Routen zu verschleiern, indem er sie Umwege führte. An einem Punkt war ihr die Geduld gerissen. Sie hatte heimlich einen Krieger ausgeschickt, um ihren Verdacht zu überprüfen. Sharar sollte versuchen, auf direktem Weg zu dem Brunnen zurückzukehren, den sie am Vortag verlassen hatten und den Südwind nur auf der anderen Seite eines Hügelrückens wähnte. Der Mann war nicht zurückgekommen.

Es sei gefährlich, sich vom rechten Weg abzuwenden, hatte ihr Führer ihnen bedauernd erklärt, sehr gefährlich, leider. Viele wilde Tiere, die Sonne und die schlimmen Fliegen, deren Stich einem Eiterbeulen an allen Gliedern verschaffte, bis man vom Kamel sank und starb. Sie könnten es ja selbst sehen.

Südwind hatte ihn mißtrauisch angestarrt. Sie hatten drei ihrer Leute durch die Beulenkrankheit verloren, das mußte sie zugeben. Aber nicht Sharar, darauf hätte sie jeden Eid geschworen. Der lag, wenn man sie fragte, mit einer nabatäischen Lanze im Rücken irgendwo im Sand. Da konnten ihre Führer bei Dai, Nuchai und Atarkumuma schwören, so lange sie wollten.

Auch der Priester, den die Sabäer mitführten, machte die Nabatäer mißtrauisch, und das zu Recht, war es doch seine Aufgabe, den Verlauf ihrer Reise auf Holzstäbchen festzuhalten.

»Was schreibt er da?« hatte ihr Führer gefragt und mit dem Fuß nach dem Mann getreten, der mit dem Griffel über das Holz gebeugt dasaß.

»Er schreibt Gebete«, hatte Marub erwidert und durchblicken lassen, es könnten auch Verwünschungen darunter sein.

Südwind hoffte, sie wären stark genug, um sie vor allem zu bewahren, was hinter diesen Felsen läge. Grau und gelb waren sie, gefleckt mit kargem Grün, und traten so eng vor ihr zusammen, daß ihr weiterer Weg vollständig im Schatten lag. Sie reckte den Kopf, um ein wenig vorauszuschauen, aber die Schlucht machte bereits nach wenigen Metern einen Knick und gab nichts von ihrem Geheimnis preis.

Marub ritt an ihre Seite und nickte ihr zu; sie wußte, das bedeutete, daß all ihre Männer die Hände auf den Waffen hatten. Sollten sie plötzlich aus dem Hinterhalt überfallen werden, würden sie ihr Leben so teuer wie möglich verkaufen. Südwind suchte den Gedanken an Bogenschützen zu verdrängen, die dort drinnen in den Wänden versteckt auf sie lauern mochten. Auch sie griff zu ihrem Dolch und schloß dicht zu ihrem nabatäischen Führer auf. Sollten sie angegriffen werden, würde er als erster sterben. Dann erwiderte sie Marubs Zeichen und trieb ihr Tier an. »Aaaiii!« Der Ruf ging durch die Karawane, die sich Tier um Tier in Bewegung setzte.

Schatten umschloß sie schon nach wenigen Schritten, staubig riechende Kühle, die hätte angenehm sein können, wenn sie nicht so aufs äußerste gespannt gewesen wären. Über ihren Köpfen, in dem Sonnenschein, von dem sie ausgeschlossen waren, flogen Vögel pfeilschnell von Felsloch zu Felsloch. Ihr hoher Ruf wurde vom Stein aufgenommen und zurückgeworfen. Die Köpfe der Sabäer waren in den Nacken gelegt und wanderten von rechts nach links. Aber keine Angreifer, keine Bedrohung zeigte sich. Sie betraten ein Wunderland.

Im Inneren weitete sich die Schlucht bald wieder, gab weich gerundete Vorsprünge und Wände preis, die im einströmenden Sonnenlicht in warmen, unglaublichen Erdtönen leuchteten. Eine Wand schimmerte wie Milch und Honig, eine andere bernsteinfarben, eine dritte im wehmütigen Rosé hellen Weins. »Rosenfarbene Stadt«, murmelte Marub, als sie an einer in allen Rottönen gebänderten Steilwand vorbeiritten, und wich Südwinds erstauntem Blick aus. »Ich meine, so werden die Dichter das hier einst nennen.« Hier und da erschien ihr ein Vorsprung künstlich ausgehauen, ein Grotteneingang erweitert; die viereckigen Formen kontrastierten mit dem weichen Material des Sandsteins, die Wellen der Farbschichten zogen darüber hinweg.

»Was für ein Ort«, flüsterte sie Marub zu.

»Ja, ich glaube, hierher bringen sie ihre Toten«, gab er zurück und wies auf einige Felskuben, die künstlich ausgehauen schienen, gerillte Fassaden, die vorgeblendete Säulen vortäuschten, und unproportioniert schwere Dachplatten, alles aus einem Felsblock gemeißelt.

Schams, deren Sänfte dicht neben ihnen war, küßte erschrocken ihren Daumen und machte eine schadensabwehrende Geste, als befürchtete sie, daß dies auch ihre letzte Ruhestätte werden könnte. Doch aus den zahllosen Löchern und Grottenöffnungen flogen nach wie vor nur die Vögel ein und aus, reifes Nachmittagslicht unter den Flügeln.

»Diesen Ort würde ich nicht den Toten überlassen, wenn es meiner wäre«, meinte Südwind, die noch immer den Blick schweifen ließ. »Ich würde eine Stadt in diese Felsen graben, eine Festung würde es werden.« Im Geiste sah sie die bunten, prachtvollen Fassaden bereits aus dem Stein herauswachsen.

»Sie haben ihre Siedlung weiter oben, soweit ich weiß.« Kaum hatte Marub es ausgesprochen, da öffnete sich die Enge und gab den Blick auf eine Ansammlung von Häusern inmitten bunter Felsen preis, die in kleinen Stufen und Verwerfungen anstiegen bis zu einer Höhe, in der ein Einschnitt ihnen verriet, daß dort die Weihrauchstraße das Tal der Nabatäer wieder verließ. Die Kuppen, die sie rechts und links überragten, waren zu Wachhäusern ausgehauen; sie sahen Männer mit Lanzen vor den künstlichen Höhlen stehen.

»Eine natürliche Zollstation, wie es keine bessere gibt.« Marub konstatierte es nicht ohne Neid.

»Das heißt, wir werden hier halten?« fragte Schams. Ihr Führer hatte den Arm bereits erhoben.

»Das heißt es«, bestätigte Südwind und befahl ihrem Tier, sich hinzulegen. Steif glitt sie aus dem Sattel und räkelte sich. Sie hatte mit einem Überfall durch Bewaffnete gerechnet. Da war dies hier die kleinere Katastrophe.

»Eine weitere Verhandlungsrunde«, seufzte sie, verdrehte die Augen zu Marub und folgte dem Winken des Führers hin zu dem größten der bescheidenen Häuser, die sich hier auf den Felshängen drängten. »Wenn ich bis zum Morgengrauen nicht zurück bin, dann hau ein Grab für mich in die rote Wand da drüben, die gefällt mir. Rosenfarben«, zitierte sie ihren Leibwächter, der unfroh griente.

Südwind lächelte, zwinkerte Schams zu und ging davon.

Stunden später lächelte sie nicht mehr. Müde und zermürbt von den endlosen Verhandlungen, gelang es ihr kaum noch, ein hartnäckiges Gähnen zu unterdrücken. Der Weihrauch stand inzwischen so dicht in dem Raum, daß sie die Männer, die ihr im erhitzten Halbdunkel gegenüberhockten, kaum noch richtig sehen konnte. Die Ausdünstungen vieler Menschen wollten verdeckt sein und raubten einem doch den Atem. Allen stand der Schweiß auf der Stirn; es ging um viel bei diesem Gespräch.

»Ihr kommt also aus dem Süden«, hatte ihr Gesprächspartner die Runde eröffnet. »Woher dort?«

»Oh, sehr weit aus dem Süden.« Südwind lächelte unverbindlich. Ihr Tonfall war vage. Dann neigte sie sich vor und faßte den Frager ins Auge. »Aus einem Land, das von Dschinnen bewacht wird.« Sie nickte befriedigt, als sie das Raunen hörte, und fuhr fort: »Sie sind so groß wie zwei Männer, haben vier Arme und beißen jedem den Kopf ab, der sich unseren Grenzen nähert. Die Schädel derer, die schon gestorben sind, bilden einen Schutzwall um unsere Weihrauchhaine, die ›Schädelstätte‹ heißen: Hadramaut, weiß von Gebein.«

Ihre Erläuterungen provozierten Gemurmel. Nur ihr direktes Gegenüber blieb ruhig, ein Mann, so alt, daß Südwind keine Schätzung wagte. Er war ein Onkel Yatas, soviel hatte sie verstanden, und sein Stammbaum ging auf jemanden zurück, den die Nabatäer Ismail nannten und den Südwind nicht kannte. Doch es schien sich dabei um einen Vorfahren auch des Königs zu handeln, den aufzusuchen sie sich vorgenommen hatte.

Der Alte, der bislang unbeteiligt dagesessen und von seinem Wein geschlürft hatte, öffnete seinen zahnlosen Mund zu etwas, was ein Lächeln oder eine Drohung sein konnte, es war nicht auszumachen. Seine Augen verschwanden fast in dem von ledrigen Falten verhutzelten Gesicht. Er war so schwarz wie ein Geist.

»Soso«, hörte Südwind ihn keuchen, ehe ein Hustenanfall ihn schüttelte. »Und ihr wollt zu dem König, der über die Flotte von Tyrus gebietet?«

Südwind nickte und neigte sich vor. »Salomon, ja. Ist es noch weit?«

Ihr Gegenüber wackelte mit dem Kopf. »Salomon hat Macht über Hiram von Tyrus«, bestätigte er.

»Ist es noch weit?«, wiederholte Südwind hartnäckig ihre Frage.

Die Antwort war ein zahnloses Grinsen. »Oh, weit, sehr weit im Norden. Und auch der große König soll ein Meister der Dschinne sein.«

Südwind lächelte abschätzig. Da ertönte ein lautes »Pu-pu-pu« durch das Fenster. Sie wandte den Kopf und bemerkte einen Wiedehopf, der sich in den stacheligen Zweigen eines Busches vor dem Haus niedergelassen hatte und nun sein Gefieder strähnte. Der Ast wippte heftig unter seinem Gewicht. Schon wollte sie weitersprechen, da bemerkte sie, wie die Nabatäer die Hände vor der Stirn zusammenlegten und gebückt Ehrerbietiges in Richtung des Fensterausschnittes murmelten. Verwirrt schaute Südwind sich um.

Auch ihr Gegenüber hielt Andacht. Schließlich beendete er sein Gebet und hob wieder den Kopf. »Der Wiedehopf«, sagte er und wies mit seinem knöchrigen Finger hinaus. »Er ist der Vogel des Königs. Sein Ohr, sein Bote. Vielleicht ruft er dich, horch.«

Südwind wurde blaß. Sie hatte nicht vergessen, was ihr Großvater Arik ihr von dem Tag erzählt hatte, als er sie bei sich aufnahm. Er hatte es auf ihre Bitten hin so viele Male wiederholen müssen: Der Wiedehopf hatte gerade geschrien, da hatte er ihre Mutter erblickt, die sie, Südwind, in seine Arme legte. Als hätte der Vogel sie angekündigt. Sie nahm einen Schluck Wein, um ihre Verwirrung zu verbergen. Konnte es sein, daß sie tatsächlich am Ziel ihrer heimlichen Suche angekommen war? Hatte sie endlich jemanden gefunden, der war wie sie – und hatte er sie gerufen? Dann straffte sie sich. Sie verbarg ihr inneres Beben und verbat sich die romantischen Gedanken, die in diesem Augenblick fehl am Platz waren. Es galt, die Sache nüchtern zu betrachten. Du musst ein Geschäft abschließen, Mädchen, rief sie sich selbst spöttisch zu. Wenn du unbedingt Teil eines Dschinnenmärchens werden willst, dann nutze die Chance wenigstens zu deinem Vorteil. An ihrer Erregung änderte das nichts.

»Ich weiß«, erklärte sie dennoch in arrogantem Ton, »dieser Bote hat mich bereits im Süden erreicht. Er hat an meinem Palastfenster mit mir gesprochen und mich zum Kommen aufgefordert.« Südwind versuchte, möglichst streng dreinzublicken. »Der König erwartet mich also«, fuhr sie in mahnendem Ton fort, »und ihr tätet gut daran, mich nicht weiter unnötig aufzuhalten.«

Der alte Nabatäer musterte sie nachdenklich. Dann nickte er, und Südwind wollte schon aufatmen.

»Fünf Prozent«, sagte er.

Südwind schüttelte ungeduldig den Kopf. »Wie weit noch?«

»Fünf Prozent.«

»Ihr könnt den Weg nicht vor uns verbergen.« Sie wies auf den Wiedehopf, dessen Haube auf und ab nickte. »Der Dschinnenkönig wird ihn mir offenbaren.«

Der Alte küßte ehrfürchtig seinen Daumen und verneigte sich vor ihr, als gäbe er ihr recht. All seine Stammesgenossen flüsterten und tuschelten und wiesen abwechselnd auf Südwind und den Vogel, der sein properes Gefieder spreizte.

»Fünf Prozent«, wiederholte er dann. »Jetzt und in alle Ewigkeit zwischen euch und uns.« Die Dschinne waren eine Sache, und nur ein Narr fürchtete sie nicht. Aber die Geschäfte waren eine andere.

Südwind seufzte. Sie hatte sich nicht auf einen festen Anteil einlassen wollen. Noch bei jeder ihrer Verhandlungen hatte sie es vermieden, und weiter im Süden war es ihr auch gelungen. Aber aus dem nabatäischen Labyrinth würde es für sie keinen anderen Ausweg geben, das zeichnete sich deutlich ab. Kurz wog sie die Nachteile gegen den Vorzug ab, hier ein über Generationen gegründetes Bündnis vorzufinden, das ihr den Rücken in Nordarabien freihielt. Dann holte sie tief Luft.

»Fünf Prozent«, gab sie zu.

Der Alte lächelte, griff mit beiden Händen nach ihrer Hand, drehte sie um und küßte sie auf den Puls. Sie spürte das Kratzen seiner trockenen Lippen auf ihrer Haut und lächelte gequält.

»Fünf Tage«, sagte er dann.

»Aber ich habe doch schon ...«, begann Südwind prompt, die nur »fünf« gehört hatte. Es dauerte einen Moment, ehe sie begriff, daß er sich nicht noch einmal wiederholt hatte.

»Fünf Tage?« fragte sie vorsichtshalber. So nah schon, konnte das sein?

Er bestätigte es, über das ganze Gesicht strahlend. Dann sprang er so gelenkig auf, wie sie es nicht für möglich gehalten hätte. Die Tür öffnete sich, Sonnenlicht strählte den Weihrauchdampf im Inneren. Ein Mann kam herein und zog eine weiße Ziege am Strick hinter sich her, um seinen Herren begutachten zu lassen, ob sie gut genug sei, ihr Leben auf dem Opferaltar zu lassen, um dieses Geschäft zu besiegeln.

Der Alte tastete ihr Euter ab, zupfte an ihrem Fell, fingerte in ihre Ohren und in ihr von den Händen der Helfer aufgerissenes Maul, ehe er sie an sein Bein drückte und heftig tätschelte. Auf seinen Stock gestützt, ging er nach draußen, wo schon die Feuer entzündet wurden und das spätnachmittägliche Licht zum Flimmern brachten, das warm auf den roten Felsen lag. Er wies mit seinem Stab die Straße entlang nach Norden.

»Nicht weit«, sagte er, »nicht gefährlich. Bauernland.« Er spuckte aus. Dann wandte er sich ihr zu und musterte sie mit funkelnden Augen. »Wenn du willst«, sagte er. »In fünf Tagen steht ihr alle vor dem großen Zauberer.«

Südwind erinnerte sich dieser Worte, als sie fünf Tage später an den Toren Jerusalems hinaufblickte. Zunächst versuchte sie sich einzureden, daß dies auch nur eine weitere der Städte war, wie sie sie kannte: von Mauern umgeben, auf der Krone eines Hügels gelegen und über grüne Oasen hinwegblickend. Aber die Mauern hier waren höher, der Hügel steiler und die Oasen größer als das, was sie gesehen hatte, als Marib das erste Mal vor ihr lag. Vor allem die Oasen!

Südwind konnte es sich nicht abgewöhnen, das hiesige Fruchtland so zu nennen, obwohl ihr in den letzten Tagen klar geworden war, daß es keine bloße Insel im Sandmeer war, ja daß es keinen Anfang und kein Ende zu haben schien. Feld reihte sich an Feld, Wald an Wald, ganze Hänge waren von Bäumen bedeckt, ohne daß eine Grenze abzusehen gewesen wäre. Sicher, es hatte die Linie gegeben zwischen der Wüste und diesem hier. Aber nun war die Wüste fort, und um sie herum war alles grün.

Südwind begriff, daß dieser König Afrit und Athtar nicht kannte. Dürre und Hitze bedrohten seine Macht nicht. Er mußte andere Feinde haben, dachte sie, als sie die trutzigen Stadtmauern sah. Gefährliche Feinde, mit Waffen, denen nur diese Gemäuer Einhalt bieten konnten. Sie hatte davon gehört, daß Ägypten und Assyrien um dieses Land kämpften, und nun, da sie seinen grünen Reichtum kannte, konnte sie es verstehen. Aber Ägypten und Assyrien waren nur Namen für sie, ferne Echos. Und diese Stadt hier vor ihr, das stand fest, verteidigte sich im Namen Salomons und seines Gottes seit Jahren und mit Erfolg.

Die Nabatäer hatten es ihr bestätigt: Der König beherrschte die Küste, und die phönikische Flotte von Tyrus, die König Hiram gehörte, folgte seinem Befehl. Es gab keinen Zweifel, daß Salomon der war, den sie suchte.

Nein, Zweifel hatte sie keine. Auch wenn die Worte des alten Nabatäers wieder und wieder in ihrem Kopf hallten: wenn ihr wollt. Hatte sie all dies nicht seit jeher gewollt? War der Wiedehopf nicht tatsächlich ein Zeichen? Ihr Herz klopfte, als sie das Tor passierte und durch die engen, steilen Gassen aufwärts ritt. Alt und geheimnisvoll erschienen ihr die Fassaden aus dem gelblichen Kalkstein, der sich von dem ihren zu

Hause unterschied, der so weiß in der Sonne gleißte. In Saba war alles nackt und grell, hier gab es Schattierungen und Farben, neigten Bäume ihre Wipfel inmitten der Gassen, das Leben kam ihr bunter vor und reicher, nicht so demütig vor der Sonne versteckt, aber auch älter, aus zahllosen Sedimenten bestehend, die sich in Ruhe abgesetzt hatten, nicht wie in Saba, wo jede Generation wieder dem Boden das nackte Überleben entriß. In Saba sah alles neu aus, selbst das Alte, flüchtige Oasen im Zeitstrom. Hier wirkte selbst das Neue alt, als gründete es sich auf ein seit grauer Vorzeit überliefertes Geheimnis.

Auch Schams herrscht hier nicht, dachte sie und hob den Kopf zum höchsten Punkt der Stadt, wo der Tempel sich im Sonnenlicht erhob auf seiner rechteckigen Plattform.

Salomon hatte ihn erbauen lassen, hieß es, für die Lade mit den Gesetzestafeln, die ein Gott seinem Volk gab. Seltsam, daß ein Gott nicht in der Erde leben sollte, im Wasser, in einem Baum, einem Stern oder Stein, sondern in einem Wort, einem Satz. Aber entsprang nicht auch sie selbst einem Wort, einem Satz, einer Geschichte? Einem Märchen, das ihr Großvater erzählt und das sie selbst fortgeschrieben hatte? Unwillkürlich hörte sie es flüstern: »Es war einmal«.

Die Straße wand sich höher, mündete auf einer steinernen Rampe. Südwind sah vor sich den doppelten gemauerten Bogen des Tores. Sie konnte nichts erkennen als hohe Mauern, die ein großes Geviert umschlossen, und sie hoffte, daß ein Volk, das das Gesetz verehrte, ein guter Handelspartner wäre.

Die Bewohner Jerusalems staunten die fremden Besucher an, die da durch ihre Straßen zogen, als waren sie einem fernen Märchen entstiegen. An die hundert Kamele, Kopf an Schwanz, mit bunten Bändern geschmückt, zogen unter dem hellen Klingeln silberner Glöckchen in ihrem wiegenden Schritt durch die engen Gassen wie Fabelwesen. Ihre Köpfe stießen gegen die Ladenmarkisen, ihre schweren Leiber streiften die Töpferwaren an den Ständen, und ihre weichen Füße zertraten die Gemüsereste auf dem Boden der Märkte. Niemandem kam es in den Sinn, sich deswegen zu beschweren, alle starrten nur mit offenem Mund. Hinauf zu den Männern mit den langen schwarzen Locken und den kajalumrandeten Augen, die sich lässig von ihren Tieren wiegen ließen. Hinauf zu den Schärpen und Dolchen, den Decken mit Antilopenkopfmustern und den Löwenfellen. Hinauf zu den Säcken, aus denen der Duft von Zimt und Nelken, Myrrhe und Balsam zu ihnen drang. So viele waren es, man konnte sie nicht zählen.

Einige der Säcke sollten auch Gold enthalten, so hörte man, vielleicht jene, die so dick geschwollen waren, und Smaragde, grüner als die Augen der Lilith, Schatullen davon, so gefüllt, daß man seine Hände hineintauchen konnte. Und Onyx und Achate, dunkel und glänzend wie der Blick wilder Tiere, wie der Blick dieser Männer mußte er sein, die aus dem Süden kamen. Süden, noch nie hatte dieses Wort einen so geheimnisvollen, sehnsüchtigen Klang besessen wie jetzt.

Und da war sie, die Rufe wurden lauter: die Königin des Südens, das Zauberweib selbst. Auch von ihr hatte das Gerücht schon berichtet. Der König hatte sie gerufen, durch seinen Wiedehopf, und nun kam sie, um seine Weisheit zu erproben und sich seinem Gott zu unterwerfen. Aber war es denkbar, daß diese Frau je ihr Haupt neigte? Mit wohligem Schauern starrten die Jerusalemer zu ihr hinauf, die stolz und unbedeckt, ohne Tuch und Schleier, ihren Kopf erhob. Das Haar fiel ihr in gewöhnlichen Zöpfen ums Gesicht, bis hinab auf den Sattel, wo sein Saum seidig im Takt des Kameltrittes schwang. »Wie ein heiliger Vorhang«, murmelte einer und wurde von seinem Nachbarn für die Blasphemie geknufft. Ihr Mund war ein Spalt im Granatapfel, saftig und schimmernd von Röte, ihre Augen groß und unstet, schwarze Tauben, die Brauen wie Schwingen, die sich stolz erhoben. Ihr Gesicht und ihre Hände waren braun wie die eines Mannes, und so saß sie auch im Sattel, sicher und aufrecht, sich wiegend wie ein Raubtier, dessen schlanken, biegsamen Leib sie besaß.

Voll Wollust stellten sie es sich vor, daß dieses Kleinod ihrem König huldigen sollte. Ihre Gewänder würden raschelnd über den Boden seines Palastes gleiten, wenn sie sich ihm näherte, ihr Haar würde über ihre Hüften fallen, so sie sich verneigte, und würde seine Füße netzen, bis er sie hochzog zu sich, um ihr seinen Segen zu spenden. Jubel erhob sich an den Straßen bei diesem Gedanken. Ja, sie gefiel ihnen, die Königin des fernen Südens, die nunmehr so nahe war. Lust und Angst mischten sich in der Erwartung, dieses Fremde bei ihrem König eingehen zu sehen. Manch einer umarmte sie in seiner Phantasie. Und Ehrfurcht überfiel sie vor der eigenen Macht.

Obwohl es für die Bürger so aussah, als wäre die Karawane aus dem Nichts aufgetaucht, direkt aus den lockenden Fernen, so war der Auftritt der Sabäer doch wohl geplant. Fast drei Tage hatten sie sich in einem Wäldchen nahe einer Quelle aufgehalten, während Boten hin und her gingen, die ihre jeweiligen Anliegen vortrugen und das Treffen der beiden Könige vorbereiteten. Salomon wünschte vor seinen Untertanen keine Überraschungen zu erleben, und Südwind war es recht, nicht im Ungewissen die Stadt zu betreten. So wurde das Bündnis unter Bäumen verhandelt, von Stellvertretern, die Anteil und Gewinn festlegten und schließlich auch den Auftritt entwarfen, mit dem all dieses dem Volk und zu dessen Gefallen präsentiert werden sollte.

Schließlich entschied man, die Karawane entgegen dem Brauch nicht außerhalb auf dem üblichen Rastplatz lagern zu lassen; sie sollte vielmehr in voller Länge durch die Stadt geführt werden und ihre Waren, die allesamt zu Geschenken an den großen König deklariert worden waren, direkt zum Tempel bringen, wo sie im Namen des Bundes dem Gott der Israeliten geweiht werden sollten. Im Hof der Ungläubigen, wo viele Händler zu finden waren, sollten sie vor aller Augen Rast machen und entladen.

So kam es, daß nun das erste Tier seinen Kopf aus dem Schatten des Torbogens streckte und auf die sonnenüberflutete Hochfläche des Tempelplateaus trat. Sie ritten an der Südseite des Bauwerks entlang, das in voller Länge auf einem Podium stand, zu dem große Stufen hinaufführten. Südwind erahnte hinter der durch Halbsäulen gegliederten Fassade der Umfassungsmauer den langgestreckten Bau des Tempels selbst, der noch einmal erhöht stand und dessen bunte Friese in der Sonne funkelten. Gold leuchtete an seinen Mauern und der marmornen Fassade, der sie jedoch nicht gegenübertrat.

Nachdem sie das Feuerholztor, das Erstlingstor und das Wassertor an der Tempelflanke passiert hatten, erreichten sie den Eingang im Osten. Kleine Schutzmauern grenzten hier die für Nichtjuden erlaubten Bezirke ab, und sie lenkten ihre Kamele dorthin und brachten sie zum Liegen. In ihrem Rücken das hohe zweiflügelige Tempeltor stand offen und gewährte Einblick in den ersten umbauten Hof mit seinem farbigen Boden, von dem eine halbrunde Freitreppe sich erhob zum zweiten Tor, das sich zum eigentlichen Tempel hin öffnete. Es war der Frauenvorhof, und die Frage, ob Südwind ihn betreten würde, hatte zu den am heftigsten umkämpften Punkten des Protokolls gehört.

Salomon hatte erklärt, daß die Königin von Saba seine Religion annehme, sei unumgänglich. Als Jüdin dann stünde ihr der Zugang zum Frauenhof offen. Südwind hatte ebendies energisch abgelehnt. Sie war Schams, die Sonnenfrau, die jährlich wieder das Fortbestehen ihres Volkes sicherte. Nichts anderes erwarteten ihre Männer von ihr, und nichts würde sich daran ändern. Südwind betrat den Hof also nicht, ließ aber das Gerücht zu, es geschehe aus übergroßer Demut vor dem ihr noch fremden Gott.

Dafür hatte sie in jener anderen Frage nachgegeben. Sie konnte nicht sagen, daß sie sie nicht erwartet hätte. Nur ihre eigene Reaktion hatte sie überrascht, sie selbst und auch die Ihren. Doch wenn sie ehrlich mit sich war, mußte sie sich sagen, daß ihre Antwort seit dem Vorfall in der Nabatäersiedlung von Petra festgestanden hatte.

Energisch gebot Südwind jedem ihrer Gefährten, sich innerhalb der Absperrungen zu halten. Zwischen den weißen Säulengängen aus Marmor, die den Hof umgaben, blickten die Geldwechsler und die Viehhändler zu ihnen herüber, die ihre Ochsen, Schafe und Vögel für das Tempelopfer verkauften. Tauben flatterten aufgeregt in kleinen Holzkäfigen, Schafe bähten kläglich an ihren Stricken, angesteckt von der allgemeinen Unruhe, die die Ankunft dieser Masse dunkler, fremder Krieger hervorrief, deren Anblick den Verkäufern und ihren Kunden Schauer über den Rücken jagte. Zum ersten Mal hörte man auf dem Tempelberg von Jerusalem ein Kamel schreien. Und zum allerersten Mal sah man Reichtümer in solcher Menge. Die Duftharze, die abgeladen wurden, das sahen die kundigen Händler sofort, waren mehr als ein Vermögen wert. Der Ring der Neugierigen schloß sich immer dichter. Südwind mußte die Knechte anweisen, die Kamele zu beruhigen, und die Priester des Tempels mit ihren Gehilfen kamen nur langsam voran, indem sie sich durch die Menge wühlten, um Sack für Sack von den Kamelrücken ins Tempelinnere zu tragen.

Südwind überließ die Priester ihrer Arbeit und schickte Marub, damit er sich um die Belege kümmerte für die übergebene Ware. Sie selbst schaute sich unruhig um und war taub für die Erläuterungen des Führers, der ihr beigegeben worden war. Sie zitterte innerlich vor Ungeduld. Nicht den Tempel wünschte sie zu sehen, nicht den Gott, sondern den Mann. Der Herr der Dschinne, auf den sie seit ihrer Kindheit gewartet hatte, er sollte ihr endlich erscheinen und sie heimholen in die Welt, aus der sie stammte.

Das Königs-Spiel

»Schau dir die Decken an«, hörte sie Schams hinter sich flüstern, als sie die Räume von Salomons Palast durchschritten. Die Freundin hatte den Kopf in den Nacken geneigt und bewunderte mit offenem Mund die Deckenkonstruktion aus massivem Holz, die voll, schwer und dunkel über ihren Köpfen hing. Sie variierte von Zimmer zu Zimmer, war mal mit Schnitzereien, mal mit Einlegearbeiten, mal mit Vergoldungen geschmückt und prunkte mit einem Reichtum, der den Sabäern fremd war.

»Sie haben hier aber auch viele Bäume«, murmelte Marub.

»Und die Gefäße. Schau dir die feinen Verzierungen an. Die kleinen Weiblein, wie echt. Ist das Silber?«

»Pscht«, konnte Südwind noch sagen, die vor Erregung zitterte und die belanglosen Gespräche ihrer Begleiter kaum noch ertrug. Dann ging das Zedernholzportal vor ihnen auf und gab den Blick auf Salomons Thronsaal frei. Auch er war von dunklem Holz, unterbrochen von Flächen spiegelnden Marmors und Porphyrs. Südwind dachte an das weiß gekalkte Zimmer mit der Balustrade zum Garten, in dem sie ihren Rat empfing. Sie pflegten auf einer mit Kissen überhäuften Steinbank zu sitzen, die sich längs der halbrund gewölbten Wand hinzog. Ihr Platz war in der Mitte, eine Nische markierte ihn, mit Weintrauben und Stierköpfen ausgemalt. Und das Löwenfell lag auf ihrem Platz.

Salomon thronte über allen anderen, so hoch, daß sie zu ihm aufsehen mußte, als sie näher trat. Ein Vorhang verhüllte seinen Sitz, so daß sie von ihm selbst noch nichts erkennen konnte. Rechts und links von ihr bildeten Kinder Spaliere, die bronzene Schüsseln in den Händen trugen, aus denen Parfumdüfte aufstiegen. Zwei lebensgroße bronzene Löwen zu Füßen des Thrones verströmten Weihrauch aus ihren Mäulern. Hinter den Kindern standen Krieger mit Lanzen, und dahinter drängten sich, was Südwind am meisten verwunderte: Frauen, über und über mit Schmuck behängt, Kränze aus großblütigen Lilien auf den Köpfen, die sie einander ähnlich machten, kichernd und drängelnd und neugierig auf den fremden Gast. Von irgendwoher drang Musik, ein unsichtbarer Chor erfüllte die Luft mit seinen Stimmen.

»Hast du schon mal so viele Frauen auf einmal gesehen?« fragte Marub. Er klang so verwirrt, daß Südwind wider Willen lächeln mußte.

»Noch nicht einmal im Badehaus«, gab sie zurück. »Ob das alles seine sind?« Es sollte nur ein Scherz sein, dennoch wurde ihr ein wenig unwohl.

Da setzte die Musik aus, sie waren am Fuß des Thrones zwischen den Löwen angekommen, der blaugoldene Vorhang zog sich zurück, vor ihr saß Salomon, König der Könige.

Wie alt er ist, dachte Südwind, es war wie ein Schock. Das Gesicht des Königs schien gleichsam gemeißelt, mit scharfen Falten und tiefliegenden Augen, die alles bereits gesehen zu haben schienen. Er zeigte keine Regung, während er sie musterte. Südwind mußte an die Geschichten denken, die man sich von ihm erzählte. Daß er Blutsverwandte hatte töten lassen, ohne zu zögern, um sich den Thron zu sichern. Daß er aber auch ein weiser Richter war und ein Dichter sogar, der seine Sprüche mit dem Griffel festhielt. Sie betrachtete angespannt, voll Hoffnung sein Gesicht und konnte sich beides vorstellen, das Gute wie das Böse, in jedem Fall mit Entschlossenheit vollbracht von einem stolzen Geist, der sich seiner selbst sehr sicher war. Und sie war bereit, beides zu akzeptieren. Am ehesten aber, und ihre Hoffnung sank, dachte sie an ein Grab. Kühle schien förmlich von dem Mann auszuströmen.

Jemand schubste sie sanft; mit Mühe erinnerte sie sich der Absprachen, die sie getroffen hatte, und versank in eine tiefe Verbeugung. Die Menschen im Saal seufzten.

»Erkennst du deinen Thron?«

Südwind hatte Mühe, aufzufassen, was die Stimme zu ihr sagte. Viel zu viele Bilder wirbelten in ihrem Kopf herum, von Dschinnen und Drachen und Zauberwesen, mit denen sie seit ihrer Kindheit in ihrer Phantasie umgegangen war, romantische Ideen von Größe, in die sie sich versponnen hatte und die mit dem Schock kämpften ob des Anblicks, den dieser König bot. Er saß inmitten eines Prunkes, der Südwind schier überwältigte. Wie eine alte Echse saß er da, mit goldenen Schuppen und Onyxaugen, unergründlich, zu allem fähig. Zu verwirrt, um enttäuscht zu sein, zu verstrickt in Hoffnung, um klar zu sehen, und von einer unbestimmten Furcht erfaßt, hob sie langsam den Kopf und richtete den Blick auf das Objekt, nach dem sie gefragt worden war.

Der Stuhl, natürlich. Die Unterhändler hatten sie nach ihrem Thron gefragt, eine Sache, die ihnen sehr wichtig zu sein schien, und nachdem sie nun Salomons Exemplar gesehen hatte, war ihr auch bewußt, warum. Südwind hatte beschämt an ihren Kissenhaufen mit dem Fell darauf gedacht und dann für die Boten einen Sessel phantasiert, aus Elfenbein gefertigt und mit Gold beschlagen, mit Löwentatzen als Füßen und Stierköpfen als Knäufen. Sie blinzelte nur kurz: Hier stand er vor ihr. Salomons Handwerker hatten in der Kürze der Zeit ganze Arbeit geleistet.

»Ich habe ihn aus deinem fernen Reich hierher versetzt«, verkündete Salomon, unter dem bewundernden Ächzen seines Gefolges. Seine Stimme klang müde, nein, teilnahmslos. Als wäre er selbst schon lange durch nichts mehr zu verblüffen.

Gehorsam nickte Südwind und nahm auf dem prunkvollen Sitz Platz, der auf einem Absatz eine halbe Mannshöhe unterhalb von Salomon aufgestellt worden war. So, reglos, Seite an Seite, verfolgten sie den Zug der Diener, die auf silbernen Platten eine Auswahl der »Geschenke« hereintrugen, die die Königin des Südens zum Ruhme Salomons und ihrer selbst hierher gebracht hatte. Gold war dabei und Elfenbein, Zimt und Kassia, Balsam und Weihrauch, Myrrhe und Nelken, Smaragd und Achat. Das bewundernde Murmeln im Saal, das die kleine Prozession begleitete, schwoll nicht ab.

»Die Königin des Südens ist nicht nur gekommen, um Geschenke zu bringen«, verkündete ein Herold. »Sie wünscht die Weisheit unsres Herren zu erproben.«

Südwind hörte die Stimme des Ausrufers und Salomons Antwort darauf und riß ihre Gedanken los von ihren heimlichen Überlegungen, um sich auf ihre Rolle zu konzentrieren. Auch dieser Teil des Programms war verhandelt worden, und Südwind hatte ihre Fragen einem israelitischen Schreiber diktiert. Es waren Rätselfragen, wie sie in ihrer Heimat üblich waren, um sich an langen Abenden die Zeit zu vertreiben, wie sie die Geschichtenerzähler auf dem Markt stellten und die Wortführer in den Bädern. Die Mädchen des Stammes hatten sich in den langen, heißen Mittagsstunden oft genug damit amüsiert. Hamyim und ihre Schwester waren die Wortführerinnen dabei gewesen. Als strenge Richterinnen hatten sie entschieden, welche Antworten als richtig gelten durften und welche nicht. Mit welch diebischem Vergnügen hatten sie immer die neuesten Rätsel vorgetragen. Und wie hatten sie sich geärgert, daß Südwind meist schon, ehe sie zu Ende gesprochen hatten, die Schultern gezuckt und die Antwort in die Runde geworfen hatte. »Das gilt nicht«, hatte Mahdab schließlich eines Tages verkündet und ihr Redeverbot erteilt. Danach hatte sie nur noch auf dem Rücken gelegen, auf einem Halm gekaut und die anderen mit ihrem wissenden Lächeln geärgert.

Oh ja, Südwind besaß einen reichlichen Vorrat an solchen Fragen. Und sie war entzückt gewesen von der Aussicht, mit ihrem Können endlich im Mittelpunkt stehen zu dürfen, war gespannt gewesen, ob sie in Salomon einen ihr ebenbürtigen Widerpart fände. Sie hatte sich ein lebhaftes Gespräch vorgestellt, ein Duell, bei dem sie sich die Antworten zuwarfen wie Bälle, schnell und hart, die eigentliche Spannung jedoch im Ungesagten lag, im tastenden Entdecken des verwandten Geistes und dem stummen Kampf gegen das Überwältigtwerden von der gegenseitigen Anziehungskraft.

Sie lächelte ein wenig bitter und dachte an die Verhandlungen, bei denen Salomons Räte jede Frage vorab zu erfahren verlangten, bei denen ihr im Gegenzug Fragen vorgelegt worden waren, die Salomon nach dem Wortlaut seiner Boten von ihr zu hören wünschte. Südwind hatte sie sich vorsagen lassen und sie gewissenhaft auswendig gelernt, gespannt auf die Antworten, die ihr erlauben würden, sie zu verstehen. Bis zu diesem Moment hatte sie gehofft, daß sich ein geheimer Bezug zu ihr selbst in ihnen finden würde. Doch noch immer saßen sie so, daß sie einander nicht in die Augen sehen konnten. Wie Schauspieler sprachen sie zu dem Volk, das ihnen lauschte. Und Südwind begriff in diesem Moment, daß das Spiel nur für diese Zuhörer gespielt wurde. Sie war nichts als ein Statist, das Duell nur ein Ritual, und der Mann hinter ihr, war er wirklich *der* Mann? Eine bodenlose Leere breitete sich in ihr aus, als sie die Frage zuließ.

»Der Herr wird mir Weisheit, Kenntnis und Vernunft eingeben.« Salomons Stimme klang jetzt lebhafter als zuvor. Laut und fest hallte sie durch die Halle. Doch sie sprach nicht zu ihr.

»So sage mir denn«, begann sie tonlos. »Sieben gehen hinaus und neun gehen hinein, zwei mischen und einer trinkt. Was ist das?«

Er antwortete hinter ihr prompt: »Sieben gehen heraus, das sind die Tage der Absonderung. Neun gehen hinein – neun Monate dauert die Schwangerschaft. Zwei Brüste der Frau mischen die Milch, und der eine, der trinkt, ist der Säugling.«

Aus irgendeinem Grund kam Südwind sich nackt vor, als sie die Antwort erhielt. Ihr war, als hätte Salomon sie entkleidet und führte ihre Funktionen vor. Gab es doch eine Ebene tieferer Bedeutung bei dem, was sie taten? Beinahe hätte sie den Kopf zu ihm umgewandt, aber sie beherrschte sich, räusperte sich kurz und stellte die nächste Frage. »Was ist das: Solange es lebendig ist, geht es. Und wenn der Kopf abgehauen ist, geht es auch.«

Er antwortete: »Das ist ein Schiff auf dem Wasser.«

»Wer trinkt von unten?« legte sie ihm ohne Pause das nächste Rätsel vor. Es war alt, ihr Großvater war der erste gewesen, der es ihr gestellt hatte, während sie am Feuer saß und darauf wartete, daß der Tee fertig zog. Wie kam es, daß sie jetzt an ihn dachte, nach so langer Zeit?

Sie glaubte zu spüren, daß Salomon lächelte, ehe er antwortete, und es war beinahe wie ein Band zwischen ihnen: »Das ist der Docht.«

Südwind fragte lebhafter: »Welches ist der Hof mit zehn Türen, von denen zunächst nur eine geöffnet ist. Öffnen sich aber die anderen, so schließt sich die eine?«

Und er gab zurück: »Das ist der Mensch, der zehn Eingänge hat: seine Augen, seine Ohren, seine Nüstern, seinen Mund, die Ausgänge seiner Eingeweide und seinen Nabel. Im Mutterleib ist nur der Nabel geöffnet. Wird das Kind aber geboren, so öffnen sich alle anderen Eingänge und der des Nabels schließt sich.«

Südwind klatschte in die Hände, um zwei verschleierte Gestalten hervortreten zu lassen. Unruhe kam auf im Saal, und sie spürte auch hinter sich eine nervöse Präsenz. Sie unterdrückte ein befriedigtes Grinsen. Allerdings, diese Frage stand nicht im Protokoll. Aber wenigstens sie sollte er beantworten. Diese eine und dann noch die andere, große, stumme: Bist du, was ich immer gesucht habe?

»Sage mir, oh König«, setzte sie an, und nun wandte sie sich zu ihm um und fixierte ihn endlich, froh, sich bewegen zu können und die Initiative zu ergreifen. »Sage mir: welches der Mann ist und welches die

Frau.« Sie wies auf die beiden Probanden und musterte sie bei dieser Gelegenheit genau. Was sie sah, befriedigte sie. Die Verhüllung war so dick, daß sie selbst es auf diese Entfernung unmöglich hätte entscheiden können, solange sie sich nicht bewegten. Erneut warf sie Salomon einen erwartungsvollen Blick zu. Und auch in den König kam Leben.

Er neigte sich vor, stützte den Ellenbogen aufs Knie und studierte die beiden Gestalten lange. Ich habe sein Interesse geweckt, dachte Südwind. Ich beschäftige ihn, er begreift die Herausforderung. Ihr Herz begann ein wenig schneller zu klopfen.

Salomon strich seinen geölten Bart, dann lächelte er, er winkte. Daraufhin trat eine verwirrte Dienerin mit einer Schale gerösteter Nüsse und Honigkuchen vor und bot den beiden Verschleierten zögernd davon an. Südwind beobachtete es mit Spannung. Die erste Gestalt langte in die Schüssel und nahm sich großzügig. Man sah ihr bloßes Handgelenk. Die zweite griff verschämt zu und achtete darauf, ihre Hände verborgen zu halten. Salomon wies auf sie. »Das ist die Frau«, erklärte er bestimmt. »Und jenes dort der Mann.« Mit deutlicher Zufriedenheit in der Stimme lehnte er sich wieder zurück. Ihr war, als werfe er ihr einen triumphierenden Blick zu.

Die beiden schlugen die Schleier zurück, zeigten ihre verlegen strahlenden, ganz verschwitzten Gesichter und versanken in einer tiefen Verneigung.

Schams schaute Marub fragend an.

»Offenbar verhüllen die Frauen sich hier stärker«, beantwortete er flüsternd ihre unausgesprochene Frage.

»Ich hätte ihn daran erkannt, daß er beim Stehen die Beine weiter auseinander hatte«, gab sie ebenso leise zurück.

Er lächelte. »Und ich an den Haaren auf seinen großen Zehen.« Er gähnte. Sie stieß ihn an.

»Was wird sie als nächstes tun?«

Südwind hatte den Mund bereits geöffnet. Aber sie kam nicht dazu, die nächste Frage aus ihrem reichen Vorrat zu stellen. Auf eine kaum merkliche Geste Salomons hin setzte Musik ein, die den Abgang des vermummten Paares begleitete, und als sie verstummte, ergriff der Herold das Wort. »Die Königin des Südens wünscht vom großen Salomon auch Aufschluß über seinen Gott.«

Aller Augen wandten sich Südwind zu, die sehr gerade in ihrem Sessel saß und zunächst keine Miene verzog. Lange kämpfte sie mit sich, während das Schweigen im Saal sich verdichtete. Abgewiesen, dachte sie. Feigling, schrie eine Stimme. Vernünftig sein, forderte eine andere. Denk an das Protokoll. Endlich, nach einer quälend langen Weile, war ihre Stimme wieder zu hören.

»Wer ist der, der nicht geboren und auch nicht gestorben ist?« artikulierte Südwind sorgfältig.

»Das ist der Herr der Welt«, ertönte es prompt.

»Und wer wurde geboren und starb nicht?« Ihre Stimme klang ein wenig gereizt.

»Elijjahu und der Messias.«

In dieser Weise ging es noch eine Weile weiter. Namen, die Südwind nicht kannte, folgten auf Namen, Erklärungen, die ihr nichts sagten, auf Erklärungen. Dann verstummte sie, ihre Liste war zu Ende. Es war vorbei. Wie betäubt starrte sie in die Runde, noch immer voll widersprüchlicher Gefühle. Da kamen Sklavinnen, um sie zu erfrischen, so verlangte es das Gastrecht. Der Weitgereiste sollte sich in den Hallen des Gastgebers den Staub von den Sandalen schütteln dürfen. Es war eine willkommene Atempause.

Als die beiden hübschen Mädchen mit der Wasserschale auf sie zukamen, in der Orangenblüten schwammen, streckte Südwind ihnen zunächst wohlwollend lächelnd ihre Hände entgegen, bereit, sie in das parfümierte Naß zu tauchen. Entsetzt stellte sie dann fest, daß die beiden sich vor sie hinknieten, die eine die Schale zwischen den Schenkeln, die andere weiche Tücher in ihren Händen ausbreitend, um den benetzten Fuß sogleich zu trocknen. Die erste streckte, da Südwind sich nicht regte, schon die Hände aus, um ihr die Sandale abzuziehen. Südwind saß vorgeneigt da, die Füße tief unter den Stuhl gezogen. Ihre ganze Haltung verriet Anspannung, was die Zuschauer in der Halle irritierte. Ihre Hände waren fest um die silbernen Stierknöpfe an ihrer Lehne gekrallt. Mit den Augen suchte sie Marub, der sie ausdruckslos anstarrte, offenbar ebenso hilflos wie die an ihn gelehnte Schams, aber im Gegensatz zu ihr bemüht, sein Erschrecken zu verbergen. Südwind sah, wie die Freundin ihre Faust zum Mund hob und hineinbiß. Noch immer wußte sie nicht, was sie tun sollte. Doch als sie die Finger der Sklavin an ihrer Fessel fühlte, die sich bemühten, den Riemen ihrer Sandalen aufzunesteln, trat sie instinktiv nach ihr.

Mit einem Aufschrei fiel das Mädchen nach hinten und rutschte zwei der Stufen hinab. Die Schale, die sie bei ihrem Sturz angestoßen hatte, schwankte gefährlich, ihr Inhalt schwappte kreiselnd hoch bis zum Rand. Südwind schien, als starre der ganze Saal mit angehaltenem Atem auf das Gefäß, das sich scheppernd drehte und dann langsam wieder fing. Da plötzlich stand der König auf. Mit schnelleren Bewegungen, als sie es ihm zugetraut hätte, schritt er zu ihr hinab, ging in die Knie und löste ihr die Sandalen. Südwind war vor Schreck ebenso erstarrt wie die kleine Sklavin neben Salomon, die ihm mit zitternden Händen das Handtuch hinhielt, offenbar ganz überwältigt von der Nähe des Herrschers und der Ungewöhnlichkeit seines Tuns.

Ehe Südwind Widerstand leisten konnte, hatte er ihre Sandale aufgeschnürt und badete ihre Füße. Sie senkte den Blick, damit der Saal nicht in ihren Zügen lesen konnte. Salomons Locken, sah sie, wiesen noch Schwarz auf zwischen dem Grau. Wie Schmutz. Rosig schimmerte seine Kopfhaut zwischen den geölten und gedrehten Strähnen hervor und war dabei voller Altersflecken. Faltig und bleich verschwand die Haut unter dem Stoff seines Kragens. Es war tatsächlich so, wie es ihr im ersten Moment erschienen war, die Spannung ihres Duells hatte es nur für kurze Zeit verdeckt: Er war ein alter Mann.

Sie hörte sein Ächzen, als er ihre Entstellung sah. Es ist gleichgültig, dachte sie noch, vollkommen ohne Belang. Da spürte sie den Druck seiner Finger, die sich um den kranken Fuß schlossen, so fest, daß es beinahe schmerzte. Zweimal versuchte sie unauffällig, sich ihm zu entziehen, doch es gelang nicht. Unnachgiebig und zitternd vor Gier tasteten Salomons Finger ihre Verwachsung ab. Das Beben teilte sich Südwind mit; Angst und Ekel krochen an ihr hoch und schüttelten sie so sehr, daß sie sich mit beiden Händen an der Lehne festhalten mußte. Der Bann wurde erst gebrochen, als sie all ihre Kräfte zusammennahm, um sich laut zu räuspern. »Mein König«, schaffte sie es zu hauchen. Die Akustik im Saal trug ihre Worte bis in die Reihen der Zuhörer, die applaudierten und mit Heilsrufen antworteten. Da endlich ließ er von ihr ab. Südwind, die die Augen niedergeschlagen hielt, hörte nur das Rascheln seiner Kleider, als er an ihr vorbeiglitt, zurück zu seinem Thron.

Eine nervöse junge Sklavin lächelte zu ihr auf und zog sich mit ihrem Handtuch zurück, als Südwind kaum merklich den Kopf schüttelte und zurück in ihre Schuhe schlüpfte. Sie verließ rückwärts unter vielen Verbeugungen die Treppe und verschwand in der applaudierenden Menge.

Die Menschen waren zufrieden. Ihr König hatte wahrhafte Größe bewiesen. Er hatte der Schönheit und der Liebe seine Referenz erwiesen, den ewigen Mächten, die stärker noch als die Throne waren. Mit einer kleinen Geste hatte er eine Geschichte erschaffen, die besungen werden würde. Endgültig war dieses Treffen mehr als ein Vertrag. Was war schon der Weihrauch, und was auch die Tatsache, daß er ihren Leib bald in Gänze genießen würde, gegen diese Geste der Romantik?

Südwind sah Schams Tränen der Erleichterung an Marubs Schulter vergießen und die gerunzelte Stirn ihres Leibwächters. Nun war es an ihr, ungerührt zurückzustarren.

Sie stand auf und versank mit dem übrigen Hofstaat in einer Verbeugung, aus der erst Salomons Hand sie wieder aufrichtete. An seiner Seite schritt sie die Treppen des Thrones hinab, durch das Spalier der Dienerschaft hindurch und hinaus in den Korridor. Über die Schulter hinweg schaute sie zurück zu Marub und Schams, die inmitten all der Menschen kleiner und kleiner wurden.

Türen öffneten und schlossen sich, Gänge lösten einander ab, Hände reichten sie weiter. Südwind ließ alles an ihren müden Augen vorbeigleiten. Sie bemühte sich, nicht an den Mann zu denken, der schweigend neben ihr ging. Ich habe es geschafft, sagte sie sich. Ich bin am Ziel meiner Reise angelangt. Ich habe den Dschinnenkönig gesehen. Ich habe meinen Pakt geschlossen. Etwas in ihr lachte laut und höhnisch. Das also war es? Das, was ich wollte?

Als sie an einer Reihe von Räumen vorbeikamen, die mit Holzgittern abgetrennt waren, wurde Südwind klar, daß sie sich dem Frauentrakt näherten. Vorhänge verhängten die Gitter, die aber meist zurückgezogen waren. Man konnte bequem hineinsehen, auf Zimmer voller Kissen und Liegen, auf Innenhöfe mit Teichen und Scharen von Dienerinnen. Manche der Bewohnerinnen standen an den Gittern und gaben ihr mit ihren Blicken das Geleit.

Südwind fühlte sich unangenehm an Vogelkäfige erinnert. Aber all dies ging sie nun nichts mehr an. Sie war hier, um den letzten Punkt des Protokolls zu erfüllen, das war alles. Unsinnig, noch länger an die Hoffnungen zu denken, die sie damit verbunden hatte. Eine zweiflügelige Tür öffnete sich vor ihnen, und sie trat ein. Es war ein kleiner, intimer Raum mit einem breiten Lager, die Luft von zahllosen Düften geschwängert.

Sie hörte die Schritte des Gefolges zurückbleiben, spürte die Gegenwart eines einzigen Menschen hinter sich und wandte sich entschlossen zu ihm um. Dies war nicht Schamr, draußen wartete nicht ihr Vater, und in ihrem Gürtel verbarg sich kein Dolch. Dennoch hatte sie sich noch nicht mit der Situation abgefunden. Sie würde etwas sagen, etwas tun, wie stets in ihrem Leben, in dem sie noch nie etwas als unabänderlich hingenommen hatte. Es wäre noch nicht vorbei. »Ich ...«, setzte sie an.

Doch nur das gleichmütige Gesicht eines Dieners erwiderte ihren Blick, der eben die Türflügel in beide Hände nahm und sie geräuschvoll schloß. Das Geräusch dröhnte unheilvoll in Südwinds Ohren. Sie machte einen raschen Schritt hin zu der Pforte und rüttelte daran; sie war verschlossen. Angst durchfuhr sie, gleich darauf Wut. Sie saß in der Falle! Salomon hatte sich nicht an die Vereinbarungen gehalten. Schon wirbelte sie herum, auf der Suche nach etwas, das sie gegen die Tür schleudern konnte, da hielt sie inne, eine ganze Gruppe von Frauen stand da und starrte sie an, manche furchtsam, andere feindselig, die meisten mit ungezügelter Neugier.

»Was ist?« fauchte Südwind. »Was gibt es zu glotzen?« Ihre Augen wanderten herum auf der Suche nach einem Werkzeug, mit dem sich der Riegel aufbrechen ließ. Aber sie fand nichts. Wutentbrannt trommelte sie mit den Fäusten gegen das Holz. Da sprang die Tür unvermittelt wieder auf. Schams stand vor ihr.

Sie schrie überrascht auf, als Südwind ihr so entgegenstürmte. »Was ist denn?« fragte sie, als sie die Erregung ihrer Freundin bemerkte.

»Er hat uns verraten«, keuchte Südwind. »Ich muß zu den Männern, er ...« Sie versuchte, an ihr vorbeizukommen.

»Aber nein.« Schams versuchte, sie an den Armen festzuhalten und sie zum Zuhören zu bewegen. »Ich komme eben von Marub, es ist alles in Ordnung, hörst du? Hörst du mir zu?« Sie schüttelte Südwind ein wenig, ehe sie sie losließ. Mit ruhiger Stimme beantwortete sie alle Fragen und beruhigte ihre Ängste. Nein, niemand griff sie an. Es gab keinen Hinterhalt, die Truppen lagerten unangefochten noch immer auf dem Tempelplateau. Man verpflegte sie. Ihre Bewegungsfreiheit war nicht eingeschränkt.

Verwirrt strich die sich die Haare aus der Stirn. »Ja, aber«, begann sie und wies auf die Tür, die sich inzwischen wieder geschlossen hatte.

Schams setzte ein überlegenes Lächeln auf. »Aber Liebe, er will doch nur sichergehen, daß das Kind von ihm ist.«

Der Pakt

Südwind errötete jäh. Mit einem Mal fielen ihr ihre Zuhörerinnen wieder ein, und sie wandte sich mit glühendem Gesicht ihnen zu. Aber keine der Frauen schien das eben Gesagte sonderlich peinlich zu finden. Langsam bemerkte Südwind, daß zahlreiche Kinder an ihren Röcken hingen, sich an ihre Beine drückten und hinter ihren Schleiern hervorsahen. Ein kleines Mädchen mit riesigen schwarzen Augen spielte mit den klimpernden Armreifen ihrer Mutter und musterte sie dabei verstohlen.

Eine Gestalt trat vor und richtete sich sehr gerade auf. »Ich bin Tefnut, die Tochter des Pharao von Ägypten«, erklärte sie, im Ton von jemandem, der nicht im unklaren lassen will, daß hier nach seinen Regeln gespielt wird.

Südwind musterte sie mäßig interessiert. Das also war die Tochter des Mannes, der ihr die Sphinx geschickt hatte. Ob sie ihrem Vater ähnlich sah? Abwehrend hob sie dabei beide Hände. »Keine Sorge«, erklärte sie ein wenig herablassend, »ich nehme ihn dir nicht weg. Ich bin hier raus, sobald ...« Unwillig verstummte sie.

Tefnut schüttelte den Kopf. »Es ist nicht an uns, hier etwas zu nehmen«, erklärte sie sehr würdevoll. »Wir gehören alle dem Herrn.« Sie senkte in ergebener Heuchelei den Blick. Dann jedoch funkelte sie Südwind an. »Aber wehe, du vergreifst dich an meinem Eckzimmer. Und beim morgendlichen Bad bin ich die erste. Und ich bestimme, was der Sänger spielt, und ...«

Tefnut hielt abrupt die Luft an, als Südwind ganz dicht an sie herantrat.

»Ich könnte dir die Augen auskratzen«, erklärte Südwind und ließ ihre Fingernägel spielen, »wann immer ich wollte.« Sie machte eine

Pause und lächelte drohend. »Aber ich bin an deinen Privilegien nicht interessiert. Schams.« Damit winkte sie ihrer Freundin und machte sich an die Untersuchung ihrer neuen Wohnstatt, so wie ein Feldherr das Schlachtfeld inspiziert, in respektvollem Abstand verfolgt von der Frauenschar.

Die Tür, durch die sie hereingekommen war, blieb verschlossen. Aber Vorhänge trennten auf zwei Seiten des Zimmers jeweils eine Flucht von Räumen ab, die ihr zugänglich waren. Einige davon wiesen kunstvoll geschnitzte Holzgitterfronten hin zu dem Korridor auf, über den sie kurz zuvor geschritten war. Die Vogelkäfige, lernte sie, waren alle miteinander verbunden zu einem großen, offenbar nur von Frauen bewohnten Komplex, der sich um eine Reihe von Innenhöfen gruppierte. Offenbar überließ Salomon es ihnen ganz bewußt selbst, sich dort einzurichten und mit den anderen zu arrangieren, nur der Zugang von außen war strikt geregelt.

Südwind fand ein akzeptables Zimmer an der Außenseite. Es lag zwar fern der offenbar begehrten Höfe mit ihren erfrischenden Wasserbecken. Doch sie mochte es, weil es ein Fenster besaß, von dem aus sie über die Mauern des westlichen Palastkomplexes blicken konnte. Über Zinnen und Steinen war wenigstens ein Stück Himmel zu sehen. Unter ihr, zwischen dem Gebäude und der Umfassungsmauer, befand sich sogar ein Garten, aus dem mit der Abendkühle süßer Jasminduft zu ihr aufstieg.

Dienerinnen kamen und versorgten sie mit Wasser, Wein und Gebäck. Decken wurden gebracht und eine Truhe, offenbar mit Kleidern, die Südwind nicht anrührte. Großzügig erlaubte sie den Frauen, die sich neugierig am Eingang drängten, den Deckel zu öffnen und sich den Inhalt anzusehen, was diese mit Begeisterung taten. Roben wurden herausgehoben und von Hand zu Hand gereicht. Man diskutierte die Farben, prüfte kritisch die Qualität der Stickerei und diskutierte die Feinheit der Gewebe. Auswahl, Güte und Menge, alles galt als Indiz für die Größe der königlichen Gunst, der dieses Willkommensgeschenk entstammte. Mit gelangweiltem Amüsement betrachtete Südwind das Treiben. Sie sah, wie die Pharaonentochter sich nicht zu schade war, einer Nachbarin ein nilgrünes Schleiergewand aus den Händen zu reißen, um es sich selbst vor die Brust zu halten und auf die Suche nach einem Spiegel zu gehen. Eine purpurne Robe mit aufgenähten Goldplättchen, die klimperten und klangen und alle in Erregung versetzten, ließ sie vollkommen kalt. An Kleidern lag ihr nichts. Und die Gunst des Königs war ihr sicher dank fünfzig Säcken voller Duftharze, die nun in den Tempelmagazinen ruhten, und der verlockenden Aussicht, Jahr um Jahr Besuch von einer Karawane aus Saba zu erhalten, die ähnliche Reichtümer mitbrachte und ihm einen Anteil am Verkauf über das Mittelmeer gewährte. Jerusalem wäre für die Welt dort das Tor zu den Wohlgerüchen Arabiens. Das war ein Angebot, das nicht mit Kleidern bezahlt werden konnte.

Sie schenkte dem großäugigen kleinen Mädchen einen breitgestreiften Schal in Weiß und Gold, den sie ihr spielerisch um den Kopf wand, und verblüffte Tefnut damit, daß sie großzügig abwinkte, als diese das Nilgrüne wieder in die Truhe zurücklegen wollte. »Es hätte dir ohnehin nicht gestanden«, flüsterte sie Schams zu, die ein wenig wehmütig geseufzt hatte, als die glückstrahlende Pharaonentochter das Kleid an sich preßte und rasch verschwand. Die großzügige Geste zahlte sich umgehend aus.

Tefnut sandte eine Dienerin und lud Südwind formell zu sich ein. Bald saß ein großer Kreis von Frauen plaudernd und lachend im Innenhof zusammen, wiegte Kinder im Schoß, fütterte Säuglinge, nähte Wäsche, neckte die umherstreifenden Katzen und lauschte den Erzählungen der Wortführerinnen. Tefnut hatte viel von ihrer Reserviertheit verloren und berichtete freimütig von ihrer Heimat. Südwinds Frage, ob sie ihrem Vater ähnlich sehe, konnte sie ihr nicht beantworten. Sie hatte den Pharao zuletzt als vierjähriges Kind gesehen, als sie bei einem seiner Besuche im Frauenhaus einen Blick auf ihn werfen durfte, und konnte sich nur noch verschwommen an eine große Gestalt mit Krone erinnern.

»Er hat so viele Frauen, daß er ein eigenes Haus für sie gebaut hat«, erklärte sie mit ihrer lauten Stimme. »Die meisten sind Geschenke von abhängigen Nachbarn oder als Teile von Friedensverträgen dorthin gekommen. Er hat sie sich nicht ausgesucht, und er hält sie auch nicht in seiner Nähe. Das Frauenhaus ist nicht einmal in derselben Stadt wie sein Palast.«

»Wohnt er ihnen denn nicht bei?« fragte eine üppige Dunkelhaarige mit schwerlidrigen Augen und erntete einen verächtlichen Blick dafür von Tefnut.

»Das ist Naama«, klärte jemand Südwind flüsternd auf, »sie ist nur eine Ammoniterin, aber sie gefiel Salomon einst. Er hat sie zweimal bei sich empfangen.«

Südwind nickte vage.

»Manchmal, wenn sie ihm überbracht werden«, meinte Tefnut. »Aber wenn sie erst mal im Frauenhaus sind, meist nicht mehr. Es sind so viele, und wenn sie alle Kinder bekämen, gäbe es zu viele Anwärter auf die Thronfolge. Jemand könnte sich der Ansprüche der Kinder bedienen, um eigene Machtwünsche durchzusetzen, das wäre nicht gut.« Sie nickte altklug und hielt inne, um sich eine Feige zu wählen, die sie mit spitzen Fingern aufbrach. »Natürlich gibt es trotzdem dauernd Intrigen«, erklärte sie, nachdem sie das Fruchtfleisch ausgesaugt hatte. »Vor allem erstgeborene Söhne leben meist nicht lange. Manche Frauen lassen sich mit irgendwelchen ehrgeizigen Würdenträgern ein und werden dann verurteilt, wenn alles auffliegt.« Sie zuckte mit den Schultern. »Aber die meisten leben völlig ereignislos vor sich hin.«

»Was tun sie denn den lieben langen Tag?« fragte Südwind, die sich die Trostlosigkeit dieses Daseins nicht vorzustellen vermochte.

»Sie weben«, gab Tefnut zurück und runzelte die Brauen. Ihr Gesichtsausdruck gab deutlich zu verstehen, daß sie sich selbst als jemanden ansah, der inzwischen höher gestiegen war. Aber die Erinnerung daran schien sie noch immer zu verfolgen. »Wir weben«, wiederholte sie leise. »Pharao wünscht, nicht nur ständig Ausgaben zu haben für seinen Bienenstock voller Frauen, die alle Essen und Trinken und Dinge verbrauchen. Er wünscht, daß sie die Kosten ihres Unterhaltes mittragen. Also waren wir alle fleißig wie die Bienen und haben den ganzen Tag lang gewebt.«

Die anderen bemitleideten Tefnut laut schnatternd, die unsicher schien, ob sie das Mitleid genießen oder sich in ihrer Würde dadurch gekränkt fühlen sollte. Wie gräßlich, meinten die Frauen, etwas arbeiten zu müssen. Vor allem auch noch männerlos, all die guten Jahre. Südwind hörte höflich zu und verstand nicht recht, wo der Unterschied zu ihrem eigenen Dasein lag, das ihr mit seinem Müßiggang und geprägt vom eifersüchtigen Lauern, wem Salomon als nächstes seine Gunst schenkte, nicht weniger schrecklich vorkam als jenes in Ägypten. Sie jedenfalls hätte lieber eine Aufgabe gehabt, als hier herumzusitzen, wie jene es taten. Wer ihr einen Webstuhl anzubieten versucht hätte, dachte sie grimmig, den hätte sie allerdings mit den Kettfäden erwürgt.

Keiner wollte ihr glauben, als sie, gefragt, wie es in ihrer Heimat aussähe, erzählte, sie regiere dort. »Du meinst, im Namen deines Sohnes?« hatte jemand gefragt.

Südwind schüttelte den Kopf.

»Und wer trifft die Entscheidungen?«

»Na, ich«, gab Südwind erstaunt zurück. Sie dachte an den Rat und mußte lächeln. Nein, es gab nichts an ihrer Antwort auszusetzen.

»Es steht also dein Name unter den Erlassen, ja?« fragte Tefnut im Tone von jemandem, der sich mit Erlassen und ihren Urhebern auskannte.

»Es steht alles, was ich sage und denke und wünsche, in meinen Erlassen«, gab Südwind zurück. »Und genau das geschieht dann auch.«

»Und wenn du dir frische Granatäpfel wünschst?«

»Kriege ich sie. Und wenn ich einen Krieg anfangen will, geschieht es. Und wenn ich einen Tempelbau befehle, gehen Männer in die Steinbrüche, um die Steine dafür zu schlagen.« Südwind betrachtete die Fragerin, die über diese Entgegnung erschrocken den Kopf schüttelte, mit amüsierter Verachtung.

Sie beantwortete noch einige Fragen danach, wie ihr Palast aussah und ob sie ihn tatsächlich alleine bewohnte und was sie tat, wenn sie einmal hinauswollte.

»Hinausgehen«, antwortete Südwind schlicht, »mich auf ein Kamel schwingen und reiten, wohin ich will.« Die Antwort löste Kopfschütteln aus. Der Gedanke war den Frauen so fremd, er konnte nicht gedacht werden.

Nur Naama, die Ammoniterin, lauschte ihr mit träumerischen Augen. »In unserem Dorf früher bin ich oft über die Felder gelaufen«, meinte sie und seufzte leise, »und traf mich mit den anderen am Brunnen.«

Tefnut wandte sich mit spitzem Mund ab. Solche Dorfmädchenerinnerungen waren unter ihrer Würde.

»Und wenn dir ein Mann gefällt?« fragte ein junges Mädchen mit eng zusammenstehenden grünen Augen.

Zum ersten Mal war Südwind verunsichert. »Nun, ich weiß nicht, ich nehme an ...«

Zu ihrer Erleichterung wurde ihr Gespräch unterbrochen durch die Schritte einer kleinen Prozession von Dienern, die hereinkamen. Sie trugen auf Platten ein geröstetes Lamm und zahlreiche Schüsseln, als Begrüßungsgastmahl für die Königin von Saba, wie sie verkündeten. Der Herold war bei ihnen, den Südwind bereits kannte. Tefnut, den Mund voller Fleisch, neigte sich zu ihr und nuschelte. »Er holt die Favoritin des Abends. Das tut er immer. Sie speist dann mit dem König. Dort ist das Essen wesentlich besser als hier.« Sie wischte sich die Sauce vom Mund und verbarg ihre fettigen Finger mit dem Lammknochen hinter ihrem Rücken, als der Blick des Mannes ausdruckslos über sie hinwegglitt.

Südwind stand auf, um mit ihnen zu gehen. Sie strich ihr Gewand glatt und warf Schams ein nervöses Lächeln zu, das mehr sie selbst als die Freundin beruhigen sollte. Es galt, endlich den letzten Teil des Protokolls zu erfüllen.

»Naamo, die Ammoniterin.«

Südwind erstarrte, als sie die Stimme vernahm, doch es gab keinen Zweifel. Der Herold hatte sich bereits umgewandt, um zu gehen. Erstaunt starrte Südwind ihm nach. Sie kam sich dumm vor, wie sie da einsam und unübersehbar zwischen den anderen Frauen stand wie eine, die zurückgewiesen worden war. Wollte dieser König seine Spiele mit ihr treiben? Sie sah Tefnuts Mund sich in einem schadenfrohen Lächeln kräuseln, ballte die Fäuste und wandte ihr glühendes Gesicht ab.

Schams stand auf und strich ihr übers Haar, eine Geste, die sie ihr gegenüber noch niemals gewagt hatte. »Aber Kindchen«, sagte sie leise, »natürlich wartet er, bis du blutest. Er will doch ...«

»... daß das Kind von ihm ist«, ergänzte Südwind den Satz mit einem Zischen und stieß sie beiseite, um in ihr Gemach zu rennen. Dort warf sie sich aufs Bett, mit aller Kraft bemüht, nicht zu weinen. Dies war nicht das erste Märchen, das in aller Schrecklichkeit Realität wurde. Langsam sollte sie sich damit auskennen.

Behutsam kam Schams ihr nach und schloß den Vorhang vor der Türöffnung. Südwind spürte, wie das Lager sich senkte, dort, wo sie sich zu ihr setzte. Dann legte Schams ihr die Hand auf die Schulter. »Ich dachte, du wüßtest es«, sagte sie leise, damit die Feiernden draußen sie nicht hörten. »Du warst so gefaßt, als die Forderung bei den Verhandlungen auf den Tisch kam. Ich war, ehrlich gesagt, ganz erstaunt. Immerhin hast du einen anderen König für dasselbe Ansinnen geköpft.«

Schams streichelte weiter Südwinds Rücken. Sie sagte nichts davon, daß sie dabeigewesen war, als diese den Sabäern Schamrs Kopf präsentierte, und daß sie heute noch manchmal von dieser Szene träumte. Sie erzählte auch nichts von Dhiban und von dem kleinen, gemeinen Gefühl der Befriedigung, das sie beschlichen hatte darüber, daß nun auch Südwind sich jemandem für einen Vorteil hingeben würde. Es ist nicht recht, so zu denken, ermahnte sie sich sofort selbst. Es war nicht freundschaftlich. Auch war Südwinds Verfehlung ja geringer, war eigentlich gar keine, denn sie folgte nur der hiesigen Sitte, und sie betrog dabei ja niemanden. Dennoch, sie konnte es nicht ändern, fühlte sie sich ihrer Freundin seither näher als zuvor. Sie strich ihr über das Haar. »Du hast reagiert wie jemand, der damit rechnet.«

»Ach, weißt du«, schniefte Südwind und richtete sich auf. »Ich kann nicht behaupten, daß ich nicht geahnt hätte, was auf mich zukommt.« Sie versuchte ein Grinsen, das ihr ein wenig mißlang. »Aber ich hatte die meiste Zeit gehofft, ich könnte ihm dich unterschieben.«

Schams reichte ihr ein Tuch, damit sie sich das tränenfeuchte Gesicht abwischen konnte. »Deshalb also bin ich mitgenommen worden«, erwiderte sie, auf den Scherz eingehend.

»Was dachtest du?« Südwind lachte auf mit einem Laut, der verdächtig nach einem Schluchzen klang. Sie versteckte ihr Gesicht in dem Tuch, so lange sie konnte. Es war keine Lüge gewesen, sie hatte in der Tat damit gerechnet, daß die Forderung erhoben werden würde, sie sollten ihren Handel mit der Vereinigung ihrer Leiber abschließen. Manchmal war ihr das als etwas erschienen, das Yada nur recht geschah. Sie würde sich dem Gärtner verweigern und dem König hingeben. Damit er sah, wohin er gehörte. Damit er begriff, was sie anstrebte: etwas Großes, Einmaliges.

Dann wieder war es ihr schlicht unwirklich vorgekommen, wie etwas, was in viel zu weiter Ferne lag. In der Gluthitze der Sanddünen und in den Nebeln der Berghänge hatte sie keinen Gedanken daran verschwendet. Und schließlich war ihr der Wiedehopf begegnet und hatte die ganze Sache erscheinen lassen als vom Schicksal vorherbestimmt, als die Erfüllung all ihrer Mädchenwünsche.

Seit Arik, ihr Großvater, ihr von dem Dschinnenfürsten erzählt hatte, der ihr Vater war, hatte sie darauf gewartet, daß er käme und sie in seine Welt holte, in ihre Welt, dorthin, wo sie hingehörte. Denn wo sie bisher gewesen war, in den Zelten des Stammes und in den Palästen von Marib, hatte Südwind nie wirklich einen Platz für sich gefunden.

Sicher war ihr Yita begegnet, ihr Vater. Südwind schämte sich, weil sie nicht besser von ihm dachte, aber so gut ihr Vater als Mensch gewesen sein mochte, mit einem Dschinn konnte man ihn nicht verwechseln. Er war gewiß tapfer in der Schlacht gewesen und geschickt im Rat. Doch das Außerordentliche, das man ihr versprochen hatte, hatte er nicht verkörpert. Er stand unter dem Pantoffel seiner Frau, liebte den Wein und das gute Leben ein wenig zu sehr und war ängstlich besorgt um das, was man von ihm denken mochte. Sicher, er hatte sie geliebt. Aber insgeheim rechnete Südwind ihm selbst das als Schwäche an.

Von Salomon dagegen hatte es wahrhaftig geheißen, er wäre der Dschinnenfürst, und der Wiedehopf versprach, daß es mehr als ein Märchen war. Südwind war bereit gewesen, ihm zu verzeihen, falls er nicht hätte zaubern können. Sie hätte darauf verzichtet, auf Drachen zu reiten und an seiner Seite durch die Himmel zu fliegen. Wenn er es nur fertiggebracht hätte, sie zu verzaubern.

Sie war sich so sicher gewesen, daß er groß und stolz und klug und mächtig sein würde und daß die Hochzeit mit ihm nur die logische Vollendung ihres Weges wäre. Daher hatte sie der Forderung seiner Boten ohne große Umschweife nachgegeben. Sie erinnerte sich noch, wie sie Marub hinausgeschickt hatte, um seinen erstaunten Blick nicht ertragen zu müssen. Sie war ihrer Sache so gewiß gewesen.

»Ich war mir sicher, ich würde es fertigbringen«, sagte sie laut. Und das war gelinde gesagt eine Untertreibung. Vor wenigen Stunden noch hatte sie dem Augenblick geradezu entgegengefiebert. Schlagartig wurde sie rot, als sie daran dachte. Sie hatte sich wahrhaftig wie eine verliebte Braut gefühlt. Bis zu dem Augenblick, als sie Salomon zum ersten Mal gesehen hatte. Tapfer hatte sie danach ihre Illusionen noch ein paarmal aufrechtzuerhalten versucht. Aber das änderte nichts an der Tatsache, und sie wußte es.

»Aber ich dachte nicht ...« Sie zögerte, es laut auszusprechen. Es war zu beschämend. Aber es war, wie es war. All ihre Träume waren an dem einen, lächerlichen Umstand gescheitert.

»... daß er so alt sein würde.« Schams fand die Worte an ihrer Statt.

Südwind schüttelte heftig den Kopf und drückte ihr Gesicht erneut in die Kissen. Mit aller Macht suchte sie den Gedanken daran zu verdrängen, daß die Umarmung des Königs sich in ihrer Phantasie genau so angefühlt hatte wie jene, die sie auf dem Lager einer Gärtnerhütte erfuhr. »Es ist so lächerlich.«

Schams biß sich auf die Lippen, als die Freundin laut schluchzte. Ihr fiel nichts ein, wie sie den Kummer lindern konnte. Sie kam sich vor wie damals, als sie mit einem stumpfen Messer ins Zelt der Gefesselten schlich. Wieder einmal war Südwind gefangen. Und wieder einmal konnte sie mit ihren schwachen Kräften nichts daran ändern.

»Aber das Schlimmste ist«, sagte Südwind plötzlich und richtete sich auf. Ihre Augen starrten Schams an, als sähe sie etwas Grauenerregendes.

»Was?« fragte Schams sanft.

Südwind zog sie näher zu sich. Heiß hauchte sie der Freundin ins Ohr. »Er mag meinen Fuß.«

»Ja, aber ...« Hilflos suchte Schams im Gesicht ihrer Freundin nach einem Hinweis darauf, wie sie die Bemerkung zu verstehen hatte. »Aber ist das nicht sehr erfreulich?« versuchte sie es dann.

»Nein«, gab Südwind heftig zurück. Ihr Götter, wie wenig verstanden die Menschen doch voneinander. Was war erfreulich, ja nur erträglich daran, wenn einen jemand für etwas liebte, was man selber verabscheute? »Das wäre, als würde Muchzen dich künftig nur deshalb gerne umarmen, weil er dich für liederlich hält«, fuhr sie erbarmungslos fort. »Um auf deiner Haut den Schweiß der anderen zu spüren.«

»Oh«, sagte Schams betroffen. Wie betäubt stand sie auf, wandte sich dem Vorhang zu und ging hinaus.

Nie hatte Südwind sich einsamer gefühlt als in diesem Moment.

Die sieben Nächte

»Du wirst Räume beziehen, die dir alleine vorbehalten sind. Auf deinen Wunsch hin darf Marub durch ein vergittertes Fenster mit dir sprechen. Der König wird sieben Tage lang zu dir kommen.« Schams machte eine Pause, aber Südwind forderte sie mit einer gereizten Handbewegung auf, weiterzusprechen.

Schams streckte den vierten Finger aus und umklammerte ihn mit der Rechten. »Danach bist du frei. Das Kind, so es geboren wird und heranwächst, soll an seinem zwölften Geburtstag an den Hof des Königs kommen und hier leben, als lebendes Unterpfand eures Bundes.« Sie leierte es so herunter, wie es ihr von Marub eingetrichtert worden war, der auf Südwinds Befehl hin die neuen Verhandlungen geführt hatte. Der fünfte Finger. Was fehlte noch? »Deine Dienerinnen dürfen sich frei in der Stadt bewegen. Wie es dein Wunsch war.«

Erwartungsvoll schaute sie Südwind an. Aber die stand nur kommentarlos auf. In der Tür warteten bereits die Sklaven, bereit, sie und ihre wenigen Habseligkeiten in die neue Unterkunft zu begleiten. Keine der anderen Frauen ließ sich blicken, um ihr Lebewohl zu sagen. Zu fremdartig, diese Königin von Saba, dachte Südwind und schnaubte abfällig. Irgendwo wackelte ein Vorhang.

Als Schams sich ihr anschließen wollte, hob sie die Hand. »Du hast es doch gehört. Meine Dienerinnen dürfen sich frei in der Stadt bewegen. Also geh.«

Schams errötete jäh. »Du willst mich nicht dabeihaben?« fragte sie.

Südwind wandte sich ab. Sie wollte niemanden zum Zeugen der nächsten sieben Tage haben. Es sollte keine Berührung geben zwischen ihnen und ihrem vertrauten Leben, damit es später leichter sein würde, so zu tun, als wären sie niemals gewesen. Aber das sagte sie nicht, sie zuckte nur mit den Schultern und schaute zu, wie Schams sich mit hängendem Kopf zwischen den Dienern hinausdrückte.

Sieben Nächte sind nichts, sagte sie sich, als sie in ihren neuen Räumen am Fenster stand. Da waren wiederum Mauern. Aber dahinter ahnte sie freie Hügelketten, und sie glaubte, das Läuten ferner Herdenglocken zu hören, die spät noch heimwärts wanderten. In sieben Tagen schon würde sie wieder mit ihrer Karawane ziehen. In mein altes Leben, dachte sie bitter, aus dem ich hierher davongelaufen bin. Wo soll ich danach hingehen? Soll ich ewig mit meiner Karawane um den Erdball ziehen, Weihrauch und Geheimnis im Gefolge, eine wandernde Sphinx?

Sie stützte die Ellenbogen in den Fensterrahmen. Auch unter ihrem neuen Gemach gab es einen Garten; war es derselbe, den sie von ihrem alten Fenster aus hatte betrachten können? Sie atmete tief ein, um seinen Duft zu kosten. War das nicht der Hauch des Feigenbaums, lockend und wankelmütig? Sie reckte den Hals und entdeckte den niedrigen

Baum nahe der Umfassungsmauer, eine bloße Silhouette in der Dämmerung, die das Grün des Gartens bereits mit dem Blau der Nacht verschmolz und sie keine weiteren Einzelheiten mehr erkennen ließ. Aber da war ein fremder Klang, regelmäßiger als die Glocken und lauter als das Zirpen der Zikaden, süßer auch und verzaubernder. Südwind neigte sich hinaus, so weit sie konnte, um die Ursache auszumachen. Ihr Haar fiel ihr über den Nacken und rieselte die Mauer hinab. Am Fuß des Gemäuers saß ein junger Mann, mit dem Rücken an den warmen Stein gelehnt, und spielte auf einer Flöte. So selbstvergessen und träumerisch, wie er wirkte, klang auch seine Melodie; er hatte die Frau, die sich droben über ihn neigte, noch nicht bemerkt.

Südwind starrte hinunter, auf seinen schwarzen Scheitel mit den langen Locken, seine bloßen Schultern, die Haut, auf der der letzte Schimmer des Abendlichtes leuchtete. Sein Handwerkszeug, der Eimer, die Harke, lag unbenutzt neben ihm im Gras.

»Yada«, flüsterte sie. Unvermittelt schossen ihr die Tränen in die Augen. Dann hörte sie hinter sich die Tür. Sieben nur, dachte sie und richtete sich auf, um den eintretenden Salomon zu begrüßen.

Der Junge drunten hatte einen Tropfen auf der Haut gespürt. Er hob die Hand, um zu prüfen, ob es regne. Als er aufsah, war da nur das leere Fenster.

»Mein König.« Südwind schluckte.

»Setz dich aufs Bett.« Die Stimme Salomons war so müde und ausdruckslos wie damals im Thronsaal. Südwind erschrak zunächst ob ihrer Kühle, doch dann gehorchte sie. Es ist sogar besser so, dachte sie. Mit leidenschaftlichen Aufwallungen seinerseits hätte sie nicht umzugehen gewußt. Seine Gleichgültigkeit erlaubte es ihr, auch die eigene nicht zu verbergen. Gehorsam setzte sie sich auf den Rand und ließ sich dann, einer Geste des Königs gehorchend, zurückfallen.

»Stell die Beine hoch.«

Sie ließ es zu, daß er ihre Knie spreizte und ihre Röcke zurückschob. Ihr Blick wanderte währenddessen über die hölzerne Decke. Sie haben hier in der Tat sehr viele Bäume, hörte sie Marub noch einmal sagen und nahm sich vor, ihn daran zu erinnern, daß sie über den Kauf von Edelhölzern verhandeln sollten. Salomon nahm sie nur am Rand ihres Blickfeldes wahr. Als sie bemerkte, daß er sich an seinen Kleidern zu schaffen machte, drehte sie den Kopf zur Seite.

Halb entblößt lag sie vor ihm, doch noch immer hatte er sie kaum berührt. Sie waren einander zu fern für eine Liebkosung oder gar einen Kuß. Wenn er sich doch beeilen wollte. Als nichts geschah und die Kühle unangenehm über ihre Schenkel strich, hob Südwind den Kopf. Was tat er da nur? Was sollte dieses hektische Herumfummeln in den Falten seiner Kleidung, was ächzte der König so angestrengt? Plötzlich, ohne Vorwarnung, griff seine Hand nach ihrem Bein. Sie fühlte seine trockenen Greisenhände knisternd über ihre Haut fahren und bekam eine Gänsehaut. Salomon fuhr den langen Bogen ihrer bloßen Schenkel ab wie ein Kenner eine schöne Skulptur. Am Ende erreichte seine Hand ihren Fuß und schloß sich darum. Wieder vernahm Südwind das Keuchen, das sie schon einmal gehört hatte, als er ihre Füße gewaschen hatte. Und wiederum versuchte sie voll Scham und Widerwillen, ihm ihre verstümmelte Gliedmaße zu entziehen. Doch mit mehr Kraft, als sie der gebrechlichen Gestalt zugetraut hätte, hielt der König sie fest. Sein Griff verstärkte sich noch, und sein Atem ging schneller.

»Au«, protestierte Südwind, »Ihr tut mir weh.« Sie wollte sich aufbäumen, sich aus seinem Griff winden.

Als wäre ihr Widerstand ein Signal gewesen, klemmte Salomon sich ihre widerspenstigen Schenkel unter die Achseln, packte ihre Hüften, um sie an sich zu ziehen, und drang mit einem Stoß in sie ein.

»Halt still«, flüsterte er. Und Südwind, gelähmt von dem Gedanken, daß all dies tatsächlich geschah, gehorchte.

»Dreh dich um«, keuchte Muchzen und half, ungeduldig vor Gier, den trägen Bewegungen des Mädchens nach. Fassungslos starrte er auf Weihrauchs Hintern, der sich im Lampenlicht einladend vor ihm wölbte. Er fuhr mit der Hand ihren durchgebogenen Rücken hinauf und hinab; sie war so schön, so dunkel und schlank. Er hob ihre Taille an. Ein Gewicht, das man kaum spürte. Und wie widerstandslos sie sich hingab. War es Lüsternheit oder Gleichgültigkeit, die sie so schamlos sein ließ? Wie kam es überhaupt, daß sie ihn zu sich eingeladen hatte, ausgerechnet ihn? Es war ein Geheimnis darin, das ihn verunsicherte und erregte zugleich. Weihrauch, die sein Zögern spürte, ließ ihre Hüften kreisen.

Was war es bei Schams gewesen?, dachte er plötzlich. Sie hatte genauso vor Dhiban gekniet, man hatte es ihm genüßlich geschildert. Auch sie hatte sich einem Mann so dargeboten, aber ihm niemals. In plötzlicher Wut zog er das Mädchen an sich und drang so heftig in sie ein, wie er es vermochte.

»Das gefällt dir, was?« preßte er zwischen den Zähnen hindurch, als sie aufstöhnte. Muchzen bewegte sich brutal und konnte nicht aufhören, Obszönitäten zu stöhnen. Er krallte sich in ihren krausen Haaren fest, haßte sie dafür, daß es nicht die seidigen Flechten von Schams waren, fühlte eine Mischung aus Scham und Triumph, die unwiderstehlich war, warf schreiend den Kopf zurück und sah nicht das unergründliche Lächeln im Gesicht der Frau, die vor ihm kniete.

»Du zögerst.« Dhahabs Stimme war nicht mehr als ein heiseres Flüstern. Sie räkelte sich in ihren Kissen und setzte sich auf, wobei ihr Kleid verrutschte und die Schulter freigab, die hell und verletzlich unter der Last ihrer schwarzen Locken hervorschimmerte. Sie stützte sich auf den Ellenbogen und schob sich nach vorne. »Ich kann das verstehen«, gurrte sie. »Es ist eine Sache, die gut überlegt sein will.«

Ihre Hand mit den schweren Ringen glitt zu den Schnüren, die das Kleid noch hielten, und zogen langsam einen Knoten nach dem anderen auf.

»Du hast es aber doch schon einmal getan«, fuhr sie schmeichelnd fort. »Oder etwa nicht?« Der letzte Knoten war offen, das Kleid fiel weit genug über ihre Schultern herab, um ihre Brüste freizugeben, die voll und straff wie die eines jungen Mädchens waren. Die zarten, fast granatapfelroten Spitzen befreiten sich aus dem Gewand und richteten sich auf. Dhahab lächelte, als sie seinen flackernden Blick bemerkte. Sie griff hinüber zum Tisch, tauchte die Fingerspitze in den Honig und tupfte sich damit einen Tropfen auf ihr Dekolleté, der träge über ihre Haut rann und mit aufreizender Langsamkeit sich der Brustwarze näherte, die er bald golden umschließen würde.

Befriedigt sah sie, wie ihr später Gast die süße Spur verfolgte, als wäre er von ihr hypnotisiert. Der Tropfen wurde schwerer und schwerer, bald würde er schwer hinabtropfen in einem langen, glitzernden Faden. Ihr Gegenüber schluckte.

»Tu es«, hauchte Dhahab und neigte sich erneut zu ihm, der wie festgebunden in seinen Kissen lag. »Tu es noch einmal. Für mich.« Sie näherte ihr Gesicht dem seinen bis auf wenige Millimeter und leckte mit ihrer sehr roten Zunge langsam die zuckenden Mundwinkel Yadas, des Gärtners.

»Was war das?« Erschrocken hob Schams den Kopf und starrte durch den Zelteingang in die Nacht. Es war schon spät, aber noch immer zitterten die Lichter Jerusalems vom Hügel herüber. Sie konnte neben dem Tempel, der alles beherrschte, die Umrisse des Palastes ausmachen und sogar die Silhouette des Turmes, in dem Südwind seit Tagen hauste. Der Schrei hatte geklungen wie die Klage einer Frau.

»Ein Nachtvogel«, brummte Marub, ohne den Kopf von seiner Schale mit Fleisch zu heben.

Ob er ihre Gedanken erraten hatte? Ob er sah, was sie zu sehen glaubte? Schams errötete unwillkürlich. Es war die erste Nacht, sie wußten es beide, auch wenn sie kein Wort darüber verloren. Das Wissen ließ sich einfach nicht abschütteln, und ihr war, als wände Südwinds nackter Leib sich aufreizend zwischen ihnen. Ihre Unruhe stieg, doch da war keine Musik, kein Tanz, keine fröhliche Hochzeitsgesellschaft, in deren Trubel man sich stürzen konnte, während die alten Frauen über das Schicksal des weißen Vlieses wachten. Ob sie in Jerusalem die Sitte kannten? Für einen Moment halluzinierte Schams Bilder, die ihr die Hitze ins Gesicht trieben. Unruhig ruckte sie auf ihren Fersen hin und her. Aber da waren nur das warme Flackern des Feuers und der heimelige Duft, der aus der Schüssel voll warmen Hirsebreis aufstieg, die zwischen ihnen stand.

»Du mußt dich nicht fürchten«, setzte Marub unvermittelt seinem letzten Satz hinzu. Schams warf ihm einen raschen Blick zu und sah, daß er sie verstohlen betrachtete. Sie schenkte ihm ein Lächeln. Sofort richtete der Krieger den Blick wieder auf seine Schale und tunkte angelegentlich den Löffel ein.

»Ich habe keine Angst«, sagte sie ein wenig heiser. »Danke«, fügte sie nach einer Weile hinzu. Beide neigten die Köpfe wieder tief über ihr Essen. Doch die Spannung wollte nicht weichen. Es war, als wäre ein bebender Faden gespannt zwischen dem Burgberg, Marub und ihr, der sein sirrendes Singen unter das Lärmen der Zikaden mischte.

»Noch Fleisch?«

»Nein danke.« Das Wort ließ beide schlucken.

Sie griffen gleichzeitig in die Hirseschüssel, ihre Finger berührten einander. Hastig zogen sie sich wieder zurück. Danach wurde kein Wort mehr gesprochen, beide kauten nur lange und ausgiebig die zähen, widerspenstigen Bissen in ihrem Mund.

In den Gassen Jerusalems

Schams hielt es im Lager der Sabäer nicht länger aus. In dem Wäldchen war es stickig trotz des Schattens, kein Morgenwind wollte die Schlafluft aus den Zelten vertreiben. Es roch nach Moschus, wenn sie nach langer, unruhig verbrachter Nacht erwachte, und das laue Wasser der Quelle wusch den zähen Schweiß nur unzureichend von ihrer Haut. So jedenfalls kam es ihr vor.

Ich muß hier heraus, sagte sie sich. Und hatte Südwind für sie als ihre Dienerin nicht das Privileg erwirkt, sich frei in der fremden Stadt zu bewegen? Zwar hatte sie nicht verstanden, warum, außer daß Südwind einen Vorwand gesucht hatte, sie loszuwerden. Denn sie wußte gut, daß Schams mit Städten nicht viel anzufangen wußte. Lange waren ihr die Gassen von Jerusalem unheimlich erschienen, nicht anders als das Marib, das sie kurz nach ihrer Ankunft aus der Wüste kennengelernt hatte. Aber nun trieb ihre Unruhe sie dorthin. Sechs Tage, sechs Nächte. Marubs Schweigsamkeit ging ihr auf die Nerven. Das Schreien der Kamele ging ihr auf die Nerven. Sie wollte nicht mehr darüber nachdenken, was womöglich in den Köpfen der anderen vorging, wenn sie zur Burg hinaufsahen. Oder was sie womöglich dachten, daß sie dachte. Schams brauchte dringend eine Beschäftigung.

Dankbar akzeptierte sie den Krieger, den Marub ihr aus der Reihe seiner Männer mitgab als Begleitung, und brach früh in Richtung Jerusalem auf. Sie erreichte die Stadttore zusammen mit den Karren der Bauern, die zum Markt in die Stadt kamen. Zwischen deren staubigen Rädern, hochbeladenen Eseln und schwatzenden Bauersfrauen mit Körben auf dem Rücken und Kindern an der Hand standen sie an, bis die Wachen sie durchwinkten. Man rückte rings um sie ein wenig zur Seite. Ihre Kleider, ihre Frisuren und ihre Sprache wiesen sie als Fremde aus, und rasch wußte auch noch der letzte Wartende, daß sie zum Gefolge der Geisterkönigin aus dem Süden gehörten.

Mit aufgesetztem Lächeln, aber voller Unruhe lauschte Schams dem Geschnatter um sie herum, von dem sie kein Wort verstand, das ihr aber feindselig zu sein schien. Dankbar tauchte sie in den Schatten des Torturmes ein, durchschritt seinen Tunnel, in dem nur noch ihre Schritte hallten, und mischte sich auf der anderen Seite in das anonyme Gewimmel der Gassen.

Sie hatte kein Ziel und wußte nicht, wohin sie gehen sollte, also ließ sie sich von der zielstrebigeren Menge, die sie umgab, treiben, blieb eine Weile stehen, um den Töpfern zuzusehen, die ihre Scheiben in den offenen Werkstätten drehten, wühlte halbherzig ein wenig mit den anderen in den Stoffbergen am Stand eines Gebrauchtkleiderhändlers, der seine Preise laut über ihre Köpfe ausschrie, und erhandelte, als ihr Magen zu knurren begann, von einer Frau, die ihr Kochfeuer am Wegrand entfacht hatte, einen fetttriefenden Fladen.

Kauend ging sie weiter, wich dem größten Gedränge aus, um nicht gestoßen zu werden, bog mehrfach ab und landete, mehr darauf achtend, daß kein Öl auf ihr Kleid tropfte, als darauf, wohin sie ihre Füße setzte, in einer Nebengasse voll kleiner Häuser. Aus dem Stiermaul eines Wasserspeiers plätscherte ein dünnes Rinnsal in ein Brunnenbekken, an dem sie dankbar ihre Finger wusch. Mit einem zufriedenen Seufzer richtete Schams sich auf. Über ihr quoll Jasmin über eine hohe Gartenmauer, eine leuchtendweiße, vor Bienen vibrierende Wolke. Dahinter reckte eine Palme ihre schattenspendenden Wedel, die im Licht fast silbern glänzten. Die Sonne wärmte den gelben Kalkstein, an dem sie lehnte. Es war friedlich hier und vollkommen menschenleer.

»Wo sind wir?« fragte Südwind ihren Begleiter, der sich umschaute und mit den Schultern zuckte. Die hohen Mauern des Tempels, die alles überragten und an denen sie sich bisher grob orientiert hatten, waren von hier aus nicht zu sehen. Ratlos wandte Schams sich nach links und rechts. Sie wies auf einen gepflasterten Durchgang zwischen zwei Mauern. »Wollen wir es dort versuchen?«

Noch ehe sie einen zweiten Schritt in die Gasse gesetzt hatte, die sie meinte, schoß aus einer Nische ein gelber Hund auf sie zu, ein Straßenköter, wie es viele gab. Die meisten dösten unauffällig am Fuße der Mauern, in den Toreinfahrten oder auf Brachen, wo man sie erst bemerkte, wenn sie sich räkelnd erhoben, um mit zögernd wedelndem Schwanz sich einem Passanten zu nähern, um ein wenig Essen zu erbetteln. Dieser Hund hier aber versperrte ihr laut knurrend den Weg, sein räudiges Fell war gesträubt, seine Lefzen waren zurückgezogen, so daß sie sein drohendes, von Speichel triefendes Gebiß sehen konnte. Er duckte sich tief und starrte mit verdrehten Augen zu ihr hoch, der tiefe Ton in seiner Kehle rollte bedrohlich.

Ihr Begleiter hatte bereits nach seiner Lanze gegriffen, doch ehe er sie an der Schulter zurückziehen und sich zwischen sie und das Tier schieben konnte, sprang der Hund schon vor und schlug seine Zähne in ihre Wade. Schams schrie gellend auf. Unwillkürlich schlenkerte sie heftig mit dem Bein, um den Angreifer abzuwehren, der aber nicht lockerließ und sich mit ihr im Kreis zu drehen begann. Schams' Leibwächter drehte sich mit, die Lanze erhoben, aber unsicher zielend, immer in der Angst, die junge Frau zu verletzen. Schließlich drehte er die Waffe um und gab dem Hund mit dem hölzernen Schaft einen kräftigen Schlag auf das Rückgrat. Erleichtert spürte Schams, wie die Zähne sich aus ihrem Fleisch lösten und das fremde Gewicht von ihr abfiel. Das Tier überschlug sich im ersten Schreck, zog sich dann jaulend zurück und jagte mit eingezogenem Schwanz um die nächste Ecke davon, ehe es ein zweiter Hieb erreichen konnte.

Schams wimmerte. Der Schock ließ nach, aber fast sofort setzte der Schmerz ein. Sie sank hilflos rudernd zu Boden, gestützt von ihrem Begleiter, und zog ihren Rock hoch, um die Wunde zu begutachten, gefaßt darauf, rohes, zerfetztes Muskelfleisch zu sehen. Fassungslos starrte sie auf die zwei winzigen Löcher, aus denen jeweils ein dünner roter Faden rieselte. Deswegen schmerzte ihr Bein, als wollte es platzen?

In die Gasse kam Leben. Eine Tür öffnete sich, eine Frau trat in den Rahmen und redete mit jemandem, der drinnen blieb. Fensterläden klappten über ihr, und neugierige Köpfe schoben sich heraus, deren Besitzer bald ihre wortreichen Kommentare dazu gaben. Bald tauschte man sich über die Gasse hinweg von Haus zu Haus aus. Jemand deutete in die Richtung, in die der Hund verschwunden war, und rief etwas in die Straße hinunter, was wie eine Aufforderung klang.

Schams schüttelte hilflos den Kopf und sagte etwas in ihrer eigenen Sprache. Eine Fremde! Das Stimmengewirr um sie herum ebbte kurz ab, um dann noch aufgeregter wieder einzusetzen. Inzwischen schien die eindringliche Predigt der Frau in der Tür Erfolg gehabt zu haben, denn aus dem dunklen Inneren des Hauses trat ein Mann heraus. Sein Erscheinen ließ alle anderen verstummen. Mit ruhigen Schritten ging er zu Schams hinüber, bot ihr die Hand und zog sie hoch. Er war ein wenig kleiner als sie, stellte sie fest. Sein weißes Haar wuchs lang wie sein Bart. Flusig wehte es in der leichten Brise, nur gehalten von der runden Kappe auf seinem Hinterkopf. Der Mann lächelte. Schams verstand nicht, was er sagte. Sie war völlig verblüfft von seinen Augen, die von einem hellen, milchigen Blau waren wie der Himmel am frühen Morgen. Zunächst glaubte sie, er wäre blind, doch er lächelte sie an und wies dann einladend auf sein Haus in einer Weise, die sie nicht daran zweifeln ließ, daß er ausgezeichnet sah.

Beinahe hätte Schams die Hand gehoben, um seine ungewöhnlichen Augen zu berühren. Sie hielt sich gerade noch zurück, errötete und wollte sich von seinem Griff losmachen, der noch immer ihr Handgelenk umklammert hielt.

Doch der Fremde hielt sie fest. »Du bist verletzt«, sagte er, und es dauerte eine Weile, bis Schams begriff, daß sie ihn verstand und warum. Er hatte sich der Sprache der Nabatäer bedient, die sie selbst sich in den langen, langweiligen Stunden der Reise von ihrem Dolmetscher hatte beibringen lassen.

»Ich werde dir helfen.«

Er überwand das leichte Zögern, mit dem Schams sich ihm widersetzte, als er sie auf den dunklen Hauseingang zu zog. Er bemerkte es und winkte auch ihrem Begleiter einladend zu. Die beiden Sabäer wechselten einen ratlosen Blick, dann folgten sie nach kurzem Zögern ihrem neuen Bekannten in sein Haus.

Der Flur umgab sie mit einer Finsternis, die sie beinahe blind machte. Erst nach einer Weile konnten sie Türen ausmachen, die von dem Gang abgingen, der vor ihnen nach rechts abknickte und sich auf einen schattigen Hof öffnete, wo unter Palmen eine Reihe von Leuten auf Bänken saßen und – wie es aussah – geduldig auf irgend etwas warteten. Ihr Gastgeber grüßte alle mit einem Nicken des Kopfes und einigen Worten, wurde seinerseits ehrfürchtig begrüßt und führte Schams an allen vorbei zu einem Hocker, auf dem er sie sich niedersetzen hieß. Er selbst nahm auf einem Schemel Platz, den er nahe zu ihr heranzog. Über seinen Kopf hinweg musterte Schams die Wartenden und erkannte mit einem Mal, daß es sich bei ihnen allen um Kranke handelte.

Der Mann dort mit dem schmerzverzerrten Gesicht und dem Wickel um seine geschwollene Wange hatte zweifelsohne einen bösen Zahn. Dem Alten zu seiner Linken hing ein völlig verschmutzter Verband vom Fuß, der Ausschlag des Kindes, das sich gegenüber in den Schoß seiner Mutter drückte, war unübersehbar. Voller Grauen starrte Schams in das Gesicht eines Wesens, dessen Geschlecht sie unter der zerlumpten Verhüllung nicht erraten konnte. In der Mitte seines Gesichtes aber, dort, wo die Nase sein sollte, klaffte nur ein unregelmäßiges schwarzes Loch.

Da spürte sie, wie der Alte ihren Kleidersaum anhob. Ohne auf ihr Zusammenzucken zu achten, legte er ihr Bein frei und hob ihren Fuß in seinen Schoß. Mit trockenen Fingern strich er einige Male über die Bißwunde, dabei hielt er einem Jungen von vielleicht zwölf Jahren, der neben ihm kauerte und die blutige Stelle unverwandt anstarrte, einen langen Vortrag, den Schams wiederum nicht verstand. Der Alte fragte etwas, und der Junge antwortete. Als er aufsprang, um etwas zu holen, warf er ihr einen kurzen, stolzen Blick zu mit Augen, die so blau waren wie die des Alten.

»Euer Sohn?« fragte Schams, um irgend etwas zu sagen, während sie mit entblößten Schenkeln dasaß.

»Mein Enkel«, erwiderte der Alte, der begonnen hatte, die Löcher in ihrer Wade mit einem Tuch und ein wenig Wasser zu reinigen. »Die Gabe überspringt manchmal eine Generation.«

Sie nickte vage, als hätte sie die Antwort verstanden. Inzwischen war der Junge zurück, übergab seinem Großvater ein Büschel Blätter und hörte sich einen erneuten Vortrag an, während der Alte die Pflanzenteile zerrupfte, in einem Mörser zerrieb und mit einer Flüssigkeit vermischte, die er einem verkorkten Tonkrug entnahm. Als er die fertige Paste auf Schams' Bein auftrug, zuckte diese zusammen, es brannte wie Feuer.

Ihr Begleiter, der die Bewegung wahrnahm, fuhr mit der Hand zu dem Dolch in seinem Gürtel. Aber Schams hob die Hand. Das Brennen hatte nachgelassen, angenehme Kühle machte sich an seiner Stelle breit. Sie lehnte sich zurück und lächelte dem Jungen zu, der nun wieder tätig wurde und ihr Bein mit geschickten Fingern mit einem Stoffstreifen verband.

»Du bist deinem Großvater ein guter Helfer«, lobte sie den Kleinen.

Er grinste sie an. Dann schien er zu überlegen. Schams fuhr ihm ermunternd durch die Haare. »Stimmt es«, platzte er da mit heller Stimme heraus, »daß alle Frauen in eurem Land Ziegenfüße haben?«

Schams erschrak, ihre streichelnde Hand sank herab.

»Aaron!« rief sein Großvater tadelnd und schnalzte mit der Zunge.

Schams schüttelte rasch den Kopf. Der Kleine konnte nichts dafür, er plapperte nur nach, was zweifellos auf den Straßen geredet wurde. Wie hatte das Gerücht nur bis in diese Gassen dringen können, fragte sie sich und dachte an das Geschnatter der Wartenden am Tor, die so deutlich von ihnen abgerückt waren. War das also der Sinn ihres Geredes gewesen?

Sie riß sich zusammen und schenkte dem Jungen erneut ein Lächeln. »Nein«, sagte sie und war erstaunt, wie sicher ihre Stimme klang. »Oder siehst du hier irgendwo einen Huf?« Sie hob noch einmal ihren Kleidersaum hoch und ließ bewußt kokett ihre Beine spielen. Der Kleine errötete heiß und schüttelte den Kopf. Sein Großvater schenkte Schams, nachdem er ihn weggeschickt hatte, einen langen, nachdenklichen Blick.

Sie suchte die peinliche Situation abzukürzen, indem sie rasch aufstand. »Es warten noch so viele auf Eure Hilfe.« Sie wies auf die Wartenden, um ihre Hast zu entschuldigen. »Was bin ich Euch schuldig?«

Der Alte schüttelte den Kopf. »Ihr seid Gäste dieser Stadt«, sagte er und legte die Hand auf sein Herz. »Gäste in meinem Haus.«

Verlegen neigte Schams den Kopf zum Gruß, ihr Begleiter tat es ihr nach, dann wandten sie sich ab. Sie suchte zügig durch die Reihen der Patienten zu gehen und keinem mehr näher ins Gesicht zu schauen. Aber plötzlich ließ etwas sie innehalten. Schams ging in die Knie und griff nach der Hand eines Mädchens, das sich aus Furcht vor der Fremden eng an seine Mutter schmiegte und sein Gesicht versteckte.

»Was ist das?« flüsterte sie und betastete die Finger der Kleinen, die zu einer seltsamen Klaue geformt waren. Mit zitternden Händen suchte sie die zarten Finger auseinanderzubiegen. Aber sie waren zusammengewachsen. Eine Rinne seltsam glatter, bläulicher Haut mit einer leichten Einkerbung, wo die Glieder getrennt hätten sein sollen, verband Ring-, Mittel- und Zeigefinger miteinander.

Der Alte, der ihr nachgekommen war, nahm sanft die Hand des Mädchens aus der ihren und legte sie zurück an die Brust der Kleinen, die sie mit rascher, routinierter Geste in ihrem überlangen Gewandärmel verschwinden ließ.

Schams schaute auf. »Ihr könnt das heilen?« fragte sie. Ihr stockte beinahe der Atem.

Der alte Heiler nickte. »Ein Schnitt hier, ein Schnitt dort.« Er demonstrierte es ihr an seiner eigenen Hand, die er mit fest aneinandergepreßten Fingern hochhielt. Plötzlich spreizte er sie. »Alles wieder gut.« Die Mutter des Mädchens lächelte hoffnungsvoll zu ihm auf. »Es wird Narben geben.« Der Alte zuckte mit den Schultern. »Aber es wird nicht mehr ...«

»... monströs aussehen«, beendete Schams seinen Satz. Noch immer kniend, wandte sie sich dem Heiler zu. Mit einem Mal glaubte sie zu begreifen, was der tiefe Sinn von Südwinds Wunsch gewesen war, sie möge in die Stadt gehen. Die Freundin mochte es selbst vielleicht nicht gewußt, nicht einmal geahnt haben. Aber tatsächlich war es vorherbestimmt. Almaqh hatte es ihr eingegeben. Und sie, Schams, würde endlich einmal nicht mit einem untauglichen Werkzeug dastehen.

»Ich biete Euch Gold«, begann sie hastig, »Smaragde.« Sie suchte sich zu erinnern, was noch in Südwinds Verhandlungskästchen steckte. »Ihr werdet nicht nein sagen können.« Der Alte lächelte sie nur milde an.

Schams wurde immer aufgeregter. Fieberhaft überlegte sie. Sie winkte ihren Begleiter herbei und befahl ihm, ins Lager zu gehen, nein, zu rennen, das Kästchen zu besorgen, Gold aus dem von Marub bewachten Gepäck, aus dem Tempel, wenn es sein mußte. Weihrauch zu holen.

»Ihr werdet einer Kranken doch nicht Eure Hilfe verweigern?« Auf einmal hielt sie inne. Ihr war ein schrecklicher Gedanke gekommen. Das hatte sie völlig vergessen; es würde nicht gehen. Niedergeschlagen ließ sie den Kopf sinken. Der Krieger, irritiert von ihrem plötzlichen Erstarren, fragte, ob er dennoch gehen solle, und sie winkte ihn ungeduldig fort. Dann warf sie den Kopf auf. Es mußte gehen, mußte einfach. Sie durfte sich davon nicht abhalten lassen. Diesmal, da war sie sicher, tat sie das Richtige, diesmal würde Südwind sie nicht voller Enttäuschung fortschicken. Ein Lächeln trat auf ihre Züge, als sie endlich die rettende Idee hatte.

Sie ergriff beide Hände des Heilers, drehte sie in ihren eigenen, prüfte sie und hielt sie fest. »Könnt Ihr«, fragte sie und strahlte ihn bereits an, »mit züchtig geschlossenen Beinen gehen?«

Der Makel

Marub hatte es sich nicht nehmen lassen, Schams auf diesem Gang zu begleiten. Mit großen Schritten ging er hinter den zwei verhüllten Frauengestalten her, die in anmutiger Eile vorneweg trippelten, gefolgt von einem nervösen, vor Aufregung blassen Aaron, der einen hölzernen Kasten trug.

»Was für eine Idee«, schnaubte der Hüne. »Du wirst uns noch alle damit umbringen.«

Abrupt wandte Schams sich zu ihm um und zwang ihn damit mitten in vollem Lauf zum Abbremsen. Sein Gesicht war kaum eine Handbreit von seinem entfernt, als sie fragte: »Wenn du dein fehlendes Auge wiederhaben könntest, würdest du es nicht wollen?«

Unwillkürlich fuhr Marub mit der Hand zu seinem zerstörten Auge und tippte sich ans Lid. Sein Mund öffnete und schloß sich hilflos. Schams wartete einen Moment mit verschränkten Armen und wandte sich, als sie keine Antwort erhielt, wieder ab, um weiterzugehen. »Hier entlang«, erklärte sie der dicht verschleierten Gestalt neben ihr. Die streckte eine Hand aus, um ihr beruhigend über den Arm zu streichen.

»Und haltet eure Hände verborgen«, ermahnte sie nervös. »Daran wird man hierzulande am ehesten erkannt.«

»Du hättest ihm die Haare auf den großen Zehen rasieren sollen«, brummte Marub von hinten, was Schams veranlaßte, hastig nach unten zu sehen. Doch da waren nur zwei zierliche Füße in Sandalen, die nichts über ihren Träger verrieten. Sie zischte erregt und machte eine wegwerfende Geste, was Aaron zu einem lauten Kichern veranlaßte, das er sofort einstellte, als sich Marubs gesundes Auge auf ihn richtete. Schweigend liefen sie die Korridore entlang.

»Die Dienerinnen der Königin von Saba wünschen ihrer Herrin aufzuwarten.«

Südwind vernahm den Satz dumpf durch das Holz der Tür. Verwundert erkannte sie Schams' Stimme und hörte, wie der Wächter beiseite trat und den Riegel rasselnd zurückschob. Ihr Herz klopfte schneller, doch sie unterdrückte die Freude über den vertrauten Ton. Sie waren im Streit geschieden, und ihr Befehl, sie hier nicht aufzusuchen, war unmißverständlich gewesen. Warum kam Schams dennoch zu ihr? Wollte sie sich an ihrem Elend weiden? Und was hatte es mit den Diener*innen* auf sich?

Südwind warf sich in Positur, verschränkte die Arme und erwartete ihre Freundin mit hoch erhobenem Kopf. Fieberhaft feilte sie an ihrem ersten Satz, der würdevoll sein sollte und distanziert. Doch sie kam nicht dazu, ihn auszusprechen.

Hinter Schams trat eine zweite Frau herein, die sie noch nie gesehen hatte, gefolgt von einem Jungen, den der Wächter am Arm zurückhalten wollte, was Marub von draußen mit den Worten kommentierte: »Er ist doch erst zwölf.« Es gab einen kurzen, heftigen Wortwechsel, dann standen drei Personen vor ihr. Schams keuchte, als wäre sie den ganzen Weg gerannt; ihr Gesicht glühte, und ihre Augen strahlten, wie Südwind es seit der Trennung von Muchzen nicht mehr an ihr gesehen hatte. Ehe sie etwas fragen konnte, hatte die zweite Person ihren Schleier abgestreift.

»Aber ...?« Südwind geriet ins Stottern. Sie wußte nicht, was sie an ihrer unbekannten Besucherin mehr verblüffte: die himmelblauen Augen oder der leuchtendweiße Bart, der ihr bis auf die Brust herabhing.

»Das ist ein Mann!« Südwind stieß es mit knapper Not hervor.

»Ein Heiler«, verbesserte Schams. Sie trat an die Freundin heran und umfaßte ihre Hände. »Südwind, er sagt, er kann deinen Fuß heilen.«

Für einen Augenblick herrschte Stille in dem Raum. Südwind sackte auf das Lager und hielt sich die Hände vors Gesicht. Einen langen Moment schauten alle auf sie. Lachte sie? Weinte sie? Glaubte sie ihnen die Sache nicht? Würde ein Zornesausbruch folgen? Schams wäre gerne hinübergegangen, um ihr den Arm um die schmalen Schultern zu legen, doch sie zögerte. Als sie endlich den ersten Schritt wagte, hob Südwind plötzlich den Kopf. »Wie?« fragte sie knapp.

Der Alte schaute sich um. Er entdeckte ein Schemelchen wie das in seinem Heim, zog es umständlich heran, ließ sich zu Südwinds Füßen nieder und begann unter Schams' beifälligem Nicken ihr Kleid zu raffen. Als er ihren Fuß freigelegt hatte, hob er ihn hoch, setzte ihn sich auf das Knie und untersuchte ihn wortlos eine Weile.

Südwind spürte seine leichten, trockenen Finger und schluckte. Sie erinnerte sich lebhaft der letzten Nacht, in der der König vor dem Akt sich ihren Fuß auf die nackte Brust gesetzt hatte, um sich die nötige Erregung zu verschaffen. Seine Augen hatten geflackert, als er ihn sich an den Mund hob, um einen Kuß darauf zu drücken. In den blauen Augen des Alten hier war nichts als freundliche Gleichmäßigkeit. Sein Enkel allerdings kniete neben ihm und schaute so aufgeregt von Südwinds Fuß zu ihrem schönen Gesicht und wieder zurück, daß ihr die Schamröte ins Gesicht stieg. Er fragte etwas mit seiner hellen, hohen Stimme.

»Südwind, blas mir den Rock hoch.« Eine ferne Kindheitserinnerung war mit einem Mal wieder ganz nah. Beinahe hätte sie den Fuß fortgezogen.

Der Alte nickte, als wäre alles so, wie er es erwartet hatte. Er hob die Finger und deutete: »Ein Schnitt hier, einer da. Und dort.« Freundlich lächelte er sie an. »Es werden nicht die schönsten Zehen der Welt sein ...« Er ließ den Satz unbeendet.

»Aber es wird ein normaler Fuß?« Südwind faßte es nicht. So einfach sollte alles, alles gelöst werden? Ein kleiner Schnitt mit einem Messer! Spontan streckte sie ihm den Fuß entgegen. Tu es hier, wollte sie rufen, tu es gleich. Sie räusperte sich. Sei nicht kindisch, ermahnte sie sich. Er wird seine Vorbereitungen zu treffen haben. »Wann«, begann sie zögernd und räusperte sich erneut. »Wann, glaubt Ihr, könntet Ihr es versuchen?«

Der Alte ließ ihren Fuß los und griff nach dem Kasten. »Eure Freundin meinte, am besten jetzt sofort. Wenn Euch das recht ist?« Er kramte bereits in seinen Gerätschaften.

Schams griff nach Südwinds Hand und drückte sie sich an ihre fieberheiße Wange. Spontan strich Südwind ihr über das Gesicht. »Nicht weinen«, flüsterte sie. Da schossen ihr selbst bereits die Tränen in die Augen.

»Sofort wäre mir recht«, sagte sie dann ein wenig lauter und wischte sich mit der freien Hand über das Gesicht.

»Es wird allerdings ein wenig schmerzvoll«, mahnte der Heiler, das Messer bereits in der Hand. Südwind starrte es an, dann nickte sie langsam. Ihre Finger schlossen sich fest um die von Schams. Dann warf sie abrupt den Kopf zurück; ihr Körper erbebte. Erschrocken hielt der alte Jude inne. Doch die Königin des Südens lachte, lachte aus vollem Hals.

Der Sklavengesang

Südwind lag auf dem Bett und starrte an die Decke. Zwei Fliegen krabbelten dort über die Vergoldungen. Mit ihrem ziellosen Summen verging die Zeit, langsam, träge, sinnlos, untermalt und eingeteilt von dem schmerzenden Pochen in ihrem Fuß, den ein graues Leinentuch verband. Südwind wagte nicht, sich zu bewegen, wagte nicht einmal hinzusehen, um das, was dort heranreifte, nicht zu stören, doch ihr schien, als wäre der Schmerz das Süßeste, was sie je im Leben gefühlt hatte.

Sie wandte den Kopf und betrachtete den Himmel, der sich langsam veränderte, so quälend langsam. Die Sonne stand tiefer, bald würde sie die weiß über den Bergen aufquellenden Wolken rosenfarben leuchten lassen. Dann käme Salomon ein letztes Mal.

Schließlich raffte sie sich doch auf, um zum Fenster hinüberzugehen. Sie wollte sehen, ob der Gärtner wieder da wäre. Vorsichtig raffte sie ihr Kleid und setzte bei den ersten Schritten nur die Ferse auf den kühlen Boden. Es ging erstaunlich gut, doch noch ehe sie das Fenster erreicht hatte, klappte hinter ihr die Tür. Erstaunt fuhr Südwind herum. Es war noch nicht die Zeit, der König kam stets mit der Dämmerung, im Halbdunkel verborgen, als ahnte er, daß seine Nacht nahe war. Diesmal jedoch stand der Herold in der Tür.

»König Salomon wünscht, daß Ihr ihm in der Halle der Richter Gesellschaft leistet«, verkündete er ausdruckslos.

Südwind konnte weder aus seinem Gesicht noch aus seiner Stimme einen Hinweis darauf gewinnen, was dies zu bedeuten hatte. Es blieb ihr nichts, als schließlich zustimmend den Kopf zu senken. Sie nahm ihren Umhang vom Stuhl und ging mit dem Mann. Wenn er ihr Hinken bemerkte oder den blutigen Fleck, den sie auf der weißen Wolldecke des Bettes zurückgelassen hatte, so ließ er es sich nicht anmerken. Ohne jeden Kommentar paßte er seinen Schritt ihrem langsameren Gang an und geleitete sie in die Halle, die sie von ihrer Ankunft her kannte. Dort stand der Thron, flankiert von den beiden Löwen, die heute keinen Weihrauch spieen. Dafür brannten Kohlefeuer in großen Kupferbecken. Schwere Vorhänge trennten die Seitenschiffe der Halle ab, die dadurch kleiner und intimer wirkte. Am Fuß von Salomons Thron stand eine Gruppe Menschen in einfacher Kleidung, die nicht zu den Höflingen gehören konnten.

Der Herold führte Südwind zwischen ihnen, die ihr ehrfürchtig Platz machten, hindurch und zu den Stufen, bis hinauf zu dem blaugoldenen Vorhang, der Salomons Sitz verhüllte. Dort kniete er nieder und räusperte sich, und zu Südwinds grenzenlosem Erstaunen streckte sich eine Hand zwischen den Stoffbahnen hindurch und winkte ihr. Sie warf dem Herold einen fragenden Blick zu, der auffordernd nickte, also ergriff sie die Vorhangbahnen und schob sich hindurch.

»Setz dich«, sagte Salomon. Und sie bemerkte den Sessel, den sie bei ihrer Ankunft als ihren Thron erkannt hatte. Er stand nun an des Königs Seite, Lehne und Armstützen ein wenig niedriger als bei seinem eigenen, aber auf derselben Ebene plaziert. Stolz durchflutete sie, als sie es sah, eine triumphale Freude. Dies war die Anerkennung, um deretwillen sie hergekommen war. Es war wirklich zum Lachen, daß sie so spät, so unkommentiert und nutzlos kam. Noch immer bereitete ihr der Anblick Herzklopfen, sie konnte es nicht leugnen. Aber es mischte sich auch eine fröhliche Verachtung hinein. Südwind sagte nichts und ließ sich wortlos darauf nieder.

Der Vorhang wurde aufgezogen, die Menschen unten starrten mit offenem Mund auf das doppelte Herrscherbild, das wie eine Skulptur über ihnen thronte, und verneigten sich im selben Augenblick bis auf den Boden. Der König hob die Hand, und ein Mann trat vor, um den ersten Fall zu erörtern.

Südwind, die kein Wort von dem, was er sagte, verstand, ließ ihre Blicke schweifen. Zwei Frauen standen hinter ihm, die eine eingeschüchtert, die andere voller Tatendrang. Sie wippte beständig auf den Zehen, suchte die Blicke des Königs auf sich zu ziehen und schien stets drauf und dran, den Redner zu unterbrechen, wagte es dann aber doch nicht. Statt dessen zog sie ihn mehrfach am Kleid und flüsterte ihm Dinge ins Ohr, die sie vorgebracht zu hören wünschte. Schließlich, als der Vortrag beendet war, nickte sie heftig und befriedigt und warf der anderen provozierende Blicke zu, die hartnäckig vor sich hin starrte, als ginge das alles sie gar nichts an.

Salomon neigte sich zu Südwind hinüber. »Sie beide behaupten, die Mutter jenes Kindes zu sein. Was meinst du?«

Erst jetzt bemerkte Südwind die dritte Frau, die ein wenig abseits stand und auf ihren beleibten Armen einen Säugling hielt, den sie eifrig wiegte und angurrte. Tatsächlich machte keine mehr den Eindruck, die tatsächliche Mutter des Kleinen zu sein, als gerade sie.

»Eine unserer Ammen«, erklärte Salomon auf ihre Frage, ein wenig ungeduldig, da sie so Nebensächliches zu wissen begehrte. »Gibt Euch der äußere Eindruck keinen anderen Gedanken ein?«

Drunten wurde nun zwischen den Frauen heftig gestikuliert, die Stumme hob sogar plötzlich die Hand und schlug nach ihrer Kontrahentin, während der Redner in dem Versuch, zwischen den streitenden Weibern seine Würde zu bewahren, sehr aufrecht stand. Das Licht der Kohlenbecken spiegelte sich auf seiner blanken Kopfhaut und erinnerte Südwind an eine andere Szene.

Sie legte Salomon die Hand auf den Arm. »Bietet an, das Kind zu teilen«, sagte sie, »mit einer Axt.« Als er die Augenbrauen hob, fügte sie hinzu: »Die damit einverstanden ist, kann nicht die Mutter sein.«

Zum ersten Mal sah sie den König lächeln, seine sehr roten Lippen unter dem grauen Bart verzogen sich, sein Gesicht legte sich in Falten. Doch es entzündete kein Licht in seinen trüben Augen.

Er hob die Hand, die Menschen unten wurden still. Dann verkündete er den Urteilsspruch. Südwind sah, wie die Nervöse, Wortreiche mit einem Schlag erstarrte. Ihre Kinnlade klappte herunter, und sie starrte völlig konsterniert zum König hinauf. Die Amme drückte das Kind an sich, als sähe sie es schon in den Armen des Henkers. Tatsächlich trat ein Mann vor, in dessen verschränkten Armen eine spiegelnde Bronzeaxt lag.

Die Lebhafte senkte den Kopf und trat zurück, wie es Zuschauer bei einem Leichenzug tun. In würdevoller Anmut hob sie die Hände zum Gebet. In die Verschüchterte aber kam Leben. Als sie die Axt sah, stieß sie einen Schrei aus, der Südwind die Haare aufstellte. Sie riß sich von dem Redner, der sie zurückzuhalten suchte, los, warf sich vor den Stufen des Thrones auf die Knie und brach in Tränen aus. Noch immer fand sie keine Worte, aber sie schüttelte beständig heftig den Kopf, als wollte sie mit dieser Geste alles zurückweisen: ihren Anspruch, ihr Hiersein, das schreckliche Urteil. Als sie die Schritte des Henkers hinter sich auf dem Boden knirschen hörte, stopfte sie sich den Saum ihres Kleides in den Mund und dämpfte so den Schrei eines sterbenden Tieres, der sich ihr entrang.

Salomon gebot dem Mann mit einer Handbewegung innezuhalten und winkte ihn hinaus. Die Frau auf den Stufen schluchzte noch immer, die Haare hingen ihr wirr ins Gesicht, und aus ihrer Nase tropfte Rotz.

»Gebt ihr das Kind«, verkündete Salomon und betrachtete mit geneigtem Kopf, wie sie das Bündel, das in ihren Arm gelegt wurde, erst ungläubig betrachtete, ehe sie es an sich riß, als wolle sie es nie mehr loslassen. Ohne die Figuren auf dem Thron noch eines Blickes zu würdigen, stürmte sie hinaus.

»Ein wahrhaft weises Urteil«, sagte Salomon mit seiner müden Stimme und schaute zu, wie die Leute hinausgeführt wurden. »Ich sehe, du weißt zu entscheiden.«

Ehe sie etwas erwidern konnte, hatte er erneut gewinkt. Eine Gestalt trat ein, die Südwind nur zu gut kannte, und ihr Herzschlag stockte für einen Moment. Es war der junge Gärtner mit der Flöte, den sie manchmal heimlich beobachtet hatte. Unwillkürlich richtete Südwind sich in ihrem Sessel auf. Was tat er hier? Hatte Salomon ihr Interesse bemerkt? Oder war er eines Verbrechens angeklagt? Jetzt war es an ihr, erschrokkene Blicke zu dem Henker zu werfen, der noch immer ungerührt neben den Kohlenbecken stand. Ruhig, ermahnte sie sich, das alles ist kein Zufall, er beobachtet dich genau. Sie spürte Salomons Blicke auf sich ruhen, ohne daß sie den Kopf wenden mußte. Aber wie, dachte sie, wie konnte er davon wissen? Sie hatte nie mehr getan, als den Jungen anzusehen und dabei von jenem zu träumen, dem er ähnelte.

Salomon hieß den Jüngling vortreten.

Er war Yada gar nicht so ähnlich, Südwind konnte es nun sehen. Seine Gestalt war viel schlanker und zarter, mädchenhaft beinahe. Sein Gesicht mit den großen, schwer bewimperten Augen hatte weichere Züge. Die Zähne, wenn er sie wie jetzt in einem Lächeln sehen ließ, waren ein wenig zu groß und ließen sein ohnehin schmales Gesicht überlang erscheinen. Dennoch war er schön. Er verneigte sich tief vor dem König und seiner Gefährtin, setzte dann die Flöte an die Lippen, holte tief Luft und spielte eine weiche, mäandernde Melodie.

Südwind, noch immer angespannt, wippte unwillkürlich mit dem gesunden Fuß mit. Als es ihr auffiel, schob sie beide unter den Sessel und verharrte wieder reglos. Der Junge unten war inzwischen mit seinem Spiel fertig. Er verneigte sich, wartete ab, bis ein zweiter Sklave mit einer Harfe neben ihn getreten war, verständigte sich mit ihm durch einen Blick und begann dann zu Südwinds Überraschung, zu den Klängen des Saiteninstrumentes zu singen. Auch seine Stimme war nicht die Yadas, sie war hoch und süß wie die einer Frau.

»Mit Küssen seines Mundes bedecke er mich.
Süßer als Wein ist deine Liebe. Köstlich ist
der Duft deiner Salben, dein Name hingegossenes Salböl;
darum lieben dich die Mädchen. Zieh mich her hinter dir,
laß uns eilen! Der König führt mich in seine Gemächer.«

»Gefällt es dir?« fragte der König.

Sie fühlte seine Hand auf ihrer Schulter. Sofort richtete sie sich kerzengerade auf.

»Ich fand ihn unter einem Feigenbaum sitzen. Er ist schöner als David«, sagte Salomon.

Sie sah den Jungen an und gab ihm recht. Er war so schön, wie sein Lied es beschrieb.

»Ein Apfelbaum unter den Waldbäumen ist mein Geliebter
unter den Burschen. In seinem Schatten begehre ich zu sitzen.
Wie süß schmeckt seine Frucht meinem Gaumen.«

Doch seine Schönheit berührte sie mit einem Mal nicht mehr. Und sie war sicher, daß Salomon das wohl bemerkte.

Sie betrachtete verstohlen den König, der neben ihr saß. An ihm war nichts mehr von der Schönheit des jungen David, die er beschwor. Er war alt, die Schultern unter dem kostbar bestickten Mantel gebeugt, die Haut ohne Glanz. Sein langes, einst schwarzes Silberhaar durchzogen schmutziggraue Strähnen. Sein Blick hatte so müde auf ihr und ihren Schätzen geruht, als sie am ersten Tag seine hohe Halle betreten hatte. Und die Besiegelung ihres Paktes war eine Mühsal gewesen, ein Akt ohne Feuer, ein beiden Seiten aufgebürdetes Ritual. So hatte sie gedacht.

Und weiter dachte sie: Er soll hundert Frauen haben, so heißt es, einige Dutzend sind es bestimmt, ich habe sie im Frauenhaus gesehen, Geschenke, Bündnissiegel, Staatsakte wie ich, wie müssen sie ihn langweilen. Sie betrachtete aus den Augenwinkeln seine sehnigen Hände, sein welkes Fleisch. Und sie dachte an die hundert Frauen. Sie überlegte, wie viele davon er mehrmals berührt hatte, so wie sie. Sie war sicher, es waren nicht viele gewesen. Und auf einem Thron an seiner Seite hatte gewiß noch keine gesessen.

Das Lied war noch immer nicht zu Ende. Es erzählte von einer großen Liebe, zwischen dem einen Mann und der einen Frau. Es konnte keine andern geben als sie und keine Welt, die nicht jung war, keinen Baum, der nicht flüsterte von ihrem Glück, und keine Wiese, die nicht lächelnd die Zeichen ihrer Leidenschaft trug.

»Es handelt von dir und mir«, sagte er plötzlich neben ihr. Sie war sicher gewesen, daß er nicht mehr zuhören würde. »Ich habe es in Auftrag gegeben.«

Noch bevor er mich gesehen hat, dachte sie.

»Du kannst für immer in diesem Turm wohnen.«

Plötzlich war ihr, als bekäme sie keine Luft mehr. Die Hitze der Kohlenbecken und der Qualm, der von ihnen heraufstieg, schienen ihr unerträglich. Abrupt stand sie, wankte ein wenig und tastete sich die Stufen hinab.

»Schön bist du, meine Freundin, ja, du bist schön.
Hinter dem Schleier deine Augen wie Tauben.
Dein Haar gleicht einer Herde von Ziegen,
die herabzieht von Gileads Bergen.
Deine Zähne sind wie eine Herde frisch geschorener Schafe,
die aus der Schwemme steigen. Jeder Zahn hat sein Gegenstück,
keinem fehlt es. Rote Bänder sind deine Lippen,
lieblich ist dein Mund. Dem Riß eines Granatapfels
gleicht deine Schläfe hinter dem Schleier.«

Sie ging wie im Traum an den Musikern vorbei, schlug einen der Vorhänge zur Seite und trat mit langen Schritten in den leeren Raum dahinter. Heftig atmend blieb sie dort stehen. Hier war es schon besser, heller, freier. Die Stimme des Sängers drang nur leise zu ihr herüber. Sie entdeckte das Fenster und stellte sich davor, auf der Suche nach einem Hauch kühlender Abendbrise, die ihre Stirn trocknen konnte. Als sie die

Schritte hinter sich hörte, drehte sie sich nicht um. Wenn er mich berührt, dachte sie und zitterte. Wenn er mich noch einmal berührt ...

Doch Salomon blieb einen Schritt hinter ihr stehen. Der Sänger im Nebenraum sang.

»Es ist ein sehr schönes Lied«, murmelte sie nach einer Weile.

»Es wird die Jahrtausende überdauern.« Seine Stimme war kühl wie immer. »Wahrhaft herrschen heißt nicht nur, Menschen und Länder zu erobern, weißt du?«

»Ist das ein Rätsel?« fragte sie gereizt.

»Ich verrate es dir: Es bedeutet, über die Zeit zu herrschen.« Er stemmte die Hände neben ihr auf den Fensterrahmen. »Mein Gott verlangt, daß ich mir kein Bild von ihm mache. Und auch ich werde nicht dulden, daß man sich eines von mir macht.« Mit raschelnden Gewändern beugte er sich vor, um seine Stadt zu betrachten. »Keines jedenfalls, das ich nicht selbst entworfen habe.« Er neigte sich wieder ihr zu. »Man wird mich nicht vergessen. Man kann mich nicht entstellen. In Zeit und Überlieferung«, verkündete er, »werde ich dastehen als der, der ich sein will: groß, weise, mächtig. Ich werde nicht verlorengehen.«

Sie antwortete nicht.

»Nimm auch du deinen Platz ein in der Geschichte«, drängte er. »Wir beide, du und ich, werden das größte Märchen aller Zeiten sein.«

»In der Geschichte«, murmelte sie. Es gab so viele Geschichten. Die Straßen waren voller Märchenerzähler, und sie war es leid. Schon ihr Großvater hatte sie eingesponnen in Geschichten, die ihr ersetzen sollten, was sie nicht besaß. Und es war ein bitterer Besitz gewesen. Nein, sie wollte keine Größe, die andere ihr nachsagten. Sie wollte keine Liebe, die nur eine Erzählung war. Sie wollte kein Gefängnis, in dem sie festsaß, eine Gefangene des Nachruhms, eingefangen von den Spiegeln der Geschichtenerzähler. Sie wollte ... sie hätte es nicht zu sagen vermocht. Aber sie wollte es heute, hier und jetzt.

Das Lied hinter dem Vorhang wollte nicht enden. Doch Südwind blieb weiterhin stumm.

Salomon sah, daß sie mit sich kämpfte. »Bleib bei mir«, bat er. In seiner Stimme war ein neuer, weicher Ton, der Südwind aufschreckte. Sie fühlte seine Berührung an ihren Schultern und wandte sich abrupt um. Seine Hände fielen herab.

»Bedenk doch, was ich dir biete«, flehte er.

»Der Thron«, murmelte sie, mehr zu sich selbst.

»Was sagst du?« Seine Stimme klang noch immer werbend. Sie dachte an das kühle »Leg dich hin« der letzten Nächte und lächelte bitter.

»Dieser Thron«, wiederholte sie. »Es ist nicht einmal meiner.«

Sie spürte seine Ratlosigkeit in seinem Schweigen. Doch er tat ihr nicht leid. Er wollte sie kaufen mit einem Lied, sie vernichten zugunsten eines Bildes, das er an ihrer Stelle schuf. »Ich werde dir auch etwas anbieten«, sagte sie kühl und wandte sich mit Schwung zu ihm um. Sie hob ihr Kleid und stellte ihren Fuß auf die Fensterbrüstung. Mehr brauchte sie nicht zu tun. Sie sah an seinem Gesicht, daß er verstand, was geschehen war, daß er sofort und in vollem Umfang begriff, was es bedeutete, daß ihre Zehen dort, in grauen Leinenbinden voll verkrusteten Blutes, aber unübersehbar jede in ihrer Hülle einzeln für sich steckte: Es bedeutete »Nein«.

»Ich biete dir ein Märchen, das die Zeit ebenfalls überdauern wird«, sagte sie schnippisch. »Hör gut zu, es geht so: Einst kam die Königin von Saba zum König Salomon und bat ihn, sie zu heilen, damit sie würde wie alle Menschen. Ihr Wunsch wurde erfüllt, und so kam es, daß Salomon die Königin von Saba von ihrem Ziegenfuß befreite.« Sie zog das Kleid wieder über die Wunde und zupfte es zurecht. »Was das Kind angeht«, schnappte sie, »es wird keines geben. Ich habe meine Vorkehrungen getroffen, in diesen Nächten nicht zu empfangen. Aber auch das kannst du in deiner Geschichte ändern, wie es dir paßt. Dir gehören ja Zeit und Ewigkeit. Und wenn du darauf bestehst, noch die siebente Nacht.«

Sie wartete ab, aber er stand da wie erstarrt. Schließlich, ein wenig unschlüssig zunächst, dann immer zügiger, setzte sie sich in Bewegung und verließ den Raum. Zunächst ging sie rückwärts, unauffällig einen Fuß vor den anderen setzend. Als er sich nicht rührte, wandte sie sich um, den Kopf weiter über die Schulter zurückgebogen. Beinahe stieß sie gegen die Tür, die sie mit tastenden Fingern öffnete. Als sie den langen Korridor erreicht hatte, rannte sie.

Der Schmerz in ihrem Fuß feuerte sie dabei nur noch an. Mit wehenden Haaren und flatternden Kleidern lief Südwind aus dem Palast, durch die Straßen Jerusalems, hinaus aus dem Tor, das die letzten Bauern passierten. Der Himmel über ihr war gefleckt vom Abendrot wie das Fell eines Leoparden, die Wälder hoben sich dunkel ab vor dem Horizont, und im Türkis des östlichen Himmels flimmerten bereits die ersten Sterne.

Die siebente Nacht, dachte Südwind jubelnd und lief und lief. Und ich bin frei. Es soll die erste Nacht meines neuen Lebens sein.

BUCH IV

DIE ROSE IN DEN GÄRTEN

Zwei Arme schlingen sich zum Lilienkranz,
Das Aug' erblindet vor der Schönheit Glanz.
Es zieht mich hin und sie entflieht mir nicht,
Sie neigt mir zu das lichte Angesicht.

Sie schlingt den Arm mir um den Nacken fest,
Sie hält mich an die süße Brust gepreßt,
Und taumelnd sink' ich und verworren hin,
Zu Füßen ihr, der holden Zauberin.

Hermann Ritter von Mosenthal: Libretto zu »Die Königin von Saba«, Oper von Karl Goldmark

Täglich ging die wunderschöne
Sultanstochter auf und nieder
Um die Abendzeit am Springbrunn,
Wo die weißen Wasser plätschern.

Täglich stand der junge Sklave
Um die Abendzeit am Springbrunn.
Wo die weißen Wasser plätschern;
Täglich ward er bleich und bleicher.

Eines Abends trat die Fürstin
Auf ihn zu mit raschen Worten:
»Deinen Namen will ich wissen,
Deine Heimat, deine Sippschaft!«

Und der Sklave sprach: »Ich heiße
Mohamed, ich bin aus Jemen.
Und mein Stamm sind jene Asra,
welche sterben, wenn sie lieben.«

Heinrich Heine: Der Asra. Aus dem »Romanzero«

Heimkehr

Die Rückkehr der sabäischen Karawane hatte ein wenig von der Leichtigkeit und auch der Langeweile der Wiederholung. Noch immer waren die Wüsten heiß, die Skorpione giftig, die Krankheiten allgegenwärtig und die Gefahr stets nahe. Noch immer starben die Männer, und Südwind ließ zwei von ihnen am Ufer des Roten Meeres, in ihre Decken gewickelt, begraben. Dennoch herrschte eine allgemeine Heiterkeit, eine fröhliche Erwartung war an die Stelle der Anspannung ihres ersten Weges getreten. Sie zogen nun nicht mehr ins Unbekannte, das ein Märchenreich sein konnte oder auch das Nichts. Sie zogen, wenn auch unter Mühen, nach Hause.

Die Knechte sangen, wenn die Hitze ihnen Atem ließ, und freuten sich auf die heimischen Fleischtöpfe. Die Kaufleute rechneten und planten, mit sicheren Zahlen nunmehr, denn was sie für ihren Weihrauch eingehandelt hatten, das trugen sie jetzt in Säcken verschnürt mit sich, ein Vermögen für die Gegenwart, ein Versprechen für die Zukunft. Die Krieger feilten an den Geschichten, die sie daheim den Ihren zum besten geben würden. Beinahe jedes Nachtlager geriet zu einem kleinen Fest, und Marub lebte in beständiger Unruhe, da die Bewohner der Dörfer, angelockt von der Musik und dem Geruch des gebratenen Fleisches, sich immer öfter unter sie mischten. Auch Frauen waren dabei, und er hatte bereits mehr als einmal blutigen Streit nur knapp verhindert. Mißmutig ritt er durch die Tage.

»Sie sollte das nicht tun«, knurrte er zwischen zusammengebissenen Zähnen hindurch und starrte düster zu Südwind hinüber.

Schams, mit der er gesprochen hatte, neigte sich aus ihrer Sänfte und beschattete die Augen mit der Hand. Sie mußte lächeln, als sie sah, was er meinte. Südwind ritt auf ihrem Kamel, wie immer mit fliegenden Haaren und lachendem Gesicht. Ihre Röcke waren geschürzt und ihre nackten Füße bräunten unbekümmert in der Sonne. Sie erinnerte Schams an das wilde kleine Mädchen, das damals beim Rennen auf seinem geschmückten Kamel gehockt hatte, festgeklammert wie eine Zecke, und das losgeprescht war wie im Rausch. Auch heute schien Südwind berauscht zu sein; selten hatte Schams sie so oft und laut lachen hören wie auf dieser Reise.

Sie zuckte mit den Schultern. »Sie ist glücklich«, meinte sie. »Laß sie doch.« Sie wandte sich Marub zu. »Es ist so neu für sie.«

Der Krieger schaute zu, wie einer seiner Männer, ein junger Bursche mit geflochtenen Zöpfen, sein Tier mit dem der Königin gleichauf gehen ließ und ihr ein Scherzwort zurief, ehe er ihm die Fersen in die Flanken schlug und vor ihr davonpreschte. »Es wird ein Unglück geben«, murmelte er.

»Sie verehren sie alle«, wehrte Schams ab. Ihr hatte die Szene eher ein Lächeln entlockt. Es amüsierte sie, wie eifrig all diese rauhen Männer bemüht waren, Südwind zu gefallen.

Marub schüttelte den Kopf. »Verehrt haben sie sie vorher.« Er sah zu, wie Südwind den Kopf in den Nacken legte beim Lachen, wie sie die Schultern hochzog und den Mund öffnete. »Jetzt begehren sie sie. Hoh!« Er zog seinem widerspenstigen Dromedar die Peitsche über und brachte es dazu, wieder ruhig neben der Sänfte zu gehen. »Hast du sie gestern beim Tanzen gesehen?«

Schams nickte mit leuchtenden Augen. Südwind war ein Naturereignis gewesen, die Zöpfe um ihren Kopf flogen, ihre Füße stampften den Boden. Sie war als Tänzerin weniger anmutig als von einer alles versengenden, mitreißenden Energie, wie eine züngelnde Flamme. Als sie Marubs Gesichtsausdruck sah, machte sie eine entschuldigende Geste. »Da haben auch andere Frauen getanzt«, suchte sie die Freundin zu entschuldigen.

»Ja«, gab Marub knapp zurück. »Aber die anderen waren alles Huren.«

Schams errötete jäh. Mit großen Augen schaute sie ihn an, um herauszufinden, ob er vielleicht einen üblen Scherz gemacht hatte. »Du meinst«, begann sie, »diese Mädchen ...«

Marub hob die Brauen, als wollte er sagen: Ich bitte dich, du willst doch nicht sagen, du hast das nicht gewußt.

Schams' Stimme wurde leise. »Ich habe mir darüber keine Gedanken gemacht«, gestand sie.

Das nachdrückliche Neigen des Kopfes, mit dem Marub sich von ihr verabschiedete, legte ihr dringend nahe, dies nachzuholen. Ärgerlich zog Schams mit einer schnellen Bewegung die Vorhänge zu. Doch drinnen, mit verschränkten Armen in ihre Kissen zurückgelehnt, begann sie tatsächlich, zu überlegen.

»Du siehst in letzter Zeit so glücklich aus.« Schams hatte beschlossen, das Thema von der Seite her anzugehen. Beim abendlichen Lagerschlagen, während die Geier zurück auf ihre Äste flatterten, um die Flügel für die Nacht zu falten, die Knechte die entladenen Kamele mit aufmunternden Schlägen auf ihre karge Weide trieben, die Feuer aufflackerten und vor den Zelten die Runden sich einfanden bei Wein und Gesang, sprach sie ihre Freundin an.

Südwind nickte heftig. Ja, sie ging der Heimat wie auf Flügeln entgegen. Zum ersten Mal erschien ihr das eigene Dasein selbstverständlich, leicht. Die Welt war schön und freundlich, nie war sie ihr so entgegengekommen, nie konnte sie selbst ihr so unbeschwert begegnen. Sie sonnte sich in dem Gefühl, Teil einer Gemeinschaft zu sein und bald dem noch größeren Glück entgegenzutreten, das sie zu Hause erwartete. »Weißt du«, gab sie leichtherzig zurück, »ich habe einfach begriffen, worauf es im Leben ankommt, glaube ich. Endlich weiß ich, was ich will.«

»Und das wäre?« fragte Schams und hielt im Falten der Decken inne, die ihr Lager bilden sollten.

»Oh«, begann Südwind und zögerte dann. Yada, dachte sie, aber das wollte sie nicht aussprechen, obwohl alleine bei dem Gedanken ihre Augen aufleuchteten und ihr Puls sich beschleunigte. Die Liebe, kam ihr als nächstes in den Sinn. Daß die Liebe im Leben das ist, was zählt. Ach, wie abgeschmackt und banal klang das doch, wie sittsam und schal dazu. Es fing nichts ein von dem Jubel, den sie in sich fühlte, von der berauschenden Erwartung, von der seligen Ungeduld, die sie vorantrieb, und dem lustvollen Abgrund der Angst, wenn sie an die Zukunft dachte.

»Nur so allgemein«, sagte sie vage und bemerkte, wie Schams erstaunt die Brauen hob. Abrupt wandte sie sich der Freundin zu. »Du warst es doch, die meinte, ich sollte mich weniger um die Königin von Saba scheren und mehr um mich selbst. Genau das habe ich vor.« Sofort bereute sie die Heftigkeit und fügte, um von dem empfindlichen Thema abzulenken, hinzu: »Und was hast du vor, wenn wir wieder zu Hause sind?« Sie bemerkte, wie Schams' Gesichtsausdruck sich verdüsterte, und ging zu ihr hinüber, um sie kurz in den Arm zu nehmen. »Du denkst an Muchzen, stimmt' s«, meinte sie unbeholfen. Schams zuckte mit den Schultern und wandte sich mit zusammengepreßten Lippen ab.

»Weißt du«, begann Südwind erneut und schaute auf ihre Zehen, die sie fröhlich wackeln ließ. »Ich habe mich manchmal gefragt, ob der jüdische Heiler nicht auch Muchzen hätte helfen können.« Sie schaute von ihren Füßen zu Schams' Rücken. »Hat es dich eigentlich nie gestört, daß er ...« Ihre Hand hob sich in vager Geste zu ihrem Mund.

Schams drehte sich um. »Nein«, sagte sie. »Nie.« Sie hielt inne und überlegte. »Nicht, seit ich ihn liebe«, fügte sie dann hinzu und machte sich daran, die Kissen auf ihren Lagern zu verteilen.

Südwind angelte sich einen Alabasterbecher von dem kleinen Tisch in ihrem Zelt, fand einen Rest Wein darin und trank ihn, ohne Schams aus den Augen zu lassen. Die brachte es fertig, solche Worte auszusprechen, einfach so.

»Weißt du, ich liebe auch jemanden.« Es war ihr so unvermittelt entfahren, daß sie selbst staunte, als sie ihre Stimme hörte. Rasch setzte sie den Becher wieder an, verschluckte sich und mußte heftig husten.

Schams kam herüber und klopfte ihr auf den Rücken. »Was hast du gesagt?« fragte sie dabei. »Entschuldige, ich habe es nicht verstanden. Du hast so leise gesprochen, und ich fürchte, ich war mit den Gedanken ein wenig abgeschweift.«

»Auch ich liebe jemanden«, wiederholte Südwind, um Luft ringend und mit spröder Stimme. Mit schreckgeweiteten Augen starrte sie zu Schams hoch.

Die mußte unwillkürlich lächeln. »Aber Liebes, das ist doch kein Grund, so ein Gesicht zu machen.« Sie strich ihr über den Scheitel. »Wer ist es denn? Doch nicht ...?« Sie versuchte sich an den Namen des jungen Kriegers zu erinnern, der an diesem Tag so unverhohlen mit Südwind geflirtet hatte.

»Marub? Nein!« stieß Südwind hervor, die Schams' Miene mißverstanden hatte. Sie winkte großzügig ab. Dann holte sie tief Luft: »Es ist Yada, der Gärtner.« Trotzig preßte sie die Lippen zusammen, in Erwartung des Kommentars. Aber Schams sah nur ratlos drein. Da fiel Südwind ein, daß die Freundin Yada ja gar nicht kannte. Sie konnte sie nicht verurteilen. Erleichterung überfiel sie. Wortreich mit einem Mal, machte sie sich daran, ihr die Vorzüge ihres Geliebten in den glühendsten Farben zu schildern: seine Schönheit, seine Stärke, seinen Mut, seine Gelassenheit.

Mit verwirrtem Lächeln lauschte Schams all dem, bemüht, sich ein Bild zu machen. Es erstaunte sie, was sie zu hören bekam. Sie hatte sich manches Mal überlegt, wie der Mann an Südwinds Seite aussehen müßte. Sie hatte ihn sich immer als ein wenig düster und geheimnisvoll vorgestellt. Schön, aber auch gefährlich, wie Südwind selbst. Am wenigsten hätte sie erwartet, daß ihre Freundin sich einfach in einen hübschen Burschen verlieben würde, und sie bemühte sich sehr, sich diese Überraschung nicht anmerken zu lassen.

»Und du ahnst nicht, wie zärtlich er ist.«

Ehe sie protestieren konnte, bekam Schams die Ereignisse der Nacht des Dammbruchs erzählt. Als Südwind zu den intimeren Szenen kam, von denen sie kein Detail ausließ, errötete Schams heftig. Als wären Yada und sie die ersten Menschen gewesen, die einander umarmt hätten, dachte sie gereizt, und das Geschehen wäre unverständlich, wenn sie es nicht ganz genau erklärte. Sie wollte schon abwinken, da weckte etwas ihre Aufmerksamkeit.

»Von welcher Schlange redest du?« fragte sie. Südwind erklärte ihr, daß es einen Anschlag auf ihr Leben gegeben hatte.

Schams unterbrach sie heftig gestikulierend. »Du hast mit ihm geschlafen, obwohl du glaubtest, er hätte versucht, dich umzubringen?«

Nun war es an Südwind, tief zu erröten. »Ich habe es nicht wirklich geglaubt. Glaube ich«, fügte sie langsam hinzu. Mit gerunzelter Stirn versuchte sie, sich den Morgen in der Oase noch einmal zu vergegenwärtigen und sich ihre Gefühle zurückzurufen. Der Verdacht lag ihr nun so fern, kam ihr so absurd vor, daß sie nicht mehr recht begriff, wie er sich in ihrem Kopf hatte festsetzen können. »Ich war nur so verwirrt, und ich hatte Angst, er könnte mich am Ende doch noch zurückweisen. Wegen meines Fußes.« Ihre Stimme war leise geworden. »Da habe ich das lieber selbst getan.« Sie schwiegen einen Moment. Dann fragte sie: »Oder meinst du, er könnte es gewesen sein?«

Schams schüttelte langsam den Kopf. »Ich weiß es nicht, ich war ja nicht dabei. Aber ich denke, wenn er dir nach dem Leben trachtete, hätte er dich ja am Damm nicht zu retten brauchen, oder? Überleg doch nur.« Sie neigte sich vor und strich der Freundin übers Haar. »Du hast eine ganze Nacht unbehelligt neben ihm geschlafen. Wenn er dich hätte umbringen wollen, wäre es dann wohl geschehen.«

Südwind nickte zu jedem ihrer Worte, ein glückliches Lächeln auf den Lippen. »Genau«, rief sie erleichtert. »Du hast völlig recht.« Dann hielt sie inne. »Ich habe mich wie ein ziemlicher Esel benommen, oder?«

Schams nahm ihre Finger zu Hilfe, um aufzuzählen: »Du hast ihn geschlagen, du hast ihn des Mordes verdächtigt, ihn halbnackt zurückgelassen, ab da ignoriert und bist abgereist, um dich mit einem fremden König zu vermählen.« Sie zuckte mit den Schultern.

Südwind biß sich auf die Lippen. Das Hochgefühl, das sie die letzten Tage getragen hatte, verflog vor dieser Aufzählung. »Dabei dachte ich, daß nun, wo mein Fuß geheilt ist, alles ganz einfach werden würde.«

»Almaqh, steh mir bei«, rief Schams aus, die ein wenig ungeduldig wurde. »Geliebt hat er dich doch schon vorher, samt deinem Fuß.« Marubs Satz fiel ihr ein: Respektiert haben sie sie auch vorher. »Nur du konntest auf die Idee verfallen, ihn genau deshalb zu verdächtigen. Du mißt diesen Dingen viel zuviel Bedeutung bei.«

Südwind ließ den Kopf hängen. »Und was soll ich jetzt machen?« fragte sie kleinlaut.

Schams begann damit, energisch die Kleider auszuklopfen, in denen der Staub der Tagesreise hing. »Ich kann dir nur erzählen, was ich machen werde«, sagte sie. »Ich werde nach Hause gehen, mich entschuldigen und Muchzen anflehen, mich wieder bei sich aufzunehmen.«

»Du willst ihn anflehen?« Das Befremden in Südwinds Stimme war nicht zu überhören. »Womöglich willst du vor ihm auf die Knie sinken, ja?«

Schams wandte sich um. »Wenn ich wüßte, daß er mir dann vergeben würde: ja.« Zum ersten Mal sah sie ihrer Freundin mit großer Gelassenheit in die Augen. »Ich liebe ihn, weißt du?«

»Und darüber kann er froh und dankbar sein«, platzte Südwind heraus. Knien, vor einem anderen. Alles in ihr sperrte sich gegen den Gedanken. »Was glaubt er denn, wer er ist, dieser ...« Erschrocken hielt sie inne. Die Pause hinter dem Wort tat sich auf wie ein Abgrund.

»Krüppel?« fragte Schams. Sie lächelte traurig.

Südwinds Kopf fuhr hoch. »Ach!« Sie feuerte den Alabasterkrug in eine Ecke und rannte hinaus.

Schams kniete sich hin, um die Scherben zusammenzulesen. Bravo, schimpfte sie mit sich. Jetzt bist du nicht einmal dazu gekommen, mit Südwind darüber zu reden, daß sie zurückhaltender sein soll. Sie lauschte der Musik, die von draußen hereindrang, legte die Scherben auf den Tisch und beschloß, sich den anderen heute nicht mehr anzuschließen.

In wildem Tanz

Südwind stürzte aus dem Zelt, riß dem Nächststehenden seinen Becher aus der Hand, trank den Wein darin unter dem Applaus aller, die zusahen, bis zur Neige aus und mischte sich mit dem Ruf »Jashiriyya!« unter die Tanzenden. Begeistert johlend scharten die Krieger Marubs sich um sie und formierten sich zu einem Kreis, in dem sie zum Rhythmus der Trommeln in komplizierten Figuren und Sprüngen ihre Dolche schwangen.

Ihre girrenden Rufe blieben nicht unbeantwortet. An diesem Abend fanden sich auch einige der jungen Männer des Dorfes am Karawanenplatz ein. Auch sie hatten ihre Waffen dabei, ihre Augen funkelten vom Feuer und vom Wein, und rasch hatten sie sich zu einem konkurrierenden Kreis geformt, der den ersten in der Schwierigkeit seiner Tanzfiguren zu übertreffen suchte. Sie hielten sich an den Schultern gefaßt und sangen lauthals.

Außer Atem ließ Südwind sich aus ihrer Gruppe herausfallen und erlaubte ihnen, die Herausforderung ihrer Gastgeber anzunehmen. Sich in den Hüften wiegend, im Takt klatschend und hier und da einen Zwischenruf einwerfend, begleitete sie vom Rand des Tanzplatzes aus das freundschaftliche Duell.

Schweiß trat den jungen Männern auf die Stirn, während sie ihre komplizierten Schritte setzten. Sie sprangen immer höher, mitgerissen vom Arm des Nachbarn. Hier und da löste sich ein Solist aus dem Kreis seiner Freunde, stieß einen grellen Kampfesruf aus und zeigte sein Können, angefeuert von den übrigen.

Südwind mußte lachen, als sie sah, wie konzentriert der fremde Tänzer sich drehte. Tropfen flogen aus seinen schweißnassen Locken und glitzerten im Feuer. All seine Muskeln waren angespannt, wenn er sprang. Er war ein hübscher Kerl, mit hohen Wangenknochen, einem energischen Kinn und leuchtendweißen Zähnen, die aufblitzten, wenn er sie anlachte, so wie jetzt. Südwind antwortete mit einem Tanzschritt. Er sandte ihr einen Blick zu, der ihr durch und durch ging. Sie setzte ein überlegenes Lächeln auf und wand sich in eine Drehung, die es ihr erlaubte, ihm den Rücken zuzudrehen. Wieder stieg der Kampfesruf der Sabäer auf. Die Nabatäer antworteten. Das Stampfen der Füße ließ den Boden erbeben.

Mit einem Mal spürte Südwind, daß er hinter ihr war. Sie wandte sich um; sie hatte sich nicht getäuscht: Es war der junge nabatäische Tänzer, derjenige, der sich aus den Reihen der anderen gelöst und nur für sie getanzt hatte. Er umrundete sie mit einigen werbenden Schritten, winkte dann zu seinen Freunden hinüber und wandte ihr wieder sein lachendes Gesicht zu. Südwind ließ ihn gewähren. Der Rhythmus der Trommeln schien schneller zu werden, hypnotischer, das Pfeifen der Flöten schriller. Die Lichter der Feuer flogen nur so vorbei. Südwind spürte die Hitze ihres Tänzers, wenn er ihr näher kam, sie spürte den Schweiß auf ihrer eigenen Haut. Ihr Atem ging rasch. Dann, mitten im wildesten Reigen, packte er ihre Hand.

Taumelnd folgte sie ihm in die Dunkelheit, verfolgt von der Musik, die hinter ihnen wimmerte und warb, bis an den Punkt, an dem das Sirren der Zikaden wieder zu hören war. Südwind legte den Kopf in den Nacken, die Sterne über ihr drehten sich noch immer im Rundtanz. Sie mußte kichern, als sie bemerkte, daß sie taumelte. Ihr Begleiter war auf die Knie gesunken und preßte sein Gesicht in ihren Schoß. Sie krallte ihre Finger in seine Haare. Auf die Knie, dachte sie trunken, hah. Er soll knien, wenn er mich liebt. Ich habe noch vor jedem den Kopf hoch getragen, immer. Und er soll aufpassen. Ich kann jetzt jeden haben, den ich will. Sie neigte sich hinunter und zog den Kopf des anderen an ihre Lippen.

Er umschlang sie und warf sie um. Kichernd kullerten sie in dem harten Gras übereinander. Ich kann jeden haben, wiederholte sich Südwind. Und warum auch nicht. Sie schlang die Beine um den Mann.

»Heh«, keuchte er, »du bist ja richtig wild.«

Sie verschloß ihm den Mund mit einem weiteren Kuß und rollte sich auf ihn.

Südwind kam zu sich vom schmerzhaften Druck der Steine in ihrem Rücken und weil die kühle Nachtluft ungehindert über ihre Haut strich. Die schwere Wärme des anderen Körpers war fort.

Benebelt hob sie den Kopf. »Was machst du da?« fragte sie und blinzelte. Ihre Zunge war trocken und belegt, der Geschmack in ihrem Mund fürchterlich.

Der Mann, der ihre Kleider in den Händen hielt, hob hoch, was er dort losgenestelt hatte. »Das läßt du mir doch zur Erinnerung, oder?« rief er lachend und ließ es im Mondlicht glitzern.

Südwind erkannte die Skorpionnadel, die ihren Umhang zusammenhielt. Mit einem Ruck setzte sie sich auf. »Gib das her!« rief sie und streckte die Hand danach aus. Was bildete dieser Kerl sich ein: daß sie ihm auch noch Geschenke schuldete?

Er hielt ihr die Nadel spielerisch hin, zog seine Hand aber im letzten Moment zurück. Südwind fluchte und versuchte es erneut. Wieder neckte er sie, bis sie auf die Beine sprang. Wütend stolperte sie zu ihm hinüber und begann eine Rangelei um die Gewandnadel, die er am ausgestreckten Arm von ihr fernhielt. Sie trat und kratzte ihn schmerzhaft, aber er lachte nur über ihre Bemühungen. »Du bist ja tatsächlich richtig wild«, rief er ausgelassen und neckte sie. »Wenn ich das meinen Freunden erzähle.«

Der Satz traf Südwind wie ein Messer. Das also war es für ihn, ein Abenteuer, um damit am Lagerfeuer anzugeben? Wie ich eines Tages dieses verrückte wilde Weib traf? Und als Beleg dafür, daß er sie tatsächlich gehabt hatte, würde er ihre Nadel herumreichen? Wie eine Trophäe? Die Erkenntnis schockierte Südwind dermaßen, daß sie in ihren Bemühungen innehielt. Jeder im Lager würde die Nadel als ihr Eigentum erkennen.

Einen Moment lang standen sie einander keuchend gegenüber, er mit vor Lachen glänzenden Augen, seine weißen Zähne leuchteten im Mondlicht. Sie mit Tränen der Wut auf den Wangen. Hektisch drehte sie eine Haarsträhne auf und kaute daran herum, während sie ihn mit Blikken ermordete.

Er lachte leise, senkte den Arm und steckte die Nadel in seine Schärpe. Dann klopfte er sich den Staub von den Ärmeln und zupfte sein Gewand zurecht. »Komm morgen in mein Zelt«, rief er, schon zum Gehen gewandt. »Dann bekommst du sie vielleicht wieder. Wenn du ...«

Was er noch hatte sagen wollen, brachte er nie mehr über die Lippen. Statt dessen kam ein gurgelnder Laut, und ein langer Speichelfaden lief aus seinem Mund, der sich langsam dehnte. Südwind sah ihm zu, fast gegen ihren Willen, wie er lang und länger wurde, sich in silberne Perlen auflöste und schwarz zu Boden tropfte. Erst im letzten Moment löste sie ihren Blick und suchte seine Augen, doch die waren schon gebrochen. Er torkelte mit zwei unsicheren Schritten von ihr fort, klappte in sich zusammen und fiel mit einem Poltern zu Boden, das ihr den Schreck in alle Glieder jagte. Ertappt schaute sie sich um, doch da war niemand, nur das Zirpen der Grillen, das wieder eingesetzt hatte nach einer fast unmerklichen Pause. Verstohlen kniete sie sich neben ihm hin, zog ihren Dolch aus seinem Leib, wischte ihn an seinen Kleidern ab, steckte ihn sich in den Gürtel und griff nach ihrer Nadel, die er noch immer fest umklammert hielt. Das Metall war noch warm von seiner Haut, als sie es wieder an ihrem Umhang befestigte. Ihre Finger zitterten dabei noch immer vor Zorn, doch halb bereits vor Angst. Was hatte sie getan?

Sie sprang auf wie eine Gazelle, bereit zur Flucht, aber noch konnte sie sich nicht von dem Anblick losreißen, wie er dalag, ein dunkler Umriß auf dem Boden, den das Mondlicht umfloß. Wie unnatürlich seine Beine abgewinkelt waren; kein Schläfer legte sich so zur Ruhe, und seine Arme griffen weit aus in den Staub, als versuche er noch immer, sie zu ärgern. Doch er war tot.

Ein Schrei entrang sich Südwinds Kehle und rauhte sie auf. Wenn man ihn fände, wären sie alle verloren. Sein Stamm würde Blutrache fordern, würde über sie herfallen. Der Erfolg ihres Unternehmens, ihrer fast zweijährigen Mühen, das Schicksal der Weihrauchstraße, die sie sich erobert hatte, und damit die Zukunft ihres Reiches, das Leben ihrer Freunde, ihr eigenes, eben errungenes neues Leben, alles wäre vernichtet.

»Du hast alles kaputtgemacht«, schrie sie und trat den Leichnam in die Seite. Er war weich und warm und schwer. Er bewegte sich kaum, wie ihr zum Hohn. Ernüchtert hielt sie inne, dann wandte sie sich mit einem Schluchzen zur Flucht.

Sie hastete blindlings durch das Gebüsch, stolperte über Äste, fürchtete sich vor Schlangen, betete, weinte und sah den Mann nicht, dem sie direkt in die Arme lief, bis sie schwer gegen seine Brust krachte. Er hielt sie fest, und sie wehrte sich entschlossen, trat und schlug. Sie hielt den Dolch schon wieder in der Hand, als er ihr Gelenk packte und ihren Namen rief.

»Südwind!« Es dauerte ein paar Augenblicke, bis das Wort in ihr Gedächtnis drang.

»Südwind, wo bist du gewesen?«

Verlegen rieb sie sich das Gelenk. »Marub?« Ihre Stimme war zersplittert von Tränen, und sie zwang sich, ruhiger zu atmen. Dabei konnte sie nicht anders, sie trat von einem Bein auf das andere und vermochte nicht still zu stehen.

»Herrin?« fragte Marub, sanfter, doch in seiner Stimme schwang alles Mißtrauen mit. Seine Blicke wanderten über ihre Schulter, und sie wußte, er hielt Ausschau nach dem jungen Krieger. Er hatte gesehen, wie sie mit ihm fortgegangen war, alle hatten sie gesehen.

»Was?« fauchte Südwind, um gleich darauf zu wimmern. »Er ist tot, Marub, bei Schams, oh Götter.« Sie stolperte auf ihn zu, und zum ersten Mal, seit sie einander kannten, fiel sie ihm um den Hals. Er stützte sie erstaunt, spürte, wie sie zitterte, zog dann ihre Arme von seinem Nakken und hielt sie an den Schultern von sich. Einen Moment ließ er sie so stehen, bis sie sich gefangen hatte. Er sagte nichts, er fragte nichts. »Wo ist er?« verlangte er dann zu wissen.

Südwind führte ihn hin.

Marub betrachtete ihn lange. Er ließ seine Blicke über den mondversilberten Boden gleiten, als könnten die Steine und der Staub ihm verraten, was hier vorgefallen war. Und Südwind, tief errötet in der Dunkelheit, war sicher, sie konnten es. Dort den Lavendel hatten ihre Hüften geknickt, als sie ihn mit sich zog, und hier die Spur ihrer Fersen im Kies. Sie sah das alles ganz deutlich. Voll Reue senkte sie den Kopf.

»Wir müssen ihn verbergen«, sagte Marub schließlich. »Schnell.« Er zog sein Schwert und beugte sich über den Toten. Er mußte Südwinds Entsetzen bemerkt haben, denn er hielt inne, um zu erklären: »Ich zerstückele ihn, das wird die Todesursache verbergen. Dann holen ihn sich die wilden Tiere rascher. Sollen sie glauben, er ist von ihnen zerfetzt worden. Oder die bösen Dschinne hätten ihn überfallen.« Er winkte ihr, Abstand zu halten.

Südwind gehorchte. Sie nickte auch, doch sie zuckte zusammen, als der erste Schlag fiel. Vergebens wünschte sie, die Grillen würden lauter zirpen und das Geräusch übertönen, mit dem Metall auf feuchtes Fleisch traf und die Knochen knackten.

Die folgenden Minuten waren Schwerstarbeit. Marub und Südwind zogen die blutigen Körperteile über den Grund zu möglichst entfernt voneinander liegenden Stellen, schoben einige in Felszwischenräume und begannen, Steine auf andere zu häufen. Was sich so nicht verdekken ließ, darüber legten sie trockenes Holz. Südwind sah, wie Marub zurückhetzte und den Schlachtplatz mit Erde bestäubte, um die Blutflekken zu verbergen. Sie selbst ließ mit spitzen Fingern ein blutiges Paket, das Marub ihr in die Hand gedrückt hatte, in eine Senke fallen. Sie wollte es schon mit Steinen beschweren, als sie die Augen eines Fuchses im Mondlicht aufleuchten sah, der sich in einem Gestrüpp verbarg. Da hielt sie inne und trat zurück, dem nächtlichen Jäger seine Beute überlassend. Rückwärts stolpernd folgte sie Marubs Stimme, der sie rief.

Schließlich atmeten sie auf. Nichts mehr war von dem Jungen zu sehen, aber Südwind war sicher, sich dieses letzten Anblicks, des nackten Fußes mit dem Streifen Staub auf der Haut, der in der Senke aus dem Stoff geragt hatte, für immer zu erinnern.

»Jetzt zurück zum Lager«, stieß Marub hervor.

Sie nickte mit weit aufgerissenen Augen. Noch im Laufen säuberte sie sich die Finger an ihrem Untergewand. Sie wischte sich den Schweiß von der Stirn, ordnete ihre Kleider, ihre Ketten, ihr Haar. Im letzten Moment dachte sie an die Striche Kajal unter ihren Augen, die bei der Anstrengung verwüstet worden sein mochten, und fuhr mit angefeuchteten Fingerspitzen darüber, um alles Verlaufene wegzuwischen.

Der lodernde Feuerschein war bereits wieder zu sehen und fing sie mit ihrer Wärme ein. Marub und Südwind verharrten einen Moment am Rande des Lichtscheins. Sorgsam musterte er ihre Kleidung, ob sich kein Blutfleck darauf fand. Sie zwickte sich in die Wangen und biß sich auf die Lippen, warf den Kopf zurück und bleckte die Zähne zu einer Maske ihres vorigen Lächelns.

»Du hältst sie hin«, befahl er. »Ich gehe und sorge, daß alles für einen raschen Aufbruch bereit ist.«

Sie lächelte grimmig und schüttelte ihr Haar, während sich seine Schritte langsam in der Dunkelheit entfernten. Aber ihr Herz klopfte bis zum Hals, als sie auf die Gruppe der fremden Krieger losschritt, die seine Freunde waren. Manche tanzten noch, andere aber hatten sich zu einem Grüppchen versammelt, das leise diskutierte. Sie sah, wie die Köpfe gehoben wurden, um eine Frage über den Tanzlärm hinwegzuschicken. Kurz bevor sie die Männer erreichte, stemmte sie die Hände in die Hüften, und als die Gesichter sich umwandten, nahm ihr Gang etwas herausfordernd Wiegendes an. Südwind verbarg ihre Angst, so gut sie konnte, doch ihre Wut unterdrückte sie nicht.

»Wo ist er?« verlangte sie zu wissen und baute sich vor den jungen Kriegern auf, die sie allesamt um mehr als ein Haupt überragten. Die teils feindseligen Mienen wandelten sich zu einem Grinsen. Der Anführer nahm das Stöckchen aus dem Mund, auf dem er gekaut hatte.

»Wir dachten, du wüßtest das«, antwortete er und gab sich Mühe, seine Verblüffung hinter dick aufgetragener Anzüglichkeit zu verstekken.

Südwind reckte das Kinn, als verbäte sie sich jeden Zweifel an ihrer Sittsamkeit. Ungeduldig ließ sie ihren Blick über die Menge schweifen, als erwartete sie, den Gesuchten dort doch noch irgendwo zu entdecken. Ihr Fuß klopfte ungeduldig auf den Boden. Schließlich reckte sie sich kerzengerade auf. »Nun gut, sagt ihm, daß ich nicht die ganze Nacht auf ihn warte.« Sie wirbelte herum. »Soll er doch tanzen, mit wem er will«, rief sie über ihre Schulter hinweg und marschierte davon.

Sie hielt die Luft an und glaubte, bei jedem Schritt umsinken zu müssen. Aber es folgte ihr nichts als schmieriges Gekicher. Offenbar bot sie den anderen ein glaubhaftes Bild von beleidigter Würde und Eifersucht. Kaum hatte sie den Vorhang ihres Zeltes erreicht, riß sie den Skorpionanhänger von ihrem Umhang und schleuderte ihn auf den Boden. Unter den erstaunten Blicken von Schams, die bereits beim Packen war, suchte sie ihn mit heftigen Bewegungen zu zertreten. Als sie den Stich spürte, hielt sie inne, setzte sich nieder und hielt ihren blutenden Fuß mit beiden Händen. Sie schnaubte ungläubig.

Schams trat hinter sie und reichte ihr ein Tuch, um die Blutstropfen abzutupfen. »Marub hat mir alles erzählt«, flüsterte sie. »Oh Südwind, dieser fürchterliche Mann.« Sie musterte die Freundin, die den Blick niederschlug. Südwind hörte die Stille wohl, die auf das erste Mitgefühl folgte, dieses Zögern, als wollte Schams noch etwas hinzufügen. Aber die Freundin ließ es, drückte ihr nur noch einmal zerstreut die Schulter und wandte sich dann wieder ihrer Arbeit zu.

Ihr Aufbruch am nächsten Morgen vollzog sich wie stets. Mit dem Unterschied, daß Südwind kein Auge zugetan und der Morgendämmerung entgegengefiebert hatte, als könnte sie sie von unerträglichen Schmerzen erlösen. Doch es blieb der erste Tag so quälend wie die Nacht. Undeutlich bekam sie mit, wie Marub mit dem fremden Scheich verhandelte, sah betrübte Gesichter und fröhliche Kinder, die mit ihren Hunden lange neben der Karawane herliefen. Wie eine Statue saß sie auf ihrem Kamel, in vollem Ornat, und zwinkerte nicht, bis jedes Rufen in ihrem Rücken verklungen war.

Die Sonne stand schon hoch am Himmel, und das schwarze Gestein unter den Füßen ihrer Tiere verdoppelte die Hitze, als Marub an ihre Seite geritten kam.

»Sie suchen ihn«, sagte er nach einer Weile, ohne sich ihr zuzuwenden.

Südwind nickte so vage, daß die Bewegung genausogut eine Folge des schaukelnden Kamelganges sein mochte.

»Ich habe unsere Hilfe angeboten. Ich glaube, sie haben keinen Verdacht.« Mit zusammengekniffenen Augen musterte er die umliegenden Hügel. Wieder nickte Südwind. Sie würden es erst wissen, wenn sie den nächsten Paß passiert hatten. Bis dahin blieb ihnen nur, zu warten. Sie haßte es, zu warten.

»Aber etwas muß ich wissen.« Er wandte sich ihr mit einer so plötzlichen Bewegung zu, daß sie erschrak.

»Ich muß wissen, ob ich einen gerechten Mann um sein Begräbnis gebracht habe.«

Südwind warf ihm einen raschen Blick zu. In seinem zerstörten Gesicht arbeitete es. Seine Hand lag auf dem Schwert. Kein Zweifel, Marub litt unter dem Gedanken, daß seine Kriegerehre in dieser Nacht befleckt worden war.

Südwind biß sich auf die Lippen. Dann hörte sie die Stimme des anderen. »Heh, du bist ja richtig wild«, so überrascht, so schmierig. Als wäre sie ein Tier, mit dem er spielte und das plötzlich die Zähne zeigte, ohne ihm gefährlich werden zu können. Für ihn war sie nur ein schönes Tier gewesen.

»Nein«, sagte sie langsam und schüttelte den Kopf. »Er war kein gerechter Mann.« Sie brachte ein Lächeln für ihn zustande und sah ihm nach, während er davongaloppierte. Und ich, dachte sie dann, während ihre Züge verfielen. Was bin ich?

Ohne Reue, stellte sie fest, als sie in sich hineinlauschte. Angst hatte sie gehabt, ja, Angst davor, zu verlieren, was sie eben erst gewonnen zu haben schien, und die schwand mit jedem Schritt ihres Kamels hinein in den sonnigen Tag. Und viele Zweifel.

Früher hatte sie gedacht, es wäre ihr Fuß, der sie hinderte, wie alle anderen Frauen zu sein. Doch nun war die Behinderung fort, und noch immer schien es ihr nicht gegeben zu sein, eine einfache Liebe zu finden. Sie hatte nur getan, was doch alle einmal tun, und es hatte in einer Katastrophe geendet. Das war nicht gerecht, fand Südwind und haderte mit dem Schicksal. Eben noch hatte sie geglaubt, allem entlaufen zu sein, um endlich ihr Leben zu leben. Sie hatte nicht mehr an Märchen glauben wollen. Und nun? Sie wußte nicht, warum, aber alle Männer in ihrem Leben schienen sich in Afrit zu verwandeln. Ihr Leben war und blieb ein Märchen, ein böses Märchen, und sie fürchtete sich vor dem Ende.

Heimkehr

Die Rückkehr der Weihrauchkarawane verlief triumphal, dafür sorgten die Boten, die Marub vorausgeschickt hatte, Männer, die von der weitesten Reise ihres Lebens zurückkehrten, aus Gegenden, die für die meisten ihrer Angehörigen in das Reich der Sage gehörten, und die das letzte halbe Jahr für tot gegolten hatten. Selbst berauscht von ihrem Abenteuer, versetzten sie die Stadt in einen wahren Taumel.

Südwind war zurück, die Königin war heimgekehrt, mit Schätzen beladen wie eine Dschinna. Sie war die Frau eines großen Zauberkönigs geworden, der ihr all seine Geheimnisse offenbart hatte und die nun in Gold verwandeln konnte, was immer sie berührte.

Überall hörte man die sich überschlagenden Stimmen, die einander überbietenden Geschichten, in den Höfen, auf den Marktgassen, bis in die Gärten des Palastes drangen sie, wo Yada ihnen auf seine Schaufel gestützt lauschte, ohne ein Wort dazu zu sagen, und sich auch nicht umwandte, als hinter ihm energisch eine Tür zugezogen wurde, als wollte sie die geschwätzigen Worte ausschließen, die immer lauter und lebhafter umherflogen, wie Vogelschwärme um einen Feigenbaum voll reifer Früchte.

Auch Bayyin, der Hohepriester, vernahm sie in seinem Tempel.

Er stand auf und sah eine Weile hinaus, wo die Menschen in Trauben beieinanderstanden. Dann wandte er sich wieder seinem Besucher zu. »Und es hat sich alles so zugetragen, wie du sagst?« fragte er mahnend, und sein dunkles Gesicht sah düster aus.

Der Mann auf dem Kissen schluckte, doch er nickte. »Jedes Wort ist wahr, bei Almaqhs Hörnern. Als Karib hörte, daß Ihr mit Hadramaut verhandeln wolltet, empfing er mich sofort selbst. Als ich ihn fragte, wie denn der neue König zu unserer Sache stünde, befahl er mir zu warten und klopfte an eine Tür, durch die er kurz darauf verschwand. Er verließ den Raum dahinter erst nach einer Weile wieder, rückwärts gehend und unter vielen Verbeugungen. Dann wandte er sich zu mir um und meinte, sein König gewähre ihm volle Handlungsfreiheit. Da wurde er unterbrochen, weil ihn jemand rief, und ging hinaus. Ich, die Gelegenheit nutzend, sprang auf und öffnete die Tür. Nur einen Spalt, mein Herr, nur einen winzigen Spalt.« Er grinste und deutete die Distanz mit den Fingern an. »Damit man mir den Kopf nicht abschlüge, wenn ich ihn zu weit hindurchsteckte.«

Bayyin hob ungeduldig die Augenbrauen. Der Mann senkte den Kopf und beeilte sich weiterzusprechen. »Und was soll ich euch sagen, Herr: Das Zimmer war leer, absolut leer. Und einen anderen Ausgang besaß es nicht.«

Der Priester hob den Finger an die Schläfe, um nachzudenken. Sein Besucher neigte den Kopf, um seinen Blick noch einmal aufzufangen. »Wenn Ihr meine Meinung hören wollt, Herr, dann gibt es keinen König von Hadramaut mehr. Wir haben es nur mit Karib zu tun und ...«

Mit einer Handbewegung gebot der Priester ihm zu schweigen. Der Mann verstummte, stand auf, verneigte sich und ging hinaus, um aus der Hand von Bayyins Gehilfen seinen Lohn entgegenzunehmen. Er würde seiner Familie ein Stück Land einbringen, auf dem sie zweimal im Jahr würden ernten können, guter schlammiger Schwemmboden würde es sein. Der Mann lächelte bei dem Gedanken, wie er durch das Korn ginge, das raschelnd um seine Hüften streifte. Er würde seinen Namen auf eine Tafel am Taltempel setzen, ein schönes Stück Alabaster sollte es sein, das erste, das der Name seiner Familie zierte. An Hadramaut und seinen König dachte er schon nicht mehr, als er an der Freitreppe des Palastes vorbeiging.

Bayyin dagegen grübelte um so heftiger nach. Der König von Hadramaut, Ausuns einziger Sohn, war also verschwunden. Er bezweifelte, daß Karib dafür verantwortlich war. Gäbe es eine Leiche, der Berater hätte sie dem Volk präsentiert, um seine eigenen Ansprüche geltend zu machen. Nein, dachte Bayyin und ging dabei auf und ab wie ein Panther im Käfig. Der junge König Hadramauts war noch am Leben. Aber wo war er? Und was noch viel wichtiger war: Warum? Was hatte ihn aus seinen Palästen fortgetrieben?

Wieder blieb er am Fenster stehen und betrachtete das rege Treiben draußen. Seine Priestergehilfen waren in heller Aufregung.

Die Boten hatten ihnen den Umfang der Reichtümer beschrieben, die bald die Tore des Tempels passieren würden, um dort registriert, aufbewahrt und umverteilt zu werden. Nach allem, was man hörte, wartete eine Flut auf sie alle, größer als die des Frühlingsmondes, und die Männer sorgten sich schon jetzt, daß ihre Mauern dem Anprall des Reichtums nicht würden standhalten können.

Bayyin lächelte; unerfahren waren sie und beschränkt. Reichtümer konnten niemals zu groß sein. Wie die Flut würden sie sie lenken und leiten ganz nach ihren Wünschen. Er öffnete den Mund, um etwas hinauszurufen, überlegte es sich dann aber. Karib versicherte ihm also, er hätte eine Person hier in Marib, die nur darauf wartete, die Königin zu ermorden. Jemanden, der nahe an sie herankommen konnte. Jemanden, der sie in die Lage versetzen könnte, die Reichtümer der beiden Königreiche bald zwischen ihnen beiden aufzuteilen. War das glaubhaft? War das möglich? War es gut?

»Heh«, rief er nun doch aus dem Fenster, »steht dort nicht müßig.« Die Gehilfen im Hof zogen eilig die Köpfe ein, als seine Stimme erschallte. »Reinigt den Altar für das Dankopfer. Du, geh zwei Widder kaufen; unsere Königin kehrt heim. Und bringt mir die Stäbe mit den Aufzeichnungen über die Wassersteuer. Haben die al-Schidschan endlich den Seitenkanal reparieren lassen, der über ihr Land läuft?«

Er bombardierte sie mit Aufträgen, so daß sie zu seiner großen Befriedigung nach allen Seiten auseinanderstoben. Wenige Augenblicke später war es in dem mächtigen Innenhof ruhig. Nur ein Wiedehopf saß auf dem Dach, sein Ruf hallte zwischen den mächtigen Säulen, die Streifen von Licht und Schatten über den gestampften Lehm warfen.

»Ich muß nachdenken«, murmelte Bayyin, der Priester, »nachdenken über alles.«

Der Einzug der Königin übertraf an Prunk noch den Zug der Götterhochzeit. Die ganze Stadt war auf den Beinen, um Südwinds Karawane entgegenzuziehen, mit Sänften und Zelten, Musikinstrumenten und Blumen, so daß die Reihe der staubbedeckten Männer auf ihren müden Tieren nun gesäumt war von einem bunten Spalier festlich gekleideter Schaulustiger, die vor den Füßen ihrer Kamele einen einzigen Blütenteppich ausbreiteten. Weinschläuche wurden den Helden hinaufgereicht, Tänzer traten ihnen spontan in den Weg und faßten sich an den Schultern, um zum Gesang der Umstehenden den Heimkehrern ihre Künste darzubieten. Eine übermütige Schar Krieger stürmte mit gezückten Schwertern heran, nur um in einer Staubwolke abzubremsen, zu wenden, fortzugaloppieren und diese Scheinattacken unter allgemeinem Johlen fortzusetzen, bis sie vor Südwind auf die Knie fielen. Eltern hoben ihre Kinder hoch, damit sie mit eigenen Augen einen Blick auf das warfen, was später einmal in vielen Märchen erzählt werden würde.

Dicht vor dem Stadttor dann warteten die Götter. Auch sie hatten nicht zurückstehen wollen, den Lebenden ihre Aufwartung zu machen. In ihren Sänften saßen sie, starr gemalten Auges, und in ihrer Gegenwart nahm der allgemeine Tumult gerade so weit ab, daß Südwind, ohne erdrückt zu werden, absteigen und dem Hohepriester entgegengehen konnte, der stumm inmitten seiner Helfer auf sie wartete.

»Nun?« sagte Südwind zur Begrüßung. »Fließt das Wasser auch durch alle unsere Gärten?«

Bayyin verneigte sich vor ihr bis zum Boden, die Tatzen des Leopardenfells, das er trug, streiften mit ihren Krallen den Staub. Sorgsam wog er die Worte und den Tonfall, in dem sie gesprochen worden waren, ab.

Dann lächelte er. »Das Wasser fließt wohl, die Gärten blühen und gedeihen.«

Südwind nickte wohlwollend und hieß ihre Wachen mit einer Handbewegung, Ballen für Ballen abzuladen und in die Hände der Priester zu geben, was sie mitgebracht hatten. Wer glücklich genug war, sich dicht herandrängen und einen Blick darauf werfen zu können, der erzählte später phantastische Geschichten. Bayyin verzog keine Miene, während der Berg zwischen ihnen immer größer wurde und seinen Männern der Schweiß auf der Stirn stand bei dem Bemühen, ihn abzutragen.

»Alles geht den Weg über den Tempel«, bestimmte Südwind. »Wie der Weihrauch auch, aus dem dies alles stammt. Später werde ich das Weitere verfügen.«

Sie wandte sich von dem Packen ab und schaute sich um. Die Oase, dunkelgrün, rauschte noch immer zu beiden Seiten des Wadis wie das Wunder, das sie war. »Ohne unsere Gärten«, sagte sie zu Bayyin, »ist alles das da nur ein Regen in der Wüste.« Ihre Blicke liefen ihren Füßen voraus in die Gärten, hinein in den Schatten der Bäume, sprangen über die Kanäle.

Der Priester wartete höflich neben ihr, ging aber mit keinem Wort auf das ein, was sie gesagt hatte. »Ich freue mich«, meinte er statt dessen, »daß Ihr heil zurückgekehrt seid.«

»Heil«, wiederholte Südwind und lachte auf. »Ja.«

Bayyins Blick wanderte prüfend an ihr hinunter und wieder hinauf. Sie widerstand der Regung, sich vor ihm zu verstecken, und blieb aufrecht stehen.

Der Priester musterte sie lange. Etwas an ihr hatte sich verändert, er spürte es deutlich, ohne es fassen zu können. Bayyin schloß die Augen und sammelte sich. Wie früher versuchte er, in ihren Geist einzudringen, um darin zu lesen. Doch alles, was er vor sich sah, war eine Tür, fest verschlossen. Er konnte nichts erkennen. Was sie früher verbunden hatte, war dahin. Alles, was sie ihm zeigte, war ihr rätselhaftes ruhiges Lächeln.

»Bei Almaqh«, sagte der Priester in ehrfürchtigem Staunen, »hat der Zauberer-König, bei dem Ihr wart, Euch dies gelehrt?« So etwas wie Angst kroch in ihm hoch.

Südwind schüttelte den Kopf. »Das habe ich selbst getan, Bayyin. Alles habe ich selbst getan.« Sie nahm ihr Kamel beim Zügel, tätschelte ihm die Nase und machte sich daran, in den Schatten des Torbogens einzutreten. Der Hohepriester hielt sich dicht an ihrer Seite.

»Weißt du, wie es ist, Bayyin«, sagte sie, während die Tritte des Tieres vom Mauerwerk hallten, »wenn man mit einem Mal seinem Schicksal begegnet?«

Vor ihnen stand das gleißende Rund von Licht, hinter dem sich Marib mit seinen Häusern und Tempeln verbarg.

Der Priester antwortete nicht. Die Frau an seiner Seite war ihm so vertraut wie fremd. Ich hätte wissen müssen, daß sie nicht als dieselbe zurückkehrt, warf er sich vor. Ich werde nachdenken müssen, ich werde gut nachdenken müssen. Seite an Seite traten sie hinaus in den Sonnenschein, wo er sich zeremoniell vor seiner Königin verneigte bis zum Boden. Das Volk von Marib brach in ohrenbetäubenden Jubel aus.

Schams nutzte die allgemeine Begeisterung, um sich durch das Stadttor zu drängen. Da waren sie wieder, die verwirrenden Gassen, in denen die Häuser dichter beieinanderlagen als die Waben in einem Bienenstock. Überall aufgeregte Menschen, und alle schienen in die andere Richtung zu wollen, hinaus, zum Tor, zu dem aufregenden Geschehen. In den Seitengassen dann wurde es ruhig. Nur die Ältesten saßen auf Schemeln vor ihren Haustüren und warfen der jungen Frau, die es so eilig hatte, mißbilligende Blicke nach. Hier und da schlug ein Hund an, ein Säugling plärrte hinter verschlossenen Fenstern. Endlich, da war die Tür, die ihr so vertraut war, durch die sie in ihren Träumen so oft geschritten war, um mit Tränen in den Augen aufzuwachen. Mit einem quietschenden Laut gab sie nach.

Die Dienerin, die sie als erste entdeckte, war so erschrocken über Schams' Anblick, daß sie fallen ließ, was sie in Händen trug, und mit einem Aufschrei wieder im Haus verschwand. Verlegen stand Schams am Rand des Hofes. Da kam ein Kind auf sie zu. Auf pummligen, kaum mehr wackeligen Beinen stolperte es zu ihr hin, den Daumen im Mund, die schwarzen Augen groß aufgerissen vor der fremden Frau. Es dauerte einen Moment, bis Schams begriff und das Kleine mit einem Aufschrei an sich drückte. Es zappelte und wehrte sich in ihrem Griff und ließ dann doch erschrocken zu, daß sie ihr heißes Gesicht in seinem schwarzen Schopf vergrub.

»Daß du hier bist«, murmelte Schams und drückte ihr Kind an sich. »Daß du noch immer hier bist. Daß er dich behalten hat.« Niedergebeugt über den Jungen, vernahm sie die Schritte aus der Richtung des Hauses. Sie wußte nicht, was sie erwartete, als sie sich langsam aufrichtete. Ihr Sohn machte sich von ihr los und rannte seinem Vater entgegen, der ihn auf den Arm nahm und ein paar Schritte von Schams entfernt stehenblieb.

Eine Weile sagten sie beide nichts. »Bei Almaqh«, brach es dann aus Schams heraus. Ihre Blicke wanderten von einem zum anderen. »Er sieht dir so ähnlich.« Die Tränen rannen ihr über das Gesicht, sie lachte und weinte zugleich vor Erleichterung. »Er sieht dir so unglaublich ähnlich. Er ist wahrhaftig dein Sohn.« Ihre Erleichterung war mit Scham und Reue gemischt.

Glücklich, Dhiban aus ihrem Leben verbannt zu sehen, war sie sich doch bewußt, daß gerade ihre Freude darüber für Muchzen wie ein Schlag ins Gesicht sein mußte. Zwar hatte sie ihn früher angefleht, ihr zu glauben, daß sie niemals Dhiban nachgegeben hätte, wenn sie sich der Schwangerschaft nicht schon bewußt gewesen wäre, aber ihr war auch klar, daß diese Vaterschaft angesichts ihrer Untreue für Muchzen nur ein schwacher Trost sein konnte. Sie kannte ihn doch, seinen ewigen Groll auf das Leben, seine Unsicherheit. Sie hatte doch gewußt, wie wichtig ihre Loyalität ihm gewesen war. Verflucht, verflucht sei die Verzweiflung, dachte Schams. Es schüttelte sie so sehr, daß sie sich kaum auf den Beinen halten konnte.

Muchzen beobachtete sie einen Moment mit gerunzelter Stirn. Seine Lippen waren so fest zusammengepreßt, daß sie weiß erschienen. Unmöglich zu beurteilen, was er sagen würde, wenn sie sich öffneten. Dann ging ein Ruck durch ihn, und er streckte den freien Arm nach Schams aus. Aufschluchzend taumelte Schams darauf zu. Nur einen Augenblick später hielten sie einander umschlungen, mit aller Kraft, die sie besaßen, und standen lange so.

Südwind zeigte sich am Nachmittag dem vorbeiströmenden Volk auf den Stufen vor dem Palast, über denen die Hitze flirrte und auch ihre Gestalt zu einem Traumbild verzog. Ein beinahe göttliches Wesen, so schien es den Sabäern, war zu ihnen zurückgekehrt, um über sie zu herrschen, umgeben von üppig glänzendem Gold wie von einer Aureole.

Da sirrte, unbemerkt im Flug, ein Pfeil über den Platz, direkt aus der tief stehenden Sonne kam er, aus dem gleißenden Licht, wie geschmolzenes Metall, nichts als ein böser Laut, ein schwarzes Huschen und ein »Tock«, als er in Marubs Schulter einschlug. Der große Krieger taumelte kaum. Mit seiner mächtigen Hand langte er hoch, riß den Schaft heraus und starrte ihn an, als hätte er sich eben erst in seinem Fleisch materialisiert. Von der Spitze tropfte hell sein Blut.

Nun stieg ein Schrei aus der Umgebung der Königin auf, in die Wachen kam Bewegung, es wogte auf den Stufen, und die Unruhe übertrug sich auf die Zuschauer, ohne daß jemand wußte, was tatsächlich geschehen war. Südwind legte ihm die Hand auf die Schulter und wollte nach der Wunde sehen, doch Marub drängte sie hinter sich.

»Er kam von da drüben«, brummte er und kniff die Augen zusammen, um die gegenüberliegenden Gebäude zu mustern. »Irgendwo vom Dach.«

Ehe Südwind etwas sagen konnte, winkte er zweien seiner Männer und befahl ihnen, das Haus zu durchsuchen. Sie machten sich auf den Weg treppab, kamen im allgemeinen Tumult aber nur langsam voran. Südwind sah, wie sie mitsamt ihren Lanzen vom Gewühl hin- und hergetragen wurden.

»Platz!« rief sie entschlossen und trat aus dem Schatten von Marub, der entsetzt die Arme ausbreitete, um ihr einen Schild zu bieten. Aber Südwind war nicht aufzuhalten. Sie raffte ihr Kleid und schritt energisch die Treppe hinunter auf die Menge zu, die in hastiger Ehrfurcht zurückwich. Eine Gasse tat sich auf, die rasch bis über den Platz reichte.

»Diese Verrückte«, grollte Marub und stürzte ihr nach, um sie zu dekken, wie sie einsam im Auge des Sturms dahinschritt. Aber so besorgt er sich auch umsah, kein zweiter Pfeil folgte dem ersten.

Marubs Wachen erreichten die fremde Tür, schlugen sie ein und drangen ins dunkle Innere des Hauses, wo man Frauenstimmen hörte und Kindergeschrei, während sie sich ihren Weg auf das Dach erkämpften. Einer trat wenig später vor an den Sims. »Es gibt Holzleitern hier«, rief er hinunter, »sie führen zum Nachbardach und in den Hinterhof. Der ist längst weg.« Ein vielstimmiges Gemurmel antwortete ihm. Marub war bereits dabei, einen Trupp Männer zu beordern, der das Viertel durchsuchen und auf den Kopf stellen sollte, da hörten sie den zweiten Mann von weiter weg etwas rufen.

»Was sagt er?« Ungeduldig wandte Südwind sich an Marub, der mit seinen Wachen verhandelte. Der unterbrach sich, rief etwas nach oben, erhielt Antwort und wandte sich wieder an seine Königin. Sein gesundes Auge glühte vor Befriedigung. »Sie haben ihn«, sagte er, »im Innenhof.«

Südwind schlug seinen Rat in den Wind und folgte den Wachen, die nun hinter Marub her in das Haus stürzten. Sie sah im Halbdunkel kauernde Kinder, einen umgestürzten Korb, aus dem Zwiebeln auf den Boden gekullert waren, von den Tritten der Männer in alle Richtungen geschleudert, ein Spielzeug auf dem Boden, das sie im Laufen aufhob und einem Mädchen in die Hand drückte, ohne länger einzuhalten als für ein kurzes Streicheln über ihren Scheitel.

In vollem Lauf kam sie im Innenhof an und hielt, vom Sonnenlicht geblendet, plötzlich inne.

»Er stand am Fuß der Leiter, den Bogen noch in der Hand«, erklärte der Mann stolz, zeigte die Waffe wie eine Trophäe und rüttelte mit der freien Hand seinen Fang so derb an der Schulter, daß der beinahe stürzte.

Südwind stand mit offenem Mund da.

Der Gefangene wehrte sich wütend. »Er ist dort hinten hinaus, schnell, ihr Narren laßt ihn noch entkommen«, rief er und zerrte dabei an seinen Fesseln, bis ihm jemand mit einem Speerschaft über den Kopf schlug.

Südwind schluckte, als das Blut über seine Stirn lief. Der Gefangene ging in die Knie und verharrte so einen Moment wie betäubt, dann schüttelte er heftig seinen Kopf und richtete sich stöhnend wieder auf. »Ich hob den Bogen doch nur auf, wo er ihn fallen ließ.«

In diesem Moment traf sein Blick den Südwinds.

»Yada«, flüsterte sie.

Er schaute sie mit einem Lächeln an. Wie hatte sie sich noch vor wenigen Minuten gewünscht, daß er sie so anlächeln würde, hatte das Ende der Zeremonien und Beratungen herbeigesehnt, damit sie die versiegelte Tür öffnen und in den Garten treten könnte, zu ihm. Nun standen sie auf einem staubigen Hofplatz, umgeben von Kriegern, und sie konnte es nicht glauben.

Da stürzte Marub vor. »Du«, brüllte er und riß den verhaßten Gärtner von den Füßen. Breitbeinig stand er über ihm. »Du also! Ich habe dich gewarnt, wenn ich dich je mit einer Waffe in der Hand antreffe, du feiger Hund ...«

»Marub! Marub!« Südwind mußte zweimal rufen, ehe er sein Opfer knurrend freigab.

»Ich habe meine Schaufel nicht bei mir, sonst wärst du vorsichtiger.« Yada ächzte, als er aufstand, und schüttelte den Kopf, als wollte er den Schmerz loswerden. Er zeigte mit den gefesselten Händen auf den Leibwächter und grinste.

Der Hüne knurrte, fügte sich aber in Südwinds Befehl und blieb, wo er war.

»Er soll sprechen«, verlangte Südwind und senkte den Kopf. Sie schaffte es weder, Yada direkt anzureden, noch, ihm dabei in die Augen zu sehen.

Yada dagegen wandte sich ihr direkt zu. »Ich wollte aufs Dach, um dich zu sehen«, sagte er. »Doch jemand anderes hatte dieselbe Idee. Er versetzte mir einen Tritt an die Schulter, als ich die Leiter hochkam. Dann sprang er, hier hinten, wo das Stroh lagert«, er wandte sich halb um und wies hinüber, »ließ dort den Bogen zurück und rannte durch das Tor dort wie ein Irrer. Ich habe nicht mehr von ihm gesehen als den Mantel und das schwarze Tuch über seinem Gesicht.« Er neigte den Kopf und versuchte, ihren Blick einzufangen.

»Wir haben niemanden anders gesehen«, ertönte die Stimme der Wache, und Südwind zuckte zusammen. »Er stand genau hier, den Bogen in der Hand.«

Sie schaute auf und entdeckte den Strohhaufen verlassen in seiner Ecke. Ein magerer gelber Hund schwänzelte in der Nähe herum und roch mißmutig an den Halmen, ehe er sich verzog. Südwind holte tief Luft.

Ich glaube ihm, wollte sie sagen und öffnete schon den Mund. Dann schloß sie ihn wieder

»Südwind«, rief Yada leise.

Sie preßte die Augen zusammen, so fest sie konnte, um sein Bild auszusperren, am liebsten hätte sie sich auch noch die Ohren zugehalten. Südwind. Ihr schwindelte es. Aber das dort war Yada, Yada! Wie eine Ertrinkende riß sie Mund und Augen auf. »Ich ...«, begann sie, sich räuspernd, und in ihr schrie es: Ich will dir alles glauben. Ich will! Ich will es einfach! Ich muß!

»Meine Königin!« Das war Bayyins Stimme, satt und volltönend wie ein Gong und geschaffen, den Gläubigen eine Gänsehaut über den Rükken zu jagen. Der Priester trat neben sie und zupfte an seinem Leopardenüberwurf, als wollte er an seine Position erinnern. Südwind fühlte sich zu schwach, um ihn zu fragen, was er wünschte. Sie fand es ein Wunder, daß sie noch stand, aufrecht, ohne zu schwanken. Halt fand sie nur an Yadas Blick, den sie nun, da sie ihn wiedergefunden, nicht mehr losließ.

»Ich glaube, ich kann diese Sache aufklären.«

»Ach ja?« sagte Südwind müde. Und weder ihre Augen noch ihr Wille wollten Yada loslassen.

»Dieser dort nämlich«, und Bayyins Stimme donnerte wie bei einer Zeremonie, »ist kein einfacher Gärtner.«

»Nein«, hauchte Südwind. Natürlich nicht, das war wahr. Es leuchtete ihr sofort ein, ja, es konnte gar nicht anders sein. Zu schön, flüsterte es in ihr, zu klug, zu sehr von Rätseln umgeben. Alles, was sie an ihm liebte, sagte ihr, daß er mehr war als das, was er schien. Und sie lächelte unwillkürlich.

Aber Bayyins Stimme fuhr fort »Er ist der Sohn Ausuns, der König des unterworfenen Hadramaut.«

»Was?« fragte Südwind und blinzelte. Mit einem Mal spürte sie den Staub auf der Zunge, den die Füße all dieser Männer im Hof aufgewirbelt hatten.

Hadramaut, Schädelstätte, Krieg und Unterwerfung, Politik und Intrige, darum drehte sich die ganze Geschichte? Verflogen der Duft des Jasmins und die heimlich erzählten Märchen. In diesem Moment sank die Sonne hinter den Mauern und ließ den Hof im Schatten zurück. Südwind schluckte die Tränen hinunter. In dem allseits einsetzenden Gemurmel stand sie als einzige still. Es war höchst banal.

»Woher wißt ihr das?« hörte sie Marub fragen, und Bayyin antwortete ihm mit einem umständlichen Bericht über die Aussagen seiner Spione, der an ihr vorbeirauschte. »Er muß Hilfe gehabt haben«, konstatierte ihr Leibwächter, und irgend jemand schlug vor: »Fragen wir ihn.«

Marub war es, der den Speer packte und ihn gegen Yadas Hals drückte, bis das Blut kam. »Wir haben damals schon dein Dromedar gefunden«, sagte er und verstärkte den Druck noch ein wenig. »Das Tier, mit dem du ankamst. Dumm, es hier einfach laufenzlassen. Und jetzt sagst du uns, zu wem du wolltest.«

»Ich weiß nicht, wovon du redest«, keuchte Yada. Die Klinge machte das Reden schwer. Wieder suchte sein Blick Südwind, die sich abwandte, um zu gehen.

»Südwind«, rief er hastig mit letzter Kraft. »Ich kam, um mir die Braut anzusehen, die mich abgelehnt hatte.«

Südwind blieb stehen.

»Und ich habe sie gesehen.«

Sie hob den Kopf, unschlüssig, was sie tun sollte.

»Ja, man riet mir, dich zu töten«, fuhr er fort.

Marub schüttelte ihn dafür. »Karibs verdammte Kreatur bist du, und du wirst dafür sterben.«

»Aber ich habe mich geweigert«, schrie Yada. »Fragt Karib! Frag dich selber!«

»Unverschämter!« Südwind hörte die Ohrfeige, mit der Marub Yada zum Schweigen brachte, und schloß die Augen.

Bayyin neigte sich zu ihr. »Karib hat meinem Mann gesagt, er hätte einen Attentäter hier, der ganz nahe an dich herankommen könnte«, erklärte er flüsternd. Erschrocken wich er zurück, als er das Funkeln in ihrem Blick sah.

»Und wann«, zischte Südwind ihm zu, »hattest du vor, mir das mitzuteilen, Bayyin?«

Zum ersten Mal glitt ein Schatten der Verlegenheit über das schwarze Gesicht des Priesters. Dann senkte er den Kopf. »Ich mußte nachdenken«, sagte er und reckte sich in dem Versuch, sich einen Rest von Würde zu bewahren.

Südwind hob ironisch die Brauen. »Laß mich raten, worüber.« Sie ballte die Fäuste. Am liebsten hätte sie ihren Zorn und ihre Frustration laut hinausgeschrieen. Alle, alle verrieten sie. Die Woge von Wut spülte jeden Zweifel hinweg.

»Verhaftet ihn«, sagte sie, ohne sich noch einmal umzudrehen. So rasch sie konnte, durchquerte sie das Haus und lief zu den Stufen. Sie wollte Yadas Schritte nicht mehr hinter sich hören, ihn nicht in ihrer Nähe wissen. Aber Marubs Wachen schleppten ihn gewissenhaft hinter ihr her. Draußen mußten sie die Menge mit gekreuzten Speeren zurückhalten, die in ihrer Wut über den Gefangenen herzufallen suchte und ihn zerrissen hätte, wäre Marub nicht so entschieden gewesen.

Südwind hetzte die Treppen hinauf. Energisch wollte sie die Hand abschütteln, die sich an ihren Arm hängte, als sie Schams erkannte. »Wo warst du?« blaffte sie, noch immer erregt. Sie verstummte, als sie Muchzen hinter ihrer Freundin erkannte, blaß vor Aufregung. Den vornehmen Umhang und die Kette, Zeichen seiner Autorität, hatte er sichtlich in aller Eile umgehängt und wippte nun vor ihr verlegen auf den Zehenspitzen, während er seine Frau in den Arm nahm. Ungeduldig schaute Südwind von einem zum anderen. Sie ahnte, was die Versöhnung für Schams bedeutete, und unter normalen Umständen ... Aber ihre Gedanken hetzten hierhin und dorthin. Nein, sie konnte jetzt nicht Anteil nehmen, konnte sich nicht freuen, wollte es nicht. Zerstreut lächelnd tätschelte sie der Freundin den Arm.

»Was ist geschehen?« fragte Schams verwirrt.

Südwind fuhr heftig auf. Alles, nur nicht diese Frage. Nichts sagen und nichts erklären müssen. Nicht aussprechen, was so weh tat.

»Yada ist in Wahrheit der König von Hadramaut, der herkam, um mich zu ermorden.« Lächerlich, erklang es in ihr. Die Anstrengung, nicht in Tränen auszubrechen, zerriß sie beinahe.

Erschrocken legte Schams sich die Hand auf den Mund. Südwind hätte sie für diese banale Geste am liebsten geschlagen.

Muchzen und Marub tauschten einen raschen Blick über die Köpfe der Frauen hinweg. Der Kamelführer hob die Brauen, und der Leibwächter nickte. Das fremde Dromedar, sie brauchten sich nicht mit Worten darüber zu verständigen. Dann plötzlich schweifte Muchzens Blick ab. Schams spürte seine Unruhe, als er an ihrer Seite von einem Fuß auf den anderen trat.

»Was ist denn?« fragte sie und wandte sich von Südwind ab, die mit abweisender Miene ihren Tröstungsversuchen ausgewichen war.

»Ich habe ihn gesssehen«, platzte Muchzen da heraus. Vor lauter Aufregung zischte er das S noch stärker als sonst. »Ihn, im Palast.« Er zeigte mit dem Finger auf Yada und zitterte dabei.

»Ja«, sagte Südwind spröde und raffte ihr Kleid um sich, um weiter hinaufzusteigen. Sie wollte endlich den Frieden eines Zimmers erreichen, in dem sie allein sein durfte. »Ich weiß.«

»Nein, nein«, fuhr Muchzen hastig fort. »Als du fort warst, ich meine, Ihr.« Er warf seiner Frau einen Blick zu und errötete heftig. Schließlich senkte er den Kopf. »In der Nacht«, gab er zu.

»Was hattest du nachts im Palast zu tun?« fragte Schams erstaunt.

Muchzen warf den Kopf zurück. »Da habe ich ihn jedenfalls gesehen. Er kam aus dem Flügel von Dhahab«, sagte er mit fester Stimme. Er mied Schams' Blick und schaute Südwind in die Augen. »Aus den Räumen deiner Mutter.«

Verschlossene Räume

Speerschäfte schlugen an die geschnitzten Türen zu Dhahabs Gemächern. Als niemand öffnete, gab Marub mit grimmigem Gesicht das Zeichen, die Türflügel einzuschlagen. Die Männer holten bereits aus. Erst im letzten Moment hörten sie eilige Schritte, dann knirschte der Riegel, und sie sahen das erschrockene Gesicht einer Dienerin, die hastig den Kopf senkte und sich zurückzog.

Südwind hatte Dhahab nicht mehr gesehen, seit sie mit dem Leichnam ihres Vaters aus Hadramaut zurückgekehrt war. All die Jahre hatte ihre Mutter sich im freiwilligen Exil in ihrem Palastflügel vor ihr verborgen gehalten. Jetzt aber trat sie stolz heraus, reich geschmückt wie eine Königin, frisiert, geschminkt und mehr als bereit.

Sie ist noch immer schön, war das erste, was Südwind, die sich seitab hielt, um alles zu beobachten, zu ihrer Mutter einfiel. Und offensichtlich war es Dhahab wichtig gewesen, diese Schönheit in ihrem größten Glanz zu zeigen. Dicke Balken von Kajal umrahmten ihre geschweiften Augen, zerstoßener Malachit schimmerte grün auf ihren Lidern, und Lippen wie Wangen leuchteten rot wie Granatapfelkerne.

Diese schwellenden, feuchten Lippen öffneten sich nun zu einem höhnischen Lächeln.

»Frau, wir haben dir ein paar Fragen zu stellen«, hatte Marub angehoben, doch sie ignorierte ihn vollkommen und wandte sich statt dessen an Yada, der halbtot zwischen zweien der Wächter hing.

»Hast du es also endlich doch gewagt?« rief sie, dann trat sie an ihn heran und spuckte ihn an.

Yada hob den wackelnden Kopf und starrte sie wütend an.

»Versager«, zischte Dhahab. Dann hob sie den Kopf. Ihr Blick suchte Südwind. Als er sie fand, sagte sie kein Wort, sie stand nur da, aber das höhnische Lächeln, das ihr ganzes Gesicht überzog, war Botschaft genug. Auch dieser, sagte es, hat dich nicht geliebt. So wie keiner, keiner jemals. Und sie hob ihr Kinn sehr hoch.

Marub störte sie in ihrem Triumph. »Du gibst also zu, dich mit ihm verbündet zu haben?«

»Verbündet?« Dhahabs Stimme klang schrill. Sie lachte. »Ich habe ihn überhaupt erst hierher eingeladen.« Sie sprach sehr laut, als wollte sie eine Volksrede halten. »Ich habe ihn bewirtet.« Sie machte ein anzügliches Gesicht. Dann verzog sie es zu einer Grimasse der Wut. »Und ich werde ihn ewig dafür verfluchen, daß er keinen Erfolg hatte.«

»Das ist nicht wahr«, kam es, sehr schwach, von Yada, der sich noch einmal auf die Füße rappelte.

»Ach ja?« höhnte Dhahab, die nahe an ihn herantrat, von Marub ungehindert. »Du scheust wohl die Gemeinschaft mit meinem Tod, du Feigling?«

Yada schüttelte den Kopf, als wolle er einen Traum abschütteln. »Du und ich, wir hatten im Leben wie im Tod nichts gemeinsam.« Ein schwaches Lächeln erschien auf seinem blutüberströmten Gesicht. »Und das weißt du.«

Zwei Männer mußten Dhahab festhalten, als sie auf Yada losging.

Angeekelt wandte Südwind sich ab. Ihr Blick fiel auf Muchzen, an den Schams sich angstvoll schmiegte. »Und wieder hast du mich gerettet«, sagte sie spröde. Sie suchte nach Worten und fand keine. Dann wirbelte sie herum und rannte davon.

Verdattert schaute der junge Mann ihr hinterher. Erst nach und nach spürte er das liebevolle Reiben von Schams' Hand auf seinem Arm. Er zog sie zu sich und küßte sie auf den Scheitel. »Daß ich in jener Nacht im Palast war ...«, begann er zögernd.

Da hob sie das Gesicht zu ihm auf und legte ihm den Finger auf die Lippen. Eine Weile schauten sie einander an. Dann küßte er sanft ihre Fingerkuppe. Und wie in jener ersten Nacht, als sie Südwind nachsahen, war er einfach dankbar und froh, daß sie neben ihm stand.

Eine Weile rannte Südwind ziellos durch die Korridore, bis sie schließlich außer Atem innehielt. Wovor wollte sie noch flüchten? Es war alles schon geschehen. Hinter ihr standen die Türen zu Dhahabs Gemächern sperrangelweit offen. Ab jetzt würden alle Türen in diesem Palast offenstehen. Keine Geheimnisse mehr, nichts zu bedauern. Südwind atmete durch und richtete sich auf. Entschlossener schritt sie voran und betrat als erstes ihr altes Schlafzimmer. Die Holzgittertüren zur Terrasse ließen nur wenig von dem dämmrig werdenden Licht herein, doch sie erkannte, daß das Laken auf dem Bett noch immer faltig war. Die Lampe stand neben dem Bett auf dem Boden, umgekippt, das Öl schon vor langer Zeit ranzig geworden und fest. Und über allem lag eine dicke Staubschicht.

Mit einer Bewegung stieß sie die Tür nach draußen auf, blieb dann aber im Türrahmen stehen. Da war sie, die Balustrade, dahinter die Säulen mit den blühenden Ranken der Kapuzinerkresse, die im Dämmerlicht glühenden Rosen, die schon im Dunkel versunkenen Mädchengesichter der Passionsblume, die Hibiskusbüsche, um die selbst am Abend noch die Bienen summten. Die Fontäne im Fischteich, der unsichtbaren Mitte, dem Herzen ihres Gartens plätscherte ganz leise herüber, als hätte sie etwas zu erzählen. Tief sog Südwind die Luft ein. War da nicht ein Hauch von Feigenduft in der Luft, schüchtern, kaum wahrnehmbar und schon verweht? Sie wandte sich ab und ging weiter.

»Aufmachen«, befahl sie den verdatterten Wachen vor der versiegelten Tür, die zu Schamrs Gemach führte. Es brauchte einige Schläge, bis der Mann das Siegel abgeschlagen und die Holztüren auseinandergezwungen hatte, die Jahre nicht mehr in ihren ledernen Angeln bewegt worden waren.

Hier war es also, dachte sie, als sie eintrat, hier habe ich den Kopf des Mukarrib abgeschlagen. In einem anderen Leben. Sie ging an der Nische mit dem Ruhelager vorbei und hinaus auf die Plattform, die hoch über der Stadt lag. Unter ihr breitete sich die Schotterebene aus, schattig unter dem nun schon violetten Himmel, und der Wind wehte ungehindert herein wie ein Wüstenwanderer und tändelte mit ihrem blauen Schleier. Die Leere dort draußen tat Südwind wohl.

Als sie ein Geräusch hörte, drehte sie sich herum und stand zu ihrem Erstaunen Weihrauch gegenüber. Natürlich, ihre Dienerin war hier; sie hatte sie während der langen Reise beinahe vergessen. Es war so viel geschehen. Lächelnd begrüßte sie das Mädchen, das sich zurückhaltend gab. Auch dies war Südwind heute abend recht.

»Laß alles saubermachen«, befahl sie, »und bring mir Wein.«

Sie schaute sich um. Ja, da waren sie, die Kissen, auf denen sie gekniet hatte, mit Schamrs Kopf in ihrem Schoß, bis endlich ihr Vater hereingekommen war und sie von allen Zweifeln erlöst hatte mit seinem Lächeln.

»Sorg dafür, daß Pfeffer und Moschus darin ist«, sagte sie. »Und hol Rosinenschnaps dazu.« Sie ließ sich auf den purpurnen Kissen nieder. »Heute will ich einmal ausprobieren, was Jashiriyya wirklich vermag.«

Der Alabasterpokal war schon viele Male an Südwinds Lippen gewandert. Doch fast ebenso viele Male war er vergebens wieder abgesetzt worden. Südwind kam nicht oft zum Trinken, denn sie redete und redete.

In allen Einzelheiten setzte sie Weihrauch auseinander, was sie gehört und gesehen hatte, was ihr hinterbracht und gesagt worden war. Was Bayyin von seinen Spionen zu berichten gewußt hatte und was in ihrem Kopf gekreist hatte, schon die ganze Heimreise von Jerusalem über, das Leben, die Liebe und Yada betreffend. Es war eine lange Geschichte, und sie wurde nicht übersichtlicher dadurch, daß Südwind keinen der Zweifel und Einwände ausließ, die sie jemals gestreift hatten.

»Und trotzdem ist es nicht logisch«, sagte sie nun zum wiederholten Male, mit schon ein wenig schwerer Zunge. Auch in ihrem Kopf drehte es sich bereits bedenklich. Nervös wischte sie mit der Hand vor dem Gesicht herum. Ihr Vater hatte nicht recht gehabt, was das anging, so ein

Rausch war nicht heilsam, er benebelte nur das Gehirn, und sie mußte doch so dringend über die Dinge nachdenken.

»Wenn er und meine Mutter Komplizen waren, warum dann ihr Zorn auf ihn, hm?« Wieder hob sie den Becher zum Mund.

Weihrauch war klug genug, nicht zu antworten. Sie beschränkte sich darauf, einzuschenken, den Docht der blakenden Lampe zu beschneiden, Tropfen von der Tischplatte zu wischen, störende Insekten fortzuwedeln, die das Licht in der späten Nacht noch anzog, und ihrer Königin zuzuhören.

»Dieser Karib hat auch kein Sterbenswort von Yada gesagt. Er meinte nur, er kenne die richtige Weise, mit einer Frau umzugehen.« Sie brummte vor sich hin. »Heißt das, man schickt ihr einen Prinzen, ja?« Diesmal nahm sie einen Schluck. »Wahrscheinlich«, stellte sie fest und ließ sich verzweifelt in die Kissen sinken. Dann richtete sie sich schlagartig wieder auf. »Aber sendet ein Berater seinen König zum Morden aus?«

Sie schüttelte den Kopf, es war zu kompliziert. Eine Weile starrte sie nur vor sich hin, beobachtete, wie ein Nachtfalter, der Weihrauch entgangen war, mit seinen grauen Flügeln wieder und wieder um die Flamme torkelte. Bis er herabfiel und ein scharfer Geruch ihr anzeigte, daß er dem Feuer zu nahe gekommen war. Rasch nahm sie eine Handvoll von den Rosenblättern, die Weihrauch auf einer Schale drapiert hatte, und steckte ihre Nase hinein.

»Und wenn er sich ihren Wünschen tatsächlich entzogen hat?« flüsterte sie. »Wenn er es nicht gewesen ist?« Ihre Lider wurden schwer und begannen zu zucken.

Zum ersten Mal öffnete Weihrauch, die mit schillernden Augen im Schatten der Lampe gesessen hatte, ihren Mund. »Dann läuft der wahre Mörder noch herum«, sagte sie und neigte sich vor, bis ihr Gesicht nah an dem ihrer Herrin war.

Südwind riß die Augen auf. Auf diese Idee war sie noch gar nicht gekommen. »Ich hatte nur an Yada gedacht«, gestand sie.

Weihrauch lächelte. »Dann solltet Ihr mit ihm sprechen.«

Yada fuhr herum, als die Tür zu seiner Zelle sich öffnete. Das Licht, das hereinfiel, blendete ihn so, daß er die Hand vor die geschwollenen Augen heben mußte, aber als er sich ein wenig daran gewöhnt hatte, zeigte es ihm die Umrisse einer Frau. Sofort begann sein Herz schneller zu schlagen. Südwind, dachte er, endlich, ich wußte es; und er hinkte auf sie zu.

Die Frau blieb abwartend bei der Tür stehen. Auch Yada hielt inne; er schaute an sich hinab, den zerfetzten Kleidern, den blutigen Gliedmaßen. Das Volk von Marib hatte ihn beinahe in Stücke gerissen, und auch die Wachen waren mit Schlägen nicht sparsam gewesen. Er wußte nicht, wie sein Gesicht aussah, aber er ahnte, daß es wenig liebende Erinnerungen wecken würde, daher hielt er sich ein wenig im Schatten neben der Tür und wartete. Er wollte sie nicht noch einmal erschrecken.

»Liebste«, flüsterte er aber und streckte ihr seine Hand hin. »Ich habe dir nie eine Lüge erzählt.«

»Wie es scheint, hast du aber eine Menge ausgelassen.«

Er fuhr zurück, als er den spöttischen Ton hörte. Mit gerunzelter Stirn versuchte er, in dem Halbdunkel das Gesicht der Sprecherin zu erkennen.

Sie kam seinen Bemühungen entgegen und trat einen Schritt ins Licht. Es umfloß ihr schmales Gesicht mit der gewölbten Stirn wie eine Gloriole. Ihre seltsamen blauen Augen hatten nie dunkler ausgesehen und gleißten doch wie Mondlicht.

»Weihrauch?« flüsterte Yada erstaunt.

Die Dienerin lächelte nicht. »Ich kann dich zwar nicht leiden«, sagte sie. »Aber die Herrin möchte dich sehen.« Sie zuckte mit den Achseln, gab ihm aber aus einem Krug Wasser zu trinken und entfaltete einige Betriebsamkeit. Sie öffnete das Bündel, das sie bei sich trug, und hieß ihn, sich ein wenig zu waschen, ehe sie ihm ein neues Übergewand und Sandalen reichte. Er gehorchte ihr hastig, so schnell es seine geschundenen Gliedmaßen zuließen. Südwind wollte ihn sehen! Der Gedanke an die bevorstehende Begegnung vertrieb die Schmerzen.

»Sie glaubt mir also?« fragte er Weihrauch, die ihm stumm bei allem zusah. »Sie zweifelt nicht mehr?«

»Oh, sie ist voller Zweifel«, entgegnete Weihrauch spröde. Er hielt inne und schaute sie an. Ernsthafter als zuvor setzte sie hinzu: »Sie weiß, daß ein Mörder im Salhin herumläuft. Und sie weiß nicht mehr, wem sie noch vertrauen kann. Beeil dich.«

Ohne Zögern schlüpfte er hinter Weihrauch hinaus in den Vorraum. Das gelbe Licht einer Öllampe erhellte den Lehmkubus. Es war warm und mild, doch Yada, der so lange im Dunkeln gelegen hatte, blendete es dennoch. Er hörte die harsche Stimme der Wache, ehe er den Mann deutlich erkennen konnte. Der erhob sich so hastig von seinem Schemel, daß er den Tisch umstieß. Yada hörte Tonwürfel über den Boden klackern. Dann sah er eine Bewegung auf sich zukommen.

»Der Gefangene bricht aus«, rief die Wache mit gezogenem Dolch.

Weihrauch stieß einen hohen Schreckensschrei aus und sprang beiseite. Doch ihr Bein ließ sie stehen; es brachte den Wächter ins Straucheln. Mit beiden Händen schubste sie ihn kräftig zu Yada hin, der genug Zeit fand, den Schemel zu packen und ihn dem Mann mit beiden Händen über den Schädel zu ziehen. Es brauchte nicht mehr als diesen einen Schlag: Grunzend brach der Wächter auf dem Boden zusammen. Yada hob seinen Krummdolch auf und steckte ihn in den eigenen Gürtel.

Schwer atmend lehnte Weihrauch an der Wand und starrte ihn an. Hinter Yada auf dem Boden lag die Lampe, das Öl war ausgelaufen, und kleine Flammen leckten entlang einiger Strohhalme, die in der Pfütze schwammen. Sie flammten hell auf. Rasch hinkte Yada hin und löschte das Feuer, ehe es auf die wenigen Möbel und die Kleider des Wächters übergreifen konnte. »Hoffentlich hat niemand den Ruf gehört«, sagte er und war schon dabei, den Körper des Bewußtlosen an den Füßen herumzuziehen. »Hilf mir.«

Zögernd ging Weihrauch hinüber. »Ich verstehe das nicht«, sagte sie. »Ich habe ihm ihr Siegel gezeigt.«

»Du hast doch selbst gesagt«, erwiderte Yada, keuchend vom Gewicht des anderen, »daß ein Verräter im Palast ist. Glaubst du, der arbeitet alleine?«

Weihrauch schüttelte wie betäubt den Kopf und half ihm, den Körper in die Zelle zu bugsieren. Dann warfen sie die Tür zu.

»Ich muß sofort zu ihr«, erklärte Yada. Er überprüfte den Sitz des Dolches in seinem Gürtel und machte sich daran, in die Nacht einzutauchen.

Aber Weihrauch hielt ihn am Gewand fest. »Du sollst zu deiner Hütte kommen, hat sie gesagt.«

Er fuhr herum, erstaunt, hoffnungsvoll. Aber die Lampe war erloschen. Und im Mondlicht war Weihrauchs Gesicht so rätselhaft und verlockend wie ihre Botschaft. »Sie will dich dort erwarten.«

Unschlüssig stand Muchzen im Dunkel des Pferches. Normalerweise liebte er diesen Ort, die leisen Laute der Dromedare, das Rupfen ihrer weichen Mäuler und den warmen Dunst tierischen Lebens, der alles einhüllte, auch einen selbst, wenn man sich an die warme, wollige Flanke seines Kamels lehnte und in den Sternenhimmel hinaufsah. Er mochte die grotesken Silhouetten ihrer Buckel, die sich wie einsame kleine Hügel hier und da im Mondlicht verteilten und das zudringliche Pendeln ihrer Hälse, wenn sie kamen, ihn um einen Leckerbissen anzubetteln. Er kannte jedes einzelne von ihnen an seinem Gang und der Art, wie es sich bewegte. Es hatte nur wenige Augenblicke gebraucht, um das Tier aus Hadramaut zu entdecken.

Schams neben ihm gähnte, während sie von einem Fuß auf den anderen trat. »Was willst du noch?« fragte sie liebevoll und schmiegte sich an ihn. »Es kann nicht sprechen wie ein Mensch. Gehen wir nach Hause.«

Muchzen ließ das Halfter los, an dem er den Kopf des widerstrebenden Tieres zu sich hergezogen hatte. Er hatte es jetzt so lange angestarrt und doch nichts an ihm entdeckt, was seine vielen Fragen beantwortet hätte, keinen sicheren Beweis dafür, daß es einen Königssohn getragen hatte, der mit Mordgedanken hierhergekommen war. Was sollte ein Tier da auch beweisen können? Er tätschelte es zum Abschied und erntete einen Kopfstoß dafür.

Mit einem Klageschrei reckte das Dromedar den Hals und wandte den Kopf mit den schönen, langbewimperten Augen nach links und rechts. Doch konnte es sich offenbar nicht entschließen fortzugehen, sondern schnoberte mit der Nase an einem Distelstrauch in der Nähe von Schams Sandalen.

Muchzen seufzte. »Du hast recht«, sagte er. Aber auch er ging noch nicht. Eine ganze Weile standen sie so, betrachteten den Aufgang der Sterne über der schwarzen Silhouette der Bergkämme und lauschten auf die Geräusche der Nacht. »Von allen Orten«, sagte er dann, »erinnert mich der hier am ehesten an zu Hause.«

Schams begriff sofort, was er meinte. Sie lehnte sich an ihn. »Träumst du auch manchmal davon, heimzukehren?« fragte sie und spürte, wie er nickte. Sie lachte leise. »Schams und Muchzen, die Besitzer von hundert Kamelen.« Sie hob die Hand, als male sie die Szene an den Himmel. »Sie würden glauben, wir waren bei den Dschinnen.«

Muchzen schnaubte zustimmend. »Tubba würde Augen machen.«

»Und Hamyim ein für allemal den Mund halten«, fügte Schams hinzu. Nun lachten sie beide.

»Und dem alten Arik«, sagte Schams eifrig, »würden wir jeden Tag Milchgrütze kochen. Und Zickleinbraten, dem das Fleisch von den Knochen fällt. Das kann er mit seinen paar Zähnen kauen.«

Einen Moment lang schwiegen sie beide, in die Vergangenheit versunken. Dann hörten sie Schritte und traten sittsam ein wenig auseinander. Ein Knecht kam näher und grüßte ehrerbietig, ehe er seinen Eimer mit Futter in hohem Schwung zwischen die Tiere schüttete, die neugierig herankamen. Er blieb stehen und schaute zu, wie die ersten ihre Köpfe senkten, um an den Leckerbissen zu schnuppern. Als das Hadramauter Tier zögerte, klopfte Muchzen ihm auffordernd die Flanke. Aufgeschreckt brach es zur Seite aus.

»Ah, unsere schüchterne Schöne«, meinte der Knecht und schüttelte seinen Kopf. »Seltsames Vieh, das.«

»Warum?« fragte Muchzen interessiert und verfolgte mit den Blikken, wie es sich den anderen anschloß, um zu fressen.

»Na ja, es wollte sich nie an meine Hand gewöhnen«, brummte der Knecht, ein alter Mann, dessen weißes Haar im Schein des fernen Lagerfeuers seiner Gefährten schimmerte.

Muchzen wies auf das Dromedar. »Es sieht aber doch gut aus«, stellte er fest.

Der Alte lachte. »Sie hat immer gebissen, wenn ich sie kraulen wollte. Ließ mich nie an sich ran, auch keinen anderen. War staubig und verfilzt, das Vieh, ja ja.«

»Und wieso hat sich das geändert?« erkundigte Schams sich neugierig.

»Weil meine Enkelin eines Tages mit zum Pferch kam«, sagte der Alte und zwinkerte ihr zu, »ein aufgewecktes kleines Ding, aber unruhig, wie eine Heuschrecke, hüpft hierhin und dahin und immer hieß es: ›Großvater, nimm mich mit zu den Kamelen‹.« Er zwinkerte wieder. »Sie wird einmal fast so hübsch wie Ihr.«

»Almaqh möge sie segnen«, sagte Muchzen förmlich und zog Schams ein wenig hinter sich, die unwillkürlich lächeln mußte.

Der Alte kratzte sich am Kopf. »Na jedenfalls, kaum streckt sie die Hand nach dem Tier aus, kommt es auch schon und knabbert dran. Und wie ich ihr eine Bürste in die Hand gebe, damit sie es ein wenig striegelt, siehe da, hält es still wie ein Lamm. Sogar reiten durfte sie auf dem Biest, obwohl es bisher noch jedem Probleme gemacht hat. Da war es mir klar.«

»Was?« fragte Muchzen ungeduldig.

»Na ja, ich hab es am anderen Tag überprüft, hab Sharar gesagt, er soll mal seine Tochter draufsetzen, und das ging auch. Mit dem Vieh ist es wie in dem Märchen von dem Drachen und der Dschinnenfrau, Herr, wenn ihr das kennt.« Er schaute sie an und grinste stolz. »Es trägt nur Jungfrauen.«

Er schien mit dieser Schlußfolgerung sehr zufrieden zu sein, aber Muchzen schüttelte den Kopf. Märchen waren Märchen, er hatte sich in jener Nacht im Wadi, als die Zauberschlange ausblieb und statt dessen das Flutwasser nach ihm griff, abgewöhnt, an sie zu glauben. Natürlich kannte er die Geschichte vom Drachen und der Dschinnenfrau, jeder tat das. Aber ein Kamel, das Jungfräulichkeit erkannte, das war doch wenig wahrscheinlich. Über Sharars Tochter hatte er zudem in den Ställen schon Dinge gehört, die er vor Schams Ohren lieber nicht wiederholen wollte. Und dennoch nagte etwas an ihm, etwas, das mit dem Gebrabbel des Alten zusammenhing.

Schams hatte es schneller begriffen. Aufgeregt nahm sie seine Hand. »Es trägt nur eine Frau«, sagte sie.

Erschrocken schauten sie einander an.

Weihrauch lächelte vor sich hin, während sie an der Stadtmauer entlangging. Sie hatte dem Kamel die Nüstern zugehalten, solange sie in der Nähe des Tores waren. Aber nun schritt sie, das Tier am Zügel, frei und zuversichtlich aus. Bis jetzt war alles so einfach gewesen. Südwind hatte brav ihren Wein getrunken. Und Yada war schnurstracks in die Gärten gelaufen und würde dort auf sie warten. Nun, es war Zeit, Südwind zu ihm zu bringen. Ach, sie waren alle so voller Liebe und Vertrauen. Sogar Marub, der große Schweiger; er hatte ihr geglaubt, daß sie sich vor Schlangen fürchtete. Sie mußte lächeln, wenn sie an die Szene dachte.

Oh, es war alles wahr gewesen: Die Schlange war in ihre Hütte gekrochen, hatte ihre Schwester getötet und auch ihren Vater nicht verschont, der zu lange gezögert hatte und zu langsam gewesen war. Weihrauch sah noch immer den Schweiß auf seiner Stirn glitzern und hörte den Schrei ihrer Schwester. Danach jedoch war sie selbst aufgestanden, hatte das Tier am Schwanz gepackt und es an der Mauer erschlagen. Mit dem Kadaver in der Hand hatte sie dagestanden und ihrem sterbenden Vater zugesehen. Sie hatte ihn verachtet in diesem Moment, ihn und die Ärmlichkeit des Erdlochs, in dem sie hausten. Angst hingegen hatte sie keine mehr gespürt seit jener Nacht. Mit einem Stock hieb sie gegen verdächtige Schatten, stocherte gegen Grasbüschel vor ihren Füßen. Keine Schlange konnte sie von dem abhalten, was sie nun vorhatte.

Sie konnte die Müllhalde riechen, lange ehe sie sie sah, ein süßlicher Geruch von Fleisch und Verwesung, tagsüber durchdrungen vom unaufhörlichen Summen tausender Fliegen. Auch herrenlose Hunde stöberten dann hier herum, sie sah die dunklen Umrisse des Haufens jetzt im Mondlicht auftauchen und Menschen, die nach etwas Brauchbarem suchten. Doch nun, mitten in der Nacht, war alles hier verlassen. Die Fliegen warteten auf das Licht, und die Menschen vertrieben der Aberglaube und die Angst. Aber Weihrauch fürchtete die Geister nicht. Ihr Volk gehörte selbst zu den Geistern, Baumgeister waren sie, gefangen in Hadramauter Knechtschaft, aber Karib würde sie befreien, das hatte er versprochen.

Sie hielt inne, um zu lauschen. Raschelte dort etwas, machte sich ein Fuchs oder ein anderer wilder Räuber noch an den Überresten zu schaffen? Nein, es war alles still. Dankbar für den beinahe vollen Mond, ging sie mit angeekeltem Gesicht daran, den Berg aus Knochen und Lumpen zu besteigen, der wie eine Moräne am Fuß des Hügels lagerte. Hier und da stieß sie vorsichtig mit dem Fuß gegen ein größeres Bündel, zog mit spitzen Fingern an einem flatternden Fetzen. Bald war sie über die Schuttzone hinweg und stand auf dem Geröll, das unmittelbar darüber an die steile Wand anschloß, die zum Salhin hinaufführte. Sie hatte jeden Brocken untersucht, der groß genug schien, aber Südwind hatte sie noch immer nicht gefunden. Dabei war auch dies so einfach gewesen.

»Ihr solltet mit ihm sprechen«, hatte sie gesagt und sich daran geweidet, wieviel Mühe es die Königin kostete, ihre Augen offenzuhalten.

»Zu spät«, hatte Südwind geflüstert, oh wie weise, denn es war in der Tat zu spät gewesen. Das Mittel, das sie ihr in den Wein geschüttet hatte, es wirkte bereits. Genauso, wie es damals bei Bayyin seine Schuldigkeit getan hatte, in der Nacht der göttlichen Hochzeit. Sie hatte viel gelernt an Südwinds Seite in diesen Jahren. Nun kam es ihr zugute.

Ungerührt beobachtete sie, wie Südwind vergebens versuchte, sich aufzurichten, dann, in einem späten Moment des Verstehens, nach ihrem Dolch zu greifen. Die Finger der Königin schafften es nicht einmal mehr, den Griff fest zu packen. Sanft hatte Weihrauch ihrer Herrin einen Finger nach dem anderen gelöst, hatte ihr das Siegel genommen und ihr über das Gesicht gestreichelt. Man sollte nicht undankbar sein zu denen, die einem das Glück verschaffen würden, und sei es durch ihren Tod. Dann hatte sie sich an die Arbeit gemacht.

Den Sack hatte sie schon zuvor während des Auftragens mit ins Zimmer geschmuggelt und hinter der Truhe versteckt. Nun zog sie ihn hervor, schnürte Südwind mit einiger Mühe darin ein und zerrte sie auf die Terrasse. Es war ganz einfach, jetzt, da sie nur noch ein unförmiges Bündel war, sie hochzhieven und über die Brüstung zu stoßen. Weihrauch hatte noch auf den ersten dumpfen Aufschlag gelauscht, dann war sie hinausgegangen, um Yada aufzusuchen.

Und nun sollte der verdammte Sack hier irgendwo liegen. Aber er tat es nicht.

Unruhe griff nach Weihrauch, zum ersten Mal in dieser Nacht, und sie fluchte unterdrückt. Wo konnte das Bündel schon sein? Wohin sollte eine Tote verschwinden? Verärgert kämpfte Weihrauch gegen die Angst an, die doch allmählich in ihr hochzusteigen begann. Sie kickte mit den Füßen gegen ein paar dunkle Umrisse, die zwischen zitternden dürren Wollgrasbüscheln lagen, und schrak zusammen, als plötzlich etwas darunter hervorschoß.

»Ah!« schrie sie entsetzt auf.

Ein seltsames Bellen antwortete ihr, als der Schatten in die Nacht entfloh.

»Ein Fuchs!« stieß sie hervor. Weihrauch sprach unwillkürlich laut, so laut, daß sie über ihre eigene Stimme erschrak und sich die Hand vor den Mund schlug. Selbst die Zikaden schienen für einen Moment mit ihrem Sägen aufgehört zu haben. Da hörte sie ein Stöhnen.

Es kam von weiter oben. Weihrauch legte den Kopf in den Nacken und starrte angestrengt in die Dunkelheit hinauf. Von der Spitze des Hügels flimmerten ihr die Lichter des Salhin entgegen, darüber leuchtete hilfreich der Mond und half ihr, nach und nach den Hang zu erkennen. Er war nicht so steil, wie sie von oben gedacht hatte. Beinahe senkrechte Felspassagen lösten sich ab mit Geröllhängen und Vorsprüngen. Auf einem davon, ein paar Meter unterhalb der Palastmauern, wuchs sogar ein verkrüppelter Dornenbusch. Und an seinen trockenen, zähen Ästen flatterte etwas, das Weihrauch schließlich fassungslos als ihren Sack erkannte. Das Tuch mußte sich im Sturz darin verfangen haben. Und der Ruck hatte es reißen lassen und seine Last freigegeben. Unterhalb des Busches, sah Weihrauch, die den Weg mit den Augen verfolgte, gab es ein paar kleinere Stufen, danach war alles eine einzige Rutschbahn aus Staub und Geröll. Sie wanderte mit dem Blick an ihr entlang und fand zu einem Punkt ein wenig westlich ihres eigenen Standortes. Dort oben war ein Plateau. Und von da kam das Stöhnen. Fluchend und schimpfend machte Weihrauch sich an den Aufstieg.

Es war mehr ein Kriechen auf allen vieren, während um sie herum der Boden in Bewegung geriet. Jedem Ausgreifen nach oben folgte das Abrutschen, und eine Weile hatte sie das Gefühl, überhaupt nicht voranzukommen. Ihre Kleider verstaubten, und ihre Fingernägel brachen bei dem Bemühen, sich dorthin vorzuarbeiten, wo sie Südwind vermutete. Endlich kroch sie auf die Kante des Plateaus. Und tatsächlich, dort lag eine Gestalt. Sie regte sich leise.

»Bei Sin«, murmelte Weihrauch erstaunt, »sie lebt noch.« Südwind war nackt und zerschunden, die Rutschpartie hangabwärts hatte ihr die

Kleider und stellenweise die Haut vom Körper gerissen. Aber sie war tatsächlich am Leben. Noch einmal starrte Weihrauch fassungslos zum Salhin hinauf. Von ganz dort oben – wer konnte das schaffen? Sicher, der Dornbusch hatte den Sturz nach wenigen Metern abgebremst, und danach war sie fast nur noch geschlittert, aber dennoch. Einen Moment lang dachte sie an die Geschichten, die Südwind umgaben, und daran, daß sie als Dschinna galt. »Unsinn«, murmelte Weihrauch dann und küßte ihren Daumen, um Schaden abzuwehren. »Sinnloses Glück, das ist alles. Es wird ihr nichts nützen.«

Als sie Südwind hoch zerrte, um sie sich über die Schulter zu legen, verfing sich etwas in Weihrauchs Haar. Sie faßte hin und erkannte eine Kette. Unverständliche Zeichen waren darauf zu erkennen und ein dunkelglühender Stein. Vielleicht war er wertvoll? Vielleicht besaß er Macht? Sie nestelte das Ding frei, zog es von Südwinds Hals und hängte es sich selber um.

»Hier wird dein Glück enden, Königin«, erklärte sie und schleppte die andere über den Müll hinab bis zu der Stelle, wo sie ihr Dromedar zurückgelassen hatte. So rasch sie konnte, hob sie Südwind hinauf, band sie fest und warf eine Decke über sie. Daß der Sack, der sie verborgen hatte, fehlte, würde im Dunkeln kein Schaden sein. Sie brauchten die Stadt nicht mehr zu betreten. Weihrauch orientierte sich am Stand der Sterne. Sie hatte lange gebraucht, stellte sie fest, länger als geplant. Aber aus Marib waren noch keine Rufe zu ihr gedrungen, was ihr verriet, daß der Wächter noch nicht gefunden worden war. Noch war alles ruhig, sie schliefen, diese Sabäer, den Schlaf der Ahnungslosen. Und Yada würde zweifellos geduldig warten. Nun, vielleicht nicht geduldig, dachte sie und verzog das Gesicht erneut zu einem Lächeln. Aber was blieb ihm übrig?

»Hathat«, trieb sie ihr Tier an und schnalzte ihm ins Ohr. »Komm, meine Schöne, wir werden erwartet.«

»Warum willst du das nicht glauben?« rief Schams und rannte, so schnell sie konnte, hinter ihrem Mann her.

Wütend stapfte Muchzen über das Ödland zu ihrem Haus hinüber. Er trat gegen die Tür, so daß sie krachend gegen die Wand flog, überquerte den Innenhof und verschwand im Haus, ohne auf sie zu warten. Schams fand ihn, als sie selber außer Atem eintrat, vor dem geschnitzten Holztisch neben der Besuchernische kniend. Schweigend schaute sie zu, wie er sich einen Becher Wein einschenkte und ihn mit tiefen Schlucken leerte. Da er sie nicht beachtete, öffnete sie zunächst leise die Tür zum Nebenraum und sah, daß ihr Sohn friedlich schlief. Die Dienerin, die auf dem Teppich vor seinem Bett lag, hob fragend den Kopf. Schams bedeutete ihr, sich wieder hinzulegen, und ging zu ihrem Mann zurück.

Sacht trat sie von hinten heran und legte ihm die Hand auf die Schulter. »Es ist doch so klar wie Almaqhs Licht«, sagte sie. »Wir wissen doch sogar, daß sie aus Hadramaut stammt.«

»Eine Sklavin, hierher verkauft«, gab Muchzen störrisch zurück.

»Das wissen wir nicht sicher«, sagte Schams und knetete seine Nakkenmuskeln, bis er ihre Hände unwirsch abschüttelte.

»Bitte«, flehte sie, »es paßt doch alles zusammen.« Sie hob die Hände. »Warum willst du es denn nicht zugeben?«

Bei dem Wort fuhr Muchzen herum. Er funkelte sie an. Als er ihr besorgtes, ahnungsloses Gesicht sah, zerfiel seine Wut. »Weil«, begann er zögernd, doch unter der Scham, die ihn quälte, regte sich langsam der böswillige Funke eines anderen, neuen Gefühls: die Lust, ihr weh zu tun. Wenn du es wissen willst, dachte er, holte tief Luft und schleuderte es heraus: »Weil sie die Frau ist, deretwegen ich an jenem Abend im Palast gewesen bin.«

Schams' Lippen formten ein lautloses Oh. Muchzen konnte sich ein grimmiges Knurren nicht verkneifen. Ja, es war etwas anderes, den Namen desjenigen zu kennen, mit dem man betrogen worden war, nicht wahr? Er betrachtete Schams' betroffenes Gesicht und wußte, sie dachte jetzt an dasselbe, was auch er vor seinem inneren Auge sah: Weihrauchs ungewöhnlich zierliche Gestalt, ihre seltsamen Augen, deren Farbe sich so wenig bestimmen ließ wie die Gedanken, die sich dahinter verbargen, die königlich gewölbte Stirn, die an eine Statue erinnerte, ihre langen, geschickten Finger, die über seinen gesamten Körper gewandert waren, und der Ascheton ihrer Haut, die unter seinen Händen gebrannt hatte in jenen Momenten, so verzehrend heiß, daß er sie immer noch manchmal in den Nächten zu spüren meinte, selbst wenn Schams in seinen Armen lag.

Muchzen schluckte, sein Mund war trocken wie Staub. Und in ihm glühte in diesem Moment hell das Bedauern. Nicht darüber, daß er untreu gewesen war, nicht darüber, daß sie ihn nur benutzt hatte, daß sie eine Verräterin war und er sich hatte täuschen lassen. Sondern vor allem darüber, daß er sie nie wieder besitzen würde. Und er wußte, daß Schams dies begriff. Ohne sie anzusehen, streckte er die Hand nach ihr aus. Und er war froh, als sie sie ergriff.

Befriedigt stellte Weihrauch fest, daß Licht in der Hütte brannte, als sie näher kam. Yada hatte also tatsächlich den Weg gefunden und wartete auf sie, wie es vereinbart war. Sie schnürte das Bündel hinter sich los und ließ es umstandslos zu Boden fallen. Dann glitt sie aus dem Sattel und griff zu dem Bogen, der daran befestigt war. Sorgfältig wählte sie aus dem Köcher daneben ihren Pfeil, einen Pfeil aus Hadramaut. Dies eine noch war zu tun, dann konnte sie zur Burg zurückkehren. Mit Sorge im Gesicht und Angst in der Stimme. Und dieser Riese, Marub, würde ihr wie ein Zicklein an der Schnur hierher folgen. Denn er liebte sie. Sie hätte beinahe gelacht. Und Liebe schuf tödliches Vertrauen.

Sie legte den Pfeil auf die Sehne und zielte prüfend damit in die Dunkelheit. So würde man die Königin finden, gefallen durch Hadramauts Waffen, und ihren Mörder nicht weit von ihr. Daß er tot war oder beinahe, wen scherte es? In Saba würde keiner eine Frage stellen. Und Karib wartete nur auf die Nachricht, die ihm sagte, daß der Thron künftig sein wäre.

Die Tür öffnete sich halb, und Weihrauch zielte auf die Gestalt, die sich im fahlen Licht als Umriß zeigte.

»Was ...?« brachte Yada noch heraus und machte eine Bewegung auf sie zu, dann hatte der Schaft ihn an den Türrahmen genagelt.

Langsam senkte Weihrauch den Bogen, ging auf ihn zu und betrachtete mit schräg gelegtem Kopf den Mann, der von dem Schock zitternd dastand; seine Augen waren weit aufgerissen, der Atem ging flach und hechelnd. Der Pfeil, der ihn festhielt, steckte in seiner rechten Schulter.

»Daneben«, sagte Weihrauch und berührte die Wunde beinahe zärtlich. »Du bist wahrhaftig schnell.« Sie zuckte mit den Schultern. »Nun, ebensogut. Sollen die Sabäer dich erledigen.«

Damit wandte sie sich ab und legte den zweiten Pfeil auf, um Südwind endgültig zu töten. Sie fand das Licht nicht ausreichend und überlegte einen Moment. Dann, statt näher an ihr Opfer heranzugehen, machte sie einen Schritt rückwärts und trat nach der Tür hinter Yada, damit sie vollends aufschwang und das Licht der Lampe drinnen über den gesamten Vorplatz strömte. »So.« Sie hob den Bogen und zielte sorgfältig.

»Ah, verflucht!« Aus dem Gleichgewicht gebracht von einem Tritt Yadas, verriß Weihrauch die Waffe. Weitab vom Ziel zischte der Pfeil in die Dunkelheit. Sie fuhr herum und hieb ihm den Bogen quer über das Gesicht. Yada stöhnte und sackte zusammen. Noch einmal hob Weihrauch die Faust. Da hörte sie Tritte und hob den Kopf.

Zwischen den Bäumen näherten sich Fackeln, fern noch, aber sie kamen hierher, schon konnte sie die Stimmen hören. Und das Licht aus der Hütte würde sie verraten. Erneut fluchte Weihrauch. Ihr blieb nicht viel Zeit. Sie maß den Abstand zu ihrem Kamel, an dessen Sattel der Köcher hing, mit den Augen, entschied sich dagegen und griff statt dessen hinter sich. Mit einem brutalen Ruck riß sie den Pfeil aus Yadas Schulter und legte ihn sich auf die Sehne. Blut tropfte von seiner zitternden Spitze in den Sand, als sie ihn hastig hob. Sie schoß, ohne zu zögern.

»Südwind!« hörte sie es im selben Moment rufen, ganz in der Nähe. Das war diese Schams. Äste krachten. Es war höchste Zeit, zu verschwinden.

Da kam von dem dunklen Umriß, der Südwind war, ein Stöhnen wie eine Antwort auf die Rufe, wie ein Hohn auf Weihrauchs Bemühen. Schon zur Flucht gewandt, erregt bis in die Fingerspitzen und willens zu laufen, was sie konnte, hielt sie noch einmal inne wie festgepflockt. Haß stieg in ihr auf. Warum wollte jene nicht sterben? Warum fesselte sie mit ihrer Zähigkeit Weihrauch an sich und Weihrauchs Volk an die heiligen Bäume? Sie war doch nicht ihre Sklavin!

Mit einem Wutschrei wirbelte Weihrauch herum und wollte hinüberstürzen zu ihrer Feindin, da fühlte sie sich festgehalten und zurückgerissen. Etwas um ihren Hals würgte sie. Die Kette!, wurde ihr klar. Yada hielt sie an der verdammten Kette fest, die sie Südwind nur wenig zuvor abgenommen hatte. Weihrauch stürzte, trat um sich, suchte aus Yadas Griff freizukommen, schaffte es schließlich, sich das Schmuckstück über den Kopf zu ziehen, in das seine Finger sich verkrallt hatten, rappelte sich keuchend hoch auf alle viere – und spürte einen großen Schatten, der sich über sie legte. Sie warf den Kopf zurück und blickte in das zernarbte Gesicht von Marub.

»Schnell«, rief sie und versuchte, sich endgültig aus dem Griff des halb ohnmächtigen Yada zu lösen, der Unverständliches brabbelte. »Er. Hier. Er hat auf sie geschossen.«

Marub starrte sie an, den Bogen, der neben ihr lag, den Mann, gegen den sie sich noch immer heftig wehrte, um wieder auf die Füße zu kommen. Dann reichte er ihr eine Hand, es war das erste Mal, daß ihre Finger sich umeinander schlossen, und zog sie zu sich hoch. Lange schaute er sie an, unfähig, ein Wort zu sagen. Auch Weihrauch schwieg, erwiderte nur seinen Blick. Und langsam lächelte sie. Sie hob die Hand, um wie beim ersten Mal ganz sacht sein Gesicht zu berühren. Ihr Finger tippte an seine Augenbraue, fuhr die Narbe nach, liebkoste den Rand der leeren Höhlung. Marub hielt still wie ein Verurteilter.

»Nein!« schrie Muchzen von weitem. Unmöglich zu sagen, an wen sein Ruf gerichtet war.

Weihrauchs Linke mit dem Messer stieß vor, ohne zu zögern.

Marubs Hand jedoch fing sie sicher ab, ohne daß er auch nur den Blick von ihrem Gesicht wendete, auf dem noch immer das siegesgewisse Lächeln stand. Und mit einer einzigen Bewegung schnitt er ihr die Kehle durch.

Muchzen schrie auf wie ein Tier, als er den Körper fallen sah. Dann blieb er stehen und senkte den Kopf.

Über Weihrauch hinwegsteigend, trat Marub zu Yada und kniete sich neben ihn. Der schaffte es mit Mühe, die Augen zu öffnen, suchte aber, auf die Beine zu kommen. Marub hielt ihn zurück, untersuchte kurz seine Wunden, dann klopfte er ihm auf die Schulter und winkte einigen der Männer, die ihn begleitet hatten, ihn aufzurichten. »Du wirst bald wieder eine Schaufel führen können«, erklärte er und stand auf.

Yada zeigte die Zähne. »Das und ein Schwert«, stieß er hervor.

Marub lachte dröhnend und reichte ihm die Hand, um ihn hochzuziehen. »Nicht gegen mich, mein Freund. Nicht gegen mich.« Dann ging er zu Schams und Muchzen hinüber, die neben Südwind knieten.

Als er sie im Licht der Fackeln liegen sah, nackt und geschunden, knurrte er unwillkürlich. Aber Schams hob den Kopf zu ihm, und Freudentränen rannen ihr über das Gesicht. Sie reichte ihm den Pfeil, den sie aus dem Boden gezogen hatte. »Er hat nur ihr Haar gestreift«, sagte sie, und es lag Lachen und Weinen in ihrer Stimme. »Nur ihr Haar.« Und zärtlich strich sie Südwind die schmutzigen Strähnen aus der Stirn.

Schlangen und Hochzeiten

Die schwarzen, glänzenden Leiber der Tiere wanden sich in einer endlosen Bewegung umeinander. Sie verhüllten Weihrauchs Leichnam, von dem nur hie und da eine Hand, blaß im Tod, oder ein Teil des Gesichts unter den schuppigen Windungen hervortrat wie die Erscheinung eines Dämons. Yada sträubten sich die Haare, als er das Schauspiel betrachtete.

Mit einem Ruck schloß Marub den ledernen Sack, der sich wütend ausbeulte und zischte. Doch die Zähne der Schlangen würden nicht hindurchdringen. Er machte den Männern, die Yada begleiten würden, ein Zeichen, den Sack hochzuheben und am Sattel festzubinden. Sie gehorchten mit angespannten Gesichtern und flüsterten Gebete dabei. Die Verräterin würde in ihre Heimat zurückkehren, für immer gebrandmarkt, über das Leben hinaus, würde sie ihr Grab mit den Schlangen teilen. Und alles Böse würde mit ihr aus Saba verschwinden, so hofften sie.

»Ein schönes Geschenk für Karib«, meinte Marub und wies mit dem Kinn auf den Sack, der sich noch immer voll geisterhaften Lebens bewegte.

Yada nickte ernst. »Ich werde dafür sorgen, daß er es persönlich öffnet. Und auch dies werde ich überbringen.« Sein Blick wanderte weiter zu einer Alabastertafel, die auf dem Rücken eines weiteren Tragetieres festgeschnallt war. Dann wandte er sich um zum Salhin. Doch dessen Türen waren verschlossen.

»Ihre Mutter wird heute sterben«, sagte Marub.

Yada wurde blaß. Bei allem Haß auf diese Frau, die ihn mit ihren Wünschen gequält und beinahe erreicht hatte, daß Südwind starb: Sie war eine Mutter, und daher war ihr Leben tabu, besonders für die Kinder, die sie geboren hatte. Er beneidete seine Geliebte nicht um diesen Tag und diese Stunde.

»Wer wird es tun?« fragte er.

Marub klopfte auf sein Schwert. Er würde sich auch dieser Pflicht nicht entziehen. Bayyin hatte ihn vorbereitet auf die anschließende Sühneprozedur. In einer Hütte beim Taltempel würde er leben, vierzig Tage lang, um zu fasten und zu beten, bis Athtar ihn erhören und ihm Gnade gewähren würde. Der Mond würde sich an jenem Abend verfinstern, Bayyin hatte es vorhergesagt, aber er würde wieder erstrahlen über Marib zum Zeichen von Athtars erneuter Gunst. Sein Gesicht war grau bei dem Gedanken daran. Erneut tätschelte er den Griff seiner Klinge.

»Sag ihr ...«, begann Yada, doch dann schüttelte er den Kopf. Die Kamele waren unruhig, die Männer saßen auf. Es waren Hadramauter, Stammesangehörige, die der Aufruf Yadas, sich gegen Karib aufzulehnen, an seine Seite geführt hatte. Sie stießen kehlige Schreie aus und reckten ihre Waffen. Sie zogen gegen den Feind und vielleicht in einen Krieg. Wenige waren gekommen, andere hoffte Yada auf dem Weg noch zu treffen. Doch Verrat konnte überall auf ihn lauern. Südwinds Angebot, ihm Krieger aus Marib mitzugeben, hatte er abgelehnt.

Wenn ich morgen noch lebe, dachte Yada. Dann stieg auch er auf und hob die Hand zum Abschied. Bald kündete nur noch Staub davon, daß der König von Hadramaut auf dem Weg war, sein Reich zurückzuerobern.

Dhahab stand aufrecht auf dem Richtplatz. Man hatte den steinigen Fuß eines Hügels westlich der Stadt gewählt, fern des Fruchtlandes, da man überzeugt war, ihr Blut würde den Boden für immer verdorren lassen. Südwind war gekommen, obwohl Bayyin ihr davon abgeraten hatte. »Sie ist deine Mutter«, hatte er gemahnt.

»Eben darum«, hatte Südwind gesagt und ihm verschwiegen, daß sie es nicht ertragen hätte, in ihren Räumen auf und ab zu gehen, darauf angewiesen, sich auszumalen, was geschah. Und ohne die letzte Möglichkeit, noch einen Blick, ein Wort von Dhahab zu erhaschen, der es ihr ermöglicht hätte zu verstehen, zu vergeben. »Sie ist meine Mutter«, fügte sie dürr hinzu und räusperte sich.

Bayyin nickte Marub zu, der sich in Bewegung setzte. Dhahab sah ihn kommen und wich ihm aus, so weit ihre Fesseln und der von Wachen umstellte Platz es zuließen. Schaulustige drängten sich in den Reihen dahinter, und die Neugierigsten hatten sich einen Platz in den Hängen gesichert, um das Schauspiel von oben zu verfolgen. »Die da gehört getötet«, kreischte Dhahab und zeigte auf ihre Tochter. »Die da, nicht ich.« Gehetzt schaute sie sich um.

»Hat sie nicht den rechtmäßigen König ermordet? Hat sie nicht die Besten der Stadt in einem sinnlosen Krieg hingemetzelt? Wie sonst säße sie auf dem Thron? Wer ist sie denn schon? Ein Niemand, eine Bedu. Aber sie hat euch ja alle verhext!« Bei dem Wort wichen einige der Krieger unwillkürlich zurück.

Triumphierend bleckte Dhahab ihre Zähne. »Sie hat die Ratten gerufen und den Damm zerstört«, rief sie triumphierend. »Sie verkehrt mit Schlangen. Sie ist ein böser, schwarzer Geist, der sich hier bei uns eingenistet hat, während alle anderen ihn verstießen.«

»Mutter!« Zitternd vor Empörung trat Südwind einen Schritt vor.

Dhahab fuhr herum. »Nenn mich nicht so«, fauchte sie. »Du bist nicht mein Kind. Du warst ein Wechselbalg, schon von Geburt. Ihr glaubt mir nicht?« rief sie die Hänge hinauf, den Kopf in den Nacken geworfen, und ihr höhnisches Lachen hallte über den Platz. »Dann seht her!«

Und ehe Marub oder Bayyin es verhindern konnten, hatte sie sich auf Südwind gestürzt, sie umgestoßen und zerrte nun mit gefesselten Händen an deren Sandale. Südwind trug seit ihrer Heimkehr wieder die goldenen Schuhe, die ihr Vater für sie hatte anfertigen lassen. Es war eine Gewohnheit, von der sie nicht lassen wollte. Niemand hatte sie mehr barfüßig gesehen, seit der Beduinenjunge, der ihre Anstecknadel rauben wollte, gestorben war.

Dhahab kämpfte wie eine Löwin und schaffte es unter Kreischen und Fluchen, Südwind den Schuh vom Fuß zu ziehen. Danach trat Stille ein.

Keuchend starrte Dhahab auf den unschuldigen braunen Fuß Südwinds, der ohne jeden Makel war. »Du bist nicht meine Tochter«, stieß sie hervor.

»Dann bist du nicht meine Mutter«, entgegnete Südwind ruhig. Sie rappelte sich auf und nickte. Dhahab kniete noch immer und starrte auf die Stelle, wo Südwind eben gekauert hatte, als Marub das Schwert hob. Ein dumpfer Ruf der Menge begleitete seine Bahn, als es fiel.

Der Palast, den Yada betrat, war leer. Mit hallenden Schritten ging er von einem Raum zum anderen. Es mußte sich herumgesprochen haben, daß die erste Gruppe Krieger, die Karib ihm entgegengeschickt hatte, zu ihm übergelaufen war. Einer zweiten war er nicht begegnet. Als seine Männer, schon im Siegesrausch, auf die Tore der Hauptstadt zuritten, da hatten sie sich kampflos für ihn geöffnet.

Sein Einzug glich eher einer feierlichen Prozession, die Yada dadurch noch triumphaler gestaltete, daß er jene Alabasterplatte aus ihren Hüllen wickeln und vor seinem kleinen Heer hertragen ließ wie eine Trophäe. Es war der Bündnistext, der das neue Verhältnis Sabas und Hadramauts regelte, zweier Reiche wie Brüder, wie der Vertrag es in Stein gegraben formulierte, und der Saba nichts ließ als das Vorrecht, das einzige Tor für Hadramauts Weihrauch in den Westen zu sein, der Ort, wo die Karawanen abbogen auf den langen, lohnenden Weg in den Norden, ans Mittelmeer, die Weihrauchstraße entlang, die sie alle gemeinsam reich machen würde.

Yada ließ die Steinplatte einsetzen in die Tempelmauer, wo jeder sie sehen und die Priester sie segnen konnten als Bestätigung seines Sieges über Saba. Den Sack jedoch vermochte er nicht zuzustellen, denn Karib war und blieb verschwunden aus Hadramaut.

Yada erreichte bei seiner Inspektion das Zimmer, von dem Bayyins Spione ihm berichtet hatten: den Raum, in den Karib sich immer zurückzog, wenn er vorgab, mit ihm, Yada, Zwiesprache zu halten. Er schaute sich mit Kopfschütteln darin um, als er hinter sich Schritte hörte.

Es war Karibs Frau, schwere Goldketten vor der Brust, in ihre besten Schleier gehüllt, die sich vor ihm auf die Knie warf und hartnäckig zu Boden sah.

»Wo ist dein Mann?« fragte Yada schließlich, nachdem sie sich nicht rührte.

Da hob sie das Gesicht. Angst las Yada darin, Haß und die vage Hoffnung zu gefallen. Sie leckte sich die Lippen. »Ich weiß es nicht«, sagte sie. Ihre Schläfengehänge klingelten leise, als sie sich regte.

Sie lügt, dachte Yada und wandte sich ab. »Geh nach Gauf«, sagte er und ignorierte ihren Aufschrei, als sie das Verbannungsurteil vernahm. »Nimm deine Kinder mit. Ich werde euch etwas Geld geben.« Er würde sich kein Schlangennest im eigenen Haus leisten. Noch einmal drehte er sich zu ihr um, las die Empörung in ihrem Gesicht. »Aber sag Karib: Wenn ich ihn jemals finde, ist er ein toter Mann.«

Schams näherte sich der aus Steinen geschichteten Rundhütte nur zögerlich. Nie konnte sie vergessen, daß es ein Grab war, und nie hob sie ohne ein leises Schaudern die Stimme, um Marubs Namen zu rufen. Er antwortete krächzend auf ihren Ruf, und als sie näher kam, konnte sie in der dunklen Öffnung auch sein Gesicht erkennen, das grau war vom Staub, den der Wind über die Ebene trieb, und von den Entbehrungen der letzten Tage. Sie holte ihr kleines Bündel hervor und wickelte aus, was Bayyin ihr erlaubt hatte: eine kleine Zwiebel, eine Handvoll Datteln, ein paar Blätter, dunkelgrün und glänzend, wie sie in den Bergen wuchsen und manchmal den Kranken gegeben wurden. Einen Krug Wasser vor allem, nicht groß, nur ein paar Schluck, die Marub am liebsten in einem Zug hinuntergetrunken hätte, sie sah es ihm an.

Aber er dankte ihr nur matt, nahm das Gefäß vorsichtig und stellte es im Schatten ab. Es mußte für den Durst eines langen Tages reichen.

»Wie geht es dir?« fragte Schams mitfühlend.

Er schüttelte den Kopf und winkte ab. »Behältst du den Mond im Auge?« fragte er mit rauher Stimme.

Schams nickte. »Morgen ist es soweit, sagt Bayyin.«

Marub nickte und richtete sich ein wenig auf. Über sein Gesicht ging ein Lächeln, als er an seine bevorstehende Befreiung dachte. Er war immer ein einsamer Mann gewesen, aber dieses Warten am Rande zwischen Leben und Tod, das war schlimmer gewesen als ein leeres Haus oder die Öde der Wüste. Nachdenklich betrachtete er Schams.

»Wie geht es Muchzen?« fragte er dann.

Schams schaute ihn überrascht an, dann lächelte sie. »Er ist im Süden. Kamele kaufen. Aber er wird zurück sein, bis das Kind geboren wird.« Unwillkürlich errötete sie und legte einen Arm um ihren Leib, als stütze sie das Ungeborene darin, obwohl noch nichts davon zu sehen war.

»Gut«, sagte Marub und wiegte seinen Kopf. »Gut, gut.« Dann plötzlich schaute er auf. »Stört es dich nicht ... ?« begann er und hielt inne. Noch nie hatte er eine Frau nach ihren Gefühlen befragt. Die Hand, die er gehoben hatte, um sie ihr auf den Arm zu legen, blieb auf halbem Wege in der Luft hängen.

Schams schaute ihn direkt an. »Daß ich nicht sein Traumbild bin, sondern nur seine Realität?« Sie lachte leise. Dann sagte sie: »Das bin ich noch nie gewesen. Von Anfang an nicht. Schon als ich ihn das erste Mal umarmte, war er in eine andere verliebt.«

Als Marub fragend die Brauen wölbte, hob sie nur hilflos die Hände, doch Marub verstand.

»Südwind«, flüsterte er.

Schams bückte, sich, packte ihre Sachen zusammen und nickte. »Geht es uns nicht allen so?« fragte sie, tätschelte seine noch immer hilflose Hand und machte sich auf den Heimweg.

Marub, mit seinen Gedanken alleine, schaute ihr lange nach.

»Die Zeremonie?« Yada war einen Augenblick lang verwirrt. Es war ein anstrengender Tag des Gerichts gewesen. Dank Bayyins Spionen kannte er die Namen der Männer, die für Karib mit Saba über Mord und Verrat verhandelt hatten, und er hatte jeden von ihnen zur Verantwortung gezogen. »Ist es denn schon wieder soweit?«

Yada runzelte die Stirn. Er selbst hatte die Zeremonie des Weihrauchanschnittes noch nie vollzogen. Stets hatte er nur im Gefolge seines Vaters gestanden, hatte über die Hitze geflucht, war von einem Fuß auf den anderen getreten, wenn es sich hingezogen hatte, und hatte leise geflüsterte Witze mit einem seiner Freunde ausgetauscht, bis einer der würdigen Priester sie zu mehr Andacht ermahnt hatte. Dann hatten sie geprustet und heimliche Mutmaßungen darüber angestellt, welches der halb zerlumpten Mädchen wohl diese Nacht ins Bett des Königs steigen dürfe. Es schien in einem anderen Leben gewesen zu sein. Und nun sollte er selbst das heilige Messer führen.

»Und dann noch die Auswahl«, sagte der Mann und räusperte sich. Ehe Yada etwas sagen konnte, öffnete sich die Tür, und sein Berater schob eine Reihe schüchterner Gestalten herein, die sich an den Händen hielten und hartnäckig die Blicke gesenkt hielten. Verdutzt starrte Yada sie an. Auf den ersten Blick waren es jämmerliche Wesen, in Lumpen gekleidet, verängstigt, von der Sonne verbrannt, mit seltsam geflochtenem wirrem Haar. Noch nie hatte er das Baumvolk so nahe gesehen, und es schien ihm ohne jedes Geheimnis.

Neugierig stand er auf und trat näher, er schritt die Reihe der jungen Frauen ab. Auf den zweiten Blick bemerkte er ihre Schlankheit. Diese dort hatte schöne Beine, deren glatte Schenkel durch die Risse in ihrem Rock lugten, jene dort einen verlockenden Mund und Haare, die ihr bis über die Hüften hingen. Die vor ihm stand, wagte kurz den Blick zu heben. Yada blieb betroffen stehen: eine Stirn wie eine Königin und Augen von unerwarteter Helle, taghimmelblau und schillernd.

»Weihrauch«, flüsterte er erschrocken. Aber die Kleine war sicher nicht älter als zwölf.

»Ähhm«, räusperte sich sein Berater, »Euer Vater beliebte immer eine Vorauswahl zu treffen. Damit es keine unliebsamen Überraschungen gibt, pflegte er zu sagen.«

Yada trat einen großen Schritt von den Mädchen zurück. Er machte eine heftige Geste. »Bring sie raus«, befahl er. Als sein Berater ihn nur erstaunt anstarrte, wiederholte er den Befehl beinahe brüllend. »Hol mir den Ältesten der Weihrauchleute«, forderte er dann. Diesmal brauchte er sich nicht zu wiederholen.

Yada ließ den Mann, der weder die Stadt noch den Palast je betreten hatte, vor seinen Thron treten. Zur Überraschung seines Beraters und der Stammesvertreter stand er dann auf und verkündete, daß das Weihrauchvolk ab jetzt selbst darüber entscheide, welches Mädchen für die heilige Hochzeit ausgewählt werde. Er verfügte weiter, daß es am Abend der Hochzeit im Tempel des Sin zu erscheinen habe, wo es die Nacht zu Füßen des Götterbildes verbringen werde. »Nicht ich, der nur ein Stellvertreter ist, sondern der Gott selbst wird die Hochzeit vollziehen«, erklärte er mit lauter Stimme und solcher Bestimmtheit, daß sich kein Widerspruch regte. »Am nächsten Morgen wird sie im Tempelhof eine noch auszuhandelnde Mitgift erhalten, die sie mit zu ihrem Stamm nehmen darf.« Zum ersten Mal sah er einen Funken des Interesses im teilnahmslosen Gesicht des Alten aufglimmen. Befriedigt lächelnd nahm er Platz und schlug die weiten Ärmel seines Gewandes zurück. »Also«, sagte er, »laßt uns feilschen.«

Südwind wurde von den Rufen der Wächter aus ihren Gemächern gerufen. Man zeigte ihr die Karawane von den Mauern aus, auf denen sich bereits die Neugierigen aus der Stadt drängten.

»Es ist Hadramaut!« riefen die Menschen. »Es ist der Weihrauch.«

»Es ist Yada«, murmelte Südwind, so leise, daß nur Schams an ihrer Seite es hörte. »Es ist viel zu früh für die Weihrauchkarawane«, fügte sie etwas lauter hinzu.

»Es ist ein Hochzeitszug«, sagte Schams, ehe Südwind ihr auf den Fuß treten konnte. Doch ihre Freundin ließ sich nicht beirren. »Er kommt, weil er um dich wirbt. Schau doch.«

Und Südwind schaute. Gemeinsam mit den Einwohnern von Marib, doch mit grimmigem Gesicht verfolgte sie das Heranziehen der Karawane, die lange Reihe der Mädchen mit Blumenkränzen, die weiße Zicklein trugen. Die Männer mit Geschenken, die in kostbare Tücher verpackt waren, die Kamele, die Rinder, die Steinbockhörner, die von Priestern in bronzenen Becken hochgehalten wurden. Sie atmete unwillig die Schwaden von Weihrauch ein und hörte, wie man neben ihr die Menge der Alabastervasen zählte, die Rosenwasser enthielten, die geschnitzten Kästchen mit Gewürzen, deren Deckel aufgeklappt waren, um die Aromen des Inhalts freizusetzen, und die flachen Schalen, auf denen Schmuckstücke glänzten. Erstaunte Rufe stiegen auf, als ein lebender Panther vorbeigeführt wurde, der fauchend an seiner Leine zerrte.

»Ah«, rief Südwind und hielt sich die Ohren zu, als die bronzenen Trompeten und die Trommeln der Musiker einsetzten. Ihr Volk dagegen lachte und klatschte zu der Melodie im Takt, während die Hadramauter zu ihren Füßen durch die Tore zogen.

Auch Schams lachte. »Komm«, rief sie der Freundin zu, »du mußt ihn begrüßen, du mußt dich umziehen, das wird ein Fest geben ...«

»Gar nichts wird es geben«, erwiderte Südwind bockig. Voller Abneigung starrte sie auf das Schauspiel. »Das ist protzig und ordinär, das war nicht ausgemacht. Ich habe ihm nicht erlaubt ...«, sie suchte nach Worten. »Ich werde ihn nicht empfangen«, sagte sie schließlich würdevoll und wandte sich ab. Sie wollte einen Schritt machen, doch ihr Kleid spannte.

Es war Marub, der wie aus Versehen auf ihrem Saum stand und in die Gegend schaute.

Schams stemmte die Hände in die Hüften. »Du wirst ihn anhören«, erklärte sie.

Die Rose in den Gärten

»... und am vierten Tag, nachdem die Schlange wieder von der Milch getrunken hatte, die der Hirtenjunge ihr brachte, da verwandelte sie sich in ein wunderschönes Mädchen. Sie war die Tochter des Dschinnenfürsten, die ein böser Geist gefangengehalten hatte. Und ihr Vater gab sie dem Hirten zur Frau und schenkte ihnen alle Reichtümer dieser Welt.« Südwind hielt inne.

Yada ließ die Beine vom Rand des Brunnens baumeln und betrachtete die abgeblühten Rosenbüsche in ihren Beeten. Ein Gärtnerjunge machte sich dazwischen zu schaffen. Kopfschüttelnd grub er ein Loch für einen stachligen, unansehnlichen Busch, den man ihn hier inmitten der Schönheit zu pflanzen geheißen hatte. Es war das Gestrüpp, das Südwinds Sturz vom Palast gebremst und ihr das Leben gerettet hatte. Sie hatte ihn holen lassen, um sich daran zu erinnern, wie unscheinbar die wichtigen Dinge im Leben sein konnten. Und wie dornig die Erkenntnis.

Yada mußte lächeln, als er den Jungen unglücklich mit der Pflanze herumhantieren sah. Der fluchte, als er sich stach. Yada lachte. Die Gewächse dieser Gärten waren immer schon wehrhaft.

Dann wandte er sich an Südwind: »Hübsche Geschichte, die kannte ich noch gar nicht.«

»Kannst du auch nicht«, lachte Südwind. »Ich habe sie erfunden, als ich dreizehn war. Das Dschinnenmädchen war natürlich ich.« Sie verstummte, als sie seinen Blick bemerkte, der auf ihren nackten Füßen ruhte.

»Das bist du wahrhaftig«, sagte er und beugte sich hinüber, um sie zu küssen. »Du vermagst zu zaubern.«

Südwind wich ihm aus und rutschte hastig vom Rand des Brunnens. Sie hatte ihm von dem jüdischen Arzt berichtet, der sie geheilt hatte. Aber die wirklich wichtigen Geschichten, die waren alle noch unerzählt. Die von Watar dem Priester, der sie hatte opfern wollen. Die von Yita, ihrem Vater, der zuließ, daß ihre Mutter sie aussetzte. Die von Salomon und den Lüsten ihrer sieben Nächte. Die von dem Jungen, an den sie nur als den Skorpion dachte.

Unbehaglich wandte sie sich nach rechts und links und ging schließlich zu dem Feigenbaum hinüber. Jemand hatte im Schatten an seiner Wurzel die Sphinx aufgestellt, die der Pharao von Ägypten ihr als Brautwerbung gesandt hatte. Man sah noch die Stellen, an denen die Scherben zusammengekittet worden waren. Yadas Geschenk, die lebendige Katze mit dem geheimnisvoll schwarzen Fell, lag hechelnd daneben und starrte ihre steinerne Verwandte mit Bernsteinaugen mißtrauisch an.

Südwind strich erst über den kühlen Stein, dann über die warme Flanke des Panthers, die sich leise atmend hob und senkte. Das unerlöste Feigenmädchen hat Gestalt angenommen, dachte sie.

Sie drehte sich zu Yada um, der ihr nachgekommen war. »Was glaubst du«, fragte sie unvermittelt, »warum hat Marub gezögert, als er Weihrauch sah?« Es war das erste Mal, daß der Name der Hadramauterin zwischen ihnen fiel.

Yada überlegte. Sein Blick wanderte zu dem Leibwächter hinüber, der unerschüttert mit dem Rücken zu ihnen auf der Terrasse saß, ein noch schweigsamerer Mensch als je, wenn das denn möglich war. »Weil er sie liebte«, antwortete er weich.

»Und warum gelang es ihr trotzdem nicht, ihn zu töten?«

Yada wandte den Kopf und schaute sie nun direkt an. »Weil er wußte, daß sie ihn nicht wiederliebte«, sagte er, und Südwind nickte.

»Er war sich dessen absolut gewiß«, flüsterte sie und setzte nach einer Pause hinzu: »Ich kann ihn gut verstehen.«

»Obwohl so viele dich geliebt haben?« fragte Yada und griff nach ihren Händen, die sie ihm zu entziehen suchte. Sie wollte widersprechen, doch er schüttelte den Kopf. »Dein Großvater«, zählte er auf, »dein Vater.«

»Nein!« widersprach sie heftig.

»Doch«, gab er zurück, »auf seine eigene, vielleicht ungenügende Weise. Marub gehört auch dazu. Dann Schams und Muchzen ...«

»... die es kaum schaffen, einander zu lieben«, schnaubte Südwind verärgert.

»Sie geben sich Mühe«, gab Yada zurück und schaute ihr in die Augen.

Sie senkte den Blick. »Heißt das, ich soll mir auch Mühe geben?« fragte sie, halb bockig, halb wie ein Kind.

»Was würdest du mir denn lieber geben?«

Südwind verfluchte seine Stimme, die sie wie immer mit ihrem Klang zu bezwingen drohte. Ein letztes Mal bäumte ihr Trotz sich auf. »Karibs Kopf, auf einem Tablett vielleicht?« antwortete sie spöttisch. Dann biß sie sich auf die Lippen.

Zu ihrer Überraschung lachte Yada nur. »Ein höchst passendes Hochzeitsgeschenk von einer Frau wie dir.« Er trat einen Schritt näher an sie heran und hob ihr Kinn hoch. »Und wenn es eines Tages mein Kopf ist«, sagte er, »dann möchte ich, daß du meine toten Lippen küßt, ehe du ihn aufs Tablett legst.« Sein warmer Mund war dicht vor dem ihren.

Südwind wandte den Kopf ab. Da sah sie die Rose, es war die letzte Blüte in ihrem Garten, leuchtend rot wie die Kerne des Granatapfels. Sie brach sie und reichte sie Yada über den Kopf der Sphinx hinweg, zusammen mit ihren Lippen.

Epilog: Der Zorn der Echse

Der alte Arik schaute auf, als er die trommelnden Schritte näher kommen hörte. Zittrig zog er sich das schmutzigblaue Tuch vom Gesicht, unter dem er gedöst hatte. Sein Gesicht war von der Sonne schwarz gebrannt, fast ebenso dunkel wie seine Füße, und wie deren Sohlen wies es tiefe Falten und Schrunden auf, ein Abbild des Gebirges, an dessen Rand er sein Leben verbracht hatte.

Das Mädchen rannte, so schnell es konnte. Es achtete nicht auf die Ziegen, die aufgeregt auseinandersprangen bei ihrem Kommen und sich im dürren Gras zu verteilen begannen. »Großväterchen«, rief sie, und immer wieder seinen Namen.

Mühsam setzte der alte Arik sich hin und spuckte aus. Nun würde er losgehen und die Tiere wieder zusammentreiben müssen, und das in der Mittagshitze, wo er doch kaum noch zu gehen vermochte. Lange vorbei die Tage, da er mit seiner Herde dem wandernden Regen gefolgt war. Sie weidete heute dort, wohin seine Füße ihn noch trugen. Weit war das nicht, meist dürres Gelände, abgefressenes Land, wo seine Tiere von dem lebten, was die anderen ihnen übrigließen, so wie er.

Was hatte das dumme Gör sich nur dabei gedacht, diese, wie hieß sie doch? Mit wackelndem Kopf schaute er ihr entgegen. War es das Alter oder der Trotz, er hatte sich nie bemüht, sich die Namen von Hamyims zahllosen Töchtern zu merken.

»Großväterchen!« Das Mädchen hatte ihn nun erreicht. Mit glänzenden Augen und roten Wangen stand sie vor ihm, töricht wie all die jungen Dinger. Nein, so alt würde er nicht werden, daß er einer von ihnen seine Herde anvertraute. Schwatzten nur und schäkerten. Und irgendwann liefen sie davon.

»Großväterchen, alter Arik«, rief sie atemlos, »die Dschinne sind da!«

Sie kreischte auf, als er ausholte, um mit seinem Stock nach ihr zu schlagen.

»Was schwatzt du da für Unsinn«, krächzte er, hilflos in seiner Wut, da sie ihm mühelos auswich. »Hat Watar dir diesen Unfug eingeblasen?«

Das Mädchen runzelte die Stirn. Sie kannte Watar nicht, der gestorben war im Jahr der Dürre, lang ehe sie geboren wurde. Aber daß es im Kopf des alten Arik ein wenig durcheinander ging, das war bekannt und störte sie nicht weiter. Noch immer trunken vom Glanz ihrer Botschaft, lachte sie daher rasch wieder und hüpfte um den Felsen herum, auf dem Arik saß.

»Ja, und sie haben nach dir gefragt. Oh, alter Arik, so viel Gold und der Duft. Und was sie nicht für Kamele haben.«

Sie unterbrach sich, als das Klingeln lauter wurde. »Sieh nur selbst«, rief sie fröhlich und rannte wieder hinunter, um sich das Wunder ein weiteres Mal von nahem anzusehen. Arik blinzelte. Seine Augen waren nicht mehr die besten, und alles, was er sah, waren die langen Beine von Kamelen, die verschwommene Farbtupfer trugen in Schattierungen, die nicht in diese Einöde gehörten.

»Ah!« wehrte der alte Arik ab, doch sein Herz klopfte schneller, und er versuchte aufzustehen. Noch ehe es ihm gelang, hörte er schon die Stimme. Wie vertraut klang diese Stimme doch!

»Großvater«, rief Schams, die schon von ihrem Kamel glitt, ehe Muchzen mit dem Rest der Herde auch nur angehalten hatte. Sie griff nach dem kleinsten der Kinder, die zwischen den Vorhängen der Sänfte hervorspähten, und setzte es sich auf die Hüfte. »Komm, Marub«, sagte sie zu dem Kleinen, der sie mit zwei großen, glänzendschwarzen Augen anschaute. »Ich stelle dich jemandem vor.« Marubs Geschwister hüpften von selbst heraus, blieben aber bei ihrem Vater zurück, der sie heranwinkte, damit sie ihm bei der Herde halfen.

Außer Atem von dem kurzen Aufstieg, kam Schams bei dem Alten an. »Großväterchen?« sagte sie und trat näher.

Der hob verwundert die runzlige Hand, fuhr knisternd über die kostbaren Stoffe ihres Kleides, den Goldsaum an ihrem Schleier und die bebenden Schläfengehänge, die ihr lachendes Gesicht umperlten. »Ehrwürdiger Arik«, sagte sie, während sie geduldig stillhielt, »ich bringe dir Nachricht von Südwind.«

Als sie den Namen aussprach, ging ein Beben durch den alten Mann. Schams sah es voller Mitleid. Rasch redete sie weiter. »Sie lebt, Großvater, hörst du? Es ist alles gekommen, wie du es versprochen hast. Sie regiert ein Reich, wie das Land der Dschinne nicht wunderbarer sein könnte.«

Sie wollte sich vor ihm hinknien, um in sein Gesicht sehen zu können, sprang aber wieder auf, als sie die Echse bemerkte, die sich in einer Spalte des Felsens verborgen gehalten hatte. Aufgescheucht kroch das Tier hervor. Seine kobaltblaue Schwanzwurzel färbte sich rot vor Zorn. Unsicher ging Schams ein paar Schritte zurück. Marub auf ihrer Hüfte weinte.

Der alte Arik nahm seinen Stock und stach nach dem Tier. Befriedigt sah er, wie es den Kopf hob und das Maul zu einem lautlosen Fauchen öffnete, dann aber mit schwerfälligen Bewegungen in einen Dornenstrauch kroch. Geh nur, dachte er, geh. Laß deinen ewigen Zorn verrauchen. Er hob zitternd die Hand und tastete nach Schams. »Südwind?« flüsterte er fragend.

Schams kniete sich vor ihn. »Ja, Großvater«, flüsterte sie und legte ihm den Arm um die Schulter, »komm mit mir, ich habe so viel zu erzählen. Es ist eine ganz wunderbare Geschichte.«

Zum ersten Mal, seit sie ihn kannte, sah sie den alten Arik lächeln. Er umfaßte ihre Hand mit seinen trockenen Fingern und starrte über ihre Schulter hinweg auf den Horizont. Was er dort wohl entdeckte, daß es ihn so glücklich machte? Schams wandte sich vergeblich danach um. Da war nichts als die dürre Weide, die Bergkämme und die Ziegen. Die Zikaden zirpten wie je, die Glöckchen der Kamele, die Muchzen aus dem Tal führte, klingelten schon fern, und das Rupfen der Ziegenmäuler hielt nicht einen Augenblick inne.

Als sie sich erneut zu ihm neigte, um ihm aufzuhelfen, strahlte sein ganzes Gesicht im Widerschein dessen, was nur er sah, und er nickte, langsam, als höre er jemanden und stimme ihm zu. Dann spürte sie, wie er ihrem Griff entglitt und zur Seite fiel. Vorsichtig ließ sie ihn auf seinen Felsen sinken und deckte ihn zu mit seinem blauen Tuch.

»Pu-pu-pu!« machte es aus den Zweigen des Baumes über ihm.

Der alte Arik war tot.

Nachwort: Die Königin von Saba – Vielzahl der Überlieferungen, Vielfalt der Anregungen

Die Königin von Saba ist die vielleicht bekannteste Frau der Geschichte überhaupt – und doch geschichtlich nicht zu erfassen. Sie ist vielmehr von Anfang an eine literarische Figur – und entsprechend vielgestaltig überliefert.

Zum ersten Mal begegnet man ihr im Alten Testament, als geheimnisvoller Besucherin König Salomons, die Schätze und Rätselfragen bringt. Das Neue Testament greift diesen Besuch auf; Matthäus (12,42) und Lukas (11,31) berichten übereinstimmend von einer Rede Jesu gegen die Pharisäer, die die Königin zur Zeugin des bald hereinbrechenden Gerichts macht. Die theologische Literatur des Mittelalters wird sie daraufhin zu einer frühen Kronzeugin Christi erklären.

Auch der Koran kennt die Königin und schildert in der Ameisensure ausgiebig, weit ausgiebiger als die Bibel, wie Salomon, auf arabisch Sulaiman, seine Heerscharen von Dschinnen, Menschen und Vögeln versammelt, um dann vom zu spät kommenden Wiedehopf zu erfahren, daß sich im fernen Saba eine Königin befinde, die mit ihrem Volk die Sonne anbete. Sulaiman schickt den Wiedehopf mit einem Brief zu ihr und fordert sie auf, ihn zu besuchen und seinen Glauben anzunehmen. Sie sendet erste Geschenke und erscheint dann selbst, von Sulaiman beeindruckt durch die Tatsache, daß er ihren Thron in seinen Palast hatte versetzen lassen. Außerdem berichtet der Koran merkwürdigerweise von einer Täuschung: Die Königin hielt die spiegelglatten Fußböden des Palastes für Wasser und hob ihre Gewänder, so ihre Beine entblößend.

Warum sollten die Beine der Königin ein Geheimnis sein? In zahlreichen arabischen Märchen wird die Erklärung für diese rätselhafte Szene gegeben: Die Königin hatte stark behaarte Unterschenkel bzw. einen Eselsfuß! Laut al-Tabari (838/39–923) löste Sulaiman das Problem elegant mit einer Enthaarungscreme aus Gips. Die christliche Legenda Aurea des Jacobus de Voragine, das populärste Heiligenbuch des Mittelalters, bemüht eine Wunderheilung, Dank und Bestätigung für ihre prophetischen Ankündigung Christi.

Zahllose reizvolle Details finden sich in diesen arabischen Märchen, von denen ich – neben dem Wiedehopf – einige in meine Romanhandlung übernommen habe. Al-Tha' labi (960/70–1036) etwa berichtet von dem Rätsel der Königin, bei dem Sulaiman Knaben von Mädchen unterscheiden sollte. Ibn al-Athir (1160–1233/34) kennt die Königin als Prinzessin der Dschinn. Auch al-Kisai erzählt die Geschichte von der Dschinnentochter: Bei ihm ist es ein schöner Wesir, der eine Dschinna heiratete, die ihm eine Tochter gebar, die in der Wüste lebte und erst mit zwanzig Jahren ihren Vater wieder traf, als sie einer Karawane folgte. In derselben Geschichte wird sie Königin, indem sie dem bösen, mädchenmordenden König, der bei al-Kisai Sharahil heißt, den Kopf abschlägt und sich auf seinen Thron setzt.

Den Wiedehopf als Boten nennt auch die jüdische Überlieferung zur Königin von Saba. So geschildert im Buch Esther, wo auch einige der Rätselfragen genannt werden, die die Königin Salomon stellte. Weitere Rätsel, von denen ich einige übernahm, finden sich in der jüdisch-jemenitischen Literatur.

Wie die arabischen Märchen geht auch das Buch Esther davon aus, daß die Königin eine Dämonin war oder von solchen abstammte. Ihre Beine legten dafür ja Zeugnis ab. In der kabbalistischen Literatur dann wird sie mit dem Nachtgeist Lilith verschmolzen und erhält endgültig dunkle Züge.

Neben der orientalischen gibt es noch eine afrikanische Traditionslinie in den Überlieferungen zur Königin von Saba, die erwähnt werden muß: das Kebra Nagast, das äthiopische Nationalepos, dessen Wurzeln möglicherweise bis 600 zurückreichen, das in der heute bekannten Textform aber im 14. Jahrhundert zusammengestellt wurde.

Auch dort hat sie einen Eselsfuß, verursacht durch das Blut eines Drachen, dem sie geopfert werden sollte und das bei ihrer Befreiung auf ihren Fuß spritzte. Dieses Motiv des Dämonenopfers, das sei hier angemerkt, habe ich dem Kebra Nagast entnommen. Der Regendämon Afrit allerdings, der im Roman auftaucht, gehört dem sabäischen Götterhimmel an.

Als das Mädchen im Kebra Nagast hört, daß König Salomo jedes Gebrechen heilen könne, sucht sie ihn in Jerusalem auf, wird gesund und schwanger dazu. Ihr Sohn wird später Salomon besuchen, ihm die Bundeslade entwenden und zu Hause zu dem Monarchen werden, auf den sich das äthiopische Königshaus bis in die Neuzeit berief.

Bleibt, die Alchimisten zu erwähnen, die die Königin von Saba ebenfalls kannten: als Besitzerin des Steines der Weisen und als Königin »Südwind«, die Mittlerin zwischen den Elementen. Von hier habe ich mich bei der Namensgebung inspirieren lassen, unter anderem auch deshalb, weil es im Jemen eine Ruine gibt, die in der heutigen lokalen Tradition den Namen »Palast des Südwinds« trägt. Damit umging ich die Zwickmühle, mich zwischen den beiden der Königin traditionell zugesprochenen Namen – Bilquis im Arabischen, Makeda in der äthiopischen Überlieferung – entscheiden zu müssen.

Die Königin von Saba hielt glorreichen Einzug in die abendländische Kunstgeschichte, die sie als Besucherin Salomos und Künderin Christi wieder und wieder abbildete, als Statue in den gotischen Kathedralen von Chartres und Amiens, auf den Fenstern der Kathedrale von Canterbury und in den Fresken der europäischen Renaissance, von denen das berühmteste wohl Piero della Francescas Chorfresko in Arezzo ist. Raffael, Veronese, Tintoretto, Rubens und Lorrain haben sie gemalt, um nur einige zu nennen.

Auch die Schriftsteller widmeten sich ihr. Außerhalb der theologischen Literatur findet sie sich bei Calderón und in Boccaccios »De claris mulieribus«, wo es von ihr heißt: »Sie gab sich nicht der Ruhe hin und nicht weiblicher Weichheit in den Freuden des Reichtums.« In der Neuzeit stilisierte Flaubert sie – in der »Versuchung des heiligen Antonius« – zur großen Verführerin. Als solche figuriert sie auch in den Opern Gounods und Goldmarks, die ihr gewidmet sind – und in denen übrigens auch ein Gärtner für die schöne Königin entflammte.

Das Kino nahm sich ihrer im selben Sinne an, 1922 spielte Betty Blythe die Rolle, 1960 Gina Lollobrigida, deren Badewannenszene zu den unvergeßlichen Pin-ups gehört.

Eine Silbermine, verschiedene Zirkusrevuen und eine Katzenfuttermarke sind nach ihr benannt, die zum Inbegriff des rätselhaft lockenden orientalischen Weibes wurde.

Bis heute ist sich die Forschung nicht einig, wo genau dieses Saba gelegen haben soll, obwohl einiges für das Reich der Sabäer im heutigen Jemen spricht. Die Grabungen des Deutschen Archäologischen Institutes (DAI) fördern dort die Umrisse einer Kultur mit eigener Schrift und beeindruckenden Bauten zutage, die ihren Reichtum dem Weihrauch verdankte und zum mutmaßlichen Zeitpunkt des Geschehens, ca. 950 v. Chr., tatsächlich die Heimat einer Königin gewesen sein könnte.

Der große Staudamm von Marib, der die beiden Gärten der Oase versorgte, zählt heute zum Weltkulturerbe. Doch weder im Almaqh-Tempel von Baran, dessen Granitsäulen inzwischen ein touristisches Wahrzeichen geworden sind, noch in den Grabtürmen der benachbarten Nekropole, die unter den Spaten des DAI derzeit Stück für Stück wieder ans Licht kommen, noch unter dem Schutt, der den Burgberg des Salhin bedeckt, sind bislang eindeutige Beweise für die Existenz der Königin von Saba ans Licht gekommen. Sie bleibt ein fernes Bild in wechselnder Beleuchtung.